二月河
长篇历史小说
典藏版

康熙大帝

③ 玉宇呈祥

二月河 /著

长江出版传媒
长江文艺出版社

第一回　洪水围城贤母教子　赈济灾民良吏抗命

康熙十七年的秋天，连绵淫雨来到人间。自白露过后，老天爷便发了邪，不断头儿只是下雨，或淅淅沥沥，或飘飘洒洒，不是重云浓雾，便是潇潇冷雨，总无三日晴好。直隶、山东、陕西、河南新修的驿道像一条条泥龙蜿蜒伸向远方的雨帘。浑黄的潦水从田里流到农民冒雨培起的毛渠，再进塘沟，汇至大渠。永定、滏阳、海河、滹沱、运河一时都变得暴跳如雷，咆哮着，呼号着，卷着泥沙、草根、树叶、秸秆、断檩残梁、各类瓜果……打着可怕的漩涡奔冲逆折，泛起豆浆一样的白沫滚滚东去。

最令人胆寒的还是黄河。一望无际的河面上，凄风将白雨扫来扫去，搅成团团水雾，狠狠地抛向狂浪滔天的浊流，发出闷雷一样的河啸。江南省清江县地处黄、淮、运三河交界处，自交秋以来，淮水上游高良涧、板工等决口二十六处，高家堰石堤决口七处，黄水、淮水冲决千家岗，灌入烂泥滩，将清江县的清水潭灌得水高丈五，登城一望，冥冥渺渺，黄浪无涯。

清江城是一座新筑小镇，因地处交通要冲，朝廷设了粮道、盐道，往来漕船常在此放缆打尖，渐次成了集镇。其实平日仅有万余人口，但此时四面被水围困，灾民挤入城中避洪水，竟一下子骤增至十余万人。所有城内馆舍店肆、棚庵庐檐聚满了面黄肌瘦的人群，一街两行堆得到处是湿淋淋的行李，城里所有卖吃的店铺全关了门，一张平日只要一个大子儿的面饼，要花一两银子才买得到。

清江县令于成龙，因境内出了逆伦案，已经被革职卸任，新委县令尚未来，就连摘印官也一同被困在城内。处在这种情势下，于成龙不肯交印，摘印官怕担待责任，也乐得听他自为，自己躲进东门内大粮库去享清闲。于成龙原是山东人，族老于成龙是著名清廉的臣子，官居山东巡抚。于成龙幼承母训，一心做清官，不料去岁两江总督葛礼做寿，他只送了一双布鞋做礼，惹得葛礼大为光火，便寻事参了他，其实逆伦案各县都有，大家心照不宣，上下做了手脚，一点事也没有。于成龙偏不识趣，撞了这晦气也是情理中的事。

此刻雨已暂歇，于成龙搀着年过五旬的母亲于方氏站在清江城南门箭楼下，怅然望着远处一线露出水面的黄河大堤。两个人的衣裳似乎不耐秋寒，身子有些瑟瑟颤抖。四五十个护城的衙役个个泥浆满身，东倒西歪地靠在箭楼壁下小酣。

"成龙，"于方氏半晌才道，"看这天，恐怕一时还晴不了吧？"

于成龙摇了摇头，清癯的面孔上一点表情也没有。他从怀里取出邸报，递给母亲，说道："娘，这是朝廷递来的邸报……"老太太轻轻推开，说道："娘的眼不中使了，这几日又上了一层翳，越发不行了，你说给我听听。"于成龙抖开纸看了看，低声道："是。一件是朝廷命安徽巡抚靳辅进京述职的邸报；一件内容是调抚远参议将军任奉天提督；再一件是郑州花园口决口——上游郑州既决口了，这里的水就涨不起来了，母亲您就放心吧！"

"我老天拔地的，死都死得着了，有什么怕的？"一阵凉风飒然而来，于方氏被呛得猛咳，于成龙忙替她捶背，却被她一把推开手去，喘吁吁说道，"要紧的是城里聚着十几万人，又冻又饿，怎么消受得了？你是这地方的父母官，得赶紧打主意——听说昨个儿又饿死二十好几！"

这件事正是于成龙最犯难的！守着粮库里的麦山米垛，城里几乎家家断炊，他觉得揪心般痛苦。但粮库却不归他统属，且不说摘印官梁守义住在那里，单是粮库守备、道台都是比他大着几级的大官。这件事真正叫人难为。于成龙听着母亲的话，沉思着说道："娘，儿子知道，饿死百姓儿也心疼。我已经叫人去请梁大人、郭真守备和韩春道台一同查看灾情，总会有法子的。"说着便把母亲搀进箭楼里头安置了，叫起衙役们，说道，"一同到库里走走。"

刚刚出来，却见梁守义和郭真、韩春三个人带着几个师爷提着袍子拾级上城。韩春因是道台，职位最高，兼统文武，走在前头，见于成龙站在上头，忙拱手寒暄道："成龙兄，辛苦辛苦！哎呀呀，几天不见瘦得这样儿了，缺什么东西找我嘛！"

"韩观察、梁大人、郭大人，"于成龙行了礼，一边将他们让进箭楼厅中，坐在石条凳上，一边说道，"卑职今早差家人于禄至府上呈书，想必已经展读了？"

三人听了对视一下，韩春笑容可掬地说道："大札已经拜读。先生拳拳爱民之心兄弟已是了然于胸。不过开仓济灾，事非寻常啊……啊啊，老兄在这里已是两年有余，这个规矩还不晓得？兄弟爱莫能助啊！"梁守义听了笑道："就是这个话。这几日我们几个公余闲论，言及老兄。清江城这次安然度过洪汛，水总算没进城，全仗老兄领着人日夜防护，这就是大功一件。兄弟是葛宪台派来摘印的，这个印呢，兄弟就做主先不摘了，回去禀告宪台大人，恐怕还得重加保奏呢！"

于成龙听着，揣摩着他们的话意，半晌方冷冷说道："我本萧然书生来，也愿萧然书生去。梁大人既未摘印，兄弟此时仍是一城守牧，朝廷备粮原为百姓，几位大人都晓得，三日来城里已饿死七十余人。万一激起民变，内无兵，外无援，请问谁承担责任，又如何善后？""我们到这里拜会贵县，也正为这事。"郭真不安地说道，"城里百姓已经在商议聚众抢粮。不瞒老兄，昨日粮库门口已打死了三个闹事刁民……"于成龙嘴角闪过轻蔑的一笑，说道："既是闹事，来一个打死一个，来两个打杀一双，何等爽快！他们闹事到库里，正是阁下该管，兄弟有什么法子？"

郭真是武莽出身，哪里听得出于成龙话中揶揄之意，干笑一声说道："若是万人起哄，兄弟也是鞭长莫及。何况守库兵士都是本地人，都不愿下手，谁他娘的有办法？"

"所以我们来，就是想借重贵县。"梁守义听郭真说得粗鲁，不禁皱皱眉头，身子倾了倾说道，"来这些日子我已看出，老兄虽遭了事，但仍是众望所归，此地百姓肯听你的。由老兄你出面晓谕一下，弹压一下，定会收效。过了灾日，上峰难道不来赈济？——也就是十几日的光景么。"

里屋的于方氏听着，实在忍不住了，拄着拐杖几步出来，朗声说道："十几日光景，你知道十几日断粮是怎么回事吗？那是上千条人命！"她站在门口，满头白发颤颤巍巍。

"你是谁？"众人正议得不可开交，猛听局外有人发话，都是一怔。梁守义见是个穷老婆子，断喝一声道，"这是你说话的地方？你——"韩春却左右看看俱是于成龙的衙役，看样子只要再一迟疑，立时就要动刑，自己身为朝廷四品命官，凭空屁股被打得稀烂，真要"万古留名"的了。愣怔了一下，韩春咬着牙狞笑道："大丈夫能屈能伸，我就签字，看你如何逃脱圣上的三尺王法！"说着提笔向纸上疾书了几个字，"啪"的一声将一支雪狼毫湖笔一撅两截掼在案上。

"嗯，好！"于成龙拿起纸来吹了吹墨迹，"只要肯借粮，本县不计较你咆哮公堂。"说罢，将借券交给吏目道："拿去雇人将粮领至县衙后关帝庙，回来禀我，由我亲自分发。"

郭真原是武官，本想动武，一来于成龙人多势众，二来于成龙毕竟是朝廷命官，一开打便占不了全理，见韩春签了字，便道："于成龙，字也签了，粮也借了，你小子该放我们走路了吧？"

"还得委屈三位多坐一时，"于成龙笑着看了母亲一眼，"兄弟得把粮借到手才得放心，再说，兄弟犯了这么大王法，不日即有泼天大祸，你们何忍立时就去——衙役们，有酒没有，弄一瓶来。"梁守义格格一笑，说道："此时有酒也甚有趣，只是吃过酒却难以领情，我三人今晚即当联名具文申报，并请宪台转奏朝廷为你请功！"

"随你！"于方氏淡淡说了一句，站起身来径自进了里屋。

当日夜里于成龙忙了一晚没有合眼，将运至关帝庙的一万石糙米分发灾民，累了个腰软骨酥。韩春三人自回仓库写片子，联名具折弹奏于成龙。不到十天，总督府行文到了清江，令将已革县令于成龙拘押在衙门，候参听勘，当地绅民奔走相告，也就有人出头商议万人联名叩阍。

总督葛礼的参奏折子因不是急件，半个月后才递到北京。

当时封疆大吏都在北京聘有看折师爷，住在消息灵通的达官贵人家当清客，折子一到，师爷先拆看，根据北京的舆情和朝廷的意向，由师爷决定进呈与否。葛礼的师爷叫陈锡嘉，和哥哥铁嘉、老师汪铭道，都在上书房大臣索额图府中。锡嘉因前几日有几个老百姓撞景阳钟叩阍，为于成龙鸣冤，看了这份折子有点吃不准，便去与铁嘉商议。

"四哥，"锡嘉抖着葛礼的奏折，说道，"葛制军要参于成龙，如今却有人叩阍保于成龙。你看这折子要不要递进去？"

陈氏兄弟五人，按金、银、铜、铁、锡排了下来。三个哥哥早已发科，在外头做州县官。只他二人没选出来，索额图便收了去，做了门客。听了弟弟的话，铁嘉燃着火煤儿呼噜噜抽了一阵子烟，笑道："我看能递进去。于成龙这人我晓得，素来骄妄，连索相也不待见他。如今朝廷四面冒烟、八边着火似的要粮，他芝麻大个官儿，就敢擅动库粮，那还不是自寻无常？"经过一番计议，陈锡嘉得了主意，将折子封进奏事匣子，钤了印，专等索额图回府再转呈。眼看天已黄昏，仍旧不见索额图回来，陈锡嘉不禁纳闷，便叫过管家蔡代问道："老爷今儿回来过了么？"蔡代赔笑道："老爷没回来，只叫人给汪老先生捎了个信儿，说去各部议事，没准还要进大内去呢！"陈锡嘉听了无话，默默思索一阵，挟着匣子便坐了小轿往户部衙门来。

天阴得重，也黑得早，因京师闹粮荒，朝廷下令禁酒，各个店铺早就上了门板，街上一片昏暗，连烧饼、馄饨、豆腐脑这些卖小吃的也没有，只有远处几家鲜果铺子稀稀拉拉点着几盏羊角灯，鬼火似的在风中摇曳，十分凄凉。

待到户部衙门口时，天已起更，陈锡嘉哈腰出轿，户部门上的戈什哈都是熟人，迎了过来，说道："五爷来得倒巧，方才索相还吩咐叫人回去取匣子呢！"陈锡嘉笑着点点头，略一寒暄，正要进去，便听到远处一阵急促的脚步声，一个讨吃的女子满脸污垢，慌乱地撒着大脚片子，几步便蹿上了户部衙门的大门洞里，"扑通"就是一跪，喘吁吁说道："大爷们，救救我！后头有人追……他们杀人……"抚胸叩首，又是叽里咕噜一阵蒙语。众人正发怔间，却听远处有十几个人吆喝着追过来，都说的蒙语，谁也听不懂。门官廖生雨情知有事，一边张罗着请陈锡嘉自便，一边将那女子护在身后，又叫人进去禀报。此刻追赶那女子的十几个蒙古人一色的绛红长袍，狼皮帽子，偏袖统靴，赶到户部衙门口，提着明晃晃的刀，指着那女丐用蒙语叫骂，要冲过来捉拿。

"你们是哪里来的？这样撒野，没有王法了么？"廖生雨看时，却是在附近驿馆里住的准噶尔部蒙古人。他们进京上贡，一下子来了两千多人，日日生事，今天竟闹到户部衙门口，不禁怒道："这是国家机枢重地，你们该懂得法度！噶尔丹擅自称汗，皇上没准儿还要降罪呢，你们竟敢如此！"

一个蒙古汉子提着刀过来，一脸横肉纹丝不动，凶狠地瞪了廖生雨一眼，说道："我叫多尔济！那个女的是喀尔喀部的逃奴！喀尔喀土谢图汗与我西蒙古为敌，趁我出击漠北蒙古，扰我后方，抢我牛羊，断我粮草，被我博硕克图汗天兵殄灭。今天，我们使臣格隆在一家饭铺发现了她，命令我来捉拿，你为什么要庇护她？"

"我不管你什么博硕什么汗，"廖生雨不耐烦地说道，"我只晓得这里是天朝司空衙门！你们闹到这里来，就有罪！何况这女子告你们杀人，事体不明——来人！"他将袖子一挥，大声喝道，"一个也不要放走了！"

多尔济格格狞笑，说道："长官看来要缉拿凶手？那个汉狗子饭铺老板，放走了这个逃奴，是我杀掉了他！不知长官怎样处置？"

"拿！"廖生雨大叫一声。"喳！"门洞里的戈什哈早就听得不耐烦，听到这一声儿，一拥而出，就要动手捉人。

第二回 康熙帝诛凶释王女
彭学仁戴罪蒙皇恩

多尔济毫不畏惧，也不言语，一步抢上去，老鹰捉小鸡似的一把将廖生雨提过来，用刀比着脖子道："叫这群猪猡退回去，不然我一刀宰了你！"廖生雨做了多年门官，从没经过这样阵势，一个朝廷命官竟被人当众要挟，要是服了软，以后怎么做人？因将身子一挺，梗着脖子叫道："都他妈是些吃才！他们才几个人？拿……"话音未落，廖生雨的头已滚落在地……

众人立时大哗。几十个戈什哈再不怠慢，叫骂着，有的堵路，有的报信，余下的便来拿人，大锣敲得震天作响。远处刑部衙门，知道是出了事，缇骑四出，一片声吆喝着将衙门封了。这十来个蒙古人虽悍勇过人，终究逞强逞错了地方，眨眼之间，都被寒鸭儿凫水般捆了个结实。

门口的事，索额图早听陈锡嘉说了。他正在和太子太傅、上书房大臣熊赐履、户部尚书多济商议调粮的事，原不想理会，事情闹到这一步，不能不管了。索额图因摸不清康熙对噶尔丹的态度，便看着熊赐履道："东园公，这是理藩院户部的事……你看怎么办？"

"蕞尔西域跳梁小丑，敢在天朝要地如此张狂，这还了得？"熊赐履道学大家，气宇轩昂，听了门上人的回报，将火煤儿插进竹筒，水烟袋往桌上一蹾，说道，"多济你出去看看，问问那个逃奴是怎么回事。将闹事的蒙古人，一体交理藩院，会同刑部审理，依律治罪！"多济听了只默默一点头，便退了出去。

多济出去，二人接着议事，但已议不下去了。云南前线的蔡毓荣、赵良栋二军要粮，已令他们自筹；古北口的飞扬古军要粮，已叫他从科尔沁和黑龙江借拨；京师粮食由于漕运不通，只好从陆路调来，虽慢些，聊可敷用。最难打发的是甘、陕两地，到处都是被噶尔丹从喀尔喀蒙古赶进来的蒙古难民，从山西、河南调去的粮食根本不够用。这噶尔丹派来进贡的两千蒙古人，兀自天天找麻烦！

不多时，多济进来，说道："回二位中堂话：那个蒙古女子不是寻常人。乃是喀尔喀蒙古土谢图汗的独生女儿宝日龙梅格格，汉名阿秀，是进京叩阍请旨进击噶尔丹的。她讨饭时，不防被噶尔丹使臣格隆认了出来，才惹出这档子事儿。部里不敢做主，请二位中堂定夺。"

"多济，你派人去请议政王杰书。我们递牌子进大内去！"索额图站起身来，掏出怀表看了看，"刚过戌初，还来得及，这事得请皇上钦定！"说罢二人抱了奏事匣子起身匆匆去了。

戌时正牌，正是宫门下钥的时候，苏拉太监手提灯笼，满院巡视，边走边吆喝着："——下钱粮哟，小心——灯火哟——"这个时候，熊赐履和索额图递牌子，不但康熙惊异，连在上书房值夜的明珠也不知出了什么事，自提了一盏灯笼便赶往乾清宫来见康熙。

乾清宫大殿西暖阁的炕上、几案下，贴金大柜顶上的文书、战报、各地的晴雨表堆得像一座一座的小丘。康熙正抱着六岁的太子胤礽，指着认奏章上的字。见明珠进来，把太子放在身边，笑道："到底你离得近，先来了——太皇太后瞧着朕太累，叫这小把戏来混混，倒有趣儿……"明珠忙请安，又拉着太子的手道："已有好些日子没见到千岁爷了！高了！也发福了，真个好福相……"说着从怀里取出一块红薯，这是他值夜用来充饥的，说道，"小主子，吃过这东西么？喷喷香！"太子忽闪着大眼睛，看着明珠，不敢要，嗅到一股扑鼻的香味，又舍不得。略一迟疑，便劈手夺了去，一头拱进康熙怀里。

"你看看，这像什么话！"康熙笑道，"接臣子的东西哪能这样子？跟你的太监们没教你么？"

"我怕……"太子抬起头看了看康熙，"他的眼那么亮……"说着回头又看看明珠。明珠便讪讪地觉得没趣。

一时，由杰书领衔，索额图和熊赐履依次进来。康熙因笑道："这个时候递牌子，朕想不出有什么要紧事。莫不是奏事匣子没递进来，怕朕责罚？"熊赐履先将方才与索额图、多济商议的调粮办法，一一奏明，这才缓缓奏道："臣等黉夜惊动圣驾，倒不为这些事。为的是一件杀人命案，请皇上圣裁！"便将方才户部部院门口的事，详细奏明了康熙。

"你们进来得对。"康熙一直紧蹙眉头听着，叫人把昏昏欲睡的太子抱去了，方道，"这件事朕想着应分两层儿来瞧：一层朝廷眼下无力管到西边的事，不能和噶尔丹翻脸。格隆进京带两千人，这本来就是没王法。朕不治他的罪，也不见他，就是在想着两全之策。对噶尔丹这人，暂不要招惹。二层他们在京师杀人，得治罪。杀人抵命，何况还杀了个朝廷命官！朝廷若是宽容，他们就会越发上头上脸，往后还不知闹成什么样子！"

杰书赔笑道："主子说的极是。不过现在云南战事未毕，不宜再开战端。他杀人闹事，为的就是逼着主子见他，承认噶尔丹的汗位。前些日子格隆刚进京，理藩院咨问六部，没有一个人主张开罪噶尔丹。奴才想着，既不能开罪，何妨就做个人情，把那个王女交还他，杀人之事暂不追究，他就没了借口……"熊赐履听了这话，心里很不为然，但杰书是议政王，又不好怎样。涨红了脸冷笑一声道："外藩使臣觐见天朝，哪有这么没规矩的？朝廷又不是打不过他，是眼下分不开身整治！六部官员说这样疲软的话，实在不成体统！"明珠在康熙眼前一向是打顺风旗的，便道："这事得办得不柔不刚，恰到火候才行。他既已经称汗，不过想着叫朝廷认可。奴才想着，不如借这件案子召见格隆，一边好言抚慰，一边严加训斥，将杀人犯明正典刑，岂不面面俱到？"

"那个王女呢？"索额图冷冰冰问道，"格隆觐见时，如果提出：'我们索要部落的仇人，你们为什么袒护？'怎么办？"

这是个没法处置的难题。格隆在京有两千人，王女留京，不定什么时候又会被发现。既要抚慰噶尔丹，就不能授人以柄。康熙早就接到密奏，说土谢图王女流落中原。他曾密谕各地方留心访查，不料她却近在咫尺，想让她住进宫来，想想又觉不妥。正没做理会处，明珠手一拍，说道："连夜悄悄放走她，这叫死无对证！这么大个中原，他们到哪儿去寻？"

"放在何处？"康熙说道，"她是进京告御状的，放出去，依旧要来，怎么办？"

熊赐履沉吟良久，说道："也只好如此……臣连夜叫个家人把宝日龙梅带出京，安置在臣湖北老家，待将来有机会再说吧……"

当天计议定了，大臣们方辞出去，康熙便打开奏事匣子连夜批阅奏折。

　　第二日，康熙和上书房大臣齐集乾清宫正大光明殿接见格隆。昨晚看了葛礼的奏折，他气得暴跳如雷，命熊赐履草诏，将于成龙即刻缉拿进京，交部严议。但拟了两稿，他都不满意，总觉得好像欠缺点什么。他阴沉着脸，望着外头霏霏细雨，眼看着格隆进来，忙收住了神，待格隆行过了礼，方问道：

　　"格隆，你晓得这是什么地方？你居然放纵部下扰乱京师，抢劫民女？你要造反么？"格隆忙叩头道："这是博格达汗的帝城！请天子见谅，我是博硕克图汗忠实的部下，我们大汗有令：无论何时见到土谢图部的人，一律格杀勿论！所以与户部衙门发生了冲突，令人遗憾。"

　　康熙格格一笑，说道："你大概还在想，这个地方是元大都吧！或许，你还想朕是女真人的后裔，女真人曾是你们祖先手下的败将？如今女真人的后裔却受你的三跪九叩首的大礼，心里有点不是滋味，是不是？"格隆被问得一怔，忙道："不，不，不，我们博硕克图汗的人都知道：苍天只保佑有德的人。我们臣服大博格达汗。我们来进贡，只是不知为什么博格达汗不肯接见我们！"

　　"你不像个臣服的人，所以朕懒得见你！"康熙脸上毫无表情，"朕已下诏，令将杀人凶手正法了。"

　　"求皇上见谅！"格隆大吃一惊，"多尔济是臣派的，要杀，杀我！"

　　"晚了，"康熙说道，"此时他的头已经落地了。"

　　格隆浑身一震，双手据地盯着康熙，半晌才道："皇上，这会引起兵端！他是在追宝日龙梅！"康熙大笑道："漫说他追错了人，就真的是宝日龙梅，她既来京城就应受国法保护！你说起兵端，好呀，来吧！——告诉你，朕七十万大军已经捣毁了吴三桂的老巢，正愁无用武之地呢！"格隆没有料到康熙会说出这些话，顿时气得脸色苍白。

　　"人情、天理、国法，应该这样。"康熙忽然变了口气，显得温和可亲。"如果有人在准噶尔犯了禁令，你们的噶尔丹难道就不管？所以你大可不必觉得丢脸。朕这是为你好，也是为噶尔丹好。——大家都要顾全名声嘛！你说是不是？"

　　"是……"格隆咽了一口唾沫，声音有点颤抖。

　　康熙微微一笑，起身一弯腰，扶起了格隆，拍拍他的肩头笑道："你生这么大气，何必呢？你是阿拉布坦的人吧？多尔济仗着和噶尔丹是结盟兄弟，分走了你一大块草原，有这事没有？朕不是挑拨吧！他犯了王法，谁救得了他？你又何必难过？"格隆听着这又体己、又堂皇的话，心里竟自一热。愣了半晌才讷讷说道："他是副使，我……回去……""你回去不要紧。"康熙说道，"朕当然不叫你为难。回去带封诏书，朕这就册封噶尔丹为汗，不追究他弑父杀兄夺位的罪过。你和他侄儿阿拉布坦好生劝着他，谨守西疆，不要和朝廷作对，自然有好处的——察哈尔的尼布尔王子你知道吧，忽必烈的正统后裔！他造反，十二天就完了。十二天，明白么？"

格隆万里之行，要的就是这封诏书，想不到方才大发雷霆的康熙，一转眼就成了菩萨，这么爽快就答应了他准备大费唇舌索要的东西，而且顺手替他夺回一大片草原牧地！格隆此刻心里真是什么滋味全有，涨红着脸，低头道："谢博格达汗大恩！一定遵奉圣谕！"

"拿一千匹宁绸赏格隆，噶尔丹的赏物再议！"康熙笑道，"你来这几个月，冷落了你，不要往心里去——叫噶尔丹看看，朕是什么样的人！来，带格隆去领赏！"

看着格隆出去，康熙收了笑容，说道："格隆不难对付，噶尔丹才难办呢！此人志大力强，不可轻视。只可惜我们这边事情未完，腾不出手来处置啊！"因见上书房文印主事何桂柱抱着一叠文书进来，便道："有什么急报文书？你去照照镜子，瞧瞧你那埋汰模样！好歹也是六品官儿了，照旧还是个店老板气质！"众人这才细瞧，只见何桂柱褂子也没穿，袍子皱巴巴的，衣领一边披着，一边翻着，上头一层油腻，大约冻得伤了风，眼睛鼻子揉得通红，一身的窝囊相。只明珠知道是他的夫人病了，忙得无心整治，忍不住咧嘴一笑。

"回主子的话——阿嚏！"何桂柱答着话，忍不住竟打了个喷嚏，"奴才走半道儿上，因见雨打湿了文书封包，只好脱了褂子包上——里头是部议过的奏章，还有一份是河南巡抚六百里加急递进来的。御史余国柱参劾花园口河道彭学仁的折子包在里头。"一语提醒了康熙。他拆了封包，一边说："传彭学仁进来——知道脱褂子包奏章，很识大体嘛！朕是说你的气质，和十七年前头一次见你时毫无二致。君子小人本无鸿沟，你不读书不养气，一辈子休想脱胎换骨！原想抬举你放出去做个道台，你这德性样，成么?"何桂柱抹了一把汗,赔笑道:"万岁爷教训的极是!奴才这贱性儿,蛇蛇蝎蝎的不成体统。奴才是得多念点文章!"

康熙没再理他,自去看河南巡抚方皓之呈奏的折子。一边看,一边皱眉头用指甲掐划着。半日才抬起头来,深深呼了一口气。明珠躬身说道:"河南出了什么事?"

"他是保彭学仁的,"康熙讷讷说道,"还说,清江地方数千百姓打着万民伞,冒雨运了四万石粮,从旱路送来北京,已到了开封……"

"粮食?"众人觉得意外,都把眼盯着康熙。

康熙粗重地喘了一口气,说道:"……是为于成龙请命的。看来……朕是错怪了于成龙了……"

"万岁!"明珠叫了一声,正要说话。康熙摆摆手止住了,说道:"你不可再说于成龙的坏话。贤母良臣集于一门,本应奖励,朕却……"说罢一言不发,竟背着手踱出了殿外。

彭学仁已进来一会儿了,因未奉旨不敢擅入,跪在湿漉漉的丹墀下,见康熙出来,忙叩头说道:"罪臣彭学仁叩见万岁!"

"唵!"康熙愣了一下,冷笑道,"你就叫彭学仁?在外头你跪了半日,挨冻了,滋味可好受?"彭学仁叩头有声,喑哑着嗓子答道:"比之百万生灵为洪水吞噬,奴才不敢言冷。"康熙哼了一声:"原来你竟是位好官,还记得天下生灵!朕问你,郑州知府、同知他们如今在何处?"

"他们……都死了……"

"你怎么活出来了?"康熙说道,"哦,朕明白了,你是河工上的,所以洪水给你留了情面!"

"回万岁的话……"彭学仁咽了一下口水,泣道,"……当时大水漫堤,知府黄进才、同知马鑫投河自尽。三人约定由奴才进京领死。后来全堤崩陷,奴才因略识水性,冲下去六十余里才爬上来……"

这些在余国柱参本上却没有。康熙的心不禁一沉,稍停一下又问:"当时有几处决口?"彭学仁抬头想了想,回道:"先是六处,五处都堵上了,奴才们在最大一处,眼看就要合龙,因沙包用完,功亏一篑。全完了,全完了啊,我的主子!"他的泪水夺眶而出,却不敢放声痛哭,只压着嗓子呜咽。康熙听着不禁有点发痛:连沙包都不敷使用,怪河道有什么用?但彭学仁职在治水，余国柱参劾也有道理。康熙想着，皱着眉头看看天，道："你下去吧，朕已令安徽巡抚靳辅出任治河总督，你到他幕下办差去吧！"

康熙说罢，转身回殿，抚着刚留起来的短须对熊赐履道："山东巡抚叫于成龙，清江县令也叫于成龙。他们是不是一家？"熊赐履不知道，管着吏部的索额图说道："是同族兄弟。""有意思。"康熙笑笑，说道，"明发诏旨：小于成龙着晋升宁波知府，葛礼的本子要严加驳斥！"

"不明白，是么？"康熙见众人愕然相顾，问道，"昨晚朕看了葛礼的本子，也是气得无可奈何。今天又看了方皓之的保本，还是方某说得对！据此案，清江为水所困，十几万饥民困饿城中，于成龙是全城的父母官，能坐看积粮如山而饿死子民吗？此谓之仁而清；暂调朝廷存粮，赈济将暴之民，此谓之忠而明；遵母之命，抗权势乱令，此谓之孝而直；——如此贤母、好官，当然应加褒扬，葛礼严参，实属昏聩庸腐！"康熙侃侃言罢，沉默良久，长叹一声说道，"久雨必晴，好歹天快晴了吧！此时晴了，今岁秋粮还是有望的……"

第三回　杨起隆庙前忆旧事
　　　　高士奇韩府医沉疴

康熙盼天晴，有人却在诅咒天晴。他就是康熙十二年腊月在京师聚众谋反，事败逃亡出来的假朱三太子杨起隆。他在邯郸城北丛冢镇的天王庙已隐藏了五年。二百多条性命换得他孤身出京，原指望能再整旗鼓与朝廷周旋，不料至今夙愿难偿，心中的苦、气、恨，像火一样烧得他秃了顶，便索性用重金购买度牒出了家。

东边与丛冢遥遥相对的便是有名的黄粱梦镇，每当日出，在庙阶上便能瞧见黄粱梦庙宇危楼重檐间的霭霭雾气。无论丛冢还是黄粱梦，两个名字对他来说都极不吉利，但杨起隆并不在乎。一来在直隶、山东所经营的各处香堂已殄灭殆尽，他又不愿进微山湖投靠水匪刘铁成；二来他觉得这地名儿能时常提醒自己，有点像带刺儿的花，只要一伸手去抚摸便扎得出血，勾起他对悲酸往事的回忆。他上个月才"云游"了天山，从准噶尔万里跋涉归来，浑身的疲惫已渐渐消失。在这中原人烟稠密之地，人们都称他"金和尚"，任谁也想不到这个其貌不扬的和尚曾做过拥有二百万徒众、叱咤一时的"钟三郎"香堂总领，至今仍是朝廷严旨缉拿的"伪朱三太子"。

此刻，已经入更，金和尚坐在庙前石阶上，呆呆地望着雨后新霁的夜空，暗恨：为什么不昼夜不停地再连降三年暴雨，重来个洪水世界，九州陆沉，天地翻转？即使连自己淹死也甘之如饴！他有的是银钱，就埋在庙西二百步远近，现在当地有名的能婆子韩刘氏后园的老桑树下面。那是当年湖南解往北京的六十万两军饷，原封儿劫下，埋了足有丈八深。他也有武器，阶下便是一间石库，除了上千件刀矛剑戟，还有一支制作精良的火枪，是这次在准噶尔由罗刹国特使扎哈罗夫所赠。原来为他守库的两个沙弥，为了让他们永不泄密，两年前已经让他们渐渐"病死"了。

金和尚有点茫然地盯着紫微星座：真是大千世界无奇不有啊！以吴三桂为首的"三藩"有百万之众，曾横行十一省，五年之内便土崩瓦解，眼看着变成灰烬，玄烨（康熙名）这个小儿用什么法术这么快就收拢了人心？他抚着冰冷的石阶，又想起石库中的火枪，五个月前在西北与噶尔丹密谈的情形又活脱脱地出现在眼前……

"噶尔丹汗，"水桶一样的扎哈罗夫上校穿着一身笔挺的军装，脚下马刺在木板地上叽叮叽叮地响着，白皙的面孔上一撮哥萨克小髭须神气地一翘一翘，灰眼珠放着幽幽的光，"正如您所知道的，在您面前，是贵国大明尊贵的太子殿下。我和戈赖尼勋爵曾在察哈尔荣幸地认识了他——我再次提醒您。机会，唔，机会对于任何人都是公正和残酷无情的。中国的南方现在仍在混乱之中。朱殿下代表大明，您代表大元，挥兵南进，你们的耻辱都将烟消云散，这是惟一的机会——惟一的，懂吗？"他的汉语、蒙语都说得极漂亮，根本不用翻译。

噶尔丹看上去只有三十多岁，皮帽子下是一张有棱有角的长方脸。他静静地听着，半晌方字斟句酌地说道："感谢上校再次提醒。您这样聪明睿智，我相信彼得陛下定有更荣耀的勋章赏赐给阁下。但我不能理解的是，贵军在木城一役受挫之后，为什么竟接受了奉天提督周培公的要挟，把本来答应供应给我的七百支火枪又截了回去？实言相告，我相信贵国朝廷并不相信您。我也无意南下与大清逐鹿中原，只想恢复我蒙古故土。车臣三部之乱虽然平定，但我的实力也大受损失：西藏的桑吉嘉措喇嘛犹豫不决，不肯合作，向中原进兵便只能是奢望。"扎哈罗夫平静地等他说完，瞪着眼想了想，忽然"噗嗤"一笑，说道："大汗，真人面前不说假话。既然你不想征服中原，为什么派了那么多人假扮难民在陕西、山西、直隶等地搜集军事情报？恢复故土怕倒是实话，北京原来的名字不叫'元大都'吗？至于火枪的事，在外交上我们不能不敷衍一下，而且您知道，那是七月中旬的事，我国当政的现在已是伟大的彼得了……"说到此，噶尔丹福晋亲自用银盘端着三杯奶茶过来，一边安置敬客，一边对噶尔丹笑道："鹰也有吃饱的时候？我听上校说得对，这位太子——"她迷人地朝金和尚笑笑，"有他给您作向导，草原的雄鹰是不会在黄河上空迷路的。"

"多谢福晋。"金和尚欠身回礼，端起奶茶，虽觉腥膻，还是一气喝干了，清清嗓子说道，"和大汗谈的不少了，大汗不肯冒险，这是没法子的事。我不过是为了报君父之仇来此。我自己早就不想当皇上了。昨日大汗说给我钱，说句孟浪的话，鄙人并不缺银子。既然如此，明日我就启程回去了。"

噶尔丹笑道："三太子，我虽是你们说的夷狄之人，其实我是极爱汉学的。汉人有话说'欲速则不达'，我揣摩着和'过犹不及'是一回事——何必性急呢？在我这里住下，慢慢商量。"

"慢慢商量？"扎哈罗夫双手一摊，耸肩笑道，"你们东方字典里没有'伟大'这个词。但我要说，中国现在这个年轻的皇帝倒真是个伟大人物。他轻而易举地就擒拿了鳌拜公爵；目前又将平息吴三桂王爷的叛乱，战火未息，便又准备向台湾进军。我敢肯定，他已经在打您的主意！如此拖延下去，将来是他进攻您，而不是您去打他！"他说得又快又重，嗓音中带着刺耳的嘶嘶声，大厅上几个人禁不住打了个寒战。金和尚合掌说道："足下未免对中国的事过于操心了吧？大汗，目下您既然不肯东下，听说又修表和康熙称臣求和，我在这里实在已无用处，明日我必得启程回去了。"

噶尔丹和金和尚相处数日，很欣赏他的汉学，进兵中原是他的宗旨，帐下也真需要有这样一个向导。听金和尚这样说，噶尔丹阴鸷地笑笑，说道："三太子，我真的是拿你当莫逆之交看的。你讲的'远交近攻'道理虽很深奥，但很实用，我很愿意留下你。我们蒙古有的是金子、名马和美人——我的女儿钟小珍素来喜欢汉人，起的名字就是汉名，三太子要不嫌弃，你们何不结为伉俪？"说完，便审视金和尚的脸色。

正说着，噶尔丹的女儿小珍从后厅旋风般冲出来，大声说道："我不愿！我虽然倾慕大汉，因为我们自古就是一家。我不喜欢你们这些白脸人来挑拨！我和小穆萨尔早已定过亲，凭什么叫我嫁这个和尚？"说着，眼中已是饱含泪水，冷冷瞥一眼福晋，冲着里边喊道："老胡，带上你的马头琴，跟我到牧场去！"

一个五十多岁的老人穿着蒙古长袍出来，略有点迟缓地向噶尔丹和福晋行了个礼，说道："王爷，郡主叫我去呢！""你不要只是跟着小珍学汉字，"福晋一旁坐着，因见小珍没理会自己，心里不高兴，剔着眉毛申斥老胡道，"也得管着她懂点规矩！她母亲死了，我现是福晋，连个见面礼都没有!"噶尔丹知她们母女一向不和,心里烦乱,摆着手道:"去吧,去吧!"

"王爷、福晋的美意,我心领了。"金和尚欠身说道,"我已是两世为人,早已无心娶妻。灭国之恨、君父之仇不雪,我活不下去。听王爷的意思,要强留我,我是难以从命的!"说着,从火盆里抽出烧得通红的火箸,像擎着一枝火红的树枝,眼中放出仇恨的光芒,若无其事地掂了掂火箸,照自己的脸颊便烙了下去,一串白烟丝丝升起,人肉焦煳味立时充满了大厅。大厅里顿时一片死寂,扎哈罗夫、噶尔丹惊得面色惨白,福晋合掌念了一声"佛爷",竟昏了过去。

"我为泣秦庭而来。"金和尚忍着剧痛,徐徐放下火箸,苦笑道,"请兵不能遂愿,并不怨恨什么人。我这里毁容,只为诉说我的心,和这火一样。这团火今日烧了我,愿将来有一日,我能用同样的火与康熙同归于尽!"

噶尔丹从未见过这样的硬汉子,扑过来激动地扳着金和尚的肩头,颤声道:"好兄弟!你——你就……等着瞧吧!"扎哈罗夫是戈赖尼派到亚北来策动噶尔丹内侵的特使,中国人的死活,对他无关痛痒,见此情景,心头也是一震。他来回疾走几步,头也不回地说道:"朱先生,我知道你在江南有二十几处秘密据点,并且掌握着微山湖刘铁成三百人的武装,但单凭这些除掉康熙是不可能的——人少势微——完全不可能。"

"知其不可为而为之。"金和尚想不到扎哈罗夫如此熟悉自己的内幕,惊讶地看了一眼扎哈罗夫,不动声色地说道,"我只能勉从其命。不过阁下只知其一,未知其二,我有我的办法!"

"唔?"扎哈罗夫倏然转身,弯下腰凑近了金和尚的脸,一字一板地说道,"——那么,可否见告一下呢?"

"阿弥陀佛!"金和尚闭目摇头。

扎哈罗夫咯咯笑道:"如果我猜的不错,你在朝里还有人!"他那如同鬼魅的怪笑竟使金和尚起了一阵寒栗:他只和江南总督葛礼有交往,隐隐约约听说索额图和葛礼因为皇太子的事与明珠闹纠纷。

"朱先生,你感动了我——不,感动了上帝!"扎哈罗夫叹息一声,眼中放着绿幽幽的光,"不同的利益,却有同一个目标。我可以助你一臂之力,东正教使罗马什卡先生——一个混血儿——已在金陵潜伏了二十年——为了你,我决定起用他来配合你的计划。我再送你一支手枪,全世界都找不出比这再好的武器了。你大概不会像拒绝黄金一样不肯接受吧？"

金和尚举手一拱，说道："谢谢阁下，我隔河作揖，承情不过了！"

……一阵风吹过来，金和尚打了个寒噤，才意识到自己坐在邯郸古道旁丛冢镇东的天王庙前。朦胧的月光给周围的景物镀了一层水银。那些不久前发生的事一下子变得非常遥远。他听听四周动静，东厢房里一个人睡得正酣，在打呼噜。这人姓高，是个进京应试的穷举人。西厢房还住着一个，是金和尚三年前收的沙弥，俗名于一士，有一身铁布衫硬功，高可纵身过屋，远可隔岸穿河，因杀了人，官府缉拿，剃发当了金和尚的徒弟。金和尚在江南布的二十几个黑店，伙计们多是他的黑道朋友。金和尚正想起身回精舍，西厢屋门吱呀一声开了。于一士斜披着夹袍出来，蹒跚着来到殿后，倒了吕梁瓶似的哗哗一阵，趿着鞋回房，一扭脸见金和尚坐在阶前，揉了揉惺忪的眼，含糊不清地问道："堂头和尚，后半夜了，还打坐？"

"倒不是打坐，"金和尚笑道，"今晚不知怎的错过了困头，再也睡不着了。先是那边韩刘氏哭得凄恻，后来又见她去黄粱梦给吕祖上香。这早晚不见回来，别是出了什么事吧？"

这个韩刘氏是个有名的能婆子，跟前有一个小儿子，得了重病，什么好郎中都瞧过，什么金贵药全用过，只是不中用。这位精明强干的老太太也乱了方寸，每夜子时都到黄粱梦祈神。

"痨病，请下九天荡魔祖师也不中用！"于一士说着便推门进去歇息了。金和尚因银子埋在韩家后园，几次上门化斋想进去瞧瞧，都被挡在门外，想命于一士去黄粱梦探望一下，趁便套套近乎，正待说话，东屋书生早被他们惊醒了，隔着窗子问道："大和尚，是谁病了？"接着便是一阵窸窸窣窣，已是穿衣起身出来。金和尚忙迎过来，合掌道："惊动了居士，阿弥陀佛，罪过！"

出来的这个人叫高士奇，是钱塘的穷举人，自幼聪颖异常，诗词歌赋、琴棋书画、插科打诨都来得两手。听说有病人，高士奇走了出来，正了正头上六合一统毡包帽，将开了花的棉絮往袍子里掖了掖，又将一条破烂流丢的长腰带紧了紧，呵呵笑道："正愁手头无酒资，忽报有人送钱来！快说，是谁病了，带爷去瞧瞧！"

"篾片相公！"西屋里于一士吃吃笑道，"你是华佗、扁鹊、张仲景，还是李时珍？""清虚不要取笑！"金和尚正容冲西厢屋说道，又转脸对高士奇道，"居士既精岐黄之术，贫僧带你到韩家，韩少爷但有一线生机，也是我佛门善事，善哉！"说着便去掌了灯带路。

韩府就在镇东向北拐的驿道边上，一霎工夫两人就到了。但门上管家却不肯放他们进去，双手叉着，仰脸说道："你这金和尚忒没眼色，三更半夜的，是化缘的时候么？明儿来吧！"

"这位是郎中。"金和尚赔笑道，"知道府上人丁不安，我荐来给少爷瞧病的。""那也不行。"管家睨了高士奇一眼，斩钉截铁地说道，"——那不是我家老太太回来了？你们自个和她老人家说去。"

二人回头一看，果见东边道上亮着一溜灯笼，走近了瞧时，才见是十几头毛驴上骑着长随，簇拥着一个白发老太婆徐徐而来。老太太两腿搭在一边，到门口身子一偏，很麻利地下来，随手把缰绳扔给一个仆人，只瞥了一眼高士奇，问道："马贵，这是怎么了？"

"阿弥陀佛，老施主纳福！"金和尚忙趋前稽首，说道，"一向有失问候了！和尚夤夜造访，不为化斋，知道少公子欠安，特荐这位高先生来诊疾……"

"马贵，天儿太冷，叫人陪两个丫头去黄粱梦，给那个女要饭的送件棉袄。冻得可怜巴巴的——就在庙后大池子旁那间破亭子里，听着了？"说着，又看了高士奇一眼，慢慢说道，"今儿后晌邯郸城里的方先生看了，人已不中用了，做道场时再请和尚吧！"说着竟径自上了台阶。

"哈哈哈哈……"高士奇突然纵声大笑。

韩老太太止了步，身子不动，转脸问道："有什么可笑的？"

"我自笑可笑之人，我自笑可怜之人！"高士奇仰脸朝天，冷冷说道，"天下不孝之子多矣，不慈之母我学生倒少见，今日也算开眼！"

韩刘氏大约还是头一次遇上这样的人，只略一怔，脸上已带了笑容，刹那间眼中放出希望的光，变得亲切起来："兴许是我老婆子眼花走了神儿，我瞧着你不像个郎中，倒似个赶考举人似的——你是哪方人，读过医书么？"

"三坟五典、八索九丘、诸子百家，我学生无不通晓！医道，末技耳！"高士奇双手筒在破袖子里，哂道，"病人但有气息存于体，皆可救治，成与不成在天在命，治与不治在人在事。你连这个理儿也不晓得，不但没有慈母之心，即为人之道也是说不过去的。"说着便要拂袖而去。

"高先生！"韩刘氏忽然叫道。她眼中泪水不住地打转儿，却忍住了不让淌出来，"做娘的哪有个不疼儿的？自打春上我这傻儿子得了这个症候，请了不知多少有名的郎中，药似泼到沙滩上，只不中用。今儿人快断气了，求吕祖的签又说什么'天贵星在太岁，忌冲犯'……不是我老婆子不懂理，这有什么法儿？"她哽咽着擦了一把泪，又道，"先生既这么说，你又是个举人，许是你就是贵星，那我儿子的灾星该退……"说着手一让，请高士奇进去，却又吩咐马贵："到账房支二两银子，取一匹绢布施和尚，好生送他回庙。"

高士奇也怕耽误久了，病人咽了气，不敢再拿大，一手提了破袍角便跟了刘氏进来。把个金和尚闪在门外，怔怔接了银子扫兴而去。

韩刘氏的儿子韩春和早已痰厥了过去，直挺挺仰在床上，脸色像灰一样青中带白，肚胀如鼓，把被窝顶得隆起老高。高士奇顾不得看茶叙话，先翻开病人眼皮看了看，朝人中穴狠掐一指，又掀开被子照病人膝下轻捶了两下，都毫无反应。沉吟片刻，便坐在病床边跷起二郎腿，扯了韩春和瘦得柴棒一样的胳膊闭目诊脉，移时方站起身来，舒了一口气道："请外头说话。"

众人出了前庭坐定，韩老太太抚膝叹道："人都这模样了，哪里说话还不一样！"

"不一样。"高士奇道，"我们里头说话，令郎都能听见。"

"真的！"韩刘氏兴奋得身子一动，眼睛霍然一跳，"这么说他心里还明白着！"

"令郎的病为庸医所误，你知道么？"高士奇语气很重，"观此脉象，左三部细若游丝，右关霍霍跳动，乃病在阴阙损及太阴之故。他的病本不重，不过是液枯气结——不知生了什么气，还是什么事急的——结果东木火旺乘了中土，重伤了胃，想必吃不下饭，连喝水都要呕出来——你不要忙，听我说。不用瞧前头太医的方子，便知他们都用辛香之类的药，足证他们是按气聚症疗治，殊不知此乃弃本攻末，竟都成了虎狼之药。阴液日涸，以至于肝肠不畅，阳明之气更加受困。这愈比愈劫，愈劫愈比……"他摇头晃脑地还要说，韩刘氏早急得止住了："先生说的何尝不是？都对的！说后头这些个我也不懂，你只说可治不可治吧！"

高士奇沉思了一下，答道："人到这份儿上，大话我也不敢说。病是还有三分可治的——"他立起身来，拖着破鞋片子叭嗒叭嗒走了两步，自言自语地说道："我用甘缓之剂试投。嗯，夫阴土喜柔，甘能缓急。对，先治肝再救胃！"韩刘氏见他如此学问，又这样审慎，喜得脸上放光，因见丫头送了参汤，忙亲自捧过，说道："先生尽管大胆用药——天这么冷，快给高先生拿手炉来，叫人备席！"高士奇又寻思半晌，方至桌前提笔写了方子。

韩刘氏接过看时，却是：

> 小柴胡二钱　甘草四钱　白芍一两　二花五钱　银翘三钱
>
> 通草一钱　铜丝草一钱　豌豆一钱　红糠五钱
>
> 急火煎煮加陈酒半两为引

都是家中常备之药，不禁一怔。抬头看高士奇，却见他只微笑不语。韩刘氏忙一迭连声叫人"煎药"，这边高士奇早已在席前枵腹大嚼起来，韩刘氏轻叹一声坐在一边守着，静等消息。

天色微明时，高士奇已吃得醺醺然。一个仆人从里头跑出来，高兴得大叫道："老太太，少爷打了个嗝儿，放了一串儿屁，醒过来了！"

第四回　韩刘氏抢亲救媳妇　飘零客批诗逢故人

因见高士奇用药很贱，韩刘氏对他也没有抱过大的希望，听见这话便三步两步挑帘进了里屋。高士奇慢慢悠悠地拖着醉步也跟了进来，用指甲剔着牙缝儿在一边瞧。

"娘哟……"韩春和睁开眼，声音小得蚊子哼似的，"儿……累了你老人家了……"韩刘氏心里又是凄惨又是宽慰，又是欢喜又是悲伤，止不住满眼是泪，俯身给他掖掖被角，轻声道："和儿，如今不妨事了。娘夜里在吕祖跟前烧了好香，咱家来了救命活菩萨。过几日好了，你得给这位高先生磕头立长生牌位儿……"

高士奇见这母子俩至性，想起自家自幼失怙，眼眶也觉潮潮的，凑近了病床笑道："我不是救命菩萨，是咱们医缘好。你这病得自心病，还得心药来医。有什么事使你急得这样，得告诉你母亲。气郁不畅，又不肯说，依旧要结郁，我能守在这里等着救你？"韩刘氏忙道："就是这个话。你怎么会得了这个病，快把实话告诉娘！"

"……我怕……"

"你怕什么？怕谁？"韩刘氏急急问道。

"我怕娘的家法……"

一时间屋里一阵沉默。韩刘氏慢慢倒退了两步，一屁股坐在了椅上，怔了好一阵才道："痴儿子，你爹死得早，娘就你这一根苗儿，指望着你替祖宗争气，不能不调教你，你就怕得这样儿！如今你大了，又懂事了，病到这份儿上，娘……还舍得施什么家法？"说着便拭泪。

"我……"韩春和嗫嚅了一下，终于说道，"……还是镇西头周家……和彩绣……"

"彩绣？"韩刘氏一时愣了，想了半天才问，"是那年七月十五黄粱梦社会上，头上插了芙蓉花儿的那妮子？去年咱娘俩不是说好，不要那破——"她顿了一下"鞋"字终于没有出口。韩春和无力地点点头，说道："是她……是娘逼着叫我说不要的……"

韩刘氏听了没吱声，歪着脖子想了想，忽然笑了："那妮儿长得是可人意的。不过已经有了婆家，这个月就要出阁了。天下好闺女多着呢！你病好了，瞧着娘给你选一个——你真叫没出息，这也算件事儿？""她出阁还是因为我……"儿子呻吟着道。老太太奇怪地问道："为你？"

高士奇已听出了眉目，蹙额沉吟，觉得这实在是个难题。却见韩春和有点羞涩地说："她……有了身子。"

"哦……"韩刘氏慢慢站起身来，自言自语道，"是这样的，原来我已有了孙子……"她的目光盯着窗外的大石榴树，半晌方笑道，"我的孙子不能叫他们作践了——这事交给妈来办！"高士奇听她口气如此笃定，心中不免诧异，瞧韩春和时，已松了一口气，脸上泛出一抹血色，接着又是几声响屁——下气通，乃医家大吉之音。

早饭罢，韩刘氏令人给高士奇拿来一身新衣服换了，打着火煤子抽着水烟笑道："亏了高先生，才学又好，医德又高，见了多少进京举子，总不及你。老婆子思量再三，想托你再帮个忙，不知成不成？"高士奇一身光鲜，吃得满面红光抹着嘴笑道："有什么事？你说吧。"老太太左右看看没人，凑到高士奇耳边小声连说带比划了一阵。

"妙哉！"高士奇一边听一边点头，未听完便鼓掌大笑，"高某读书阅事多矣，却没干过这等趣事——你若是男子，做得经略将领，但只为这个女孩子，可惜了这条计策了！"老太太格格笑道："别折死我老婆子了，为了儿子，也只能这样办了。你是举人，有功名的人，他们奈何不了你。当然别人也能干，挨顿打吃个小官司却免不了——为儿子是一层，媳妇肚里还怀着孙子，一救三个人，这个阴骘，足够你挣个翰林的！"高士奇听得高兴，端一杯残酒"咽"的一声咽了，双手合一道："成，悉听吩咐！"

韩刘氏的行动迅速得令人吃惊，只预备了两日便一切停当。当日下晚更起，丛冢镇西周员外家秋场上的麦秸垛突然起了火，烧得半边天通红。蒙在鼓里的周家哪知是计？前后大院除了老弱仆妇，倾巢而出，提着水桶、

说话。周孺人起身进屋取出一个包裹，就着桌子打开推在高士奇面前，一色十个银饼，二百两足纹银子，高士奇忙惊问道："这是何意？"

"一点点意思。"孺人说道，"一来先生受了惊，拿去买点东西补补身子；二来我瞧着先生很有才气，想请先生帮着打算一下。"高士奇心里明白，所谓"帮"，就是封口不让往外说，就凭孺人这点见识，比对面这位撅着胡子的老爷子就聪明得多。他掂掇一下，把银子一推，笑道："你老太太放心，我怎会坏人家名声？银子我是承受不起，你只说要商议什么事吧！"

周孺人见高士奇半推半就收了银子，才放了心，叹道："说来也是冤孽，我这不成器的三丫头，前年看庙会，不知怎的就和韩家那个孩子好上了。原也是不知道，后来眼看身子大了，逼着才说出来……"说着瞥了一眼丈夫，周乡绅脸膛得像红布一样，恨不得有个地缝儿钻进去。老太太接着道，"老头子先说叫她死。你想，她有身子的人，一死就是两个；叫她产吧，姑娘家生个孩子，老爷子气也会气死的；打胎呢，又迟了，依旧要出人命，想尽快嫁出去……"周乡绅早捂住了脸带着哭音说道："你就少说一句罢！"孺人瞪了他一眼道："这有什么，现在不能拿高先生当外人，要不了日后更吃亏！"

孺人这样以诚待人，高士奇想到自家处处欺诈，心里一动，不觉有点惭愧，身子向前倾了倾，低声道："老夫人说到这里，学生可要说你们一句了，这个姑娘嫁到别人家，合适么？"老太太叹道："我原也这么说，老东西拧着脖子不肯嘛！"

"韩家那小子不是病了嘛！"周乡绅顶了一句。

"那辰光还没病到这份儿。"孺人擦了把泪，平静地说道，"我家老头子为人正派，只是一个老古板。韩家是个外来户，门头儿底细弄不清，他儿子又病得不死不活，怎好把闺女送过去做望门寡？高先生啊，这件事真难为死我们了！"

高士奇的"气"此时早已丢到爪哇国，听了周孺人这番话，夹起海蜇来嚼得咯嘣咯嘣响，出了一阵子神，笑道："这事办到这份儿上，女儿另许人家，是断断不可的。你疼女儿，没想她已有七八个月身孕，一过门就产，婆家岂肯容她，这一辈子甭想出头了，那才叫活受罪呢！"周乡绅粗声粗气地说道："如今我也想通了，就要她嫁韩家，望门寡也是个体面的媳妇，谁叫她自作自受来？"周孺人道："你现在才想通，已经晚了，如今孩子已经被人抢走了。究竟是什么人抢的呢？"高士奇假意劝道："妈妈疼女儿，天下一理。不瞒你们说，小可便颇识医道，高祖公便是李时珍的真传弟子。告诉老太太一句话，天下只有不可治之心，没有不可医之病。我揣度着这过节儿，令爱莫不是韩家抢回冲喜的，韩家公子的病兴许从令爱身上而起——这么着，我索性陪你们去韩家走一遭，一来探探风声，是不是他家抢人了，二来给他家韩公子治病，若医得好，就是你家乘龙快婿。这段丑事也就掩了过去，你看如何？——到时，你可少不得谢我啰？"

"澹人先生真是快人快语！医好韩春和，我再出三百两谢银！"周乡绅听了竟忍不住一笑。又复叹道，"其实我三个女儿，最疼的还是这个彩绣——但只新许的王家，该怎么辞了人家呢？"高士奇大笑道："老先生忒是多虑了。昨夜的事闹得四邻都知道了，王家怕退亲还来不及，还用你去辞！"

一场大抢亲的闹剧，就这么收场了。眼见丛家新藓上绿，滏阳河水暖鸭凫，杏开白蕊，柳绽鹅黄，已是康熙十八年二月。龙抬头这天，黄粱梦大放社火，周围数十里善男信女不绝于路。高士奇却盘算着进京的事了。他穿着竹青夹衫，也不系腰带，一头乌亮的头发总成长辫直拖到腰间，潇潇洒洒、飘飘逸逸地在人堆里钻来钻去。看一会儿百戏儿，瞧一会儿卖药的，见戏台子上没完没了的只是演《云房十试洞宾》，觉得百无聊赖，便来至仙梦堂后，在神道碑廊旁的大放生池边迈方步儿看鱼，寻思自己进京后的棋步儿该怎么走。

"难哪！"他拍拍脑门子，心中暗道，"凭真本事、凭文章硬考，我用得着求谁？无奈明珠、索额图这些当道大老爷都是棺材里伸手，死要钱！周韩两家给的这一千两银子，只怕不够塞他们牙缝儿！即使侥幸考上，顶多打点个知县，定不住还是个县丞，还不如我行医卖字画呢！"他摇头苦笑了一下，见一池春水在风中荡漾，隔岸杏花似雪、柳丝如雨，真是二月景致摇人心扉。正想构思佳句，因见廊下碑间粉壁上尽是题诗，便踅到前头找小道士要了笔砚，一边看，一边走，见诗就批，却颠来倒去一律只三个字"放狗屁""狗放屁""放屁狗"……

待批至碑廊尽北之处，却有两首诗颇引人注意，一首写的是：

烟波柳新意渺茫，回首模糊旧关乡。

胭脂洗尽落铅华，冠带解去餐黄粱。

求仙难济尘世苦，度人无须夭桃香。

最是不堪荒寒境，吟罢低眉绕彷徨。

接着又是一首七绝：

富贵荣华五十秋，纵然一梦也风流。

而今落拓邯郸道，要与先生借枕头。

下头落款"钱塘陈潢"。墨汁淋漓，一笔极有风骨的颜体字煞是洒脱。高士奇偏着脑袋回想了一下，自己认识的人中并没有一个叫"陈潢"的，正待提笔去批，后头有人笑道：

"高江村，笔下留情！"

高士奇回头看时，来人有二十六七岁，干筋黑瘦，却是双眸炯炯，十分精神，穿一件团花青绸长袍，两腿分得开开地背手站着微笑。

"……哦……足下……哈，是陈天一嘛！"高士奇迟疑了一下，忽然认了出来，掷笔大笑道，"怎么晒得这么黑！陈潢是你的本名儿，到现在才想起来！怎么，又让令兄逼着进京取功名了？"陈潢笑道："家兄如今也想开了，看来我生就的是五行缺水的八字，一辈子离不开河。立德立功都不成，只好立言。我已考察完了南北运河，想再过几日从娘子关入晋，到河曲镇沿黄河南下，我的《河防述要》里还缺些东西，比如要想治得黄河清，如何探本求源……"说到科考，陈潢大皱眉头，说到他的著述，说到治河，这个黑瘦汉子却眉开眼笑，滔滔不绝，"……出将入相，那是你江村兄这样人物的事。我嘛，只配做个水耗子。"高士奇笑嘻嘻地听着，说道："大禹事业功在千秋，我岂能小看了你？瞧这模样，你要生当河伯、死为水神了。我从令兄处借读过你的《河防述要》，真真是济民治国的要言，治水上我一窍不通，但你言人所未言，发人所未见，精警之处也令人叹为观止啊！"

陈潢仔细打量一眼高士奇，说道："真不敢认你了，你这破落户书生如今出落得这样阔气！"高士奇这才笑着把在韩刘氏家治病的事说了，却回避了韩家抢亲的一节，又问道："瞧你的诗，又是'旧关乡'，又是'落拓''借枕头'的，如今你遂了心愿，求仁得仁又有何怨？怎么发牢骚？"陈潢呆了半晌才笑道："不瞒江村兄，盘缠已尽路程尚远，焉得不愁？"

"包在我身上！"高士奇无所谓地一笑，"腰里没铜就不敢横行——到底你是公子哥儿脾性。像我高某，身上一文莫名，不也从浙江来到这里了？走！随我到韩家去，让他们腾间空房，你好好歇息，把考察文章也理理，养足精神我北你西，各干各的——看看日头把你晒成什么模样了！"

第五回　陈潢侍妹秉烛达旦
　　　　阿秀认娘心堕情网

陈潢一边跟着高士奇向外走，一边笑道："澹人兄性子一点没改，有钱就花光，没了再钻营——你要当了宰相，天下可怎么得了？"高士奇回头看看，见一个女叫花子满脸污垢，一身臭味跟了出来，啐了一口说道："去去！"陈潢却从身上摸了十几个铜子儿递了过去。二人目光一碰，陈潢微微诧异地一怔，那女丐忙低头掩一下衣襟去了。陈潢因问道："这个女子是此地人么？"

"谁知道她！"高士奇又吐了一口唾沫，"是个哑巴！臭得邪乎，一点色相也没——你问她做什么？"

陈潢沉吟良久方道："这人很像我三年前买的一个人——当时陕西王辅臣叛乱，我恰好在甘南考察泾河，王辅臣军中缺饷，从蒙古难民中掠来女子，装进麻袋，二两银子一个。我身边缺一个侍妾，就也挑了一个，却是极标致的……""标致！哈哈哈……"高士奇大笑道，"这样的叫花子叫'标致'，真个唐突西施，刻画无盐了——后来呢？"陈潢沉默了一下，说道："买来当夜就逃走了，我也不晓得为什么……也许嫌我长得丑？"

"你是着了魔了！"高士奇哑然失笑道，"管她那些账做什么？难得今日他乡遇故知，今晚该高兴痛饮一场了！"说着便扯了陈潢回到韩家，半个主子似的要了一桌席面，一直吃到黄昏。韩刘氏却也甚爱陈潢为人忠厚爽朗，再三挽留。陈潢却坚辞要回黄粱梦店里收拾行李，自辞了去。

陈潢回了下处，酒沉了，再也睡不着，白日见到的女丐的影子总在眼前萦绕。听着起了更，便披衣出来，对老板说"出去散散步"。此时星汉高远、天街人静，月亮线儿似的高悬中空，远处滏阳河长久不息地发出微微啸声。他漫步踱至庙门口，忽然迟疑地停住了脚步：

"我这是想做什么？这黑的天，去会一个年轻女叫花子……"

正待回步，却见大庙前旗杆对面戏台旁，傍水台阶上影影绰绰站着一个人。陈潢不禁诧异：这么晚了又这么冷，是谁在那边？他向前凑了两步，听那人细声吟道：

> 柳条金嫩不胜鸦，青粉墙东道韫家。
> 燕子不来春寂寞，小潭和风梦梨花。

陈潢抚着庙前拂荡的柳枝，不禁痴了，却听那人曼声又吟：

> 松影侵坛琳观静，桃花流水石榭寒。
> 东风吹过双蝴蝶，人倚危楼第几栏？
> 屈曲阑干月半窥，菱花香淡水漪涟。
> 宵来一夜昭君梦，付于断亭颓垣边。

此时已听清是个女子在吟诗，估量身材，隐约是那女丐了。陈潢听她词调凄婉，暗暗思忖：其身世若无极深悲苦，其学识若无精深造诣，断不能发此感叹。陈潢的心中升起一种说不清是怜悯、是爱慕的感情。想着，竟不自禁地大声说道："好！你不是哑么么？竟能吟出如此清音妙语！"

那女子听到人声，机警地转身一瞪，向水榭子西边大坟园子倏然而去，朦胧的月光下，纤细的身材更显得飘忽不定。陈潢见她装鬼，不禁暗笑，大踏步地跟了上去。那女子听见他脚步橐橐跟了上来，越发走得迅疾，忽左忽右、忽隐忽现，在坟间荆丛中一闪，早没了踪影。

陈潢站住了脚步，左右审视周围，此时流云飞渡，月影惨淡，黑森森的松柏发出低沉的涛声，白杨青枫树叶子一片山响，活像一群人在暗中拍手欢笑。陈潢正没理会处，乍然听见身背后，"啾——"的一声凄厉怪啸。回头一看，对面一个女鬼，生绢抹额、披发飘飘、双手高举，脸上非但没有血色，并连耳目口鼻一概不见，只白森森的模糊一片！饶陈潢胆大如斗，也觉身上毛发森森。但陈潢的胆量是自幼在险风恶浪中历练而来，自十六岁开始独自察考江源河道，在废庙破观、荒山野坟中过夜是常事，也曾几次和装鬼盗墓的贼人相遇。一阵慌乱过后，他很快就定下神来，点头叹道：

"你何必如此？我若没胆子，就不敢追你——把脸上的白手帕取下来吧！"

"你是谁？"那女人问道，"为什么追我？"

"你倒先问我！"陈潢笑道，"你是谁？是不是西域人，曾被王辅臣乱兵发卖过的？"

听了这话，那女子默然无声，慢慢取下脸上蒙的白绢。千真万确，正是白天在黄粱梦镇上讨饭的女叫花子。此时近在咫尺，陈潢仔细打量，星光下虽看不分明，但她脸上已毫无泥垢，细长的脖项上是一张明洁端丽的面孔，只苍白得令人不敢逼视，一种似玫瑰非玫瑰、似香橼非香橼的处女气息幽幽散发开来。她理了一下散发，没有回答陈潢的问话，只解嘲地笑笑，说道："你真是勇敢的人，以前有几个恶少年都被我吓死了！"

"自然，你要防身护贞也只得如此。"陈潢冷冷说道，"我只不明白，当初我救出了你，你为什么要逃？你是什么身世？"

"你救了我，是为了让我做你的姜室。我这样的沦落乞丐，不敢高攀——"那女子惨然说道，"你今晚为什么要来追我？是为了你的那几两赎身银子吗？"

陈潢明知她是说假话，却不便再问下去了，摇了摇头说道："当初救你，也许为身边有个女侍。你既然不愿，我也就罢了，生扭的瓜不甜……我听你吟诗，见你装哑，已知你身世极为坎坷。既然有缘相识，我该问你一声……"

"那么你是……爱我了？"

陈潢浑身一颤，下意识地抬头看了她一眼，回避了她的目光，低声说道："别……别这样说……""你的眼睛很亮，"她语意双关地说道，"我是西域人，你叫我阿秀好了。"陈潢四周看了看，说道："我们边走边谈吧——我终年察考河情，在黄河上游见过不少西域女子，你身上这么……香，想必是霍部回民？"

霍部回民大约因水土关系，多有身带异香的，阿秀在身上涂牛粪，就为的盖住这香味。阿秀暗中一笑，说道："我很香吗？我的祖母、母亲都是霍部的，我是土谢图部蒙古人。"她和陈潢并肩慢慢走着，拂着道旁的草，娓娓地说着，"……和我的祖母、母亲一样，很爱洁净，每隔十天不沐浴，就觉得活不下去，可每到早晨又得把自己弄脏——正巧今晚让你碰上了……"

因在黄河上游踏看水情，外域情形陈潢是知道的。扎萨克、车臣和土谢图三个汗王共领喀尔喀蒙古。土谢图汗中年丧妻，又纳一位福晋，天生丽质芳名四播，竟传到了扎萨克汗耳中，这位酒糟鼻子的蒙古王爷原是色中饿鬼。竟自带了几百乘骆驼，包藏利兵，亲往土谢图部落来"贺喜"。在席前以掷杯为令，大打出手，逐走了土谢图汗，抢走了福晋。陈潢想了想，问道："阿秀，你为什么沦落到了中原？你的父亲呢？"

"不要向我提起这件事！"阿秀突然掩面哭泣，大声说道，"不要提起我可怜的父王！"说着，抑制不住似的向前冲出几步。

"父王！"陈潢打了个寒噤，紧走几步追了上去，站在这个突然成了"格格"的王女跟前，不知说什么好了。阿秀向他叙述了她的父王被害的经过。

"扎萨克来我们草原，正巧噶尔丹汗的女儿钟小珍也在，她看出了破绽……"阿秀仿佛不胜其寒地抚着肩头，浑身都在颤抖，"半夜时候，小珍带着她的仆从老胡闯进我的帐房，她的脸色惨白，摇醒了我，说：'妹妹，快走，快走！草原上的恶狼来了，他们带着刀剑和火药。你的父王和豺狼在一起喝酒唱歌！'"

她陷入了深深的回忆之中："我惊慌地爬起来，出了帐房。四周空旷的草原一片黑暗，只有父亲的大帐里灯火通明，守卫大寨的武士一个也不见，都换上了陌生的扎萨克部的人，臂上扎着白毛巾……

"我命令我的女奴护送小珍立刻逃离这个是非之地，星夜回准噶尔求噶尔丹引兵来助。我自己带了两个武士卫兵，佩着长剑闯进父王的大帐，一把拖起正吃酒吃得高兴的父王往外逃走。邪恶的扎萨克汗一见事情暴露，'哗'地掀了宴桌，拔刀在手大叫一声'还不动手！'

"那是怎样的情景！刀剑相接，火光和烛光乱摇狂舞，喊声、杀声、惨叫声响成一片……"阿秀颤声述说着那可怖的场面，"趁双方武士打成一团，我和父王悄悄溜出来，杀了两个扎萨克武士，夺马逃出大寨，到草原上燃起了狼烟烽火，请车臣汗出兵相助，召集本部落牧民反攻……哪里会想到车臣汗和扎萨克汗事先商议好，一个占我的继母，一个占我的草原！

"在向甘陕三天三夜的大逃亡中，我和父王失散了。不久又传来消息，说他死了……我独自一人化装成难民，想进关内求博格达汗出兵，想不到又落到王辅臣的败兵手中……"说到这里，阿秀擦了一把眼泪，举首望天默然不语。半晌，长长地嘘了一口气，"到了北京，又遇到噶尔丹的使臣……从北京我又逃到了这里，做了乞丐！"

陈潢和阿秀边走边谈，不觉已回到了黄粱梦镇边。陈潢不觉有些犯难了：再让阿秀回去讨饭断然不可，一同到丛冢，又是夜半更深，孤男孤女，也不好。两个人同时站住了。

"陈先生，"阿秀蹲身福了福，懒懒地说道，"请回步罢。我……要回庙里了。今晚我真欢喜，能向人吐吐心里话……我……会记住你的……"

陈潢有些怅然地看着阿秀的背影，沉吟片刻，突然叫道："格——阿秀，请留步！"

阿秀在月光中转过身来，褴褛的衣衫、乌黑的秀发在风中微微摆动，恰似一尊圣洁的玉美人，有点迟疑地问道："先生还有话吗？"

"你是一位尊贵的格格，"陈潢斟酌着字句说道，"你这样隐名行乞，绝非久长之计，既不能光复旧业，又不合尊贵的身份。我如以路人待你，不是丈夫之举——能否屈尊今晚与我同住一店，以兄妹相称。明早我送你到丛冢，我的好朋友高士奇在那儿很得意，总能让你先安下身来。"阿秀看过高士奇日间评批人家诗词，不禁莞尔一笑，说道："你说的那位高澹人？那是个轻薄人！""回你的话，"陈潢恭敬地答道，"放荡不拘形骸则有之，'轻薄'二字似属太苛。"

他的这种恭敬忽然使阿秀觉得有些隔膜，却不知自己说出"格格"身份，已在二人中间树了一道高墙。阿秀略想了想，一掠秀发笑道："好吧，就依着你。"

店老板见陈潢半夜带着个女人回来，提着灯觑视了半晌，却没认出就是镇上的女叫花子，不怀好意地笑了笑，正待要问，陈潢却道："这是我的堂妹，被人拐骗至此。我这次进京，家叔还特意关照寻访她，不料今日竟遇上了，今晚只好先住在这里了。"

"啊，好、好！"店老板对这种事见得多了。客人出去打野鸡、叫妓女是常有的，只陈潢还要撇清称"堂妹"，倒令人狐疑，一头走一头笑道，"既来了就是小人的财神。不过……现在寻个单间儿却不好办——怎好半夜把客人攒起来呢？您说是不，陈爷？"

"那……你说怎么办？"陈潢一时倒犯了难。

店老板犹未答话，阿秀却道："他是我哥哥，同住一室不妨的。"老板原意是多敲剥陈潢几个钱，"攒"走别人，让陈潢再赁一间房，听阿秀说话，便道："兄妹原不避嫌，只二位是'堂'兄妹，怕要招惹闲话的——我不说什么，镇上巡头儿来查店，小的不好交代呀！"

陈潢原也想多花点银子再要一间空房，听见"闲话"二字，猛地想起阿秀一直在这儿讨饭，"哑巴"突然说了话，事情会闹大了。听店主人口气大有勒索要挟的意思，便将仅有的十两大银锭摸出来丢去，说道："今晚只好就这么将就一夜了。这点银子你拿去，给我妹子弄一身像样的衣服来，下余的全赏了你！"

"哎哟，您老这么破费，小的谢赏了！"老板满脸谄笑，老着脸揣了银子，打千儿谢了赏，颠着屁股又开门又点灯，不一时便从后房夹了两套半新半旧的衣裳，木梳镜子等用具都带了来，放在桌上，赔笑道："嘿嘿……实在不成敬意。这是小人浑家过门陪嫁的衣裳，只穿过一水，请小姐将就着用吧……"一边说着，反掩了门出去。

屋里只剩下了他们两个人。陈潢见她坐在床边，似乎有点不知所措地痴望着烛火，便背转身子，大大方方说道："请——妹妹更衣。"一阵窸窸窣窣声响过后，又听木篦丝丝的刮发声，好半天才听阿秀浅笑一声道："书呆子，傻站着干什么？过来坐吧！"

陈潢转过身来，竟一下子怔在当地。这是那位身着烂衣、脚拖破鞋、满脸黑灰污泥的叫花子么？阿秀本来天生秀丽，此刻换了水红绫袄、藕荷色百褶石榴裙，映着灯光，发似乌云叠翠、鬓如刀裁新鸦，支颐而坐，竟使一室生辉！陈潢见她娇羞满面，流眄送波地看过来，不由心头一阵急跳，忙低下了头，蹭着步儿挨到椅子旁，取了一本书，看也不看阿秀，小声说道："我……在这里看书，您请自行安歇吧……"

阿秀敛起了笑容，她在蒙古原就倾心汉学，到中原几年，虽不与人交谈，冷眼旁观，已知中原礼俗。见陈潢面孔绷着，浑身不自在，心里不禁一动："此人是个至诚君子！"她无声叹息一声，和衣倒卧在床上。

这一夜陈潢一眼没合，真个秉烛达旦地看了一宿书。那蜡泪在瓦烛台上堆了老高。

"臭叫花子"居然是"香美人儿"。第二日，高士奇一听说这事，不禁跌脚懊悔："这等风流韵事，正该我高士奇遇上，怎的失了眼，倒让陈潢这黑不溜秋的水耗子得了便宜！"懊悔归懊悔，他还是推迟了一日行期，到镇上银匠待诏那儿，打了一支卧凤金簪、一副银镯，又买了两套贡呢料子，还有一只当时极贵重的菱花玻璃小镜——共是四色见面礼儿。刚回韩府，韩春和兴冲冲迎出来，因见高士奇踱过来，忙站住了，笑道："恩公快瞧去，人已接过来了，正和老太太摆家常呢！我娘已认她为义女了。"高士奇笑着点点头，加快步子拾级上阶走了进去。

"闺女哟……可难为你了！"韩刘氏正坐在前堂中间，搂着满脸泪痕的阿秀抚慰，"也亏得陈先生慧眼！你在这儿快两年了，我老婆子只瞧着可怜，再想不着你身世恁般的苦……啧啧！这些个糟心的事儿先前只听鼓书先生说过、戏里唱过，要不是你水灵灵在我跟前，说煞了我也难信哪……"陈潢坐在一边，见刘氏如此动情，眼中也噙着泪花。

阿秀自幼丧母，从未受人如此慈爱，乍来韩家，被老太太这番体己话，说得心里又酸又热又舒坦，偎在刘氏身上，哽咽着说道："娘是积德行善的好人，冷了给我送衣裳，饿了给我送吃的……我虽不敢说，可这些事我件件都记在心里呢！如今来到你家，我是哪里也不去的了！"

"乖娃儿，"韩老太太摩挲着阿秀，擦泪笑道，"落叶总得归根，娘虽舍不得你，大理还是明白的。挨刀的吴三桂已经叫万岁爷拾掇了，朝廷总不能叫你受一世的苦，那边也是朝廷管的地面儿么！将来你得回去，或嫁了人家，别忘了这里还有个娘，娘也就知足了！"阿秀闭着眼，任由泪水淌着，撒娇儿道："万岁爷要是恢复了我的封地，我可要把您接去，就这么整日搂着我！"韩刘氏笑道："别折杀了我的阳寿，哪能有那么大的福分？再说，你女婿也不能让我老婆子将你霸占着呀！"

"我女婿！"阿秀抬起了头，一双亮晶晶的大眼睛含着笑意，故意指着陈潢，说道，"娘，您问问他让不让……"

韩老太太见阿秀如此大方顿时愣住了，尽管她精明能干，见多识广，可也从没见过这样的女子，一时倒不知说什么好。陈潢的脸腾地红到耳根上，手足无措地站起来，慌乱地说道："这……这断断使不得。"他马上又纠正道，"我不是说不好，我是说……我已有家室！""那有什么，"阿秀坐直了身子，正容说道，"你把她接来就是了……"说到这里，她停住了，下头的话竟没说出口。

"格格厚爱之情，人非草木，陈潢岂有不知之理？"陈潢定了一下心，侃侃说道，"我原不知您的身份，如今既知，怎敢做非礼之事？……家妻温良恭俭，十分贤惠。我的事业是治河，终年在外浪迹天涯，飘忽不定，我已对不起她了，岂忍再误格格的青春年华？更要紧的是格格还要报家仇复旧业，而我对此是无能为力的！"阿秀听了，从韩刘氏怀里挣出，猛地站了起来，想了半日，总觉无两全之计，眼泪无声地流出来，擦了擦，又决绝地说道："我……是你的人，哪怕等到白发，哪怕你走遍天涯海角，我都要等着你……"

两个人正说得不可开交，门外忽然传来朗朗笑声。

第六回　视河工天子巡汴梁
　　　　评功过图海受惩赏

高士奇一边呵呵笑着，一边走了进来，朗声说道："天一兄好艳福！明月之璧、夜光之珠晦其色，偏天一兄独具慧眼，识灵秀于风尘之中，真真令人可羡……"说着，已是进了堂房，上下仔细打量着阿秀，惊叹道，"真个光艳照人！这有什么好膜的？兄弟赠你《长相思》一阕，聊作见面礼儿！"说罢，径自伸着脖子吟道：

　　蜂也欢、蝶也欢，姊妹撩人语太烦，多言怒小鬟。花一团、锦一团，不识与卿甚的干，低头故不看！

吟罢重又大笑，"我这给你办了四色礼物，可别说'与卿甚的干'哟！"

"陈先生，自我说了身世，你就待我不同，你的心思我知道。"阿秀没理会高士奇的调侃，缓缓起身道，"我反正无家可归，也不想就嫁，我说过的话从没改过口，你瞧着办吧！"说罢掀起门帘一甩自进里屋暗泣去了。陈潢脸上青红不定，半晌才道："韩家妈妈，阿秀暂且安置在您这儿，她不知中原人习俗，慢慢就会明白的。我明日就要动身去河南考察水情——大约桃花汛也该下来了。"

因见韩刘氏木雕泥塑般坐着，陈潢一脸尴尬，倒把高士奇弄得丈二和尚摸不着头脑，诧异地问道："你们这唱的是哪一出呀？"

康熙到开封视察河工，因京里忙着张罗开博学鸿儒科的大事，明珠和索额图都没有从驾，只带了康亲王杰书和熊赐履来，军务上的事由杰书随时请旨发文，政务则就地咨询熊赐履，倒也妥当。他不想惊动地方官，所以一路微行，一切乘舆銮驾都不要，秘密占了开封首府衙门，连巡抚方皓之也不知当今皇帝就近在咫尺。但因臬司、法司衙门掌着驻跸关防事宜，或有缓急用得着，康熙便命侍卫穆子煦以私人身份出面拜会按察使，宣明皇帝不愿惊官扰民旨意，仰照地方官严加巡视关防。穆子煦是个精细人，眼瞧着臬司发出火牌，调度郑州、新郑、密县等地驻防旗营移防省城，一切均无不妥，方辞了出来。

穆子煦回到开封府衙，已过晌午。御前一等侍卫武丹和两个三等侍卫素伦、德楞泰正在后堂二门站班。前头黄太尊因奉旨照常理事，只在签押房处置民讼，时而静寂无声，时而板子打得山响。穆子煦也不理会，略一张顾，问德楞泰道："兄弟，主子没睡中觉么？"德楞泰是去年秋天被选进入宫的。去年秋天新建木兰围场，东蒙古各王公会武游猎，因德楞泰空手扼死一只公熊，被誉为蒙古第一勇士，当了侍卫。他年纪不大，二十四五岁，敦敦实实的，一脸憨相，见领班侍卫问话，忙道："方才户部递折子来，说什么——喀尔喀蒙古难民逃到陕西太多，请给陕西调粮食。刑部王士祯尚书便衣赶来，正在万岁那儿说事儿，闲人都被屏退了出来。还有一位大人也从陕西来，却认不得，正在天井候旨呢。"穆子煦点头进来，果见后堂门口站着个一品大官，蜜蜡朝珠、双眼花翎，正在踱方步，便拱手笑道："是图海大将军呀！圣上就在里头，不便请安，告罪了！"

"告哪门子罪呀？如今你是侍卫里头的大红人，一放出去，就是一位大将军！"图海停了一会儿又道，"兄弟，我倒真是面圣请罪的，万岁爷若发火了，你可得多关照着点。"穆子煦不禁笑道："你和周培公一起，前不久立了大功，有何罪可请？军门别开玩笑——"

"谁在外头，穆子煦么？进来！"康熙坐在开封府二堂正中，斜对面条凳上并排坐着杰书和熊赐履，刑部尚书王士祯长跪在下面。听见穆子煦在外头说话，康熙只招呼一声，便接着对王士祯讲："朱三太子没拿到，又冒出个朱四太子！是假是真固不足虑，但听说官员中竟有人向他请安、行旧主之礼，人心如此不测，朕实寒心之至！"

"是！"王士祯叩头道，"所以当时臣即刻上前，掌嘴问他，'你是谁家孩子受人愚弄，甘冒灭族之祸来这里？'现已审明，伪称朱四太子的叫张缙，浙江金华人……"

康熙的脸色很难看，截住话头说道："不必再奏了，他既不肯招出主使，就以妖人惑众早早弃市！"

"喳!"

"你下去吧。"

"喳!"

"回来!"康熙又叫住了王士祯,慢慢说道,"听说你的诗写得好,进一本来给朕看。嗯……你方才说的,有人看见杨起隆到北京的事,涉及国家大臣,切须机密。也许朝臣里有不安分的人栽赃陷害朕的股肱,但也不可不防实有其事,你明白朕的意思么?"

王士祯忙叩头道:"奴才明白!"

"好,你跪安吧。"康熙吁了一口气,和蔼地说道,"把你的诗本送进大内给朕看,蒲松龄写的《聊斋志异》也缮誊几篇一并呈进。"

看着王士祯躬身退出,康熙方问穆子煦:"你在院子里和谁说话?"穆子煦听到"股肱大臣"中竟有人暗通叛逆,心里骇然,正在紧张地想心事。听康熙问话,忙道:"是陕西抚远大将军图海,说是请罪来的。"康熙哼了一声,说道:"叫他进来!"却又转脸对熊赐履道:"赈济蒙古难民的事就这样办吧,从山西先调些粮去。噶尔丹这人不可小看,一边占了喀尔喀,一边修表称臣,实在奸诈过人,朕等台湾的事完了再和此人算账——如今且说博学鸿儒科。看索额图的折子安排的也罢了。近二百人应试,连小几带矮座儿一人一席,也要占好大一片地方,体仁阁是太挤了些。开一个旷古未有的先例吧,一体在太和殿应试。"

太和殿是朝廷举办极盛大典的地方,除了新皇登极,元旦受百官朝贺、接见外藩外,从不启用。熊赐履海内文坛领袖,见康熙如此隆重对待文事,心里不由一阵激动,瞥一眼刚进来的图海,欠身说道:"万岁如此重视修文,实天下苍生之福!不过,太和殿康熙九年地震之后尚未修复。因国家用兵,工部又不肯拨银,一时恐怕难办。"康熙仰脸想了想问道:"得多少银子?"

"这……"熊赐履因没想过修太和殿的事,倒被问住了,顿时脸一红,杰书见他尴尬,忙插话道:"工部没估过,熊赐履不好妄言。不过康熙十二年,奴才曾问过当时尚书米思翰,约需三十万两银子。"康熙听了略一沉吟,对熊赐履道:"就是三十万两。发文寄给明珠、索额图,叫工部出十万两,剩余二十万两由在京诸王乐捐报效。"说罢,将目光扫向图海,问道,

"图海，你来见朕何事啊？"

图海眼巴巴地听了半晌，康熙连正眼也不瞧自己，心里正自发毛，猛听见问，叩地有声答道："奴才……向主子请罪来了。"

"哼，你居然'有罪'？"康熙冷笑一声，黑得深不见底的瞳仁闪着寒光，问道，"余国柱参你十款大罪、三不可恕的折子，朕已批交部议，想来你是拜读过了的。你既然知罪，就该闭门思过，是不是还有些不服，到朕跟前撞木钟？"图海忙伏身下去，头也不抬地说道："是！奴才罪该万死。但奴才当日率兵出征的情形主子是知道的。万岁圣明，六条军令中实无'抢掠民财者斩'，奴才是有意放纵军士抢掠，以补饷银不足。求万岁天心明察，当时只有五万两军饷，平叛数年，户部不曾拨过一两银子……""这些事朕知道。"康熙一口截住了，"朕想知道王辅臣是怎么死的！"

这正是图海最忌讳的。先前在朝时，王辅臣和图海是要好朋友。"三藩"乱起，平凉事变，王辅臣造了反，康熙命图海和周培公将兵征讨。平凉大战之后王辅臣兵败归降，康熙深恨王辅臣背恩负义，密旨令将王辅臣召进京师，准备凌迟处死。因见王辅臣兀自欢天喜地预备入京"领赏"，图海实实怜悯，便暗暗地透了消息。王辅臣却也不忍让图海受到牵累，醉酒之后，令部将用湿棉纸一张张糊在脸上，窒息而亡。听康熙这样追问，图海情知无法再瞒，咽了一口唾沫说道："主子问到这事，奴才实无言可对……"杰书在旁说道："你何必躲闪，大丈夫做事要敢于承当嘛！"熊赐履也道："主子问话，你怎么能说'无言可对'？真是天下奇闻！"

图海颤声说道："二位大人教训的极是。当日奴才奉旨为抚远大将军，诏书中原有'便宜行事'之旨。周培公只身入危城，劝王辅臣归降，曾言愿与臣以身家性命保王辅臣无事……臣不杀王辅臣无以维护国家纲纪，即是不忠；送王辅臣入京受凌迟之苦，不但对王辅臣言而无信，且陷周培公于丧仁失义——两难之间，臣取其中，令王辅臣自尽谢罪……"

康熙听完没吱声，铁青着脸站起来，靴声囊囊踱了几步，长叹一声说道："这样一来，你倒是忠信仁义俱全了，为什么不替朕想想？当初朕是怎样待他的？解衣衣之，推食食之——可他呢？他杀了朕的经略大臣，朕下诏命他将功补过，既往不咎，但依然反了，作践三省土地，蹂躏数百万生灵，轻轻地一自尽，竟然万事俱休！他若不反，吴三桂早两年就珍灭了，何至于修一个太和殿也捉襟见肘?"康熙似悲似喜地说着，眼泪突然夺眶而出。王辅臣受任出京，康熙赠枪加宠，温语抚慰的往事，熊赐履、杰书和侍卫们都是亲见亲睹，想起往事也都惨然动容，却听康熙又道，"朕严旨令他进京，也实是想再见他一面，好好想想当初怎么会错看了这个人，朕一直奇怪，一个人受恩如此深重，怎么会这么快忘恩负义……"他话音未落，图海早五内俱沸，伏地啜泣。

杰书见康熙感伤，忙劝道："万岁乃天下共主，有包容宇宙之量。王辅臣畏罪自尽，也算遭了天诛。奴才以为此事就……免于追究了罢。"

"传旨，余国柱着晋副都御史之职。"康熙拭了泪坐了，又对图海道，"你是有功之臣，带三万人半月荡平了察哈尔，又歼平凉叛军十余万，为朝廷立了大功，但功过须得分明——晋你为一等伯赏功，革掉你的双眼花翎罚过!"

晋一等伯是极重的赏赐，拔去花翎又是极失体面的惩罚，康熙却同时加于一人。杰书等人还不觉怎的，熊赐履却觉得有点匪夷所思。细想却也没有更好的处置办法，正寻思间，图海已深深叩下头去，说道："奴才叩谢天恩!"

"起来吧。"康熙已恢复了平静，呷了一口茶，笑谓熊赐履，"银子的事，你下去和图海也商议一下，能否从他军饷里挪出些来，腾出钱来赈济一下蒙古难民——他有的是钱，不要怕穷了他!朕心里雪亮，连你杰书在内，打起仗来，兵和匪是难分的。"

康熙在开封住了六日，每日都要到黄河岸上去踏看水情，十几处决口堤岸大抵都已看过。第七日便专程来看最大的决口地铁牛镇。

铁牛镇坐落省城开封东北二十余里处，历来是个屡修屡决常遭水灾的地方。因星相术中十二地支相生相克之理，丑属阴土，和阳水相对，为"无忌之刑"，不知何年何代，人们集钱临河铸了一头重逾万斤的铁牛，因而名曰"铁牛镇"。康熙十七年秋，大堤再溃，堤外数千顷良田已被夷为荒凉的大沙滩。

日值辰时，昏黄的太阳懒洋洋地悬在中天，偶尔还能见到被埋在沙丘里的鸱吻、房顶。

　　"熊东园，"康熙骑着马，嘴唇紧紧绷着，眯缝着眼遥望远处滔滔的黄河，良久才问道，"你是读遍廿一史的了，晓得这条河决过多少次改道多少次么？"熊赐履忙稍稍纵马跟上了康熙，欠身说道："恕臣没有留心，但也实在无法计算，大抵十数年、三五十年总要改道一次，决口则几乎年年都有——这是天赐我中华的祸福之源啊！""应该叫功过之河。功大得无法赏赐，过大得不能惩罚。"康熙言下不胜感慨，"朕在位期间，即使别的事都平庸无奇，治好这条河，也是功在千秋啊！"

　　康熙的语气很重，熊赐履和杰书都知道治河事艰役重，历朝都视为极头疼的大事，便不敢轻易接口。康熙勒缰缓缓走着，又叹息道："如今看来，最难得的竟不是将相之才。文治有你们几个在朕身边，管好吏治民政，百姓不生事就好；打仗嘛，懂陆战的有图海、周培公、赵良栋、蔡毓荣；懂水战的有施琅、姚启圣。可懂治河的呢？朕即位以来已换了四任河督，竟没有一个成事的！唉……"

　　"圣心如此仁慈，上苍必佑，请主上不必过于焦虑。"熊赐履无可安慰，苦笑道，"昨日邸报说，靳辅已经上路，且让他试试看吧。"杰书拍手叹道："人才还怕没有？但会治河的人未必会八股策论，从童生秀才慢慢考到举人，从州县官再一步步升迁，待朝廷晓得他会治水，一千个里也不定能找一个哩。"

　　康熙听了，思量半晌，一笑说道："所以朕并不专重科举，留着纳捐这条异途，也算另开才路。明儿再下一道谕旨，着各省大员密访人才。也不限于治河，凡懂得天文、地理、数术、历法、音律、书画、诗词、机械的，凡有一技之长的，都要荐给有司养起来，做学问，做得好也可出来做官。靳辅这人，不只是明珠荐过，李光地、陈梦雷二人也曾荐过。也许真能办事，回京见了再说吧。"

　　提到李光地和陈梦雷，众人谁也没敢言声。这二人都是康熙九年的进士，既是年谊又是同乡好友，如今却翻了脸。陈梦雷原奉密旨在耿精忠处做官，商定由居丧的李光地向朝廷转奏逆军情报。但李光地报朝廷的折子里却没有提到陈梦雷。如今耿精忠败亡，陈梦雷作为从逆重犯锁拿进京，写的《告城隍书》《与李光地绝交书》风行天下，李光地却弹劾陈梦雷负恩背义、甘心从贼，钦命官司打得朝野皆知。康熙陡地想起他们，一阵心烦，跃马登上一座沙丘，远远眺望黄河。河风吹来，康熙的宝蓝色长袍撩起老高。

"你们是做什么的，还不快到那边镇上！"远处岸边有个人，一边将手臂平伸出去，似在测试风力、风向，又似目测对岸的大堤，一边冲着康熙喊道，"喂，说你们呐！你们这十几个阔公子不想活了？要看景致，到城里铁塔上去！"

康熙身后的御前侍卫武丹见此人无礼，双腿将马肚一夹跃上前去，用马鞭指着那人吼道："你管得着爷们？"

第七回　　求贤遇贤失之交臂
　　　　　　畏祸种祸天命难违

　　武丹原是关东马贼出身，生性最是粗野，一开口便伤人，穆子煦慌忙上前制止。他打量了一眼这个测试风力的汉子，笑问道："大哥，既然这里不能待，你为什么在这里呢？"

　　"我是河伯陈天一！"陈潢冷冷说道，"这位出口伤人的有种，就让他留在这里，你们快走吧！"他一边说，手比目视一刻不停，看也不看康熙一行，又道，"桃花汛一个时辰就到，这里顷刻间就是一片汪洋！"

　　康熙听见这话，反而下了马，过来问道："你的命不是命？我舍命陪君子！"熊赐履顿时急了，不管这人是疯是傻，桃花汛在这季节肯定是有的。他深悔今日粗心没有虑及，忙上前一把扯住康熙，说道："龙爷，没什么好瞧的，且到镇里打尖儿去——这位兄弟，多谢提醒了！"康熙一边跟着走，一边大声道："既这么险，你也快走吧！"

　　"我要测水量水位，此刻千金难买。"陈潢头也不回地答应一声，又颇自得地扬言，"淹死我的水下一辈子才能来！"说着，便疾步向上游走去。

　　康熙君臣十余骑一阵疾驰奔回铁牛镇，在镇边一个过路干店棚下坐了。康熙要了一盘黄河鲤鱼、一桌小菜，一边吃，一边心神不定地翘首望着河边，夹了几次菜，都从筷子上滑了下去。这里距黄河有七八里远。众人见镇上人来来往往，熙熙攘攘，一切都很平静，也就放了心。穆子煦见康熙心神不定，因笑道："林子大了，什么鸟儿全有——也不知那人是个疯子，还是个痴子，主子别理会他！"康熙听了略一点头，坐了默默吃酒。熊赐履和杰书一边坐一个，不敢动箸，只拣菱角、鲜藕小心地品着相陪。

　　过了好一阵，陈潢也从河滩上走过来，向店主买了两个烧饼、一盘牛肉干，老实不客气地坐在康熙对面，手撕口咬大吃大嚼。康熙悄悄取表看了，已近一个时辰，揶揄地笑道："我说河伯老兄，你怎么放了一个哑炮呢？方才不是你说一个时辰大水即到么？"

陈潢没有立即答话，瞧瞧棚柱日影儿，又向上游望望，将一大片牛肉塞进嘴里，含糊不清地说道："再好的表也没日头准——少时再看！"杰书和熊赐履见他兀自吹牛，不禁失声而笑。武丹怪笑着对穆子煦道："你我兄弟也算见过点世面的了，可从未见过这么一位吹死牛不倒架的活宝呢。"

但他们的脸色立刻就变了。因为沉雷一样的河涛滚动声已隐隐传来，大地都被撼得簌簌发抖。宁静的铁牛镇顿时哗然大乱，地保满头大汗，筛着锣飞也似的跑着大叫："潮神爷来了！居民人等，都到东岗上回避了——"人叫声、狗吠声、老太太念佛声、孩子的哭叫声，收拾锅碗瓢盆的叮当声……搅得开锅稀粥似的，一群群人连成片、滚成团争先恐后地向东拥去。

"爷们，发哪门子呆呀！"店老板脸色煞白，慌慌张张跑过来，见康熙站在棚下不动，旁边几个人也都僵立着，急急地说道，"今年不比往年，河堤全垮了！快，快走！"

"这真是一朝被蛇咬，十年怕井绳。"陈潢只起身望望，反而又坐了下来，破颜一笑说道，"此乃铁牛镇，有神牛镇水，何惧之有？你们走吧，这么好一桌酒菜，只便宜了我陈某。明日回邯郸，正好为我北上钱行！"康熙已知陈潢的能耐，一把扯住陈潢道："明日我为你摆酒，在这里太险了！"

陈潢看了看康熙，摇头道："多承厚爱，我须要留在这里看潮。放心吧，桃花汛来不了铁牛镇！"康熙见素伦和德楞泰扑过来要扶掖自己，一摆手制止了，目光突然变得咄咄逼人："为什么？你是神仙么？"陈潢一怔，随即大笑道："哪里有什么神仙！我告诉你，此时黄河水中有六成泥沙，铁牛镇一带河宽五百丈，均深七尺，加上洪水，不过上涨两丈。河岸距镇一千一百丈，这沙滩便是天然屏障。水上沙滩，流势缓冲，泥沙必淤，愈积愈高，说不定淤起一条长堤来。这可节省皇上几十万两银子呢……"他说得滔滔不绝，把个康熙听得愣了神。陈潢一边指手画脚，一边夹起牛肉往嘴里送，还要长篇大论地说，早被武丹照脸啐了一口："闭住你的狗嘴！你八成是个疯子，活腻了！在这里等着喂王八吧！"熊赐履大喝一声："德楞泰、素伦，架着主子快走！"

德楞泰和素伦"喳"地答应一声，不由分说将康熙扶到马上，武丹向马屁股狠命就是一鞭，那马狂嘶一声扬尘而去。武丹阴沉着脸上了马，鞭杆儿指着陈潢的鼻子恶狠狠说道："你这王八蛋，活着出来，可别撞到老子手上！"说罢"驾"的一声打马而去。偌大镇子立时空落落的，只有一个陈潢在棚下稳坐。此时河涛的呼啸声已如千军万马般铺天盖地而来……

但黄河水毕竟未进铁牛镇，头汛过后，竟果真奇迹般涌出了一道丈余高的天然沙堤。第二日凌晨，康熙派穆子煦飞马到镇上来看，逃水的人们尚未回镇，只康熙一席丰馔被陈潢吃得杯盘狼藉，人却不知哪里去了。

回京路上康熙为此一直不悦。小太监秦哲不知他的心事，变着法儿逗乐儿讨他欢喜，竟惹翻了康熙，令人扒掉他的裤子打了个臭死。武丹虽心粗，却也知是自己误了康熙的事，见他拿人作法出气，一路更加了小心，生怕触了霉头，连熊赐履也变得有点蹑手蹑脚的了。

安徽巡抚靳辅因有几个极精干的幕僚，办事向来迅速。奉旨后，两个月间，便将手中积案清理了，并将未了的文案一应移咨藩司衙门代理，又命两个师爷先至清江查看黄、淮、运三河交叉处，准备提奏将河督总署由济宁迁往清江。一切预备停当，便叫了他最得用的幕宾封志仁过来下棋。其实，他哪来的闲心，他正为即将上任的河督发愁呢！

靳辅自幼酷爱水利。康熙十年他受任安徽巡抚，恰逢黄河改道，贯境而过。他初试治水之道，居然颇见成效。但是要接任治河总督，靳辅心里却很有点忐忑不安。黄河从三门峡向东，水势平缓，至徽宁一带由于地形更加平坦，泥沙沉积，将河床愈淤愈高，远远望去，像一条天不管地不收的土龙，因而名叫"悬河"。历来地方官对河督一职视为畏途。如今朝旨虽未下，明珠来信已透出了出任河督的信儿，靳辅虽说由正二品晋为从一品，反倒显得有些神魂不定。

对面坐的封志仁见他走神儿，晓得他有心事，两手"咔咔"地敲着吃下的棋子儿不言语，翻着眼不时地看看靳辅。他知道靳辅脾性，自己就是不问，这位东翁迟早也会自己说出来。

"现在的事还成个什么体统？"果然过了一会儿，靳辅舒展了一下眉头，自言自语地说道，"这外官愈来愈难做啊——手长些要钱，老百姓骂你是民贼；不要钱，打发不了上司，朝里就有人诬你是国贼……反正进退都是个贼名儿！唉……"

封志仁点了点头，走了一着"高吊马"，问道："东翁，这次进京，带多少钱？"

"唔？"

"我是说，带少了是不济事的。"

"带了一万五千两。"靳辅微笑道，"这回我也要做贪官了。河工银子下来，这笔账要开销出去。河督不比巡抚，这个坑我填不起。""一万五千两！"封志仁轻声重复一句，狡黠地眨了一下眼，说不清是个什么神气。靳辅看了他一眼，诧异地问道："怎么，不够使么？"

封志仁搓搓手，若无其事地一笑，说道："够使不够使哪里说得清！中丞只要有人缘儿，一个子儿不花也是有的。封疆大吏是什么行情，我真的不晓得。我的同乡刘瞎子捐了个同知，捐银只三百两，投的是明相门路，门包一千七百两、堂官五千两，实到明相手里八千两，才放了个实缺知府。江西刘汝本，用一千五百两金子打了个佛爷送索中堂做寿礼，票拟下来即授淮西盐道。还有我的一个表亲徐球壬，月头里进京，听说带了五万两……这和做生意竟是一个理儿，买者情愿，卖者甘心，一分价钱一分货，言无二价，童叟无欺！"他说着，靳辅已是脸上变色，身子一仰，梗着脖子道："要是这样儿，我一个也没有！我做到这么大官，不能那么下作。这一万五千两也不过买个平安，要是还不行，只好随他便！"

正说到此，门上司阍走进来禀道："中丞，外头有个年轻妇女，带着两个孩子，想求见中丞——说是李安溪大人的家眷……"说罢，嘴唇嚅动了一下，欲言又止。靳辅听了一愣：李安溪就是李光地，平素只有见面情分儿，如今他是国家勋臣，怎么会将妻儿托付给自己，又怎么会连封书简、名刺一概没有，母子三人就上门来拜？心下正疑惑着，口里却吩咐道："你站着愣什么，快请进来！"长随躬身答应一声："是……不过他们三个人……奴才瞧着实在不像官亲。那衣裳破得像叫花子似的，鞋子都绽了……"

靳辅听得站起身来，又一屁股坐了回去，有点不知所措地瞧瞧封志仁。封志仁问道："你没有告诉她，靳大人没带家眷，不便接待，而且即日就要离任进京？"长随忙道："回封爷话，奴才说了。她说正是听说中丞进京，请中丞念同朝为官情分，带她母子同行，投奔李大人，她身上是一文盘缠没有了……"靳辅略一踌躇，叹了口气说道："既如此，请进来见过再说吧。"

片刻，果见长随带着一个衣饰褴褛的年轻妇人进来。靳辅看时，她不过二十七八岁的样子，细挑身材，瓜子儿脸上细细两道八字眉，眉尖微颦，虽是神色憔悴，两只眼睛忽闪忽闪地显得很有精神，一手拉着一个孩子踽踽地进来，不等靳辅说话，先蹲了两个万福，便跪了下去，轻声说道："贱妾李秀芝叩见靳老爷……"靳辅用手遥遥虚扶了一下，说道："尊夫人请起，看座，这断不敢当，晋卿大人乃当今天子幸臣，靳辅倚重正多，这如何使得？"

"回大人的话，"李秀芝坐了，接过下人递上来的茶，红着脸说道，"这是理所当然，贱妾不是晋卿的正配……"说着将茶递给左手的孩子，颤声说道，"兴邦，你喝点，再给弟弟……"那孩子端过茶只喝了小半口便递给右首的孩子，道："兴国，你喝……"兴国大概渴极了，接过来便喝了个底朝天。

封志仁留心看时，这两兄弟一般个头，一般装束，一般相貌，大约七八岁的模样，极似孪生兄弟，因问道："在下封志仁。恕无礼，不敢动问李太太何以沦落至此？"秀芝眼圈一红，欠身说道："我们母子三个变卖家财，从杭州到福建安溪，投亲不着，又千里跋涉到这里。听说靳大人就要进京，想请携带我们到北京见见光地……我倒勉强支撑得来，两个孩子实是走不动了……"说着，泪水早簌簌落下。

"难道安溪李家没人？"靳辅诧异地问道。

"有的……"秀芝抽咽着，已是泪湿襟袖，只矜持着没有放声，"他们……他们不肯认亲……"

靳辅和封志仁迅速交换了一下目光，李光地家乃福建名族，怎么会这样没道理？靳辅唼嚅了一下，终于问道："两位少公子今年几岁了，怎么会生在杭州？"

"大人，这话不问也罢。"秀芝拭泪说道，"您如果疑我冒认官亲，就请治罪；如果信我就带我去；如果不肯带，也就罢了。欠您这杯水之情，来日叫光地还您就是。"说着便要起身。

这少妇柔声温言，淡淡几句话，倒把靳辅顶得一愣，忙道："请不要误会，并没有疑你的意思，你如真的冒认官亲，怎敢和我同去见晋卿？"封志仁早叫过人来，吩咐收拾房屋，安排茶饭，又叫人上街给夫人购置衣裳。

"这又是一桩难为人的事。"待秀芝他们出去，靳辅长吁了一口气，对封志仁笑道，"福建李家既不认她，李安溪认不认，还在两可之间。这里边怕有隐情呢！"

封志仁用扇子敲着手背，沉吟道："这件事早就洞若观火了，只是她还回护着李大人，不肯说。李大人居丧丁忧期间，居然与青楼女子有私情，这'道学'二字……唉！"靳辅一呆，蓦然间一种不祥的预感袭上心头，说道："其实居丧不谨之罪还在其次，抛弃骨肉，为父不慈，更属丑闻。李光地如今炙手可热，等着进上书房，岂肯认这两大罪名？"说着倒抽了一口冷气。封志仁突然一笑，说道："东翁太多虑了，我倒以为这是奇货可居。你若在北京替李大人悄悄掩饰过去，这个人情怕要比一万两银子还值钱。东翁，李晋卿可是索额图中堂最得意的高足啊！"

隔了一日，靳辅便带了封志仁和秀芝母子三人启程了。因黄河淤沙早断了漕运水路，坐船眼见是不成的，便沿黄河北堤逆行向西，顺便沿途查看河情。过了开封向北折，进入直隶境内。靳辅等不进邯郸城，径自来到黄粱梦北的临洺关驿站落脚。

用罢晚饭，天已黑定了。靳辅穿一件绛红袍，也不套褂子，与封志仁一同踱出天井。遥见黄粱梦一带灯火辉煌，映得半边天光亮，便问："志仁，你赶考多次从此路过，前头明晃晃的，是什么去处？"封志仁未及答话，驿站值夜的门吏在旁笑道："抚台大人，您要明儿就走，小的劝爷去瞧瞧。那份热闹天下少有！明儿四月四，黄粱梦赛神，光戏台子就搭起六座。"靳辅笑着点点头，对封志仁道："陪我走走，权作消食罢！"

二人边聊边走，半顿饭光景就到了黄粱梦，果真热闹非凡。庙里庙外上千支火烛，几百缸海灯燃着鸡蛋粗的灯捻，照得四周通明。一队队高跷有扮八仙的，有扮观音、孙悟空、猪八戒的，也有演唱西厢、牡丹亭之类故事的。六台大戏，东西两厢各三台，对着唱，锣鼓点子打得急雨敲棚一般。爆仗、起火炮乒乒乱响，根本听不清台上唱的是什么。戏台子下头人群拥来推去。什么卖瓜子儿的，卖麻糖、酥油茶的，卖酒食小吃的，一摊摊，一簇簇，应有尽有，摆卦卜爻、测字算命的先生亮着嗓门，可着劲儿高声喊叫……封志仁不无感慨地说道："东翁，看来孔夫子难和太上老君、如来佛比呀！曲阜祭孔我也见过，哪里有这样的排场，这样的热闹！"

"战争未毕，太平盛境已经显露出来了。"靳辅的心情畅快了些，"只要不打仗，兴复快得很！志仁，你瞧见没有？这里还有洋货店，那么大的自鸣钟都摆上柜台了——魏东亭真是个有办法的人！""那是，"封志仁笑道，"从海关运出去的是绸缎、茶叶、瓷器，我亲眼见过；返回的船上堆的那银子，海啦！"说着，二人便踅进后庙，在神道碑廊中就着烛光沿壁细看前人题词。有颂扬神道的，也有祈福求子的，还有抒发志向、牢骚的。靳辅因见到高士奇的批语，"狗放屁"三字颠来倒去地使用，哈哈大笑道："这个姓高的真乃轻狂自大！"

"钱塘有名的才子嘛，心高眼空也是难免的。"封志仁一笑说道，"听说他批评别人文章、诗词，大抵只这三个字。'放狗屁'属人放狗屁，偶一为之；'狗放屁'是责其品行不端，文尚可取；'放屁狗'是指专门放屁之狗，责其人品文品俱劣……"他没说完，靳辅已是忍俊不禁，笑道："总之都是放屁，优劣却在微妙之中——哦，这个陈潢的诗倒有趣：'要与先生借枕头'。字也颇有风致——陈潢，这个名字好熟，再也想不起是何许人了！"

封志仁摇着扇子沉吟半晌，说道："陈潢——陈天一嘛！钱塘陈守中的弟弟。因八字缺水，从小家中不禁他玩水弄潮，竟成了才！中丞想必忘了，你读过他的《扬水编》，不是击节称赏来着？"靳辅叹道："原来是他！可惜，遭际不幸，竟流落至此！羡古人一梦风流，真令人惋惜——只恨不得一见！"

"不才在此，"身后忽然有人说道，"二位先生有何见教？"

第八回　白衣秀士纵谈治河
　　　　轻薄孝廉借故骂座

　　靳辅和封志仁都吃了一惊，回头看时，灯光烛影里，一个黑瘦汉子穿一身皂袍，面带笑容站着，除了两只眼睛虎虎有神，实在没有什么出奇之处。久闻大名的陈天一如此其貌不扬，教人如何信得？封志仁诡谲地眨了眨眼，笑道："哦……尊驾原来就是心逸老先生的胞弟，久仰久仰！令堂兄明粹公从高要县升转之后，转眼已是三年，他如今在哪里供职啊？"

　　陈潢听了不禁一怔，随即开怀大笑道："先生，你是盘查我的履历啊！陈心逸是绍兴人，与钱塘陈氏隔枝甚远。家兄陈伯仁，字守中的就是。至于你说的明粹公，我根本不晓得是谁！"靳辅因见封志仁尴尬脸红，忙遮掩道："这是志仁兄误记了。天一先生，实不相瞒，我就是靳辅，进京领训，将受任河督之职。正想求问先生治河之术——如此有缘真是三生有幸，请移步同至驿馆一叙如何？"陈潢满不在乎向封志仁一笑，三人便回临洺关驿站去。

　　陈潢从河南回黄粱梦已是三天，却只不敢到丛家去，因为他知道阿秀就住在韩家。进去见面，如何应付这位不知礼法的王女呢？他深悔自己临行匆忙，将《河防述要》文稿遗在韩家。若不取回，那上头凝聚着自己十余年心血劳苦，又割舍不得。踌躇再三，陈潢暂且住进客栈，想慢慢设法取出手稿。今夜因来逛会散闷儿，恰巧遇到了靳辅。

　　清茗一盏，点心一盘。在临洺关驿站正厅，靳辅和陈潢隔几坐着，封志仁在一旁相陪。靳辅也不寒暄，一开口便问："今天子圣明，以治河为首要政务。先生学贯今古，不知何以教我？"

　　陈潢很激动，啜着茶，俯仰之间显得神采照人："中丞大人，既承下问，陈潢敢不披肝沥胆直言相告？黄河是当今河道漕运百害之源，要治漕运，非从黄河下手不可，这是老生常谈，却也是至理名言。黄河自古有忧患河之称，自青海贵德，流经甘陕黄土高原，激流而下，一斗之中沙居其六。入开封之后地势平缓，水流缓慢，沙淤河身。豫东、皖北、鲁南、苏北便成为它肆虐之地。自宋朝熙宁年后河道南移，黄淮合流，交汇于清江，一并涌入运河，使运河泥沙沉积、堤坝崩坍，阻塞漕运粮道。之所以造成如此恶果，虽说有自然之理，也实是历来治河官吏无能，不精水性的缘故。"

"唔？"靳辅边听边点头，含笑说道，"愿闻其详。"

"听说中丞要把河督府由济宁移至清江，愚以为大人之见识高过于成龙。"陈潢轻咳一声，又道，"于成龙虽有治河之志，却无治河之术。自康熙元年至今，黄河年年决口，淮水、高良涧决口计三十七处，高家堰决口七处，黄水乘高四溃，冲决千家岗，灌入烂泥潭，又分一股进洪泽湖，居然不再归海，横流于宿迁、沭阳、海州、安东和下河七州，运河被塞得严严实实。于公以大禹治水千年陈法，清沙排淤，耗费千万民力，可是，汛期一到立即化为乌有。足见他学术不精，虑事不周，不能洞见病根。"

陈潢说的确是病根所在，靳辅心下不禁有知音之感，连封志仁这样的治河老吏，听了陈潢的剖析，也觉得耳目一新。但靳辅的为难处也在这里，叹息一声道："于公也有他的难处。若从根上慢慢治理，眼前很难符合圣意。直隶就是无事，每年也得漕运四百万石粮，何况——"他突然想到康熙在白洋淀，微山湖练水军的事尚属绝密，便住了口，只说，"漕运不通不行啊！""应当边治漕边治黄嘛！"陈潢冷冷说道，"于公只一味开宽河道，这黄河里的泥沙是人工清得完的？清了又淤，淤了又清，一万年也治不得！皇上拿掉他的河督，实在是圣明。"

封志仁见陈潢言语激烈，不安地看了一眼靳辅，欠身问道："依你之见呢？"

"四个字，"陈潢手一摆，说道，"束堤冲沙！"

束堤冲沙！靳辅目光霍地一跳，站起身来，背手搓着辫梢，踱了两步，倏然回身道："请讲，讲得好！""筑堤束水，以水冲沙。"陈潢仰身说道，"这不是我的自创，前明潘季驯已有论著。河堤加固加高，夹紧河道，水势一定增强，流速加快，不但新沙不至沉落，旧沙也能卷带入海。河床必然越来越深，河道也一定愈来愈低，就不会有决堤之患……"说着不禁拊掌而笑，"放着这样高明的治河术不用，去学四千年前的禹王，那还不是缘木求鱼？"

"天一兄，"封志仁听得怦然心动，倾身说道，"你这番高论，真有醍醐灌顶之效。但靳大人这个差使，里头的繁难一言难尽啊……"

"何尝不是啊……"靳辅拍着脑门，不无感伤地自言自语道，"目下河患深重。黄水倒灌，黄淮合流东下，淮阳已成泽国……"说着颓然坐了，不再言语。封志仁苦笑道："两河河务实在难办，河督换了一任又一任，无论清官、贪官都在这里翻船，闻者心凉，见者胆寒呀！"

陈潢听了微微一笑，坐回椅上蹺起腿来呷了一口茶，按着杯子说道："本来邂逅相逢，闲谈而已。陈某一介微末，信口开河，纸上谈兵。靳中丞权作什么也没听见也罢。"说罢起身便走，"夜深了，陈潢告辞！"

"天一先生！"靳辅忙叫道，"请留步！"陈潢转过身来，灯影下三人六目相对，不住转换着神色，一时谁也没说话。移时，靳辅方道："治河治漕的事圣心已定。我们谈得深了，才说起这些难处。我剖心直言：实恐治水失误，病国害民，有负皇上寄托之重啊！"

"也恐误了中丞功名前程，身家性命吧？"陈潢一笑，改容说道，"河务艰难，任重事繁，积重难返，岂有不惧之理？但中丞在安徽治河情形，陈潢是晓得的，如能这样实心办事，天下事无不可为——我今晚同您敞怀交谈，就为的是万岁有眼力，选中了您！——盘根错节能显利器，河道长久失治，必有人奋起承担。能担此巨任的非公莫属，又何必瞻前顾后，畏惧彷徨？"

靳辅眼中泪光闪烁，两步抢过来，扳住陈潢肩头问道："陈先生，这真是知心之言！我读过你的书，读其书想见其人，如今人也见到……你可肯助我一臂之力？"陈潢心中一阵发热，颤声说道："潢乃草芥寒士，有志立功，无由进身。士为知己者死，潢愿终生随公辗转大河之滨！"旁边的封志仁听陈潢说到"有志立功，无由进身"，想到自家潦倒名场半生，不禁黯然泪下。

当下，三个身份不同、志同道合的人小酌细论，你一言我一语详议面见康熙应奏的条陈。不知不觉已是更下四漏。陈潢方欲回下处安歇，驿馆门吏进来，将一个包裹捧上，笑道："陈爷，方才丛冢韩家派人送了这个来，说是您的东西……"

"他人呢?"陈潢一惊，问道。

"丢下东西就去了，"门吏笑道，"他说请陈爷打开包裹一瞧就明白了。"

陈潢疑惑地打开了包裹，上面是自己的书稿，下边一张薛涛诗笺折着，展开看时，却没有字，只有一绺青丝乌发用红线扎着，还有一枝绢纱制的毋忘我花。这一夜，陈潢思前想后心乱如麻，竟未曾合眼。

博学鸿儒科与当年常科同时举办，轰动了北京城。这博学科唐开元十九年开办过一次，宋高宗南渡之后又开了一次，距此已是五百余年，原名都叫"博学鸿词科"，偏康熙改了一个字，将"鸿词"更名"鸿儒"。那来应试的无论中与不中，便都有了"鸿儒"的身份，这样的身份是十分荣耀的。自康熙十七年夏秋，公车会试的孝廉们水舟陆车络绎不绝，荟萃京华，各式轿马、车船充塞街衢，京里京外寺院馆堂，酒楼茶肆都成了文人寄宿会友之地。最显赫的还是要算各地奏荐应试的博学科硕儒。这些人从水路来，乘的是封疆大吏的楼船坐舰；从陆路来，是八人官轿，轮班抬轿的轿夫都骑着高头大马，前呼后拥打道而行——前头一概插了"奉旨应试""肃静回避"的杏黄虎头牌——进京时也不住店，分居于达官贵人家。

参加北闱的举人，与这些硕儒比起来，就寒碜得多了。

高士奇进京带了五百两银子。他原脾气大，手面阔，竟很快花了个精光。一进京他就拜门子，却不谙这里头的规矩，过一道门槛要一笔钱，处处都"孔方兄"当家，花了四百两银子只结识了明珠和索额图两府里的二管家。如今点数盘算，共余二两六钱现银，欠店上的十六两房饭钱尚无着落。高士奇心中虽然有气，却不知愁，照样儿摆阔，叫店家"只管记账"。这店主原是行院乌龟出身，见多识广老于世故，见高士奇虽每日打茶围、叫戏子闹得沸反盈天，只手头慢慢吝啬了，知道情形不妙，只口头上虚应承，颜色中便透出不恭敬来。高士奇心里暗恨，却也无可奈何。

因前日索额图管家来说，三月十五中堂大人集名士会文，叫他也去凑凑热闹，只要讨了中堂欢喜，不须会试就可荐为鸿儒。眼巴巴地盼到这日，高士奇换下了蓝贡缎袍子，着一身青布截衫，步行来到玉皇庙街的索府。管家早在门首站着，见他这身打扮，跌脚埋怨道："老高，你这叫花子打扮怎么见中堂呢？——你得稍等片刻，李光地大人和靳辅大人正在书房和老爷说话儿……"话未说完，后堂便传出"送客"的呼叫声，高士奇只好退到一边。

一时，李光地和靳辅一前一后摇着步子出来，都是脸色铁青。出了大门，两个人同时站住，李光地一揖说道："靳公请——"便将手一让。

"晋卿，"靳辅冷冰冰说道，"方才所言之事还望三思，若惊动天听就不妥了。"说罢便哈腰上轿。李光地悻悻说了句："随你。"也便登轿扬长而去。高士奇和门上众人看了都莫名其妙。高士奇见他们去了，这才转脸对管家笑道："不要瞧我衣裳寒素，此乃书生本色，富贵贫贱听天由命，老蔡你只管放心。"说着便随老蔡进来，却见索额图从后厅踱出来。

"你就是高士奇？"索额图因调解李秀芝的事，靳辅和李光地翻了脸，心里正不自在，见老蔡带了人进来，才想起这档子事，便站住了脚步，上下打量着高士奇问道。

"是，学生高士奇！"高士奇见他如此慢客，心中一阵不快，咽了一口唾沫答道。索额图也觉刚才问话太过生硬，吁了一口气笑道："你名气不小啊，连查慎行都推荐说你有才学——来了就随便坐，不要拘束——汪铭道老先生正出题目考较大家呢！"说着便进了正堂，自坐在迎门大炕上，倚着大引枕瞧热闹儿。

大厅中间共摆了四张桌子，只首席一桌最热闹，坐了五六个人拥着一个山羊胡子老者说笑。高士奇便知这是索府的幕僚清客。旁边三桌也有二十多人，这里头品类颇杂，有的是斗方名士，有的是落第举人、名医、名卜，有的能诗，有的善画，不一而足，大约都是临时邀来会文的，显得有点拘束矜持。高士奇相了相，想那山羊胡子干瘦老头儿定是汪铭道——有名的燕北四儒之一——便大大方方一揖，报了自家姓名，径自至上席扯了一把椅子，一屁股坐下便问："听说老先生正考较众人文字，敢问题目？"

汪铭道是索额图府的头号幕僚，康熙十三年入了索府，索额图以师礼相待，专为索额图草拟条陈奏折，见高士奇如此放肆，不快地皱了皱眉头，说道："嗯。共是三个八股破题，'三十而立'已有人做了，还有两个——'井上有李'和'童阙将命'，大家都在构思呢。"高士奇瞟一眼索额图，自斟自饮一杯酒，笑道："这两个破题有何难哉？"

"难是不难。"对面一个三十岁上下的人，推了推玳瑁眼镜，冷冷说道，"要做出新意来却是不易。"

汪铭道干笑一声，对身边那个中年人和一个青年人说道："铁嘉、锡嘉，此人既出大言，焉知没有实学？你们兄弟且听听高先生的妙文。"高士奇这才知道，这二人是通州名士陈铁嘉、陈锡嘉。他懒懒地撮了两粒花生米，放进嘴里嚼得咯嘣嘣响，一时没吭声。众人见他如此狂放，不禁愕然。

陈锡嘉耐不住，问道："士奇先生，既云'有何难哉'，为甚一言不发呢？"高士奇伸着脖子又吃一杯酒，笑道："'井上有李'这么破——似桃而非桃，它身上少了一层毛；似杏而非杏，它身上多了一条缝……"

言犹未毕，早已哄堂大笑。索额图一口茶喷出来，前襟都沾湿了，正想说话，却听高士奇晃着脑袋继续说道："……东风吹也摇，西风吹也动，坠于井栏之下，掇而视之，则李焉……"破题刚完，满厅的人已是笑倒了。

"轻薄！"汪铭道却没有笑，捋着胡子说道，"这种东西，居然也来登大雅之堂。"

"敢问老先生何谓轻薄？"高士奇面不改色，笑问道，"作文贵乎真实不欺、诙谐有致。不知晚生破题错在哪里？"汪铭道寻思半晌，竟挑不出毛病来，只得沉着脸说道："天子素以文章取英豪。以轻薄小巧取胜之人，岂能入上乘之林？"高士奇一笑，见他能耐不过如此，索性放胆大声道："'童阙将命'我也有了——于宾客往来之地，忽见一无所知之人焉！"

"童阙将命"出于《论语》。孔子原意指的是招待宾客，命童仆服侍。高士奇独出新解，竟借题发挥暗骂汪铭道"一无所知"。众人听了虽想笑，因碍着汪铭道是东家首席顾问，都不敢笑出来。陈铁嘉是汪的学生，见高士奇如此无礼，不禁大怒，微微冷笑一声，左右顾盼，因见盆中海棠盛开，便道："这样作文太煞风景，我有一联请对。"高士奇将箸一放，笑道："领教。"

"春海棠！"

高士奇不禁一怔，觉得难以对得贴切。但他毕竟是此中老手，沉思良久，一拍手笑道："有了——夏山药！"

"带叶春海棠！"陈锡嘉见哥哥难不住姓高的，便出来助战。

"这有何难？"高士奇应口答道，"连须夏山药！"

"一枝带叶春海棠。"陈铁嘉道。

"半根连须夏山药！"

"江南红粉佳人鬓边一枝带叶春海棠！"陈锡嘉插了上来，口气咄咄逼人。

高士奇不怀好意地看了看轮番来攻的陈氏兄弟，格格一笑道："会文嘛，何必剑拔弩张？高某对你们二位不住了——关西黑麻大汉腰下半根连须夏山药！"

一语既出，众人早已鼓掌大笑。几个丫头在门口，听着不雅，羞红了脸低头偷笑。高士奇起身对笑得前仰后合的索额图道："中堂，有个笑话儿，您可要听？"

索额图虽觉高士奇过于狂放，但汪、陈诸人来府已久，从未遇过对手，倒觉得有趣，笑得倒噎着气道："只不许再骂人！"

"人家不逼我，当然不骂。"高士奇说道，"我们那儿有位苟老先生，教读为生，人最正直，待学生极严。一个功课做得不如他老人家意，铁尺子没头没脸就是个打——童子们气得没法，便在老先生便壶里装了几条泥鳅……"

高士奇一边夹菜，挑着眉毛侃侃而言，众人早听怔了。

"半夜里，学生们谁也没睡，躲在隔壁房中听先生动静，听见他摸索着寻便壶，只捂着被子悄悄儿笑……"

"只听'砰'的一声，老先生将便壶扔出窗外，把个瓦便壶摔得稀碎！"

说到此处，众人已是笑了。高士奇正颜厉色地又道："第二日，苟先生又换了一只锡夜壶，却不防学生们又在下头钻了指头粗的洞，晚上淅淅沥沥撒得满床的尿……苟先生气急了，索性又换了只铁便壶，这才算安生下来。"

众人先听他说的有趣，以为后头必定更好，谁知高士奇冰冷无味地说了，只顾自斟自酌地吃着，不再言语。索额图不禁问道："难道完了？"

"完了。"高士奇淡淡说道，"只听说隔了一日，学生们问先生，'瓦夜壶与锡夜壶，孰佳？'先生说'锡佳（嘉）。'学生又问，'然则锡夜壶与铁夜壶孰佳？'先生答曰'铁佳（嘉）！'"

"你！"汪铭道醒悟过来，听高士奇说这样的"笑话"，将陈氏兄弟尽情糟踏，更将自己比作"狗"，气得浑身乱颤，哆嗦着手指着高士奇训斥道，"读书人要循礼不悖……你这样……咳，下流放荡……你是谁家的门生？"

高士奇嬉皮笑脸地做个怪相，答道："学生只读孔孟书；孔孟，吾师也，并没有别的师承，程周王陆之辈，皆吾师兄也！"

"高先生！"索额图素来敬重汪铭道，很多朝廷机枢要事都和汪、陈等人商量，见高士奇一脸恃才傲物相，反而生了憎嫌，干咳一声，敛了笑容，说道，"请自重吧！来人，搀他出去，他醉了！"

第九回　咏水仙士奇慕芳兰
　　　　严宫掖墨菊控明珠

高士奇也趁势装得醉醺醺地跟跄而出。经冷风一吹，方后悔今日此举大不相宜。索额图是当今权相，即便不指望他提携，也犯不上逞能惹他扫兴。他满腹懊悔，酒劲倒真的涌了上来，醉眼迷离跌跌撞撞地走着，刚拐出玉皇庙街口，就和一个人撞个满怀。定睛一看，竟将一个瞎叫花子撞在墙上，头上鼓起了一个大包。高士奇心知不妙，一退身子便要溜，偏被那瞎子一把扯住了，骂道："你混蛋！撞了我王老瞎一声不吭就想走？"

高士奇见他不依不饶，情知是要钱打发，无奈自己穷得丁当儿响，腰里一个铜子儿没装，瞧着周围闲汉渐渐聚拢来瞧热闹儿，心里一急，双手叉腰"呸"地照王老瞎啐过去，骂道："你才混蛋呢！我高瞎子被你撞了，你倒不依我，我瞎了眼，难道你也瞎了？"

围过来的人们见他如此伶俐，不禁起哄大笑。王老瞎一松手，怔怔地道："你也是个瞎子？啐！真他娘的晦气……"高士奇哪敢再扯闲篇儿，乘人们哄笑，一溜烟儿去了。

回到宣武门客店，已是未末时分。店掌柜见他满脸酒气进来，笑嘻嘻迎上来道："高爷，您回来了？哪里寻不到您！咱们店今儿盘店，所有客官都赏了房钱……"

真是人倒霉放屁也砸脚后跟儿，高士奇冷笑一声道："嗬！敢情你是怕我跑了，我还以为你惦记着爷呢！来，到我房里，清账！"店主人被他噎得一愣，忙跟在后头一迭连声赔笑道："您想哪儿去了！高爷是恺悌君子，就一年不清账小的也信得过！只是这北京城您也知道，用爷们的话说叫薪珠米贵……实在没法子啦……"高士奇听他说得颠三倒四，也不理会，大踏步进了自己房间，向床上一倒，瞪着眼道："爷这会子头昏，你坐着——呃——等着吧。又不等着上吊跳河，急什么？你瞧那方砚……那盆花……

那包衣裳……不都是钱？你要等不耐烦，呃！就拿去……"

他满口胡诌，不伦不类，说是会账，却只管拿话消遣老板，倒把老板气了个干瞪眼，正寻思如何对付这个光棍举人，高士奇却腾地跳起身来，拾起桌上一张帖子，眼睛一亮问道："是查先生的，什么时辰来过了？"

"哦，您说那位穷举人？"店主见他忽醉忽醒，莫名其妙地回道，"巳时来的，等不着您就走了，说是后响还要来拜——"高士奇哼了一声，将帖子向桌上一甩道："穷举人？真是狗眼不识金镶玉——那是上一科探花查慎行，如今是翰林院祭酒！把查家三等奴才的家当分你一半，你一辈子也受用不尽！"店主人一来根本不信，二来也实在受气不过，干笑道："小的也不想那个虚富贵，守多大碗儿吃多少饭，只要客人正经付账，日子也将就过得去！"二人正拌嘴，却听院里有人喊："澹人兄回来了么？"高士奇抬头一看，"哎哟"一声，走出门来拱手相迎，笑道："说曹操，曹操到！查兄久违了——三年不见，你竟出落得如此风流飘逸了……快请进！今儿索相邀我，我还以为是那二百两银子的功效，不想是老兄先为高某说了——可恨这奴才，竟说你是个穷酸举人！"店主看时，查慎行与上午来时打扮迥然不同，穿一件白狐凤毛镶边儿的天青缎坎肩，套着玄色府绸长袍，腰间酱色带子上系一块汉玉，打着米黄色璎珞，寒暄着一步一摇地跟进来，那店主早傻了眼。

查慎行呵呵笑着，挥着檀香扇道："看来一味装寒素也是不成——见着索中堂了，还得意么？"

"见着了！"高士奇笑着让座儿，一边又对店主道，"你愣什么？还不叫人给查先生沏茶！"店主如蒙大赦，一迭连声答应着去了。早有一个伙计恭恭敬敬捧了茶来。高士奇因见房中没了外人，方叹道，"去是去了，只没得彩头，愧对吾兄引荐。"便将在索府会文的情形一长一短说了。

查慎行摇着扇子静静听了，笑道："索相也是小家子气，值得这样盛气凌人？这么着——明相方才还问我有没有文人要荐——晚上我到他府里再拜会一趟。"高士奇与查慎行昔年同游江浙，虽然要好，总因一贫一富，高士奇不愿仰求。不料进京一贵一贱，查慎行仍如此推诚相助，高士奇心中不禁动情，却不肯说出"谢"字，因笑道："明珠看来倒是求贤若渴——听说他和索额图不睦——你倒两面都能兜得转！"查慎行道："他们都不是什么求贤爱才。皇上如今天天查考他们，逼着他们做学问，只是不得已儿罢了——我嘛，有时他们向我求问一些考据，去应付皇上，也说不上真有什么面子。"

高士奇心中一动，天子如此重才，真可谓"河图洛书出，天下礼乐兴"，盛世将到了。正要说话，却见老板进来，小心翼翼地打千儿道："高爷，你前儿定的花儿，花店着人送来了。"

话刚说完，一个十七八岁的姑娘端着一盆两色水仙进来，葱绿的叶子衬着水红雪白二色花朵儿，水灵灵颤巍巍十分精神，映着这姑娘修眉凤目、浅红比甲、月白襦裙，恰似画儿上剪下来的麻姑送寿图。高士奇不禁呆了，大栅栏廊下花市上，他日日见这姑娘卖花，竟未留心她是绝色佳人！查慎行睨了一眼高士奇，不禁笑道："澹人，你究竟是看人面呢，还是看桃花呀？"

"哦？哦！"高士奇回过神来，忙道，"放在桌子上——慎行兄，我们且赏花儿吧！"

这姑娘闪着眼一笑，将花儿放了，双手扶膝福了两福。查慎行调侃道："若论这花，还是你捧着高先生赏更见颜色，可惜盆子太重——你叫什么名字？"姑娘这时才听出二人在夸她容貌，顿时飞红了脸，低声回道："二位爷取笑了，奴叫芳兰。"

"兰有秀兮菊有芳，怀佳人兮不能忘。"高士奇吟着，又道，"武帝《秋风辞》里的，好名字！"查慎行道："酒不醉人人自醉，花不迷人人自迷——两句俗语儿一日之内全叫江村摊上了。"又问芳兰，"你是丰台的吧？这花儿养到如此成色，搬进大内也是上好的了，高先生怎么有恁好缘分？"高士奇听他一味打趣取乐儿，倒觉不好意思，讪讪起身细赏水仙，一边说道："查兄，孔尚任的《桃花扇》改完了么？听说你正寻人排演。尚任见了这盆水仙，不定做出什么佳句呢——可也是，这么好的花儿，进贡也满成，怎么竟拿到市面上了，敢怕执事太监的年礼没打发好么？"

一句话说得芳兰红了眼圈。原来这京师花行，以丰台为最，都是前明宫苑待诏祖传家艺。花把式们各以祖艺秘培异花，春有菊，夏有梅，能颠倒四时，但若不买通了太监，再好也是枉然。芳兰因爹爹哥哥都在生病，卖了钱换成药，这花便送不进宫去，见高士奇和查慎行豁达爽朗通情达理，因勉强笑道："您说的何尝不是，花和人是一样的，没钱难见万岁爷！"

"不要难过。"高士奇陡地想起自己，不禁大起知己之感，一边心不在焉地"赏花"，一边说道，"今日断不叫你落空。查兄，借我十两银子赏她……嗯，查先生乃人间探花，今日他出诗，我写字儿称赞你家的花，回去挂在店房，管教他们挤破你的门买花儿！"芳兰不禁诧异道："一幅字儿就那么神？"明眸流波一眼瞥去，差点儿没勾掉了高士奇的魂。查慎行却笑道："你枉自叫了'芳兰'！撇开我查某，高澹人写一笔字你拿去琉璃厂卖卖看！"说罢，兴致勃勃起身，绕花一周，口内微吟道：

> 魂魄原以冰玉碾，寒潭素石总怡颜。
> 雪色映神浑无赖，且破先生一掬悭。

高士奇揎臂濡墨，龙蛇走笔，一边大声赞道："好！这是白水仙，再来一首！"

查慎行沉思着，又吟道：

> 削葱根株素手栽，嫩蕊抽枝琼瑶来。
> 好与寒士添暖热——

"查兄慢吟，我来续貂！"高士奇兴之所至，大笑道，"——一房艳日看花开！"

查慎行鼓掌笑道："好个'一房艳日'！又吉利，又贴切！江村莫非机带双敲，意有别指？"说罢看了芳兰一眼。芳兰虽不甚懂得，也知不是正经话，忙将纸卷起，谢了赏，红着脸低头疾步趋出。

直到断黑，查慎行又留了些银子，才辞了去。高士奇便叫了掌柜的进来，懒洋洋架着腿说道："老刘家，你每日价说高爷该你房钱，丢杯打盏地没个好颜色。你瞧瞧，这是什么玩意儿？"掌柜的一看，案头两个京锭，炉花碴脚，面儿上起着白釉，翘边方底儿，地地道道的九八色头号元宝，直着眼看了半日，满脸堆笑道："爷台，您何必计较我们这些小人见识？得，我这儿给您老请安谢罪!"高士奇微笑着道:"我要和你计较,这会子账一算抬脚就走,你就等着我怎么收拾你吧!如今有件事倒想叫你办办,办成了,银子算什么?"说着顺手便扔过一个元宝来。

"爷台,您老人家就吩咐吧!"

"方才进来那个卖花的,你认识么?"

"老街坊了,怎么不认识?"刘掌柜一脸谀笑,心知是难事,心里打着主意胡诌道,"正阳门蔡家莲儿么,有名的美人胚子——怎么,爷台您……想会会?"

高士奇心里暗笑,口里却嗫嚅道:"她是良家女子,只怕……""良家女子倒不是的。"老板生怕生意砸了,瞟一眼高士奇,故作沉思道,"不过没开脸的姑娘,一夜没二十两说不下来。人家黄花女子,总要拿捏,又怕臊,规矩就多些。"

"唔?——唔,什么规矩?"

"晚间起更,叫我家里的去走一趟。"刘掌柜笑道,"二更不来,爷就甭指望了——不能点灯,也不能说话,天不明就得放人家走。您老明鉴,这里头情由不说您也知道……"高士奇住店多时,早瞧透了这老板的伎俩,见他做作,正中下怀,甩着二郎腿慢吞吞说道:"我知道了——全依着你——去办吧!"刘掌柜笑着,打了个千儿,狗颠尾巴似的去了。

当夜月黑阴天,二更过后,店中灯火熄了。半个时辰,刘掌柜隔窗轻轻敲了敲,把门推开,口里小声道:"你别害臊,高先生是个斯文人,正是郎才女貌!你们白日见过面儿的……"说着,黑魆魆就推进一个人来。高士奇不管三七二十一,扑上去就搂着亲嘴,连拉带扯地抱上床,着实温存了一阵子……

半夜里睡得正沉,高士奇房中的炭火炉子忽然起了焰儿,先是烧着了一张纸,又点着了桌子腿儿,火势顺着向上爬,便燃着了窗户纸、窗棂……不一会儿"腾"的一声就上了房檐。高士奇一声大叫:"起火了!"从床上一跃而起,抱起一堆穿换衣服便跳出了房,一边穿衣一边大叫:

"救火!人都死了?——我的房子走水了!"

刹那间一座店都沸腾起来。前后院十几个伙计、几十个房客,有的收拾自己东西,有的大叫大嚷,有的寻桶觅盆,有的点蜡,"哗"的一声推开门，就泼水灭火。高士奇急得团团乱转，跺脚大叫："救人！死畜生，先救人——里头还有人呢！"

伙计们一拥而入，架着个赤条条一丝不挂的女人出来。人们就着烛光细瞧时，原来竟是店主的娘子王氏——一手护乳，一手捂着丑处，猫腰儿蹲在地下羞得无地自容。伙计们不禁愕然相顾，客人们哪里耐得？无不捧腹大笑。

高士奇出足了气，跳脚大骂一阵，眼看天色将亮，卷了包裹一径扬长而去。

从开封归来这段时间，康熙虽然极忙，心里却颇踏实。接连几次召见靳辅，他心里有了数，却命靳辅不必急于赴任，在京师各衙门走动走动，熟悉人事，等博学鸿儒开过再去清江赴任。一切料理停当，自有明珠、熊赐履、索额图、李光地等人不分昼夜筹备大典，康熙却忙里偷闲，每日到紫光阁看侍卫们练习弓马刀箭，或叫进汤斌、张诚、陈厚耀一干文臣，讲《易经》、看字画、学西语，什么天文数术、声光化电、几何测绘，倒也忙得不亦乐乎。陈厚耀数学造诣甚深，日日进讲，学问渐渐抖落干净，犹不能满足康熙求知欲望，西洋人张诚则出宫逢人便啧啧赞叹："我大皇帝真是天才！欧洲人半年弄不清的知识，他只需一个月就可精通了，我已不够资格教他天文了！"

这日退讲下来，用过早膳，因见天阴上来，风吹过来略有寒意，康熙换了石青江绸面儿的风毛夹袍，带了穆子煦和李德全两个人，从乾清门踱出来散步消食。因见上书房主事何桂柱捧着一叠文书从隆宗门过来。何桂柱见是康熙，忙站住了，躬着身子笑道："主子金安，恕奴才抱着要紧文书，跪不下去……"

"都是些什么东西？"康熙仰脸看着太和殿那边来来往往修殿的工人，随便问道，"怎么就这么多？叫部里打成节略递上来，这不是早有规矩的嘛。"

何桂柱笑嘻嘻说道："回万岁爷话，节略已早送到熊赐履那儿了。这几份奏章，一份是施琅请带水师的，一份是飞扬古在古北口练兵的，还有琉球、暹罗、荷兰国的贡单表章，都是些军国大事，万岁有过旨意，叫送进来看……下头这一摞子却都是尚书以上官员的窗课本子……"

康熙取过最上头一份看了，却是荷兰国的贡品单子，上头写着：

> 大珊瑚珠一串，照身大镜二面，奇秀琥珀二十四块，大哆罗呢绒
> 十五匹，中哆罗呢绒十匹，织金大绒毯四领……

下头还有一大串，也不及细看。康熙笑道："东西不多，是个意思。这几日列国来贺，朕竟接见不及——窗课本子送进去，朕要一一批阅。李德全记着，荷兰国贡的这些物件，拿进去给老佛爷过目，喜欢的就留下。朕只要一盏聚耀烛台读书用。二十支镶金鸟铳分赐给一二等侍卫每人一支；赐魏东亭一桶葡萄酒，一支鸟铳；熊赐履、杰书、明珠、索额图、飞扬古、施琅、巴海、图海——还有周培公、赵良栋各人一把起花佩刀，一个琉璃盏，十匹细软布。余下的不能动，朕还要赏考中博学鸿儒科的人——可记住了？"李德全忙答应一声："记住了。"竟当场一字不漏将康熙的旨意复述了一遍。这太监如此好记性，何桂柱不由佩服地看了他一眼，又笑着对康熙道："主子爷洪福齐天，这叫万国来朝，时来运转哪！当年'三藩'闹起来时，文武百官这个爹死，那个娘病，都成了毛病儿，都要请假！——还都是一些受恩深重的臣子奴才呢！世上的事真和开店一模一样儿……"康熙听了何桂柱啰啰嗦嗦这番话，品品滋味，不觉心中一动，笑道："你也会想事情了，长进不小。把这些东西送往养心殿，到乾清门叫熊赐履几个上书房大臣都过去，朕要查看他们窗课，也顺便叫他们歇息儿。"说罢一摆手去了。

方到永巷口，康熙一眼瞥见两个秀女带着个二品命妇从景运门过来，便笑道："这必是到斋戒宫见过老佛爷的了，这是谁家命妇，腿脚好似不灵便似的——朕瞧着有点眼熟。"穆子煦觑着眼望了望，笑道："主子好记性，这不是前头仙逝了的主子娘娘的贴身宫女，叫什么菊来着，如今配了飞扬古……"

"是墨菊呀！"康熙一下子想起来，"叫她过来！"

其实不等传叫，墨菊早瞧见了康熙，见康熙招手儿，加快步子过来，俯伏着就行大礼。康熙微笑着道："罢了罢了，你腿上有毛病儿，不用行

礼了。"

墨菊原是死了的皇后赫舍里氏的侍女。康熙十二年杨起隆起事，宫中人作反，因保护皇后受了刀伤，腿就瘸了，她到底行完了礼，方笑道："奴婢是咱大清的女李铁拐，这腿是甭想好了。回禀主子一句话，奴婢男人回京三天了，想见见主子呢！"

康熙大笑道："大清有个女李铁拐也不坏嘛！这几年不见，你还是老样儿——飞扬古回来不回来，你好歹也勤着点进来，给老佛爷解解闷儿，再说太子是在你怀里封的，你就不想他？"

"主子爷这才叫体念人情呢，就是这个话！"墨菊眼中涌出泪花，却拍手儿叹道，"只这二年规矩越来越大，这阵子新进来的苏拉太监都长了狗眼，竟没个人味儿！奴婢几回想进毓庆宫见见小主子，都叫挡了，有什么法儿？"康熙笑道："别人不行，难道你也进不来？"墨菊道："主子不知道，宫里老人儿都被撵得差不多了。如今小主子爷身边那几个苏拉太监，竟不是人托生的，前儿听说连彩屏那么老实人都被撵进了浆洗房去了，张万强出来说情都叫敬事房顶了回去……"

墨菊好容易见着康熙一面，她一向心直口快，憋不住便兜了出来。康熙自将大内权柄交给明珠后，以为事事妥当，不料竟是如此，不禁脸上变了颜色。

第十回　修明史议立贰臣传
　　　　批诗文巧语骂权相

康熙回头看看，身边只有穆子煦跟着，远远见养心殿太监赵培基出来，便招手叫了过来问道："你做什么去？"赵培基忙打千儿施礼，笑道："明相他们都在养心殿候着，忘了带四书，叫奴才出去借一本给他……"康熙怒道："他是你亲爹么？这么孝敬他！这会子临时抱佛脚，有什么用！去敬事房传旨：张万强是六宫都太监，凡事还得请示他，叫敬事房查查，这几年撵出去的老太监、老宫女，都叫回到原主子跟前侍候，——叫他们仔细，朕要查的！"

康熙说完，便拔脚走开了，心念一闪：明珠干预大内的事是不是太过了，太监隔绝太子与外间往来，这还了得？但没走几步，又觉得自己多心好笑——没来由因墨菊一席话疑心大臣，宫掖内廷，管严点总归不是坏事儿嘛！及到养心殿垂花门前，康熙已经释然，因见李光地、索额图、明珠和熊赐履都鹄立廊下等着，便笑道："进来吧，说是查考，其实是叫你们过来松泛松泛，害怕什么？熊老夫子，朕又不看你功课，怎么脸板得铁青？"

说着，进殿坐了，舒一口气道："博学鸿儒科的事预备得差不多了吧？过了这一阵，朕放你们三天假！"说着拿起桌上一份黄绢面的请安折子看，却是魏东亭递进来的，因见江南当日米价七钱一石，便濡了朱砂，先批一句"朕心甚慰"。略一沉思，又抹去了，另写道："谷贱伤农，可于海关厘金与金陵藩库中支银购粮，价可略高于市，则市价可趋平准矣。"一边写，一边问熊赐履："你前日给太子讲'性相近'，朕竟没有听清楚，再说一遍好么？"

"是。"熊赐履忙躬身答道，"性，上智与下愚、圣贤与凡夫原来天生一样。然而这只是义理之性，若论气质之性，便不能一样，所谓'相近'，即有别于'相同'。"

"唔？"康熙将请安折撂到一边，抬头笑问道，"难道义理和气质有两个性不成？"

熊赐履略一沉思，赔笑道："臣不曾详推其中道理。不过臣以为，义理与气质一而二，二而一也，义理只在气质之中。"康熙听了含笑点头。明珠有一大堆事急着要回康熙，在旁听着不耐烦，好容易等到插话的缝儿，便说道："方才万岁问到博学鸿儒科。奴才正要请旨，试完后对这些鸿儒将如何安置，可让部里作好安排。"康熙笑道："你们是怎么想的，先说说看。"

"依奴才之见，将这干人放进翰林院断然不可。"明珠正色说道，"这是御驾亲试，千古盛典，不同于一般进士。放出去做地方官吧，岁数又都嫌老了些。这都是各省大员奉旨访查来的鸿儒，取不中的，如果黜回原籍，督抚们脸上不好看。但若都进上书房，似乎又多了些。想了几日，竟没个妥当法子。"

明珠讲的十分有理，其实还有更要紧的一条，他没敢说，康熙心里也雪亮：常科取中的进士如与博学鸿儒科安置的差使等级悬殊太大，不免生出事来。如今已有应试举人做诗讥讽了。如果摆在一处，又怕要生出朋党来？康熙思量着，笑道："明珠虑的很是，熊东园，你看呢？"熊赐履却胸有成竹，说道："臣以为授官不必另开门类。该侍讲的侍讲，该侍读的侍读，该到翰林院的仍去任编修。科甲出身、师生相因会导致门户朋党，若将这批御试硕儒放进去，反倒破了这些门户——至于使用，臣以为他们大都熟知前明政事掌故，可组成班底，纂修明史……"

康熙听得目光炯炯：门户多了便无门户——熊赐履毕竟与众不同，讲道理能另辟蹊径。修明史这件事叫鸿儒们来做，他们当然求之不得，百姓们也自然会想这是"圣朝仁政"。这建议可谓一石数鸟，妙不可言！他兴奋地站起来，踱了几步，说道："对，修明史！要修得与众不同，这是件大事，朕要亲自管起来。既优遇了高士，又消弭了反侧，又能将明亡之祸源昭示天下，重训子孙——比如说，能不能设个《贰臣传》，不然，像洪承畴、钱谦益这些人列传怎么评定功过呢？"他的思绪流动得很快，说得语无伦次，大家都听得有点跟不上。

熊赐履心头一震，嚼着"贰臣传"三个字，愈思愈深；难为康熙举一反三，顷刻之间就想出如此刻薄又堂堂正正的名字——孔子著春秋，乱臣贼子惧，其实乱臣贼子仍代代都有，层出不穷——如今连本朝勋业彪炳的大臣也竟入了前朝"乱臣"之列，那谁还敢再当本朝的"贰臣"？正自胡思乱想，索额图在旁说道："光地的折子请征台湾，不知主子可曾御览？"

"朕已看过了。"康熙平静下来，坐回去呷了一口茶，问李光地，"你怎么一言不发，郑成功已死，消息可靠么？"李光地还是头一回和上书房大臣议事，他心里很激动；看样子自己极可能参与机务，入上书房了，猛听康熙发问，忙道："这是靠得住的，不但郑成功，连郑经也死了，台湾群枭无主，内讧渐起。所以臣与施琅意见相同，请主上即刻下诏，命水战之师预备渡海收复故土。"

"将呢？"康熙问道，"水军已在练了，将军应派何人？"明珠在旁大声说道："臣荐施琅！"李光地却道："应由福建总督姚启圣统兵渡海。施琅原是成功旧部，恐不能实心办事。"索额图却道："国家用兵已久，元气未复，不宜兴军。"一时间，七嘴八舌，各持己见互不相让。康熙听了半日才明白，自己进来之前，熊赐履和李光地两个人因这件事意见相左，已是动了感情。熊赐履因见李光地慷慨陈词，不时用眼瞟自己，便也冷笑一声道："这都是误国之言，主上切不可轻信！"

康熙听了微微一笑，若无其事地问道："熊赐履，你的话朕竟不明白，谁误国？这话有何误国之处呢？"

"万岁！"熊赐履听康熙语气有异，一提袍角跪了下去，"台湾蕞尔小郡，蛮荒不化，本不足视为大敌。今'三藩'狼烟未息，百万军士疲惫，亿万百姓待苏，又无胜券可操之兵，胜之不足称武，败之则轻启边衅，伏请圣上三思！"

李光地见状，也跪了下去，奏道："台湾自汉便是华夏之土，岂可轻易放弃？我军新平'三藩'，士气正盛，正可一捣巢穴，不可养痈遗患！"一时索额图和明珠也都跪了，各陈己见。

康熙听了沉吟不语，良久方叹道："东园公，朕也没说立即发兵嘛！你该知道，缺一片瓯，便不是全瓯；一郡不治，也是宰相之过。宋太祖还晓得'卧榻之侧，不容他人酣睡'呢！"熊赐履听了康熙的这番话，一时倒犯了难。撤"三藩"他不赞同，康熙断然下旨撤了；"三藩"乱起，他又主和，又被康熙严词斥责——如今事实已证明自己一错再错，这次是不是又错了？想着，便放缓了口气说道："臣乃大清之臣，岂容大清国土任人宰割？但目下国力实难兴兵。皇上决心既定，臣亦无异议，只求皇上广积粮，精备兵，慎选将，以期一战而胜！"康熙本来想叫这几个忙得不可开交的臣子过来闲谈，稍事休息，不料引出这么一场争论，也觉好笑，抬头看了看自鸣钟，说道："选将的事朕自留心。今儿不说这件事了，传膳——朕要赐宴犒劳你们，我们君臣一边用膳一边谈文论艺，岂不有趣儿？"几个臣子听了方都谢恩起身。

御厨房里的膳食是随时都有的，一时间便都齐备。李光地还是头一次受此殊荣，坐了末座。康熙坐在上首，一面让臣子"放量用"，一面自拣着清淡的略吃一口相陪，又随手拿起明珠的窗课本子来看。明珠这阵子的奏折都是新入幕府的高士奇代笔，屡获谕旨褒奖，见康熙查看自己的文章，不无得意地笑道："只恐难入圣目。这两年蒙皇上谆谆教诲，奴才自觉学问大进，想起从前奏对荒谬，不禁汗颜……"

康熙却根本不信他的那些奏议、条陈都是出自明珠亲笔，听他吹牛，笑道："确乎如此——你的窗课看得有趣，不知有诗没有？"明珠近来附庸风雅，偶尔也写点诗，正被康熙挠了痒处，回身从靴页子里抽出一个本子，双手呈给康熙，说道："这是奴才的诗词功课，也有几篇时文，上面有幕友批的评语，请主子过目。"康熙接过，一篇篇随意翻着看，忽然失声笑道："熊老夫子，这个批加得有意思，你瞧这篇《不自弃》文——"索额图原坐在熊赐履下首，他虽鄙夷明珠为人，听康熙说这个话，心中诧异，便也凑在熊赐履身后，偏着脑袋看稿：

"圣人云'体之发肤受之父母，不敢毁伤'，此不自弃之本也。夫发肤尚且不可轻损，况于我身乎？我身受于父母，又得圣恩雨露成立于世，是天尚爱而重之，卑微躯体焉敢连天而自贱自抛？"熊赐履皱着眉头读着，说道："——这批的是什么——羯鼓四挝，痛切！"李光地摇头道："只听说'羯鼓一挝，万花齐落'，这'四挝'是什么意思呢？痛切——"他沉吟着，只是索解不开。索额图也是如坠五里雾中。康熙揣度，这批语不是好话，因笑道："总不成是'羯鼓四挝，四万花齐落吧！'"话未说完，见李光地掩口偷笑，便问，"你笑什么？"

李光地忙放下箸，说道："作批人皮里阳秋。羯鼓四挝，原是'不通又不通'；'痛'者按医理而讲，也是'痛则不通'之意，明珠竟叫此人诓了!"康熙仰着脸想想,果然不错,不禁哈哈大笑。明珠"腾"地红了脸,调侃道:"原本文章写得不通,也难怪他下此批语!"

熊赐履素来庄重慈和,不喜轻薄,听李光地解破了,只一皱眉,便又往下翻,却是一首咏梅诗,遂轻声念道:

> 半墙螭蟠映雪开,纷纷枝头映光彩。
> 不信东君不着意,迷得青蝇绕花回。

康熙因听不甚分明,便索回了稿本,自又看了,说道:"这诗做得极平的,批得也含糊——'似在齐下,高出杜上'——是什么意思?难道这诗能赛过杜工部?又有哪个姓齐的,能比诗圣还强?"熊赐履品评诗意,不禁摇头,饶是腹笥盈库,一时也难索解。反复又诵两遍,突然涨红了脸,强忍着笑说道:"这些批语轻佻鄙俗,不足以辱天听,还是罢了吧。"

康熙歪着脖子寻思半晌,始终解不开这八个字的意思,遂笑道:"说出来叫大家畅笑一场,也好嘛!"

一时李光地也悟了过来,因见熊赐履嗫嚅着不肯说,便道:"不雅得很,这'齐'乃是肚脐的'脐'的谐音,'杜'是'肚腹'之肚……"

明珠瞪眼听着,心知批的不是好话,却又不知其意;索额图只口中喃喃念叨着"似在齐下,高出杜上……"武丹见众人皱眉寻思,便诧异道:"这八个字有什么难解的?在脐下,又比肚子高——那不是尿嘛!"

一语点破,立时引起哄堂大笑。康熙手扶椅背,笑得接不上气来,索额图咳嗽着用手捶胸,熊赐履脸涨得通红,咬牙忍着,尽量不使自己失态。连守在门口的穆子煦、素伦和一干太监,有的蹲下身子,有的捂了脸,无不前仰后合,只李德全略撑得住,笑着过来替康熙捶背。明珠立不是跪不是,脸上呆笑着,心中暗暗骂道:"高士奇这王八蛋,我那样待他,他竟如此捉弄我,等爷回府再说!"

"此诗实在不佳。"熊赐履定住了神,笑着批讲道,"平仄不去说它,北京哪来半墙红梅?再说,梅花映雪而开,在隆冬季节,青蝇自何而来?不过这批诗的人也实在太过分了。"康熙缓过气,端起凉茶饮一口,笑谓明珠:"……好开心!这个人你不可难为他,朕要见一见——亏你是个同进士出身，不知哪个考官是花了眼还是走了神儿，也不知你这奴才花了多少银子买通了关节……"

"通关节的事是没有的。"明珠因见康熙并不在意，定下了心，嬉笑着自嘲道，"当时应试的人少，取不足额。糊涂试官，狗屁文章乱点乱圈也是有的，不想今儿在万岁爷跟前就露了底儿！不过，能讨主子破颜一笑，也不枉了奴才这'诗'了——这个幕客叫高士奇，原是钱塘才子，和奴才相与最好不过的，主子要见他，那是他的造化，奴才岂敢难为他！"说着眼一睖索额图。索额图一听是高士奇，先是一愣，因见康熙欢喜，忙凑趣儿把那日高士奇在府里毁骂众名士的事说了，惹得众人又是一阵狂笑。

移时，康熙方敛了笑容。明珠的话倒提醒了他，康熙初年，应试的举子的确寥寥无几，名额都取不足。如今一个个头上插了竹签子似的往门里挤，南北二闱光防营私舞弊也防不住。但博学鸿儒科这干人风骨不同。应试的总共一百八十二个，告老的、称病的、规避的竟有四十余人。像顾炎武、傅山等人竟摆出"义不受辱"死不应试的架势，虽锁拿银铛"妥送"来京，却坚卧古寺不肯见人……从这些前明遗老的举止看来，天下人心还是未能尽归"圣化"啊！沉吟半晌，康熙方慢慢说道："南北闱的事叫他们考官用心去办差就是。博学鸿儒科的事一定得办好，朕也知道强拉他们应试不合人情，但天理如此也无可奈何，弓还要拉得硬硬的，既来了，不考也得考！考过的，无论优劣一概给官——最要紧的是非叫他们考不可！你们听着了？"

"喳！"几个大臣忙叩头答道。

"明珠，"康熙笑道，"你管吏部四司，它们都有个别号，晓得么？"

"奴才知道。"明珠毫不犹豫地答道，"文选司掌管升迁除授，称'喜司'；考功司掌管降革罚黜，称'怒司'；稽勋司掌管丁忧病故，称'哀司'；验封司掌管赠荫封袭，称为'乐司'。合为喜怒哀乐四司！"

康熙点头说道："你尚算谙熟部情——朕看这次博学鸿儒科也用得着这四个字。朕以万乘之君亲为主考，这是亘古未有的荣耀，谓之'喜'；有的不肯就范，捆了来见，这叫'怒'；他不高兴，不妨就叫他'哀'一阵子；等试过之后，朕再抬举他一下，不就'乐'了？你们下去好生办理——跪安吧！"说罢不禁哈哈大笑。

第十一回　落魄人途穷遇权贵
　　　　风流士失意会情人

　　明珠的新赐宅邸坐落在槐树斜街，原是前明福王在京的藩署。福王府远在洛阳，按明律诸王无事不许擅入京师，所以这宅子其实一直闲置。若论它的规制，华丽轩昂，京师八个铁帽子王府谁也难比。康熙八年前，因鳌拜当政，人人怕树大招风，谁也不敢问津。康熙十年之后有几位王爷想请旨住进去，却又无端闹起鬼来。眼瞧着楼阁亭榭画梁雕栋，树木成荫，郁茂葱茏，可是无人敢要。惟明珠不怕鬼，奏明康熙后，住了进去。说也蹊跷，自他住进以后，鬼也就没有了。

　　因知康熙要来见高士奇，明珠回府第一件事便是命人布置府邸，将诸如大玻璃穿衣镜、镀金自鸣钟、玉制朝珠如意、金佛玉马统统收藏到后花园的库房中，又到琉璃厂市上胡乱买了几十箱旧书摆到前庭，一直折腾到第二日辰时才算停当。明珠这才想起，回来后还一直没见着高士奇，便派人到书房叫儿子性德到前头问话。他疲倦地坐了，刚吃了一口茶，门官老王头拿着一封拜帖进来，禀道："中堂老爷，靳辅中丞来见！"

　　"快请进来！"明珠一按桌子起身，刚到天井，便见靳辅已进了二门。明珠满脸堆起笑容，将手一拱，说道，"紫桓兄，久违久违！自康熙十二年凤阳府一别，转眼就是五载，兄弟可是挂心得很。"因见靳辅身后还跟着个布衣荆钗的女子和两个总角童子，便又问，"这二位是——"

　　"我们进去再说。"靳辅答道，明珠见性德过来，便用眼神示意在廊下候着，又转脸对靳辅笑道："老兄，愣什么哟？请，请——把圣上赐我的大红袍茶泡上来四杯，另包一包送给靳大人！"

　　"紫桓，"明珠一边给靳辅和李秀芝亲自奉茶，一边说道，"你几次来，我都不在家，实在抱歉，帖子断不敢当，只好退回。不过你老兄也太古板，留下你的住处，难道我不能跑几步去看你？见着圣上了没有——都有些什么旨意?"说着，用眼睨了一下李秀芝，关心地说，"你只管用茶，不必拘束客气。"

靳辅见明珠这样殷勤好客，心里踏实下来，笑道："圣上已召见三次，因忙，话没说透，命我在京且住几日……"说着，便把自己入京以来的情形说了个大概；并将李秀芝母子的事也禀告了明珠。

"啊……好，好！"明珠含糊答应了一声，坐了，双手捧着一杯茶，出了半日神，问秀芝道："你如今怎么打算呢?"

"我也不知道……"秀芝低头拭泪道。

靳辅沉默了一会儿，说道："晋卿不肯相认，她手中又没凭据，这是很棘手的。若惊动皇上，似乎对晋卿太苛了些，秀芝也不忍心——如实在不行，只好暂且送到家母那里……"

"这事紫桓兄不必管了，明珠一手包办！"明珠拿定了主意，慨然说道，"这种事要的什么证据? 现放着李秀芝还不是人证? 晋卿写的诗还不是物证? ——你看看这两个孩子，可怜见的，活脱脱是两个小李光地！"他话没说完，李秀芝早忍不住，眼泪簌簌落下，抽泣不止。明珠也不理会，只大声叫道："老王头，叫管家的来！"靳辅和秀芝惶惑地对望一眼，不知这个明珠要做什么，正没计较时，管家已是跑着进来，请了安，毕恭毕敬地问道：

"主子有什么吩咐?"

"通州不是新买了一处宅子么?"

"是，已经成交了。三进三院，后头还有个小花园……"

"行了。"明珠打断了他，指着秀芝说道，"这是李部堂的夫人。那处宅子就赠给她住。你指派二十个丫头、三个老妈子去侍候。每月照夫人的月例拨过去四十两银子——谨密些儿，这事要让别人晓得，我先揭了你这奴才的皮！"

靳辅睁大了眼睛望着满面笑容的明珠，早就听说明珠为人洒脱大方、轻财好施，但初见之下，厚待如此，是不是过分了? 李秀芝抬起泪光闪闪的眼，愕然惶顾了一下靳辅，起身敛衽说道："明中堂，这如何使得? 我是来投奔李光地的，这两个孩子是他的骨血，他不能不管。我出身微贱，不是享福的命，没的折了我的阳寿……"

"嫂夫人不要说这个话，明珠也讨过饭，寄人篱下不是滋味。"明珠叹息一声说道，"光地不是个没良心的人，目下不能认你们母子，定必有他的难处。他眼见就要做大学士，不能在这事上栽筋斗——这样，这房子和人都算明珠借给你的，你也并没沾我什么光，日后我和晋卿兄结这笔账。但只是不要性急。我慢慢觑机会说话，他年轻新进，正要面子的时候儿，逼急了反而弄出大乱子，也难称你的心！紫桓兄也在这儿，我把话说明了，你们两个都放心。"

这番话娓娓动听，既替李光地遮掩，又顾全了李秀芝母子，又声明自己并无他图，听得靳辅心中一阵发热，点头道："想不到明相如此热肠！"李秀芝早率两个孩子扑倒在地，哭得泪人儿一般。

"不能虚留紫桓兄了。"明珠抬头看了看天色，已过午时，很怕康熙突然驾到，撞上了不好看，因笑道，"你先回去，这两日过后，我去看你，可要叨扰两杯了！听说门上还收了你二百两银子，我已查办了这事——这批狗奴才真不是东西！吾兄还是收回去，京里用银的地方多着呢！"说着，将一张银票递了回来。靳辅哪里肯接，因见明珠还有事，便笑着说："赏下人们吃茶用罢。"

安置了李秀芝母子三人，明珠吁了一口气，这才叫过性德问道："你高世叔呢？"

纳兰性德才总辫儿不久，生得粉面朱唇，穿得齐齐整整地躬身侍立。自高士奇来，性德天天缠着他讲诗词古文，他二人倒似忘年交般形影不离了。他抬头看了看父亲，轻声说道："昨个儿高世叔、徐世伯带着儿子去看花市。后来高世叔请徐世伯用轿把我送回来。说有事要在外头耽误一日，今儿后响才能回来呢！"

高士奇常常如此，也不算稀奇，康熙也未必今日就来。明珠也就没再问，只说："花市有什么逛头，要去一日？——你徐世伯呢？""徐世伯"便是前科状元徐乾学，因来府走动得勤，和家人也差不多。听父亲问，性德忙道："徐世伯奉旨去大佛寺看望顾炎武和傅青主二位先生。回来又约了穆子煦军门一同去会施润章、杜讷，说是去一会儿就回来的……"

"哎呀，明相！"父子俩正有一搭没一搭说话，二门外传来徐乾学爽朗的笑声，"怎么一夜之间府上就大变了样子呢？要不是门口那两只汉白玉大狮子，晚生还疑心踏错了门槛呢！"说着已挑帘进来，一边拱手作礼一边环顾四周，"嘀！满架图书，满室翰墨，真个叫人心醉神迷哟……"

徐乾学的相貌甚是平常，金鱼眼，鹰钩鼻，一对龅牙龇出，被烟熏得黑里透黄，一副玳瑁眼镜用丝线吊在大襟旁一晃一晃，一说话老鼠髭须上下颤动，怎么看怎么别扭。人们一见他这副尊容，便会不期而然地想："如此德性样儿，怎么会是个状元？"但他却是货真价实的一甲一名进士，敲得响的状元，学问文章都没得说。

"坐吧！"明珠拍拍炕沿，又摆手示意命性德退下，忙问道，"到何桂柱府去会文了？施愚山他们怎么样？李光地和老何是邻居，也该顺便去瞧瞧嘛！"

徐乾学"啪"地打火，呼噜呼噜抽了几口烟，方笑道："何桂柱夫人殁了，前头的丧事办得热闹，后花园里也会不成文，说了一会子话就散了。这两位先生不比大佛寺的那两位，施、杜二人倒是挺欢喜的。还说：'便是取不中也不枉了来京师这一遭'——这还有什么说的？晋卿那里倒是去了，架子大得很，不见！说是闭门思过——其实我心里也有数，陈梦雷已经交大理寺审过，估摸万岁还要御审他们二人这件官司，他不过是躲躲嫌疑而已。"

"好嘛，当了大学士，只等着入上书房宣麻拜相了！"明珠撇嘴儿一笑，"万岁的口风怕是不再审了。不过他想杀陈省斋倒是真的，须知天下不如意的事多着呢！告诉你，皇上已密地召见了陈梦雷。又问我该怎么处置。你想，他和晋卿两个人的事，死无对证，人是好乱杀的？陈省斋那么好的学问，皇上素来爱重，我请皇上发落他去奉天，过两年风头过了再调回来就是了。""这案子是没法审。"徐乾学眯缝着眼笑道，"大理寺审他，听说只问了一句就退堂了。"明珠诧异地问道："那怎么会呢？"

"他们问，'陈梦雷，你为什么要在耿精忠叛军中做官？'"徐乾学道，"陈梦雷说'是皇上于康熙九年十月十日当面派的差使！'——再往下还怎么问？"

"于是乎就散了？"明珠不禁纵声大笑，徐乾学赔笑道："他们总不能把皇上提到大理寺对质吧！"

两个人正说笑，老王头抱着一大叠红拜帖进来，恭恭敬敬呈放在桌子上，却身慢慢退了出去。明珠知道这都是馆选官吏不知通了多少关节才送上来的，此时他不想看，因见徐乾学要辞，便道："把这些帖子带出去璧还了他们。要捐官的成千上万，谁不想补缺？都这么来求我，我就是千手观音也办不及——告诉他们到吏部去挨号儿候着！"

徐乾学接了帖子，颇有些犯嘀咕：这些捐官人不知花了多少银子才走到这一步。只求明珠见一见都不成。我何必去做恶人？他沉吟着，将一封封帖子在手里倒换着看，突然，爆发出一阵狂笑："竟有父母给儿子起这样名字的！徐乾学读书多年，却没这样的见识，真乃大千世界，无奇不有！"明珠接过来看时，只见这份帖子上端端正正写着"徐毬壬恭叩明相万安"的字样，不禁也捧腹大笑，便叫老王头出去传话：叫这姓徐的进来，其余的半个月后再见。徐乾学生怕明珠再给什么难办的差使，一躬身辞了出去。

片刻，一个方面阔口的官员摇着快步走来，穿着八蟒五爪袍，缀着白鹇补子，水晶顶戴，在天井里打了马蹄袖，叩了头，报了职名。

"嗯。"明珠半仰在椅上，强忍了笑，双手把玩着他的帖子，扯着官腔说道，"进来吧！你是捐的官？"

"是。"那官员敛容答道，"卑职康熙十四年捐的县丞，渐次进为知府衔……哦，这次进京，家父命家兄带了一方好砚，敬献中堂，伏望哂纳……"那官员一边说，一边从怀中取出四四方方一个红绫包儿呈上来。

明珠接过来，手被压得往下一沉，心知必是黄金所铸——却并不急于打开来看。只漫不经心将"砚"放在桌上，说道："知府的出息已是很好的了，为什么还要钻刺门路？""中堂明鉴：下官图的是能光宗耀祖，为皇上出力！"明珠笑道："你这人看来还伶俐。不过我看还得加上一句，也得在任上好生替百姓做点好事，补缺的事嘛，等吏部司官送上票拟后自然会有消息的。"

"谢中堂！"

明珠见他端杯呷茶，知道他要退下，便笑道："你不要忙。我看你像是读过点书的，为何取了这么一个名字，这怎么能进呈御览呢？"

"卑职排行属'毬'字辈儿，因命中缺水，所以家祖特为起名'毬壬'。"徐毬壬莫名其妙地说道，"不知为何不便呈交皇上？"

明珠听了，方知他原叫"徐毬壬"，但不知是谁在"毬壬"二字上各添了一笔，变成了"毡毛"，当下也不便说破，只笑了笑，问道："这帖子，你是交给哪个书吏呈进来的？"

"不是书吏，"徐球壬忙躬身赔笑道，"是府上一位姓高的先生正好到书吏房，接了卑职的帖子……"

一切都明白了，又是这个高士奇在捉弄人！送走徐球壬，明珠不由一阵阵光火。什么"羯鼓四挝"，什么"高出杜上"，他竟是逢人就捉弄；必定是高士奇接了徐某的银子，又恐自己心绪不好不肯接见，才弄出这个笑话儿来。想着，不由一阵寒森森的冷气直袭明珠心头。他倒不在乎自己挨骂，叫人心寒的是此人如此洞悉自己的脾气，玩弄自己于股掌之上！想想此时也无良谋整治高士奇。明珠的眼神黯淡下来，一言不发将帖子摺在一边，咬着牙自语道："我偏不给姓徐的补缺，等着他咬你吧！"

高士奇却不知道他离府这一天都发生了什么变化。他在南西门花市支走徐乾学和性德是有缘故的。因为他见到芳兰带了个丫头正到槐树斜街白衣观去烧香。大约家中生意好转的缘故，芳兰出落得越发水灵标致了。上身着一件盘蝴蝶结扣儿绣花水红小袄，外套杏黄丝绵坎肩，下头着的百褶裙子却是葱绿。高士奇眼巴巴瞧着小竹轿一悠一悠地过去，自己在后边不远不近地跟着，心里暗忖："论身份，当然不及陈天一那位；说到风流小巧，却足强过一百倍！呸，什么大家闺秀，国色天香，哪及得上这样小家碧玉么？"

眼见芳兰在庙前旗杆旁下了轿，一主一仆在阶前水盆里盥了手，高士奇几步抢过去，不等丫头泼水，慌忙就着残水也洗了手，却似忘了带手帕，扎煞着湿淋淋的手发怔。

"这不是高先生么？"芳兰一转眼，见是高士奇，又惊又喜，忙蹲了个万福，抿嘴笑道，"您吉祥！这些日子不见，您比先前气色好多了——梅香，把我的帕子拿给高先生擦手！"

这几声莺语燕呢、娇婉春啼，再加之笑靥如晕、流眄似波，几乎酥倒了高士奇。他一边打着主意，一边慢慢擦着手问道："你怎么……也到了这里？"因读书人极少到观音庙凑香火，这句话本该是芳兰问的，高士奇抢先这么问，倒把芳兰问了个怔。眼见高士奇擦完了手，将帕儿抖抖，竟塞进自己袖子里，芳兰不禁腾地红了脸，心头突突乱跳，慢慢低下了头，半晌没言语。那梅香却嘴快，在旁代答道："刘掌柜的把姑娘许了东门胡家，才过了聘就听说胡家少爷得了痨病，催着姑娘过门冲喜……姑娘过来是给观音菩萨还愿的……"

高士奇听到"许了胡家"，头"嗡"地一响，后头的话已一字不入，便是一桶冰雪水淋下，也没有这般的冷。他打了个寒噤，半晌才回过神来，勉强笑道："……那也是该当的。你们且去求佛，我到那边随喜。一会儿出来我还有话说……"

看着她们进了庙，高士奇在石阶上坐下，抱膝仰脸想了半日，仍觉得事情棘手，妙计难出。

第十二回　大廊庙定情赠玉佩
　　　　　宰相府调侃动圣听

　　高士奇正在苦思冥想，不得主意时，见芳兰她们已经出来。陡然想起，自己住在明珠府，这位一品当朝的权贵便是靠山，为什么不借此施展手段？想着，便凑上前去，摸出五两银子递给丫头，笑道："我是出来给明相选花儿的，恰好遇上你们。梅香，你懂行儿，去替我买两盆文竹，好么？"芳兰笑道："两盆文竹有五钱银子就足够使了。其实也不用买，明儿叫家人给您送去也罢。"高士奇因道："可怜见儿，这丫头生得瘦弱。去吧，余下的钱都赏你——细细儿挑，要上好的！"

　　芳兰许了个病女婿，也是满心不如意，见高士奇这样，心里早明白七分，眼见梅香欢天喜地地去了，低头摆弄着衣带，小声儿问道："先生……您像有什么话要对我……说？"

　　"只这一点空儿，不能绕弯子说话了。"高士奇左右瞧瞧无人注意，开门见山就道，"十冲喜九忧愁！像你这样资质，闭着眼往火坑里跳，我……实在替你难过。"芳兰眼圈儿一红，睨了一眼高士奇，叹息道："那有什么法儿——各人的命罢了……"高士奇默谋一会儿，温和地说道："事在人为！芳兰，你若有别的意中人，我高士奇可以为你设法。若没有，可就如你自己说的，这……都是命——我也没话可说了。"

　　芳兰羞得脸红到耳根上，小脚不停地跐着阶石，蚊子般嘤嘤似的说了一句："这……这叫人怎么说呢……"

　　"这是有的了！"高士奇大为兴奋，眼光霍地一跳，问道，"是谁？"芳兰狡黠地闪了一下眼，正色说道："先头绳匠胡同方家表哥，我们自幼儿一起种花儿……"

　　高士奇乍听之下，犹如五雷轰顶，浑身的血都在倒涌。却听芳兰接着又道："本来……爹妈都愿意的，不想五年前……花窖塌了，把他砸在里头……死了……"高士奇如蒙大赦般舒了一口气，暗自笑骂："这妮子竟如此捉弄人！"口里却问，"再没别的了？"

芳兰没有答话，只轻轻摇了摇头。

"你看，你这样对我们男子，就有点不公平了。"高士奇笑道，"幸亏我没说出口，若是我遣媒到你家，岂不吃个大大的没趣？"芳兰抬起头来，黑得深不见底的瞳仁盯着高士奇，说道："那怎么会——像您这样的贵人，只会可怜我们，哪里能……我们花儿匠小户人家，俗气得很，只会种树插花接枝儿……"说着又低了头。

有这几句话便足够了。高士奇迅速解下腰间的汉玉佩，双手递了过去。他一向玩世不恭，很少有这样诚挚的眼神，颤着声音说道："休说什么花儿匠，高士奇还曾是叫花子来着。不如你！说到'俗'字儿上，像你这份聪慧，若跟了我高士奇，不出三年便是才女！"芳兰看了一眼玉佩，却没伸手去接，只不好意思地扭转了脸，啐道："你不是正经人……这算什么呢……"眼见梅香带着两个小厮捧着花盆过来，高士奇真的急了，一把拉过芳兰温润汗湿的纤手，把玉佩放进去，小声说道："你只管放心！胡家的事我来了结！"

独自在太白楼吃酒想主意，直到傍晚，高士奇方醉醺醺回到明珠府。二门上的人一见他回来，喜得跺脚拍手道："好个我的高先生，高爷，高祖宗！再不回来，相爷的毛板子要打死奴才们了……"高士奇一肚皮的没好气，打着酒呃发作道："府里失火了还是遭贼了？怎么——我是擒贼救火的奴才么？"

明珠在堂屋里听得一清二楚，气得手脚发凉。无奈换了便装的康熙，还有索额图、李光地、穆子煦和武丹一干君臣都在这里，正和他的两个儿子揆叙和性德逗着说笑，只好强忍着，大步出来，站在廊下招手儿笑道："澹人，这是怎么说，和他们这种人生什么气？来来！今日来了几位雅客，等着和你谈文呢，一同坐坐吧！"

"客人？别人都有客，我自是天涯孤客……"高士奇醉眼迷离地打量明珠一眼，酒涌心头，忽然有一种畸零苍凉之感，一边拖着步儿进来，口内喃喃吟道：

清夜……无尘，月色如银。酒斟时，须满十分！浮名末利，休苦劳……神。似隙中驹、石中火、梦……梦中身。满抱文章……开口谁亲？且陶陶乐取天真。不如归去……唉……做个闲人。背一张琴，一……一壶酒，一……一溪云……

一脚踏进门，也不看众人，团团一揖道："慢……慢待了，有……有罪！"明珠因见康熙目不转睛地打量高士奇，深恐这狂生失礼，连累了自己，忙令人："给高先生端一杯酸梅汤，把醒酒石也拿来——泡茶！"

一杯冰水酸梅汤灌下去，高士奇清醒过来，因见揆叙也在，便道："你的窗课呢？你父亲尚且每日读书作文章，你怎么不言声一去就是几天？"揆叙忙躬身道："大阿哥邀我到南海子练习骑射，我是他选的侍卫，不好违了王命。功课倒没耽误，这几日背了几章《孟子》，明儿再请教先生……"性德忙替哥哥掩饰道："《朱注四书大全》哥哥也能背了，先生别错怪了……"明珠因见高士奇不理会众人，忙笑着道："功课的事有日子慢慢说，我来介绍这几位朋友。这位姓龙，这位李先生，这位姓穆，这位姓武。这位嘛……"说到索额图，他打了个顿儿。

"索中堂！"高士奇忽然身上一颤。他倒不是怕索额图，是此时方留心，这位官架十足的一品当朝，竟坐了姓龙的下首！高士奇何等机敏之人，见康熙含笑跷足稳坐，气度雍容华贵超然出众，虽笑着，却有一种亲而难犯、不怒自威的风度。高士奇目光霍地一闪，提足了精神：他已八成猜中来者是谁了。

"高先生，"康熙静等明珠说完，开口笑道，"我们都是慕名而来，知道你是风流倜傥、不羁世俗的硕儒，特借明相一席酒，要听听先生清论雅音！"

高士奇身子一仰，笑道："龙先生，说到'学问'二字，徒增我之汗颜。三年前游历皖鄂，曾遇到一位挂单僧人，一夜抵足论文，才知道是做过当今天子师傅的伍次友先生，他称我是皮里阳秋君子；后来在杭州又遇彭孙遹、顾炎武二位征君，谬奖我是东方偷桃谪落仙才。承他们奖赞如此，我却屡试不售，文不得匡国济世，武不能缚鸡捉狐，圣主难知于草野，权贵视我如芥豆，实在伤了他们知人之明。如今年过而立，一事无成，诸事早已淡了——功名二字，于我如浮云耳！"说罢举杯一倾而尽，吟道，"古来圣贤皆寂寞，惟有饮者留其名——来，请！"

康熙听了一笑，也便饮了。索额图诸人忙都陪饮一杯，却对高士奇道："高先生请！"康熙一生最敬重伍次友，听高士奇说见过他，不禁一怔，说道："见过伍先生，你的福缘就不小！如今你在明相府，既是宰相之师，又课读二位公子，将来他们有所成就，怕不是你的功劳？"

"性德和揆叙都极聪明，我很喜欢。"高士奇笑谓明珠，"明相留意，读朱子的书得小心，朱熹的文章有好的，也很有些如狗屁，不要叫他诓了……"

堂堂朱子竟如"狗屁"，想起高士奇给明珠窗课加的批语，康熙不禁莞尔。李光地道学先生、朱子门生，气得涨红了脸，矜持地放了箸，一倾身问道："敢问朱子何以如'狗屁'？晚生倒是闻所未闻。"

"马肝有毒，不食马肝谓为不知味也；朱子误人，不闻狗屁谓为不知臭也！"高士奇冷笑道，"这有何疑惑之处：朱熹身为儒宗，当南宋亡国之时，无一善言救弱，无一善政御强，是为大节不纯。暗逼娼女污人清白、虚称伪病欺主，这就叫小节猥琐！我辈读书人，应崇孔孟，采圣道粹学施之当世，利国济民，何必绕道儿学他的伪诈虚浮？"

康熙听着，不禁皱了皱眉，他觉得高士奇的话有些偏激，但攻讦朱熹的事又明载于史，却也无可驳诘。康熙正沉吟着，李光地冷笑着揶揄道："高先生论学直宗孔孟，佩服！可谓：金匮万千表——孔子曰、孟子曰！"[①]

"先生是出对子来难我了。"高士奇知道是考核自己，机警地接过话，笑道，"好说——华衮百廿作，帝者师、王者师！"索额图想想，做学问自己不是对手，因接着说道："高先生才思真敏捷。前日在一处听人家说了几个谜语儿，竟寻思不来，你既夸口堪为帝者师、王者师，倒要请教。"高士奇噗嗤一笑道："不才怎敢妄拟帝王之师，联句逼到这步儿也只得敷衍。中堂既讲到这里，何妨大家共猜？"

"一月复一月，两月共半边，上有可耕之田，下有长流之川，六口共一室，两口不团圆。"索额图慢悠悠说道。众人未及思索，高士奇已是鼓掌大

---

① 言必称孔、孟之意。

笑：“妙！中庸之道乃为之用，这是个'用'字！”

“上不在上，下不在下，不可在上，只宜在下！”

“一！”高士奇应口答道，端起一杯酒吃了，“子曰吾道一以贯之！”李光地因见索额图难不倒高士奇，插进来说道：“我也有一个——立不中门，行不履阈，俨然人望而畏之，斯亦不足畏也。”这个谜语带双关，旁敲侧击高士奇的学问不是正道，高士奇一听就知道了，反唇相讥道：“这不是字，俗得很，是庙堂两边的哼哈二将——可对么？”

众人不禁哄堂喝彩，却见高士奇笑问李光地道：“李先生看来是个无书不读的，'以独茧丝为纶、芒针为钩、荆条为竿、剖粒为饵，引盈车之鱼于百仞之川，纶不绝、钩不申、竿不挠——因水势而施之。'请问，此文出于何书？”

这说的是治国哲理，当因势而利导，则事半功倍，康熙听得眼中放出光来。李光地却腾地红了脸，他自康熙九年入翰林院，会过多少名士，连陈梦雷那样学富五车的大儒，也深仰他识穷文章，不想今日撞上高士奇，随便引一段古文就难住了自己。想了半晌，李光地迟迟疑疑说道：“似乎是《庄子》？”高士奇却笑着摇头。

李光地被高士奇挤对得没办法，便想着挽回，因道：“这都是雕虫小技。不才想请教高先生一篇时艺破题，题目是'牛何之'三字，不知牛到何处去了？”康熙因先来时合府寻找高士奇，听李光地这么问，不禁哈哈大笑。

“李先生，”高士奇正容说道，“查《孟子》一书，言'何之'者二处。一则曰'牛何之'，一则曰'先生何之'。'先'者，牛之踢飞脚者也；'生'者，牛之坐板凳者也——然则牛与先生，一而二，二而一者也。”话音刚落，早已是举座喝彩。李光地听着“踢飞脚”，“坐板凳”暗含讥刺，却也无隙可觅，只好干笑着，心里感到老大不自在。

明珠原对高士奇有一肚皮的气，眼见索额图和李光地相继败阵，见康熙十分高兴，自己也觉脸上光鲜。忙布菜让酒，笑道：“只顾说笑了，诸位请！这是圣上赐我的黄河大鲤鱼，难为这几千里运程，竟还都是活灵活鲜的……揆叙，咱家窖藏的茄子，怎么还没端上来？”揆叙和性德都在一边侍立，听父亲问，忙上前一步笑着回道：“窖里的菜签写错了，'茄'字本是草头一个加，却写成了竹字头儿了……这会儿才寻出来，一会子就好。"

高士奇此时趾高气扬，便想乘机逞才，皱眉说道："揆叙错了，草头下一个'家'，出自《易经》，'非我求童蒙，童蒙求我'——乃是一个'蒙'字！"穆子煦一边执壶斟酒，一边笑道："高先生吃多了，公子说的不是那个'家'字。""哦——"高士奇一拍脑门儿，恍然说道，"原来是个'佳'字，这字出在《春秋》，'郑国多盗，取人于萑'……糊涂了，该罚！"

"又错了！"康熙见他如此调侃，心里欢喜，哂笑道，"是草头下一钩一撇，再添一个'口'字！"高士奇饧着眼用手指在桌上画了画，拍案笑道："——竟是个'苟'字！《礼记》开篇就讲'临财毋苟得，临难毋苟免'……"

李光地冷笑一声，说道："老兄好手段——一钩一撇不是那样个写法！"高士奇凝神思索一阵，点头笑道："那必定是个'刀'字，《诗经》上有一句'有苕之华'，我竟忘了！"

"你又错了！"索额图至此方知，汪老先生一干门客败于此人之手绝非偶然，深悔没有把他笼在自己袖中，便凑趣儿笑道，"不是'刀'，乃是'力'！"

"立？"高士奇瞠目结舌，良久方叹道，"可见读书不但要在经书上做功夫，便是佛经内典也得通晓——那定是'菩'字无疑，《金刚经》说'须菩提于意云何？佛告须菩提'，《梁皇忏》则云'南无菩萨摩诃'——这回再也不会错了……"

一席话七扭八弯，至此结住，高士奇百般刁赖躲闪，都无一语不出自经典，众人心中称奇，无不喷饭而笑。康熙笑得眼泪汪汪，指着高士奇道："好，真有东方曼倩之风！既说到佛经，我来问你，如来是何许人？"众人听此话音，已知中了圣意，都敛息静观皇帝亲试。却听高士奇说道：

"这不用问，如来是个女人。"

"为什么？"

"《金刚经》云'趺坐而坐'。"高士奇笑道，"如来不是女人，为什么'夫'坐了才敢坐呢？"

"那——太上老君呢？"康熙忍着笑又问道。

"女人！"高士奇毫不踌躇地答道，"《道德经》有云'吾所大患，以吾

申辩，康熙一笑摆手道，"他们的折子朕已留住不发，你也不必往心里去，借库银总比追加火耗银子敲剥百姓堂正。你往后管河工，银子像淌海水似的，朕不能不提个醒儿，叫你小心一点，若信不过你，也就不讲这些了。说正题吧，你折子里有些水利条陈，朕有些看不明白，且说说你的打算，朕来替你筹划。"

听着康熙这些话，靳辅鼻子一酸几乎坠下泪来，忙偷拭了。心想此时也只能大略奏陈一下，便从袖中抽出一张图来，那是陈潢入京后连明彻夜赶制出来的。康熙见了伸手要过，便摊在案上，让靳辅一一指画给他细看。

"主上，"因离康熙太近，靳辅心情有些紧张，舒了一口气才道，"臣之治河大体分两步走，总而言之是以治河为本，治漕为标……"他用手指在图上画着，"……第一步先将黄河现有决口全部堵塞，由东向西渐进，使黄河河道归复。大修工程共是五项：疏浚清江浦至云梯关到海口河道，挑浚高家堰以西至清口淤沙，然后在高家堰筑坚堤一道，确保洪水不至在此决口堵塞清口之北……这几项工程完毕，黄河入海之路便畅通无阻，然后着力将旧决口依次填堵，不至重新泛滥。最后深挑运河、清理积水潭，运河即无恙矣……"

说至此，靳辅抬头看了康熙一眼，见康熙毫无厌倦，双目炯炯盯着河图，忙又接着说道："第二步，在河南考城仪封一带，沿黄河开挖一条中河，从骆马湖经宿迁、桃园至清河仲家庄，避开黄河中流一百八十里风涛之险，漕运船只在黄河中航行便仅有二十里，亦无大忧。"接着，靳辅口述手画，将改运河口、挑皂河、归仁堤诸项细目工程一一指出。这都是与陈潢反复计议了的，早已烂熟于胸，说得十分畅快。

康熙边听边点头，不住地"嗯"着，一直没有插断。直到靳辅说完，他才抚着脑门向后一仰，闭目沉思良久，方道："听起来似乎尚属可行。不过朕不精水利，又没亲自踏勘，难置可否。第一步工程完成，漕运即不受黄害，甚慰甚喜。不知需多少时日？"

"回万岁，十年！"

"十年不行，七年如何？"

"臣勉力为之。"

"好，钱呢？"

"每年四百万两。"

康熙不禁抽了一口冷气，说道："朕不说你也清楚，国家岁入两千五百万两，现在尚在用兵，若不是魏东亭海关上每年接济一千五百万两，早已捉襟见肘了——一年四百万两是拿不出来的。"靳辅当然晓得这些情形，他也细算过，里头多少打了点富余——因户部从来没有按数拨给治河银子，不能不要得高些。想了想，靳辅笑道："用兵不会很久了，吴世璠数千疲卒退守孤城，不日就能拿下。圣上不妨多拿一点银子治河，这是天下万世之利……""你说错了！"康熙隔着窗扇儿，望着前头矗立入云的太和殿，慢吞吞道，"用兵之事方兴未艾！朕说七年治好漕运，就是急于进兵台湾，运战舰水兵南下；噶尔丹在西北，罗刹国在东北扰乱，也要用兵，粮食要靠漕船北运；山东一带土寇刘铁成残部啸聚，难道不要征剿？朕看还有二十年仗好打！"

近来朝廷颁布谕旨，下令都是偃武修文，要致太平盛世，靳辅哪里想得到康熙有这么多的干戈计划？他愕然看了康熙一眼，忙笑道："圣躬远虑，非臣所能知晓。然而河工耗多而效迟，功微而谤速，主上明鉴，银子少了是很难办的。"

"朕已替你约略筹算过了。"康熙狡黠地一笑，"如今每年先拨二百五十万两，这已经很难为户部了。'三藩'军事完全平定，再增至三百到三百五十万两，大抵就够用了。只你方才说的开中河，约需多少，到时候如数拨给……哈哈！像你这样的老实人，也会来和朕打马虎眼儿！"

靳辅听了这话，觉得轻松了不少，二百五十万两虽少了点，也能办不少事。他无声地一笑，还要再奏时，却见索额图进来，躬身笑道："已时已到，请主子赐宴。"说着，盯了靳辅一眼，看得靳辅心中一寒。

"就这样吧！"康熙笑着起身对靳辅道，"你奏得很好，不必递牌子进来了，就赴任吧。朕也没有多的话说，回去之后，每隔半月递一份折子，将河工情形细细儿奏来。要留心人才，多往你幕中收几个，将来也可保奏……朕在开封亲见过一个，竟失之交臂，可惜了的……"说完自起身去了。

体仁阁中的鸿儒们早已坐齐整了，从南到北两排席面，共是五十张高桌，每张桌前坐四五个人。由光禄寺设馔，十二色菜肴都用钧瓷盘高高攒起，中间四个大海碗垒着苹果、柚子、荔枝和葡萄干等时果，由礼部派的科道司官陪坐侍酒。这样的排场确是亘古未见，所以酒未开樽，这干遗老们已是红光满面，晕乎乎地有点醉意。此时，人们对这场考试能否取中已不太在乎了，有此赐宴之荣，即便不做官，死后写行状、诔表、祭文和墓志铭也有润章之词，这比什么都体面、光鲜！

"皇上有旨，不必拘礼安席，即时开宴！"

一声传呼，众人"刷"地一齐起身，拱手仰谢天恩，方才坐下诚惶诚恐地夹菜进食。有些人还偷偷拣着能带的，往衣襟里、褡包里头塞，好带出去与亲友分享。待到最后一道饭——馒头、卷子、红绫饼、粉汤、白米饭上来时，康熙带着皇太子胤礽和大阿哥胤禔进来。他一脚踏进门，便吩咐大家只管进食，不要拘礼，自己随便挨桌儿探视问候。众人哪里还能再吃？一个个慌乱得心头嘭嘭直跳。

"久违了，愚山老先生！"至左边第四桌，康熙瞧见了宣城派词坛座主施润章，便绕过来笑道，"上回见你是在丰宜园旧亭子上，当时有汪琬、宋玉叔，吴三桂的大儿子吴应熊，还有谁来着——"康熙轻轻拍了拍前额，"——对，王士祯。如今他已是刑部尚书了。"施愚山万不料康熙会单独和自己说话，手忙脚乱地立起身来，红着脸道："主上那次还是微服，一晃就是六年，瞧着万岁似乎清减了些，不过气色好多了！"

康熙呵呵笑道："朕年轻，到底比你强！你是个穷官儿，分守清江道，撤差时把朋友送的官船都卖了嘛！记得你当日说起过山东的蒲留仙，很有才气，他怎么样？"康熙如此好记性，施润章心下暗暗佩服，忙又笑道："他倒常来信的，昨日还接到他一篇诗。此人时运不济，至今尚未中举。"

"哦，诗？"康熙不禁笑道，"带着么？"

施润章怔了一下，忙从靴页子里抽出一封信，双手捧过去。康熙接过笑道："必是好的了，朕带下去看吧。"说着便招呼胤礽。胤禔在旁，忙用手指道："阿玛，太子在那边。"

康熙看时，几乎笑出来。靠北最角落的一个桌上，皇太子单膝半跪在椅上，用小手撕着胙肉，淋淋漓漓一个劲儿往一个人碗里放。原来，康熙进来，二百余人全都停了箸，惟独这人正襟危坐坦然进食，引起了皇太子的好奇。康熙回头看了索额图一眼，明珠忙凑近说道："这个人叫汤斌。"

康熙忙快步过来，喝止了太子："不要恶作剧，难道谙达没教过你？"

"此乃储君爱我。"汤斌离席侍立，含笑说道，"君有赐，臣不敢辞。赐死尚且乐如，况赐食乎？"

康熙上下打量着汤斌，说道："朕久闻你的大名了。在江南做官，火烧境内五通庙的不就是你？是因为狱中跑了犯人罢官的罢？" "是！"汤斌答道，"臣奉职无状，逃犯并非因收管不严，乃臣故纵出狱。"

"唔——唔？"

"其人并无大罪，乃是欠租不交，为田主所讼。"汤斌面不改色，侃侃言道，"他家中上有七旬盲父，下有六龄幼童，拘一人而亡三人，揆之天理，殊伤皇上以慈孝治天下之本旨，以仁政治王道之至意，臣斗胆放肆了！"

康熙听了不禁默然，国法与情理不合，这类案子岂止一件？但汤斌甘冒罢官之厄挺身仗义，这就难能了。想着，心中不由一动，把太子交这样的人辅导，怕不教出仁孝之君？熊赐履虽好，只是太忙，难得分身啊！思索良久，康熙爽朗地一笑，说道："若论这事，你孟浪了些，又有点胶柱鼓瑟。轻判为枷号三日，搪塞上司，岂不两全了？听说你罢官时，城中罢市三日，敛金送归。朕都是晓得的，你好自为之吧！"说罢，便带了皇太子和大阿哥，对众儒士微笑点头致意，徐步出了体仁阁。

刚出门，便瞧见高士奇从昭德门那边懒懒散散地过来，康熙站住了，笑问道："你这奴才，钻到哪儿去了，今儿这么大的事，竟不在朕跟前侍候！"高士奇因见皇太子也在康熙身边，忙向康熙叩了头，又向太子和阿哥打千儿请了安，笑嘻嘻说道："爷怎么忘了，说过今儿给奴才一日假来着！一大早起，老何桂柱就将奴才请去，他女人不在了，求奴才点神主儿，写一篇祭文。奴才惦记着主子这边，哪里有心情！胡乱抄了一段《兰亭集序》给他，就忙着赶回来了……"康熙因见他手里拿着一根打得满是结的丝绦，伸手要过来，看了看问道："这是什么？"

"唉……"高士奇叹道，"这是他女人顾阿琐临终交给他的，说是有人能解得开，她的魂灵儿就能升天。老何没办法，说奴才兴许成，奴才寻思一路，这结打得实在瓷实，正没法子呢！"

康熙一路走，一路仔细看那丝结，一串儿共是七个，像是蘸了水，打过又浸了油，一概都是鸡心形，红得一串血珠儿似的，试着解时，半点也不中用，便丢还了高士奇，笑道："这个阿琐也忒古怪，临死出个难题给男人——朕只不明白，王羲之的《兰亭集序》怎么好当祭文用呢？"

"多少得改几个字。"高士奇说道，"奴才是这么写的。"说着，便轻声诵道：

> 夫人之相与，俯仰一世。或取之怀抱，晤言一室之内；或因寄所托，悲酸形骸之外。虽取舍万殊，静躁不同，当其欣于所遇，暂得于已，快然自足，曾不知数之将至。及其所之既倦，情随事迁，感慨系之矣。向之所欣，俯仰之间，已为陈迹，犹不能不以之兴怀，况修短随化，终期于尽。古人云：生死亦大矣，岂不痛哉！

康熙听着，不知怎的陡然想起已故皇后赫舍里氏，回头看了看她的遗孤胤礽，一蹦一跳地跟在身后，真个"俯仰之间，已为陈迹……"想着，鼻子一酸，几乎落下泪来。

第十四回　趋势奴密谋交魍魉　趋士主论文取鸿儒

博学鸿儒科监试完毕，索额图当夜回府，已是起更时分。门上老蔡提着一盏西瓜灯，正等着他回来，见大轿落下，忙迎过来赔笑道："老爷这早晚才回来，听说今儿御试完了，从前晌起各部的司官们就来了一大群，等着听信儿，天黑时方才散了。李大学士前脚儿走，老爷后脚儿就回来了……"索额图一边往府里走，打了个呵欠，说道："走了倒好，谁耐烦他们没日没夜地来纠缠！这会子刚考完，有什么信息儿？说是探听消息儿，还不是来拍马屁！"老蔡提着灯引导着曲曲折折往里走着，一边回道："老爷说的何尝不是，不过西头花园的花厅里还有一位呢！您要是乏了，奴才这就去告诉他一声儿，叫他明个儿再来。"

"谁？"索额图停住了脚步，灯影里也看不清他的脸色。

"是个远客，江南总督葛礼大人的堂弟佟宝。"老蔡听他语气有异，小心翼翼地答道，"汪先生和陈家二兄弟都在那儿陪着说话呢。"

索额图听了没再言语，折转身子便向西花园里走，因见老蔡紧紧跟着，便道："蔡代，你不用进来侍候，叫厨下办一桌酒席送进来，花样不要多，只要清淡些就成。"说罢急急去了，蔡代也自去办酒席。

花厅里烟笼雾罩，四个人四管水烟袋，在昏暗的烛光下十分起劲地呼噜噜响着。索额图一进门便被呛得咳了一声，众人见他进来，忙都立起了身。索额图站在灯下，拧着眉头摆了摆手，吩咐："把窗户打开透透气儿——佟宝，你几时进京的？"佟宝看去年纪在三十岁上下，矮个儿，精瘦的脸上全是麻子，只一对眼睛乌溜溜圆，嵌在眉下，却极少眨动，显得十分精明。他没有穿官服，只一件巴图鲁背心套在袍子外，袖口上雪白的里子向外翻着。听索额图问话，佟宝利索地打个千儿说道："下官给三爷请安！下官是前日来的，已经见过大爷心裕、二爷法保。二位爷叫下官今晚等着三爷下朝，家兄葛礼任上有些事，须得禀明三爷知道——信里是不好写的。"

"南京的事先不说它。"索额图一屁股坐了，端起凉茶喝了一口，说道，"北京的事还缠不清呢！告诉你们，晋卿进上书房只怕是难——本来好端端一件事，让明珠这活宝插进一脚，半路里杀出个高士奇——早知如此，当初还不如堂堂正正地荐汪先生去应博学鸿儒科，好歹朝里还能再多一个人！"

"是我不愿出山嘛。中堂在朝里并不缺人，怕的是圣眷不隆，就难办了。"汪铭道目光幽幽地闪烁着，说道，"皇上若不听明珠他们蛊惑，不变立太子初衷，中堂就能立于不败之地。"索额图笑道："那还不至于吧，日前吏部拟我袭一等公位，皇上已经照允。你们等着瞧，我还是要比明珠强点儿。"说话间酒菜已经上来，索额图命小厮们回避了，便请四人入座边酌边议。

"不识庐山真面目，只缘身在此山中。"佟宝夹菜吃着，笑道，"中堂这话倒叫我想起康熙八年的事，鳌拜中堂当日也是头一天晋封一等公，第二天便让魏东亭在毓庆宫拿了……"他的圆眼睛在索额图身上一扫，若无其事地自饮了一杯。索额图心里一个寒战，脸色变得苍白。汪铭道看了看他的两个弟子，格格一笑放了箸道："佟宝之言未免危言耸听，然而不无道理。据老朽冷眼旁观，中堂自康熙十二年之后已渐受皇上冷落。当时因中堂主张与吴三桂议和，屡受皇上申斥；后来翰林院学士顾八代得罪中堂，中堂本想黜降他，反而被皇上黜降二级；魏象枢上章弹劾中堂'怙权贪纵'……"

索额图心中本来坦然，被他们说得心烦意乱，听汪铭道兀自如数家珍地抖落，便傲然截断了道："魏象枢什么东西！借着河南地震，就想拿掉我？皇上还不是保下来了——我还是我！"

"下官记得皇上是这么保的——地震乃朕失德所致，修省当自朕始！"佟宝笑道，"次日还把三爷和明珠大人叫进去，宣谕：尔等宜洗涤肺肠，公忠自矢。自任用后，诸臣家计皆颇饶裕，乃朋比徇私，益加贪黩。若事情发觉，国法俱在，决不尔贷！——三爷听听，万岁爷很喜欢您么？"

"这叫君代臣受过。"陈铁嘉笑道，"虽说保了三爷，还不是靠了除鳌拜的那点功劳情分？一旦老本儿吃完，皇上未必仍旧如此客气。"陈锡嘉听哥哥说了话，便也接着说道："万岁爷英明天断，深不可测。就算高士奇是自个儿爬到主子跟前的，万岁为什么又不肯重用李光地？连着从轻发落陈梦雷的事，越想这篇文章的意思越深啊！"

佟宝离开南京之前，在总督府和葛礼密议过，听葛礼话中口锋，似乎索额图托他办着一件骇人听闻的大事，连抓到手的朱三太子，索额图竟密谕"引而不发，利而用之"。他这次来京名为述职，其实是一定要掏出索额图的实底儿，不然将来东窗事发，脑袋掉了还不知是怎么一回事，而索额图倒可用这模棱两可的话推卸责任。听至此，见索额图身边的人这样直言不讳地说这些近乎大逆不道的话，心中已经有数，但也知自己兄弟一生富贵，已经系在索额图的安危上。他心里打着主意，凑近索额图问道："今日去看望博学鸿儒们，皇上带了太子么？"

"带了的。"索额图似乎有点心神不宁，"还有贝子胤褆。"汪铭道问道："三爷胤祉也是贝子爵位，皇上为什么不一同带去？"索额图目光霍地一跳，说道："他才三岁嘛，兴许岁数太小，兴许有病，兴许……"他突然战栗了一下，没再说话，呆呆地望着摇曳的烛光出神。汪铭道意味深长地叹了一口气，说道："没娘的孩子没人疼，有了后娘就有后爹，古往今来因爱移夺嫡的事有多少？前明武宗爷是个独子，后宫权妃尚且不肯放过；马皇后不在，登了极的建文帝照样儿站不住脚！前事不忘后事之师！皇太子跟前没有个靠得住的师傅，内无良相保扶，外无良将护持，终归是不得了的！"

"良相……良将？"索额图咀嚼着汪铭道的话，脸色变得又青又白：所谓"良相"就是自己，但经这几个人一说，康熙究竟对自己有几分信任，越发吃不准了；熊赐履虽对太子没二心，但是更忠于康熙，万一皇上变心，难保也不跟着翻脸。他寻思着外边的"良将"，狼瞫在喀左带兵，但这人从不蹚浑水，冒险的事指望不上；赵良栋病死；蔡毓荣因偷娶吴三桂的孙女，正锁拿进京；图海虽在陕西当着抚远大将军，却因年老中风致表请休；可惜了广东总督吴六一，一上任便被尚之信投毒害死，此人若在，调进直隶当总督，那是千妥万当……想了半晌，索额图突然一拍椅背，失声笑道："我怎么忘了周培公！若不是他在皇后榻前吟诗送终，太子还不定是谁呢！汪老先生，今晚咱们不再说这件事了吧。烦你明日写一封信给培公先生，说我已奏明皇上，再拨十营汉军绿营兵归他统辖。多余的话点到为止，他是识穷天下的精明人，一看信就明白了。"

"妙！"佟宝一击掌，笑道，"此人既是皇上心腹，又是太子保荐人，文韬武略无人能及，且在外头带兵，确是缓急可恃之人，亏三爷想得出来——只听说他去奉天后因水土不服，有了病，不知是真是假？"索额图哂道："他哪里是水土不服？叫明珠活生生拆散了他和顾阿琐一段好姻缘，打发他关外去受冻，心里气闷是真的。"说罢呵呵大笑。

这段往事却无人晓得，四个人不由交换了一下眼神。汪铭道沉吟道："方才晋卿来府，我和他在书房里谈了许久，此人虽外表清高一点，其实内里十分热衷。明珠保了陈梦雷，他心里很不自在，我看中堂还是设法让他入阁。嗯……至于中堂大人，老朽还有一句话，不知当讲不当讲。"

"唔？"

"请假离职，暂退局外！"

一语既出，众人无不愕然。只索额图转着眼珠，不动声色地思索着。陈锡嘉身子一倾说道："老师这话学生不明白——我只恨中堂现在差事太少，身上差使愈多，权愈重，攻讦的人便愈少，怎么可以自行退出上书房？"

"汪先生不愧智谋之士，好！"佟宝目光咄咄逼人，抚掌叹道，"权重主疑！中堂一退，就可在皇上面前明了心迹，还可堵住那些说中堂揽权自重人的嘴。明珠立时便成了火炉上的人，侧目而视的众矢之的——一石三鸟，妙极！"索额图起身踱了几步，倏然回身道："是一石五鸟！我能腾出工夫来好好侍候太子，也能仔细瞧瞧谁真的待我好！——哼！我就且让他明珠一马，由着他在主子跟前折腾！"

本来显得沉闷的空气立时活跃起来，众人方有心绪去留意那桌并不丰盛的菜馔。五个人吃着酒，叫了家里戏班子演奏助兴，直到三更半方歌歇酒住。回房安歇时，佟宝直送索额图到三门口，小声问道："三爷，家兄信里说的事怎么办？"

索额图站在春寒料峭的风中一时没言语，半晌才微叹一声道："这个假玩意儿杀了没意思，留着有点用处，又怕玩火焚身，叫葛礼小心一点，不要直接见面来往，听着我的吩咐！"说着，见蔡代掌着灯带着几个小厮迎出来，索额图因笑道，"老佛爷下月圣诞，前些日子叫你打听明相送什么礼，你可问出来了？好歹咱们是正经国戚，别落了人后才是。"

"回爷的话，"蔡代笑道，"咱们府茶房头儿黄家的女人是明相府管库头儿张管事的姐，已是问出来了，明相送的一金一玉两把如意，一幅大理石寿比南山图——奴才寻思着老佛爷最是虔信我佛，江宁盐道献的那尊浑金观音有七百多两重，尽自抵得过了，只不过如今又多了个高相，不晓得他送什么东西……"

"罢了。"索额图说道，"高士奇那头大可不必担心，他才进上书房，官品不过郎中，再能搂钱，一时半刻就比得上我们了？"说罢便回房安歇。

休息一日，第三天是会阅博学鸿儒科试卷的日子，索额图起了个大早，至西华门落轿递牌子进大内。因见李光地从里边出来，索额图便站了问道："这么早就进来了？急急忙忙地到哪去呢？"李光地熟不拘礼，只拱手一揖，说道："昨晚主上命我起草一份给施琅的诏谕，因不懂军事，在文华殿查阅史籍，直忙到天透亮儿才算交差。皇上因还要留下看看，命我回去歇息，下午再来面圣听谕。"索额图听了一怔，说道："这会儿皇上已经临朝了？大臣们都来了没有？"

"中堂不必去乾清门，"李光地笑道，"皇上今儿在养心殿阅卷。昨个儿中堂没来，主子和高士奇、明相、熊相一起去看了畅春园，说要从虎臣兄海关上拨几百万两重修起来，给老佛爷作颐养之地呢！"索额图听了心中不禁懊悔，不该贪一日悠闲，口中却道："我这些时太累，主子特许我休假一日呢——你去了没有？""去了的。"李光地一笑，"还有查慎行他们一干翰林，陪着主子作诗解闷儿。"二人说着，见高士奇带着两个小厮抬着一件东西过来，索额图便笑道："我还以为我只一个人来迟了呢！你这带的什么东西，还用黄绫子盖着？"

高士奇笑道："献给老佛爷的寿礼——中堂甭看，不过是花儿草儿的。我是个穷酸书生，可比不了您和明相。"说罢，双手捧起那盆盖着的花儿，跟着索额图来到了养心殿，李光地径自打轿回府去了。

养心殿中鸦雀无声，高士奇悄悄把花放在丹墀下，小声对索额图笑道："这回中堂和明相可是骗了我们，竟自歇了一日！昨个儿从畅春园回来，主子就叫我和熊相看卷子，直到半夜才回去呢!"索额图听说明珠也没有参与阅卷，心中略觉放心，只一笑，高士奇已是挑起帘子，二人一前一后进来。

康熙拿着一个名单，皱着眉头正在沉思，案头堆着三叠卷子齐整放在一边，下头熊赐履和明珠二人都端坐在木杌子上静等康熙垂问。康熙听见帘响，一转脸见是索额图和高士奇进来，便笑道:"索额图来得正好，严绳武的卷子是你收存的，是不是失落了一页?"

"回万岁的话，"索额图忙答道，"严某只写了一首诗，《璇玑玉衡赋》竟没有作，所以少了一篇儿——这事何等重大，奴才焉敢草率?"康熙看着熊赐履笑道:"怪不得你这份单子上一二三等都没有严绳武。"明珠说道:"严绳武乃是大儒，故意脱漏试题不做，实属不敬。奴才以为熊赐履将他取在等外，实在允当。"

康熙啜了一口茶，跷腿坐在炕沿上，抽出一份卷子说道:"彭孙遹这卷子是东园看的吧?这文中'验于天者不必验于人'，恐怕说理未必周全吧?"熊赐履见康熙从他的阅卷中挑出了毛病，忙道:"主子说的虽是，但从事物本理而论，天、人原是一个理，验于天或验于人均无不可。所以彭某说的虽然偏颇，其实于大理并不悖谬。"康熙见熊赐履为自己辩护，知道他没听懂自己的意思，便又抽出一份笑道:"这也罢了。汪琬这一卷，前头写了'有或问于予曰'，后头又有'唯唯、否否'的话头。他指的是什么人?是朕，还是他自己?抑或朕有什么不当之处，不好直说，变了这法子来影射么?"

熊赐履想不到又碰了一枚更硬的钉子，不敢坐着回话了，忙起身一躬说道:"汪琬这人皇上深知，对圣德佩服得五体投地，焉有影射之意?赋体本来就有子虚乌有这些话，并非实有所指，伏惟主上圣鉴。"

"你不要慌张。就是影射也没干系。将来朕再问他本人，如果有话，直说就是了!"康熙格格一笑，把卷子撂过一边，"朕的原意是夸你和高士奇。不合体例的太多了，都不取中，这回的博学鸿儒科算是怎么回事?你看，朱彝尊的诗'杏花红似火，菖叶小于钗'，谁见过杏花如火?再说菖叶又怎么会和钗扯到一起?"他一卷一卷地翻着，"……这类毛病太多了!潘耒这一卷，冬韵叶上出了'宫'字;李来泰把'逢''浓'都拿来搪塞;施润章最讲究诗韵的，竟也将'旗'字误入支韵……"

明珠对诗韵一道知之有限，屡次碰壁，知道逞能不如藏拙，因见康熙瞧自己，便笑道："皇上看得真细！如今许多文士都不大讲究这些。近体诗本来难做，平日从容吟哦尚且拈断三根须，仓猝御试能做到这样，以奴才看，也就难为这些老先生了。"

"你哪里知道他们！"康熙冷笑道，"他们都是识穷天下的当代硕儒！岂有写不出赋、押错了诗韵的道理？"他站起身来，慢慢地踱着步子，又道，"本来他们就不想来考，所以就在考卷上用错字、押错韵。朕若按卷子黜落呢，可可儿的就把最出名的人都落了榜，天下人谁会相信是他卷子不好？只说朕不能识人！如若糊涂取中呢，鸿儒们又要暗笑朕没有实学，看不出卷上毛病儿——论其用心，他们待朕甚是刻薄的……"他沉吟着，喃喃说道，"看来不能只凭一场考试就让他们就范呀！"

明珠听了，不由愤愤地说道："这叫不识抬举！请将这些人卷子以邸报印行各省，凡错格、违例、犯讳、误韵的一概黜落不用！"索额图也道："明珠说的有理！"熊赐履却暗自叹息，果真如此，这场博学鸿儒科取中的便差不多全是二流人物了。康熙因见高士奇不吱声，因问："高士奇，以你之见呢？"

"奴才以为应一概取中，这是未考之前议定的。"高士奇目光幽幽地闪动着，"皇上原知道他们不肯应试，生拉硬扯来的，有什么好心绪作诗写文章？但也有偶尔笔误的。这样一弄，大名士尽都黜落孙山，与不办博学鸿儒科何异？前头千辛万苦预备多少年，岂不白费了？他们回去当然不敢骂街，但皇上却落了个不识士的名儿，也确实糟蹋了人才……所以断断不可用平常科举格局求全责备，竟是全部取足名额，便是等外的也一概授官。不愿做官的，也给个名义，算是致休……"康熙微笑着静听高士奇的宏论，说道："你这一办法倒好，只难免他们耻笑朕不善衡文，也顾不得这许多了！"高士奇噗嗤一笑道："哪里！皇上可将每一卷荒谬之处都加了批语，发还本人拆看。这一百多人，哪个敢不心悦诚服？"

"好！"康熙精神大振，"砰"地一击案道，"王前曰趋士，士前曰趋势。朕来做个趋士之主！"

"趋势则国衰，趋士则世兴！"高士奇应口说道，"吾主此心，天下臣民之福！"

　　康熙哈哈大笑：“就这么定了！高士奇，你再细阅一遍，凡有乖谬之处一概用指甲画出，写得好的加朱笔双圈！——传旨：高士奇着补博学鸿儒科一等额外之名！”

第十五回　献瑞草高士奇夺标
　　　　　遇汗女靳紫桓失惊

　　高士奇用心如此之工，不但康熙大为赏识，熊赐履原来瞧他轻佻，也不禁刮目相看，忙笑道："皇上既允士奇之请，明日便由臣熊赐履带全体与试鸿儒至文华殿演礼，待颁诏定了名次，即入乾清宫觐见！"

　　接着便议论到云南军情，康熙兴致勃勃，说了足有半个时辰，又道："吴世璠已经自尽，朕已令人传旨送他的头到北京，怕只怕天气太热，路上就烂坏了，倒可惜了的！"听得众人无不失笑。熊赐履却皱着眉头道："已收复了的失地，得赶紧派能员安抚，这不是玩的——大兵过境之后，往往抢得寸草不生，老百姓饿急了恐生变故。没有地方官，任着军队搜刮，断乎不可！""这样——"康熙转脸对明珠道，"叫吏部从速选一批州县官，要清慎些的，也不用陛见，直接派往云贵当知府，县官从这次北闱进士里头选。现在就拟一名观察使，带上兵部吏部两家勘合，视察云贵军民吏情，有纵兵为匪者，就地处置！"

　　"这会儿就办？"明珠不禁一怔。

　　"嗯，即刻办！"康熙兴奋得目中放光，"这事情想到就得立刻办。杰书在福建用兵，留下的民政叫人头疼，弄得姚启圣亲自带戈什哈下乡剿匪保民，有此前车之鉴，云贵的事要办得稳妥一点——这是你吏部的事嘛！"

　　明珠皱着眉沉吟着，他真的有点犯难了。若说他夹袋里没有合适人选，那也不是实情。遴选在京三品以上闲散官员，他立即能提出十几个来。无奈此时是简拔观察使到边地，是四品官，当然得从五品六品中去选。那些人平日来见，递递手本，报报履历，早忘到爪哇国去了。况且这些日子忙得发昏，连吏部也没去，一时之间，哪里搜寻得来？刹那间，"徐球壬"三个字在脑中闪了一下，但瞧着高士奇那副若无其事的模样，心想无论如何不能推荐徐某。但思量半日，除了徐球壬，竟再也想不出第二个来。当康熙目光再次扫向明珠时，明珠无可奈何地咽了一口唾沫，点头叹道："若论在京待选的五品官，倒有三十多名，但不是老弱，就是疲软，或者吏情不熟。奴才忖了半晌，竟是……徐球壬的最好……"接着将徐球壬的履历、职名滚瓜烂熟地说了一遍，末了却道，"该员奴才原也不熟，是高士奇荐了来的，想来必是不错的了。"

高士奇心里雪亮，只是暗笑，见说到自己，忙笑道："还是在明相府里认识的，谁知叙了之后，我们还是亲戚。"

"你是钱塘人，他是阿城人，怎么会是亲戚？"康熙心情十分愉悦，转脸笑问道。他原赏识高士奇风流倜傥，选到身边来吟风弄月调剂性情，今日略一顾问，便知其才识并非词章所能局限。和启蒙师傅伍次友比，有其潇洒而无其鲠直；与明珠比，有其聪慧而无其庸俗；与熊赐履比，有其爽直而无其木强——一向听说高士奇是陋巷落拓穷儒，怎么还有个做官的亲戚在京？"是亲戚，不过远了一点。"高士奇不慌不忙说道，"是我未过门儿的贱内娘家七服堂弟的表侄儿。"康熙不禁纵声大笑，点着高士奇道："你这奴才越来越大胆放肆，在这机枢重地也敢耍贫嘴儿——你的'贱内'是哪家闺秀？说出来朕替你主婚！"

听康熙问到芳兰，高士奇脸一红，忙笑道："万岁爷肯为奴才主婚，实在是奴才祖宗世世积德修来的福分。只这女子不是名门闺秀，却是丰台的一花匠的女儿。托祖宗福，奴才得近天颜，他们全家欢喜承恩，又因老佛爷万寿，内子亲为选了一件礼物敬献……"众人除了明珠，谁也没想到高士奇会选中一个花匠的女儿做正室妻房，事出意外，都有点诧异。康熙不禁点头赞叹："朕读《后汉书》每阅《宁弘传》常常叹息世风日下。'富易妻，贵易友'，今日竟成家常便饭！你这'贫贱之交不可忘，糟糠之妻不下堂'，朕心甚是嘉许！"熊赐履听着康熙的话，不禁也拈须微笑。

明珠靴页子里原本装着御史余国柱弹劾高士奇敲诈店主房价，宿奸民妇，强娶有夫之妇芳兰的奏事折子，想瞅机会无人时递给康熙，听康熙这样说，知道无望，不禁暗叹："此人才华，他人不能及……"却听康熙笑道："什么礼物？进上来朕看。"

高士奇早听说胡家在顺天府投衙告状，一直担心御史们告刁状儿，有了康熙这句话，心里石头顿时落地。"喳"地叩了个头，趔出上书房，抱着那盆花儿进来，小心翼翼揭开了绢缕。众人看时，是三道精铁箍得结结实实的一个小木桶，外头桐油清漆不知涂了几遍，琥珀般透明光亮。桶里郁郁葱葱一崭儿齐长着肥厚娇嫩的茂叶，绿得好似要向桶外滚淌出来。高士奇将桶安放好，正容对康熙说道："太皇太后圣寿将莅，借万岁的喜气，臣恭献此草为老佛爷添寿！"

几个人顿时都怔住了，熊赐履献的礼是几幅董香光的字画，书、扇、寿面、寿桃，总计二百多两银子，他一向如此，大家也不觉其吝。明珠独出心裁，是用华山千年老黄杨雕了一座瀛洲九老对弈图，并一百枚金桃，还有一尊新山玉雕麻姑献寿。索额图的自不必说，花费也在万两白银以上。高士奇如今并不是精穷的人了，怎的竟弄了一桶草来献？康熙却不理会众人心思，看着那桶草笑问："这是什么？"

"万年青，主上！"高士奇朗声说道，"臣无金玉珠贝，献此瑞草，祝我大清万年万万年！"

"啊，万年清！"康熙腾地跃下炕来，背着手至桶边细细瞧着，喜不自胜地说道，"亏你高士奇想得出来！"熊赐履高兴得也过来细赏，啧啧叹道："实实在在长得爱人！得提一个好名字——既是献给天家之礼，何不就叫'天光万年青'？"

索额图心里倒觉坦然，他已服了高士奇：这么一件小礼品也如此推陈出新，压倒众人。他虽觉有点遗憾，倒并不恼恨——反正明珠也没得彩头——听熊赐履给它取名儿，便也饶有兴致地插口说道："东园公，只天光二字尚有缺憾啊！我以为应叫'乾坤万年青'！"

"那也没说全了，"明珠挖空心思，拍着脑门儿笑道，"天地人称为'三才'，我看叫'三才万年青'的好。"

康熙听几个臣子议论风生，自己也想拟一个名字出来，正构思时，却听高士奇笑道，"不烦众位劳神了。拙荆给它起的名字虽俗些，我倒瞧着最好，恭请皇上评议，她说——这叫'铁箍一桶万年青'！"

"妙哉！"熊赐履笑容可掬，击节大赞道，"真正大手笔，非大作手不能为也！'铁箍一统万年清'——嗯，好！"

康熙却没有笑，近前双手抱起桶来，低头嗅了嗅，一股幽幽的清香扑鼻，青湛湛的叶儿颤巍巍、鲜灵灵，仿佛在对他说话。许久，康熙方将万年青置于案头，左顾右盼地看着殿中，见无可赐之物，便取了桌上镇纸和一支梅花攒珠玉如意递给高士奇："这镇纸赏你，如意赏了你家'内子'——传旨内务府，'一桶万年青'每年作例贡进大内！"这才坐回炕上，不无感慨地对几位大臣道，"万年青倒也罢了，这'一统'二字用得绝佳！秦始皇扫六国，车同轨，书同文，才有汉兴，国家一统百姓乐业，百废俱兴，有了张衡仪、蔡伦纸、相如赋。至魏晋八王之乱，天下便不可收拾，至唐一统，天下更呈勃勃生机。五代乱，百姓又复流离失所，百业凋敝，人民涂炭……纵观史册，想要国强民富，非一统不可！朕八岁御极，十五岁擒鳌拜，十九岁决议撤藩，冒险犯难，力排众议，内内外外无一日安乐，所为何来？——朕难道不想安逸？还不是一心想把一统大业建起来！你们皆是朕的股肱大臣，心要与朕想在一处，造成如同贞观之治的康熙之治。天下百姓，后世青史，不会忘了你们的！诸臣，好自为之呀！"

康熙的脸色有点苍白，他一点做作没有，娓娓而语，说得动情。几个大臣先还怔怔地听，至此不由自主一齐跪下，顿首叩答：

"喳！"

熊赐履、明珠、索额图和高士奇从养心殿退出来，已是酉时正牌。一直出了西华门，几个人还都在默想着方才康熙的训诫，谁也没有言语。眼见暮色苍茫，倦鸟归巢，紫禁城外千家万户炊烟袅袅，飘飘渺渺四散升空，大家心中都似有无限感慨。明珠一闪眼，瞧见一个官员在西华门北首，像是余国柱的模样，心知他是等着听他那份弹章的信儿，不由轻轻叹息一声，老远就招呼："那不是余国柱么？你在这儿等谁？"

"我等中堂大人。"余国柱四十多岁，方面阔口，美髯当胸，很是魁梧，只可惜生了个鸡毛屁股，显得有点轻飘飘的，因见明珠和高士奇一齐出来，不知是个什么来由，忙笑道，"江南巡抚张伯年和他父亲解来北京已经半个月了，押在绳匠胡同刑部狱神庙。我去看了一下，他父亲现病着，怪可怜的，想请中堂代奏出外就医……"

明珠听他信口雌黄，不禁好笑，看了索额图一眼，笑道："张伯年案子部议还没有完结，还不知万岁怎么发落呢！索老三，你看呢？"索额图笑道："我看这是葛礼仗着旗人欺侮汉员，张伯年自己也有不检点处——既有病，就把郎中叫到狱神庙去瞧罢了，有什么为难的？"说罢又道，"东园，这会子回去也是坐着，和明珠咱们一同去闹闹高澹人家如何？他那新赐的府邸离这儿近，连轿也免了，走动着疏散疏散也好。"明珠见熊赐履点头，转脸对余国柱道："走，你也一同去，高士奇今个儿得了彩头，咱们扰这个狂生去！"

五个人各怀心思安步当车，有说有笑迤逦行来，将到蔡家胡同口时，天已黑定。明珠蓦地见路边一条狗正在啃骨头，那狗见人来，"狺"的一声四爪齐立，尾巴高竖，吓得明珠身子一闪，一把扯住高士奇惊问：

"是狼是狗？"

索额图早看到明明是狗，可明珠却故意说"侍郎是狗"，正应了高士奇这个新进侍郎，不禁喷地一笑，拍手道："问得好！高士奇可不是个'侍郎'？"熊赐履只一笑也就罢了，余国柱却附和着讨好儿，笑道："这问得也巧，笑话儿对了景便有妙趣。"

"是狗。"高士奇舔了一下嘴唇，无所谓地答道。

"何以见得呢？"索额图问道。

"狼与狗不同者有二。"高士奇一本正经说道，"一瞧尾巴就可分清了，尾下垂是狼，上竖（尚书）是狗；再者看它吃什么，狼只吃肉，狗则遇肉吃肉、遇屎（御史）吃屎。"

在场的明珠、索额图和熊赐履都是尚书，只余国柱是个御史，高士奇挥洒之间，已将众人一概骂尽。大家已知他素性如此，不但没恼，反而哈哈大笑。只余国柱的眉棱骨微微地动了一下。

靳辅、陈潢一行自京返回黄粱梦，韩刘氏在自家庄院大摆筵席为他们洗尘。因堂屋小，靳辅带的几十号亲兵都在天井葡萄架下设桌儿，专从邯郸城请一班吹鼓手奏乐助兴，里里外外觥筹交错，揎臂猜枚，真个热闹喧天。自高士奇和陈潢去后，韩刘氏变尽法子盘问阿秀，有事没事母女俩坐着闲扯，总算将蒙古婚姻礼俗风土人情套了个明白，方知阿秀家乡原本就没有中原这一套套、一层层撕不烂、扯不断的礼仪。老太太不禁爽然自叹："老天爷，哪里知道你们那地方儿大姑娘兴自己找婆家！也不要父母之命、三媒六证？这在咱们这儿，那就是反了！那天你来那么一出子，老婆子还以为你有痰疾哩!"说着便拍膝打掌地笑。如今见陈潢归来,便想趁这当口儿,重提与阿秀的婚事。

"陈先生。"席间趁着靳辅和封志仁不留意时,韩刘氏凑到陈潢身边,小声说道,"老婆子想问你句话儿。"

陈潢将箸放下,笑道:"士奇与我是老朋友,阿秀又住你家,我瞧着你就是伯母一样的,怎么叫我'陈先生'?有话尽管说就是。""那好。"韩刘氏眨了一下眼睛,说道,"阿秀和你的事,你是个什么主意?你走后,这孩子丢了魂儿似的,我老婆子心里实在难过。你——真的已经娶了亲?"陈潢听了默然良久,他不料阿秀对自己如此痴情,见韩刘氏紧盯着自己,不由叹道:"实言相告,是没有的。您老知道她的身份,我与她通婚,先就犯了国法,还说什么大丈夫的事业,修治河道?……烦您转告,此生只愿与她为忘形之友,但愿三生石上再证前缘吧。"说着眼圈不禁一红。

靳辅和封志仁两个人喝得满脸通红,这次进京诸事意外地顺手,索、明两家不但都没找什么麻烦,反都热炭儿似的赶着套交情,又平添了陈潢这样的高明之士入幕府佐助治水,心里都放宽了,连封志仁也竟胖了许多,干瘦的脸上有了光泽。因见韩刘氏和陈潢说话,靳辅转脸笑道:"有什么悄悄话,显见的比我们亲热了!韩妈妈,天一在路上一直夸你是个不戴头巾的丈夫,难道还有办不下的事叫天一帮忙么?"韩刘氏无可奈何地看了陈潢一眼,笑道:"靳大人这话折死我老太婆!一个妇道人家有什么能耐?你既说到这儿,倒真有件为难事要求你了。"

"哦?"

"我身边有个妮子,今年二十岁了。"韩刘氏笑道,"相貌嘛,虽不是画儿上画的,人前头很瞧得过了——想借你这封疆大吏的脸面,为她和陈先生保个媒……你肯应承么?"靳辅高兴得呵呵大笑,说道:"如此佳事,有什么不肯应承的?这个保山——"他的话未完,陈潢忙拦住道:"且吃酒,这事慢慢再议……"靳辅见陈潢神色有异,诧异地笑着端酒自饮一杯。

封志仁见陈潢红着脸岔话儿,在旁笑道:"天一,莫非因令兄不在不敢自专?何必那么胶柱鼓瑟?有靳中丞在,怕什么?——你饱读诗书,岂不闻'美人香草,皆君子之所好'?宋广平铁石心肠,也曾赋梅寄情;韩潮州风骨铮铮犯颜批鳞,却也高唱'银烛未销,金钗欲醉';范文正公以天下之忧乐为怀，在《碧云天》词儿里不也说什么'酒入愁肠，化作相思泪'！"

封志仁摇头晃脑引经据典说得正得意，突然收住了口。原来阿秀突然挑帘出来，默默站在了席前。

她今日的打扮真有点令人目眩神摇。上身着一件宝蓝色大袖衫，杏黄坎儿上斑斑点点错落有致地绣着摘枝儿梅，下身着一件一绿到底的百褶裙，红缨松挽，朱鞯浅缘。头上珠结翠绕，刘海似烟，双目流眄。众人都看愣了，只陈潢低着头，正眼儿也不敢瞧，却听阿秀淡淡一笑，说道："陈大哥你能想着回来，我心里是很欢喜的。"

"汗格格！"陈潢忙立起身来，勉强笑着叫道。

这一声儿叫得靳辅和封志仁全傻了眼，酒都化作冷汗淌了出来。阿秀眼眶中的泪打着转转，笑谓靳辅道："靳辅，你用不着吃惊，我就是喀尔喀蒙古土谢图汗的女儿土谢图宝日龙梅！"

靳辅一眼不眨地看着阿秀，土谢图王女失踪的消息他早从熊赐履处听说了，这样的打扮、这样的言谈，突然出现在这里，便是做梦也寻思不来。靳辅怔了半晌，示意封志仁关了堂门，嗫嚅着问道："您是土谢图汗格格……但不知有何凭证？"

阿秀略一沉思，便近前舒起皓腕，蹲了身子道："请验！"靳辅小心上前觑时，却是一方龙形玺文，用丹砂刺在臂上——满蒙合璧的两行细字，不由摇了摇头——他看不懂。陈潢轻声道："我只认识蒙文，这上面写着'天子大汗圣命土谢图汗世守喀尔喀部'。"等陈潢译完，阿秀起身来，又从腰间解下槟榔荷包，撕开里儿，取出一块血迹斑斑的黄绫绢。扇面大的幅上密密麻麻尽是细字，却是汉文，详述喀尔喀三部之乱，被噶尔丹倾覆的情由，请朝廷早发天兵殄灭叛臣……下面朱印赫然在目："御赐土谢图之宝"。

"失敬得很！"靳辅脸色惨白，躬身离座道，"老伯母请扶格格坐了，容我大礼参拜！"

"不必了。"阿秀眼泪像串珠儿般落下，也不揩拭，任情由它淌着，颤声说道，"噶尔丹抢我土地，杀我子民，只是给朝廷上了一道贺表，皇上就默许了他，还赏他茶叶！皇上和朝廷已忘掉了我！格格二字再不要提起。如今我是连陈先生都配不上的乞丐，一个没人关心的弱女子……"

第十六回　劳燕分飞奈河难渡
　　　　　求近故远以诈取宠

　　陈潢像被钢针猛地扎了一下，脸色纸一般苍白，躬身说道："臣岂敢……"靳辅叹息一声，说道："格格明察。臣此番进京，皇上三次召见，两次言及喀尔喀之事，国家东南有事，不能兼顾西北，只好和噶尔丹虚与周旋。说起这事，皇上十分感慨，命我数年之内治理黄河，确保漕运，以备运粮急用，待台湾一下，即挥师西陲！准噶尔及蒙古诸藩不同于朝鲜、琉球和南洋诸国，数千年皆我中华天朝版图，岂容噶尔丹逆臣擅自割据？"

　　"你说的是……真的？"阿秀的声音抖得厉害。

　　"臣岂敢妄言？"靳辅慢慢立起身来，压低了嗓音道，"……皇上已密谕机枢要臣草拟西征图略，今冬明春间，皇上将北巡奉天，联络漠南诸蒙，商议大计——"他突然住了口，事涉绝密，康熙至嘱"法不传六耳"，他感到自己为抚慰阿秀，说得太多了。阿秀含泪而笑，抿一把头发，说道："你得便儿要奏明皇上，噶尔丹在准噶尔采掘了很多黄金，送给东蒙古诸王，不要叫皇上轻易相信他们！"靳辅忙笑道："当然要奏，连格格在此的事臣也必须一一奏明。"

　　阿秀咬着嘴唇，不无幽怨地瞧了一眼局促不安的陈潢，说道："我的事请暂且不奏，等和陈潢的事有了下梢再说！"一时间众人又都默然。靳辅舒了一口气，说道："这事从长计议吧……"说罢便开门出来。

　　天井里吃酒的人早已住了杯。自封志仁关门屏入，已引起随从众人的不安，后来听里头时而大声说话，时而寂无人声，都觉纳罕。众人正交头接耳没个头绪时，见靳辅、封志仁一前一后出来，都是面色苍白。站在阶前看了看天，靳辅笑道："天将晚了，又阴上来。咱们回驿去，留下天一，他的书稿还没寻到呢！"说罢命众人回了临洺关驿站。

天空洒下蒙蒙细雨，屋里只剩下了陈潢和阿秀两个人。自靳辅去后，韩刘氏忙着带人收拾残席，托故都退了出去。阿秀知道她的意思，自坐着吃茶不语，陈潢便觉身有芒刺，坐立不安。半晌，才听阿秀说道：

"天一先生，你……几时启程南下？"

"不敢，"陈潢坐在桌子另一端，听阿秀称他"先生"，身子一躬答道，"明日就走。陈潢微末书生，有缘与郡主格格相识，当永铭于心。从此海角天涯，人各一方，望格格善自……"

话犹未完，阿秀冷笑一声打断了他："我不要你叫我什么'格格'！来中原几年，我已渐渐明白了，在陕西你救我出来，也倒罢了，在黄粱梦，你我同宿一室，你既讲'名节'二字，又置我于何地？"陈潢此时也真感慨万端，良久才抚案叹道："人非草木，孰能无情，您这样待我，我心里岂能无动于衷？但格格细思，假如您真的从了我，是我随您去蒙古，还是您随我去靳辅手下治河？郡主不能忘情于复仇，陈潢又一心想在河防事业上一展抱负，天下事无十全十美，您我何必为无益之举？——至于在陕西和黄粱梦这些事，陈潢已经忘了，即对父兄至友，永不提起一字！"阿秀听了沉默半晌，冷然说道："你当然是君子，我信得过——你若是寻花问柳之徒，我阿秀瞧得上你么？皇上答应了兴兵灭贼，我更放心了，告诉你一句话，你走遍天涯，我总要寻着你，跟着你，我要看着你和别人成亲！"说着，睫毛间已是迸出泪花。

陈潢张了张口，却无言可对，一时房里又归沉寂。此时外头寒风渐起，夹着冷雨在庭院里飘落。黄昏里，墙边薜萝藤蔓在雨中轻轻摇曳，发出沙沙的声响。这两个人，一个是褐衣麻衫、踏遍大河上下、专心于治河的学问家，一个是身怀深仇大恨、背井离乡、乞食街头的贵族女子。偶然的机遇使他们撞在一起，撞出这段难解的孽缘来。

陈潢心中甚觉凄楚，慢慢起身踱至窗前，怅怅地看着风雨飘摇中的花草，头也不回，缓缓说道："阿秀，您说过您喜欢我，要嫁我，我陈潢何尝不爱您？但是，您静心细思，您我身份、根底、志向、阅历相差得这么远，如参商二星在天难逢，如牛女两人隔河相望啊！"

什么"参商"，阿秀只知"牛女"是牛郎织女，却不懂得"参商"，慢慢踱过来，与陈潢并肩而立，望着窗外。天上的云压得很低，搅成一团雾似的，蒙蒙细雨淅淅沥沥，芭蕉叶上沉重的水珠像泪一样一滴滴沉重地落在地下。陈潢透着雨帘向远处望着，声音有点嘶哑："参星和商星一东一西，此起彼落永不见面……"阿秀听了心中一酸，早又落泪，却听陈潢又道，"这又好比奈河，听说过么？奈河不为生人搭桥，那是人死之后才能渡过去的。你我各站奈河一岸，又怎能……"他哽咽了一下，没有再说下去。

阿秀听着他凄凉悲怆的语调，才晓得这书生义无反顾的心胸博大深沉。她的心都要碎了，一声不言语，回身向墙上取下一架篌箜，竟铮铮地弹了起来。陈潢听她弹的是《南吕一枝花》，猛地想起当日关汉卿的《黄钟尾》来，便吟道：

> 我是个蒸不烂煮不熟捶不扁炒不爆响当当一粒铜豌豆。恁子弟每谁教你钻入他锄不断斫不下解不开顿不脱慢腾腾千层锦套头……你便是落了我牙，歪了我嘴，瘸了我腿，折了我手。天赐与我这几般儿歹症候，尚兀自不肯休。

阿秀听了叹道："你这么爱治河，也是没法子的事，你既唱了关汉卿的，我却也有一首《梁州第七》奉和。"说罢和弦轻唱道：

> 一霎人间兮箫咽鼓收，凭几向谁兮弹此篌箜？
> 天上参商兮灵槎难渡，大漠沙尘兮与河俱流……
> 奈何奈河兮何处彼岸，君子何为兮独处孤舟！
> 此心耿耿兮天何不语？风滔云程兮谁送归路……

唱罢伏身泣道："这最上边两根弦，乃篌箜灵秀所钟，一根给你，一根我自留下……"说着猛地一扯，只听"叮……""咚……"两声，弦绝。余音兀自久久不散。

明珠接到靳辅寄来的函信，已近八月中秋。因信中除了总督府搬迁及修复归仁堤诸事外，提到了阿秀的事，他深知事关重大，即刻令人飞马到邯郸去接王女。只两日便接到回报，不但王女不在丛冢，韩刘氏一家也一起搬迁了。邻居们只听说他们迁到了安徽她大儿子处，却不知实在地址。明珠想想没办法，便拿了信，打轿至蔡家胡同来寻高士奇。这段日子相处，明珠深知自己那份聪明在高士奇那儿兜不转，听康熙语气，对高士奇的信任实际已在众大臣之上。康熙命高士奇专管缮写御批，说是让熊赐履息息肩，腾出空儿来教导太子，但高士奇不管部务，只参赞各部机枢要件，这就等于将熊、索和自己的职权各分了一半给姓高的。偏这高士奇另有一桩过人处；能一整日不吃不喝不拉不撒，到手公文一目即过，守着皇上寸步不离，问一答十——六部九卿的京官们是最会看眼色的，早有人长一声"高相"，短一声"高中堂"胡乱叫起。明珠见如此，逢事便不似从前那般自专，遇事总要先与高士奇计较一番。

大轿一落，恰好高士奇穿着一身齐整朝服，步履轻捷地出来，见是明珠来府，将手中扇子"哗"地一合，一揖到地，笑道："哎哟哟，是明公！什么风吹得来？有事招呼一声我不就去了么？"

"澹人，"明珠嘻嘻笑着道，"别这么'明公明相'地叫人肉麻了，一样在上书房侍候么——叫老明就成——看来我来得不巧了，你穿得这么周正，要出门么？"高士奇呵呵笑道："敢情你还不晓得，方才查慎行老弟来传旨，皇上在西苑赐宴鸿儒，这会儿只怕已赶到尊府去传旨了。既来了，我们同去如何？"说着便叫人备马。明珠便道："叫他们多牵一匹来，我们并辔而行。"

两人由上马石踏蹬上骑，后头几个家仆也都乘骑随侍。明珠放眼四顾，方悟高士奇不乘轿的妙处：又轩昂又飘逸，又有神气，因从人不多，且毫不显官派。不由笑道："你这人大事小事无不精细，令人心羡！唉……我是老了。"

"老兄，"高士奇老实不客气地称呼道，"才四十来岁，何言乎老？索老三才老了呢！大约坐轿看骑马高，骑马看坐轿稳，这山望着那山景致好，也是人之常情。"他用鞭梢指着明珠的四人官轿笑道，"我是瞧着这三个轿夫可怜，才不肯坐的。"明珠惊讶地问道："三个？为什么是三个？"高士奇格格一笑，道："你看这四名轿夫，头一名比如上书房行走大臣——扬眉吐气；第二名么，像是御史——不敢放屁……"

明珠大笑，问道："为什么不敢放屁？"

"怕熏了轿中贵人啊！"高士奇睨了明珠一眼，又道，"——第三名跟在轿后看不见路，好似糊涂翰林——昏天黑地；最后那位亦步亦趋，又像部曹司官——全无主意……这三位不可怜么？"

明珠听了默默若有所思。半晌，方笑道："我有点像最后那个轿夫——全无主意。这是靳辅才寄来的信，你且看看。"高士奇驻马接过信，皱眉展读，略看一眼便递还了明珠，竟没有吱声，移时才叹道："孽海情天无玉楼，真是一对儿痴人……"

"什么？"

"没什么。"高士奇摇头一笑放马前行，"这事依我之见，你可觑着没人时，悄悄儿奏明皇上。皇上此时不愿惹翻噶尔丹，未必愿意张扬呢！"明珠听了略一思忖，笑道："既如此，便不忙着奏也成。"

二人边说边走，一时到了西苑禁地，远远见到六部与筵官员黑鸦鸦站了一大片，说闲话议论，却没见索额图，遂一同下马至园门龙亭中歇息等候。明珠猛地想起今日赐宴，皇帝必要君臣和诗，心下不免忐忑，见高士奇东张西望地看景致，一副满不在乎模样，明珠真的又羡又妒，思量一阵，终于说道："唉！今儿说不定又得弄文儿，哪里是作诗，竟是作难！一个不当心，又要出乖丢丑了！"高士奇知他求自己，格格一笑，扇骨打着手心道："这些颂圣诗，大抵不过用柏梁体，不违仪、不犯违也出不了差错儿！你若不嫌弃，我给你当枪手敷衍。不过，皇上今儿断不会难为你——索三爷请了长病假，统共就这么两三个跟前人儿，还指望着给皇上撑脸面呢！"

明珠吃一大惊，忙问："老三怎么了，病重么？忽喇巴儿地就请了长病假——我竟一点也不知道！"他想起方才高士奇说"索老三老了"的话，一惊一喜，说不出是个什么滋味。"我也是听何桂柱说的，皇上还没批下来。大约差不离儿吧——方才咱们来到，你没见光禄寺、户部、刑部、工部那些个叭儿们怎么瞧你？他们原是老三的人，这会子你老明叫他们舔痔吮痈，只怕都有人肯呢！"说罢仰脸失声而笑。明珠咀嚼着高士奇这些话，一时还回不过味儿来。却见熊赐履和李光地带着工部侍郎伊桑阿，户部郎中崔雅乌、伊喇喀迤逦过来。高士奇见这几位官员一副谄笑相，知道是改换门庭投靠明珠的，只说了声"告便"，便起身出了龙亭，招手儿叫过一个官员，笑道："记得在顺天府见过一面，你叫宋文运，刑部员外郎，是么？"

"中堂好记性，"宋文运笑得眯缝了眼，"下官正是宋文运！"

高士奇沉吟了一下，说道："我想问问芳兰和胡家的案子，不知如何了？这件事你们可得秉公处置！"宋文运没有想到这位身份显赫的中堂会问这个，搓着手道："这案子还没结呢，胡家老爷子是个道学，不肯退婚，儿子痨病死了，还硬要叫刘家这姑娘去做鬼亲。刘家不知仗了谁的势，硬是不肯，胡老爷子几次去顺天府告状，被挡了回去，也气得一命呜呼……"高士奇呆着脸儿听完，冷冷说道："实言相告，刘家仗着我的势。刘芳兰一个黄花闺女，为什么活生生地叫她跳进那火坑里？她也是个人，自想想，这合乎圣人仁恕之道么？"

"谁说不是呢！"宋文运极机灵，口风一转叹道，"可怜见的，自家死了儿子还要扯个大活人，这就是没天理！本来这事也就完了，只是我们堂官说，这事干系名教，又牵扯到朝廷大员——想必就是您老了——怕有人说闲话。"因见高士奇阴阴地冷笑，忙又道，"但如今胡家苦主殁了，几个族人吵吵闹闹，还不为的是钱！只要安顿好了这几个王八蛋，谁还来告哩？——中堂用不着操心，这事儿我明儿就办了，完了我到府上给个信儿，就便儿请安！"高士奇见他如此知趣，倒笑了。点点头，正要说话，见六宫都太监张万强手执节钺从里头出来，当门而立，宣道："圣驾已临团殿，众臣工及博学鸿儒依次演礼进见！"当下高士奇顾不得多说，便跟着熊赐履等一径入内。

筵宴十分丰盛，比起体仁阁所赐的，虽然每种数量不大，但品类却大大加增，一色儿都是御膳房高手制作。按高士奇的布置，共是八十桌，每桌八人，取天子八佾之数。硕大的金碗盛着拉拉放在中间，什么燕窝挂炉鸭、野味热锅、芙蓉燕窝、苹果脍肥鸡、托汤鸭、额思克森鹿尾酱、碎剁野鸡、红烩荔枝鱼、清蒸鱼翅、鹿尾攒盘、羊鸟叉烧鹿肉、烧野猪肉……一道一道进了上来。

康熙和皇太子胤礽同坐一席，旁边只胤禔陪坐，三阿哥胤祉和四阿哥胤禛，由各自乳母抱来，各吃一小杯乳便抱了去，算是"咸与大礼"。须臾两厢乐起，黄钟、玉磬、琴瑟、笙篁之声大作，六百余人凝目望着首席的康熙，见他含笑举箸，方一齐拿起筷子，拿捏着慢慢儿吃。原想大快朵颐的高士奇这才晓得，再丰盛的御宴也不过是个虚样儿。繁缛的仪节过去，康熙便显得随便了，立起身笑道：

"此地湖水澄碧，岸柳如烟。又值秋高气爽，风光宜人，你们都是文宗硕儒，当有佳思妙作。状元文章千古一调，无趣得很，何妨君臣和诗？"说罢便吟道：

> 金风爽气被万方！

明珠一听果然是柏梁体，不禁一笑，装作无意间凑近了高士奇，却听熊赐履拈须长哦道：

> 韶乐升平拜赐觞。

高士奇忙小声嘀咕一句，明珠身子一昂，扬眉吟道：

> 元首辉灿股肱良！

"明珠只怕请了枪手吧？"康熙听了笑道，"李光地，你来续结。"因当着这么多人，李光地听着单点自己，脸上自然光鲜，左右一看，御座旁摆着一色儿八件"一桶万年青"，忙离座躬身吟道：

> 一统万年清八方！

康熙哈哈大笑："如此现成的景叫你捡来用了——赐酒！"因便吩咐，"大家随意，不必局促地坐着，凭你怎么，做出好诗来朕即有赏！"

一时众人便都疏散了，有的凭栏构思，有的垂头默想，各自苦心孤诣挖空心思耸动天听。康熙却传旨叫过施润章，将体仁阁赐宴时索去蒲留仙的诗稿还了，说道："此人畸零之才，诗文俱都可观，只是郁气太重，不是禄命之人。还不到五十岁嘛，怎么就'欲骚白头问渺冥，可许寄舟上灵台'？这太颓丧。朕只取他这一首——"说着用手指指。熊赐履、高士奇和李光地忙都凑过来，瞧时，却是一首长短句儿：

天含糊，地也含糊，说什么致知格物？不见乎君子擒小人，犹似
赤手搏豿虎；小人陷君子，易如狂风卷浮土。害龙者蟆，杀象者
鼠，其理难名，其情莫睹——此生已为造化误，岂可垂老作冯妇！

"这词写得有意思。"康熙笑道，"写的虽是前朝故事，于今世治道又何尝
无用？"

熊赐履心里不禁一沉：一个皇帝，肯时时记得这件事，国家哪有个不
治的？但康熙常说，驾驭群臣之道，在于使君子小人各得其所，既防君子
受诬，又用小人之才。为什么索额图辞出上书房，康熙就拿出这词来给留
下的人看？他是个最讲诚意正心，以"慎独"修身的道学家，但这几年周
旋于索、明党争之中，又兼着太子师傅，所受的挤对也就不少。熊赐履心
里明白，若不是康熙绝对信任自己的忠诚，仅平"三藩"他不赞同，也早
被明珠挤垮了……索额图退出上书房，显然为避权重之疑，但康熙究竟批
准不批准呢？几日前索额图连上奏章，弹劾了几个封疆大吏，又调换了几
个部院大臣，当然其中正人小人都有，康熙本本照允，圣眷隆重得很呢，
这都是为什么呢？……正胡思乱想，却听康熙对施润章说道："蒲某是你的
门生，你可以君子立命之说抚慰一下——再修一书信给山东老于成龙，请
他关照此人。要说明这是朕的意思，不然，于成龙可不是善人，要动本参
你了。"说罢几个人方才散去。

高士奇没有离开。他在康熙身后居高临下凭栏眺望海淀。朝中已有人
说他投机钻营，并无实学，他憋足了劲，定要吟出盖压群贤的诗。心拟了
几首都不满意，正搜索枯肠，拧眉咬牙地想着，康熙一转脸瞧见了，笑道：
"朕今儿不许你出风头，另有差使给你！"高士奇憋足了的气放得精光，笑
道："奴才这点才思，想出风头也没指望。主子有什么旨意，是不是叫奴才
帮着看诗评卷？"

康熙拿着一叠交上来的诗稿抖抖，笑道："品评诗的优劣，朕自信还有
点眼力！是另一件差使，进宫去给苏麻喇姑瞧病。"

"瞧病？"高士奇瞠目问道，他觉得有点匪夷所思。康熙泪光滢滢，痴
痴地望着漫漫碧波，缓缓说道："你大约知道，朕有个启蒙师傅叫伍次友，

如今是出家人了。"高士奇见康熙如此动情，心中暗自惊讶，忙答道："奴才听何桂柱说过一点，伍先生人品端方、学术纯正，曾辅主子习学圣道，后来——"

"你知道也好，后头的不必说了。"康熙截断了高士奇的话，"他出家为僧，缘故很多，非三言两语讲得清。说到根儿上，还是为朕幼时侍女苏麻喇姑，如今她叫慧真，在宫内带发修行。"

高士奇知道这件事忌讳很多，只好低头道："是，万岁一说，奴才也就明白了。"康熙的语气沉甸甸的，略带着感伤，说道："听明珠说你颇谙医道。如今苏麻喇姑病得沉重，朕想叫你去诊视一下。唉，朕从小儿亲近最多的宫人，一个是魏东亭的母亲，再一个就是她。如今一个去了南京，一个又病得这样，万一有个好歹，可怎么着呢？"听说是这差使，高士奇的心早放下一半。但略一转念，又想不能过于显着自己医道太高，一来招忌，二来弄得人人找自己瞧病，也招架不住。思量一阵，高士奇方赔笑道："主子吩咐，敢不尽心？但只奴才也只略善于调治气郁塞结，别的症候上的本事平常得很。"

康熙哪里知道一霎间高士奇已动了这么多心思，拭了拭眼角，便翻看送上来的诗稿，说了句："你去吧，传旨武丹，叫他带你进钟粹宫。"

高士奇便匆匆退出团殿外的龙亭，来寻武丹。

第十七回　小佛堂儒生说因缘
养心殿天子抚武将

高士奇、武丹二人各骑一匹红鬃烈马，一径自西华门入了大内，至隆宗门下马沿永巷直趋钟粹宫小佛堂。进了佛殿精舍，高士奇犹不觉怎的，武丹早愣住了：康熙八年前武丹护卫康熙在宫外读书，几乎日日与苏麻喇姑见面，那时她是怎样的光彩照人，怎样的伶牙俐齿，机敏干练！自康熙十二年腊月二十三那个惊心动魄的夜晚在养心殿见到苏麻喇姑，至今不过六年，想不到这位刚满三十四岁的苏麻喇姑已满头白发如银！武丹不懂什么"夭桃云杏、红颜枯槁"，但苏麻喇姑昔日风姿绰约宛然在目，猛地见她煎熬成这样，这个杀人如麻、铁石心肠的粗汉子竟不自禁地打了一个寒战，突然一蹲身，抱头失声啜泣起来。

苏麻喇姑半躺在精舍角落的榻上，高士奇的问安声，武丹的哭泣声都听得清清楚楚，却只无心去想，无力去说。她没有欢乐，也没有哀伤，甚至连对往事的追忆也没有，只用明亮的眸子望着窗外天空的雁阵，听着一声声哀鸿的鸣叫。

"慧真大师，"高士奇近前，轻声呼唤她的法名，审度着她，忽然听到前头佛堂传来悠长的钟声。高士奇没有武丹那种感受，只觉得从西苑花团锦簇般的欢乐中一下子跌到如此深沉幽静的环境里，心里有点发瘆，因见苏麻喇姑转着眼瞧自己，忙又笑道，"皇上因知学生颇精医道，特命前来为您诊视……"

苏麻喇姑见多识广，从未听医生自称"颇精"医道的，眼波闪动一下，盯视着高士奇，声气微弱地说道："诊就诊吧……钟鼓之声真能发人深省啊……如今大限将至，佛祖要召我去了！世间的一切繁华，都如过眼烟云……我要……去了……"

高士奇听着她清晰的话音，没有言语，坐在椅上闭目按脉，足半顿饭光景，忽然开目笑道："大师，你晓得我是谁么？"

苏麻喇姑认真打量高士奇一眼，摇了摇头。武丹见他如此"看病"，也觉诧异：郎中视疾，对症下药就是，要人家知道自己"是谁"干什么？

"我姓高名士奇，字澹人，号江村。"高士奇松开按脉的手，"我虽不是华佗、张仲景，可对您的病还是可以调治好的。"

听他如此吹牛，苏麻喇姑只是微微一笑。

"我先说症候，若不准不实，高士奇即刻扫地出门，永不言医。"高士奇高傲地仰起了脸，冷冰冰说道，"大师的脉象，关滞而沉，主饮食不振，见食生厌；尺数而浮，主肝火上炎，眩晕如坐舟中；夜寐不眠亦无所思，静观月升星落；寸滑而间数，主中元气损，四肢百骸不能自主，行坐无力，卧则安然——可是的么？"

这些症候以前太医也都说了，并不出奇，却无人能断她"不眠亦无所思，静观月升星落"，苏麻喇姑不禁闭了一下眼睛。

"大师本来没有病。"高士奇一撩前襟站起身来，略带得意地背着手来回踱起方步，一条乌亮的大辫子一摆一摆，显得十分潇洒。武丹眨着眼，奇怪地看着这位新贵，却听高士奇侃侃言道："大师乃方外之人，精通内典，必知无思、无欲、无求乃佛门修行至上菩提境界——本是大师十年功行所致。说白了，本是一种进益，如举人中了进士，能算是病么？恕高某直言，您毕竟没有勘破三界，竟因此得了'见功自疑'的病症，令人良可叹息呀！"

"你说的是何种境界，我又因何自疑？"苏麻喇姑忍不住开口问道。武丹惊异地看着她，觉得她的精神似乎比刚才好多了。

高士奇爽朗地笑道："我乃据医道佛理推算而来。大师皈佛静修，本已进入幻空之境，却误以为体质衰弱已极，年命不长，畏夜台路寒，惧渺冥途长，因而心火命门下衰！大师，我断您昔年曾中夜咯血，如今已无此症，是不是？您笑了。我从不误人，这沾了您素食黄连的光！"

苏麻喇姑大吃一惊，动了一下，竟勉强支撑着坐了起来！武丹眼瞧着她脸上泛出血色，不禁瞠目结舌：就是变戏法，也不能这么快呀！

"黄连这味药乃世上最平常，却是最好的药。"高士奇正色说道，"惜乎大师不谙用药之道。若与萝卜、青芹相配，日日餐用，纵然不用油，您大师何至于此？"高士奇不动声色地为苏麻喇姑配着药膳，"……若杂以谷米、黄粱食之，半年之内保你复元如初！"武丹听得着迷，拉了个蒲团坐了，却见苏麻喇姑笑笑，摇头道："只怕未必吧？"

高士奇却不答言，转身来至窗前，将一溜儿青纱窗统统支了起来。房子里阴沉、窒息的氛围立时一扫而尽。高士奇回头笑道："大师，您看窗外秋高气爽，正是碧云天，黄花地，山染丹枫，水濯清波，此时，若徒步登山，扁舟泛流，其乐何如？因大师足不出户，困坐寂城，守青灯，伴古佛，诵经文，阅内典，邪魔入内，竟成此症候，岂不惜哉！"

苏麻喇姑随着高士奇的娓娓描述，想着外头景致，不禁痴了，怔了半晌，方长长吁了一口气，很硬朗地点了点头，目光流动，很见精神。

高士奇眼见心疗之法大奏功效，知她天分极高，怕言多有失，便至案前提笔笑道："大师之病不须用药，我手书一方，大师若肯采纳，十年之内，黑发必能再现！"说着便走笔疾书。武丹凑近了瞧时，却是一首诗，忙递给苏麻喇姑，看时却是：

养身摄珍过大千，无思无忧即佛仙。
劝君还学六祖法，食菜常加二分盐！
药引：出宫走走。

苏麻喇姑忍俊不禁，"噗嗤"一笑，说道："不知佛祖吃盐出于何典？"

"这事用不着查书。"高士奇笑嘻嘻说道，"上个月随老佛爷去大觉寺进香，因有点饿，偷吃一块供佛点心，竟是咸的！"话未说完，武丹已是捧腹大笑，苏麻喇姑也不禁莞尔。

武丹和高士奇联袂而出，天色已近黄昏。原打算去西苑向康熙复命，恰遇穆子煦正带着一干侍卫自隆宗门进来。穆子煦因笑道："给大师瞧过病了？一看老武脸色，便知不打紧的。"高士奇笑道："皇上呢？我们还得缴旨去，回头再细谈吧。"穆子煦告诉他们西苑筵席已散，皇上回养心殿见大臣，二人方辞了众人径往养心殿。

进了垂花门，便见太监李德全正侍候在门口，调弄锁在大笼子里的一只海东青，高士奇问道："小李子，皇上这会子在见谁？""哟，是高爷、武爷！"李德全抬起头来，见是他们两位，忙打了个千儿，笑道："主子这会儿正见水师提督施琅呢！要不，我先给您二位进去禀一声儿？"正说着，康熙在里头说话："是高士奇么，进来吧！"两个人一先一后进来，却见熊赐履和明珠都坐在左首木杌子上，右边一个官员，矮胖身材，方面络腮，眯缝眼儿，高鼻梁，大约五十岁上下，满脸皱纹，正双手扶膝端坐着回康熙的话。

"……为什么要停止操练？嗯！五十门炮不敷使用，叫制炮局再造二十门！"康熙只看了高士奇一眼，接着对施琅道，"你的水军单在微山湖、东平湖练兵，是不中用的，这件事你想过没有？"

施琅沉默了一下，说道："制炮的事臣早已咨会户部，原来说好的六月交货，一直拖到如今，臣也不知是什么缘故。目下最紧要的是士气，湖上练兵，海上打仗是两回事，圣上方才说的极是。臣也曾调一标人到烟台海上试过，竟有人临阵逃亡，也有的托人给父母妻子写遗嘱的……"

"不是士气不振，只怕是官气不振。大约你又听到什么闲话了？"康熙冷笑道，"朕不是说你，六部里人办事不出力，尽出难题，朕心里明明白白。满朝文武，主战的只有李光地、姚启圣寥寥几人，如今索额图请了病假，以为连李光地也不得势了！你施琅心里也存着这个念头，以为朕也变卦了，是不是？！"他的脸板得铁青，扫视明珠和熊赐履一眼，连高士奇也觉得心中一寒。施琅吁了一口气，忧郁地说道："皇上说的何尝不是！臣自甲申年只身逃出台湾，报效圣朝，父兄皆遭毒手，身怀血海之仇，连平潮阳、琼州、雷州等地，以为既为国家立功，必受朝廷信任。直到如今，却仍有不少人以为臣在台湾朋友多，将一去不返，臣思念及此，能不心寒？"康熙啜了一口茶，笑道："人生在世，谁能不听到闲话？听了闲话就不过日子了？比如，说你是什么'北斗第七星'，你就不能当好话来听？你是第七星，难道不在紫微星之下？朕看满够资格！哪个再来胡呲这些个，就把朕的这个话告诉他——你想当第七星，还不配呢！"

"主上……"施琅听至此，已是老泪纵横，啜泣着说不出话来。

熊赐履原本不赞同征台湾，他倒不是像有些人那样认为台湾是可有可无之地。他是觉得国家连年征战，应该有个休养生息的时间，再加上李光地咄咄逼人，仗索额图势力，处处拿大帽子压人，才拧上了劲儿。见施琅如此动情，心里一热也淌出泪来，正要说话，却听明珠道："皇上和施将军不要伤感，往后六部的人若仍不肯出力，只管找奴才好了。好在索额图也不是什么大病，他一回来，有些人就老实了。"

"征台湾的事是朕亲自定的国策，"康熙的神色冷峻，有点凛不可犯，"今日叫你进来，就是叫你晓得，你身子后头不是什么李光地、索额图，乃是朕为你做主。大臣们中间或有不赞同的，朕并不怪罪，都为的江山社稷，何必叫人都噤若寒蝉呢？朕能容不同心者，不能容不协力者：革掉户部尚书郑思齐，着伊桑阿署户部尚书，崔雅乌进户部侍郎——着李光地兼协办大学士，统筹施琅部在京事务，要人给人，要钱给钱，要饷供饷！"

施琅听了脸上不禁放光，明珠和熊赐履"扑通"一声跪下，高声应道："喳！奴才领旨！"

"……至于士气，"康熙沉吟着说道，"湖河水战与海战毕竟不同，狂洋巨澜中叫人出生入死，得有个章法——谁没有父母妻子！施琅你回去拟个条陈，凡渡海阵亡伤残者一律从优抚恤，要从优一倍，凡阵亡遗骸，能带回的带回，实在没法子，列单全部进朕御览，勒石留名！死有名、生有利，为国尽忠，朕不信士气鼓不起来？"

施琅听至此，竟一跃而起，声如洪钟般说道："皇上，臣请撤回奏请停练水军折子！"

"哦？"康熙不禁失声而笑，起身拍拍施琅肩头，说道，"你坐下，听朕说。朕知道你，你少习儒术，读书不成，改学击剑，遂成良将，郑成功父子加害于你，并非因你有扛鼎之力，实是怕你智谋过人！像你这样的人他不敢用，足见其器量狭小，不成气候——朕不虑你不能克服台湾，但朕实也有心忧之处，你知道么？"

施琅睁大了眼，不解地望着康熙，熊赐履、明珠和高士奇也不由得交换了一下神色。

康熙慢慢踱着，凉里皂靴在水磨青砖上橐橐作响，良久，方笑道："这件事说得似乎早了一点，但你听一听，多想想也有好处。台湾地处海隅，与内陆远隔百里汪洋，民情不熟，吏治最难，郑成功部下有的与你有恩，有的与你有仇，恩怨连结、情势纷杂。若一战全歼，自不必说；若肯归降，

人，河工劳苦卑职知道，但比不上我的百姓！国家用兵，三分之一财赋出于江浙，他们受的什么罪？到任以来，才十天，我设的育婴堂已捡到四十多个弃婴，他们的爹娘若有一口粮食，也不至于抛弃亲生骨肉！"说至此，于成龙停顿一下，双眼闪烁着晶莹泪光。他望了一眼远处的桃林，举手一揖，头也不回地去了。

靳辅板着脸咬着牙回到督署签押房，一声也不言语，挽袖磨墨便要拜写奏折，参劾这个无礼的道台，却被封志仁一把按住，说道："督帅，使不得！"

"什么督帅，这个总督真不是人当的！"靳辅嘴唇气得发青，哆嗦着将笔一摔，淋淋漓漓的墨汁甩了陈潢一身。恰在这时，上月才看河回来的金事彭学仁进来禀事，脸上也着了一滴，立住脚步诧异地问道："大人，这是怎么了？"陈潢见靳辅不答，便道："大人和新来的于观察怄气，要具折参劾……"

彭学仁一听是于成龙，站着怔了半晌，方叹道："大人，依我说这件事罢了吧，参不得的。"封志仁也劝道："老彭说的是，于成龙虽说傲慢无礼，到底是清官，下头民工都是这一带人，大人官声本来不错，这一参怕坏了名声。"

"他是清官，难道我是赃官？"靳辅心中的火一蹿一蹿，大声吼道，"雪松以前在安徽做过县官，天一和志仁更不必说，瞧着我靳辅贪墨？我的幕僚里头有亲戚？我为官二十年，家里倒赔一万两银子，他于成龙知道么？"

彭学仁方才从萧家渡减水坝堤工上回来，显得还有点风尘仆仆，听了众人的话，已晓得了个大概，他坐下吃了一口茶，说道："于成龙正等着您参他，您不要上当！"

"为什么？"陈潢惊讶地说道。

"大人此时参他，自然一参就倒，如今皇上断不肯驳您的面子。"彭学仁是官场老吏，吃透宦情，平静地说道，"您说您清，这我们都信，但您出身豪门，显不出您的清！如今您管着河工，花钱如流水似的，更没人信了。于成龙寒门书香，沾了这便宜，就清得名声大！于成龙太夫人在清江三年，自种自吃，杜门谢客，夫人已是诰命，戴的仍旧是荆木钗。他的大公子过节买了一只鸡，当庭被夫人责了二十杖，不是太夫人讲情，还不饶呢！这官若不来河务上搅，实在也无可挑剔。这回子您参倒了他，这里百姓送他万民伞，攀辕罢市都会有的，不定还有人叩阍。上头若是昏君，也许撂开手，主上如此圣明，岂肯让您真的参倒了他？不过半年又开复了。所以这样的人越参名声越好，越参升官越快……"

陈潢没有官职，听着这样的升官之道，有点新奇，斟酌半日，又觉颇有道理，便笑道："雪松既然深得这些升官奥妙，为什么不学起来？"彭学仁道："没法学，家里有二百顷地呀！"封志仁不觉也哑然失笑。

靳辅一屁股坐了下去，他已明白，参奏无济于事。这个小于成龙不就是被葛礼参后，三年间蹿越四级，做到道台的？葛礼以国舅之尊尚且弄得灰头土脸，自己何必步他的后尘？良久，靳辅懊丧地一拍膝叹道："有些正人君子办起坏事，比小人还要难斗！"彭学仁道："大人说的是了。于成龙心性高傲，孤芳自赏，却爱民，何不在这上头打点主意和他化干戈为玉帛？"

"于成龙说的也是实情。"封志仁道，"依我之见，督帅忍了这口气，咬牙周济他道里十万八万两，叫他拿去救济百姓，两下里好，不比打别扭儿强？"

动用银钱的事，历来由陈潢管着。他站起身来撑着椅背想了想，说道："春荒也确实是个事儿——不为他于成龙，还要为百姓！这样，先拿出五万两交给于成龙！"

"那五十万两银子谁敢动？"靳辅蹙额说道，"这是可着脑袋做帽子的营生，其实还差着七万两哩，哪来五万两富余？"陈潢一笑说道："修清水潭长堤花二十万两足够，原想剩一点补贴到中河上，河工完时赏民工用的只好作罢了。"

这简直是在说梦话！靳辅笑道："天一莫非说笑话儿？我在那儿看了也不下二十遭了，没有五十七万两办不下来！"

"你们几位都是老河务，说的不错，靠人工去修，五十万两确实紧巴。"陈潢说道，"但我们治河的人不要只想到河害，还要想到河利——"他起身走向设在东壁下的沙盘旁。手指清水潭一带地势说道，"这里地处黄河下游，比河位低出两丈三尺，汛水一来便高出四丈有余，若将黄河汛水引来，拥泥沙而筑河堤——嗯，可节余一笔银子。"他双手一合，接着，又将开封铁牛镇大水涌堤的情形大略讲了。

靳辅三人紧走几步凑近沙盘，一边听陈潢讲，一边点头沉思，已是笑逐颜开。靳辅因笑道："有这笔额外银项，不但可以打发于成龙那边，连中河挖方不足的款项也都补足了。不过这事儿只能咱们知道，户部那干人，见银子好似苍蝇见血，少不得又要打我们的饥荒。就是于成龙，也要言明有借有还，不然倒像我们行贿似的，做了好事，依旧不落好儿！"

第十九回 于成龙坐堂断刑狱
陈天一割银买平安

第二日清晨，陈潢带了一个小奚奴，骑马来至清江城。果见城内生意萧条，街衢清静，百姓衣衫褴褛，面有饥色。道台衙门设在城西一座废了的五通神庙里，神像在汤斌任职时已被扔进运河。于成龙一到任，因嫌吃饭人多，把三班衙役裁掉了大半，只请了个乡下寒儒在衙中帮办文书，偌大的院子空落落的，甚是寂寞。陈潢边走边顾盼，心中暗自嗟讶：何以连肃静回避牌子也一概不设？看那门槛时，却是：

> 看阶前青草无非生意
> 守堂中昏灯恐惧冤抑

字体苍劲有力，恰也如于成龙这个人，陈潢不禁一笑。

门口一个年轻衙役看过陈潢带的河督府公事，将他引至大殿耳房，端了一杯白开水送过来，笑道："道台就要升堂问案，不能接客。爷就在这儿暂且等待，也好瞧我们老爷断案。只两起案子，一会儿就完。"说着便掸掸椅子，请陈潢坐下。陈潢一边就座，一边笑道："久闻于观察政简讼平，果然不错，一天只有两起告状的！"那衙役笑道："一件是告忤逆，于爷见县里断的不公，调上来重审；第二件是我们爷撞见的，您一瞧就明白——小的外头还有差使，不便奉陪了。"说完便匆匆去了。

陈潢啜着茶水打量这间耳房，看来这是于成龙的书房兼签押房了。靠墙一溜儿是垛满了书的书架，案头也全是书和待批的文案。竹椅木桌，虽不奢侈华丽却是十分整洁，极似三家村老学究的私塾。最显眼的是东壁上挂的中堂画，上头却不是山水花鸟虫鱼，却是一望无际的青葱可爱的白菜。两边联语是：

官不可无此味

民不可有此色

——母于方氏嘱吾儿成龙

字体娟秀柔韧，颇有大家风范。陈潢点了点头，闲踱了两步，信手抽出一本书看时，却是吴少平的《治河齐民》。这是他早读过的书了，随手翻阅，见上面天地头、边角、行间注有密密麻麻的细字，细瞧时，仍是"防河保运"的烂套子，不禁失望地合住了书闭目沉思。

"升堂啰！"

外面忽然一声高唱，接着便是一片岑寂。

陈潢坐在书房里，门大开着，除了堂案正位，堂中情形俱都一目了然。只听堂上一阵窸窸窣窣衣服响动，料想那个不近人情的于成龙已是升座。接着便听于成龙吩咐：

"带刘张氏控子忤逆案人等上堂！"

大堂上立时气氛紧张起来。陈潢觑着眼瞧时，共是四个人，脚步杂沓依次进来跪了。两个老汉，都在五十岁上下，一个长得十分清秀的青年仆人，还有一个少年，很有点弱不禁风的模样，哭丧着脸跪在角落，离陈潢很近——不用问，这一定是被控告的忤逆儿子了。几个人报了身份，陈潢方知两个老头儿，一个是被告的伯父，一个是舅父，正诧异为何不见刘张氏，却听惊堂木"啪"地一拍，开审了。

"刘标，"于成龙开口问道，"是你代你家主母控告刘印青忤逆不孝的么？"

他的声音很和蔼，不似大堤上那个傲气十足、咄咄逼人的于成龙。陈潢不便偷看，忍不住揣想着和颜悦色的于成龙是个什么模样。

"是。"年轻仆人叩头答道。

"倒瞧不出，你年纪轻轻，却懂得忠心事主啊！"

"小人虽不读书，也知道食人之禄，当忠人之事，这是为仆之道。小人在清江多年，都晓得小的是好人。"刘标显然识得几个字，回话十分得体。于成龙沉默良久，说道："那好，你将这不孝子的忤逆实迹讲说一遍！"刘标又叩了头，便滔滔不绝地说起来。这少年如何放着书不读，终日浮荡。半月前主母因他不去学堂，偶然说了几句，少主子竟跳脚大骂，头触主母扑倒在地。主母无力管教，只得命小人告发。求道台明鉴，维持县里原判，将少主人出籍另居……

那刘标口齿十分伶俐，口说手比，时而攒眉痛心，时而摇头叹息，说得满堂人都怔了。因近在眼前，陈潢看那少年时，却是面白如纸，浑身直抖，低着头，用手指狠命抠着砖缝儿。

刘印青抬起头，乞怜的目光向上看看，嘴唇动了一下，深深伏下身子，哽咽道："是……实。小人实在无话可说，但求师尊发落学生几板子，只不要将学生出籍……"

"嗯。"陈潢听于成龙顿了一下，接着便霹雳火闪似的发作了，"王法无亲，你晓得吗?! 你身为童生，圣贤之书你读过，本道讲学你听过，平日本道看你品学尚好，殊不知你在家竟无法无天! 为何不尊寡母，犯上不孝——来啊!"

"喳!"

衙役们轰雷般答应一声，刘印青已抖成一团，颤声乞求："道……道台，老师，您……"

"饶你不得!"于成龙断喝一声，震得满堂乱颤，却没有立即扔下火签，呵呵一笑对刘标道："你是忠仆，又是好人，还懂得'食人之禄忠人之事'。真乃好纲纪、好长随——既如此，理当代你家少主人受杖!"

这急转直下的判决惊得满堂人瞠目结舌愕然相顾。不但刘标面如土色，连瞧热闹的陈潢，手中茶水也泼洒了一地。

"愣什么?"又是炸雷般一声咆哮，"脊杖四十!"便听"咣啷"一声，四根火签儿已是掼了下来。

衙役们又惊异又好笑，答应一声，架着张皇四顾的刘标，拖至堂口按定了，便听到一阵噼噼啪啪板子声，打得刘标杀猪般嚎叫。半晌打完了，又拖进来跪了，便听于成龙叫道："刘德良，你可是刘印青的伯父?"

"小老儿……是。"

"刘印青不孝已非一日。他生父亡故，你做伯父的便有训教不严之罪。"于成龙不紧不慢地说道，"本道要责你四十脊杖!"

"大大大……人！"

"你怕什么？"于成龙冷笑一声，"有忠仆在嘛，难道叫主子受杖？——来！将'好人'请去受杖！"接着火签儿又毫不犹豫地扔了下来。

陈潢见此情景，已知于成龙用心。这种断法不但没见过，连听也没听过，几乎失声笑出来。

接着又是一阵板子，打得刘标魂不附体，只含糊哭腔儿叫喊哀告，于成龙哪里睬他？

一时完了又拖上来，刘标已是面无人色，殷红的血迹透过后襟，倒在地上呻吟。却听于成龙又笑道："张春明，你身为舅舅，也有训诲不明之责，也须得责三十杖！"不等张春明答话，签儿已扔下来，"休要惊慌，还是'好人'代杖！"

刘标脸色死灰一样难看，头上大汗淋漓，爬在地下捣蒜般磕头："大……大老爷超生，小人实实受不得了！"

"哪里的话！"于成龙纵声大笑，"'好人'焉有不做到底之理？人不笑话你，倒要说本道不肯成全了！"接着腔调一变，又是简单的一个字，"打！"

这一次刘标已无力嚎叫，先头还能哼两声，后来连呻吟也不能够。满堂寂静，只听堂外一板又一板敲在背部皮肉上。发出"噗噗"的响声，听得陈潢毛骨悚然。三次共打一百一十脊杖，刘标再被拖上来时，已是发昏，直挺挺地趴在地上，气若游丝般说道："求，求大，大人……"

"按大清律三百十二款，刘印青本身应受四十杖，重枷三日。"于成龙老官熟腻，流利地说道，"'好人'，你自愿代杖，情殊可嘉——你家少主人尚有三日重枷之苦，一发由你承担了吧——此案了结，刘印青着回府由刘德良严加管教，所拟出籍不准！"

陈潢至此方舒了一口气，将杯子放下，手心里已全是冷汗。看看窗外日头，全案断完，不足半个时辰，便放了心，又看第二案。

人带上来了，一个是武秀才，昂首阔步走在前头。走近时，陈潢方吃一惊，原来后头跟的被告竟是河工上赶驴送茶的黄苦瓜老头儿，为人最是忠厚，吃死亏也不会与人拌嘴，怎么会冒犯了这位衣饰华贵的秀才？陈潢正自诧异担心，二人已报了名字，那个秀才叫叶振秋。"案情"极简单，老黄头清晨起来在东圊挑粪，出来时不防撞上正进茅房方便的叶振秋，弄污了衣裳。

"你们的情形本道亲眼见了，"于成龙在上头说道，"这事极明白，错在黄苦瓜。"

黄苦瓜吓得浑身直抖，磕着头结结巴巴说道："小老儿双眼昏花，实在不是故意的，求大老爷……"他看了一眼威严的于成龙，下头的话竟没敢说出来。

"本官也很怜你。"于成龙道，"本来事情稀松平常，不告亦可。但叶某不能容你，我亦无可奈何——你是愿打还是愿罚？"

"打……怎样？罚……怎样？"

"打，二十小板，"于成龙道，"罚——磕一百个头赔罪，由你挑。叶振秋，你可愿意？"

叶振秋挖着鼻孔说道："既是道台大人断了，就便宜他这一回！"

"黄苦瓜，"于成龙拖着长腔，冷冰冰说道，"你想好了没有？"黄苦瓜委屈得咽了一口唾沫，说道："小人……认罚。小人老了，还要养家，挨不得打……"于成龙遂吩咐："来人，搬一张椅子，请叶秀才坐了受礼！"

看着叶振秋大咧咧地坐了，黄老汉颤巍巍地跪在一旁一个一个地叩头，陈潢心里突然一阵难过，陡然想起这老汉蹒跚着每日在工地送水的情景，每次见了陈潢，都用粗糙得树皮一样的手捧过大碗请他喝，如今当众受辱，自己为座上客，却连句讨情话也不敢说！陈潢不禁别转了脸。

磕到第七十个头时，于成龙突然倒吸了一口冷气，说道："哎，慢着，本道方才忘了少问一句，叶振秋是文生员还是武生员？"

"回大人话，"叶振秋忙起身答道，"学生是武秀才。"

"啊，我竟有失计较了！"于成龙爽然惊悟道，"文秀才当叩一百，武秀才叩五十便足数了，黄苦瓜，你起来，你已经磕过了数！"

叶振秋很觉扫兴，懒懒向上一揖，不情愿地说道："学生告辞了。"

"告辞？"于成龙的声音变得又浊又重。"就这么走不成？"叶振秋莫名其妙地看着据案稳坐的于成龙，问道："观察老爷还有何吩咐？""没什么吩咐。"于成龙脸色一沉，声音干巴巴的，"欠债还债，欠头还头，你欠这黄苦瓜二十个响头，如何料理？"

于成龙此言既出，满堂衙役面面相觑。陈潢也瞪大了眼：这种事还有个"如何料理"的？叶秀才先是一愣，半日方灵醒过来，脸腾地红了，脖子上的青筋暴起来霍霍地跳，挺着胸脯问道："依着老爷的意思，难道要我这黉门秀才给这个臭挑粪的磕头？"

"对了。"于成龙不动声色，"你给他磕还二十个头，各自完事。我还有客人等着办事呢！"

"奶奶个熊！"这秀才是武的，一开口便动了荤，"你大约犯痰气病了吧？也没打听打听叶某是什么根底！我姐夫是葛制台——""放肆！"于成龙勃然大怒，"啪"地将案一拍，抓起火签便丢了去，"本道先革了你秀才，再治你咆哮公堂辱骂长官之罪，二十个头你一定得还！"叶振秋撇嘴儿一笑，扬着脸看了看瘦骨嶙峋的于成龙，吼道："你敢！"

"哼哼！"于成龙狞笑一声，"莫说你是葛礼的远房小舅子，便是王子，爷也敢依律究治——掌嘴二十！"

"喳！"衙役们大约平日领教过叶振秋的霸道，现有本官做主，早已跃跃欲试，齐应一声恶虎般扑过来。叶秀才猝不及防，早被死死绑住按跪在地，又怕他有武功，竟不往外拖，就地摘了缨帽，没头没脸就打了二十耳光。叶秀才的脸顿时涨得像紫茄子一般，鲜血顺着嘴角往下淌。打完，衙役们又架着他给黄苦瓜磕了二十下响头，才将此案结了。

陈潢在旁看了不足一个时辰，只觉迷离恍惚，目眩神移，正自发呆，于成龙已无声无息地退堂走了进来，神气闲适得像刚刚散步回来。因见陈潢面前摆着书，点头微笑道："陈先生可谓手不释卷——于某公务在身，让客人枯坐，失礼了！"陈潢忙起身一揖，答道："哪里！观察大人审断案件如此明快，令人钦佩！陈潢文弱书生，在此听得惊心动魄！"

于成龙清癯的脸上泛过一丝不易觉察的笑容——才士好名，看来他并不厌恶这种真心实意的捧场。陈潢见他颜色霁和，便顺势攀谈道："于大人，第二案学生领教了。只第一案觉得断得古怪，觉得处分似乎狠了一点。""狠了？"于成龙笑道，"他三日不死，我再枷三日，这样欺主的奴才，岂能放他回去作耗？"

"啊！"

"此案的底细堂上难以明言。"于成龙叹道，"这奴才与他主母有私已是三年，只嫌了刘印青碍眼——若不是瞧着印青这孩子是个孝子，我一兜儿全翻转来，叫他们奸夫奸妇一并死在清江街头！"陈潢也叹道："看这两案，便知地方官不好做，清官尤其难做！"

听陈潢说得体贴，于成龙不禁也动了谈兴，叫人端过一杯水来喝着，说道："这算什么难，只要骨头硬，不向着富户、上官就成。去年我在宁波府，曾只身入匪穴，收抚汤行义一干人，匪首中就有一个不肯受抚的，因见众人都从了，他就独自离去，临走时还说了一副联语，说'道不行，乘槎浮于海；人之患，束冠立于朝。'我问他是什么意思，你猜他怎么讲？"他看了看陈潢，又道，"他说：'头一句是圣人的话，不必说了；第二句盗跖之言也是真理——原本是人，戴了官帽子，就成了禽兽。'——这个话一年多来一直在我耳边响！"

"后来呢？"

"这不是草莽之贼，后来我着人擒住斩了。"于成龙的语气很重，看得出心里很不平静，"虽说杀了他，我心里却一直在想：我们做官的，如不能慎独省身、正心立品，岂不真叫他说中了？"一边说，目光刀子一样向陈潢扫过来。

"大人不必疑心，陈潢从不入公门为人说官司，撞木钟！"陈潢爽朗地一笑，"言归正传，——其实方才我们已经在说这件事了——是这样，昨日回署，我们几个计议了一下，清江去年遭水，今年春荒如此，也难怪大人着急。靳帅着我来，与大人商议一下赈民的事。"

于成龙眼下整日犯愁的便是这事，苦笑了一下说道："谈何容易呀！这里的大户缙绅，我已召他们来说过了，不许囤积居奇，米价一概平粜，但也得老百姓手里有钱才成啊！"

"所以靳大人才命晚生来的呀！"

"你是说——"于成龙眼中焕然闪光。

"今年河工银子已经派了用场，"陈潢说道，"但去年工银尚有五万两，原打算明年修清水潭大堤作赔贴用，现在库中。如大人急用，可暂移过来救荒——将来还银也可，以工换银也可，往清江口河堤上栽草，算是河工出项，如何？"

不等陈潢说完，于成龙霍地起身来，搓着手连声说道："好，好！有五万两银子，可济十万人春荒生计，吾复何忧？吾复何愁？"陈潢见他如此动情，心里一热，正想说话，于成龙却倏地转身问道，"这银子要几分利？"陈潢一怔，又笑道："还要什么利息——都是替皇上办差么，大人何必多疑？我们也都是读书人，义利之理也还懂得！"一番话说得于成龙高兴得有些坐不住。想想昨日在堤上和靳辅过不去，于成龙倒觉不好意思，遂笑道："陈先生，休怪昨日无礼，我是急的！清江道里开春以来已饿死一百单八人，天罡地煞俱全，数儿大得吓人！我连弹压带抚慰，才没出事。但人肚子不是空话填得饱的，为民父母的能不焦心？——这样，栽草的事我们全包，连树也全由我们栽！"

"于大人，正堤上不能栽大树！"陈潢说道，"树根固然有固堤的效果，但秋汛来时多有风雨，堤土松软，树干一摇，大堤便容易裂缝决口，这种事学生已实地查看过……请大人详察！"

于成龙起先还笑着，至此已是敛了。说到治河术，仍旧是道不同不相与谋。

第二十回　逞愚鲁道台护大堤　屈心志督帅迎钦差

自这件事之后，靳辅和于成龙关系大为缓和。当秋熟时，吏部考绩，因于成龙政绩卓异，部文转了圣谕，着于成龙擢升南京布政使，兼署清江道，因他颇谙水利，又令他参与河务，有专奏之权。于成龙一心要把清江治得道不拾遗、夜不闭户，得了此旨，索性暂不赴南京，留在清江督率百姓生业。治河第一步大修工程，这年已渐见完成。从清江浦经云梯关至海口的疏浚、高家堰至清口的挑浚、运河以西至高家堰的堤工和清水潭放水拥沙的工程都进行得十分顺利。于成龙威重望高，只吩咐一声，千万河工募之即来。因大汛未到，河防无事，一时之间几个人倒也没有什么了不起的争执。但这局面只维持了半年多，他们之间的裂痕便突然爆发，演成一场可怕的争执，将春天赈灾时的情分冲得一干二净。

康熙二十一年九月，秋汛洪峰提前来了。沿陕西、河南、安徽到江苏一路黄河流域乌云蔽天，秋雨连绵，像天河被谁捅漏了，不断头儿只是往下泼洒，而且专向黄河倾注！羊报漂下，报信人十有九死，只从竹签上得知，上游皋兰铁柱水位日升三寸，已达四尺有余：这就是说，江苏境内河面水位要升四丈开外！所有新修的堰坝、堤、闸、分水渠都面临着极大的威胁。

七日前，靳辅接到头一起水汛，便带了陈潢、封志仁、彭学仁等一干幕僚，将总督府所有图册、沙盘和一应测量仪器全部搬移到黄、运、清三河交叉的大堤顶端，搭起毡棚，在淙淙雨中日夜守护。

这里三面环水，一边是去秋涸出的土地，一望无际的秋稻在雨雾中不安地摇动着，卷着一个一个的黄旋儿。堤外半槽浑浊的黄水腥浪冲天、白沫翻滚，将上游卷下来几抱粗的大树抛起来、沉下去，蠹起来再扳倒，像小孩子玩过家家一样轻巧。

"风雨如磐哪！"靳辅披着油衣站在颤动着的大堤上喃喃说道。几夜没合眼，他的眼圈全是红的。"您说什么？"因河涛声大，蹲在堤边的封志仁没听清他的话，便回头喊着问。陈潢高挽裤脚站在旁边，因无论蓑衣、油衣都是徒有虚名，早甩掉了，全身衣服都湿得紧贴在身上。听见两人说话，陈潢回头看了看，见彭学仁一副无所谓的模样，一个多月没剃头，寸许长的头发贴在前额上，显得滑稽，陈潢不禁咧嘴一笑，大声朝靳辅喊道："靳公！这雨还要下。我看应在运河西决口放水减洪！"

"陈天一，这是你的进言？"

身后忽然传来更大的声音，众人回头看时，是于成龙来了，脸上像挂了霜，威严地站在堤边。于成龙虽然布袍芒鞋，却很讲究夏不露臂，冬不重衣。十几天来，于成龙一直在堤上指挥民工固堤，可衣帽依旧洁净无泥。他刚从西堤过来，听陈潢说要放水，便站住了，冷笑道："你们每日吹嘘这新筑工程可御百年洪水，怎么？才几天突然又要自己扒开？这是什么道理？"

"振甲，"靳辅蹚着堤顶积水过来，说道，"这里是不要紧的。天一是想降低这里的水位，将上游萧家渡的洪水引过来，那里减水坝还没竣工，怕顶不住。行不行咱们商议，不要意气用事。"

修筑减水坝是陈潢首创工程。即在河道狭窄之处另开大渠引水，把洪水沿渠引向下游正河，用以调节洪水流量，减缓正堤承受的冲击，渠水平时也可用作灌田。于成龙压根就不赞同修这异想天开的减水坝，听了这话，别转脸一晒道："修了几十处减水坝，原来竟为决口冲田害民？这倒玩得开心啊，这里再扒开了，又是大大一个'减水坝'！百姓呢？田地呢？房屋呢？牛羊呢？只要顶子保住了，其余的都不要了？"

"现在通知来得及！"陈潢一点儿也不愿和于成龙争议，只急急说道，"这下头洼地多，只二十几个村子受水，人又多在堤上，叫人将村子里老弱妇幼撤出来就成，河工上可以拨银赔偿。于公，您知道，萧家渡减水坝耗资百万，数年经营，眼看就要成功，一旦被水冲毁，不堪设想。而且上游三千顷庄稼也要付之东流！于公，那里的百姓、土地、牛羊，谁通知他们撤离呢？"说罢，眼巴巴瞧着于成龙。于成龙傲然屹立，不看陈潢一眼，哼了一声，只从口中迸出两个字：

"不行!"

他有他的想法,他认为致命的根子是整个河道修得太窄,这边决堤放水,未必对上游起什么作用,如果弄巧成拙,两处都决了口,后果更惨。这一点靳辅也想到了,便用征询的目光看陈潢。

不知是因为冷,还是心里着急生气,陈潢脸色青黄,十分难看,下着气解释道:"几十处减水坝麦汛都没出事,已见效用。萧家渡这最大一处如能完工,这边根本不用泄洪,如今决口为保萧家渡安全,此理至明!大人,这边此时放洪,若不能保住萧家渡,请二公将陈潢明正典刑,以谢百姓!"彭学仁看着河势,越想越有道理,便也大声道:"振甲公,天一的话对!我愿陪上做保!"封志仁急得跺脚道:"不能再争了,赶紧着人下去通知百姓离村吧!"

"哈哈哈哈……"于成龙仰天大笑,脸色铁青,说道,"你陈潢、彭学仁,并连靳大人和我的头在内,割下来共是几斤?此事决不可行!"说罢竟自扬长而去。

"放洪!"靳辅踌躇半响,终于下了决心,"我是河道总督,纵有千罪万罪,罪在我一身而已!即刻命督署衙门全体官弁去下游通知,一个不漏必须出村,三个时辰后放水!"封志仁却摇头道:"这都好办,只怕成龙亲自护堤,这个决口不好开!"

彭学仁转着眼珠子思量移时,一拍手说道:"督帅,圣上不是赐你有尚方剑么?此刻用得着了!"一语提醒了靳辅,精神一振,大声喝道:"来!请天子剑,黄马褂侍候!"

因这些御赐物件都在衙中,忙了半个时辰,方预备停当。直等下乡的戈什哈回来报信,下游百姓已经撤出,靳辅方才摆了全副卤簿执事,也不坐大轿,只用一把金顶罗伞挡雨,头戴起花珊瑚顶子,九蟒五爪官袍外套一件簇新的黄马褂迤逦步行。后头四个校尉抬了黄罗伞架,供着天子剑,踏着泥泞不堪的土路走向西堤。只陈潢一人并无功名,随在后头一步一滑地跟着。

但事态的严重性出人意料。西堤上数千人密密麻麻到处都是!老百姓有的沿堤坐着啃干粮,有的跪在堤上喃喃念佛,有的一家子抱成一团取暖儿,还有不少人扶老携幼不断头儿向堤上爬。于成龙带着十几个衙役正在劝说着什么。靳辅看着，心里不由升起一团怒火：你于成龙竟敢拿百姓来违抗皇命！正踌躇着，于成龙早迎了过来。因此时的靳辅有代天行令的身份，于成龙一甩手便跪了，高声报名："进士出身，钦命南京布政使，兼清河道员于成龙，恭见大人！"说完便叩了三个头，长跪听命。

"于成龙！"靳辅目中寒光闪烁，厉声问道，"你要聚众抗拒本督吗？"

"大人……"于成龙热泪夺眶而出，哽咽着叫了一声，下头的话竟说不出来。人群中一个老人跌跌撞撞过来跪在地上，满身泥水叩头泣道："大老爷千万别冤了于大人，我们是听河督府的戈什哈说，老爷要决堤放水。于大人正劝大家向东边高处避水……"

陈潢看时，竟是黄苦瓜老头儿。再往堤上看，张春明、刘德良、刘印青这些人都在堤上，用异样冷漠的目光注视着靳辅，陈潢心里不由一阵酸楚。

听说于成龙也在劝众人离开这儿，靳辅有点意外，便缓了口气说道："于成龙请起。如此甚好，我们一同劝说百姓离开，好决堤放水。"

于成龙看来是又冷又累又乏，艰难地站了起来，他一下子仿佛老了十年，两条腿都在颤抖，拱着手团团作揖，叫道："父老乡亲们，于成龙求你们了，退到东边去吧……"喊着，脸上已是热泪纵横。几千百姓见他如此，一片声号啕大哭着，慢慢移到东边石砌的大堤上。

"决堤！"靳辅见事情如此顺利。心中暗想，到底天威难犯——早知如此，省了多少口舌！一咬牙，简短地命道，"立即扒土！——于大人，振甲！请过这边来！"

于成龙没有动，只用呆滞的目光望着远去的人群，反向堤上一坐，说道："决吧！"

霎时间似乎风也停了、雨也住了、河也不啸了。百多名亲兵戈什哈手持锸锹，十几个官员幕僚都像石头人一样一动不动地怔住了。

但这只是一刹那间的事，坐在堤边的于成龙突然放声大哭，狂癫了似的一跃而起，扑上大堤，面向黄河跪下，双手张着喊道："上苍！上苍！你不要百姓了？谁来祀奉你？你使劲下吧，使劲下吧……黄河啊，你使劲涨吧，使劲涨吧……淹死我于成龙，淹死我吧！"

"拖他下来！"靳辅强压着心中热浪，恶狠狠命道。

148

"喳！"

"谁敢？"于成龙噌地从袖中抽出一把雪亮的裁纸刀，立起身来比着自己咽喉，"士可杀而不可辱，刑不上大夫！决堤你们自决，谁敢碰我，我立即自裁！"

陈潢眼见再延误不得，身子一跃，突然又站住了脚，用失神的目光看了看铁骨铮铮的于成龙，又回头看了看呆若木鸡的靳辅、彭学仁和封志仁，嗓子像被什么堵了一下，吐出一口殷红的血。他"扑通"一声跪了下来失声痛哭："迟了，迟了……萧家渡，我的萧家渡呀！"

彭学仁已是第二次遇此情景，郑州知府因河决口赴水自尽，南京布政使铁心与堤共存亡，事虽不同其心则一，触动情肠，不觉泪如雨下，封志仁见靳辅闭目流泪，铁铸般站着一动不动，想起自家半世坎坷，依旧前途凶险毫无下梢，也是掩面而泣。一时间堤上堤下兵丁官弁竟一片啜泣之声。

当日傍晚，清江口黄河水位骤然下降，半夜便接到急报：萧家渡决口，减水坝工程十损其七。大水自北岸破堤而出，漫于河七十余乡，灌向运河西堤之外。

虽然全在意料之中，怀着一念侥幸的靳辅还是像被鞭子猛抽了一下，浑身打了个哆嗦，脸色变得雪白。他抹去头上冷汗，茫然看了看黑沉沉的大堤，只对守在身边的陈潢等咕哝了一句："无事可做了，咱们回衙去，将这里的帐篷撤掉……"说罢，也不叫从人，头也不回下了大堤，踩着棉花垛般跟跟跄跄往回走。

彭学仁是过来人，倒显得洒脱，见封志仁欲哭无泪地望着靳辅的背影，陈潢兀自看着落潮的河水发怔，因笑道："治河决河，自古如此。犯不着垂头丧气。走，回去吃顿饱饭，睡个好觉，听听消息儿再说。"封志仁点了点头，陈潢却道："二位请先去，靳帅心绪不好，你们陪着说说话儿，我再看看。"

直到第二日辰牌时分，陈潢方疲惫不堪地赶回总督衙门。因见南京布政司常来送信的老齐坐在门房和几个戈什哈聊天儿，便知必有紧要消息，三步两步赶进来，见靳辅正在签押房里读什么东西，忙问道："靳帅，有信儿么？"

"南京转来的六百里加急部文、邸报。"靳辅头也没抬，冷笑道，"这位崔雅乌左右逢源，脚踩两只船，官场本领如此能耐，治河本事却如此不济——他好像是羲皇年间的人，言必称古道，事必遵古训，不知吃的是粮食，还是神农百草？"说罢，低声读道：

> ……查靳辅测水、减水坝诸制度，实以蠡测海之悖行。夫龙兴雨沛，孰有定量；河涨河落，焉能定则？以此亘古未有之乖谬学术悍然行之。……耗国家半库之金，造东南千古大患……

念至此，便"啪"地将部文甩到了一边，阴沉沉说道："如此说来，我靳辅岂不是个民贼？杀就杀了，何必做这官样文章，恶心人！"说着又捡起一本，却是治河条陈。打开看时，头一句便是：

> 禹之道，顺水性疏而浚之，于是有九州之河横潦华夏，而不为害焉……

靳辅急展到后边看时，署名仍是那个莫名其妙的崔雅乌，遂将折子"哗"地合了，一把推到桌子底下。恰彭学仁和封志仁挑帘进来，彭学仁捡起一看，失惊一声说道："紫桓公，这上头有御批！"

这一下，不但靳辅、封志仁，连沉思着的陈潢也忙凑过来。瞧时，果见第六页下部有蝇头小字朱批：

> 该员条陈甚属泥古不化。着靳辅据河势河工治理之情，一一加批注呈来朕览。
>
> ——体元主人

说不清是感恩、是遗憾、是懊丧、是悲切，靳辅双膝一软，扑通跪倒了，失声痛嚎道："主上，您这札子早来一日，臣……臣就可免这场大祸了！"

是啊，这份朱批谕旨若早来一日，靳辅便能遵旨批驳与崔雅乌同执一理的于成龙，何至于酿成萧家渡决溃？但这份折子居然因雨在南京延误三天！这叫人怎能不伤情遗憾？

惆怅良久，靳辅方道："不想这事了罢——尚书伊桑阿、侍郎宋文运还有这个御史崔雅乌、伊喇喀已奉旨抵达金陵视察漕运，施琅的四百艘战舰要从运河南下。施琅已赴北京听皇上面授机宜。萧家渡决口不过是民政失当，如果漕堤再出事，贻误军机之罪就大了……我们得预备着应付这几件事。"封志仁问道："钦差几时到清江来？"靳辅道："大约明日吧。一看这名字我就知道，都是'索'字号的人，只怕他们要倒老明，先拿我们发难，得小心应付呀！"

"大帅不必着急，漕堤是断乎不会出事的！"陈潢静静听了半晌，此时才说道，"我看最要紧的还是赶紧撕掳萧家渡的事。钦差不问便罢，要问起来，得有个回话。"靳辅见说得有理，只是自己心乱如麻，一时想不出头绪，怔怔地道："有什么好撕掳的？讳决如讳盗，不能欺君的——听听钦差口风再说吧。但有一条你们几个放心，靳辅不是卖友之人，决口的事，由我承当，与你们不相干。不要在这上头想法子开脱我。"陈潢仔细想了一夜，已有成竹在胸，因笑道："我们当然不欺君。我说的是因势利导，设法补救。靳公只管拜折自劾，我们几个计议一个周全之策，晚间补进折子里。皇上如此圣明，必能嘉纳的。"

第二日正午，钦差大臣伊桑阿带着宋文运、崔雅乌、伊喇喀三名大员，分乘八人绿呢官轿前呼后拥来到河督府。靳辅按接钦差的排场，鸣炮三声，开中门将伊桑阿一行迎了进来。因为还在下着蒙蒙细雨，香案设在滴水檐下。行了三跪九叩大礼，靳辅瞟了一眼几个毫无表情的对头，朗声说道："奴才靳辅恭请圣安，万岁，万万岁！"

"圣躬安！"

说过这话，伊桑阿一下子变得毫无架子，满面笑容一哈腰，双手挽起靳辅，一一介绍随行人员。大家寒暄着进来，伊桑阿一边顾盼着说笑，一边问："振甲呢？"

"回大人的话，"靳辅见问于成龙，咽了一口唾沫，"振甲现在河上护堤，已经着人传叫去了。"

"三品大员亲赴河堤，是个实心办事的人啊！"伊桑阿夸着于成龙，笑呵呵看着靳辅道，"紫桓兄，兄弟此次奉旨查阅漕运，可没给老兄带来好信儿呀！"

靳辅刚刚坐稳，听到这话，忙离席一揖说道："靳辅奉职无状，理当严责。已拜折皇上请旨严议。大人有话，尽管训诲。"

"坐，坐坐！"伊桑阿"啪"地打火抽烟，跷着二郎腿笑道，"哪里有什么'训诲'？这是几件部议，还有魏相枢都御史的一份参折，皇上有御批在上头，有些督责的话，并无处分。不过，老兄萧家渡决河之事圣上尚不知道，心里要有数才好。进退荣辱乃士子常情，公也不必过于在心。"说着递过一叠厚厚的文书。

靳辅颤抖着结满老茧的手接了过来。

奏议很多，这个场合不便件件细读。除了昨日拜读过的，还有户部汉尚书梁清标、工部萨穆哈关于河工用银过滥的奏议。这二位都是平定"三藩"的功臣，又是当朝最难惹的磨勘大臣，人称"魔王"。别的不说，仅此两件事便足以使人心寒了。再接着一件部议，是吏部考功司据靳辅去年黄河几处小决口请处分的票拟，部议夺官。奏折中靳辅原文"臣前请大修黄河，限三年水归故道。今限满，水未尽归故道，请处分"下头掐着一道深深的指甲痕，显然是康熙读时做的记号。下边朱批却是：

> 撤靳辅容易，谁可代者？河务甚难，而靳辅却敢于承当，其余臣工未必有此气概！若遽议处，后任益难为力。着令其戴罪督修可也。

看了这一件，靳辅心中踏实一点。再看下头正本，是赫赫有名的魏相枢的参劾本章了。

第二十一回　参河督魏相枢上章
　　　　　　闹意气伊桑阿取辱

　　魏相枢的参折累累数千言，词气严厉慷慨，赛似一篇《讨靳辅檄》，却专为新开皂河，接沁河通运河而言。里面连篇累牍奏陈不应束河冲沙、堵塞河道，又说靳辅听信佞人谎言，以国计民生为儿戏，修造所谓减水坝，简直是离经叛道的怪物！魏相枢不愧翰林手笔，通篇淋漓尽致，神完气足，末了口气一翻，说道：

> 靳辅请大修黄河，岁耗国币二百又五十余万，巧言令色，谓此后可一劳永逸。天下臣民如大旱之盼云霓，翘首望之数年，皇上寄腹心之托，宵旰切盼河清有日。该督既前奏堤坝已筑十之七，而今又开河道疏通沁、运，所谓"一劳永逸"者安在？

读着这一极漂亮的反诘语，靳辅心中不禁冷笑：开皂河接通沁运，为增加运河流量，魏相枢根本没见过减水坝，就扯在一道，文章再好也是胡搅蛮缠。于是靳辅放下奏折，心一横，若无其事地坐了，沉思着说道："伊大人，兄弟已浏览过了。方才已经说过有罪，如今又加了萧家渡决溃，更是罪大于天，应请一并处分。"

　　"这些事兄弟出京时皇上并未训示。"伊桑阿翻起微微浮肿的眼泡看了看靳辅，"只有一事，索相和明相请紫垣多加留意。山阳、宝应、高邮、江都四川潴水诸湖涸出的田地，若暂充屯田养河倒也罢了。这原是有主之田，听说有发卖了的。这官夺民田，可了不得呀！"

　　这件事居然也传到了北京！陈潢在旁听着，胸中突然升起一团怒火：这些地主，治河时，募捐募工一毛不拔，站在干岸上看河涨。刚刚淤出四千顷田地，一多半还不能耕种，便饿狗似的扑了上来！因大臣议事，他的

或地方轶闻、笑话、某地演某戏都无不周备。折子里的天地头、边角、行间尽是康熙的批注。魏东亭挑选着与靳辅有关的批语，逐项盘问。如：

前有人奏靳辅违旨不在河堤植树，尔可询问他，是何因由？该督何以确保大堤秋汛无虞？

北上漕船入骆马湖一带，今岁倾覆二十余艘，问靳辅有无良策缓冲此段运道……

减水坝之役朝野均不以为然，朕不能亲至一阅，甚怅。尔可问靳辅，此举古时可有成法，果能减水否？尔可至河工上看看，若有需作援手处，暂从海关挪借一点亦可……

足足有十多条。只萧家渡事康熙不知，尚未问及。

魏东亭仔细听了靳辅一一奏辩，点头说道："大人请起吧。据我听来，减水坝既然古无成法，今秋又有如此大的决溃，似要慎重从事。隔日我还要实地看几处，然后奏明圣上——萧家渡决口淹死一千三百余人，葛礼已经具折实奏了。你有什么奏陈，不便廷奏的，可转告我，我可代为密陈。"

靳辅惊讶地看了一眼魏东亭，见魏东亭神情泰然自若，目光深邃，似乎时时都在沉思。靳辅不禁掂掇：真是个人物！早知如此，何必沾惹明珠，只与姓魏的周旋，何等牢靠！想着，一欠身说道："大人既说到此，足见厚爱之情。靳某确有难言之隐……"便将和于成龙的激烈争论细述了一遍。

"大人不要误会。"魏东亭似乎看出靳辅的心思，笑道，"我与大人一样，都是皇上的奴才，理当精诚同心。海关河运相联相生，替大人如实代奏是职分所在。施琅将军入朝请训后，水师克日南下。台湾战事将起，皇上命我统筹粮秣，我不能不关心呐！"

靳辅听着这话，有点像抚慰，又有点像驳斥，不禁脸上一红，忙岔开话题说道："萧家渡虽然决了，请大人代奏，我已有补救之策——"他瞟了一眼不动声色的魏东亭，"明春过后，不用朝廷追加银两，便可修复减水坝。此时奏明，恐圣上说我规避处分，只好说以家产赔补。"

"嗯?"

"这次决溃实因萧家渡减水坝工程未完所致,我之责任无可推诿。"靳辅按着与陈潢等人商定的计划说道,"萧家渡水流量一瞬间为一千五百,至清江水位下落七尺,河中流量为瞬间降为九百五十。这就是说,每瞬间有五百五十个流量的黄水从萧家渡漫向下河。下河之地自永乐年间已成一片沼泽,黄水一过,可淤田二千五百顷。这些无主之地按每亩三两银子发卖,可得银七十五万两。以银换工,修复减水坝自足有余……"

"我有点不明白。"魏东亭的目光有点忧郁,"这么好的事,为何不未雨绸缪?若是前年先放水漫了下河,岂不省了数十万两银子?"

靳辅听了忙道:"这就是我计划不周之处,大人问得好,我无话可对——实是决溃之后,仔细审量后才得明白溃中有补——我自劾的折子里也没敢写明。敬请虎臣大人奏明靳辅知罪之意。"

"要问的就是这些。"魏东亭舒展了一下身子,啜了一口茶坐下,笑道,"紫垣,我说句闲话儿,你只听听就行了——你怎么弄了个女人带到北京,硬要人家认亲?"

靳辅怔了半日,才想起是李秀芝,不禁吃了一惊,忙问:"虎臣,你听到这事了?皇上说的?"魏东亭笑道:"甭管谁说的。我看你这人老实得可以,这种事也管,那是犯大忌讳的。若是我,就花几个银子先养起她们母子,瞧着机会和光地私下了结,他面子也好看,你也成全了他们一家,何至于弄得大家心里窝囊呢?"

靳辅陡地想起明珠收留秀芝的事,既不见信,又没听说李光地认亲,这葫芦里装的什么药?他张了张口,没敢问出来:这里头人事太杂,他不敢。

"我这是随便说说,这又不是国家大事,没什么大不了的。"魏东亭哈哈一笑,"请伊大人他们来吧——公事办完,酒渴思饮,紫垣公,你得尽地主之谊呀!"

第二十二回　贡院被封康熙掀龙案
南闱案发明珠踢棋盘

　　魏东亭的密奏折子递到北京，举朝正为萧家渡决口的事闹得如沸鼎之油。户部、工部、御史衙门像炸了窝儿似的今日一个条陈，明日一个参片，雪片似的飞向上书房。

　　高士奇和靳辅只是见面交情。因见事涉陈潢，在手中压了几日，眼见众心难违，不敢再留，便抱了一叠子文书进乾清宫来见康熙。却见施琅手里拿着个小黄包儿正从里边辞出来，高士奇便问："是什么东西，主上赐你的么？"施琅点了点头，笑道："这是件宝贝，用来祭旗大有法力，这会儿不敢卖弄。"说罢径自去了。高士奇一躬身进来，却见明珠和索额图已经先在里头，只一点头招呼，对康熙说道："主子，下头对萧家渡决口的事议得很厉害，恭请圣裁。"

　　因时近十一月，天气很冷了，康熙坐在热炕上，兀自穿着猞猁狲风毛的小羊皮褂子，正埋头看着魏东亭的折子，一手抚着颏下漆黑的短须，沉吟着"嗯"了一声，好一会儿才说道："今年冬天的事情多，看来不得安生了。朕原想这个月出巡奉天，也只好往后推推。你那些折子连篇累牍，说的都是靳辅的事，却不知江南科场一案闹得更凶。朕这会子没精神，你先讲讲，下头都说些什么？"

　　高士奇知道，康熙虽然现在不看，晚上带着黄匣子回宫，依旧要一字不漏地细阅，不敢在这上头弄玄虚，迟疑了一下笑道："说什么的都有。有的说该罢去靳辅总督职衔，流放黑龙江；有的说应抄家折产赔补；有的说罚俸调任；有的说应锁拿进京严审问罪。刑部议得最重，应赐靳辅自尽……"

　　"明珠，"康熙问道，"靳辅是你荐的，你怎么看？"

　　"靳辅听信佞人妄言，办砸了差使，罪过不小。奴才举荐不明，也有误国之罪，求主子一并处置。"明珠搓着手，字斟句酌地说道，"但皇上明鉴，河督一职历来是个不讨好的差使。罢了靳辅着谁替补？这件事颇费筹思。"

索额图"病"愈之后，待人甚是宽宏，不似从前动辄给人小鞋儿穿，听明珠这样说，遂笑道："咱们远在京师，没有实地查勘。据江北地方官来京说，仅沭阳、海州、宿迁、桃源、清河五县，几年涸出土地一万多顷。奴才的意思，靳辅虽然这次误了事，还是功大于过。主子必记得的，清水潭大堤，原拟用八十万两银子，工部的人还笑他花小钱邀功。如今只花几万两就完了工，似也不可说靳辅全然无能。"

康熙边听边想，目光炯炯地看着窗格子，半晌，粗重地叹息了一声，说道："功是功，过是过，有功朕赏，有过也不能免罚。你说京师离河工太远，这倒是实情——减水坝、狭窄的河道究竟是个什么样子，总该实地瞧瞧才好啊！"说罢起身踱至窗前，手攀着窗格子望着外头一碧如洗的天空，喃喃说道，"朕急于要去盛京，祭陵当然是件要紧事。更要紧的是要见东蒙古各旗王公，商议一下如何对付罗刹国。黑龙江一带他们搅得厉害，巴海和周培公在精奇里打了一仗，虽然胜了，却因兵饷都不足，没能斩草除根。西征至今用谁当主将，也还心中无数。朕想起用周培公，偏生他病得沉重。唉！想不到'三藩'平定后，朕仍旧事事捉襟见肘！"明珠笑道："罗刹和噶尔丹也不过是蕞尔跳梁小丑，何劳圣虑如此？奴才想着，不如先在北边动手，腾出手来再治东南不迟。"康熙呆了半晌，方道："你哪里知道，噶尔丹剽悍难制，罗刹国君换了个叫彼得的，朕看他是一位雄主。东南是国家财赋之源，不治好是决然不能在西北用兵的。"他抚了抚有点发热的脑门，转脸问高士奇："你发什么呆？"

"奴才在想两句话。"高士奇忙笑道，"先定东南，再平西北乃是皇上既定的国策，不宜轻动。"

康熙喟然叹道："昔年伍次友先生讲学，朕曾与他反复计议过的，无甲兵之盛，无盈库之粮，断难用兵西北——第二句呢？"

"疑人不用，用人不疑。"

"唵？"

高士奇从容说道："靳辅大抵因花钱太多，犯了众恶，妒火中烧，所以出点事就不得了。若是换了旁人去治河，又有什么两样？"

"嗯，说得有理。"

高士奇受到鼓励，越发放胆说道："诚如索额图所云，靳辅治河，京官攻讦的多，外官说好话的多，这就是明证！一犬吠影，百犬吠声，大主意还须皇上自己拿定了——任凭群狗叫破巷，人主自能从容行！奴才想，下诏切责靳辅，令其自行赔补，限期修复也就是了。"

高士奇将百官比作"百犬"，仍是一腔热骂格调，康熙不禁莞尔一笑，正待说话，明珠说道："主子可否允许奴才前往清江实地考察一番？"康熙笑道："一个伊桑阿，一个于成龙已经闹得鸡犬不宁，何须再劳你！朕也信不过！台湾之役下来，朕要亲自瞧瞧，才得放心呢！"康熙心中自有成算：伊桑阿是索额图的人，换了明珠去，不过是翻转来欺侮伊桑阿，没有意味。虽说"信不过"明珠，但这话并不认真，明珠倒也不觉恐慌。索额图在旁说道："伊桑阿去了这多日子，也好回来缴旨了。"

君臣四人正在说话，熊赐履急忙忙从隆宗门走来，一进上书房便双膝跪下，将几份奏折捧呈康熙，说道："这是何桂柱刚转到礼部的奏折，系江南秋闱舞弊情由，因事体重大，未经部议，先请圣上过目。"

应天府南闱舞弊的事康熙已从魏东亭密折中知道。只因奏得匆忙，细节不详。康熙接过折子翻阅着沉思。南闱主考左玉兴和赵泰明都是徐乾学的门生。明珠深知，一旦兴起大狱必定牵连自己，顿时面色苍白，心提得老高。

"今年南闱主考是谁荐的？"康熙蹙额皱眉地看着折子，问道，"朕记得好像是熊赐履？"

"是！"熊赐履有点委屈地看了明珠一眼，"总是臣无识人之明，坏了国家抢才大典，求皇上重重治罪！"

"这忙什么？事情还没清白么！"康熙脸上毫无表情，"各人有各人的账，谁也不必代谁受过，起来吧。"说着，从卷宗中抽出一大卷宣纸，慢慢展开——竟是一幅有一丈多长的联语。纸背面尚有糨糊泥皮的痕迹，显然是从墙上揭下来的：

> 左丘明有眼无珠，不辨黑黄却认家兄；
> 赵子龙一身是胆，但见孔方即是乃父！
>
> 无锡书生邬思道谨赠

康熙眉梢一挑，只说了句："邬思道好一笔字！"便将奏议节略撂在一边，细看原折。这是江南巡抚的奏本。

康熙的脸色愈来愈阴沉。渐渐地，手也颤抖起来，几个大臣知他立时就要发作，吓得大气不敢出，听康熙轻声读道：

> ……壬子日，数百名应试举人抬财神拥入贡院。左玉兴、赵泰明二人仓皇逃至臣署，饬臣前往查拿肇事首领。臣即着南京城门领臣年羹尧前往弹压慰抚，并借调前往福建水师兵员一千名卫护贡院。除邬思道事前逃遁，所有正犯已监候在押……

读至此，康熙"砰"的一拳击在案上，霍地站起身来。他激动得脸色紫涨，伸手去摸折子，却一手插进朱砂砚中，气得顺势就是一脚，只听"哗啦"一阵乱响，满案文书、笺、砚、镇纸、图章、茶杯并几碟子细巧宫点，全打翻在地下！熊赐履等几人一撩袍子，"扑通"一声都跪在地下。

外头守护的穆子煦、武丹不知出了什么事，三步两步抢进来，见明珠等四个上书房大臣诚惶诚恐地伏在地下，几个苏拉太监、宫女趴在地上手忙脚乱地拾掇着。康熙暴怒得五官错位，浑身直抖，见他们进来，反身摘下壁上悬剑，厉声吩咐道："穆子煦，你持此剑星夜赶赴南京，将这两个大胆妄为的狗官就地正法，取了首级传送北京！"穆子煦只好答应着，请旨道："乞主子赐下应斩官员姓名，奴才好遵谕承办。"

"万岁暂息雷霆之怒！"熊赐履膝行数步凑近康熙，连连叩头道，"此事还须查明再办。臣以为应交部议处，依律治罪！"他心里很明白，外人并不知道两个主考是明珠关照自己推荐的。人头一落地，自己就永远分辨不清，这个黑锅是好背的？

"你看看！"康熙又甩下一份折子，"这哪里是考试！简直是受贿卖官！博学鸿儒科开后，南方稍稍安宁一点，没人骂街了，左玉兴竟如此坏朕名声！"

熊赐履捡起折子，揩了一把头上渗出的汗珠，看时，却是几百名举人的联名揭帖。

"读!"康熙吼道。

"喳!"熊赐履忙叩头应了一声,小心翼翼地读道:

> 朝廷科目,原以网罗实学,振拔真才,非为主考纳贿营私、逢迎
> 权要之具。况圣天子加意文教,严饬吏治,凡属在官,自宜洗涤
> 肺肠以应明诏。不意应天大主考左玉兴、赵泰明等,绝灭天理,
> 全昧人心,上不思特简之恩,下不念寒士之苦。白镪熏心,炎威
> 炫目。中堂四五家,尽列前茅;部院数十人,悉居高第。王景曾、
> 李天保以相公奥援,犹供现物三千;熊本、蒋仁锡以部堂之亲,
> 直献囊金满万。史贻直、潘维震因乃父皆为房官,遂交易而得售;
> 韩孝基、张三第因若父现居礼部,恐磨勘而全收……

熊赐履越读,越觉胆战心惊。他原觉自己一身干净,但折子里姓熊的,
保不定就是族中哪一房的子侄。后边又点到数十人,俱是指名道姓,通了
谁的关节,送了多少银子,无不清清楚楚,也亏了这干孝廉们打听得如此
仔细!众人虽未直接请托,听点了的人名中,颇有耳熟的,也难保不打着
自己的旗号走门路的,这就是说不清的事……正想得心里发毛,听熊赐履
读到最后:

> 朝廷待其不为薄矣,二君设心何其谬哉?独不念天听若雷、神目
> 如电?呜呼噫嘻!吾辈进退不苟,死生惟命,务请尚方之剑,斩
> 彼元凶。当路风闻既确,目击又真,何惜弹劾之章,达诸天听。
> 不然苟白简之迟迟,致郡情之汹汹。一旦有义士者,挺身而起,
> 或刺之国门,或杀之辇下,四方闻之,恐笑士大夫之无人也!

至此戛然收住,熊赐履看时,下头一大片人名字,领头的一个还是那个邬
思道。他低垂了头一声儿不敢言语,上书房一时静得掉根针也听得见。

明珠原听康熙讲"各人有各人的账",只因贿银尚未交来,略松了一口
气。及至听此文中连揭十数名封疆大吏,有一些是平日深交的朋友,又事
涉徐乾学说的人情,暗指自己授意,不禁吓得六神不宁。高士奇虽与案子

不相干，但他知道，前朝处置科场案件极为严酷，兴动大狱，一杀就是几百人，不禁心中震动，双手也自捏出了汗。

"熊赐履，朕想你说的'依律'治罪。"康熙缓缓说道，"不知这事该怎么处置才合律例？"

熊赐履仰脸想了想，答道："我大清律沿自明律，也应遵循前明之例。此案的主考副主考贪贿坏法，不是寻常的辜恩渎职，应处弃市，明正典刑，十八房考官按罪情轻重，分别处以绞刑、立决、缓决或赐自尽，其余涉案大臣或杀或流放，亦应据情分别处置——至于法外施恩，权柄在人主，臣不敢妄拟。"

康熙听了一呆，什么弃市、绞决、自尽，虽然等级不同，终归都是个死。想到一下子杀这么多的人，他有些迟疑了。但这些日子他读到几本抄来的书，什么吕留良的《春秋大义》，严伯安的《性理论说》，仍旧在那里说什么"夷狄异类，譬如禽兽""明君失德，中原陆沉"之类的话，"朱三太子"捉了一个又一个，仍时有所闻。一旦处置不当，连现有的士人也将对朝廷不满，岂不是祸根？想至此，遂冷笑道："朕此番没有什么'恩'施给他们，倒要诛几个大人物给天下人瞧瞧！"

"万岁……"几个大臣一齐叩头哀恳道。

康熙哼了一声拔脚便走，至殿外上舆，仍不住挥手激愤地说道："非诛掉几个封疆大吏不可！"

明珠坐在轿里闷闷不乐。回到府上，刚一下轿，司阍的老王头便迎上来，赔笑请安道："老爷回来了？徐乾学和余国柱二位大人早就来了，在后头等着爷呢！"明珠放下脸来，问道："他们来有什么事？"

"奴才不晓得。"老王头看明珠气色不善，加倍小心回道，"只听他们闲说，山东孔尚任编了一出什么《桃花扇》，大栅栏演得红火，二位老爷就点了堂会，说中堂爷这些日子清闲高兴，要请爷赏戏……"

"清闲——高兴？"明珠冷笑一声，阴沉着脸抬脚便进了二门。见家人们吆吆喝喝七手八脚地忙活着在水榭子上张罗搭戏台，忍了一肚皮的气站住了看。他觉得头嗡嗡直叫，哆嗦着嘴唇不知说什么好。恰恰府里副总管黄明印远远见他过来，便赶着献殷勤儿，笑道："相爷瞧着这台子还可意儿?"明珠听了也不言语，只抬手"啪"的一掌搌将去，打得黄明印就地一个磨旋儿，半边脸早紫涨了，惊慌地抬头看时，明珠早大步去了。

余国柱和徐乾学两个人下围棋正到收小官子儿局面。余国柱本来赢棋，却被徐乾学凭空出个劫来，招架不住，搔头撮牙地要悔棋。徐乾学一眼见明珠过来，便起身笑道："明相瞧瞧，这也是个读书人！让六子的棋儿赌一台戏的东道，竟悔了三步。得，我惹不起他这守财奴！"余国柱咧着大嘴呵呵笑道："谁叫你是财神来？"

"戏？"明珠一哂，冷冰冰问道，"什么戏？"

"好戏！南京城都轰动了！"余国柱瞧着棋盘，兴致勃勃地说道，"孔家才子的《桃花扇》，那文笔、那词藻好极了。"

"拉鸡巴倒吧！"明珠憋了半天的火突然爆发了，什么宰相体面、大臣风度全都忘了，大声吼着，顺势一脚将一盘残棋踢了老高，那棋盘在空中翻了个儿落在地上，像下了"棋雨"，黑白子儿叮叮当当撒了满屋。

明珠在官场从不发威动怒，是个有名的"笑明珠"。刹那间变得这般狰狞，不但徐乾学、余国柱，连整日侍候的家人们也全都吓呆了。明珠骂道："不出半月你们就得去绳匠胡同去见王士祯蹲狱神庙吃死人饭，还有闲情逸致下什么鸟棋，听什么鸟戏！"

"明相！"余国柱见明珠气得像猪头瘟似的，忙赔笑道，"就是天大的事，我们祸灭九族、该犯剐也好，您得给我们说个明白呀！"明珠嘿嘿冷笑一声，说道："我竟不知道，你们在南闱都干了些什么！忒煞的胆大过头！用你徐乾学的狗屁文话说，你们'东窗事发'了！这会子葛礼坐镇，年羹尧带兵封了贡院，正一房一房地查，滚汤泼老鼠，一个也走不脱！这回不死十个八个封疆大吏，不黜一二百官才怪呢！刚才我踢了你们的棋盘，今儿皇上连龙案都掀了！等着看他娘的好戏吧！"说罢，一屁股坐在椅上，深深地伏下了身子，不住摩挲着稀疏的头发。

第二十三回　怪才笑纳不义财
秀士设计撞木钟

　　徐乾学和余国柱像被雷击了似的僵立在地，面如死灰。半日，徐乾学才道："这事与我们京官有何相干？还不是葛礼仗了索相的势，挑唆着江南巡抚出头弄的！这也太过分了，他们难道捞的少么？"明珠当然知道由于索额图在背后撑腰，葛礼才敢指使人发难。他想，事情闹到这个地步，徐乾学还要撇清，还要自己出头和索额图理论，气得腿肚子一拧一拧地直转筋。生气归生气，南闱的事明珠毕竟是插了手的，前三名都是按自己暗示办的，手书落在徐乾学的手里，一旦抖搂出来，杀头，他是头一份。在同舟共济之时，不能打窝里炮。想至此，明珠长叹一声，说道："圣上决意要办这案子，在劫难逃，越讲情越不得了，求索额图更是与虎谋皮！好在国柱和葛礼是好朋友，手里捏着葛礼的把柄，写封信给葛礼，拿点血本出来，让他关照一下，不要将你们二位也牵扯进去。其余的人就顾不得了。"

　　说至此，明珠陡然心里一阵发凉。他突然意识到，索额图回任后，康熙待自己远没有昔日那样贴心知己——这么大的事过去总要先和自己商量商量。想至此，方寸已乱，呆呆地坐着不语。余国柱和徐乾学直到这时才真正明白事态严重，不禁急得热锅蚂蚁似的，恳求明珠道："总求中堂为我们设法！"明珠摇头苦笑道："此案一发，我就得回避。求我，还不如求那个臭要饭的书生呢！"他灵机一动，忽然想到了高士奇，"对了！你们即刻去见高士奇，破两万两银子买买这个猢狲，他在圣上跟前是说得响的！"

　　余国柱官阶比高士奇高着两级，求他已觉委屈，还要贿赂，面子有些下不来，喃喃说道："好大胃口，得两万两！"徐乾学是大学士，更觉两腿尊贵，也不愿前去，只红着脸不言声。

　　"你们把臭架子放放！"明珠冷笑道，"入了上书房，就是当朝宰相，只怕现银他还不收呢！得把钱换了古董，再去换他那两笔烂字画！只要这猢狲说两句话，就万事大吉了!"说罢便叫："黄明印，黄明印!"

"奴才在!"黄明印蹑脚儿小心地进来，打着千儿说道，"相爷……"

明珠恢复了镇静，淡淡说道："这戏我府里不要演，送高相府上，十月二十六是他新婚大喜的日子，正用得着。就说我说的，绝好的戏文，绝好的班子，说不定皇上也欢喜呢——还有，把我那幅徽宗《鹰视图》，夏器通送上来那一对宣德炉一并送去，说是恭贺高中堂喜结良缘。听明白了没有?"

"啊?——明白，喳!"

高士奇安坐府中，无端受了这三个人价值四万两银子的古董，外搭一台大戏，他也一并"笑纳"，胡乱写了几张字给徐、余，又画了张画儿给明珠，心照不宣要给明珠解难了。

诚如明珠所说，高士奇从不收银子。什么端砚、古墨、宋纸、汉瓦、景泰蓝、钧窑瓷器……这些东西既雅，又不落受贿的名声，确比收钱来得高明。他倒不是不怕杀头，他从康熙那一阵踌躇中，便知道康熙是为了敲山震虎。目下康熙一心治国用兵，不会悍然不顾大局诛杀大臣。

接了礼物，高士奇在家写写画画，想了两日，已是拿定了主意，要借后日自己成婚的机会，把这件事办下来。康熙当日虽说过要来"主婚"，但贵人口风，说过就忘，高士奇有点怕他不肯光临，想来想去，想到了苏麻喇姑身上。

为苏麻喇姑散心方便，康熙听从高士奇"医嘱"，在畅春园专为她修了一座别墅。高士奇当下便吩咐打轿前去。别墅设在园中牛首峰下，高士奇验牌入了禁苑，逦迤行来，但见峰下满是松竹菩提，藤萝桧柏，碧森森，绿幽幽，柏子挂霜，松塔满地，既清静又不似钟粹宫佛院那样郁闷。高士奇缓步走着，远远便见苏麻喇姑和一个妇人正在对弈，几个尼姑围在一边观战。因他常来常往，却认得那妇人叫孔四贞。孔四贞遥见高士奇捧着一大卷子纸进来，含笑说道："高郎中来了!又要搅得这佛地不得清净了!上回我发热，谢谢你的药!"

"四格格笑话了，雕虫小技何足道哉!"高士奇一边笑回孔四贞的话，一边觑着苏麻喇姑的气色说道，"大师的病我瞧着一点也不相干了。清静空寂、养德修身，此乃佛家精义，大师先天带来的气质，什么样的病也会好的，不似我们这些俗人，就打熬一世得不了个正果儿！"孔四贞听了不禁一笑，说道："官做了这么大，还来这里拍马，我们没有官爵赏你！"

苏麻喇姑与高士奇已很熟稔，虽觉这人有点油滑，但天分才学都没说的，而且很健谈，说起话来口若悬河，自有一种高雅情致，所以对他颇有好感。听了高士奇的奉迎，苏麻喇姑脸上闪过一丝笑容，将手一让，说道："高居士请在那边蒲团上坐——岷云敬茶！"

一个小尼姑答应着捧了茶出来，高士奇一边接茶坐了，一边笑道："好香！谢谢大师赏茶！"苏麻喇姑问道："什么风将你这大忙人吹到这里来？你挟着这么一大卷子纸，是什么东西？"

"学生来献个丑儿。"高士奇不好意思地说道，"上回大师说到我的字，回去忙得竟忘了。前日在武丹那儿吃酒，子煦求我写字儿才想起来。趁着酒劲儿涂鸦出来，只怕难入大师法眼。"孔四贞早听说高士奇有一笔好书法，便起身拿过来在案上展了。苏麻喇姑瞧时，不禁浑身一震。

字画共是三张。一幅中堂画儿非松非竹非梅，也不是麒麟鹿鹤之类的瑞兽珍禽，只有天上一钩皎月，月旁彩晕周环，下头一泓清池，漂一株青萍，伴一枝孤标高耸的荷花，一只细腰蜂在花旁振翅欲飞。一联书法更显精神：

　　霞乃云魄魂
　　蜂是花精神

苏麻喇姑看着，不说好也不说不好，已是痴了一般。此时真是万绪纷来，神不守舍，不知身在何方，心在何处。高士奇心都提到嗓子眼儿上，生怕这个马屁拍在蹄子上。

原来这联语大有来历。十四年前，伍次友也曾当众挥毫写过这幅联语赠她。

"写得不好，不及伍先生多矣！"高士奇笑道，"然而据高某看来，推心而言，大师之病实由此引起。常挂中堂，比常存于心对身子更有裨益。"

苏麻喇姑一怔，回过神来，觉得高士奇的话也不无道理，双手托着纸微笑道："这个字谁敢说不好？不过我可是没东西还你这份人情。不像那干子不要脸龌龊官儿，圆的扁的只管填塞你们上书房的臣子。如今的世面大非昔比，真正令人可叹——我只管收了，出家人万缘俱空，你也甭指望我给你办什么事儿！"

她这一霎儿的精神焕发，刻薄锋利的言谈使高士奇吃了一惊——何曾想，这个寡言罕语、寒气袭人的石头菩萨竟如此泼辣！他却不知，康熙九年前的苏麻喇姑本就是这个样儿——一怔之下，忙笑道："那是那是！我从不收人家钱，更无事央求大师。大师收了字画就是我的脸面，高某同朋友又有吹牛的资本了。哦，差点忘了，京师新近来了几班戏子，编的好戏文，听说虎臣大人都极为赏识。贱内不日就过门来，一片虔心想奉请大师过去散散心，大师可有心情？若四格格也肯赏脸，皇上不定也能搬得动，这就是高门祖上有德，也不枉了芳兰一片敬奉之心了！"苏麻喇姑还在看着字画，口中说道："我素来不看戏，皇上叫我去畅音阁看戏，我还懒得去呢！无非是飞燕、玉环、紫钗、牡丹，再不然就是封神、西游、包龙图夜断阴曹，有什么趣儿呢？——你八成请不动皇上，竟拿了字画来撞木钟的吧？"孔四贞久闷宫中，却想出去走走，遂笑道："慧真大师亏了还是'万缘俱空'，这样一个玲珑剔透的心思儿，一世也难以成佛！你若去，我倒想陪陪你，多少年没见你这副笑脸儿了！"

高士奇眨了眨眼，半晌忽然失声笑道："大师，你若是男身，又不出家，像士奇这些人真得卷铺盖回乡再读十年书！——正被说准了！何尝没有这个意思！凭士奇这点能耐脸面，哪里搬得动皇上！——这戏却并非寻常脚本。虎臣信里说，连伍先生当年看了草稿，还爱得手舞足蹈呢！"他灵机一动，又搬出伍次友这座尊神。

"什么戏？"苏麻喇姑果然动了心。

"《桃花扇》！"高士奇眼睛一亮，来了精神，"山东才子孔尚任的得意手笔，写了整整二十年！述说前明一代兴亡，侯朝宗与香君的离合悲欢。里面的诗词曲赋、格调意境都是绝佳！我请皇上倒也不全为巴结，一来皇上原就应承过的；二来戏文气派很正，虽说圣学渊深，万机余暇看一点这样有情有致、有事有训的戏，也不无裨益呢！"

苏麻喇姑听他说得天花乱坠，想想他素来治病十分精心，又实是好心，不宜太不给面子，因道："你且回去听信儿。四格格是老佛爷的养女，我陪着她一道去请。请得动是你的造化，请不动你也别埋怨。"

高士奇费了半日唇舌，兜着弯儿得了她如此一诺，生怕她再变卦，忙不迭地答应着告辞回府。

果然金钟一撞洪声异常。这两个女人的情面大得令人咋舌。第二日辰末下朝，何桂柱便来传下懿旨，命上书房二十六日休假。老佛爷将携皇上、太子、贵妃钮祜禄氏、惠妃纳兰氏、荣妃马佳氏、德妃乌雅氏、宜妃郭络罗氏、成妃戴佳氏、良妃卫氏，并皇子胤禔、胤祉、胤禛、胤祺、胤祚同来看戏，叫高士奇备好关防。何桂柱还带来太皇太后赏芳兰的二十两金子和三十匹宁绸。

高士奇一听便知，这是将诞育皇子的嫔妃和三岁以上的阿哥一股脑儿全搬了。上书房放假，必是孔四贞和苏麻喇姑的主意，既然太皇太后要来，不怕皇上不来，皇上既要来，索额图、明珠、熊赐履、汤斌、李光地和翰林院的编修们自是也要凑趣儿来了。这大的体面、这大的排场满朝文武谁承当过？高士奇愈思愈妙。叫来老关，立拨两千两银子赏了家人。

高府上下一百余人得了银子，个个兴高采烈。前奔后跑走马灯似的忙了一宿，仍是精神抖擞毫无倦色——已是差不多将府邸翻了个儿：正厅改作太皇太后、宫眷宴息之地，前头设一幅纱屏挡了；厅前正中为康熙设了软榻；两旁厢房为机枢要臣也设了座位。二门一溜仿宫墙拆成平地，前后院打成一片空场，东边用毛竹拼搭成歇山式戏台，好似琼阁仙台般矗立在当院。台前一大片空地上，设了许多矮几，留着边看戏边饮茶用的。一应细巧宫点、茶食、酒菜、笔墨、纸砚也都预备停当，连女眷如厕也都想周到了——既不能离得太远，又不能闻着什么味儿。

第二天便是二十六，高士奇匆匆忙忙当了一会子新郎官。康熙奉着太皇太后驾幸高府。随驾的部院大臣来了一大群，果然是十分热闹。

一阵锣鼓之后，跳加官谢了皇恩。先演一出帽子戏叫《葭萌关》，生角关羽"灯下观春秋"，一折下来，太皇太后在纱屏后传出旨来吩咐康熙："这个戏子好，赏点什么吧！"

康熙也正看得入神，入关定鼎以来，文圣早已确定了孔子。只武圣定谁，议了几次没有结果。礼部拟了三个——伍子胥、岳飞和关羽。由于战争不断，康熙没有下决断，也就摆开了。此时见台上勇武沉稳的关云长在灯下捋须读史，周仓手持青龙偃月刀威风凛凛守护在一旁，那忠义气概、大将风度着实叫人赏心悦目。听见老佛爷叫行赏，康熙从遐想中醒过来，忙吩咐李德全："拿一把金瓜子赏他！"又转脸对下头一班文臣说道，"就台上这出戏，以关羽为题，你们各拟一联来交给朕看。"

高士奇等遵旨退至庑下，却见查慎行也在，多日不见，忙过去一揖，想说几句体己话。查慎行握着笔管呵呵笑道："澹人兄吉人天相，万事顺心，就忘了故人香火之情？""别扯淡了，岂敢忘吾兄荐扬之德？"高士奇提笔铺纸笑道，"你的心思我晓得，今日没演你评点的《长生殿》，心里委屈，是不是？"

"哪里的话！"查慎行笑道，"洪昉思的《长生殿》结局丧气太重，我干什么要主子不欢喜呢？——今夜写联，你就不要与我争了吧，小心美过了头儿！"高士奇正写着，听查慎行这样说，一笔便涂了，说道："好，你说，我代录，我们不要做榜眼探花——还不快着点，那边翰林们有交卷的了，再去迟了，还称得上是什么'烟波钓徒查翰林'？"

写罢，二人厮跟着来到康熙面前，台上的帽子戏正唱完，"关羽"率着"周仓"跪在台上正向上头叩头谢赏。康熙见他二人联袂而来，笑吟吟说道："大手笔来了！朕正等着瞧你们的呢！"高士奇忙道："奴才喜昏了头，没得文思，却是查慎行出文，奴才出字儿。"康熙笑道："好啊，要夺头名了？"说着便展开了，却是：

> 着青袍　对青灯　读青史册　擎青龙偃月刀　六合充忠义之气
> 生赤面　秉赤心　闪丹凤目　骑赤兔追风马　千古树儒将风标

康熙不禁开怀大笑："好好！夺了魁首。不过二人一卷，只能赏一份！"再看汤斌的，却是：

> 忠延汉室三分鼎
> 志在春秋一部书

康熙看了默然不语，心里想：看来伍子胥和岳飞都比不得关羽。伍子胥替父兄报仇，鞭尸楚平王，虽有孝道，却亏了臣道，算不得忠；岳飞忠孝两全，只是他的对头是"金"，正犯了本朝祖讳。惟关羽集忠孝节义于一身，确乎配得上"武夫子"三字。这人，行！

第二十四回　下说辞士奇平大狱
　　　　　　谈彗星君臣议朝政

　　康熙正要叫过熊赐履来议关羽赐号，猛听台上箫鸣筝响。《桃花扇》第一出《听稗》开场了，侯方域方巾皂靴甩着水袖出来，一开腔便吸引了康熙：

　　　　孙楚楼边，莫愁湖上，又添几树垂杨。偏是江山胜处，酒卖斜阳，
　　　　勾引游人醉赏，学金粉南朝模样。暗思想，那些莺颠燕狂……

康熙静静地望着台上，倏然间想起伍次友，正是侯朝宗的高足，前次派素伦至五台山，回说他挂单化缘去了，如今在哪里呢？他的心不由一阵凄凉。因思自己年过而立，台湾战事凶吉未卜，西部叛乱无暇顾及，既无良将可当巨任，又无向导随行参赞，不自禁叹息一声。又看了一会儿，见天色已近申时，便起身进大厅来。一大群嫔妃命妇正立在太皇太后跟前凑趣儿，见康熙进来，"嗯"的一声都跪了下去。

　　太皇太后正扯着芳兰的手说家常，见康熙进来，笑道："外头大臣那么多，皇帝进来做什么？我老天拔地的，这些戏文都听不懂，有她们陪着说笑解闷儿罢了，不要你来立规矩。"康熙赔笑说道："坐得久了也想走动走动，天这早晚了，又怕老佛爷饿了，进来瞧瞧，可要传膳？"太皇太后道："你瞧瞧这桌子上的东西，还饿着我老婆子了？只芳兰可怜见的：一个新媳妇，踏进门就应付这么大的场面，真难为她了。"

　　芳兰听太皇太后提到自己，忙闪出来向康熙叩头。康熙见她还穿着大红喜服，越发显得面白如月，羞颜似晕，俏丽中透着精明，遂笑道："好好！起来吧。朕原说过为高士奇主婚来着，总算不食前言了。这会子没东西赏你，回头让礼部早些给你晋诰命！"太皇太后因笑道："你没事还去吧！

没的在这里，她们连个笑话也不敢说，你饿了只管传膳，我是不用的。"

康熙出来，戏已演到中部，弘光帝败亡之余偏安一隅，不思振作，却一门心思搜求美色，又不肯直说，叫马士诚"猜"他的心思。老奸巨猾的马士诚却故意屡猜不中。康熙不禁一皱眉，大声说道："伪君子！"

明珠怀着鬼胎，哪里有心思看戏？一会儿看看高士奇，一会儿偷看康熙神色，猛听康熙这一声，吓得身上一抖，好一阵才想起康熙是说马士诚。

至《选优》一场，弘光和诸歌女打十番取乐儿。弘光帝一手举扁鼓，一手打莲花落，蝴蝶穿花似的在十几个歌伎中穿行，这儿丢个眼色，那儿送个秋波，生角做工极到佳处，捏着嗓子唱道：

> 旧吴宫重开馆娃，新扬州初教瘦马。淮阳鼓昆山弦索，无锡口姑苏娇娃。一件件闹春风，吹暖响，斗晴烟，飘冷袖，宫女如麻。红楼翠殿，景美天佳。都奉俺无愁天子，语笑喧哗。

康熙看得兴起，不禁失声大笑，回身对熊赐履道："像这样全无心肝的人居然也做了天子！弘光弘光，虽欲不亡，其可得乎？"

"万岁说的极是！"从不看戏的熊赐履也入了神，见康熙和自己说话，忙笑道，"天夺其魄，以神器授我大清！这戏虽是稗史，却也于世道人心大有裨益呢！"

纱幕后陪着太皇太后的苏麻喇姑却又是一种感慨。侯公子和李香君在明亡之后相继出家，数十年弹指一挥，他的学生竟和他一模一样的落局。情事虽异，心境相通，心中一阵酸热几乎坠下泪来。太皇太后见她面色苍白，知道戏文勾起了她的心思，一笑说道："戏文虽好，只是太文了，我有点坐不住。天色渐渐暗下来，趁他们掌灯，咱们不如回宫。你也不用回畅春园，陪我住一宿吧……"说着便起身，吩咐张万强道，"你陪着皇帝看戏，让他歇息一日，别说我去了，扫了皇帝的兴。"又拉了芳兰的手说道，"没事进宫陪我说说古记儿解闷。"说完，便从后门命驾回宫了。

戏一直演到子初时分才完，康熙看得快心畅意，赏了戏子们，又命众人散了，兀自兴致勃勃地索茶，笑着对高士奇道："实在是才子手笔，这么好的戏，为什么不早奏朕？"高士奇笑道："孔尚任这人是有名的大胆秀才，虎臣怕里头有什么违碍之处，先在南京演了才进上来，奴才原也想先看过了再请主子赏看。后来想虎臣何等精细人，岂能有错？就斗胆了。"康熙笑道："孔尚任是伍先生荐过的人，即有小过，有什么干系，用得着你绕那么大圈子请朕？只不知北闱科考孔某来了不曾，别再像南闱一样黜落了吧？"

高士奇耗精神，为的就是南闱的事，好容易总算说到题目上，忙道："主子说到这儿，奴才就得进一谏，前儿万岁盛怒，天威不测，奴才被吓得走了真魂，就有话也得等主子消停消停再说——若论南闱的事，只能说臣工办事不尽忠心。要是翻过来瞧，还是件喜事，值得万岁龙心大怒，动那么大肝火？"

"你说什么？"康熙问道，"科场舞弊，有什么可喜之处？"

"万岁，万事都得反过来看看，才看全了！以奴才之见，此乃天下文人心向大清，盛世即来的转捩！"

"唔？"

"我朝定鼎已四十载，人心浮动缘由很多。"高士奇款款下词，"最大的事莫过于文人执拗，谬解圣人经义，死抱了华夷之见。所以历届科考皆都不足员。"

"嗯……"

"如今人们不惜重金钻营门路入仕，乃政局大稳、百废俱兴之象。"高士奇执壶给康熙添了水，继续说道，"奴才说句不中听话，开国之初时连明珠那样的诗还中个同进士！'三藩'乱时，南闱报考不足五分之一，也不敢停考，那时怎么没人花钱打关节？时事不一样，大势有变了！当然，有舞弊必有屈才的事，毕竟还是少数。奴才看了中选名单，南闱取中的江南名士也不少，似也不可一概抹杀……"

康熙站起身子，端着杯子来回踱起来，见高士奇嗫嚅着停了口，笑了笑道："你说下去，不要怕嘛。"

"万岁认真要办，就得兴大狱。"高士奇眉棱骨挑起老高，忧心忡忡说道，"真的像熊东园说的，主考、副主考，一十八房考官杀的杀、砍的砍，这取中了的文士谁不胆战心惊？办得如此之严，往后的考官也要望而生畏！多少年才养了这点文人归心的风气，岂不又扑灭了？而且南闱闹事主犯邬思道并没有拿住，背后有什么文章也不清楚，严惩考官必放纵了这些人，往后动不动就抬财神进贡院，万岁办是不办？这善后何其难也！"

康熙思索着，将茶杯向桌上一蹾，似笑不笑地说道："你八成受了什么人托付，趁着朕高兴，平息这天字第一号官司的吧？依你说的，贪赃坏法，徇私舞弊，竟作罢不成？"

高士奇吃了一惊，"扑通"一声双膝跪下，说道："奴才岂敢！奴才原是潦倒书生，跟了主子，不次超迁，已经贵在机枢，焉敢以身试法？奴才是说，舞弊当然不好，但主上乾纲在握，这毛病好矫治；动了人心不易挽回。主上天聪睿智有日月之明，自能洞鉴奴才苦心！"

本来决心大开杀戒的康熙被高士奇的如簧之舌深深打动。想想，又觉确有他的道理。但撒手不治，又于心不甘，默谋良久，康熙方喃喃说道："不办了？"

"办还是要办，明面儿上不能声势太大，惊动朝局！"高士奇吃准了康熙急于用兵不愿朝局震动的心思，断然说道，"将左某、赵某调回京师，严加申斥，夺官退赃！闹事者颁密令查拿。待台湾事了，主上南巡，落卷中确有才识的简拔上来。这样，已选上的贡士不致玉石俱焚，落第才士又得特简之恩。将来察看他们的吏治，公忠廉能的擢升，贪墨不法者治罪，岂不是更好？"

康熙听到此，不禁双掌一合，刚要说"就依你"，话到唇边却变成了："朕今儿乏了，明日召见上书房和礼部司官合议一下再说吧！"

回至大内，已是子末时分，康熙便没再翻牌子，径住了养心殿。这夜的戏使他浮想联翩，难以入睡，便索性披衣起来。三年来，每隔半月康熙都要亲自观星，从不间断。今天虽不到日子，但既然睡不着，何不观星呢？太监李德全还在廊下熬鹰，见康熙出来，忙过来请安，要叫值夜太监过来侍候。康熙摆手说道："朕想独自静一静儿，围一大群人叫人心烦——海东青这几天吃的还好？"

"喳！"李德全打千儿起身，回道："——海东青壮着呢！吃的也好，只不过也得放放，它急得什么似的，见人就又咬又叫。没奴才在跟前，一口东西也不肯吃……"

康熙没再理会，下了丹墀，在寂静的天井里散步。中天冰冷的残月，恰如一把玉钩，若明若暗，将宫墙顶、殿角、罘罳、铜马镀上了一层银光，一切都笼罩在影影绰绰、恍恍惚惚、似真似假、似有似无的霭气之中。

"多快啊！"康熙倚着琉璃照壁，仰脸望着满天繁星，不由深深吁了一口气。二十二年前他是从这天井乘龙舆至乾清宫枢前即位、君临天下的，当时是什么心情，如今已是模模糊糊。但十年前腊月在这里发生的一幕幕情景，他到死也忘不掉。吴三桂的儿子吴应熊派的刺客皇甫保柱，就是从西边房顶上跳下来，当场向自己投诚的。杨起隆腊月二十三造反，这里一片骚乱，穆子煦和武丹连诛十几名太监才镇住逆党气焰……这几年是没了这些事，但朝廷的大事似乎比前更繁更重，压得他透不过气来。索额图、明珠这两个奴才，康熙八年前好得像穿一条裤子都嫌肥，如今却明争暗斗，愈演愈烈——康熙倒并不担心他们龃龉，亲信大臣之间应该有点距离，但闹得如此水火不容，也是不成体统的！

康熙拍了拍冰冷的铜鹤，又踱了几步，心里仍不住翻个儿：索额图是皇太子的外叔祖，事事护着太子自是情理中事。但明珠极伶俐的一个人，怎么反倒与太子为难？太子穿了件异样的衣服，就唆使言官弹劾？才十岁的娃娃，有什么碍着他的去处？明珠不晓得，储君早晚有一日要做皇帝，不怕灭他的门么？康熙目光炯炯，反复猜着这个谜儿。

"失恃儿！"康熙眼波一闪，想起幼时乳母孙嬷嬷讲的"没娘孩儿"故事，有了后娘就有后爹："一定是打这个主意。太子无母，宫中无人保护，朕又当盛年，将来不免有宠母夺嫡之事！"康熙望了望后宫，冷冰冰一笑，又向前踱去。

这时已是丑末时分，天际西北一片藏蓝色的夜空，出现了一长条模糊的光。白白的，像谁用笔蘸了水银轻轻抹了一道。它的出现，立刻吸引了康熙全部注意力。他揉了揉眼，觉得还是不甚分明，便快步回殿，从大金柜顶取出一个万花筒模样的东西——这是西洋人张诚从欧罗巴进贡的一件玩意儿，叫"望远镜"。为此，康熙恩准在苏杭一带建了三座天主教堂，一座东正教堂。当下康熙调了焦距，对着一看，不禁失声叫道："彗星！"

是彗星，它刚刚出现，正用难以觉察的速度向紫微座东南移动。渐渐地，不用望远镜也瞧得很清楚了。

"离帝星如此之近！"康熙心中一沉，厉声喝道："来人！"

"喳!"李德全带了四个值夜太监应声而至。

"传钦天监正!"

彗星出现很快就引起朝野的严重关切。但康熙却没有立即下旨令群臣议论。直到第五日朝会,方令各部院大臣各抒己见。这日五鼓时分上书房大臣便乘轿直趋乾清门。各部尚书、侍郎以上足有六七十人,有的鹄立檐前,有的交头接耳,有的在天街向西北遥望,等候着,一边思量如何应对康熙的问话。明珠原料康熙一定提前命递牌子请见的,谁知等了半晌也没个音信,叫过乾清宫太监问时,才知康熙斋戒五日,今儿一早便去天坛拜祭,回来即奉太皇太后懿旨,逼着小酢一个时辰才许见外臣。直到辰初时牌,方见康熙的乘舆抬进天街。熊赐履等长跪在地,默默恭侍他进了乾清门。

"彗星的事大家都晓得了。"康熙坐定,等众臣依次鱼贯而入,行过礼,便开门见山地说道,"这种事史不胜书,算不得什么稀奇,只是眼下出得不是时候,也不是地方,因此召你们来议议。"他从容喝了一口刚进上来的鲜奶汁,又道,"太皇太后方才说得很有道理,有天变要想人事,但这天变连的什么人事得仔细斟酌——有什么讲什么,不必忌讳。"

明珠因南闱的事余惊未消,生恐有人借题发挥,双膝向前微挪半步,率先说道:"臣以为历来彗星出现,多应国家用兵之事。彗星出于西北,移向帝星,正应准噶尔部侵入漠南蒙古,黑龙江地域又有罗刹国将领莫里尼克率哥萨克掠夺我木城、雅克萨城,所以天象示警,求圣上明鉴!"

"黑龙江和准噶尔之事已非一日,且黑龙江在东北。"索额图忧郁地说着,"主上前已诏命巴海、周培公相机痛剿,颇见成效——这天变何以仍旧出现,臣实愚鲁,不明其理。"索额图为江南秋闱的事窝了一肚皮的火。他因康熙主张严办,已着吏部下文霹雷火闪地革掉了几个地方官的顶戴,但朝旨一颁,"正凶"主考、副主考只是革职回籍,各房房官也不过罚俸降职,一场轰轰烈烈的泼天大案,又被莫名其妙地"阴干",索额图倒落了刻薄寡恩的名声。索额图见康熙沉吟不语,正要再奏,李光地在旁朗声说道:"臣以为西北东北都不相干。乃朝中小人作祟、紊乱国政、坏国家抡才大典、贪财枉法欺蒙主上。因此彗星出在紫微之侧!"

这话说得十分慷慨，部院大臣无不悚然动容。康熙略一思索，一倾身子问道："李光地指的是谁，不妨明言。"李光地一怔，心知必是明珠，却没有证据。良久才说道："臣不知内情，不能实指。但罪重罚轻有目共睹。求主上圣心默察，不难寻出小人，小人一去，彗星自消！"

高士奇向来一帆风顺，还是头一遭遇到这样直接威胁自身安全的事，看着索额图不阴不阳的面孔，心里不禁打了个寒噤。但此时贸然出奏，无异于"此地无银三百两"，帮索额图查明了谁是"小人"，便自拿定了主意：只要不点老子的名，就当你说的是旁人。心里一静，脸色也就泰然，只呆呆望着康熙出神。熊赐履不知内中委曲，不敢妄言；明珠知道一开口，必遭更多人攻讦，也自缄口不言。上书房臣子不开口，部院大臣谁肯出这风头？一时间殿上空气仿佛凝固了、板结了，死一样寂静。

康熙不动声色地喝着奶，瞟一眼大臣，正与户部尚书梁清标四目相对，便笑道："今日言者无罪。梁清标，你像是有话要讲？"

"是！"梁清标清了清嗓子，亢声说道，"既然上天示警，必是最大的事，何谓朝廷今日最大之事？"他自设一问，接着又道，"自然是台湾！记得'三藩'之乱粗定，我皇曾下明诏说，今大逆削平、疮痍未复，罢兵、养民，与天下休息——臣当时聆旨，不觉欢欣鼓舞，感激涕零，以为天下承平有日。不料圣谕明发不及二载，不知何故皇上又改初衷？夫台湾乃化外一隅之地，顽寇盘踞，隔海相争，实劳民伤财之举！兵凶战危、胜负不测，所谓'罢兵养民'何在？又闻皇上尚在筹划西部战事，如此看来，连年兴军兵，所谓'与天下休息'岂非空话？"

这位梁清标一开口便是一记杀手铜。他在撤"三藩"之初，曾作为钦差大臣赴广东尚之信处传旨，九死一生逃回北京，人人目为忠贞之士，所以说话毫无顾忌，连康熙的脸色也不看，只顾唾沫四溅地侃侃陈词："上天垂警，臣以为指的就是皇上自食其言。若能改弦更张，撤施琅水师屯田养息，罢西征之计划，则彗星必悄然而逝……"

康熙听他大放厥词，说自己食言，脸都气白了。想想自己曾说过"言者无罪"，忍了几次才算听完他的高论，冷冷问道："说完了？还有没有呢？"

梁清标已听出康熙口风不对，连连叩头道："容臣奏完——臣以为福建将军赖塔所奏，乃是老成谋国之言——以台湾为箕子之朝鲜、徐福之日本，与世无患，与人无争，而沿海生灵永无涂炭之虞！"

"台湾自汉已入中国版图，宋时已为晋江县治辖区。梁清标，你和赖塔一样，不学无术而好为人师！"康熙狠狠盯着梁清标，只是为了"言者无罪"的诺言，才按捺着没有咆哮起来，"朕是说过'与民休息'的话，但如今国土不全，金瓯有缺，海域有顽寇割据，四塞有不安之民，敢问你梁清标，叫朕如何'休息'？"他虽然没有拍案大怒，震怒之情溢于言表，句句说得掷地有声。梁清标垂了头，正思量如何回话，身后的李光地朗声奏道："臣以为主上所言乃是堂堂正理，梁清标不知天理，昧于人道，实属昏聩！上天垂象西北，彗星向帝星东南移动，正应天兵克日扫荡海域——应即下诏，令施琅麾军渡海，犁庭扫穴，可以毕其功于一役！"

李光地是举朝第一个上书请兵进击台湾的，因为赞成者少，他受了多少日子的窝囊气，便乘着康熙严斥梁清标时，挺身出来加了一句。梁清标本已无言可对，李光地用话一激，又上了拗性，叩头道："李光地固然知天理、通人道，却不晓得用兵易，筹粮难！臣以为即便要取台湾，也应等漕运畅通、兵粮调遣应付裕如之时。须知一战失利，东南遗患无穷——求主上明鉴！"

"这个话尚在情理之中。"康熙蹙额叹息一声，说道，"台湾之事，听听施琅和姚启圣怎么说，再作定夺吧。"说罢立起身来，徐徐下了龙座，在一大片跪着的臣子中踱着方步，提高了嗓音说道，"君子畏天命是圣贤之言，但天变之理定要格外慎重。康熙八年彗星出，有人说于朕不利，朕恰在那年除了鳌拜；十年地震，京师谣言蜂起，朕镇之以静，安然无事；十二年冬彗星再现，吴三桂谋反，朕决意撤藩——结果如何？你们都看见了！朕劝你们一句话，要做贤臣、能臣，不要做忠臣、烈臣。有贤臣，便有明君，有能臣，则有治世；出了忠臣，便是君昏国乱之时。诸臣工清夜扪心自问，尔等所言所行，是为朕、为民、为社稷想的多，还是为你们自家沽名钓誉、树帮立党想的多？——散朝。"

第二十五回　收台湾将军议用兵
　　　　　　要刁蛮宠臣触霉头

　　康熙的廷寄诏书半个月后发到了福州。因旨上要施琅与姚启圣合议，回奏可否用兵，何时用兵最利，施琅奉旨后，便打轿前往总督衙门。

　　福建总督府设在福州城东城隍庙。康亲王杰书率兵平定耿精忠叛乱，破城时一把大火，将半城民房烧成了一片瓦砾，总督府也化为灰烬，惟有这座破庙幸存下来，做了康亲王的行营。庙里的神像被丘八爷们都推倒了，只那些残破的楹联、警语还能见到几分昔日的风貌。

　　清初提督一职为正二品，比总督低着一级。但施琅这个水师提督是以钦差身份驻防在此，总督姚启圣早邀了将军赖塔，率合城文武迎至东门。施琅也不谦让，即命各官散去，总兵陈蟒、魏明戎装佩剑立在堂下聆听，在大堂上开读圣旨罢，便展了海域图，与闽省两位最高军政长官共谋攻取台湾方略。

　　"施公！"听施琅大致介绍了敌我双方军事措置情形之后，姚启圣捻着胡须，慢吞吞说道，"原定先取澎湖的方略是不错的。不过那时郑经尚没有死。郑经虽然不及郑成功文韬武略，凭着他的长公子郑克臧善于调停，台湾政局尚属稳定，所以得步步为营、先打澎湖。如今郑经病死，郑克臧为其弟克塽所杀，全岛兵权，已落入克塽亲信冯锡范之手。刘国轩带重兵驻守澎湖，实也有点姜维避祸的味道。我军不如避实就虚，乘北风盛时绕过澎湖，直取台湾本土，一鼓破之。澎湖刘国轩进退维谷，必会不战而降！"

　　姚启圣今年六十多岁，清癯得像个三家村老学究，却素以胆大敢为著称。杰书亲王带兵作战，大兵们到处烧杀抢掠，竟把二万多良家妇女掳入军中。姚启圣当时只是个总兵，竟带了本部人马戒严全城，不管三七二十一，将杰书的乱兵擒斩二百余名，又亲登杰书中军大帐慷慨陈词，为民请命，逼杰书下令禁止抢掠，又逼着当地缙绅掏腰包，捐银二十万两安置难民。因此福建人人称他"姚青天",家家供他的长生牌位。

施琅一言不发听完了姚启圣的话,良久方舒展眉头笑道:"启圣兄,你的话有道理。若退回去五年,'三藩'狼烟未息,主上如命我下海打仗,我也要这样想。现在海内安谧,以倾国之力取台湾,便不宜出此险棋,弃全胜之道。数百里风涛之险,不是件容易事,万一台湾本土之战稍有不利,中间横着的澎湖便是全军葬身之地!所以兄弟以为应以不变应万变,不管郑克塽如何,攻下澎湖,台湾便不战自乱,这是万全之策。"

"照你这么说,最早也得等今年夏秋,等着南风了?"姚启圣拉长了脸。

"对。"

"夏季海战风险更大!"姚启圣道,"澎湖一战不利,台湾内乱消弭,不知又要等到何年何月了。"

因为康熙前头旨意,姚启圣在施琅军中宣慰军士,二人相处时日多了,施琅知道这老头子认理不认人,微微一笑说道:"启圣兄放心,为将不识天文,不辨风候,敢来打海仗?夏季是季风,有候可占,倒是冬春之风最难逆料。我练水军五六年,郑家的兵我也当过,他们那两下子也还知道。取了澎湖,便扼住了敌军咽喉,他若仍负隅顽抗,我就派大舰泊台湾港口,重炮轰击。另出奇兵分袭南路的打狗港和北路文港、海岔埗。郑克塽只几万兵,分散数百里海域岛屿,还要守本土,何难各个击破!"

"二位的话完了?"赖塔坐在施琅对面,一只手搭在椅背后,连帽子也没戴;一条发辫顺脑后直溜下来,刚剃过的头和油光光的脸酒坛子似的闪着亮光。他适意地抚了一把刚刚修饰过的八字髭须,嘻嘻一笑说道,"说句不怕得罪你们的话,二位似乎连皇上的圣旨都没读懂!"

"大人有何高见?"施琅偏过头来问道。他为人严肃庄重,很看不惯赖塔这样懒散随便的模样。姚启圣撅着胡子扭转了脸,只鼻子里哼了一声,瞅也不瞅赖塔。

赖塔拿起康熙的廷寄谕旨,笑了笑,说道:"皇上旨里说得多明白,这天上出了扫帚星,是闹着玩儿的?我看是找个台阶儿,叫我们做臣子的出来打个圆场,台湾的事啊,没准就吹了!你们寻思,如果定要取台湾,何必还要问'可否进兵'?"他舔了舔有点发干的嘴唇,站起身来操一口流利的京腔,晃着脑袋又道,"咱们做臣子的得善体圣心!我看皇上因西北出现彗星侵了紫微，要先在准噶尔动手了！——要我说嘛，老实干脆回奏，台湾暂不宜取，皇上脸面也顾全了，咱们呢，也省了多少无益的事儿！"说罢便伸懒腰。

"把帽子戴上！"施琅突然说道。他声色俱厉，廊下的将军们都吓了一跳。姚启圣目光也霍地一跳。

"什么？"赖塔懵头懵脑地问道。

"我说你，把缨帽戴上！"

"嗬？"赖塔腾地红了脸，用手抹一把油亮的头发，咧嘴冷笑一声，"你就这么霸道？老赖紫禁城跑马、五凤楼坐轿，见过的多了，生就的这德性！咱爷们从龙入关，在太祖爷跟前也这模样，谁敢说寒碜？你老大人那时候在哪儿贵干呢？"

施琅的脸立时变得惨白——那时候他还在郑成功父亲郑芝龙的部下——这个赖塔是镶黄旗下的悍将，自恃祖、父和自己的战功，压根就没把汉臣当一回事儿。姚启圣见惯了赖塔八旗贵介的架子，虽十分厌恶，却也无可奈何。他在福建，最头疼的莫过于和这个打仗不怕死、平日耍无赖的将军打交道。

施琅却无法容忍，脸上肌肉收缩得紧绷绷的，傲然仰起了脸，叫道："来人！"

"喳！"几十名亲兵在廊下轰雷般应了一声。骁骑校尉蓝理按着刀柄进来，叉手一立，请示道："军门有何指令？"

"撤掉赖塔的座！"施琅脸上毫无表情。

"你敢！"赖塔原本很刁蛮，欺侮惯了汉人，征讨耿精忠攻陷白云坡立了大功，晋封为将军后，更加不可一世。见施琅发怒，将身子向后一仰，索性半躺到椅子里，双手有节奏地敲击着椅子扶手，怪声笑道，"我得用哪只眼睛瞧你提督呐？你是皇上？在你跟前不戴大缨帽就得撤——"

他话未说完，早被身后的蓝理猛地推了一把，一个趔趄出来，椅子已被提过一边。赖塔顿时勃然大怒，狞着脸，双手将公案一掀，"哗"的一声，将海域图、茶杯碗盏、笔墨纸砚乒乒乓乓、稀里哗啦掀得满地都是。姚启圣急欲拦挡时，哪里还来得及！总督府的戈什哈都被他吓得一怔，只施琅带的亲兵一个个目不斜视，钉子似的站着，却一齐将手伸向腰间的佩剑。

"升帐!"

施琅腮边肌肉轻轻抽动了一下，轻蔑地一笑，低沉而威严地吼了一声，转身向姚启圣一揖，又哈腰伸手向旁边一让。姚启圣忙还礼退到一边。此时，仪门内的亲兵手按腰刀，墨线般笔直两行从容而入。施琅回身叫道："请圣上赐我的金牌令箭!"

"请御赐金牌令箭!"

"请御赐金牌令箭!"

一声接一声的传呼立刻送了出去。

赖塔愣着看了半晌，此时才觉得有些不妙，将红缨帽向头上一扣，嬉笑着扮个鬼脸儿道："老施，何必生气呢？我府里还有要事，恕不奉陪。改日见，改日见!"

"你有罪在身，"施琅淡淡说道，"焉能一走了之？"

"啊哈？别吓唬人!"赖塔脸色微变，强自镇定着，流里流气地笑问，"就为我弄翻了启圣的桌子？"

施琅阴着脸连声冷笑："哼哼！你身为开府建牙大臣，私自暗通台湾，擅代朝廷向郑克塽谢罪，称他是'田横壮士'，还说什么'中外一家，称臣入贡也可，不称臣不入贡也可——'"施琅双眸寒森森的，逼人毛发，陡地提高了嗓音，"可是有的吗？!"

赖塔的心一下子提了起来，突突直跳，结结巴巴地说道："朝廷叫咱抚绥地方，那是权宜之——"施琅却不理会他的辩白，又哼了一声，径自升至中座。赖塔见势不妙，扭头便走，刚至堂口，早被护卫亲兵"咔"的一声，两支枪交叉挡住。总兵官陈蟒过来，先打了个千儿，笑道："大人，这时候儿我们军门不发话，谁敢放您出去？"

姚启圣原见施琅其貌不扬，意存轻视，此时见到真颜色，方知这黑矮个子不是好惹的角色。眼见四名校尉抬着供了金牌令箭的龙亭步入中堂，心里一急，"叭叭"两声打下了马蹄袖，叩了三个头，起身凑近施琅说道："将军慎刑，瞧着他是满洲哈喇珠子、有功劳的分上，恕过这一回吧。"此时的赖塔已是呆若木鸡，满头大汗淋漓了。

"哈喇珠子"本是满语"小孩子"的意思，这里用出来却有双关意思，可以说是小孩子不懂事，也可解为深得皇上宠爱。姚启圣文心周纳，措词很注意分寸。施琅不由暗自叹息一声，借人头立军威的主意只好打消了，格格一笑说道："他是哈喇珠子，吾乃铁石心肠将军！坏朝廷政令，乱吾军心，已经有罪，何况竟在钦差大臣面前大肆侮慢，咆哮军帐！本钦差陛辞之前，皇上有密旨严饬，视你伏罪与否相机定夺，你辄敢如此放肆！来人?!"

"喳！"

施琅阴笑着下了公座，绕着赖塔，靴声橐橐兜了一圈，又哼了一声方道："赖塔，凭你的罪，将你军前正法，可冤枉么?"

赖塔早已被他的气势唬得魂不附体，双膝一软便跪了下去，磕了不计其数的头，半日方期期艾艾地说道："卑职噇了黄汤，猫尿灌得多了，昏天黑地没上没下，冒犯了钦差，求……求大人恕过了吧……"

"革掉他的顶戴！"施琅含意不明地又哼了一声。这平日听来毫不出奇的一哼，竟使姚启圣也打了个寒战，方喊了声"施大人"，要往下说，却被施琅冷冰冰截断了，"——反正他也不愿戴这个顶戴！"

"大人！"姚启圣忙又笑道，"念这赖塔打仗不失为骁勇之将，请允其……戴罪立功……"

"打仗哪里用得着这样的人，撒野打架倒差不多！"施琅仿佛没有听到姚启圣的求情，一哂说道，"本钦差原想杀掉你，念你世代功勋，又有姚制台代为乞情，姑免一死——限四月之前，替我大军督造十门大炮，装船听用，以此来赎你的红顶子，不然——哼！"接着将手一摆，吩咐道："轰他出去！"

赖塔迷迷糊糊地叩了头，一脚高一脚低蹒跚而去。姚启圣饶是胆大，也被方才的一幕唬得脸上一红一白。

"启圣兄，来嘛，愣什么?"施琅已恢复了常态，上前扯了姚启圣的手向上让着，一边坐了，一边哈哈大笑，"启圣，亏你素有铁胆之称，对这样的东西，怜惜他什么? 我们还是接着议。不才还是以为交夏之时，借南风之势进击澎湖为宜……"

第二十六回　魏东亭述职走京师
　　　　　　康熙帝北巡猎猛虎

姚启圣和施琅联名拜折，将两人争议的详情陈述了，发六百里加急直送北京，并将处分赖塔的经过情形另附折片奏报康熙。

奏折到时，康熙正在上书房与诸臣计议奉天之行。因为狼瞫回来述职，详报了黑龙江查勘罗刹兵力布置和巴海、周培公与哥萨克周旋数年的情况，康熙决定亲自到东北看看战备，亲谒盛京龙兴祖地，顺便接见一下漠南诸蒙古王公。看了施琅的折本，康熙突然失声大笑，说道："赖塔这奴才也就得施琅这样的人治一治！汉人的坏习气是沽名钓誉，满人也有一宗儿不好，就是骄纵无法。这下子好，用十门红衣大炮、十万支火箭去赎顶子，敢怕他不收敛收敛？"说着将施琅惩治赖塔的事说了，众人都陪着大笑不止。康熙便命高士奇草诏给施琅，照允夏季相机进兵，赖塔造完大炮着调任四川将军，以免掣肘。

"说到大炮，还是西洋人造的精。平定'三藩'时，张诚造的炮在湖南、陕西都派了大用场。如今听说制炮局又停造了，这不成！索额图记着这事，叫兵部留心，朕要看的！"康熙坐在兽炭烧得热腾腾的大炕上，随手拈着盘中桂花糖沾花生米慢慢嚼着，一边沉思着说。索额图忙欠身答应一声"是"，又笑道："施琅的炮舰加这些，奴才瞧着已经够使了，这回再造的炮，不妨用到噶尔丹身上，只怕在库里存的时间长了不好。"

熊赐履就坐在索额图身旁，他原不赞同打台湾，见康熙决心已定，倒过来又担心战事不利，因笑道："离夏天还有四五个月，若能再造二十门大炮，臣以为还该运到福建，小心点总是好的。等台湾一胜，再将大炮运往古北口大营，交飞扬古用也不误事，和准噶尔打仗，更得筹备周密。"康熙西部用兵，正在选择前敌大将，熊赐履几番推荐飞扬古能胜此任，他都没有下决断，听熊赐履仍说"交飞扬古"，一笑说道："看来你决心要荐飞扬古了。朕看似乎还是周培公好些，他在甘陕平王辅臣，很有章法嘛！"

明珠却不愿周培公再度出兵立功，忙笑道："陕西平叛，主将还是图海，带的兵是在京王公家奴，没有图海坐镇，周某一个汉员能济什么事？古北口的兵不同于周培公那次带的，都是上三旗正牌子，老图海患风疾不堪再用，周培公一个人是不行的。"索额图接连写了几封信给周培公，都没得到回信，心里也不自在，便道："熊东园和明珠说的是，周培公文弱书生，单人统领满旗八旗劲旅确是力不从心，何况他也有病……"

康熙边听边摇头，几个人话中含意他虽不知端底，但说周培公不能带兵，他无论如何不相信。当初周培公还是白衣秀士时，康熙便在烂面胡同当场以军事面试，那真是谈锋一起，四座皆惊，南苑行军法，平凉大捷，周培公的功劳实在图海之上，调任奉天提督，原就为西边战事再用，此时岂可轻易变更？想着，不禁微微一笑，正要说话，李德全挑帘进来说道：

"万岁爷，粤闽滇浙海关总督魏东亭来京，递牌子请见呢！"

"来了么？在哪里？叫他进来！"康熙一跃而起，大声吩咐道，"他必定刚到——叫御膳房弄几个菜，样数不必多，要现炒，不要温火膳，实惠一点！"说话间魏东亭已是进来，跟在身后还有个人抱着文书，却是内务府掌玺堂官何桂柱。

魏东亭出京已三四年，虽然与康熙有君臣之分，毕竟自幼同行同坐，君臣交情甚深。他一进来便听康熙吩咐叫人关照自己，不知怎的，鼻子一酸，几乎坠下泪来，一边恭肃叩头，一边说道："奴才魏东亭恭见主子爷！你瞧我这是怎么了，只是淌泪儿——胡子一大把的人了，真不成体统！"

这是真情实感，康熙由不得心里一热，一腔高兴化作了感慨，盯着魏东亭，良久才道："是啊，你如今也于思于思的了。家里老小如何，朕的孙阿姆呢？吃得动东西么？"魏东亭忙拭泪笑道："托主子的福，奴才的母亲身体尚健，只是想念主子，日日都要念叨几遍儿。这次奴才进京，母亲将秋天专为主子泡的醉枣带了十坛，她说主子最爱进的。贱内史鉴梅，今年产下第二胎，已在折子里奏明了的……"康熙笑道："朕答应给这孩子起个名儿，就叫——魏俯罴——横竖不久就要见面的。朕明年南巡，叫鉴梅给朕糟两坛好鹅掌预备着侍候！"说罢便笑，又问何桂柱，"你有什么事？"

"回万岁爷的话，"何桂柱笑嘻嘻地叩了个头，说道，"奴才送折子来了，里头有靳辅修复萧家渡的折片，阜河已开了一半，下余的明年秋汛前可望竣工。这一件是礼部司官拟的去奉天从驾名单，要不要先让熊赐履瞧过了再进主子御览？再一件是李光地奏请，主子北巡，由太子在京主持朝务的折子，一并请皇上定夺。"

康熙点头笑道："何桂柱这两年读书用功，长进了，只这几句话说得就比先前简捷明了——"拿起名单瞥了一眼丢给熊赐履，道："你再斟酌一下，朕又不是去游山玩水，李光地、查慎行这些文人墨客就不必从驾了，有高士奇尽够了。东亭难得回来，陪朕一起去盛京走走吧？"魏东亭忙叩头道："这真是意外之喜，奴才巴不得呢！正怕主子撵奴才回去呢，有好些个事得从容回主子呢！"一时御膳房来禀说菜已备好，康熙因笑道："不要送来，在这儿他吃不好——还到侍卫房和你那几个朋友一道儿，吃得香甜。朕后日启行，你这就去给老佛爷先请安，看看京里朋友故旧，再瞧瞧苏麻喇姑，后日天不明就递牌子进来——你跪安吧！"

魏东亭连声答应着下去，康熙方拿起靳辅的折子，一边看，一边用指甲划着，口里问道："皇帝出巡，太子在京坐纛儿，原没有什么说的，只怕他还太小些吧？"索额图忙笑道："小主子虽说年幼，外头大事都是皇上主持，他在北京不过学习着看折子，见大臣，内里又有熊老夫子、汤斌他们照顾，李光地也不从驾，也能帮办事务，皇上也不必过虑。"明珠也笑道："索相说的极是，奴才说句狂话，当年主子登极，才八岁，个子怕还不及小主子如今高呢！要紧公事自然还是发送皇上行在之地，其余不相干的，外头的臣子们计议了，里头老佛爷也能照应，大阿哥和三爷也侍候着太子，还不是严严实实？"康熙没有留心这两个臣子话中细微差别，沉默移时，笑道："就是这样。不过太子既然摄政，也得有些体统。索额图从前奏过，请给太子服饰增制，因他还小，朕没有答应。现在既出来办事，虽然与阿哥们是骨肉，到底有君臣之分，朕看太子朝冠，可以用元狐，东珠加至十二颗，其余皇子青狐朝冠，东珠十颗，以示分别——熊赐履，你是礼部上的人，你说呢？"

熊赐履早已在凝神静听了，历来太子监国，其余诸皇子绝对不容干政，如今要太子和皇子都来办理朝政，这就是大大不妥。但清朝自关外带来的规矩就是如此，要动这个"祖宗家法"可非同小可。他当然听出了索、明二人的弦外之音，但自觉哪一个也惹不起。思量半晌，缓缓说道："其实服饰改不改并不十分要紧，要紧的是君臣名分，得有明诏训谕。不过皇上既说了给太子加制，除了衣帽，还有礼仪，得叫礼部据前朝体制成例，规划出来，就不至于紊乱了。"

康熙这才品味出来，几个人意见并不一致，当下也不及细想，只说了句："就依熊赐履所奏，叫礼部拟了朕看。"便命众人跪安。

隔了一日，康熙的车驾由东直门出京，向北进发。因先有旨意，不许礼部兴师动众地大设卤簿，所以只坐了一辆曲柄黄盖的绿呢暖骡轿车，因穆子煦留京侍卫太子，只武丹带了二十多名精悍侍卫簇拥着康熙迤逦而行。太监李德全架了海东青和一干内监骑马跟着，索额图和明珠跟在轿车后听招呼。魏东亭和高士奇尾随断后。这两个人互知都是康熙的心腹，一个好学谦逊、和蔼沉稳，一个滑稽多智、博学广才，一边扬鞭行路，一边相互交谈，不多时便相结为友。

行了四日便出古北口，外边就是辽阔的蒙古大草原——由此向东，过承德府、涉大凌河、辽河，由凌源，过朝阳、喀拉沁左旗，便可到奉天了。

康熙生在内地，在紫禁城长大，见惯的是鳞次栉比的房舍，曲径幽深的巷道，也曾在京畿山西一带巡视过，那关内山河，总不免给人一种狭窄、闭塞的感觉。乍出长城，远近一望，草树连绵、狐兔竞奔，黑水白山间草原一望无际，但觉天高地广。一阵风吹来，云动树摇，白草伏波簌簌作响，真让人耳目一新！康熙在轿车里坐不住了，兴致勃勃地跳出来，在草地上蹦跳了几下，孩子似的哈哈笑道："好啊！春风爽人，美哉！"武丹也笑呵呵地说道："奴才十五年没来关外了，瞧着真是亲切，再过些时嫩草出来，那才真叫美呢！当年奴才在外头当马……"他突然不说下去，当"马贼"毕竟不是件光彩事。康熙却不理会，接过一个侍卫手中弓箭，一跃纵上了专为他备的大青驹，缰绳一抖轻加一鞭。那马原出蒙古，久在御厩形同牢笼，此时见了草原，真是如鱼得水，就地撒欢儿兜了个圈子，长嘶一声狂奔出去。魏东亭双腿一夹，风驰电掣般赶了过去护驾。十几只黄羊，两只狍子被他们惊得"喔"地从草丛中蹿了出来。康熙大喜，从箭囊中抽出一支雕花狼牙箭搭上了，扯得满月一般，"嗖"地射了出去，一只黄羊"咩"

的一声翻倒在草窝里，打个滚儿不动了。

"李德全，放出朕的海东青！"康熙在马上扬弓大笑，"东亭，你和素伦从北边绕过去截住这群畜生。武丹，你愣什么？到西边堵住——高士奇跟着朕来捡猎物——其余的到东边，不要叫它们跑了，嘿！这群畜生！"

"喳！"众人高声笑着答应一声，散开来围捉这群没命奔逃的野牲口。李德全解开缚在臂上的海东青，那猛禽尖啸一声双翅展开，足八尺有余，直冲云霄，在天上盘旋一个大圈子俯冲下来，已是按倒了一只黄羊，伸出钢钩一样的爪子抓住羊头皮，扑几下翅，竟提起二十余丈高！侍卫们欢呼雀跃，齐声大叫"好！"海东青却将那羊直摔下来，又去寻捉猎物。

高士奇白面书生，几时见过这种场面？张嘴哈哈大笑，纵马紧跟着康熙，一连捡了三只黄羊搭在马背上。眼见武丹从西边又赶回了四五头吓昏了头的黄羊，竟冲自己奔来，高士奇一时手足无措，只用手指着大叫："快，快！"康熙眼明手快，几声弓弦响，早又倒了两只。高士奇眼见一只黄羊腿上受伤，熬着疼一蹦一跳跑得很慢，高兴得跳下马，也不知哪来的劲，几个疾步追上，两手拧住了黄羊耳朵，骑压在胯下，一边解了衣带毫无章法地捆缚，一边喘吁吁高叫："皇上，皇上！奴才也逮住一只！"一抬头，见康熙飞骑走远，忙上马猛追过去。这时，远处一片声儿的鼓噪大叫，夹着武丹得意的怪笑——西北两边侍卫会合，活捉了那两头狍子和两只黄羊。

康熙将剩余的四五只黄羊赶得逃进一个小山峪里，见暮色苍茫，路也没有，骑马已是不成，方扬着鞭哈哈大笑。回头见武丹、高士奇和三四个侍卫赶过来，便道："甭追了。天到这时分，再有半个时辰就黑了，网开一面，饶了它们去吧。"一语未终，那几只黄羊急箭般又从谷口狂奔出来，竟不顾有人，夺路而走。康熙正诧异时，武丹抢上前大吼一声，捉住康熙手臂向自己身后一扯，说道：

"主子留神，有猛兽！"

正在嬉笑的高士奇被他瘆人毛骨的一声吓得身子一矮！康熙回头看看，并无动静，笑骂道："武丹，你诈什么尸——"话说半截便咽住了，康熙已感到座下的马也在簌簌发抖。

"主子，奴才是关东马贼出身，这事见多了！"武丹急急说道，神色刹那间变得狰狞可怖，回头吩咐一个小侍卫，"快去叫虎臣大人，其余侍卫保护好大人们！"

话音刚落，乱石后草丛中刷刷一阵响动，一只斑斓猛虎探出头来，斗大的虎头仰起，发出粗重而低沉的一声长啸，几匹马竟吓得一下子软瘫在地，闪得康熙踉跄一步方站稳了。高士奇惊得脸上血色全无。新来的一个小侍卫张玉祥吓得一屁股坐在地上，被武丹一把提起，照脸一个老大耳刮子，骂道："操你奶奶，没魂了？不见主子在这里？"

"拔掉他的花翎！"康熙一阵透心的惊悸过去，镇定下来，瞥一眼张玉祥，冷冰冰吩咐道。

老虎爬上了岩石。这时才看见它的全身，黄缎子一样的毛色，足有七尺长！它懒洋洋伸了一下前爪，仿佛漫不经心似的看了看面前这几个人，将一根五尺多长的尾巴直竖起来，龇起牙又吼了一声。这一声之大，三里外也是听得见的，几匹马全都惊得成了一摊泥，不死不活地伏在地上。

"护好主子！"武丹"刷"地将袍子甩到草丛里，提了一口气，慢慢向虎走了两步，狞笑着用两个指头点点自己的鼻子，说道："畜生，来呀，你来呀！"老虎虽不懂他的话，却知他来意不善，将两条前腿一伏、后臀高耸起来，将头左右一晃"嗯"地便蹿过来，正与武丹撞个满怀。一场惊心动魄的人虎搏斗开始了。老虎粗大的双爪没头没脸地猛抓武丹，武丹机灵地转换步位，与虎撑持格斗。他在关外已是武林高手，当了康熙侍卫，又跟着铁罗汉史龙彪学艺数年，有一身练就的硬功夫，体魄如熊、心肠狠毒，竟赤手空拳与猛虎左右支吾。几掌打过，武丹性发起来，怪叫一声扑上去，竟和虎紧紧拥抱成一团，一手死死搂着老虎脖项，另一手运成红砂掌，向老虎颏下、肋间猛击。那虎张着血盆大口，无奈人在颏下，贴着身子捞摸不着，便用前爪后爪连爬带抓，武丹牛皮甲的后背被它撕得一条一条，腿部也被抓得流出了殷红的鲜血。

此时魏东亭已经赶到，见康熙和侍卫都在呆呆地看，因厉声命道："哪有这么办差的？这工夫陪着主子瞧热闹？把主子架到后头！"眼见人虎滚在一起，将一大片草压得打麦场似的。魏东亭从绑腿中慢慢抽出一柄匕首，凑近了老虎，又恐康熙要虎皮，只在一个翻滚时看准了便向头上猛扎一刀，再翻过来便住手，如此往返三四次。虎血、人血狼藉满地，那虎渐渐没了气力，被武丹一翻压在身下，下死力扼住了脖子。几个侍卫一拥而上，有的扯腿，有的用脚猛踢，素伦方拽出了累得半死的武丹。那老虎已毫无反抗能力，一任众侍卫痛殴……

夜幕在草原上降临了，侍卫们搭起了牛皮帐篷，燃起了熊熊篝火。将黄羊肉、虎肉烧烤着，发出诱人的香味，高士奇、索额图和明珠与侍卫们兴高采烈地说笑着大吃大嚼。康熙从帐中出来，在春寒料峭的风中适意地伸欠一下身子，望着野茫茫、黑沉沉的草原出神。魏东亭见众人没跟着，忙掀开帐篷出来，见康熙沉吟不语，遂笑道："主子，外头风大，瞧这天不定还要下雪，请回罢。"康熙笑道："朕是想就那只海东青在天上翱翔的劲儿，作一首诗，你不要扰。"说罢又沉思一会儿，轻声微吟道：

羽虫三百有六十，神俊最数海东青。
性秉金灵含火德，异材上映瑶光星。
轩昂时作左右顾，整拂六翮披霜翎。
期门射生谙调习，雄飞忽掣黄绦铃。
劲如千钧激弩石，迅如九野鞭雷霆。
原头草枯眼愈疾，眘然一举凌高冥。
万夫立马齐注目，下逐飞雀无留形。
爪牙之用安可废，有若猛士清郊坰。
晾鹰筑台存胜迹，佳名岂独标禽经。

魏东亭听着，康熙诗中似乎不尽是说海东青，揣摩良久，方笑道："依奴才看，皇上圣明在上，朝中谋士谋臣、爪牙之将比之历朝，有过之而无不及，皇上似乎不必如此感慨。"

"西域之地自古以来虽属华夏版图。但叛服不常，甚难驾驭。"康熙喟然叹道，"朕想，西征之役为千古未有之伟业，千锤打锣，一锤定音，谈何容易！猛士、爪牙还是太少啊！"说罢，轻声一笑，又道，"今个儿高兴，不想这些烦心事了。东亭，朕看你几日，似乎有心事，这次来京，不单是为了见见朕吧？"

魏东亭望着康熙模糊不清的面孔，心下暗自钦服康熙用心之工，半晌才叹道："主子说的何尝不是？奴才得罪了人，在南京有点坐不住，想到北京见主子，得便儿诉诉。"康熙怔着想了移时，突然哈哈大笑，说道："就是你折子上写的，伊桑阿他们？哦……还有——你不必说了，朕心里有数。安心办你的差，万事有朕来做主，朕就你这么一个奶哥哥，岂能轻易让人作践了？"魏东亭听了，不知怎的心中一阵酸热，泪水走珠儿般落下。

康熙站了一会儿，觉得有点冷，正要回帐，听见东边有人哭泣，正诧异间，魏东亭说道："这必是张玉祥，他今儿被皇上摘了花翎……"康熙一怔之下，默默踏了荒草，踱了过去，站在抱头饮泣的张玉祥身后，缓缓说道："张玉祥，一人向隅，举座不欢，你也去吧！乍逢大变惊悸惶恐，也是人之常情。你向武丹他们几个赔个罪，就说朕说的，待以后有功，一定将花翎挣回来！"

第二十七回　康熙帝病宿兴隆店
韩刘氏夜闯隆化镇

季春二月，在江南已是繁花似锦，即沿黄河两岸，也是杏蕊吐白，但塞北天高气冷，依旧寒气难当。自离古北口第二日，果然变了天，白毛风裹着雪粒、雪片，时而如骤沙狂奔，时而如玉龙柱天，所谓"烟儿炮"就是这模样。康熙因贪程赶路，起居不谨，不想就冒了风寒，头昏身热，懒得动弹。虽有高士奇在身边殷勤照料，无奈过了黑山县，一路俱是荒村小店，饮食医药均不周备，身上高热竟退不下来。把几个扈从大臣急得热锅蚂蚁一般。眼看即将行至隆化镇，众人方松了一口气，高士奇合掌念佛道："阿弥陀佛，好歹镇上会有个生药铺的！"明珠听了一笑，索额图揶揄道："你不是孔子嫡传门生么？怎么忽然又改信了释迦牟尼？"魏东亭也笑道："放心吧，隆化镇我来过，有两家生药铺呢！"

"所谓病急乱投医，也是人之常情。"高士奇放了心，在马上笑着对索额图道，"我只怕主子转了伤寒，到奉天又要谒祖陵、又要见蒙古王公，怕吃不消，再落下个残疾，就是不黜落我，我的面子往哪儿搁呢？"索额图埋怨道："过喀喇沁左旗大营，狼暺怎样留主子来？偏你们几个一声不吭，由着皇上性子来！"说话间，魏东亭将嘴一努，笑道："不必说这些闲话了，这不，隆化镇已经到了！"

隆化镇有一千多户人家，因漫天大雪，街巷上绝少行人，满地爬犁印子，街旁的桦子叠得齐齐整整，一垛接着一垛。因天已黄昏，只沿街几家干店门口，各自站着伙计，手里打着西瓜灯，缩着脖子跺着脚迎候客人。照武丹的意思，就镇边随便找一家客店先住下再说，但魏东亭因陪康熙住店遇过刺客，格外小心，挑了又挑，方在镇中心房舍密集的地方找着一家叫"兴隆"的百年老店打尖儿歇下。高士奇自张罗着开方抓药、煎好尝过，服侍康熙服了安睡，眼见康熙吃过药安贴入眠，才放心出了上房。因见魏东亭兀立在檐下，便笑道："这会儿能有什么事？你也忒过于小心的了！走了一天的路，好歹湿靴子也该换换啊！索老三、老明和武丹都在前堂吃饭，你也去吧！"

"小心没过逾的，主子这儿不能没有我们这干玩刀子的。"魏东亭笑道，"武丹和我商议好了，我们轮流在这儿守着，你只管吃你的饭——主子的病不相干吧？"

高士奇心里一阵感动，若论起忠心，这个魏东亭确是头一份，也难怪康熙疼他。因道："这一剂发表药，准保皇上没事儿。主子身子骨儿结实着呢，哪里就真的病倒了？"说罢自到前边店面儿上来。

这是三间门面的店铺，前边卖饭，后边住店。康熙带的文武侍从、太监、宫人，有三十多人，足摆了六桌。因下雪，老板也不防一下子来了这么多客人，虽都是便装打扮，却一个个气宇轩昂，上下分明，便知不是寻常客人，忙得一头热汗前后照应，因明珠一来就包了全店房间，又命伙计关店门上板儿，不再接客。高士奇进来，也不理会太监，只向武丹一桌点了点头，便径向上首明珠、索额图席上去，打横儿坐了。明珠见店中有杂人，低声问道："主子用过药了？"

"用过了，安生睡了，这一夜出汗，明日病就去一半儿！"高士奇端起一碗热黄酒，咕咕灌了半碗，一天寒气驱散干净，脸上泛出红光，看那菜都十分油腻，只拣了一片海蜇品嚼着，呵呵笑道，"明儿主子不见好，你们只管啐我！"索额图知他风趣，便想逗他说笑解闷儿，因笑道："休说大话，医生得急病死到病人家，这种事儿我都见过！"

高士奇跷起二郎腿抖着，笑道："那有什么稀罕！我还见过接生婆生孩子生到产妇家呢！"一语说得满店人哄堂大笑，却听高士奇又道，"老索说的那位郎中兄弟也不陌生，他死了我还做过一篇祭文呢！"

"哦？"索额图啜着黄酒道，"必有绝妙的好辞，何妨诵一诵，让我们饱一饱耳福呢？"明珠也觉乏累，想取笑儿，便也撺掇着高士奇诵背祭文。

高士奇受逼不过，沉吟良久，方道："文章作得有伤阴骘，本是少年习作，不肯献丑，你们既这么虔诚，就择其要背一段请教。"又想了想，方朗声诵道：

公少读书不成，蒙师谓不可雕之朽木；遂学击剑，五年无割鸡之能；改而从医，十年无人问津。公愤，公疾，公自医，不效，公遂卒。呜呼！公之卒也，枉死城少冤杀病鬼，虎狼之药无肆虐之所，则公虽死，造福于病家多矣……

这篇奇文尚未"背"完，众人已是笑倒了一片，高士奇待再续尾声时，却听店外挝门声响，一个伙计忙过去，闪开门缝儿，打量着来人说道："抱歉得很，小店已经客满，请西头去，那边蔡家老店还有空房子。""放你娘的虚屁！"一个老太太的声气骂道，"我们就住在蔡家老店，那边不开火，到这买饭吃，明白么？也没见哪里有你这号伙计，大雪天把人堵在门外头说话的！"说着一挤身子已走了进来，顺手又扯进一个年轻小伙子，打落身上的团团积雪，才大大方方向明珠这一桌坐了，弄得众人默不言声都向这边瞧。那年轻人却甚腼腆，低头坐着不言声，老太太将二两一锭银放在桌上，大声说道："打一斤黄酒，烫热一点，一个黄焖鸡、两碗口蘑汤、两碗水过米饭——你愣什么，我们的银子不够？"

那伙计有心刁难，拿起银子仔细一看，是九八成色的"真圆系"银饼，已夹去了半块，剪脚还微微发白，实在无可挑剔，因笑道："老太太，不是不肯支应您，店里夹剪坏了，您去兑了钱来使，怎么样？""不要你找还！"旁边默坐着的小伙子忍不住，忽然抬起头大声说道。一转脸，正和高士奇四目相对，顿时大吃一惊。

"你——"小伙子盯着高士奇，嗫嚅了一下说道，"哦，足下可是姓高？"

高士奇一愣，这才仔细打量他，见他穿一件绛红宁绸羊皮大氅，脚下着一双高腰牛皮靴，一顶出风毛羔皮大帽压得低低的，秀目细眉，嘴角微吊，两颊还有一对深深酒窝，虽是有些面熟，一时竟寻思不来何处见过面。正蹙眉沉思时，老太太突然说道："高相公，你真是贵人多忘事，不记得黄粱梦的老婆子了？"

"韩刘氏！"高士奇眼睛一亮，突然闻到一股淡淡的幽香，这小伙子必是土谢图汗的女儿，和陈潢要好过的阿秀了！他"刷"地站起身来，对那个茫然不知所措的伙计说道，"你快滚吧！这两个人是我们一起儿的——老太太，你们怎么会到这儿来的？春和呢？"

"鬼使神差来的呗！"韩刘氏得意地笑道，"春和去了他大伯家，在杭州学生意，着实惦记着你这救命恩人呢。你救下的那孩子如今也五岁多了，取名儿就叫韩慕高！"

众人此时都听得愣了神，高士奇因见大家诧异，便将自己进京途中医救韩春和的事讲了个大概，只隐去了自己坐花轿营救周姑娘和阿秀的身世。这两件事，一件关乎自己名声，一件关乎国政，都是不便多说的。当下众人说笑吃饭毕，高士奇便命人将自己里间屋收拾出来，让韩刘氏"母子"住，自己竟住了外间，他又到上房探视了一下康熙，因见康熙满头大汗，睡得沉沉的，才踅回来见韩刘氏和阿秀。

"高先生，人都说我老婆子心眼多，其实是个傻子！"韩刘氏坐在暖暖的热炕上，听听外边人声已静，只有呼呼的风卷着大雪落地的沙沙声，方慢吞吞说道，"你知道么，住在天王庙的那个金和尚，竟是个贼和尚！"

高士奇看看韩刘氏和阿秀惨然色变的面容，追忆着自己落魄住庙的情景，身上一凛，起了一层鸡皮疙瘩。

"你们去后不久，老天爷就下起连阴雨，"韩刘氏啜着茶，陷入了深深的回忆中。这一刹那，高士奇突然觉得，这个韩刘氏年轻时一定是个美貌绝伦的女郎。他点点头，用火筷子拨着炭盆，听老太太继续说道，"我家后园有座孤坟，你是知道的，我打山东搬去，立起宅子就没动它，原想一个无主野坟，暴尸露骨的，也是罪过。因天下雨，谁知那坟就塌了个大洞，雨水一个劲儿地往里灌。我见总也灌不满，心里起了疑，天一晴，就叫人把坟上那棵大杨树放倒了，想掘开看看，埋的什么东西，要真是死人，也得给他挪个地方儿，省得在水里受罪不安。"

"您掘开了？"高士奇问道，"里头埋的什么？"

阿秀没言声，从袖子里取出榛子大一个东西，高士奇一看，竟是一颗祖母绿。在烛火的映照下，阿秀柔嫩的掌心里放出绿幽幽的光！

"就是这个，还有猫眼睛、红宝石，装了一匣子。"韩刘氏喟然说道，"其余几个箱子沉得很，搬不动，我也没敢动，大约是金砖银元宝……"高士奇兴奋得有点喘不过气，瞪着眼问道："后来呢？"

"后来我才知道，大树一锯，就给金和尚报了信儿。"韩刘氏道，"我虽没见识，也知道园后埋着这一库金银，是个惹祸的根儿。这种事既不敢打听，也不能露风声，第三日早晨我就带了阿秀、儿子和媳妇抱着孙子出了门，只给家里人说要去武当山金顶，给祖师爷进香。绕了个大弯子，到晚间才悄悄躲进黄粱梦周亲家家，想看看风色再作打算。

"一连半个月没动静。我心想这必是前明哪家财主，兵荒马乱时埋的，后来人一死，变成没主儿的财。正想着回去，那天晚上半夜里，我的那个管家马贵，失急慌张地跑到周家，说金和尚、于一士带了百十个大汉，都是山东口音，先说要借宿，言语不合就动了手，家人叫他杀了三个。请亲家拿主张。

"我的那个亲家你也晓得是个老火爆性子，一听就上了火，当下点起家人就要过去厮杀。我在屏风后头听着不对，就出来了。倒把马贵吓了一个怔，说：'老太太……你……你不是去湖北了么？'

"我说：'马贵，你回去对姓金的说，人人都知道我去武当，匣子我带走了，要匣子没有，要命一条！其余的随他搬、任他拿。临洺关就几十个驿兵，离邯郸又很远，凭亲家的这点子人，还不是蛾子扑火？等马贵回去，这边的人也出去，远远在黑地里筛锣擂鼓喊叫，把他们吓跑算完！'

"就这样，没半个时辰。金和尚、于一士忙着弄走了那几箱金银，也没再杀人，临走点了一把火，又碰着下雨，火也没烧起来。"韩刘氏说完，长长舒了一口气。

高士奇也松了一口气，笑道："招惹这么大的事，要放别人身上，还不知怎么样呢！您真是一点亏也吃不起的人！后来你们没有回去么？"阿秀说道："我倒说是回去的，妈妈讲这个家已经不是她的安全之地，就把宅子让给了周员外。"

"金和尚不死，我这辈子也难得安生了。"韩刘氏笑道，"我就那么笨，守在家里等他来杀？想想没办法，就带了一家子坐船去了杭州春和他二伯那里。他二伯是个生意人，二嫂子眼里又不容人，想着我是败了家产投奔他们的，有事没事，丢勺子敲锅，指桑骂槐地数落人。我原不是穷，是富极避仇的，哪里受得了？就把他二伯在骆马湖镇的一处绸缎铺子原字号盘买过来，叫儿子媳妇有个安身处，因闺女急着想见万岁爷，就带着她一道出来，竟似闯江湖一般儿的了！"说罢抿嘴而笑。

高士奇听了格格一笑，说道："也亏了您是个智多星，要换了别的妇道人家，还不知怎么样呢！您虽是轻描淡写，据我想来，实在也是惊心动魄。秀格格，您急着见皇上，还是为请兵报仇么？"

"皇上如今在哪儿？"阿秀目光一闪，问道。

"远在天边，近在眼前！"高士奇说着，看了看外头上房的灯光，又低声道，"皇上这次奉天之行，明面儿上说是为谒祖陵，其实更要紧的是大会蒙古王公，这里头的文章妇人女子难以尽知啊！秀格格，恕我直言，这次来会的王公，有车臣汗、有噶尔丹的使臣，你的仇人不少，皇上如今都要笼络，你公然露面，怕不太好呀！"

阿秀听了冷笑一声，说道："有仇人也有亲人嘛！我的叔叔温都尔汗也要来的。皇上若真的不管我们，我阿秀也不想活了，拼着大家见面时来一场热闹的，只怕你还后悔不及呢！"高士奇一愣，愕然说道："你怎么全知道？真了不得，温都尔汗要来，我还不晓得呢！怪不得陈潢这小子没缘分，你竟是个神仙！"阿秀见他说话轻狂，坐直了身子说道："高先生自重，别忘了彼此身份。"

"是，格格教训的是！"高士奇脸一红，一欠身，讪讪笑道，"士奇因和天一是湖海故旧，说话就忘了情——不知后来你们又见着天一不曾？"韩刘氏见阿秀别转了脸不答，遂叹道："这是前世结的冤孽，人再没法子的！从杭州坐船去骆马湖，倒是路过清江，我看着闺女脸色白得纸一样，也劝过不如下船去见见陈先生。也不知她怎么想的，掉着泪摇头，只是不肯。后来在骆马湖，听说靳大人因萧家渡决了口被参，朝廷派钦差把靳大人和陈先生锁到北京，阿秀才发了慌，急着要上北京，谁想到北京才知道是讹传……唉……"说至此，三个人都是神色黯然，阿秀憋了半日，眼泪还是无声地淌了出来。高士奇也无可安慰，便告辞出来。这一夜里外间烛光辉煌，谁也没有入眠。

第二十八回　　惊艳色天子收汗女
　　　　　　　论食谱宰辅谈养生

康熙直睡到辰末时牌方醒过来。高士奇早就进来侍候在炕边，见康熙要吃的，知道病已见好，忙捧来一碗鲜奶，让康熙躺在床上喝了。待索额图和明珠请安出去，高士奇缓缓将土谢图汗女阿秀昨夜来店的情形一长一短禀了康熙，说道："请主子旨意，这事儿如何安顿？"

"真的？"康熙两手一撑坐了起来，"为什么不早奏朕？"

高士奇赔笑道："一来皇上龙体欠安，睡得正香，奴才怎好打扰？二来这雪不停，也走不得路，奴才想着这又不是军情急报……"

"传她们来见！"康熙一边说，一边起身，头上戴了六合一统红绒结顶的缎冠，将一件猞猁狲皮褂子套上。高士奇命李德全他们将炕上炕下收拾齐整，便听门外阿秀的声气，莺声燕语般说道："您恭谨的奴婢土谢图秀，请见博格达汗主子！"接着，门帘一响，阿秀和韩刘氏已一前一后进来行礼。

人方进屋，一股似兰非兰、似麝非麝的异香传了过来，康熙顿觉眼前一亮。高士奇也觉惊讶，原来阿秀已脱去外头旗装，俨然是个地地道道的蒙古女郎——葱绿长袍镶上水红边儿，腰间元色带子上结着杏黄璎珞，缀着一粒晶莹闪光的祖母绿宝石，皓腕翠镯，秋波流眄，洛神出水般艳丽惊人！康熙不禁暗想："异域边荒之地竟有如此出众的绝色！"

正自胡思乱想，却听阿秀哽咽失声，悲凄地啼哭起来。康熙想她身为汗格格，父亡家败，流落至此，也不禁伤心。刚想抚慰几句，阿秀抬起泪光闪闪的脸，呜咽着，叽里咕噜用蒙语诉说起来。精明强干的韩刘氏和博学多才的高士奇顿时都成了聋子。康熙凝神听了半晌，点头微笑道："格格请起来说话，老人家也起来，赐座！"他不住上下打量着阿秀，黑黑的瞳仁放着柔和的光，显然阿秀的美貌弄得他有点意马心猿。

"谢博格达汗!"阿秀一边叩头起身,一边继续用蒙语说道,"我的父王土谢图汗和叔王温都尔汗自幼训诲我,蒙古人是草原上的雄鹰,博格达汗是栖集苍鹰的高山;广阔的草原上无尽的牛羊,是巍巍博格达汗峻岭旁的白云……我们世世代代托中华大汗的荫庇,就像春天的草离不开太阳……"她明亮的眼睛直视着康熙,毫无羞怯之色,看得康熙脸上一阵阵发热。

"阿秀,听说你汉语讲得很好,还是用汉语吧。朕身体不适,不能再劳神。"康熙含笑温声说道,"称颂是不必的了。自我朝龙兴,抚有万方,蒙古与我满族最是亲近的。朕的祖母就是蒙族,咱们是一家人!"

"既然如此,"阿秀在椅上躬身行礼,口风一转,朗声问道,"奴婢斗胆请问,博格达汗为什么要接受叛臣噶尔丹的贡礼?我的父王、叔王竭尽全力在蒙古抗御罗刹的进攻,牵制了他们的骑兵不能全力进攻雅克萨和黑龙江地域,噶尔丹勾结罗刹掠我家园,博格达汗为何坐视不理?"

高士奇听着,吓了一跳,这种先扬后抑的文章只有大才子手笔才做得出来,孰料一个蛮夷女子竟运用得如此得心应手!而且恰在康熙说了"一家人"之后,真如当头棒喝一般有力。他紧张地思索着,悄悄儿看看康熙脸色。

康熙先是一怔,顿了一下,将奶杯向桌子一放,突然纵声大笑:"你责得好!果然厉害!但你须知,家有三件事,先从紧处来,不能一齐都办。康熙十七年你逃亡来京,当时有两千二百名噶尔丹贡使遍布京城,耳目众多,礼部不敢接见你,这在情理之中。你来请兵,但兵都在湘湖一带与吴三桂残部决战,朕虽有心接济,奈力不从心,倒叫你受了这么大委屈,朕这里谢罪了!"说罢起身一揖。阿秀忙道:"奴婢不敢生受博格达汗的礼!"说罢起身蹲了三个万福,"但不知主子何时能兴兵复我家园?主子只要还记得我们,肯出兵报仇,阿秀九死余生,就结草衔环相报,也是情愿的……"康熙甜甜一笑,起身自斟了一杯茶递给阿秀,手指只作无意间抚了一下她的手腕,阿秀登时绯红了脸。康熙若无其事地坐回去,说道:"这结草衔环,那是没影儿的事。但即便你不来请兵,大约西部兴军的日子也不远了,瞧着你的分上,朕将亲率三军,以泰山压顶之势灭此恶奴!"他忍不住用眼睃着阿秀,亲切地问道,"只你将作如何打算呢?跟朕到北京去吧?或居宫禁,或赐宅外住,一应供俸与公主相同,怎么样?"

阿秀低垂了头，弄着衣带半晌没说话。女孩儿在一些事上，有特殊的敏感，她早已从康熙目光言语行动上看出了题外的意思。康熙仪表堂堂，颀身玉立，除了几粒几乎看不见的细白麻子，并无破相之处，外人瞧着，与阿秀是天生一对地设一双。高士奇、韩刘氏都是人精，有什么不明白的？当下二人不由对眼儿一瞧，又忙回避开来。阿秀不知怎的，倏地又想起黑瘦精干、双眸炯炯的陈潢，心里一酸便拿袖子拭泪。

"是舍不得你的这位汉族老妈妈吧？"康熙哪里知道其中若干委曲事故？一笑说道，"这算不了什么。朕自孙阿姆去后，身边也缺一个随从嬷嬷。在京没事，你自然还和她在一处，闲时陪着老佛爷说说古记儿解闷，不也很好？"

"唉！我的好主子万岁爷，"刹那间韩刘氏已拿定了主意。她也觉得康熙比那个干瘦的陈潢好得多，遂在旁啧啧称赞道，"您这么惜老怜贫、体恤下人，竟叫我老婆子没话说……头几年闹圈地，我那死老头子想不开，气得一伸腿去了，地也叫人家圈了，我才逃到直隶——鳌中堂兵山将海，不几年就叫您一锅烩成了红螃蟹！吴三桂那下流种子，阿鼻地狱盛不下的挨刀鬼闹翻了十一省。咱们小户人家天天惊、夜夜怕，谁想报应只几年就来了！哎呀呀，不是我老婆子说狂话，打从盘古开天地，哪里寻这么圣明的真龙天子呢！……"她连感带叹，又说又赞，说得康熙心里热烘烘、暖融融的，一边笑一边点头。

高士奇也笑着凑趣儿道："秀格格天生丽质，又熟知西域风土人情、地理形势，跟着主子那是再好不过！这个韩妈妈是个智多星，主子又爱微服私访，身边有这么个给事中，就是奴才们一时照应不到的，也都面面俱到了！"他看看阿秀脸色，并无厌弃之色，知道事有八九成，又道，"主子若是没别的差使，奴才和韩刘氏也好退下了。秀格格知道不少东蒙古诸王和噶尔丹来往的情形。得一一奏陈。只主子病尚未痊，敬请不必过于劳神……"说罢和韩刘氏一齐辞了出来。

在隆化镇过三日之后，康熙方又起驾东行，不两日，便到了满洲"龙兴"之地盛京。

盛京原名沈阳。明代称为辽州卫，因满族兴盛、窥视中原，此地最为要冲，所以天命辛酉年清太祖占领沈阳，即将都城迁建于此，顺治年间改名为奉天府，变成十八行省之一。这是从明洪武年间便开始经营的军事重镇，十里之围、墙高三丈，四面共开八门，小东门小西门各置钟鼓楼一座。天聪年间所建皇宫坐落其中，却是仿明紫禁城规制，虽略简些，却也龙楼凤阙，气象蔚为壮观。

车驾来至城外，天还在飘着零星雪花。奉天古城树木萧森、坚冰封地。黑黝黝的雉堞矗得老高，护城河冻得镜面一样。

康熙坐在车中，隔玻璃望着这座雪中坚城，乍然间想起祖宗缔造社稷的艰难和今日中原物华文明小有成就，兴奋得不能自已，遂一掀毡帘，命武丹："备马，朕要骑马接见迎候臣子！"高士奇就在旁边，忙攀辕笑道："主子，使不得，天太冷，你身子才好，冒不得风寒！"康熙已经下了车，一边上马一边说道："朕不想叫下头官员瞧着像个守成皇帝，文质彬彬的。昔年太祖爷就是在这里颁出'七大恨'诏书，才夺了中原天下，朕虽不及祖宗，连这点志气也没得？朕这叫荣归故里——不听霸王说过，富贵不还乡，犹如锦衣夜行？"

魏东亭听了一笑，忙命侍卫取来一件明黄团龙中毛的貂皮龙褂，上前给康熙着上，说道："主子这话，倘伍先生在此，一定要驳回的。马上得天下，不能马上治天下，马上皇帝未必就好。再说主子回来，原是为敬奉祖宗、调度军事，又不是秉烛夜游，及时行乐而来！依着奴才见识，依旧端坐轿车，只敞开前边毡帘。大臣官轿一律不用，随侍左右，秀格格的轿子远远跟着，岂不妥当？"康熙只好笑着又上了轿，说道："魏东亭说话乖滑——还是给朕留着体面。怕还有难听的没说吧？范增就曾骂项羽'沐猴而冠'，你道朕不知道么？"武丹等人忙催车行进，早见奉天西门外接驾官员黑鸦鸦地站了一片。

奉天将军巴海接到前站狼暲的滚单，早三天已搭好了芦棚，驿站快马通知今日午牌圣驾入城，他一大早便率城中百官并已到的蒙古王公出郭迎迓，在冰天雪地里直等了两个多时辰。官员们呼着白气，冻得将脚跺得一片山响。正眼巴巴望着，远远瞭见黄伞羽盖飘飘摇摇而来，巴海忙命："鸣炮奏乐，文武官员跪接！"一时间黄钟大吕、丝竹旱雷大作，礼炮声中三百余名四品以上文官武将一齐跪地叩头山呼："我皇万岁，万万岁！"巴海

"叭"地一甩马蹄袖，跪前一步道："奴才巴海率阖城文武恭迎万岁！给万岁请安！"

康熙由索额图和明珠虚扶着下了车，轻轻跺了跺脚，扫视一眼众人，良久方道："朕安！各卿请起，朕这是回家么，不要拘那么多的礼数。传旨盛京各有司衙门照旧办差，不要只顾来供奉朕——怎么不见周培公，来了么？"

"回万岁的话！"巴海忙道，"周培公自去岁腊月，又添了无名热病，至今卧床不起，万岁爷驾幸奉天，奴才不曾知会他。"

康熙听了默然点头，一阵寒风袭来，才觉得自己有些忘神，遂笑道："大冷的天儿，难为你们迎候。朕在此一切供张自带得齐全，大家不必劳神。"周培公是他默定西征主将，病倒不能接驾，康熙有些怅然。当下便起驾入城，在太祖故宫勤政殿安歇了。诸如驻跸关防，亲慰关外元勋旧戚，接见蒙古王公、故老绅耆、荣养病休功臣的名单、时辰，自有明珠、索额图、高士奇等妥为安排不提。

次日祭过昭陵，回宫已是申末时分。天上碎雪纷纷扬扬转又增大。康熙在勤政殿匆匆进了晚膳，将奶酪、蒸羊羔送进去赏了阿秀，余下的赐了近臣侍卫们。勤政殿地龙、火墙炭火熊熊，室外天寒地冻，殿里人人热得身上发燥。康熙半躺在大引枕上，微笑着看武丹一干人狼吞虎咽，因见高士奇只吃了两个饽饽，在火锅里拣了几块豆腐吃了便停箸，问道："你怎么了？关外饭菜不适口么？"

"奴才文弱书生，怎比得了虎臣、武丹虎狼之士？"高士奇忙笑道，"奴才惜福爱身，摄食是有讲究的，总不离熟、热、软、素、少——两晋士族清谈误国，只饮食五字真诀合乎养生之道。"

"哦？"康熙笑道，"愿闻其详！"

高士奇微笑着说道："凡物不可用生，自燧人氏时人们已经懂得了：胃气畏寒，冷物不易克化，须用人体自热来温，岂不受害？山珍海味，人都说快口畅腹，据奴才愚见，快口诚然，畅腹却未必。上古人以游猎为生，岂少了肉食？那神农为什么还要尝百草、育五谷呢？食谷者生、肉食者鄙，六祖慧能便专拣肉边菜吃，这食素之一道，其妙处富贵人难知啊！"

"高先生这话奴才却不省得！"武丹淋淋漓漓提了半只金华火腿，一边大嚼，一边说道，"大碗酒喝他娘，大块肉吃他娘，才有气力给主子卖命！"一句话说得众人大笑不止。魏东亭便道："古人也说过'放开肚皮吃饭，立定脚跟做人'，你怎么反倒劝人少吃？"高士奇笑道："少食安胃，胃荣则脾顺，脾顺则肝舒，肝舒则心明神清。虎臣不通内经素问，不知金匮要略，其中深理，焉能一言而尽？"

康熙见大家饭饱，欠身坐了起来笑道："高士奇不要说嘴了，陪朕出宫走走，回来后把你方才这番高论拟出一道诏谕来朕看。"

众人正听高士奇议论风发，权作消食佐餐，没想到康熙竟然叫拿这些个话出来拟旨，一时都愣了。高士奇见康熙不像开玩笑，忙起身道："皇上莫非……要诏谕天下少食养生？这使不得的！"

"你也忒小看朕了！"康熙大笑道，"晋惠帝时民间饿死了人，他还问'何不食肉糜'？如今虽略好些，也晓得民间百姓薄粥白薯难得一饱，反去劝他们'熟热软素少'？真个成千古笑话了——这道诏谕下给在奉天荣养的功臣勋旧。他们入关时立了汗血功劳，如今告老还乡，有的是钱，却只晓得胡吃海喝，不懂养身之道。这几年亡故病废的也太多了，怕也与此有关？教他们懂一点医道，延年益寿。国家有事还可咨询，岂不甚好？"说着便命，"外头天冷得很，取朕的貂褂来！"李德全忙连声答应着，进内取出一件蓝红绸面儿的貂皮褂来替康熙着上。还要加披貂皮大氅时，康熙却摆手示意不用，又将一双青缎毡里皂靴套上，由李德全系着腰带，转脸吩咐道："走吧！"

"主子，这早晚天将黑了，老大的雪，又刮着风……"魏东亭佩上了剑，小心翼翼地躬身赔笑道，"就是有事，明儿再办不成么？"康熙顿了一下，说道："明儿接见蒙古王公，朕已叫人传旨，将黑龙江、雅克萨一带的木图①都摆齐了，还要和巴海议军务，一天都未必办下来呢！这大长的夜，待在这儿没事干，多着急呀！走吧，带你们去见个熟人。"魏东亭知道劝也无益，笑道："奴才在奉天哪来的熟人？主子去哪儿，奴才们跟着侍候就是了。"

出了勤政殿，才知道外头已经黑定。空寂的宫院已是琉璃世界、玉砌

---

① 木图：木制军用沙盘。

乾坤，大雪兀自不住地飘舞翻飞。巴海职在宿卫，自在宫门外朝房侍候，正闷得无聊，见康熙的驮轿出来，忙叩车问道："天这么晚了，外头雪大路滑，皇上还出宫么？"康熙一掀毡帘，探出身子笑道："朕这里不用你侍候。科尔沁王来了没有？"

"回万岁！"巴海说话声如洪钟，带着金属的颤音，"科尔沁王在驿馆。万岁要叫他陪驾么？"

"不用。"康熙沉吟道，"你去传旨，今夜朕要见他，叫他在勤政殿等着——另外找个小校带朕去周培公衙门，你就回府，预备着明日考校你的军务，仔细着应对了！"说罢放了帘子便命驱车前进。巴海连声答应着，忙派人带路，又传令城中戒严，着人带了将军府亲兵随车保护，自去驿馆传旨了。

第二十九回　　康熙帝夜访小周郎
　　　　　　　高江村拙诊太素脉

　　周培公的提督署设在小西门内，黑沉沉一大片，三楹朱红大门两边各悬一盏栲栳大的竹篾灯，映得照壁前积雪一片通红，却是阒无人迹，大门外沿街立着十几根桩子，却不知做什么用。康熙下车左顾右盼，正奇怪何以连个守门的也没有，突然听到一声低沉猛喝："哪个衙门的！到这里有什么事？"康熙骇得一震，细看时，挨墙的"木桩子"全都是提督府的戈什哈，帽子衣服上落了老厚的雪，居然石头人似的一动不动！

　　魏东亭却早已瞧见，笑着正要答话，康熙说道："哦，我们是北京来的御前侍卫，和培公是故交知友。听说他有病，特来造访。"

　　"请大人稍候，容小的通禀。"戈什哈迟疑地说道，"军门病得厉害，未必能见外客呢！"说罢去了。不一时，里头中军护领从仪门迎出来，向康熙打一躬，将手一让，说道："侍卫大人见谅，周军门卧病，实在不能亲迎，请移步入内……"

　　君臣十几人跟着中军护领踏雪而入。衙门内的风却小得多，偌大的提督府雪落沙沙，十分幽静。方折过花厅，却听书房细如游丝的叮咚琴音隐隐传来。隔着雪幕望去，一个身材清癯的侧身人影映在窗纸上，正在抚弦勾抹，看去十分费力。那中军护领正要进去通报，却被康熙一把扯住，笑道："我与培公非泛泛之交，不要扰了他的清兴！"便在廊下立了静听，魏东亭一干人却不敢避雪，只在天井肃立侍候。

　　须臾，琴音变得十分激越，似裂石破冰，千军交锋，又似狂风卷地，康熙觉得浑身的热血在奔涌，在鼓荡。突然，琴音一转，犹如寒泉滴水，幽咽凄凉，周培公口内微吟道：

　　　琴音人音兮两俱渺茫，

桐焦凤尾兮丝弦空张。
千里流沙兮昔日凌霄，
可奈絮落兮东风不扬！
白水芦荻兮一碧无情，
扁舟一去兮惟余怅惘。
司命昏昏兮遗我奇数，
对烛闲哦兮慰我永伤……

"悲哉！郁结之气乃至于此！"康熙禁不住长叹一声，"周培公何事如此伤情？"

周培公按了弦，轻咳一声，对窗外说道："君真知音，是哪位仁兄？请进。"

康熙一脚踏进门内，不禁愣住了。这是两间布置得十分清雅简朴的书房。红松木架上放着一叠叠书卷，壁上悬着一口龙泉宝剑，墙角一只美人耸肩瓶中插着孔雀翎和野鸡毛掸子，挨着书架绳床上坐着周培公，横琴在怀斜坐对灯，却是黑帕缠头、面白气弱，病骨支离委顿不堪。乍见之下，康熙几乎不相信自己的眼睛：这难道就是湘鄂会馆诗压群英、誓师南苑、斩兵压阵、北取察哈尔、西捣甘肃、舌战平凉的青年儒将周培公么？

一股寒风卷着雪花袭进书房。康熙禁不住打了个寒噤。周培公忘情之间，恍惚中一眼瞧见康熙，如被电击一样身上一抖，目光熠然闪亮，惊呼道："啊，是——皇上！"竟一腾身跃下床来，俯伏着连连叩头，颤声道，"奴才周培公恭请圣安！不知皇上驾临寒邸，这……这实在……"

"这有什么？"康熙俯身一把挽起了他，笑着说道，"朕来奉天两天了，听说你有病，特来瞧瞧——到底怎么样？你还坐回去，天冷得很……"周培公谢了恩，方艰难地爬起来坐了回去，扯一件锦袍穿好了。康熙一时没说话，背着手看墙上的字，只见上头写着：

栽松不难邀风　植花亦可赏月
有书即能忘忧　移樽且为去愁

掷，志在必得，必须缜密行事。譬如说设卫厅筹粮，除了皇上和高相外，其余的人不必让其知晓。免得办粮臣子心有侥幸，彼此推诿，倒误了事。唉！臣真想随主子挥戈西征，以此多余之躯捐于疆场，奈何时运不济，怕是难熬到那一天了！"说着周培公已是凄然泪下，注视着被风吹得一掀一动的窗纸，久久没再言语。

康熙也没有说话，只看了看斜倚在桌旁委顿不堪的周培公，站起身来走至桌旁，提笔疾书，方大声道："魏东亭进来！"

"奴才在！"满身大雪的魏东亭应声而入，甩袖子打下千儿道："主子有何旨意？"

"你不能在奉天多待，要尽快赶回江南，这里没有多少事要你办。海关厘金要全部用来买粮。回京后朕再给你旨意！"

"喳！"魏东亭忙道，"奴才明日就启程！"

"还有，"康熙将纸交给魏东亭，"你绕道北京，传旨给太医院，派最好的医正，带最好的药来为周培公诊疾！"

"喳！请示下，带什么药？"

"明早你问高士奇，由他来定。"康熙说着，掏出怀表看了看，温和地朝周培公一笑，说道，"朕还有事，得去了，你好生养着，这病必不相干。让高士奇留下，你们谈谈。他也懂医，参酌个方儿出来。你是有专奏之权的臣子，要什么东西，只管缮折告诉朕！"说罢，带着侍卫们去了。

屋里只剩下了高士奇和周培公。大约方才精神耗得太多，周培公显得疲倦，脸上潮红退去，变得蜡一样毫无血色，却还勉强招呼高士奇就坐，又命人看茶。

"你不用张罗照应我，"高士奇自掇了把椅子，坐近了周培公床前，笑嘻嘻说道，"如今你是病人，我是郎中，请诊脉。"周培公摆摆手，说道："高先生何必客气，我是久仰你的大名了！我的病自己心中有数，治也罢不治也罢，只在两年之内了。"高士奇笑道："周郎何必英雄气短？你正在英年，往后日子比树叶还稠呢！再说我奉圣命为你诊视，不看脉，怎么交旨呢？"说着便搭脉。

周培公因见他并不在尺关寸上用指，只用二指轻叩手背太素穴，不禁吃了一惊，问道："先生原来精于太素脉！这在当今已是绝学，先生真是无书不读！"高士奇道："你能识得这叫太素脉，也就见识不凡。我看君与我一样，读书不拘一门，不过你进了武道，我进了文道，如此而已。"

原来高士奇察言观色，已知周培公病症难治，便想以年命之学动之，聊作抚慰。听周培公话音，似乎对太素卜命的书不曾读过，心中暗喜，便拿腔作势闭目诊了半日"太素"脉，方丢开了手，口内吟诵道："断桥秋水柳如烟，孤影空悬天际边。黄落萧索残枝摇，风雨昏夕犹翩跹——按此脉象，乃是一只惊鸿孤雁，力穷而志远，心高而胆寒。主——"他沉吟了一下，又道，"主寿考而有促征，贫贱而有贵征，——怪哉！促而寿、贱而贵，怎么会是这样？但脉象如此，高某只能据实而言。"

"高先生不愧为诡谲文人。"周培公微笑道，"为什么将'惊弓'改为'惊鸿'？后头还有四句判语：蛇无足、归有穴，委曲而行，中道而僵——怎么不一并说了？"

高士奇突然一阵气馁，尴尬地一笑，说道："原来你比我还精熟，这还有什么说的。据我看，什么子平术、太素脉，都是那干下流文人吃饱了撑得发慌编出的话，说得有模似样地哄世人。培公是达人，也不用我多余的话来劝。"周培公淡然说道："你用心如此良苦，我岂有不感激的？但太素脉也不尽都是谎言。比如方才说的'惊弓'我就体味极深。"高士奇抽了一口冷气，惊讶地问道："惊弓？倒要请教，惊谁的弓？"

"即便聪明过人的人，得意时也常忘其形啊……"周培公模棱两可地说道。因见高士奇腰间佩着一串丝结，便转开话题问道，"这是不吉之物，你怎么佩在身上？"

"哦……"高士奇低头看了看，笑道："这是内务府老何夫人临终给老何的，无人能解得。我看着像玛瑙珠子似的，挺爱人的，就佩上了，倒不知是不吉之物。"周培公伸出枯瘦的手要了过来，在手里把玩着，莹光明亮，鲜红鲜红的，像滴滴红泪串了起来，遂漫不经心地说道："此串名曰'冤孽串'，据民间说，死者心有怨愤，一日解不开，一日生魂不能超度，其实是死人自己和自己过不去——老何！哪个老何？"高士奇道："叫何桂柱，最是庸人厚福的一个人……"

高士奇还待往下说，周培公已是神情大变，脸上苍白得全无半点血色，伏在枕上喘息着，似乎压抑着内心极度的激动。高士奇忙起身问道："你身上很不好么?"

"没什么……不知怎的心里一阵发慌……"周培公苦笑道,"看来这位夫人的结子要由我来解了……"高士奇不禁失声笑道:"想不到你一个圣人门徒,竟也和婆娘们一样相信神佛了!这结子我不知参详了多少次,你哪里能解得开。"

周培公一言不发,将那串子放在手上仔细看了半日,轻轻一抖,丢进了火盆里!那丝结上打过桐油,一见火,"噗"地蹿起一股殷红的火苗,丝结在火中痛苦地扭曲了几下,化成白白的灰线……周培公用火筷子轻轻一拨,早已无影无踪——将金瓜子扶起,放在几上,呆呆出神。

"解化开了!"高士奇击掌笑道,"真有你的!我就想不到用这法子!"

周培公无所谓地一笑,捡起那只金瓜子,犹自微微发烫,痴痴说道:"这是黄金所制,炉火难化啊!"

第三十回　恩威并用天子说王爷
闲话连篇村妇讥皇帝

　　康熙冒雪回到故宫已是子初时分，击柝声透过雪幕隐隐传来，更增加了四周的宁静。索额图早已在丹墀下候着，远远见康熙一队人马打着灯笼过来，忙朝屋里喊道："明珠，主子回来了，请王爷接驾！"在里头正和科尔沁王卓索图有一搭没一搭说地方风物的明珠忙答应一声，便和卓索图哈着腰出来，三人一齐跪了接驾。

　　康熙只看了他们三人一眼，没有吱声，在廊下跺跺脚，由李德全去掉了大氅，自走进灯烛辉煌的勤政殿，在正中龙椅上坐了，慢慢喝完了一杯热奶子，方道："你们几个都进来吧！"

　　三人鱼贯而入，索、明二人只打个千儿便默然退至两旁，卓索图向前行三跪九叩大礼，伏身在地，叽里咕噜说了几句蒙语，又用汉语高声道："奴才卓索图恭见圣明天子！"接着又是一串儿蒙语。康熙先还呆呆地听着，至此不禁哈哈大笑，俯身虚扶卓索图起来，说道："看你不出，这么会奉迎！你的汉语蛮漂亮么，起来吧！"

　　卓索图立起身来，站在康熙身边的魏东亭禁不住好奇地打量这位蒙古王爷。五短身材，面色黝黑，脖颈显得粗短些。两道浓眉刷子似的倒剔起来，戴一顶金龙三层朝冠，八颗东珠和红宝石闪烁生光，四团龙袍耀眼明亮——一身慓悍勇武气质，只两腿看去有点罗圈。魏东亭不禁思量：此人必定精于骑术！正胡思乱想，却听康熙问道："知道朕叫你来为什么吗？"

　　"奴才不知道。"卓索图躬身答道。方才在朝房他很费了心思与明珠、索额图套问康熙召见意图，无奈这两个大臣一提这事便王顾左右而言他。弄得心里在一直忐忑不安。他却不知，连索、明二人也在鼓里蒙着。

　　康熙目光紧紧地盯着卓索图，半晌方笑道："朕要取台湾，缺军饷。听说你这几年着实殷实起来，又掘了一个金矿，想暂借一点以充国用，如何？"这话说得众人无不面面相觑，谁也想不到半夜里叫过卓索图为的只是这个。卓索图一愣，飞快地看了康熙一眼，说道："托主上洪福，科尔沁草原这几年雨水充足、草肥马壮，牛羊增了一倍有余。但奴才领地并无金矿，恐是讹传也未可知——皇上说军饷，这也是奴才分内的事，请开出数目，奴才当竭力报效！"康熙不言声，起身踱了几步，倏地转过身走近卓索图，目光变得咄咄逼人，笑道："朕知道你科尔沁不出黄金，但准噶尔有啊，噶尔丹的就是你的，你的就是噶尔丹的，还不是一样？朕想知道他送过你多少次，每次多少，你又因何不具本奏明朝廷——嗯？"

他的声音中透着巨大的压力，科尔沁王那样一个敦实有力的身材也被震得浑身一颤，"扑通"一声双膝跪倒，急急说道："回——回皇上话，自康熙十五年至今，噶尔丹每隔一年送一次，共是四次，每次四万五千两——"

"怕是五万两吧？"康熙冷冷截断了他。

"第一次是五万两……"卓索图无可奈何地咽了一口唾沫，说道，"因是为家母祝寿，奴才愚鲁，以为是私交往来，所以未及时缮折奏明，求皇上治罪——所受黄金，奴才愿全部缴纳国库，助皇上军饷之用！""哦？哦！"康熙不禁纵声大笑，"朕贵为天子富有四海，哪里能打你这点金子的主意？朕试你的心地而已。你们草原上有句话：没有来由的钱财好像没有母亲的羔羊，你懂吗？"卓索图盯视着康熙，良久，说道："噶尔丹无法无天，不遵朝廷政令，在喀尔喀擅自抢掠杀人，自称大汗，奴才都是知道的。但他毕竟仍对皇上称臣纳贡，而且对东蒙古诸王很够交情，奴才不愿轻易与他翻脸，所以才……受了他的金子。"

康熙轻轻叹了一口气，说道："你不够聪明啊！"回身打开了一个金皮奏折箱子，取出几份折子递给卓索图，"这一份是锡林郭勒盟的，这一份是昭乌达盟的，这一份是哲里木盟的，还有温都尔汗的……都是东蒙古诸王的密陈奏议。那噶尔丹岂止送黄金给你一家？他们都有，惟独临近准噶尔的蒙古诸王，一个铜子儿也不给！你想想这是为什么？"

至此时，明珠和索额图才知道康熙接见卓索图的真意，心里佩服得五体投地。索额图便道："他如今结交你们东蒙诸王，怕的是将来他进攻漠南，和伊克昭、乌兰察布、库伦诸王作战时，你派援兵相抗！"明珠也道：

"等收拾了他们，就轮到你了！贪他这点蝇头小利，忘君臣大义，身死家亡，值吗？"

卓索图喃喃说道："真的？……"

"一点不错！"康熙笃定地坐了回去，将腿跷了起来，因见高士奇挑帘进来，遂笑道："真让周培公给说着了！卓索图，噶尔丹由于你离得太远，鞭长莫及，所以用子女玉帛将息着你，由着他在西边折腾，待到兵临科尔沁，你明白也迟了！"

卓索图紧皱眉头思索着，半晌，粗重的牛皮靴子一顿，突然涨红了脸，大声吼道："西蒙古这只恶狼，他休想！"

"朕也不能容他在草原横行无忌！"康熙冷冷说道，"当年尼布尔王子造反，朕小示军威，只十二天就平叛了——这你都看见了吧！何况今日天下一统，数百万八旗劲旅枕戈中原？卓索图，不要见利忘害，主意须自己拿定了！"话虽没挑明，其中一击双响的意味都听出来了，卓索图忙跪下叩头道："奴才糊涂，收了他的礼，还以为他是好意。主子这一点拨，奴才心里也就清亮了。"康熙笑道："朕要的就是你的心，明白就好。噶尔丹再送礼来，你依旧照收不误，晓得么？"

一霎时，康熙心中涌上一个新的念头，既然噶尔丹是"远交近攻"，何不将计就计诱他东来？就近歼灭岂不胜于远途跋涉？高士奇生就水晶般伶俐心眼，已揣透了康熙心思，身子一躬笑道："奴才方才在周培公那儿，听他指着地图说了半日，也是这个理儿。据奴才看，总还不及主子虑得深，想得远。"康熙听高士奇将"地图"二字说得山响，不觉心头一亮，心里打着主意，叹道："朕今晚见你，原以为你必定百般推脱遮饰，倒不料你如此爽快，可见你并没有真的和噶尔丹勾手。这不但是社稷之福，也是你的造化。卓索图，先王许多后妃，还有当今太皇太后，都是你科尔沁草原上出来的人，朕信赖你，犹如自己手足，你可要多为朕出力才是！"卓索图正诧异康熙为什么叫他"照收不误"，听了康熙这样的知心话，十分感动，挺了挺身子，自豪地说道："奴才有三万英武的勇士，像雄鹰一样矫健，全都是皇上最忠实的奴仆！自今之后，奴才决不收噶尔丹一文钱！"

"朕说过你照收不误，你一定照办！吃孙穿孙不谢孙，这样的好事为什么不干？"康熙格格一笑，意味深长地说道，"要想办法让噶尔丹相信，你是上了他的当！"

"喳！"

康熙接着道："朕要明诏下旨，斥责你私受外藩贿赂，且在朕前文过饰非，着即褫夺掉你王冠上的东珠！"

这是一个不轻的处罚，明日王公齐会，科尔沁王头上竟没有东珠，脸面往哪儿放？康熙见卓索图红了脸，哈哈一笑，目中波光一闪，说道："舍不得了？非如此，不足以成吾大计！你不要觉得吃亏太大，朕还有东西赐你——"说着走向案边，提笔略一思忖，疾书道：

> 卓索图王为国屏藩，素著忠心，体天爱民，功在社稷。除大逆外，着免死贰次，子及孙免死一次，世守科尔沁，与国同休。钦此！

写罢读了一遍，用了玺，走近卓索图，说道："朕素来不给人这样特恩。但科尔沁乃我大清入关最早从龙的蒙古王；朕平'三藩'，于艰难竭蹶之时，科尔沁率先出四千铁骑，助国家扫清狼氛，给这个恩典是该当的。你回去依样铸起铁券，让子孙永为大清北方守藩！"

卓索图乍惊之下又蒙殊恩，心中五内俱沸，不知什么滋味，扑身倒地叩头泣道："皇上如此厚爱，恩及万世，泽被千秋，奴才粉身碎骨，不足报圣恩万一……"

"还有，"康熙的瞳仁又黑又亮，"将喀喇沁左中右三旗之地拨归你部。该地满蒙汉军营旗，驻防披甲人及绿营将佐，统属你科尔沁王调遣——这份恩典，比起几颗东珠、十几万两黄金如何？"

喀喇沁三旗之地东西五百里，南北四百五十里，驻营兵七万余人，一下子全给了卓索图！这更是做梦都想不到的赏赐！卓索图的血仿佛全涌到脸上。比起这个，什么黄金东珠、宝石金玉，统变成了尘泥，对于蒙古人来说，还有什么比草原、牧场、军马更宝贵的呢？卓索图喝醉了酒似的晃了一下身子，双眸紧紧盯着康熙。康熙和蔼地瞧着这个蒙古王，微笑的嘴角和明净无瑕的眼神没有丝毫虚伪和欺诈。卓索图嗫嚅了一下，突然轻轻拔出腰中匕首，擎在手中看了看，向左手食指一搪，汩汩的鲜血立时淌了出来。

"皇上，天下万物的至尊！"卓索图的嗓音微微发颤，"凭着我卓索图家族部落祖先的血起誓：哪怕太阳和月亮从此不再从草原升起，哪怕狂风暴雨弥漫了世界，科尔沁上空所有的雄鹰不会迷失方向，他们永远是大清皇上忠实的臣仆……"

直到子末时分，卓索图才叩头跪安。高士奇已将几份诏旨拟好。康熙因见头一份便是讲"吃饭"学问的，只一笑撂过一边。又看了褫夺科尔沁王东珠的明发和赐的铁券书，还有喀喇沁三旗的密旨，却看得很细。良久，舒了一口气，笑道："倒也罢了。你们几个说说，这样处置科尔沁的事怎么样？"

明珠是从头看到尾的，见康熙又镇又抚，连揉带搓，把个卓索图调治得如同小儿，心中佩服到了极点，正要说话，索额图早笑道："奴才是看得眼花缭乱，当时想都不及细想。如今寻思起来，皇上是要诱敌深入了！不过，奴才想着，台湾的事毕竟没了，似乎有点操之过急了。"明珠忙道："皇上恩威并用，收服了科尔沁王，这作用真妙不可言，不但不怕噶尔丹东进，连黑龙江的事也无后顾之忧。一石双鸟，妙！据奴才看，也不为操之过急，台湾今年就可拿下来，略作数年准备，若是噶尔丹果真东侵，真能毕其功于一役了！"

"万岁处置极明极当。"高士奇沉吟道。他猛地想到是自己说了"地图"，才引出赐喀喇沁的，怕康熙觉得自己聪明过头，又恐日后生变累及自己，忙又道，"不过据奴才看，赐铁券也就是了。何必再加这么重的赏？鹰不能喂得太饱，饱则思飏，古有成训。这是奴才的一点想头。"

康熙笑着听完他们的议论，转脸问魏东亭："虎臣，你说呢？"

"奴才有什么见识？"魏东亭一怔，笑道，"但觉得高士奇所言似有道理。科尔沁素称富庶，领地数千里，军马数万。再加喀喇沁三旗之众，仅骑兵便有十余万。万一有不虞之隙，恐怕尾大难掉，离北京又这么近……"

康熙听了笑而不答，起身打了个哈欠，说道："你们跪安吧。小魏子明日还要赶路呢！路过喀喇沁左旗，传旨给狼曈。自今之后，和魏东亭一样，他也有密折专奏之权！"

在沈阳停了四天，康熙便命起驾回北京。这次奉天之行，可谓志得意满，得了一个阿秀，有了西进的活地图、向导，貌美才高，不啻解语花、忘忧草。漠南北蒙古王公在钦安殿歃血盟誓效忠朝廷，同仇敌忾对付噶尔丹，并共议在热河承德各修一座行宫，为常朝北京的驻扎之地。抓住科尔沁王这条线，若能引噶尔丹这条大鱼东来，自己亲统三军合满汉蒙之力聚而歼之，噶尔丹又不是土行孙，能入地走了不成？

待过喜峰口，恰是三月季春——关内关外虽只隔一座长城，天候地气却迥然不同，驿道两边早是柳丝吐黄、嫩草芳菲。乍从白山黑水归来，真有如换天地之感。康熙心中高兴，竟下了乘舆，命阿秀的轿在后远远跟着，自和左右扮了行商，在马上和侍卫们说说笑笑，时而放鹰捕猎，时而游幸市沽小肆，访察民风，沿路自有驿站迎送，倒也十分快活。

这日行至中午，康熙觉得有点饿，在马上手搭凉棚，见一座村醪小店，临河靠路一溜杨柳，一湾鸭头碧水潺潺东流，店前老槐上一枝长竹挑着个幌子，上头歪歪斜斜写着两行字：

太白闻香下马来，到此莫问杏花村。

一边放缰奔着，一边问道："索老三，咱们这是到了哪个地面？"

"爷台们，您到三河镇了！"不等索额图答话，店里一个中年妇人早满面春风迎了出来，"下来歇歇脚，吃一碗三河老醪，一点不误您走路——泰来家的，烫酒，给客人洗尘，叫伙计们牵马到后院，把上好的料拌匀了喂！"说着已是福了两福。高士奇看这妇人时，青布宽袍，绣花裤脚下一双半大不大的脚，缠腿早放，双袖微挽，露出雪白的里子来，虽只家常村妇打扮，看去却干净利落。高士奇一边跟着下马，将缰绳丢给伙计，一边笑道："小桥流水人家，你这开店的不俗，不信你家的酒比得上汾酒？""您老明鉴！只用闻闻就知道，这个味儿甜里透着醇香，汾河哪来这么好的水！"老板娘说话又简捷又利落，脚不点地地忙着照应明珠一干人，瞧准了康熙是主客，便往上座上让，又安排伙计打水洗脸，口中不停地说道，"爷台别看我家门面小，这个样儿的小店我开着二十几处呢！一百多年的老字号了，全凭着好酒好景致，客人才有这份雅兴！不是我崔氏夸口，我过门来祖公公还在，说啦，幌子上头这几个字还是前明正德爷写的呐！皇帝老子也是人，好的就得说好！"

康熙一边笑着坐了，说道："好一张伶牙俐口——既说正德来你家吃过酒，你老祖宗没说他什么样儿？"

"皇上嘛，那派头还小了？"老板娘眼瞧着康熙气度不凡、雍容华贵，晓得有来头，一边忙着布菜，将煮酒的大铜壶放在烧得旺腾腾的火上，筛着酒回口取笑道，"祖公公说，皇帝老子左手擎的金元宝，右手拿着银元宝，骑的毛驴屁股上搭包里全是人参，饿了就吃人参……一旦要上厕时，就叫人取鹅黄缎子预备着……"

话未说话，康熙一行人已是哄堂大笑。因见康熙兴致极好，明珠便假作不解地问道："要鹅黄缎子做什么？""好揩屁股呀！"老板娘拍手笑道，"皇上么，就这个样儿！"康熙不禁捧腹大笑，咳嗽着说道："……好！好！你形容得好，这才是个好皇帝呢！"随行侍卫们一个个前仰后合，捂着嘴笑不可遏。

正乱着，却见外头官道上一乘官轿打道过去。接着又是四乘小暖轿，看样子是内眷，前呼后拥的足有五六十人，衣色很杂，丫头老婆子、师爷、书办、长随一大群。后头十几头骡子驮着箱笼、妆奁台、画眉笼子之类杂物，浩浩荡荡迤逦西去。康熙以为必是哪省的藩臬上任路过，也不在意。老板娘看着官轿，眨眼瞭见外头一个中年人正下毛驴，后头小奚奴跟着，忙笑道："有客来了——酒菜这就齐备，爷台们请自用——哎，老客！请里头坐，又干净又敞亮，打个尖儿再赶路啊……"说着便迎了出去。

那中年人下了驴，命小奚奴向柳树上拴了，只对老板娘说了声："我们急着赶路，不进去了。烫两碗酒，来一碟子豆腐干，外头站着吃完就走——"说着，上前扯住了走在官轿最后的伴当，轻声问道，"喂，兄弟，方才过去的是哪家大人啊？"康熙不由瞧了那中年人一眼，虽觉有点面熟，却再想不起几时曾见过。"你问我们爷？"那伴当打量一眼中年人，嗑着瓜子儿，待理不理说道，"新任县丞，署三河县令！毛宗堂毛大令！"说罢一摇三摆地去了。中年人听了一怔，半晌才拈须点头道："哦——好大的气势！"

康熙心中一震，一个小小的县令，八品顶子，上任居然带了这么一大帮牛鬼蛇神！想着不由瞟了明珠一眼。明珠见他突然阴沉了面孔，生怕当场发作，遂大声道："一县之令嘛，百里侯，还能没点势派？"

"百里侯？"那中年人在店外已喝完了酒，递给老板娘二十个铜子儿，抹了一把嘴冷笑道，"这是只百里虎，张着血口来吃百姓了！"说着一径去了。武丹看了半日，已认出他来，见康熙出神，忙凑近了耳语几句。

第三十一回　小太监横行三河县　鲠直臣犯颜批龙鳞

"哦！是郭琇！"康熙目光一亮，问武丹，"你怎么会认识他——唔，知道了！"他猛地想起，当初郭琇为道台，因贪贿被劾，端阳节在午门外和巡抚于成龙一道晒太阳受惩，是派武丹前往传旨问话的。康熙自己只在吏部引见时见过郭琇，如今看着，怎么瞧都和心目中的"贪官"郭琇相去太远，便转脸问明珠："这个郭琇，又选出来了，吏部放他什么官？"

明珠已记不清了，正歪着脑袋想，索额图在旁笑道："这是奴才管着吏部时的事，郭琇被降了三级，现任顺天府同知，当了摇头大老爷。"

康熙没再说话，默默想着，叫过老板娘，问道："三河县有多少人？"

"大约十来万人吧！"老板娘有点莫名其妙，笑着道，"三河镇是大码头，七十二街三十六行，五千多户人家，热闹着哩！——爷台想到镇里走走？"康熙没有回答她的问话，笑问："这里捐赋抽多少火耗？"老板娘一怔，说道："一个官一个王法。我在这十八年，经了五个县官，有的二钱，三钱，有的四五钱不等，前头王太爷要的最小，只一钱八分，可惜丁忧去了，新来的爷还没到，老婆子哪里晓得人家要多少！反正这地方是个福地，由着老爷们刮就是了！"说罢便笑。

康熙点了点头，立起身来伸欠一下，说道："好啊！不愧是福地，酒好，菜也好。改日还来扰你——江村，会账！"说罢便出来，因见李德全和四五个小太监在外头棚子里吃酒说笑，便招手儿叫过来，低声吩咐道，"你带两个人到三河镇，看看那个县丞怎么接印。不要生事，完了就快回来。"说罢转脸命高士奇和武丹，"阿秀他们大约已经到了驿站，咱们回去吧。"

三河县因沟水、洳水和鲍丘河穿境而过，因以得名，通衢驿道四通八达，水旱两路码头，真个人烟辐辏热闹非凡。李德全自小毛子被杀后便是养心殿头等红人。久居宫禁，乍离康熙，犹如困鸟出笼，顿觉天高地阔，此番奉命进城查看吏情，自觉抵得半个钦差，带了两个小苏拉太监打马扬鞭，泼风似的冲城而入。

谁知这西门里头正是集市，一街两行尽是做买卖的，拥拥挤挤人流涌动。城门楼内侧一个耍猴的正打场子，那老猴扮了王昭君，骑一只羯子羊，有模似样地演"出塞"。大群的人众围着看得发呆，哪里提防这三匹高头大马突然冲进来？老人小孩闪避不及就被挤倒了一片。看着人们那副狼狈相，三个太监互相瞅着，不禁都扯着公鸭嗓儿格格儿笑。一个瞎眼老婆子原跪在场子外头，抖着两只手向人乞食，早被挤倒在地，又被收不住缰的马踹了一蹄子，哼也没哼就背过了气。

人们"呼"地围了过来，默不作声地盯着李德全，见他们三个人气宇轩昂衣饰华贵，却没人敢出头来问。一个正在墙角和几个老汉摆龙门阵的中年人几步抢进来，扶掖着老太婆坐了，又是掐人中，又是捶背。小太监何柱儿眼尖，忙凑到李德全耳边小声道："李爷，这是方才店门口吃酒的那个人。"

李德全见伤了人，心里有点发慌，但又怕赔不是倒了架子，忙从腰里掏出一块银子，掂了掂，约有一两半，朝地下一丢，对那中年人道："喂！这钱拿去，给你妈寻个郎中瞧瞧——这儿到县衙怎么走啊？"

"老天爷……"瞎老婆子此时方醒过来，吐了一口痰，微弱地叹息一声，"这……这是怎么了？我……真是老不中用了……阿弥陀佛……"那中年人便是郭琇，只见他牙咬得紧绷绷的，阴沉沉的眼盯着李德全，突然怒吼一声："你下马！踹倒了人，丢下这么点臭银子就想走？"

旁边看热闹的早围得水泄不通，见李德全一脸骄横气，都气不过，七嘴八舌地高声呐喊助威：

"下马，下马！天下哪有这么不讲理的！"

"把马给他扣下！"

"治好了人再放狗日的走！"

"哪来的龟孙这么撒野！"

"哟嗬？"李德全两道细眉剔得老高，冷笑一声发话道，"我是瞧着她可怜才赏银子的，倒有了不是？有跪在当街讨饭的？马是畜生，它懂什么？有什么事大爷兜着了！"说着，霍地跳下马，红头涨脸地说道："想讹爷们么?"

郭琇眼见老太太渐趋平和,叫周围的人把她架到附近茶馆里将息,拍拍手站起来道:"听口音,你像京师人嘛。天子脚下的人得知道规矩!你是做什么的?"李德全笑道:"你小子还算有眼力。爷正是京师来的,有差事要见三河知县!"郭琇阴森森一笑,说道:"三河没有知县,新来署衙的县丞已经摘印了。你就是见县太爷,也得先把这儿的事了结了!"

"王八蛋!"李德全"呸"地唾了一口,操着官话骂道,"别说是你,就是直隶总督也得让我三分!当爷是傻子?姓毛的中午才到任,才一个时辰就摘印了?——你这副德性样也想耍着爷们玩儿?"说着手一扬,一鞭打在郭琇肩头上。

郭琇痛得嘴角一抽,却又忍住了,舒了一口气,说道:"好……你不信,我带你去!"李德全咧嘴一笑:人是苦虫,不打不行,这话真半点不假!口中却道:"早这么识相,不少挨一鞭子?"

县衙并不远,郭琇带了他们三个向西走了一袋烟工夫,又向南一折,便见一带粉墙,照壁榜房后是两层楼高的宣化牌坊,正门前空地足有麦场大,两侧一对石狮子张牙舞爪,看去十分威风。却因官缺空着,门旁只插四面肃静回避牌,并无官衔虎头照牌。从大门向里望,堂鼓和官靴匣高悬壁间,笔直的甬道纤尘不染,过仪门直通月台,房屋布局严谨,轩敞高大,等闲府台衙门也没有这份壮观。

郭琇到了衙门口,回头笑着对李德全道:"到了,你们暂候一时,我进去跟管事的说说,再出来接你们。"说罢径自去了。李德全踩着下马石下来,笑对何柱儿道:"这狗才前倨后恭,原来是个常在衙门里走动的,把我们当外乡人了……"何柱儿咧嘴一笑,正要说话,旁边小太监邢年挤眼儿巴结道:"您老要亮出真实身份,他不吓趴下才怪呢!"

说话间,堂上大鼓忽然"咚咚咚"震天价连响三声。三个人眼巴巴等着里头出来迎接,却见十几个衙役握着黑红两色水火棍,"嗷"地一拥而出。李德全三个人连话也没来得及问,已被老鹰抓鸡般撮了进去,甩到了堂心。正堂案后一个官员身着八蟒五爪袍,缀着鹭鸶补子,头戴一顶白色涅玻璃顶子,半侧身子坐着,见他们三人被拿进来,"啪"地将响木重重一敲,厉声问道:

"你们是何方地棍，到三河镇欺压良善？讲！"

李德全晕头转向，抬头一看，不由倒抽一口冷气，原来正是酒店下驴、城里护人的中年人！刹那间他气馁了一下，但想到自家身份，顿时胆壮起来，双手一撑跳起，鼻子不是鼻子眼不是眼地就骂："混账王八羔子，你叫什么名字？爷是当今万岁驾前承奉的人，晓得么？跷起脚指头也比你高些——就敢这么作践我！"

"狂妄！"郭琇勃然大怒，"啪"的一声击案而起，厉声喝道，"朝廷早有明发诏谕，太监不得擅自出京！哼，你这刁民竟敢冒充皇差，败坏吾皇名声，来人！"

"在！"

"大棍侍候！"

"喳！"

应声未落，火签儿已扔了下来——每人二十脊杖——不由分说已是拖出去按倒了，扒开袍子，噼噼啪啪便是一阵臭揍。

三个人都在宫禁养尊处优惯了，细皮嫩肉的，几时吃过这等苦头？开头还声嘶力竭地又叫又骂，后头便只是一阵阵干嚎，口气却是不软："……好！——哎哟……打得爷哎哟……好！操你祖宗——哎哟！"待用完刑拖回来，三个人俱都涕泪交横衣衫不整，捂着脊背拧着双眉连声叫苦。

郭琇冷笑着问道："还敢冒充皇差么？"

"我们本来就是皇差！"李德全脖子一梗，身子挺了挺，疼得不住咧嘴吸气，"皇上叫我们来传你县官问话！少时就让你晓得二郎神几只眼！"

太监与常人不同，郭琇观其形貌，辨其声音，又用了刑，早已信了。但康熙身边的人在外头如此作恶，若是认承下来，当着这么多衙役，就等于往皇上脸上抹灰，见李德全兀自嘴硬，冷笑道："既然打不怕，好，大刑侍候！"伸手又掼了签子出去。衙役们见这位顺天二尹中午进衙不由分说就摘了毛宗堂的印，令其扫地出门，下午又进衙代署，早知风骨硬铮，"噢"地答应一声，将三套柞木"咣"地撂出来，恶狠狠就地夹了腿，绳子一收，三个人"妈呀"一声，脸色灰白，登时昏厥过去。早有刑罚房衙头儿走过来，向各人脸上"噗"地喷了一口水，李德全等人方慢慢醒过来。

"还是皇差么？"

228

郭琇额头的青筋暴起，一跳一跳的，边问，手又向火签筒伸去，看样子只要李德全一开口，立即又要用刑。三个太监对望一眼，邢年哭丧着脸道："好李大爷，您就别……"说着嘴角一抽，竟委屈得放声大哭。李德全抬头望望这个蛮不讲理的堂官，心里使着暗劲儿，咽了一口唾沫，半晌才道："就算……不是吧……"

"不是就好！"郭琇也松了一口气，冷笑着缩回了手，吩咐道，"本司今日懒得问案，先把这三个恶棍监押在巡捕厅，听候发落，不要轻纵了！退堂！"他坐着寻思良久，料知康熙必是住在三河驿，便匆匆赶至后面琴治堂修表，讽谏皇帝不应派中使扰民。

康熙在驿中歇息了两个时辰。这一觉睡得很是酣畅，足到申末时分方伸了个懒腰坐起，揉了揉惺忪的眼睛，趿了鞋掀帘看了看里间，见阿秀和韩刘氏正在桌旁抹骨牌打卦解闷儿，便踱到廊下。因见武丹和两个太监在西廊下拿着一只剥净了的鸡在喂海东青。那海东青闭着眼瞧也不瞧，撑着翅膀躲闪着食物，一口也不肯啄。康熙不禁笑道："调鹰是那么容易的？那是祖传的手艺！你们这个样儿，要折腾死朕的海东青了——真怪，这都什么时辰了，李德全这奴才还不回来？武丹骑马到三河看看。"高士奇、明珠、索额图三人都在东厢假寐，听康熙起来，忙都赶了出来，索额图便笑道："好容易放他们出去，这些太监最爱玩儿的，不定到哪吃茶听说书了吧？"

一语未终，李德全、何柱儿、邢年三个太监从驿馆门外蹒跚而入。三个人都戴着四十斤重的大枷——踉踉跄跄进来伏在地下，连头也磕不成，一个个屁股上浸着血渍。满院的侍卫、太监和驿馆官员一时都愣了。李德全看了一眼惊愕的康熙，嘴唇哆嗦着，半晌"呜"的一声号啕大哭，趴着向前爬了两步，语不成声地哭道："好主子爷呀……奴才们可算活着……回来了……"那海东青见主人回来，扑棱了一下翅膀，武丹一松手，早飞过来落到李德全肩头，从李德全背后皮囊里叼出一块牛肉干，爪撕口啄便是一阵猛吃。

康熙心知必定出了事，愣了一下，又好气又好笑地骂道："哪里讨来这副现世宝模样，叫人恶心！"

李德全哭得气咽声嘶,勉强长跪起来,指天画地把怎样到三河镇,如何被郭琇诱到衙门,不许分说便按倒,又打又夹。他还揉眼睛丢鼻涕,添油加醋地说了个全,只隐讳了他们骑马撞倒瞎婆婆的事。康熙不由气呆了,脸上先是一阵发白,接着血涌上来,筋绷得老高,看看海东青的馋相,气得双手也微微发抖。

"滚起来。"康熙怒喝一声,"朕见不得你们这贱样儿!——三河县的人呢,来了没有?"

话音一落,便听驿站门外有人大声回道:"臣顺天府同知郭琇叩见万岁!"

"进来!"康熙辫子一甩,回身上了中堂台阶,背着手冷冷盯着大门厉声吩咐道。

"喳!"

郭琇答应一声,哈着腰趋步而入,不慌不忙打了马蹄袖,看了一眼盛怒的康熙,行三跪九叩大礼,山呼万岁。高士奇不由暗赞:"此人气度不俗!"明珠和索额图也自替郭琇捏了一把汗。良久,才听康熙道:"郭琇,打狗还要看主人呢!你胆气很豪啊,谁撑着你的腰?"

"回万岁的话!"郭琇操一口浓重的山东口音伏地顿首大声说道,"臣循朝廷法理行事,原本胆大。身乃受之父母,气乃得之孔孟——只因曾读圣贤书,不敢妄为,心无愧怍,何惧之有?"

"武丹!"康熙气得面如纸白,回身叫道,"拿鞭子抽他!"

武丹应声过来,将马鞭子握在手中,看了看康熙的脸色,一咬牙"日"的一声抽过去。郭琇浑身一颤,背上袍子已被抽破,殷红的血迹已经浸出,接着又是四五鞭,郭琇疼得浑身大汗,咬着牙一声不哼。

"还敢说你有理么?"康熙见他如此刚硬,摆手止住了武丹,冷冷地问道。

"本来就是臣有理!"郭琇好容易透过气来,大声说道,"万岁不问青红皂白,鞭责臣子,臣心里实难服帖!"

"你也算是读书养气的臣工!"康熙冷笑一声,说道,"你擅用刑木拷打太监,目无君父,这读的是哪本书?你本是无赖小人,贪赃坏法,朕姑念你初犯,从轻谪职,你辄敢如此放肆!"

"臣以官封夹棍责人，不为非刑！"郭琇亢声奏道，"臣自康熙十七年因罪受责，外修身行，内省神明，断指告天，清水濯地；愿以至正之行洗雪奇耻，为圣上治国安民大业，效犬马之劳，今万岁以臣昨日之非断今日之是，即是不许臣改过自新！"说着，便将太监打马冲街、践踏百姓、鞭笞命官、咆哮公堂种种情节——详奏，又道："……主上纵家奴为害黎民，围观百姓怒目侧视，敢怒而不敢言，臣职在司牧，责在地方，行孔孟道，执朝廷法，何罪之有？万岁召臣，未及奏辩，即以非刑鞭臣，不知万岁读的何书？"

郭琇面不改色，当面指责反诘康熙，说得振振有词，众人何曾见过这样的人？一时都吓得脸色焦黄。康熙这才知道事由太监无理而起，只是郭琇如此倔强，一点面子也不给，他实在难以下台，他想一笑了之，却笑不出来，拧着脸道："朕一向容让臣子，不料真的就有上头上脸的人，你……你把朕当成什么人了！"索额图跟康熙久了，知道郭琇只要承认失言，这事就算过去，忙使眼色叫郭琇赔不是。不料那郭琇双手据地，一个头叩下去，竟大声道：

"皇上乃是桀纣之主！"

康熙像被电击了一下，五官都错了位，眼睛冒出可怕的火花，恶狠狠狞笑道："好一个郭琇，果真独具只眼！朕八岁御极，内靖权奸，外扫狼氛，四海归心，八方来朝，唐宗宋祖不过如此！哼哼！朕倒想听听你的高见！"

"皇上！"郭琇痛呼一声，咚咚碰了几下头，说道，"臣康熙十七年即已该死，今死已迟。今既蒙垂询，索性尽言而后死——皇上英睿天断，即不自言，天下皆知。但皇上自即位以来，不以天下共主自居，嬖幸满臣，排斥汉官，宠信宦官，贱视朝臣，以致朝廷内外，卖官鬻爵，小人纵横其间，上贪下诈，喜好游猎，声色犬马自娱。如此种种何及唐宗、宋祖，即桀纣之君亦不曾全有——""你放屁！"康熙狂躁地吼道，"纳捐授官为筹集治河用兵之饷，何得云贪？朕视四海为一家，何存满汉之见？你讲，你讲！"郭琇全似不知好歹，叩头道："是！请万岁暂息雷霆之怒，容臣奏完。纳捐一事虽为筹饷，却也是饮鸩止渴，此例一开，后患无穷，蠹国病民，害不胜言！唐贞观时，天子问山东、关中人才同异，魏徵奏说：'王者以天下为家，不宜示异同于天下。'今自三公九卿，为皇上辅弼者多是满人，而汉人仅居十之二三——您是天下之主，应广收天下英才，地不分南北，人不分汉满。今皇上偏重满人，汉人岂能尽忠朝廷？如今四方之士尚未尽服，天下之民犹有追恋前明者，全是因皇上自己总看自己是满人之故……"他说的是肺腑之言。实际上，本性刚直的郭琇康熙十七年之所以因增重火耗贪贿被黜，是由于看到人心向汉、满人难以立足。

康熙因李德全犯法办砸了差事，已无意重处郭琇，不料他引出这么大一篇文章，真如火上浇油，已是气得发疯，猛地一阵眩晕，忙用手扶住了楹柱。明珠过来扶时，被康熙一把推过一旁，扯过身边素伦腰中的佩剑扔给武丹，狞笑道："好，好，好！朕是个昏君，如何用得起你这等圣贤之臣？——成全你，——将他拖出去，叫他去做龙逢、比干吧！"

第三十二回　针砭时弊郭琇陈词　督促海战光地奉诏

武丹怔怔接了剑，倒犯了踌躇。跟康熙日子久了，这粗汉子已有了心眼。郭琇虽说过去犯过贪贿的案，但后来断指洗地、明耻改过的事他也听说过。今日这事，后头的道理他没细想，但明明是小李子在外头无法无天欺侮百姓引出来的。康熙这会子盛怒杀人，待平静下来谁晓得又是如何？他瞥了一眼满脸得意之色的李德全，上前正要搀架郭琇，郭琇一甩膀子挣脱了，叩头低沉地说道："谢恩！"长长地叹息一声起身便走。

大院里静了下来，几十只眼睛盯着暴怒的康熙，人人心里七上八下。高士奇已寻思半日，早已拿定了主意，背着手望天浩叹一声，喃喃道："奈何，奈何……白日不照吾精诚啊！"

"唔？"

"奴才说实在太便宜了这个郭琇。"高士奇目光幽幽，缓缓说道，"片刻之间，一个曾犯脏罪的贪官，竟成史册留名的诤臣……便宜啊！"

康熙一愣，转眼想了半晌，一跺脚进了屋里。三个上书房大臣交换了一下眼色，索额图叫过素伦，低声道："你出去告诉武丹，且慢下手，等一等再说。"

康熙黑沉着脸进了内屋，见阿秀和韩刘氏一坐一站，都是脸色煞白，显然院里这一幕把她们吓得目瞪口呆了。见康熙一声不吭颓然坐下，韩刘氏忙沏了一杯茶端过来，笑道："茶热，主子消停消停再吃。"

"嗯。"康熙粗重地喘了一口气，方转过颜色，拍着脑门儿喟然道，"是啊，太热了是要烫着的——这干子汉臣，动不动就冒死犯颜，沽名钓誉，真能把人气死！"阿秀乘机便劝道："批龙鳞自然是痛的。我们在屋里听着，这个人倔强得是有些出格儿，但主子开始就用鞭子抽，似乎也急了些儿……"康熙呷了一口茶，目光有些茫然地看了看窗外，似乎有点无事可做，突然间感到一阵莫名的空虚。半晌，忽然怔怔地问道："韩刘氏，你们小家子有没有烦恼？"

韩刘氏笑道："大小都是一样的理儿，谁家都有难念的经。穷的人家为争一口吃的，孩子们吵得叽叽哇哇、乱哭乱嚷，大人干转没法子，像我们韩家顺治年间就这模样。富人家七姑子八大姨争高论低，大老婆小妾争风吃醋，弄得鸡犬不宁，也有得是。一个大户人家，子弟们面儿上头慈孝和睦，心里头都想的是祖上的家业，窝里炮打仗，有人挣，有人破；难得出了一个好儿子，可以继承门户，可是又有一种烦难，这样的儿子往往是一个犟种，有道是'倔儿不败家'呀！"

"倔儿不败家！"康熙据案而起，猛地想起初登极时，"老师"苏麻喇姑说过的一句话"家有诤子，不败其家；国有诤臣，不亡其国"。他不安地打了个颤儿，再不敢想下去，几步跨出门外，见大家还都默然侍立着，嘴唇抖了几下，吃力地问道："武丹呢？人……杀了？"

索额图忙跨前一步，躬身赔笑道："还在外头候旨呢，奴才斗胆命武丹暂缓行刑……""好！"康熙大声道，"速传郭琇进来！"武丹在外头已是听见，笑着对郭琇道："主子爷气平了，叫你呢！得了彩头，别忘了老武刀下留情啊！"

郭琇头发散乱，前额乌青，迈着沉重的步履回到天井，不知因悲因愤，灼热的目光含着一汪泪水。他没有看康熙，只向前走了两步，仿佛用尽了气力，沉重地跪了下去，轻声说道："万岁传臣何事？"康熙心里也翻腾得厉害，看着这个小小的从五品堂官，竟一时寻不出话来，半晌才道："依你看，今个儿这事该……如何了结呢？"郭琇叩头泣道："臣今犯了大不敬之罪，敬请皇上降旨明正典刑。按大清律，三太监犯欺君之罪，也应弃市警戒天下，请皇上一并发落。"

谁也没想到郭琇会这样回答，竟要同李德全他们一道去死！李德全一直咬牙瞪眼看得心里痛快，一听这话，顿时抖成一团。三个人面如死灰一齐跪下，正要告饶，康熙厌恶地断喝一声："朕没问你话，你跪后些！"康熙思索了一阵，神色黯然地摆了摆手，叹道："郭琇，跟朕进厅说话。"说着竟自进了正厅。院子里几十对眼，你望我，我看你，谁也没言语，只有海东青在架上偶尔"嘎嘎"地叫两声。

天已黄昏了，落霞缤纷，彩云辉映，一抹夕阳透过大槅扇门斜照进厅里。康熙、郭琇一君一臣一坐一跪，沉默了许久。康熙语气沉重地说道："你跪近一点。"郭琇忙膝行数步，靠近康熙膝前，听康熙又道："你今日所奏，不能说没有一点道理，但言语太过分了，持平而论，朕难道真的是桀纣之君？当着这么多人，朕的体面何存？"

"回皇上话！"郭琇见康熙如此诚挚，心里一颤，热泪夺眶而出，哽咽着回道，"谀我者仇，讽我者亲，古有明训，求万岁默查臣心。重满轻汉，重内轻外，实乃弊政，臣不敢不据实披胆而言。"康熙停了一下，微笑道："满人说朕太惯纵汉人，你这汉人又说朕重满轻汉，做人可真不易呀！清水池塘不养鱼，朕看这事不必再提了。朕想问问你，你说汉人士子尚不服本朝，实情是如此么？十八年之后，朕看好多了么！"郭琇叩头道："康熙十八年开博学鸿儒科诚是盛举，但仅取一百八十余人，岂能尽收天下遗民之心！皇上励精图治初具规模，心怀贰志之人不敢倡言是真，若说人心尽服，臣不敢附和。"

康熙点头听着，倾了一下身子又道："你都听说些什么？不妨直奏。"郭琇道："臣以罪贬之身，最易听到此种言语，部中司道文武汉臣，动辄拿本朝陋政与前明类比，不满之情，溢于言表，更有遗老著述，追思前明典章，妄分华夷满汉之界，甚至有仍奉崇祯正朔者，岂可等闲视之？即如吴梅村死前一诗，万岁可曾听到过没有？"吴梅村是崇祯年间词人，入仕本朝，极得名士之望的。康熙不禁愕然，忙问："写的什么？你能背么？"

"臣不能全背，"郭琇叩头道，"当日梅村出仕本朝，商丘侯朝宗曾寄书力阻。梅村诗中有'死生总负侯嬴诺，欲滴椒浆泪满襟'。《临殁词》中有'故人慷慨多奇节，为当年，沉吟不断，草间偷活'——这还是应了博学鸿儒科的人，其余如浙江吕留良的《钱墓松歌》，顾炎武之《吊秦》诗，黄克石之《过南阳》词，更是借言兴比，含义深刻……"

"唉！"康熙不由深深叹息一声。他自即位以来，在华夷满汉之间，不知下了多少功夫调和，满以为博学鸿儒科一举收服逸民，不料还是有人……正俯仰沉思间，又听郭琇道："自然，比起康熙十八年之前，境况已经好得多了，主上也不必为臣之言忧心忡忡。臣以为我朝得统之正不可不晓谕天下。当日大军入关，明之宗庙社稷已不复存，我之天下实得于李自成之手，这个道理要颁之学宫，令人人皆知……"说着，见康熙站了起来，便住了口。康熙激动不安地摆了摆手："好……说下去，说下去——朕不惯坐着想事情……"

"……是！"郭琇又道，"天下百姓不知这个道理，还以为大清是夺朱氏天下而自立，这就很可虑！臣以为应效法前明礼尊孔孟、立圣贤十哲之祠表彰文明；访朱皇真正后裔，奉前明宗祠；祭明皇之陵，布告臣民，知我朝为明复仇之事毕，修明朝正史以示灭国不可再复……"

康熙听得神采焕发，不禁欣赏地看了郭琇一眼：这样一个人才，明珠怎么弄的，竟似一点也不知道！

"至于朱三太子之流，"郭琇又道，"原系图谋不轨之奸宄，应着大理寺、刑部，明旨严捕，以端视听而正国典——如此，何愁民心不稳，天下不治？"

康熙静静听完了，点头微笑了一下，庄重地坐回椅上，朝外边喊道："索额图，你们几个进来，叫李德全三个也来，听朕发落！"

上书房大臣及武丹等侍卫、太监，因未奉圣旨，一直都在原地站着，眼见天色渐暗，康熙和郭琇兀自在屋里谈论，正没头绪，听见传唤，武丹忙命人掌灯。李德全听了康熙口风，心知不妙，临进来，将海东青后腿使劲拧了一把，那海东青疼得"嘎"的一声大叫，叫得康熙目光一跳。

"高士奇草诏！"康熙平静地口授道，"郭琇犯颜直谏，语虽多有不敬，然体国公忠之心皎然如月。所言过激之词，朕不加罪——着郭琇补……都察院右都御史之职！"

都察院右都御史乃是都察院六科十五道监察御史副长官，不但有独立弹劾权，并允许"风闻奏事"——即或弹劾不实亦不反坐，秩在从一品。郭琇是已革道员，谪为从五品，骤然之间一跃为台阁大臣，这样的提拔，立国以来可谓闻所未闻。明珠和索额图不禁对望一眼，不知郭琇在屋里说了些什么，陡然间大蒙圣眷。高士奇也是一震，抬头看了看康熙，忙又下笔急急书写。

"……着赐单眼花翎，与六部大臣同朝列班侍候。"康熙一边想，一边口授，"太监李德全等三人，横行违法，擅殴职官，咆哮公堂，谎言欺君，应即处斩——"

话未说完，李德全三个人早吓唬得魂不附体，趴在地下捣蒜般磕头求饶。康熙微笑道："你们犯了国法，求朕没用。郭琇弹劾你们，朕也只能依法而行……俗语说求人不如求己，这得郭琇撤回原奏才成啊！"三个人听了，忙转身趴过来，泪眼汪汪看了郭琇一眼，匍匐着哀求乞恩。索额图心知康熙用意，见郭琇争足了气，便笑道："郭大人，瞧我的薄面，撂开手，恕了这三个杀才吧！这些贱东西不懂事，倒可怜巴巴的，皇上的海东青，得李德全侍候才行啊！"

郭琇已愣了一下，不知所措地环顾四周，直到索额图代为求情，方清醒过来，挪动了一下身子结结巴巴奏道："臣谢恩……臣焉敢……"镇定了一下才说得流畅些，"臣非不识抬举，敬请皇上收回成命。臣以戴罪之身，无尺寸之功，以一言之合，蒙此大恩，恐开诸臣幸进之心，求圣上明鉴！至于李德全三人，臣在三河衙已经动刑杖责。人谁无君父？君父谁不要颐养承奉？又有索中堂讲情，臣即免奏三人欺君之罪。"明珠低头想了想，上前躬身道："皇上，郭琇所奏有理，应待郭琇立功之后，再加封赏，可免去内外臣工少一些议论。"索额图也道："一下子升得太高，恐人心难服，于郭琇也没有好处。都御史乃是国家重器，如此轻授，恐臣下议皇上黜陟随心。请皇上圣鉴。"

"那就先授监察御史吧！"康熙笑着起身道，"其实只要考察实在，多升几级又有何妨？明珠，你当初也不过是个小侍卫，一日之内连迁七级，晋为副都御史。高士奇你说呢？"高士奇笑道："就是这个话。像郭琇这样儿犯颜批鳞，生死不顾的人，确有古代烈臣之风、御史品德，奴才心服之至！""不怕你不服，此人识见不在你之下，胆量比你大得多！"康熙笑着起身道，"朕今日着实乏了，得歇息一下。你和郭琇参酌一下，将他的条陈拟出几道旨来，回京后见了熊赐履，由上书房议定，用玺明发！嗯……另外拟旨给施琅，叫他将备战详情奏来，若备战已毕，即可相机下海作战——朕急着要南巡呢！"

康熙二十二年的夏季北方多雨，南方多风。东风从南太平洋过来，吹得万顷波涛白浪山立。赖塔如数交完了十门精制的红衣大炮，十万支火箭，便奉到圣旨，带了一大群姬妾儿女，乘官舰调任回京。福州城只留下主战派总督姚启圣和水师提督施琅，战争的气氛立时显得浓重起来。自三月奉到康熙敦促备战的诏谕，施琅便命将三百艘炮舰调去海口。魏东亭及时调来江南绍酒五千坛、生猪两千头、活羊五百只并三十万石白米犒军。施琅绷得紧紧的心方略觉宽松。半个月间，但闻各营猪羊哀号之声不绝。

姚启圣接到南京海关总督署新拨来的五十万饷银，一刻不停便打马至中军来见施琅，夹道旁军营俱是吃饱喝足了的兵士，三五成群聚着，有的角力、有的练箭，还有的蹲马步、举石锁、站桩、走浪桥、荡秋千……总兵陈蟒带着十名操练优胜的军士，披红戴花游示三军。兵士们挤挤挨挨夹在箭道边，取胜的得意洋洋，败了的鼓噪不服，嚷着"明日再比！"姚启圣不由暗自欢喜。进了官厅，因见施琅独自一人盯着海域图沉吟不语，姚启圣不禁笑道："仁兄，士气高得很，你真不愧水师名将，治军有方啊！"

"天心厌割据，军心来自天心。"施琅一边让座，微微笑道，"也多亏了启圣兄谆谆教谕，军士们都已懂得'以战致太平，以战求一统'的道理。"施琅目光幽幽一转，又道，"不过……畏惧水战的仍旧大有人在啊！你只瞧见了一面儿，暗地里的事哪里知道——有不少人用砖瓦刻下自家姓名、籍贯埋在沙土地里。"

姚启圣默默听着，阴沉沉从嘴里迸出一个字来："杀！"施琅一哂，说道："光靠这个不成。刚到福建时，不是也曾杀过十多名逃兵，可以后依旧有人自断胳膊、自断腿的，甚或有自杀的——他宁肯让你杀在陆上，不愿下海！可见杀人不是法子。前日巡营，我撞见一个埋砖头的，不但没罚他，还夸奖了他！"姚启圣失笑道："这样的怕死鬼，你用何词表扬呢？"

施琅用手比量着海域图，头也不抬地说道："我称赞他抱必死之心，舍身成仁，决意东下琼岛，为国家立功……"姚启圣不禁哈哈大笑。"你别笑，这是人情天理，不见得都是怕死。练兵几年都是在内河内湖，谁也不曾真的下海打过仗，心里不踏实嘛。"

二人正说话，却见蓝理按剑大步进来，禀道："二位军门，文华殿学士李光地大人奉旨来见！"

这消息昨日在邸报上已见过了，原想李光地三五日后才能到福州，不料来得如此之快。施琅不禁诧异地看了姚启圣一眼，姚启圣笑道："李安溪这赌注全押在你身上了，自然着急。年轻人心性，有什么猜不透的：这一仗打好，上书房辅臣是跑不了的！"施琅也是一笑，说道："到底你们读书人，真是心有灵犀一点通——放炮，开中门迎接天使！"说着，二人联袂迎了出来。

李光地道了圣安，手捧敕旨昂然而入，他身着九蟒五爪袍子，缀着锦鸡补子，起花珊瑚顶子下一条油亮的辫子直拖腰间，粉底皂靴踩得橐橐有声，板着脸直趋中厅，南面站定了，看了看施琅道："施琅接旨！"

"臣，施琅恭聆圣谕！"

李光地点了点头，展开手中御诏读道：

> 渡海进剿台湾逆贼，已累下诏谕，朕期之殷切，惟因关系重大，不便遥定。今着李光地前往宣明朕旨，务期早日兴军东下，以免旷师持久。着加封施琅右都督职衔。钦此！

"谢恩！"施琅深深叩下头去。

当下寒暄了几句，李光地、施琅和姚启圣便分宾主坐下。虽然连日快马奔驰，星夜赶路，李光地却半点倦容也没有，只略用了几口茶，便道："圣谕宣示得极明白了，学生急着赶来，就是因为皇上有些着急，施大人连连上章，都说承旨相机渡海，但至今仍无消息，因此特命学生前来查看，不知将军作何打算？"

"大人，"施琅听过诏旨，心中却隐隐感到不快，不知怎的，他怀疑对面这位盛年得意的尚书在皇上跟前说了什么话，干笑一声道，"如若圣上因下官未能渡海，加封都督之职催促，这职衔下官断断不敢领受。兵凶战危，必有全胜之道方可进兵，岂能草率从事？琅自受命以来，夙兴夜思，想的只有一件事，绝不为私仇而意气行事，不使皇上体念台湾苍生之仁心付之东流，岂敢拥兵不进，养敌自重？"这句话直捣胸臆，李光地的脸不禁微微一红，这诏旨确实是他拟的，如今听了施琅的话，倒像自己以小人之心度君子之腹。作为道学名儒，他的自尊心不免被刺得一痛。良久，李光地方道："施将军，不要误会么！将军所统军队皆是北方带来，加上福建本地水师，皇上恐不便统一指挥，特意加这一封，这是朱批，你一看就明白了。"姚启圣抚着长须道："还是圣虑周详，以右都督之职指挥全军，确是便当得多。请晋卿放心，我福建兵马，连我在内，咸听施大人调度！"

"练兵本为打仗，"李光地皱眉沉吟道，"一直拖了这么长时间，这是不成的。去岁冬，皇上即有意命你们进兵，一直没有动，不知是什么缘故？""我在等呀！"施琅说道，"时机不成熟，怎么能贸然下海呢？"李光地身子一倾，似笑不笑地问道："还要等，等什么？"

见李光地一脸不自在，施琅的心不禁一沉，手指敲着手背，慢吞吞道："等风！李大人须知，船行得有风！"

"风！"李光地格格笑道，"学生就是福建人，此地冬有朔，夏有熏，秋有金，春有和，四风俱全。学生一路赶来，日日都有风，将军何以不肯进兵？"姚启圣看了施琅一眼，他是主张用北风的，但见李光地下车伊始，便急于用兵，不知用兵艰难，心中微微上火，冷冰冰说道："打仗不是咏月吟风，一个不慎，数万生灵就要涂炭，并非什么风都能用，请晋卿兄明察！"李光地以钦使身份前来督战，一下马便觉二人都带着别扭，心里便不高兴，沉思片刻，吁了一口气，笑道："光地白面书生，不懂军事，倒要请教，什么风最宜出兵？"

"南风！"施琅道，"我等南风，没有南风，不能下海！"

李光地大笑道："如此说来，我得好好等着了！倘若下海时是南风，中途又吹起东风，又要回师，岂不成了儿戏？"

施琅没有立即回答，上下审视李光地，半晌才道："为将不识天文，不明地理，不知风候，那是庸将！李大人，你一力赞同收复台湾，数年来苦心孤诣为我筹备粮饷，远见卓识，我十分佩服。圣上委你来督军，这原没什么说的，若像你今日这个督法儿，施琅甘愿退避三舍，由大人统兵下海，如何？"听施琅要撂挑子，李光地头脑方冷静下来。康熙原意是让他以钦差身份前来巡视，并没有督军名义，这违旨之罪，承当不得。他是饱学儒生，前明太监督师掣肘将帅，不知误了多少军机，自己岂可因一时意气贻千古笑谈？想到这里，李光地已换过一副笑脸，拂了拂袍子叹道："琅兄，语重了，兄弟可吃不消。我这个钦差是到岸边来擂鼓助威的，绝无代庖之意，务请将军谅解我的苦心。"

姚启圣听着，觉得李光地这话十分诚恳，也不似刚落座时那样盛气凌人。他和陈梦雷是朋友，原有些鄙夷李光地，想让施琅这个倔头儿去碰一碰，听至此，觉得事体重大，便出来和解道："大家同事一君，共办一差，心里想的都一样。晋卿身负圣命，自然要催促用兵，老施也是怕万一有差池，耽误了皇上大事嘛！晋卿远道而来，风尘仆仆，我们不要再说这件事了，来人——办酒，为钦差大人洗尘！"

第三十三回　掷铜钱都督定军心
　　　　　播战鼓施琅啖眼珠

六月夏季入暑的第三天清晨，施琅按老习惯照常骑马出城，登高遥望海面，但见茫茫海平线灰蒙蒙的涌出一轮血红的朝阳，将南边一带峥嵘的云团镀成紫红色。海面上浪涛不安地喧嚣着排空峙立，泛着白沫，裹着海藻，一次比一次更有力地撞击礁石，推向沙滩。

"风候！"施琅心情陡地一阵激动，站在岩石上沉思片刻，猛地一拍腿，匆匆下来，疾驰回城。姚启圣和李光地正在对弈，见他进来，急急匆匆地换上朝服，摘了壁间宝剑向腰上系，二人不禁一惊。李光地推枰而起，问道："出了什么事？"施琅已披挂齐整，正系着帽带，脸上毫无表情，缓缓说道："李大人，启圣兄，等了多少年，多少天，总算皇天开眼，南风将起，今日即刻渡海作战！"

事情来得太突然，李、姚二人一时都怔了。姚启圣灼热的目光扫视了施琅一眼，身上忽然一震，脸涨得血红，嘴唇嚅动了一下，却什么也没说出来。李光地的面孔一下子变得苍白，跨前一步，急急问道："这是……真的？"

"真的！"施琅饱经风霜的面孔上，皱纹一动不动，仿佛一个石头人，"今日南风必定大起，正是进击澎湖的好时机！"李光地事到临头，反显得有点不安，踱了两步问道："我已经拜折，将这里情形奏明圣上，这两日必有圣旨，能不能略等一下？"施琅咬着牙，说道："将在外，君命有所不受，此刻就是皇上变卦，我也是箭在弦上不得不发，还等什么？"姚启圣眉头紧锁，双手按着桌子，盯着庭院中纹丝不动的椰树，思索了好一阵，猛地击案，激动地说道："好，时势造英雄，千古一时！传令升帐！"

中军帐前号炮闷雷般响了三声。"大帅升帐"的传呼，从中军直送各营、棚、哨。军士们立即忙碌起来，穿衣披甲，佩弓带刀，结队向校场聚齐，偌大校场，立时变得一片肃杀，只闻海浪的"哗哗"声。

施琅居中，李光地、姚启圣一右一左站在校台上，三个人都热得汗湿重衣，钉子一样一动不动。施琅穿一身簇新的九蟒五爪袍子，外罩一件黄马褂，目光阴沉沉、寒森森，朗声命道："请天子宝剑！"

又是石破天惊般三声炮响，八名校尉抬着剑架，供在将台正中，点燃着案上的香烛，三个人依次行了大礼，退至一旁。

"众位将士！"施琅的声音金石一样铮铮作响。

"在！"

施琅目光横扫校场上的将士，突然拔高了嗓音："本都督奉圣命，代天讨逆，今日拜祭海神，出海！"说着，从案上一个匣子里取出一个黄布包儿，供在桌上，自向案前单膝跪着行了礼，躬身上前取出里边的东西。众人一齐瞩目，见施琅手中攥了一把铜钱。李光地心中有些纳罕，暗想，"这是哪家法术？"

"这是本提督昨夜拜海神庙，请来占卜用的神物！"施琅神情庄重，将铜钱擎在手中大声道，"一百枚康熙铜钱，掷向台湾海域图，倘若我军出师顺利，当有九十五枚以上的字面朝上！"说着目光微一示意，两个军士抬着一张厚厚的海蓝青毡，将海域图平铺在将台中央。

一语既出，将台上下将士们无不失色：一百枚铜钱，胡乱掷出，谁能保有九十五个以上的字面朝上？李光地的脸刷地变得煞白，回头看看姚启圣，也是毫无血色。好容易定住了神，李光地跨前一步，说道："天与人归乃是定数，施将军不必作此一举！"

"李大人，既是定数，天必佑之！"施琅冷冰冰说道，"倘若果真有所不利，生死有命，施琅愿一身当之——请上天默示！"说罢手一扬，那一百枚铜子儿早撒得满毡都是。有的翻个儿打滚，有的陀螺般旋转，移时方才都平静地躺下。

将士们的心都提得老高，惶恐不安地凑近观看，但见一百枚铜钱星罗棋布，杂乱无章地横陈在毡上，黄灿灿，亮闪闪，一、二、三、四、五……居然有九十九枚是"康熙"字面儿朝上！陈蟒头一个看完，哆嗦着嘴唇怔了半晌，双眼望着上苍，跳脚狂呼道："全是字，全是字啊！"

一霎时，将台上下轰动了，李光地掏出手帕揩拭着额前的冷汗，兴奋得满面红光，姚启圣双手搓着连连嗟叹："天心厌郑，天心厌郑！"蓝明、蓝理一干武将全身的血都在奔涌，直想拔剑向天狂舞！

"用钉子钉牢了，"施琅的声音也激动得直抖，"抬出去，鼓乐伴奏，昭示三军！"

几名校尉簇拥着那块海蓝毡抬下去了。不一时，便传来各营将士山呼海啸般的"万岁"声。李光地心思灵动，陡地一转念：莫非有九十五枚铜钱是特铸的两面字儿？不禁莞尔一笑，却跟着高呼"万万岁！"

事情确乎如此，施琅陛辞时，康熙屏退了上书房大臣及左右，特赐了一百枚两面字儿的铜钱，叫他如此如此操作，只施琅怕有精明人起疑，特在里头换取了五枚，倒使众人信得更其扎实。见康熙妙计成功，士气大振，施琅抖擞精神，从预备好的酒坛中倾了一碗酒，步至将台中央一擎酹地，大喝一声道："军令！"

"喳！"

"有进无退！"

"喳！"

"临敌畏缩者、贻误军机者、不遵号令者、见危不救者——斩！"

"喳！"

施琅看了一眼姚启圣，示意叫他说话。姚启圣"刷"的一步跨前，亢声叫道："台湾之战，主上宵旰焦劳，万众翘首盼望，今兵精粮足、船坚炮利，上天垂象全胜凯旋！大丈夫立身于世，建功立业在此一时，愿与诸君共勉！"说至此，姚启圣一个大转身，至施琅身前打了个千儿，朗声道："姚启圣原奉旨督办粮饷，现有李光地大人以钦差身份坐镇后方，启圣敬请随军出征，惟施琅大人之命是从，如有失误，甘当军令！"他这个简捷的鼓动起了很大作用，因为人静，将佐官弁们听得一清二楚，眼见他以总督身份，请缨前敌，人人激动得心里怦怦直跳。施琅正踌躇间，李光地走近来，喑哑着声音道："启圣兄一片至诚，施将军就允了吧，朝廷如有闲话，光地愿一身当之。不可躁进，不可畏缩——我在福州设醴酒、扫百花之榻迎候二位凯旋归来！"

施琅抬头看了看天，已是辰牌时分，点了点头，将手一挥命道："传我将令，即刻升旗登舰！"

　　中军大旗在雄壮的军乐中冉冉升空，此时南风骤然而起，吹得宝蓝缎面的将旗猎猎作响，上头一行遒劲的鹅黄大字"钦差大臣、太子太保、统领水师右都督施"，在南风中飘荡地舒展。随着旗舰，满载水兵的战船一列列依序驶出港口。波涛翻滚的海面上，尽是装备了大炮、火箭、鸟铳的楼船。

　　蓝明、蓝理二兄弟约定了要比赛厮杀，蓝理特地请令，在中军座舰旁另乘一只炮舰。蓝理船上的人都脱得只剩一条短裤。这两条船走在全军最前头，又都这样杀气腾腾，显得格外醒目。中军之外，另两路各七十艘战舰由陈蟒和魏明两个总兵带领，分击鸡笼屿和牛心湾——又有八十艘战舰设在中军后侧，有事则救应各方，无事作后备使用。红蓝令旗在镇台上遥相呼应，依着施琅旗舰号令不断变换着队形，海面上画角号炮不绝于耳，惊得海鸥仓皇地忽起忽落。

　　第四日申牌时分南风愈烈了，风催战舰箭一般驶去，像一条条硕大无朋的巨鲸在海面上分浪前行，溅起老高的水花。澎湖岛渐渐近了。岸边兀起的石礁，怪兽一样在浪涛中一隐一现，用肉眼也能看得清，却是一点动静也没有。姚启圣毕竟文人出身，即将接敌，心里突突直跳，两只手握着船舷栏，又湿又黏，全是冷汗。他无声地喘了口气，回头对施琅笑道："这里的守将不是刘国轩么？带了几十年兵，怎么如此不济，他早就该炮击我船，乘乱出击才对呀！"

　　施琅手中的望远镜一直没有放下，扑上船舷的海水早打得浑身精湿，听了姚启圣的话，动也不动地回答道："岛上已经有动静……"话未说完，岛上的大炮已震天价响起，集中火力向中军旗舰击来，周围立时激起一片水柱，哗哗地向船上倾泻。与此同时，约一百艘敌舰驶出港口冲浪而来。施琅方将手中红旗一摆，前队二十八门大炮，三百支鸟枪同时怒吼起来。除了赖塔造的十门大炮，其余都是兵部制造局精制的，射程远、换装火药快，只是后坐力大，每发一炮船身便剧烈地抖动。

　　岛屿上顿时浓烟四起，海上被炸飞了的旗帜、断桅像风筝一样飘落下来，岛上兵士慌乱地奔跑着，却听不见嘶叫些什么，不久又趋平静，施琅料是刘国轩在杀人，整饬军纪。接着岛上排炮又劈头盖脸地压过来。旗舰四周水雾蒙蒙，几丈开外什么也看不清，海天都迷漫在粥一样的混沌中。

施琅忙命："打旗语，左右两翼不必顾我，速攻鸡笼屿、牛心湾，占领滩头！"连叫几声，身旁旗手却一动不动。施琅不禁大怒，拔剑在手，上前要斩这吓昏了的水兵。待到跟前却愣住了，原来中军旗手已被炸死在船舷旁，兀自紧握着令旗站着，鲜血和着海水汩汩地往下淌。

施琅又是感动又是焦急，劈手夺过了令旗，厉声命道："姚启圣指挥旗舰！"一个箭步登上倾斜的旗台，亲自操旗向陈蟒、魏明传发号令。刹那间左右两翼火炮震天，牛心湾和鸡笼屿两处同时起火。

此刻前锋与敌舰已经接阵，大炮没了用场，箭如雨蝗，枪似爆豆，火箭激射，双方都有几只舰帆燃着，熊熊火光中桅杆的爆裂声，鼓声，呐喊声，惨嚎声，战舰的碰撞声，白刃相搏的格斗声，和大浪的喧嚣声搅成一团。因见施琅左右两翼已占领滩头，敌舰显然慌了手脚，横过舰身两面应敌，各派了二十艘舰开往左右翼救应后路。但这一来，中路形势立即分明，刘国轩势单力薄，只得一边大肆施放火箭守护，一边鸣金收兵，缓缓退却。

施琅眼见敌人退路已断，不禁仰天大笑，令二旗手打旗语命全力进击敌军滩头，并亲自擂鼓率中军穷追。正得意间，不防一支冷箭"嗖"地飞来，竟直贯左目！姚启圣面色煞白，大叫一声扑了过去，却扎煞着手无计可施。两旁守护亲兵见主帅重伤，血流满面，顿时都惊呆了！施琅踉跄一步，恶狠狠喝道："愣什么？急令蓝氏兄弟强攻，天立时要变了！"说完狞笑着狠命地一使劲，拔出了带着眼珠的箭，紧紧攥在手中。

"施琅兄！"姚启圣泪水夺眶而出。

施琅一手扶着铁栏，额上青筋暴起老高，好久才吃力地笑道："启圣，亏你还是有名的姚大胆，何必作儿女之态！体之发肤受之父母，岂可轻弃？古名将有啖睛大战的，我难道不及他们？"他用颤抖的手将眼球塞进口中一伸脖子咽了……将箭"咔"地一撅两截，甩进了大海，咬牙命身边的总兵吴英："打，混蛋，懂吗？打！"说完复又擂起战鼓。

中锋前队双方几十条战舰已杀成一团。蓝理已杀得红了眼，通身上下中了十余枪，血葫芦儿似的，兀自寻找敌人做白刃格斗。蓝明却比哥哥聪明，这场恶战从申初到申末，他船上没死一兵一卒。原来与敌舰相接后，他便命大家一齐伏在舱里，吃牛肉干喝水。只令水手摆舵在敌舰中钻来钻去，活像一条鳗鱼，敌人上来一个杀一个，割掉耳朵为证，尸首扔进海里，就这样，无声无息死在他船上的已经上百。各舰无不成了血海火山，惟有它像条空船荡来荡去，蜘蛛张网般等着不知死活的苍蝇。

"二爷！"一个瞭风的水手突然说道，"大爷的舰……"

蓝明镇静地起身从舱孔里望了望，刘国轩的先锋将军曾遂率三只战舰将蓝理的船困在核心，桅杆折倒，船上已是熊熊大火，遂回身命道："不要慌！快把我们的船悄悄靠过去！"

此时蓝理的处境真是凶险万分，他见自己的船已在下沉，便带了仅存的十余名亲兵跃上了曾遂的舰船，曾遂船上四十多人一齐围了过来，早将蓝理疲惫不堪的护卫都砍翻在地。曾遂一手拄着宝剑仰着脖子吃酒，眼见只剩蓝理一人，背靠舱房喘息，"啪"地摔了酒瓶子，狞笑着提剑过来，问道：

"你是蓝理，扛大活的出身？"

"是又怎么样？你是曾遂，海匪营生？"蓝理握紧了剑，小心提防着他突然进袭，笑道，"你左右前后看看，你们还有指望么？"

"我们可谓知己。"曾遂格格笑道，"老子到头了，可你也活不成了。你也左右前后看看，能活几时？"

曾遂说着，便挺剑向蓝理头部刺过来，蓝理急忙举刀拦挡，却扑了个空——原来曾遂虚晃一剑，又向蓝理腹部刺去——正刺在蓝理裸露的肚子上，蓝理哎呀大叫一声躺倒在甲板上，腹破肠流。曾遂微笑着收了剑，对左右亲兵道："你们齐声大喊：蓝理死了！"

亲兵们听令，手卷喇叭，鼓足了气大喊："蓝理死了！蓝理死了！"

"蓝理尚在，曾遂死了！"

躺在地下的蓝理突然大喝一声，一个鲤鱼打挺跳起身来，挥起沉重的宽背大刀猛地向曾遂一劈。饶是曾遂武艺高强，怎防这个"死人"还有这一下子，身子急闪时，左臂已被砍了下来。正在这时，变戏法似的，从后舷爬上了四十几个赤膊大汉，一声不响地冲了过来，二十多个护卫兵早被砍翻了一多半。曾遂脸白得纸一样，捂着断臂狂叫："左右舰靠过来，快杀！"

但他手下的兵已是强弩之末，哪里能够抵御这群养精蓄锐，吃喝了半日的生力军，但凡迎上去的，无不如风扫落叶般被杀倒在地。蓝理绝处逢生，不禁涕泗交横，瘫倒在地，兀自大叫助威："好兄弟，有你的，比哥哥强！好生杀，叫皇上晓得，我蓝家兄弟都不是孬种！"

曾遂的前锋舰很快被蓝家二兄弟占领了。蓝明顺手一刀割断了系旗绳，绣着斗大的"曾"字先锋旗"哗"地落下。曾遂在十几个强手的攻击下迫得退到舱房门口，依壁而立大叫一声：

"都住手，我有话说！"

围攻的人都收回了武器。四旁的战斗已经结束，刘国轩的旗舰已逃向牛心湾海面。黑云一重重压下，曾遂没有立即说话，饱含泪水的眼睛向东眺望片刻，轻声叹道："天亡大明，我算对得起郑成功老主子！"曾遂突然从袖中抽出一面小旗，急速打着旗语要刘国轩座舰"向我开炮"……在众人惊异的目光中，曾遂撇了旗，横剑向项中猛地一勒，身躯像锯倒的白杨一样沉重地倒在湿漉漉的甲板上。几乎与此同时，刘国轩的排炮呼啸着打了过来，站着发愣的蓝明，头颅被削去了一半，一声不吭也倒了下去。

"好兄弟呀……"蓝理惨呼一声，滚爬着扑了上来，伏在蓝明温热的身躯上，全身抽搐着，用头和拳死命地砸着甲板，用嘶哑了的嗓音号啕大哭："娘最疼的是你，我回去怎么见她老人家呀……"

蓦然间，一道烁金流火似的金蛇从云层中猛蹿出来，接着一阵惊心动魄的滚雷。大雨劈头盖脸地洒落下来，打得海面"刷刷"山响……天，已经黑下来了。

第三十四回　腹破肠流蓝理请战
　　　　　　诱敌出战旗舰冲滩

　　登上澎湖岛的施琅忍着伤疼，带领姚启圣、吴英等人，冒雨巡视了新扎的大营，回到行辕大帐时，天已放晴。此时风停雨止，残月斜照，海涛也不甚喧嚣，大战后的岛屿静卧海上，平添了几分悲凉。

　　"刘国轩这一回损失不小，只能逃往鹿耳门。"施琅喝了一杯热茶，精神好了些，对坐在案边沉思的姚启圣、吴英道，"今日我舰沉了十艘，敌舰沉了四十五艘，另有不少带伤的。刘国轩已无海战的力量了。但鹿耳门周围暗礁很多，登陆很难，看来还有一场恶战啊！"

　　吴英捧着茶碗笑了笑，道："军门不必焦心，我愿为前锋，到鹿耳门冲滩！""如今不能立即打。"姚启圣眼睛被海水蜇得通红，显得很疲倦，插进来说道，"自古杀人一万，自损三千。我军士气虽高，也疲累得很了。从这里到鹿耳门虽然只一天的水程，但天气变化无常，粮食、淡水也要补充一下。"吴英笑道："刘国轩败走时，李大人已将粮食督运上船，大约明日就会送来的。"

　　"李晋卿此番辛苦不小！"施琅叹道，"当初他一来，我就让他下不来台，如今很觉后悔。"姚启圣格格一笑，说道："这件事施兄不必担心，他的功名事业都在你身上，怎么会料理你？只怕他疑我在里头挑唆，我此番跟着你，也有避祸之意呀！"

　　这个话说得很深，姚启圣跟着施琅下海，是为了避开"功人"，情愿当一"功狗"。"功狗"在前面立功，"功人"在后方受赏。如果，"功人"整"功狗"，那不连"功人"也不成其"功人"了！"避祸"二字实在贴切不过。吴英没听懂，施琅却心里雪亮，一笑道："真个文心周纳——你说的意思我懂了，也就放心了。给养来了，伤兵要运回福州，先让蓝理他们回去吧！"

　　四个人都沉默了。鹿耳门自康熙元年涨过一次潮，二十多年了，叫人怎么指望？

　　但事情巧得令人难以置信。造化之神居然真的光顾了。第二日凌晨，起潮了，而且是在迷蒙的大雾中涨起来的。一丈多高的潮头澎湃着，发出千军万马的奔腾呼啸声，轰鸣声，撼山动地地由远及近冲过来。头一排潮浪，便打得施琅的座舰剧烈地晃动了一下。

　　"天哪，潮！"施琅先是一惊，大雾已经使他庆幸了，又来了潮水！正发呆间，又一个潮头过来，将舰船托起老高，已能离开沙滩，在海中自由自在地打旋儿。施琅梦游人一样，软着腿沿舰踅了一遭，突然爆发出刺耳的狂笑："潮水！真的是潮……哈哈哈哈！"好半日才回过神来，他虔诚地仰首望着茫茫苍穹，喃喃说道，"天子洪福，祖宗灵佑！施琅当奏明当今万岁，为海神加封，再塑金身，重修庙宇！"说话间，陈蟒的舰队已开过来接应，附近不远传来了蓝理惊喜的狂叫声。

　　刘国轩没有再下令进击。他像被雷击了，白痴一样注视着汹涌的浪涛，好半天才发出一阵似哭似笑的干嚎，腿一软跪在甲板上，喘着粗气吃力地说道："先王创业，率舰来台湾平红毛，鹿耳门涨潮……数十年后施琅来攻，鹿耳门又涨潮。这是……是天意，是天意啊！"说罢慢慢起身来，回顾中军护领笑道，"你率舰回台湾，说刘国轩有话：施琅若肯不计前仇，不坏宗庙，不戮大臣，不掠百姓……"他哽咽了一下，"那……那就……降吧！"说罢横剑项后，猛地一拉……高大的身躯便倒栽进狂潮之中，一个大浪过来，已被卷没了。

第三十五回　台湾大捷晋卿受封
　　　　　　危言耸听宰辅结党

　　六月二十二日，清军收复澎湖全岛，台湾门户顿时大开，施琅一边整军补饷、安抚伤兵，打捞死难将士，修复战舰，一边将澎湖血战情形备细写了奏章递送福州。李光地得到澎湖大捷的消息，一口气松下来，几乎瘫晕过去，因施琅奏章中说奖功银两尚缺九千两，忙移咨福建藩司衙门提调银两解往澎湖。次日又接施琅书札，说郑克塽已差人下书请降。前线已获全胜，李光地决定即刻赴京，请旨办理受降事宜。

　　收复台湾的消息立刻轰动了北京城。这时恰巧欧罗巴的意大利、法国、荷兰正遣使万里来朝，都跟着凑趣儿，上表恭贺大皇帝收复台湾，把个康熙欢喜得立不安，坐不稳，竟传旨御驾太和殿接见李光地，君臣对奏足足对了两个时辰。索额图和明珠搜索枯肠，挑尽了好词儿夸奖皇上"神圣文武"；高士奇即席吟诗作文，献万寿无疆赋；连熊赐履也给皇子们放假，奉旨赶回礼部，带着司官连明彻夜地起草诏诰，制订受降礼仪，呈康熙过目后用六百里加紧发往福州。

　　第二日，何桂柱便至李光地府上颁恩诏，加封李光地为太子太保、文渊阁大学士、礼部尚书。何桂柱已晋了四品京衔，花白胡子笑得一抖一抖，满面红光地和李光地寒暄着，说道："我这一辈子尽托了伍家的福。先年二爷当主子的老师，我做伴当，这就做了官。伍二爷是要修炼成佛的了，又来了您，却是伍老太爷的高足，您可得多关照啰！"李光地面儿上镇定，心里直打鼓，兴奋得怦怦直跳，笑道："我素来不信福命之说，但你何桂柱有福看来不假。听说太监何柱儿原来叫阿狗，就是羡慕你才改了名字。"说罢，畅快地大笑起来。何桂柱被李光地奉迎得身上舒坦，凑近了说道："听里头风传，大人要进上书房呢！李大人您真有您的！当初说取台湾，连索中堂都不敢说硬挺话儿，惟独您顶着一定要打——这就是本事！熊大人如今也说您有名臣风度！"何桂柱说着，摇头咂舌，连连赞叹。

李光地听了目光霍地一跳，半晌方舒了一口气，淡淡一笑，说道："君子知命，达则兼济天下，穷则独善其身。名臣不名臣，我没有想过，刻意求名就入了下流。皇上如此加恩，我已是位极人臣，岂敢再有什么非分之想？"何桂柱听他撇清，不禁一笑。他在皇上跟前当差多年，耳濡目染，已知文人习性，越是热中，越是正经。听李光地如此说，倒不好再套近乎，讪笑着起身，道："大人这话我信，您是正儿八经的理学大儒嘛！天不早了，我得回旨去——您不妨去见见索中堂，他消息灵通，说不定皇上还要加恩呐！"说罢笑着去了。

当日午后，李光地便坐四人官轿至玉皇庙街索额图府邸。门上人见是他来，打了千儿问过安，便飞跑进去禀报，早见索府清客相公陈铁嘉、陈锡嘉二人联袂出迎，一路说笑着让进西花厅。

索额图正和汪铭道对弈，见李光地进来，撇下棋子起身笑道："新贵人来了，我这几日身子不爽，没得出迎，谅晋卿不会挂怀吧？"

"老师，这是哪里话？"李光地一撩前摆，端端正正坐了，微笑着说道，"回京之后事情太多，您都是知道的。所以没能来府上请安，还得请您海涵才是啊！"

"弄点酒菜来！"索额图漫不经心地吩咐道，"还有汪老，我们边吃边谈——晋卿，接到圣旨了么？"李光地道："今日上午何桂柱来传旨，真是圣恩高厚，光地受之有愧！"说罢抚膝慨然叹息一声。汪铭道盯着李光地沉思不语，半晌方道："圣恩是一层，这里头还有太子殿下的意思。中堂上午还说，小王子几次奏请万岁，要你进上书房办事呢！"索额图见管家老蔡已将席面送来，便道："蔡代，你怔什么？还不快去把圣上赐的那坛子茅台送来？"见老蔡一迭连声答应着下去，三个人方才入座。

索额图用筷子在盘里翻拣了半日，夹起一只螃蟹来，拧着腿子道："榕村（李光地号）呐，你不知道，如今的事比不得康熙十二年前，难哪！太平时节，谁不想巴高向上？你的心思我有什么不知道的？凭你的人品、心地、才学，进上书房，那还不是顺理成章的事？他娘的，偏偏有人作梗！"仿佛吊胃口似的，他说着又住了口，挖出蟹黄蘸了姜醋慢慢品着，又道，"你去这几个月，就有不少闲话，陈梦雷也调了回来，由于你的功劳谁也泯灭不掉，这才封赏了你，若论这里头的文章，多着呢！"

"敢问是什么闲话？"李光地的心猛地一沉，但他素来涵养极深，迅速恢复了平静，"我并不在乎，横竖皇上知道我。但我在军前效力，后头却有人做'文章'，岂不是咄咄怪事了？"说话间蔡代进来，将酒斟了。汪铭道见他出去，方冷笑道："亏你还是饱学之士。自古这样的事有多少！立了功杀头的也不乏其人！"

索额图道："参你的片子有四五起。余国柱、徐乾学、郭琇都参了，这都是明面儿的事，我也不想瞒你。有的说你在福建居丧，也和耿精忠有勾连，昧功卖友。有的说你的蜡丸书迟送了一年，其中难保不是沽名钓誉，观望风色；还有说你是假道学，居丧不谨，与妓女鬼混——你说气人不气！"李光地听着，眼中已是迸出火花，他没有想到，自己到前方慰军，后头竟有这些乱七八糟的话作践人！半晌才喘了一口气道："我的心，天知道！"

"皇上也知道。"索额图平静地说道，"所以一概扣了，留中不发！"汪铭道却道："不过日子久了也难说。曾参是圣贤，曾母是贤母，以母子至情，能说不知道自己儿子？报了三次'曾参杀人'，她不照样信了？"

李光地心里"格登"一下，这典故他当然知道，而且无端地调回了陈梦雷，就是不祥之兆。停了一下，他才有点不情愿地问道："陈年兄调回来了？在哪个部里办差？"

"若是在部里，那倒好了！"索额图冷笑道，"如今在三爷府里，是皇子师傅！"

三爷胤祉，年纪尚幼，倒也无所谓，但却是新晋封的贝勒，与大阿哥胤褆平头论位，仅次于太子，康熙把个学穷造化的陈梦雷从囚犯一下子抬到这个位置，的确叫人吃惊。李光地想想，这是康熙的意旨，不好说什么，冷笑一声，端起茅台酒一饮而尽。

"说实在的，"索额图看了汪铭道一眼，亲手为李光地斟了酒，又道，"这上书房里还是明珠说了算。熊老夫子小心谨慎，两不沾惹；高士奇自己立不起山头，归根到底是明珠一党。我若不是里头有太子照应，早就被排挤出来了！哼！明珠这人，人都说他盖世聪明，其实他心里打的小九九，瞒得了谁？"

"什么小九九？"李光地静静听完了，目光幽幽地问道。

"大阿哥胤禔！"汪铭道身子一仰，靠在椅背上说道。

"阿哥里他是头一个封为贝勒，他还想怎样？"

索额图上下打量了一下李光地，见李光地一脸正色，突然喷饭大笑，说道："你呀，不知是真呆还是扮傻？奢望这东西还有个穷尽的？鳌拜不过一个公爷的位分，一旦有权就想坐龙廷。何况胤禔金枝玉叶，位尊贝勒，内恃纳兰氏之宠，外有明珠把持朝政，掌管紫禁城宿卫，重权在握！"

李光地突然打了个寒噤，这件事他从来也没敢想过，要真的有夺嫡之祸，头一个要扳倒索额图，第二个只怕就轮到自己！什么起居八座，光宗耀祖，什么策划庙堂，造福黎庶，一股脑儿全断送得精光！想了想，李光地笑着道："中堂今日有点危言耸听了！我听说明珠当年乃是冻毙街头的乞丐，不是伍次友和何桂柱，早送左家庄化人场了。他出身如此，受皇上不世之恩，焉敢有非分之想？要真的那样，我这做臣子的只有头悬国门以报圣恩了！"

"他已经在干了。康熙十三年之后，他五下保定，分次换完了宫中太监，都是他一手经营。他做了领侍卫内大臣，紫禁城营官以上亲兵都是亲自选拔私人，侍卫里头也塞进了不少！难道非要等有一日祸起萧墙，你才肯拼死保驾不成？"索额图已吃了不少酒，却是神色不变，侃侃说道，"你说他是乞丐出身，差点烧了。这只是一面理儿，明珠怎么说，他说是：'大难不死，必有后福！'他已经是天字第一号的人物了，还要的什么'后福'？这个居心可怕不可怕？"

汪铭道听着，觉得索额图的话太露骨，李光地这会儿听着有理，过后一想，难免打折扣，便插进来说道："也难得圣上心里明白，贴身侍卫调动换人，都是自己亲手简拔，一人不问、一人不靠。"说罢深长叹息一声。索额图也回过神来，笑道："是啊！魏东亭走后，明珠几番请旨，要调穆子煦去做江宁布政使，后来又说让穆子煦补图海的抚远大将军缺，皇上只不吐口，他也是没法子！皇上春秋鼎盛，天威赫赫，圣断英明，奸邪小人一时之间不至于就有什么妄想，但谋夺东宫之位，那就是另一回事了。晋卿，你可要心里清楚，放远一点看，太子，可是没有亲娘啊！"

"我这就写本参他明珠！"李光地想到明珠处处掣肘，与自己为难，而且居然包藏夺嫡祸心，是可忍孰不可忍？握拳向桌上一砸，说道，"参倒了他，就化掉了胤禔的冰山，太子复有何忧！"

兜了半日圈子，终于将李光地引到了本题上。李光地康熙九年未入仕时就与康熙有交往，做了翰林，又回福建，在耿精忠叛乱当日，从藩库中抽了三十万两军饷卷款逃走，寄蜡丸书密报军情，种种功勋加上力排众议计取台湾，已是名倾朝野的栋梁大臣。以他此时的身份，参本一上，康熙决不至于无动于衷，留中不发；只要发到部里，必定一哄而起，围而攻之；即便不能一下子送他到绳匠胡同，上书房的职位是肯定保不住的。索额图和汪铭道交换了一下眼色，说道："早就看你是血性儿男，柱国栋梁！不然，今日一席话宁死也不敢讲的。你只管参，不必瞻前顾后，有我在里头担待着呢！就是南京科场一案，连明珠带徐乾学一兜儿包了，还有余国柱，都是些什么东西！这些个国贼不去，朝廷哪得安生？你这一举，进上书房已是不值一提的身外之事。"当下三人在席上边吃，边计议，直到天断黑，李光地才辞了出去。

索额图直送李光地至仪门才返回来，请汪铭道安歇了，因见蔡代带着小厮们拾掇残席、扫地抹桌，便道："这些营生叫他们做。蔡代，你跟我来，我有话说！"蔡代忙答应一声，跟着索额图出来。因见索额图并不回正房，径自逛向花园西压水凉亭上，蔡代不禁一怔，忙紧走几步跟上。

是时正是七月中旬，孟秋时节，凉风渐起，薄云遮月。塘荷倩影摇曳，清香沁人，四周煞是寂静，只有蟋蟀此起彼落的鸣叫声和青蛙咕咕咯咯的呼应声。

"蔡代，"暗中，看不清索额图的脸色，只能瞧见他跷足坐在凉亭上的身影，"你是康熙十年来我府里的吧？"

"是……"蔡代茫然地回道，"奴才是山东逃荒来京的。康熙元年圈了奴才的地，没有吃的，没法子进京混碗饭吃，就在东园种菜……后来熊大人看我可怜，荐到您这儿……"索额图笑道："你履历背得好熟！只怕种菜那阵子，就在十三衙门当差了吧？"蔡代一听这话，几乎魂儿吓出了窍，好半日才回过神来，说道："小的不明白爷的意思，小的哪里知道十三衙门是怎么回事？"

原来清朝立国之后沿袭明制，效法前明东厂锦衣卫制度，设立十三衙门，专门侦探各家大臣臧否行动。索额图揭出蔡代系康熙皇帝派到自己身边的坐探，听蔡代吓得声音发抖，支吾搪塞，便道："还是听我来说你的履历：顺治十六年你逃荒来京，在东园种菜，熊赐履就住在附近，见你年轻精干，荐到十三衙门当差，后来十三衙门撤裁，你到内务府跟魏东亭，在他府里装成个五十多岁的老头子，直到鳌中堂坏了事，你的'差事'办完。嗯……九年到十年……你又种了一年'菜'，老熊又叫你来我这里——我说的不错吧？"索额图说完，格格一笑，不动声色地观察着蔡代。

蔡代完全被惊呆了，如此机密大事，授受之间根本不允许有第三人知道，除了奉特旨查阅内务府档案，那就是永久的秘密。但像索额图这样的宰辅重臣，觉察了自己的身份，回去按规矩也得死！蔡代木然呆立良久，嗫嚅着说道："中堂揭破了这层纸，再瞒也没意思。不过您说是熊中堂派我来，许是误听人言，其实我也不知道是谁派的差使。既如此，明日请中堂辞了我。这些年中堂待我恩重如山，我也从没见您有什么不检点处，捅出去于您也无益。有道是山高水长峰回路转，将来蔡代再报你的恩罢了。"

"我从不在暗中做昧心的事，自然不怕你这样的小人告状。"索额图冷笑一声道，"你在这里勤谨办差，并无失误之处，我辞了你岂不叫人犯疑？你得留下，除了为内务府办差，还得真心为我办差，我加三倍的月例给你，如何？"

"这个断断使不得！"蔡代被他阴森森的话音吓得打了一个冷战，联想到这些日子索府清客们说的"夺嫡"，他纵然不敢如实向内务府回报，也绝不敢为索额图打听内廷消息。他慌乱地双膝跪下，摆着双手道："这是有干禁例的，一个不慎，连中堂也要……"说罢捣蒜价似的只是叩头。

索额图"嗯"地立起身来，咬着牙，从齿缝里说道："你不肯？好，我来告诉你，我乃极品宰相！皇上自康熙三年已下明诏，鉴于明亡于东厂之祸，永远撤裁监视大臣之十三衙门，不知何人辄敢大胆，冒充内务府人潜入我府达十二年之久！我不难为你，自上折奏明圣上清查此事，这在我职权之中！"说罢抽身便走。

"中堂，中堂爷！"蔡代爬跪几步，紧紧抱住了索额图的腿，哭着央告道，"求中堂……超生！我听爷的吩咐……就是……"良久，才听索额图吁了一口长气，说道："你起来吧，我不奏就是！我扶皇上，保太子，是大清忠臣，又不叫你谋逆造反，你拿腔作势地做什么？不过叫你为我打听着点，防着小人害我误国，就如此害怕！你不是看中了四奶奶的陪房丫头明珰了么？赏你了！"

李光地匆匆赶回府邸，早有门上长随李禄接着，掌灯带路，一边走，一边回道："老爷，李福从福建来了，有老爷的家书。我叫他在叠翠轩等着。爷是这会子见他，还是等用过晚饭再叫他？"

"嗯。"李光地一路都在打弹劾明珠的腹稿，此时方回过神来，说道，"我已经吃过饭，叫他到书房来吧！"说罢沉思着进了书房，目光炯炯地构思奏章里的警句。一时李福进来，忙向李光地叩了安，呈了家书，一边漫不经心地问道："这是三爷写的？老太太安否？"

"老太太……殁了！"李福一脸哭相，扑通一声长跪在地说道，"三老爷怕老爷伤心着急，不叫我穿孝服报丧，叫我进京面禀老爷，家里的事都由他老人家一人主持，一定风风光光把老太太的后事办了……"话未说完，李光地早已倒坐椅中，伏身失声痛哭："母亲，母亲哪！你……好苦……一日福没享就……去了……李光地真是天底下最不孝的逆子……这次回福建办差，只在家半天就……走了——我真浑！我……"他用手拍击着脑门，浑身颤抖得不能自持。

李光地并不是书香名门出身，家虽豪富，却是行商巨贾。弟兄四个他最小，因聪明伶俐、酷爱读书，常受父亲的白眼，惟太夫人出身乡宦，最钟爱这个读书种子。恰当年前明遗老伍稚逊游历福建，偶尔乏资，来李家教书，李光地才有今日之荣，其中多亏了老太太全力维持。如今骤然之间噩耗传来，李光地真如五雷轰顶，哪里止得住泪水走珠儿般滚落？

"四老爷，您得节哀……"李禄含泪劝道，"三爷说了，老爷如今是入阁的一品当朝，不定皇上要夺情，既是皇上的人，难免忠孝不能两全，请老爷仔细思量——老太太临终有话，说：'四儿不必一定回来，他只要为皇上百姓多操点心，我在九泉之下心里也是欢……喜的。'"

李光地先还睁着泪眼怔怔地听，听至母亲遗命时，忙跪了叩头领命，没有听完，已是哭软在地上："……李光地不孝通天，祸延先妣……皇上要我这不孝之人有什么用……"

正哭得不可开交的时候，外头家人进来，见李光地兀自跪着，忙也跪
了禀道："老爷，外头高士奇相爷来访……"

第三十六回　贪功名李光地匿丧　保廉臣高澹人钓誉

李光地慢慢撑起身来，此时真是心乱如麻，母亲病故这事若被高士奇知道，立刻就得奏请丁忧——若论父丧母亡，人子庐墓三年、坫块泣血，原是本分——但这一来，弹劾权奸、保太子、固国本的事也就烟消云散。但若匿丧不报，这贪位忘亲的罪名儿就得背一辈子！李光地要了热毛巾擦着脸，紧张地思索着，想到母亲临终遗言，方才慢慢心定，已听见高士奇在院里呵呵笑着进来，一头走，一头说着："好香的荷花，一路进来要醉倒了人，李榕村爱莲，真有君子之风！"李光地再也不敢迟疑，挑帘一步迎出，勉强微笑道："偶感风寒，方才用了药，没得出去迎候高相，高相旷达人，谅必不致介意。"

"果然像是病了，热伤风，这个节气是最难受的。"高士奇觑着李光地的脸，一抖袍子蹑足坐了，关切地说道，"要不要我来给你切切脉？用的什么药？"李光地忙道："不是什么大病，怎敢劳动你？方才吃了点银翘解毒散，也就罢了。"说着便命人奉茶，心里揣度着高士奇的来意。高士奇啜了一口茶，笑道："再过一个月，就是中秋佳节，皇上已吩咐下来，今年有收复台湾这件喜事，这个节得好生热闹一番，可不能没有你这个大功臣哟！"

这件事李光地早听说过了，眼下他只盼着高士奇快走，一点也不想听他海阔天空地闲聊，便只默默点了点头。笑问："什么风吹得你这贵人来呀？"

"江苏学台张伯年的风。"高士奇是何等精明的人，已看出李光地有慢客之意，又见李光地面带戚容，不似有病的模样，索性一仰身子，慢吞吞说道："这个案子拖了两年，御批今日下来，定的罪名儿很重啊！要处绞。为考试的事，他以下犯上，和葛礼咆哮对骂，已经失了大臣的体统，不合又说葛礼'恃宠无法，仗着皇上欺侮人'，又说'皇上若是向着葛礼，那也不过是个昏君'——你听听他这些话，吓人不吓人？这事幸亏是刑部的人有主意，放了一年多，已经凉了，又赶着皇上这些时心里高兴，才忙着定谳报奏，要是当日趁热奏入，处斩的份儿都有呢！——我来寻你，原是和王尚书说好了，和你一道儿去看看老张的案卷，如有一线生路，商议个办法救了他才好。"

李光地直盯盯地瞧着高士奇没言声，他如今正要科场案的详细材料，并不是想拒绝，而是奇怪对面这个人。对高士奇那点杂拌"才学"，他历来看不上眼，只是这个八面玲珑，只知巴结向上的人，又和明珠过从密切，怎么会对张伯年有这份好心肠？

"你瞪眼干什么？你是想，我高士奇怀着什么鬼胎？"高士奇一眼就看穿了李光地的心思，叹息一声道，"若论伯年痛痒，实在与我无干。但这人和于成龙一样，清得透底儿。落到这一步，我真的看不下去，好歹有个上书房宰辅的身份，不管不成了奸臣？你如今在主子跟前说话叫响儿，我想着索相也必定要叫你出头来保，也想凑个热闹儿。"至此，李光地已是恍然大悟，高士奇一定闻到了什么味儿，觉得明珠靠山不牢，要与索额图套近乎了！想着，笑道："我原想明日去刑部。你这一来更好，有你高相也来斡旋，这件事就有几分把握！"

二人联轿来到绳匠胡同刑部衙门。司官们早就散了，只刑部尚书王士祯如约等着，见他们来，一点也不怠慢，便命人搬来厚厚一叠案卷。高士奇随随便便翻阅了一会儿，便和王士祯东拉西扯地闲谈，询问王士祯："《渔洋诗话》杀青了没有？送我一部看看如何……"又从卷宗里抽出一份抄家清单，叫过书吏道："抄一份给我。"李光地却闷声不响，一本一本翻看着讯供笔录。他心里不禁暗自吃惊：事情远比高士奇说的严重得多。张伯年除了支持纵容举子闹贡院，还有贪墨受贿的罪，虽说他自己坚不承认，但一应干证、结账清单都实实在在，收受盐商年规银三千两，侵吞龙江关税银一万余两，又无故枷责总督府戈什哈致死。这两条兀自可恕，张伯年竟把金陵一个叫"南市楼"的废妓院改为"乡约讲堂"，每逢朔日在这里召集诸生宣讲康熙的"圣训十六条"，且堂上居然挂出"天语叮咛"的匾！别的都不说，仅此一罪就够送他去西市的了！

"说起来伯年还是我的同年。"王士祯见李光地看得额上出汗，在旁叹道，"这实在爱莫能助啊！唉……南京会勘的偏是满尚书阿山和葛礼，恰似火上浇油——一千多名秀才建幡签名坐在衙前硬保伯年，声称要北上叩阍，江宁商民罢市响应……瞧着是好心，却是帮倒忙儿！"说着，递过一本黄绫折本道，"李大人请看朱批。"

李光地有点迟疑地接过来，一翻看便见血红的朱批赫然在目：

> 张伯年身为封疆大吏，行为乃如此卑污不堪。辄敢侮慢朕躬，离间满汉君臣，阻造南巡行宫，又以狎邪之地为宣讲圣谕之堂，实属无父无君之徒，情殊可恨！着刑部核实各节无误，即从重议罪奏朕。钦此！

字迹十分潦草，显然是康熙盛怒之下写的。李光地小心地合上折子，问道："渔洋兄，这阻造南巡行宫，并没见有供讯呀！"

"扣盐商和关金的一万三千两就是。"王士祯苦笑道，"这项银子是葛礼抽来造行宫用的，张伯年扣了，又枷死了总督府索银的戈什哈，你没有看仔细。"高士奇转着眼珠子，手指捏得山响，问道："刑部谳的什么刑？"王士祯摇头道："这种罪有什么议头！大家说应定大辟，我改了绞立决，略尽年谊罢了。"

大辟就是砍头。高士奇略一思索，说道："老兄，大辟还是对的，你议得再重些，就难撕掳掉他的死罪了——给下头打个招呼，说我高士奇要保他。你那个狱神庙不是人住的地方，他年近六十，还有个八十多岁的老爷子，人折腾死了，还救什么？"说罢起身拉着李光地的手道，"这儿不是办这事的地方，咱们先走吧！"当晚二人在高士奇府邸商议着，由高士奇缮折，为张伯年辩冤。直到深夜，李光地仔细看了稿样，署了名时，自鸣钟已敲了两下。因见李光地要辞，高士奇说道："晋卿，这件事干系甚大，葛礼现是国戚，又与索老三有瓜葛，你好生想想。若肯，明日我就递上去，若勉强，就罢了，免得于你不利。"

"你把我看成何等样人了？"李光地大声道，"你只管去吧！"说罢竟自去了。

第二日下起蒙蒙细雨，高士奇坐在绿呢官轿里，心绪有点不安。这一个科场案实际上连着两个上书房大臣。弄得好，自然落得个清廉耿直的名声，而且抹去了自己是"明珠一伙"的恶名，弄不好便有两面受攻之虞。而且高士奇也有点疑惑，既然事涉索额图，何以李光地也如此爽快地就答应了？莫不成他估摸着要进上书房，和自己一样，也要和索额图扯开距离？想到这里他情不自禁地一笑，大轿落在西华门首。他直趋上书房来见康熙。

康熙不在上书房。他请了苏麻喇姑，正在养心殿演算数学，新晋封的贵妃小秀在一旁磨墨侍候。苏麻喇姑看康熙解到精微之处，不禁点头微笑，转眼见小秀呆呆站着，便问："贵主儿，你气色很不好啊，是哪里欠安？"

"没……没有。"小秀有点不好意思地答道。

"哦，朕倒忘了！"康熙恍然搁下了笔，笑道，"你不该站着侍候，苏大师又不是外人，就说了又何妨？她身上已两个月没来了，昨儿诊脉，说有喜了！"说着便命人搬来一张春凳。苏麻喇姑算了算，笑道："秀贵人要生下皇子来，就是十三爷了！"正说着，太监何柱儿进来，轻声道："主子爷，高士奇递牌子请见呢！"康熙笑道："朕正要传他来问问，靳辅修中河的库银拨去没有。传话出去，叫他养心殿来见！"阿秀原本身体不支，要请辞出去，听到这话反而不走了，起身斟了两杯茶奉给康熙和苏麻喇姑。

高士奇浑身湿漉漉地从雨地里进来。高士奇还是头一回进宫苑深处这座养心殿，只觉得满院青紫细蕴，金碧辉煌，比上书房庄严华贵得多，因心中有事也无暇细看，甩了袖子便在丹墀下跪了报名。

"是高江村？"康熙在里头呵呵一笑，大声道，"免礼进来吧！这个天气怎么不带雨具？——拿件衣服给他换过！"

高士奇为争张伯年生死而来，心里怀着鬼胎，听康熙如此亲切和蔼，略觉安心，更衣过来，虽免了大礼，还是就地打千儿请了个安，笑道："主子又演算数学了，听梅毂成说，圣上算学已是海内独步，他和陈厚耀都跟不上了！"一边说，一边笑着合掌问苏麻喇姑的安，又给小秀打千儿道，"请贵主儿安！"

"不习数学不成啊！"康熙叹道，"如今做皇帝已不比秦汉时，只懂用人将将之道，那就太平庸了——你来得倒正好，朕正想找你来问呢，靳辅开中河缺的十万两银子，发下去了没有？"高士奇忙笑道："奴才去户部问过了，这十万两银子原已从库中提出来要解送清江的，近来部里接到于成龙的咨文，说这笔银子并不是往中河上用的，靳辅历年治河，河督上存银足够开中河之用。这笔银子乃是靳辅和陈潢商议好了，要加修下河入海堤岸用。因为几位大员意见不一，户部又按住了，要请旨之后再行发给呢！"康熙说道："下河乃是黄河入海之口，工程关系紧要。朕看靳辅奏议，夹河筑堤，可淤良田五万顷，这个数目不小啊！于成龙这人怎么弄的，总闹别扭？"

高士奇略一思索，说道："奴才不懂水利，但于成龙也是好心，怕下河夹堤于漕运不利，误了皇上大事。以奴才之见，这件事还是依着靳辅为好。""朕知道于成龙是个好官，但过于固执，行事不无偏激。"康熙把玩着扇子说道，"百姓和秀才打官司，他心里偏向百姓，秀才和乡绅打官司，他又偏向秀才。这不好。凡事都有天理王法管着，得循理而行。"高士奇想想，于成龙确实是这个做派，不禁一笑，正想回话，却听康熙问道："这个陈潢是什么人，和靳辅又是什么关系？但凡六部和江南官员说到治河的奏折，十有八九要提到这个名字，靳辅却又没有保本，真是怪哉！"

"陈潢乃是治河英才！"高士奇瞥了秀贵人一眼，见阿秀的脸色苍白得没一点血色，良久才缓缓说道，"此人因命中五行缺水，自幼秉承家训习学水利，壮年游遍五湖四海，于江河流势治理之道无不熟悉，恰因爱水如命，有志于经略河道，既误了举业亦误了青春，是靳辅的第一幕僚。至于靳辅，倒也不是昧功不保，大抵因陈潢以新法治河，招怨太多，事情未收全功，就保奏陈潢，恐于陈潢不利。这是奴才的小见识，未必真切。"康熙不禁笑叹道："看来人真不愧万物之灵，没有一个不使小心眼儿的，朕就是神仙也格不尽这些物理儿！——只你怎么就知道得如此详细？"高士奇忙道："于成龙、靳辅都是奴才的朋友，常有书札往来。陈潢钱塘人，自幼和奴才相交，自然略知道些。"说罢一笑，苏麻喇姑见高士奇如此乖猾，便道："你可真行，他们两个冰炭不同炉，偏又都是你的朋友！"

康熙沉吟了一下，叹道："既是如此，那十万两银子稍等等再发吧。能省一点是一点，推迟一日好一日。你明日写信给飞扬古，叫他回京省亲，给他一个月的假。不可说是朕的意思，朕要看看这个人。眼前他就是个花钱的主儿，一年上百万两的银子，没个动静就完了。看来钱这个东西真好，人人都爱呀!"

"皇上读过《钱神论》,孔方兄之力有时大过天子之权!死可使生,辱可使荣,有钱能使鬼推磨嘛!"高士奇凑趣儿,紧盯着说道,"不过世上不爱钱的也有的是。前明四川有个老举人,家里穷得叮当儿响,以教读为生。崇祯年间天下大乱,老举人的房子被兵大爷烧掉,修葺时才晓得,那房子下头竟埋着十二坛黄金!"说着,扫了一眼众人。阿秀和苏麻喇姑已是听得入了神。

"那是没主的钱,上头有张献忠的封条。"高士奇笑道,"老先生看了,说这是不义之财,搬了圣人的话说'临财毋苟得',命家人原装封住,又埋了进去。"

苏麻喇姑想了想,说道:"想是怕兵荒马乱树大招风?"

"正是。"高士奇欠身答道,"他们家人也是这么想。但我朝定鼎,天下太平,老爷子依旧一字不提这笔钱用场,家里穷得叮当儿响,也没动过一文。

"后来到了顺治十三年,鳌拜跑马圈地,直隶山东一带难民逃荒拥入四川,恰四川那年大旱无雨,一时就饿倒了千百人。虽有朝廷赈济,无奈百姓手中无钱!

"这个时候,老爷子才命人将金子起出来,全换了粮食,散发穷人。这一善举,真的活人无数!圣上,这个人岂不是个不爱钱的真君子、烈丈夫么?"高士奇说完,舒了一口气,瞥了一眼康熙。

康熙被深深打动了,这件事他登极那年间曾听太监们闲磕牙儿说过,一直以为是齐东野语,并不信实,不料竟真有其人实有其事!他坐在椅上,闭目沉思着,叹道:"三代之下,稀见斯人!可惜朕不得瞻仰此人风采!"

"张朝音就是了!"高士奇突兀说道,"此刻与他的儿子张伯年正被囚在狱神庙!儿子清廉一世,也是一耿介之儒,由于开罪上宪大令,将被推上断头台,可惜的是,老父耄耋之年,一生济人无数,身受巨案株连,即登万里戍途——思之令人伤神!"高士奇说着,不由哽咽,忙掏出手帕来拭了泪。

如此乍然一转,陡地切入政事,不但阿秀和苏麻喇姑猝不及防,连康熙也是愕然。一时养心殿一片死寂。许久,康熙格格一笑,问道:

"看来你是刚从刑部过来？"

"奴才昨夜和李光地一同去过刑部。"

"嗯，还有李光地？你们联名写了折子？拿来朕看！"高士奇这才从袖子中小心翼翼抽出奏折，默默捧给康熙。康熙只浏览了一眼，又问，"部议如何处置张伯年？"

高士奇见康熙气色不善，忙跪了下去答道："回万岁爷的话——绞！"

"准奏！"康熙已是勃然变色，冷冷笑道，"好一个高士奇！真可谓'其来也渐，其入也深'！从哪个稗官野史上读来这么一段'故事'，绕这么大弯子来谲谏——生怕自己面子不够，还拉上一个李光地！你可真能耐啊！真把自己看成东方朔，玩弄朕这个汉武帝于股掌之上了！"

康熙说着拂袖而起。

第三十七回 审清官抚慰熬刑人
查良将窗窥瞌睡虫

　　阿秀见康熙脸涨得通红，忙走过来要劝，康熙却一挥手道："朕早说过，国家政事你不能插口！"小秀登时面红过耳，讪讪退至一旁。苏麻喇姑一把扯了她，二人一蹲身便退了出去。康熙几步跨至殿口，厉声命道："传旨刑部，将张伯年父亲即刻押送柳条边——命张伯年进来听朕发落！"康熙又转脸对高士奇道，"朕待你何等恩厚，想来实在令人寒心！"

　　高士奇惊得通身汗流，伏地叩头不止："万岁的责备固然是，但奴才所言句句是实，张伯年确是清官，奴才焉敢丧心病狂谎言蒙主？"

　　"你住口！"康熙断喝一声，回身抖着手向文书架上乱翻，想找出案卷，当场驳倒高士奇，找了半晌方想到已批转到刑部，因厉声道，"你为他回护，受了多少银子？"

　　高士奇至此一横心，昂起头朗声说道："奴才从不要人家钱，与张某素昧平生，更不受他的礼！奴才今日求见，也为进谏主上。主上南巡宏图远谋，非一般臣子所能知晓，即有难听话，也应一笑置之，如此大事，应下明诏。各地方官不得借机悦上，擅修行宫！"

　　"如此说来，你对朕南巡尚有异议？"

　　"奴才未言主上不当南巡！"

　　"大舜也南巡过！"

　　"大舜南巡，"高士奇索性硬着头皮顶上一句，"未闻苍梧大造行宫！"

　　"好……你顶得朕好！"康熙气得无话可说，推磨似的在殿中兜了一圈，见穆子煦进来，便问，"你来做什么？"穆子煦一躬身答道："皇上，张伯年提到，在外头候着。"康熙厌恶地摆了摆手，说道："叫他在雨地里先跪着——"言未毕，康熙忽然顿住。垂花门外蓦地传来嚎啕痛哭声，听得众人身上一阵战栗。守门侍卫武丹大踏步进来，打千儿说道："张伯年求见主子，愿一言而死……"康熙怔了一下，冷冷说道："叫他进来！"

张伯年由于刑讯受伤，双手托地膝行而入。寒冷的雨水将他黑布袍子紧贴在身上，额前寸余长的白发沾满了水珠，像是不胜其寒似的在阶下瑟瑟发抖。康熙冷笑一声问道：

"张伯年，你嚎哭请见，有什么话要说？"

"罪臣想知道皇上给何种处置。"张伯年答道。他的声音很洪亮，半点惧色也没有。

"绞立决。"康熙淡淡说道，"你是方面大员，熟知国典，当然晓得是什么意思。"

"绞决并非极刑。"张伯年叩头道，"请皇上处臣以凌迟，誓不皱眉挽首！"

"什么？"

"……但求皇上一件事——臣父年过八十，求皇上赦免远戍之苦——臣死亦瞑目……"张伯年的声音哽咽了。康熙哼了一声："他跟着你作尽了威福，享了那么多民脂民膏，走几步路消消食何妨？"张伯年伏地泣道："求万岁洞鉴，臣父从不曾取用民间半丝半缕……"

康熙铁青着脸道："难道那么多人都是诬告？上至台辅、钦差，下至黎庶小民。""重刑之下，何证不可得，何供不可求？"张伯年悲怆地说道，"……雷霆雨露皆是君恩，万岁怎样处置，臣概无怨言，死无所憾。念臣效力多年，总求万岁网开一面……可怜我家被抄，只查出五两银子，万里远戍，老父何能堪受……"

"五两！"康熙仿佛在旷野中乍闻惊雷，脸色变得惨白，嘴唇抖了两下，茫然地回顾高士奇，有点口吃地问道，"朕……怎么没见清……清单？高、高士奇，他说的可是真……真的？"

高士奇说不清是悲是喜是愧，一口苦水泛上来哽住了，竟答不出话来，只将头重重叩了两下，从怀中窸窸窣窣抽出那份誊好的清单捧给康熙。康熙接过来，脸色愈加苍白阴沉。那张轻飘飘的抄家清单上只寥寥几行字：

租赁住房两间，租金纳至康熙二十五年，现交原房主领回，退余金一两五钱；锅碗盆勺炊具等杂物折银三钱；床盖巾栉折银二钱；

竹凉轿一乘折银一两五钱；另有青蚨钱二串五十文。

这么一小片纸，因夹在尺余厚的卷宗里，他竟没有看过！泪水模糊了康熙的眼睛，纸上的字变得花了。他跨前一步，似乎想扶起这个罪臣，忽然觉得身上一点气力也没，又止住了，摆摆手吩咐穆子煦道："搀……搀他进来……"

张伯年被搀进来，因有病正在发热，他的浑身都在颤抖，身上的水淌在地下汪了一片。康熙坐回椅上，半晌方缓声问道："你收盐商还有龙江关的银子，怎么都不在清单上？"张伯年已平静了许多，忙叩头道："盐商贩私，原为国法不容。江宁盐道夏器通受贿不查，臣越俎代庖曾查封过三千两。龙江关周用中通同盐道，受贿银一万两，被臣查实截留。泗州、直隶州因被水灾，总督阿山作保借用赈灾，阿山调走后一直未归还。不知何故，这张借条在查封臣署后居然丢失——臣实有口难辩……"

"既如此，当初你为何不具实参奏夏器通和周用中？"

"回皇上话。"张伯年叩头道，"臣秩在三品，系署理巡抚，奏折按例由总督府代呈。是否呈送御览，臣亦不得而知。"

"葛礼！"

再没有比这更使康熙震惊的了。他不明白，这么大的事，索额图和明珠为什么一点也不知道？康熙取过一杯茶吃了一口，嫌凉，顺手一泼，又问："南市楼是怎么回事？"张伯年道："此事臣有失察之罪。江南民情不好，须时时以圣谕教训士子——但并非改建南市楼，而是在南市楼旧址新建圣谕馆——因臣初到任，只图少花银子，未能详察前情……"康熙听着，已是紫涨了脸，按捺着又问道："朕派钦差前往会审，你既有冤，这些事他们尽可代奏，为什么不向他们当面讲清？"

"臣并未面见钦差大人。"张伯年说道，"审讯都由总督府司官代传问话。父亲命臣拼死熬刑，留得一命进京，或可使主上得知实情。所以臣到刑部翻供，抵死不认一罪，求圣上洞鉴臣之苦衷。"

"熬刑？"康熙不禁骇然，他曾面嘱伊桑阿，不得动刑的，良久方问道，"有刑讯的事？"

张伯年实在不明白，自己因何触怒了两大权相，一群人勾起手来要置自己于死地！思念至此，不禁伤情，心中一阵悲酸，呜咽着说道："请……主上……验……验伤……"

康熙没有起身，他已经气怔了。张伯年裸露的项上和臂上有条条血痕，还有被夹伤了的腿，根本无须细验。好半日，康熙方咬牙笑道："好奴才，这才是好钦差、好总督呢！"说罢，霍地跳起身来，向壁上摘下一柄宝剑，大喝一声，"武丹何在？"

武丹听见，高声答应一声，大踏步进来，双手一拱问道："主子有什么旨意？"

"你持此剑速赴江南，"康熙阴森森说道，"即刻锁拿钦差伊桑阿、总督葛礼这伙男女进京，敢不奉诏，就地正法！"

"喳！"

武丹接剑回身便走。张伯年膝行几步抱住康熙双腿，恳求道："万岁息怒——万岁轻信人言而欲诛臣，今又听臣一言再兴大狱，何其草率耳！"

"嗯，好！"康熙眼中一亮，欣赏地说道，"果然有疆臣之量！特为试你的心而已——武丹骑快马至刑部传旨：赦回伯年的老父——朕还想见见这位老先生呢！"张伯年再也忍不住，竟自掩面失声痛哭。高士奇惊定思痛，也自伤心，康熙更是黯然。许久，康熙又问道："伯年，你为何不许在龙潭修造行宫，是风水不好么？"

"此事万岁不问，臣也要奏。"张伯年道，"龙潭地近莫愁湖，景致虽佳却不易关防。几处行宫都靠在一起，驻防旗营又远在数十里之外，万一变起仓猝，难以策应护驾。圣上一身系天下，臣职在地方，不能不多加留心。"

"嗯。"

"如今天下刚刚承平，近年来风闻朱三太子潜入江南，几任知府缉拿，都是刚有点头绪就撤差调任，元凶未获，甚堪忧虑啊！"张伯年从容说道。其实他自己这次倒这么大的霉，压根说缘由正在于此。他很怀疑杨起隆就窝在总督府，但如今正与葛礼打官司，说出来便有挟嫌报复之嫌，因含糊说道，"……譬如龙潭毗邻有一座毗卢院，近年来香火大盛，游人如云，混杂不堪，前年去年竟有四位高僧示期坐化圆寂，今年臣在狱中，不知如何。这也属可疑之处！皇上又喜欢微服出游，挨着这等地方，怎么叫人放心？"

康熙想了想，笑道："高僧示期坐化，两年四个，岂不儿戏？你查过了没有？"张伯年苦笑道："臣哪里来得及！造行宫、修书院的事没完就遭了御案……只去毗卢院察看过一次，就解任待勘了。"康熙思量此事蹊跷，觉得再问也不清楚，因笑道："今日个让你受惊了。有些事以后慢慢再说——你不到五两的家当还叫抄了，也太过贫寒。来，拿三百两银子赏张伯年！"

康熙站在阶下，命人抬轿进来将张伯年抬出去，又命高士奇将张伯年父子接到府中好生将息，在蒙蒙细雨中目送他们出去。

康熙换了一身微服，和穆子煦各骑了一匹马，一前一后出了东华门。因见穆子煦闷声不响，康熙在马上回身笑道："子煦，你跟了朕有十几年了吧？"

"回主子的话，"穆子煦欠身为礼，答道，"奴才是康熙六年随着虎臣兄从龙的。"

"不易呀，多少生死关头都挺过来了。"康熙言下不胜慨然，复又笑道，"听说你和小魏子结了亲家？小魏子折子里都说了，你倒闷葫芦似的，怕吃你的喜酒么？"穆子煦一怔，忙笑道："奴才哪敢指望有那么大的脸面，想着是儿女们的私事，没敢惊动主子爷。"康熙笑笑，说道："你、小魏子还有狼瞫、武丹这几个不同别人，是跟着朕'锤'出来的人，大事小事，就是笑话儿，说给朕听，叫主子笑笑，也是你们的忠心——你如今还兼着巡防衙门的差事么？"

巡防衙门长官便是九门提督。穆子煦不知康熙问这话的意思，思索着答道："奴才管着善扑营，康熙十二年又接管了九门提督，却是署理，并不到衙办事，如今由兵部郎中佟国维管着……"

"佟国维？"康熙勒住了马，仰脸想了想道，"是孝康太后的弟弟嘛，若在小家子，是朕正儿八经的舅舅——此人如何？"穆子煦笑道："他处事极小心，因是外戚，很少与人往来……"康熙纵马行进，点头道："好，在这个位子上知道小心就是好奴才——朕提拔他上来，调你去任两江布政使，兼管江宁织造，如何？"

两江布政使不是很大的官，但上马管军、下马管民，职权很重，江宁织造虽是内务府管差，却直接与皇帝打交道。虽早有传说叫穆子煦去做布政使，可今日在此场合听康熙亲口说出来，穆子煦仍觉意外，遂顿了一下答道："奴才是皇上调理出来的人，办什么差都由皇上指派。只是……奴才从一个愣头青儿马贼出身，跟了皇上，从未自个儿办过差，恐怕有负皇上重托。"

康熙听了哈哈大笑："你这人比起魏东亭，谨慎有余，进取不足，魏东亭朕还嫌他过于老成小心呢！放心去，放心做！朕给你一品俸禄，和小魏子一样！去了有事多和魏东亭商议着，仍旧是朕调理你嘛！"

户部衙门设在铁狮子胡同北丁字口，离兵部仅一箭之遥，门口挨挨压压排了一长溜儿官轿，俱是各省藩司衙门来京回事的、提取库银的。君臣二人在丁字口下马，穆子煦瞧着堂口人来人往很乱，便笑道："主子，您到跟前，肯定有人能认出来，还是不招惹他们为好，奴才这里很熟，咱们从侧门进去。飞扬古要来，定必去军政司和他们打饷银官司——一找一个准儿！"康熙含笑点了点头，于是一前一后进来。

衙门很深，穆子煦带着康熙七折八拐，躲着人走，直到最北边一溜房子跟前，见院门口挂着一块铁牌子，上头写着"世祖章皇帝圣谕：此地系军机枢要，文武官员无部文不得入内！"早有一个戈什哈出来，见是穆子煦，忙行礼笑道："哟！是穆军门！小的久不请安了——快请进！"

"几个司官都在么？"

"六个司官，昨儿一个出差，"戈什哈赔笑道，"余下五个正在给飞军门回事儿。您稍候，小的去禀一下。"

穆子煦回头看了看，见康熙摇头，便笑道："用不着你老兄献勤儿，我和老飞什么交情？倒生分了！"说着便和康熙进了鸦默雀静的军政司大院。两个人沿廊下走了半箭之地，便听得签押房中有人说话。康熙凑近了窗户，隔着窗棂看时，四五个衣冠楚楚的主事背对窗户，正在给飞扬古汇报各地军屯情形，再看飞扬古时，差点没笑出来：飞扬古穿着绛红实底纱袍，懒散地半躺在安乐椅上，面孔正对着康熙，三十二三岁的人，一脸老气横秋疲惫不堪之色，闭着眼睛似睡不睡地"嗯"着。

"……飞军门所在的古北口，共有察哈尔蒙古投诚兵四千，按军屯制每人每户应种二十亩，年献军粮一千五百斤，一年计应减发六百万斤粮，如今户部酌减为四十万。"主事萧继祖大约是在驳斥飞扬古的索饷要求，侃侃言道，"如今军门还说户部不肯照应，卑职们就难免委屈……"

"嗯。"

"要不要将现下各省屯田亩数回报军门，也好心中有数？"

"要。"飞扬古只点了点头。

"这都是今年邸报上发出去的。"

"嗯。"

康熙不禁偷笑：主事很明显不耐烦给飞扬古再回报，但他偏偏要"嗯"！主事无可奈何地咽了一口唾沫，看一眼对面这位满眼睡意的一品大员、一等侍卫、统兵大师，飞快地报了一大串数字："……就是这些，请军门详察，户部也是给皇上办差，焉敢做欺饰之事？"

"完了？"

"是。"

飞扬古慢慢坐起了身子，双手按膝，已没了睡意，缓缓说道："我知道诸位在这里办事有难处，但我今日来此，不是为索饷而来，本想和光地兄深谈一次。西北用兵，用哪里的兵？不管谁是主帅，皇上非用我古北口屯军不可！"康熙见他忽然变得如此精神，诧异之间听他说得有理，不禁暗自点头。却听飞扬古口风一转，似笑不笑地又道，"光地兄既忙，请各位司官给兄弟说说情势，奈何反与兄弟打擂台？"

一句话说得五个人面面相觑，萧继祖起身一躬又坐下，红着脸道："请大人明训。"

"说不上明训。"飞扬古冷笑道，"直隶屯田七百四十四万九千九百二十八亩，山东屯田二百九十四万五千五百一十八亩，山西三百五十三万六千零九十五亩，河南是六百万零四千四百一十九亩，江苏二百五十八万六千九百七十八亩，安徽是……"他一口气说遍了一十八行省的屯田细目。有整有零，大到百万之数，小到一二亩，无一差错，不但康熙和主事们，连旁边偷听的穆子煦也不禁咋舌。"……不连我古北口，总计九千四百六十七万三千零一亩，你少说了四千八百七十四万一千五百二十一亩——我那里屯田你却说整数，实多出一千四百一十一亩。萧主事，我是统军上将，本不应女人似的和你斤斤计较——四千投诚兵每人五百斤，你给的不少，但你却不知每个投诚兵都是携家带口的人，能自养就好，还指望抽出粮饷来？

这里头出入大，不是你糊涂，是诸位心里不公，要像衮衮诸公这样去前线统兵打仗，非哗变不可!"

这番话飞扬古虽是娓娓言来，并不厉声厉色，却使几位司官头上渗汗，一句话也驳不回去。康熙听至此，扯了扯穆子煦衣角，回头便走。直到出军政司大门，穆子煦方问道："主子，你不是要见飞扬古么?"

"朕这不是见过了?"康熙笑道，"朕要进去，就只能见他穿的什么衣裳，礼数如何，哪里能见得如此详细!"

第三十八回　庆功席上名臣坐针毡　条幅词中罪儒受勉励

李光地因收复台湾有功晋位文渊阁大学士，一干同年吵着要吃庆功酒。这天正逢朝休，李光地便邀了同年、好友及上书房的几位大臣来府小聚。不到卯时李府门前已是车水马龙，将半条玉皇街南巷塞得满满的。李福、李禄两个人忙得满头热汗，一边引路，一边指挥长随照护各官带来的仆人至天井棚下歇息吃茶。

辰初时分，明珠和高士奇方一前一后在门前下轿。两个人一般的风流潇洒，却各有各的韵味。明珠爱修饰，穿一件亮纱玫瑰紫巴图鲁背心，腰下系一绣金葱绿槟榔荷包，半苍的发辫梳得油光水滑。高士奇月白长袍，脚下蹬一双黑冲呢千层底布鞋，手里摇一把素纸扇子——站在一群翎顶辉煌、满面谀笑的官员中间，真如鹤立鸡群一样。

"恭喜恭喜！"明珠见了李光地满脸堆下笑来，"榕村在前方立功，晋位大学士，本应我们设宴庆功，倒先扰你了——家里都好？老伯母身体康泰否？"

"哪里哪里！"李光地心头突突乱跳，一边往里让，一边回话，"请，明相请，高兄请——唉，这次去闽，因台湾战事酷烈，竟没能回家一趟，七日前接到家信，说是家慈欠安，兄弟心里一直惦念着。过了这几日我拟请假，请二位在圣上跟前替我说说话哟！"高士奇颦起眉头道："这个自然。为人子者当尽人子之道，为友朋者自要尽友朋之谊啊！"明珠点了点头没吱声，三人一齐进至内厅。不一会儿，索额图也到了。大家便安席入座。两边厢房共是八桌。正房里李光地陪了主宾。

酒过三巡，明珠笑道："今个儿真个快活。每天陪驾，累得浑身抽筋儿。凑这么一天热闹真不容易！榕村，家里的戏班子叫上来，唱几出听听！"

"兄弟可比不了你!"李光地把盏笑道,"我是个穷翰林出身,俸禄之外身无长物,养得起什么戏班子!再说叫他们搅得闹哄哄的,我怎么读书呢?"御史余国柱坐在高士奇下首,听了这话,笑道:"那是!晋卿乃道学宗儒领袖,养一群小妞儿,成哪门子话?"

明珠笑道:"我却爱热闹——葛云!"他叫过自己的管家,"出去叫几个唱曲儿的来,不要多!"葛云"喳"地答应一声便去了。这里众人依旧说笑打诨儿。

不一时,葛云带着三个人进来,一个少妇和两个十岁上下的小男孩,——一齐朝上施了礼。那妇人斜坐右侧,将琵琶试调几下便勾抹起来,清泠之声沁人心脾,高士奇端酒呷了一口,大声笑道:"未成曲调先有情,好!"索额图也点头道:"果然是好手,这一套正宫调《叨叨令》我家班子无人能及!"

李光地忙着应酬客人,到各桌走了一遭。刚刚劝酒回来,听见索额图说话,不禁打量那女人一眼。原来竟是李秀芝!像是半夜里突然见了鬼魅,李光地的脸立时变得惨白。众人没理会李光地神情骤变。侧耳听时,李秀芝敛眉唱道:

> 河光清浅月黄昏,琥珀彩润酒满樽。
> 宛转柔情人将醉,这般时节最销魂。

"妙哉!"高士奇大为高兴,不禁击节赏叹,"区区一个卖唱女子,乃能作此雅音!明相,你管家好有眼力,片刻之间,竟弄了个女翰林来——我为此诗浮一大白!"说着便将门盅饮了。明珠笑道:"能得到你高学士如此赞誉,终生受用了!葛云,过来,难得你给爷挣了这个体面——这个赏你!"便将一枚赤金戒指顺手丢了过去。刚刚坐下的李光地听着,一时乱了方寸,头上冷汗淋漓。明珠也不理会,只向索额图道:"三爷,如何?——喂,这位娘子,拣好的只管唱来助兴!"

索额图拊掌笑道:"妙!你唱!唱得好,不但李大人,我也有赏。"

"谢列位大人!"李秀芝在座儿上欠身一礼,命两个童子一个吹箫、一个拍云板,自家将琵琶又复弹起,婉转唱道:

你将这言儿语儿休只管唠唠叨叨地问，有什么方儿法儿解得俺痴痴迷迷的闷，面对着酒儿盏儿怕与那腌腌臜臜的近，说什么歌儿舞儿镇日价荒荒唐唐地混！俺只顾荆儿布儿出了这风风流流的阵，咬紧了牙儿齿儿和着血泪吞——兀的不恨杀人也么哥，兀的不恨杀人也么哥！

唱至此处，厅内已是举座肃然。

高士奇扇子打着手心沉吟片刻，笑道："今日原是给晋卿兄贺功加官的，得图个高兴，你不能择个吉利快活的曲子唱吗？"明珠喷地一笑，说道："亏你高江村还是一代骚雅之士，还讲究这个！这曲子唱得妙极——你说是吧，晋卿？"

"啊！啊！"李光地吓了一跳，忙斟酒自饮一杯。李秀芝一颔首，又抑扬顿挫地唱道：

想当初战云烽火弥漫山川路，失意人奔命仓皇谁人肯相顾？急切间身入青楼避过血光灾，在那香火神前立誓盟。送行去西风古道落下孤凄泪，薄幸人从此不曾鱼雁相往来！到如今琴堂高坐不忆往昔事，闪得奴朝朝暮暮抚儿心悲哀。他那里钟鼓馔玉坐华堂，何曾念当日里丧魂落魄狼狈样。可怜我怀抱琵琶肝肠断，兀自的装模作样当做没事人——为甚的神圣菩萨这般糊涂账，为甚的神圣菩萨这般儿糊涂账？

这一大板唱完，李秀芝泪水已走珠儿般滚下，方缓缓收住，曼吟道：

弹出哀弦放玉筝，停歌挥泪诉平生，
谁怜薄命伤心语，似听花间莺啭鸣！

高士奇前后一想，悚然而悟，眼见李光地目光如醉，白痴似的木坐不动，早已明白了首尾，但此时一开口必定要得罪人，便假作懵懂，笑道："这词儿挺感人的。惜乎熊老夫子今日没来，若请他再润色一番，清秘堂的翰林们也都要为之黯然失色了。"明珠却不理会，嘻嘻一笑，问秀芝道："听你歌词，隐忧很重，像是真的。本部堂职在天子机枢，果有什么冤屈，请讲，不妨事的！"李光地看了明珠一眼，见他那阴险的脸色竟不自禁地打了个寒战。

"奴不敢……"秀芝偷眼看了一下李光地，叹道，"只求明相佑护，莫让人……加害奴的儿子……"至此，已是哽咽不止，难能成语。

"哪个敢？"明珠阴狠地冷笑一声，说道，"在座有三位辅臣，上头还有圣明天子！"说罢，便命人将秀芝母子带到侧房用饭。明珠又转脸，笑微微地对李光地道："晋卿，这母子三人真可怜哪！"

李光地怔了一下，苦笑道："此等事人间原就不少，何况又值战乱，哪里免得了呢？"他脸上全无血色，眼睛回避着众人。此刻连索额图也察觉出来了，暗自拿着主意，装作不理会。

明珠突然脸色大变，恶狠狠地说道，"光地所言，虽然是实情，但是天理不可泯，人情不可欺，我就曾在郑州为民除掉过两个恶棍！"

"是啊，是啊……"明珠的敲山震虎惊得李光地心里咯噔一下，半日才回过神来，慌乱地说道："道学之中最讲天理人情的……"索额图因李光地营救张伯年，心里也存着芥蒂。他知道明珠在使"先发制人"的手段，决心要演包龙图的故事；见李光地尴尬难堪之极，已是吃尽了苦头，便道："晋卿，你我有门生之谊。我这人不喜绕弯子，这女子唱的果然是你，就痛痛快快认下来吧。好在这里都是自己人，这件事就算是过去了，不然恐怕……"他沉吟了一下，下头的话没再说。

这个话的意思是再明显不过的了。这居丧不谨，已经够这位道学家受的了，更何况李秀芝舍命营救在前，李光地背恩忘义于后；加之抛弃亲生骨肉，听任他们流落江湖十年。有此三大罪状，一百个李光地也会被参倒。明珠将秀芝母子安顿京师数年，处心积虑原是要拿来砸倒索额图的。不料从内务府侍候太子衣饰的唐光义处听说，李光地已准备动手参自己，便率先发难，使出这一手杀手锏。李光地如再靦颜居官，已被朝野视为寡廉鲜耻之徒，哪里还敢"挟嫌报复"，出来弹劾自己这个"明包公"？当下听索额图一说，明珠心知这一仗只能打个平手，护得自身安全，因笑道："索相

唐敬宝一摸头，笑道："是，高相说得是！小人糊涂，叫他们加意侍候着就是了！"

幸而高士奇提醒，熊赐履才想到上书房大臣也不能袖手旁观，便笑道："咱们几个恐怕也不能闲着，这不是小事！"当下明珠接口便道："我来吹箫，索兄打鼓板伴奏可成？"索额图欣然笑道："当然，敬如命！"熊赐履皱眉道："我怎么办？……我来拍云板吧！还得一个伴着主子插科打诨的丑儿，万一词儿续不上来，也可掩饰一下——这个角色很难！"明珠笑着推高士奇道："这是他的行当儿，除了高江村，谁有这等敏思捷才？"

"也只好勉为其难了。"高士奇巴不得这一说，捋起袖口，摘了大帽子，将辫子在头顶上挽了个髻儿，指着自己鼻子说道，"只在这儿涂上一块白，我这倒八字眉连描都不用描。"

一场别开生面的戏开场了，戏文再简单不过，八十岁的老莱子扮小孩子给母亲取乐儿。只因皇帝演戏是从没有过的稀罕事，坐在上头的太皇太后笑得眯缝了眼，见是高士奇陪康熙上场，便用手一指，说道："赏他！"康熙忙将一串蜜蜡朝珠亲手替高士奇挂上，说道："这个赏你——好好逗老佛爷笑一场！"阿秀出身西域，从没见过这个，站在太皇太后身后只抿着嘴儿笑。此时群臣谁也无心吃喝了，都在座儿上伸着脖子瞧。

一阵锣鼓响过，熊赐履云板敲起，明珠打点起精神来，吹出一种似昆似弋的曲子，怪腔怪调的十分滑稽。康熙甩着大髯口，穿一件撒花大红袍，摇一把拨浪鼓儿，伴着乐声踩着鼓点，一蹦一跳，撒欢儿打滚。高士奇学着跳加官的架势，围着康熙捶胸打背地兜圈子、做鬼脸儿。过门一罢，康熙便按节拍唱道：

> 月儿明，风儿清，
> 中秋十五——

他胡诌着，到这儿突然打住。高士奇忙抹一把脸，捏着嗓子接唱：

> 闹哄哄啊！

康熙一笑，翻了个筋斗，又唱：

> 老莱子，八十翁，堂上有个——

他又编不下去了，高士奇一屁股坐到地上：

> 老寿星啊！

因接得一点儿茬口不露，不晓得的还真以为他们预先编派好了的。太皇太后笑得前仰后合，却听康熙又唱道：

> 年过百岁乐悠悠，民安国泰好年景。
> 手摇花鼓咯咯响，高堂欢愉——

他实在想不出该填个什么词儿，便装作一不小心，绊倒在地。却见高士奇躬着腰儿接唱道：

> ——赤子心！

　　康熙本不善滑稽凑趣，听高士奇接得流畅，倒激起兴头。忽发奇想，要难一难高士奇，手舞足蹈念道：

> 忽闻黄河起狂涛——

高士奇不禁一怔：这么不吉利，怎么转圜呢？但很快就镇定下来，接口道：

> ——龙颜震怒斩水妖。
> 斑衣成彩尽孝道，
> 座上龙祖哈哈笑。

康熙耳听乐起，便又唱：

> 太和之气塞九重，
> 任他东海起台风！

"台风有起总有停！"高士奇生怕他再说难对的，忙顶着念了一句。却听康熙又唱道：

> ——台湾回吾怀抱中。
> 四海九州呈祥瑞，
> 万国整冠拜朝廷。
> ——献来天上蟠桃果，
> 千年万载奉大清啊！

高士奇想，好话尽被康熙讲完，怎么接呢？——只好扭了扭跳了跳，方扯着嗓子高唱：

> 真个是：股肱良、天子明，
> 孝道格天乾坤正！
> 老佛爷福比东海水，万岁爷寿过南山松——

此时，高士奇的词儿已经枯竭，可是一曲儿尚未终了，还得有一句才能补完，高士奇只好咕咕哝哝唱了一句，吐字含糊，任谁也难听清。

康熙已跳得满头热汗，摘了髯口笑问道："高士奇，你这狗才最后唱的什么？朕在你跟前都没听清楚。""回万岁的话，"高士奇嘻嘻笑道，"奴才唱的是'平平仄仄仄平平'。"康熙噗嗤一笑，道："这是诗韵，你竟也有才尽之时！"

"如今举国欢庆平定台湾，君臣共唱升平之歌，岂不是'平平'？"高士奇解释道，"主子倡明圣道，以孝治天下，亲为老佛爷歌舞上寿，岂不该'仄仄'（啧啧）称赞，共祝太皇太后福体康平，天下太平，岂不又是'仄平平'？"

这一解释，台上台下立时轰然叫妙。一向不苟言笑的熊赐履也不禁莞尔。太皇太后笑得眼泪都淌出来，指着高士奇道："这猴崽儿，果然伶俐，也难怪你主子疼你……"

这场新编"老莱子斑衣戏彩"精彩成功，因见正戏开场，康熙便来到太皇太后跟前承欢。太皇太后见康熙面带倦容，便笑道："我这里有一大群人侍候着，不用你来立规矩。你累了一日，到前头歪着，想看戏就看两眼，不想看，养养神儿也是好的。"康熙忙笑着答应道："这里热闹得如此不堪，养不成神儿。老佛爷既疼孙子，我可要放肆到后边会芳亭歇着了。"说罢，又奉上两杯葡萄酒给老佛爷，才趸到前头来，拍了拍穆子煦肩头道，"你随朕来。"

大约半顿饭光景，穆子煦又从康熙处回来，走到李光地身边小声说道："皇上在会芳亭，有旨召见大人，请移步吧。"

李光地整束了衣冠，跟着穆子煦匆匆离座而去。早有内监何柱儿在前头导引，曲曲折折来至会芳亭。侍卫素伦、德楞泰已候在那里，请李光地稍候，便进去禀报。半晌才听康熙吩咐道："李光地么？进来吧。"

这个地方虽名曰"亭"，除了房顶依稀造得像六角亭模样，下面其实是座小殿。里头很宽阔，用玻璃屏隔开成三间。康熙已经更衣，头上戴了天鹅绒缎台冠，江绸夹袍外罩石青缂丝棉金龙褂，正坐在里间炕上吃茶。李光地便知是正规接见，忙大声报了职名进门行礼，叩头道："臣李光地奉旨觐见万岁！"

"李光地，"康熙啜着茶，慢条斯理地问道，"葛礼与张伯年一案，朕驳了部议，外头人说些什么？"李光地一听，心里便踏实下来，款款说道："臣在礼部没有差使，也极少与人议论朝政。臣与高士奇上本保奏张伯年之前，实是心怀恐惧，替张某捏了一把汗。万岁处置之后，偶尔在户部听司官们说起，莫不以为圣聪高远，明察秋毫，使奸宄无所施其伎俩，正人君子终得安身立命。"听李光地说话很是得体，康熙不禁点头，又道："心怀恐惧是实话，天威不测么，怕也替你自己捏着一把汗吧？"

李光地忙叩头道："是，臣之心亦难逃圣鉴！"

"康熙十二年你和陈梦雷同回福建。你在福建待了五年。"康熙思索着，目光一闪又问道，"葛礼当年也曾带兵去福建征剿耿精忠，此人到底为人如何，你想必是知道的?"李光地暗暗思忖，科场一案出来后，御史们十几人上章弹劾，不知何故却被抹得无影无踪，这次张伯年平反，肇事的主儿葛礼依然毫发未动；听说前日又命李德全赴南京，赏葛礼貂皮褂、人参等物，联想到自己和陈梦雷一案，康熙也是两头抚慰，实在难猜这个主子心里打的什么主意。半晌，李光地方道："臣与葛礼仅一面之交。据臣看来，此人为人不拘小节、豪爽好客，这是其长，但倚仗权势、盛气凌人，且不学无术、粗鲁庸俗，其短处也甚招人讨厌。求皇上洞鉴!"康熙"嗯"了一声，笑道："你不明讲，朕也知道，葛礼这人浮躁轻狂，古有议亲议贵之训，朕也不能不担待一二。张伯年已有旨调任山西巡抚，葛礼朕还想看看再说——只江南巡抚出了缺，你看谁补为好呢?"

"魏东亭如何?"李光地看着目光炯炯的康熙问道。

"魏东亭不宜再任方面之职，海禁已开，他难以兼顾。"

"穆子煦老成精细，"李光地又道，"补到巡抚任上，必能恪守尽职。"康熙听了沉思道："这个人朕想过，但他一直跟着朕当侍卫，并无理民理财履历，得历练一下才成——你与于成龙交情怎样?"李光地笑道："于成龙与臣从未共过事，此人是清官，崖岸高峻，难得与人深谈。所以过从甚疏。"

康熙呷了一口茶，缓缓说道："君子之交本就不应过密。然而读书人养气在先，心怀应当开阔，成龙虽好，实有不足。比如靳辅，在河工栉风沐雨很不容易，朕深知之。于成龙却不能容他，几次弹劾，可见其心胸亦有褊狭——听说折子都是由你转进来的?"李光地听着话音似有不满，当下不及细想，忙叩头奏道："圣训极明!但靳辅在河工任用私人，朝廷专项款银常常挪作他用，不纳地方官进言，颇犯清议。于成龙据实奏劾，乃是臣工本分，其心不无可谅。"

"清议?"康熙的语气变得冷峻起来，"在京官员饱食俸禄，不务实事，懂几句诗词，能几篇古文，都会'清议'几下。叫他去办有利于民之实务，一个个都懵懵懂懂了，你要仔细——听你话音，似与索老三如出一辙?"

"臣乃皇上之臣!"李光地机警地说道，"既不追随索额图，也不附和明珠。臣只能忠心事主，据实而言!"

康熙点点头，一笑，却转了话题："中唐有个叫李泌的，知道吧？"

"是——臣知道。"

"代宗皇帝起用李泌出山为相，约法李泌不得擅自报恩报仇，李泌怎么回话的？"

一股冷风袭来，李光地打了个寒战，答道："李泌说：'臣本是出家之人，与世无恩无怨。今与陛下约，愿皇上不可诛戮功臣。'——此非原话，大抵意思如此。"康熙目中灼然生光，良久方点头叹道："他们君臣说的都是肺腑之言。今日朕也给你交心，你学术文章极好，朕很惜你的才，又与朕的师傅伍先生有家学渊源，朕遇事不能不包容一二。但你与伍先生相比，有患得患失之病，对于功名总脱不掉'热衷'二字。所以朕没有招你入上书房，你有私念，器量不够，明白么？"康熙这些话是披肝沥胆的知心话，李光地不由也觉动情，但不免也有些不服气，便叩头说道："求皇上明示！"

"比如陈梦雷，"康熙轻咳一声说道，"如今与你竟成了本朝的张耳、陈余！'三藩'之乱你有功，平台湾你力主用兵，也有功，官已做到文渊阁大学士，为什么你就容不下一个陈梦雷呢！""陈梦雷大诈似直，实为文人败类！"李光地心想，在康熙这样的人面前，与其转弯抹角，倒不如一吐为快，"臣非心胸褊狭，实在不能欺心与他和衷共济！"康熙笑道："大诈似直也罢，大奸似忠也罢，他如今在三阿哥府闭门著书，并无别的劣迹，你何故放他不过？难道你李光地就没有伪诈之处？"

这个话说得太重，李光地不禁一怔，连忙叩头道："臣从不知欺人，更不敢欺主！万岁此言臣担当不起！而且臣也并没有难为陈某。"

康熙格格冷笑一声，将茶杯向案上一蹾，说道："朕虽深居九重，外间的事岂能逃朕之洞鉴？你说没说过'皇上调陈省斋去三爷府，误用小人，可惜可叹'？还有，你说没说过'陈梦雷欺心狡诈，所以断后，我李光地从不欺心，所以后息昌茂'？你的儿子来路都那么正么？"李光地万万不料这些背地与知心朋友说的私房话都传入康熙耳中，想起明珠闹宴那件事，更是背若芒刺局促不安，正要叩头回奏，康熙又道："你说你从不欺心，朕来问你，丁忧夺情，一夺即不再辞，这是为什么？若是母子之情一夺就掉，是否原本就无情可夺？前日朕接见郭琇等人，说过了：朕留光地之意，恐怕一说就难以保全，六部九卿会议一下，一定要朕讲，朕就讲，不要朕说，朕就包容。朕难道连三年之丧古今通礼都不晓得？若真的较论学问，朕岂逊于你李光地？"

李光地在这犀利的质问中再也说不出一个字，浑身抖着，只叩头不语。

"你不要怕，听朕说。"康熙的口气一直很平和，见李光地面色苍白，狼狈不堪，只一笑，又道，"据朕看来，天地造化总不肯降全善全美之人于世。朕的师傅伍次友先生高风亮节、才识宏博，但他又孤芳独标、洁身自爱、气短情长，何况你李光地！朕很倚重于你，如今做了文渊阁大学士，时时要参赞天下重务，朕就不能不敲你一下，这是爱你，你要好自为之。"

康熙这些话，有慰有勉，真收到了十分功效。李光地心里时而乱纷纷，时而暖烘烘，是敬是怕，是喜是忧，连李光地自己也说不清了。

"就这样吧。明日穆子煦南去，你送送他。"康熙立起身来，"靳辅上的折子，请下诏给黄河上流沿岸栽树种草，你代朕草诏，严旨命甘陕总督及巡抚切实督办，写好了呈来朕看。你，还有上书房几个人，要多办实务，少生是非，你跪安吧！"

李光地战兢兢地离去。康熙掏出金表看看，是亥正时分，估约戏快散场，正要起身命驾，却听身后有人笑着念佛道：

"阿弥陀佛，皇上济世渡人之心，上苍明鉴！"

康熙回头看时，却是苏麻喇姑从对过屏风后闪出，便笑道："是你啊？朕还以为你没来呢！"

"四格格硬拉我来的。"苏麻喇姑微微一笑，合掌说道，"贫尼已听多时了！"

康熙沉吟道："你知道，穆子煦去江宁，是要办一件泼天大案。事情若不涉及中央枢臣，那是最好，若真的和索三有什么勾连，朕南巡的事说不定还得推迟呢！"

"万岁开导这个姓李的，不许他搅进去。"苏麻喇姑叹息一声，瞑目说道，"千古帝王，谁有这份仁慈之心？阿弥陀佛，功德无量啊！"

第四十回　清隐患穆子煦南下
　　　　　试武功于一士丧气

　　穆子煦奉旨调任江宁织造，第二日便启程南下，但走得并不快，出京之后他便东下泰安，登上泰山观日出，又踅往济南，在老于成龙处盘桓数日。明珠和索额图原疑他奉有密旨，见他一路游山玩水，也就不再疑惑。入江苏境后，穆子煦却一反常态，只在驿站打尖吃饭，也不要从人跟随，换马不换人，日夜趱行，只两日工夫便到江宁任上。当天办完交割，委了一个司官暂管衙务后，便乘四人肩舆来见魏东亭，此时天方断黑。

　　"子煦！"魏东亭与穆子煦原是八拜之交，又是儿女亲家，说话历来开门见山，见穆子煦行动诡秘，神色有异，便笑道，"你这弄的是哪一出？昨日见邸报，你还在淄川，今日就到了？连个信也不来——如今做了这么大官，依旧如此冒失！"穆子煦笑道："大哥这回可冤了我，我——"他看看左右有人，便啜茶，良久才道，"兄弟们分别了这么多日子，我又惦记着奉圣夫人和鉴梅嫂子，你想我能不急？"魏东亭向来机敏稳重，心知事关重大，便吩咐家人："不要待在这儿侍候，穆老爷难得来，你们叫人在栋亭摆上一席，弄得精致一点儿，我要和亲家翁对饮几杯！"

　　眼见长随们都退出去，穆子煦压低了嗓子说道："皇上定于明年四月南巡，知道这边情势繁杂，命兄弟前来清道。这里有密旨，坐纛的是哥子你，我来协助办理！"

　　"哦！"魏东亭目光霍地一闪，接过康熙的密札，仔细地读后，便放在灯烛上烧了。不知怎的，他的脸色有些苍白，半晌才道："皇上确实天生睿智、聪明过人！我在南京树大招风，此地官员都不认识你，把这天字第一号官司给了你最合适！"穆子煦笑道："全仗哥哥主持，子煦仍是听你调遣。葛礼若真与朱三太子通同谋逆，只怕索三爷也难逃此劫——想不到我们又要在南京立功了！"魏东亭却不置可否，话题一转，说到了自己几次探查的情况："南京造皇上的行宫，一处在白沙渡，一处在灵谷寺，一处在莫愁湖。奇怪的是都离寺院很近。灵谷寺倒也罢了，皇上要去孝陵祭朱元璋，作驻跸之地，也还在情理之中。白沙渡那么偏僻，怎么防护？莫愁湖，北有秦淮河与城隔开，西南两面环江，地势那么低，万一出事或是发了洪水，主子往哪里去呢？这就蹊跷得很了……"

穆子煦静静听魏东亭介绍着，十分佩服魏东亭精细多谋，也愈来愈觉得葛礼用心叵测，良久，方道："我就住在你这里。看来疑点最大的是莫愁湖，那里紧挨着毗卢院，景致好、游人多，看上去很太平，若真的要造逆，我也会选在此地——明日我就去踏看。"

"我已去过几次了。"魏东亭沉思着说道，"也曾疑心他在禅山顶上架炮轰，还到江南制炮局去查过现存炮台上的红衣大炮少了没有，但我身无军职，不能借故上炮台核实，和不查一个样——这个毗卢院禅山封闭多年，要真的在那上头架了炮……"魏东亭打了个寒战，"所以你得设法进禅山去看看——听说三天后性明大师又要圆寂，连这共是五位了，明天毗卢院香客一定多，不定有些机会也未可知。"

"什么机会呀？"书房处传来魏东亭夫人史鉴梅的笑声，接着一挑帘子已是进来，抿嘴儿笑道，"早听说大兄弟离京来金陵，老太太喜得什么似的，一来就只顾说正事了——席面早预备好了，老太太要过来，是我劝住了，都是自己亲人，讲那个礼儿做什么——梅香，还不快去把西书房收拾出来，穆老爷就住那里！"

穆子煦和魏东亭都站起身来，对视一笑，便跟着鉴梅一同往栋亭上而来。

魏东亭的私邸在夫子庙东北虎踞关内，离莫愁湖并不远。第二日一大早，穆子煦起来，觉得天气清冷，便换穿一件宁绸夹衫，摇着步子一径踱至莫愁湖。

其时天近十月，风冽水潦，秦淮河一带碧水明澈透底，莫愁湖畔酒店茶肆栉比鳞次，岸边游人如蚁，往来楼船交错，画舫如织，箫笛琴瑟不绝于耳，真个六朝金粉之地，十分好景致。穆子煦一步一踱仔细查看，隔岸烟雾缭绕，乌沉沉一大片房舍，隐约可见黄琉璃瓦在寒阳中闪烁，便知那就是新修的禁苑行宫了——沿柳堤转至胜棋楼，穆子煦见几个叫花子正围在石栏下头喝酒，蓦地想起二十年前和武丹等几个弟兄杀魏东亭狗烧吃情景，也是这般儿毫无拘束，如今事过境移，真有恍若隔世之感。

"贫道稽首了！"忽然一个声音从身后传来。穆子煦回头看时，是个蓬头垢面的道士，浑身拖泥带水地正打躬施礼，穆子煦知他是化缘的，点头一笑，从怀里摸出半两一块银角子递过去，说道："拿去打酒吃——道士所居何观，听声音不像此地人啊！"道士笑道："贫道居东倒西歪观，四处云游，成了南腔北调人。居士与老子有缘实是幸事——无量寿佛！"说着接了银子颠颠地去了。

穆子煦不禁一笑，慢慢转到胜棋楼，却见一群人正在起哄儿吵吵嚷嚷。一个油货铺肥大掌柜的，一手握着秤杆，一手拧着一个中年人的耳朵骂："日你娘的野杂种，青天白日的就敢抢东西！"那中年人却不生气，嬉皮笑脸地说道："你不是畜生我怎么是杂种？你丢了什么东西，来寻我的晦气？"油货店掌柜的用手一指说道："这么多人都是见证！刚刚炸出的一斤油饼放进栲栳里，眨眼就不见了，你娘的倒是铜嘴铁肚子，焦热滚烫的吞下去，也不怕炸分了你的排骨！"围着的闲汉们听这位掌柜骂得有趣，不禁一阵哄笑。

"笑什么！"中年汉子贼亮的眼珠子碌碌地一转，挺着站直了的身子说道，"拿爷们解闷儿么？把我浑身上下称称，要有半斤重，就算爷吃了你油饼！"掌柜的一瞪眼，骂道："妈的个臭屁，十足的赖种！"说着一个漏风巴掌掴将去。谁知那汉子迎着脸并不躲闪，只听"啪"的一声，那掌柜的只"哎哟"一声，手腕子登时脱臼，摇头攒眉一个劲儿只是揉捏。那汉子扮个鬼脸儿，一把夺过秤来，递给一个瞧热闹的，道："兄弟，这掌柜的忒不济事，你来掌秤，看我究竟有多重！"

这一来围观的更多了，前头的涎着脸呆看，后头的人伸颈踮脚一拥一动，大人叫，孩子嚷，煞是热闹。穆子煦眼见这人身负绝技，原要走的，又止了步。

那瞧热闹的细看了一下手中的秤，并无异样之处，便红着脸笑道："既然一定要秤，那就来吧！"便提起秤系。中年汉子一只脚踏进秤盘，两只手各攀一根系盘绳，说道："你提起来！"掌秤的看他身量，约有一百一二十斤的样子，憋着劲猛地向上一提——谁知连盘带人轻飘飘的，秤杆翘起老高，悠荡了几下才稳住。众人怔着看时，真的不到八两！先是一阵惊讶的议论，接着便一片声价叫好喝彩。

那汉子下了秤盘，将秤掷还了目瞪口呆的胖掌柜，笑道："放心，不夺你的铺子！不过借你招揽几位财神，你就吓得这个样儿！"说着，将袍角撩起掖在腰间，辫子往脖子上一盘，至楼前"哏"的一声抱起一块下马石，托在一只手上，轻轻放在胜棋楼南飞檐下，站了上去，双手一拱，说道："在下于一士，幼时访名师于深山，学得一身功夫，以武会友未逢敌手。有乐意玩玩的，不妨下场一较！"说罢一颔首，顾盼间，其神气颇为傲慢。

众人这才知道这个于一士是卖艺的，看那块下马石，少说也有五百斤重，无不骇然，早有几十枚铜子儿丢了过去。

"想不到偌大南京，龙盘虎踞之地，竟如此令人扫兴！"于一士叫了半日阵，见无人下场，叹了一口气，从怀中取出十两一锭大银放在石头上，从地下捡起那几十枚铜子儿，用拇指和食指一卡，又道，"这是七十个康熙子儿，我就这两个指头卡了，谁能夺了去，十两银子权作酒资奉送，如何？"

人群一阵骚动，一个年轻小伙子捋了袖子，涨红着脸进场说道："侬拿稳哉！阿拉试试看看！"说着伸手便夺。于一士神定气闲，一手叉腰，任小伙子东拽西扭、连挣带顿，那叠钱恰似铸定了似的，再动不得分毫。于一士一笑，一手解下腰带穿进手指间，说道："一人不成，几个人也可，这带子穿过，凭你人拉手扯，我若移动一步，掉一枚钱算输！""不中用的上海佬！滚蛋！这钱是金陵穷爷们的了！"人圈子一动，四个方才在栏下吃酒的叫花子一拥而入，一把推过那个上海年轻人，扯起带子两个人各拉一头，背纤似的猛拽，个个累得脸红眼暴，也无可奈何。周围的人叫一声"好"！铜钱雨点般撒得满场都是，于一士哈哈大笑，说道："我以为六朝金粉之地定必藏龙卧虎，原来尽是些脓包！罢了罢了，哪里寻出这些驴牛到这里现眼！"几个叫花子对望一眼，灰溜溜去了。

穆子煦原不过瞧热闹儿，并无心思比武，听着于一士口气狂妄，不禁上了火，袖口一扎，正要上场，却见那个肮脏道士抢先挤了进去，一手握着狗腿骨，嘴里含糊不清地说道："居士乃富贵官宦，何必争这几两银子，还让我道士换些狗肉吃罢！"说着疯疯癫癫上去，眯着眼打量于一士，口中笑道："乖儿子，孝敬了清风道爷吧！"啃了一口狗肉，劈手一把便夺了钱去。

众人立时大哗，于一士正发怔间，清风道人已将十两银子揣起，笑嘻嘻转身就走。于一士忙道："你趁我不防夺去，不算本事！"

"小家子气！"清风回头笑道，"还你这串小钱！"说着随手将那叠铜钱扔在地下，穆子煦看时，已被捏成一团，上头五个指印赫然在目，于一士方知这道士手段高强，一怔之下换了笑脸，一揖到地说道："后学不才，冒撞了仙长——清风仙长驻观何处？请毗卢院小叙一时如何？"清风转脸对穆子煦一笑，说道："今个儿牛鼻子走运，连连遇着阔施主，有个年儿半载，不就发了么？"说着便走。这一刹那的神气，穆子煦觉得十分熟悉，细想时却不知何处曾见过面。

于一士不禁大怒，几步赶上清风，口中道："于一士恭送狗道士……"飞起一脚朝清风屁股上踢去。清风颠着步儿头也不回，口中说："不劳相送，怎好生受你的礼？哎哟不敢当……"屁股接住于一士的这一脚。于一士似觉踢在石头柱子上一样，连骨彻髓地疼痛不已，哼了一声，趔趄一步才站稳了。老远还听清风东扯葫芦西扯瓢，口中念念有词："道可道，非常道；名可名，非常名……爱我者恒若爱我所爱，憎我者恒若憎我所憎……祸兮福所倚，福兮祸所伏，孰知其极？其无正，正复为奇，善复为妖，人之迷其日固久……哈哈哈哈……"

穆子煦听着，愈觉熟悉，却只寻思不来，因道士念"正复为奇，善复为妖"的话，猛地想起还要去毗卢院，不想在胜棋楼误了这许久，忙叫过一只船来渡到莫愁湖西。遥遥望见龟背似的山冈远接长江，背靠石头城，苍树翳影，红墙掩映，庙中钟声悠悠扬扬传来，颇能发人深省——毗卢院已是到了。

这是一个很大的禅院，占地有两千余亩，阶前一片空场筑着大戏台，阔大的山门隐在数十株老银杏树中。山门进去第一层为天王殿，只是个过庭倒厦，第二层三世佛殿便修得不俗，丈六高的释迦牟尼居中而坐，拈花普贤、净瓶观音侍立两边，下头护法金刚都用胎骨法身，五彩装颜，水金沥粉涂身，衣带天风栩然。漫墙壁画看来也粉饰不久，却是目连救母故事。

但见宝幡、璎珞、方旗、云头、宝珠、华盖、剑峰尖轮、风火轮、番草、大鹏、孔雀、琵琶、降魔杵、流云托、多宝瓶，还有什么青龙、白虎、朱雀、玄武、菩萨、神将、仙人、进贡童子、四值功曹、六甲揭谛……充塞满墙，金碧交错，给人一种诡异、神秘的压抑感。穆子煦看得正没兴头，忽觉肩上被人一拍，回头看时，却是史鉴梅笑眯眯站在身后，青衣布裙，一身农妇装束，哪里像个一品诰命夫人？穆子煦不禁笑道："是嫂子啊，吓了我一跳！"

"你哥哥因你初到金陵，怕迷了道儿，他又抽不开身子，叫我过来瞧瞧。"鉴梅笑道，"我来了快半个时辰了，总也不见你的影儿，想着还真叫他说准了哩，正着急呢，却见你在这儿转悠！"穆子煦漫不经心地左右看看，因见人来人往的很是嘈杂，点头会意说道："我大老远从关外赶来瞻仰活佛圆寂大礼，一片的虔心，哪里就迷路了？倒叫哥哥嫂子操心！"说着将手一让，又道，"嫂子既来了，我们一同随喜随喜。"

两个人随着熙熙攘攘的人流又到后边大悲殿参了佛，便从殿东边宝华门趑进毗卢院后。这里地处高岗，风大气寒，游人很少，但见一带大江从岗下一弯向东。兰若院满是野草，砖缝儿里蹿出的野蒿有一人多深，凋黄枯萎，景色十分凄凉。向后边禅山望去，但见一重重殿宇破败不堪，灰暗高大的角楼在冷风中呜呜微啸。

"我和你大哥只来过这里，后头有总督府禁行告示，说是高僧修化之地，又系危楼险房，游人一概不得入内。"史鉴梅低声说道，"你见过的那个于一士，就住在这院，说是借宿，恐怕是守这道门槛……阿弥陀佛！这么旺的香火，这么大的寺院，怎么后头乱葬坟一般？"穆子煦正诧异，她突然提高嗓门换了话题。早见一个高大身躯的癞头和尚出来，心下不禁佩服鉴梅的精细。只随口答道："是嘛，真是怪事。"

"二位檀越，"哪知客僧过来，一掌当胸躬身说道，"请二位回步，后边是本寺禅师面壁坐禅之地，虽然破败，却是圣地。方丈法旨，无论何人不得接近，乞望恕罪。"穆子煦忙赔笑道："家母令我南来还愿，从关外跋涉四千里，就图参拜活佛一面——请和尚慈悲方便，信民只见一面就走，如何？""檀越恕罪。"癞头和尚闭目合掌说道，"这是法旨，小和尚不敢违拗——阿弥陀佛！"

煦手中银票取过，双手捧上，"些须香火钱，请长老收下！"觉圆有点不情愿地接了过来，半日才道："……好吧，就住在兰若院，斋饭自有供应，但要循守寺规——委屈施主了！"

穆子煦被安排在兰若院西厢神库①旁的僧房里，用过午斋倒头便睡，他自入江苏境连日奔波，只在魏府睡了几个时辰，实在太倦了，直到下晚时分才醒过来。外头已是薄暮冥冥，玄明送进晚斋，他胡乱吃了两口，倒在枕上半躺着想心事，此时院外秋虫唧唧，树涛阵阵，暮鼓隐约传来，更增加阴森凄凉之情。"一个性明，一个性泯……"穆子煦想，"何必是两个呢？又怎样'圆寂'呢？看来贼人原知主子今年九月来宁，先预备了一个，后来听说改了日期，只好再安排一个——好灵通呀，这才真的叫人心惊……这寺院供着钟三郎，肯定是杨起隆的贼窝子，老秃驴这么轻易就留我住在这儿，是不是看出了什么马脚？那他岂肯放我活着出寺？"……正想着，便听院中窸窣草响，穆子煦眼波一闪，翻了个身假寐，一只手把在腰间，紧紧握住康熙赐他的那柄雪钢匕首。

"老客，你好睡！"进来的是于一士，卖艺收盘子回来，将背上的褡裢向屋角一扔，招呼穆子煦道，"吃过饭了么？"穆子煦翻身坐起，揉着眼睛道："你不是吃油饼的那位于先生么？真是好本事、好功夫——你怎么也住在这儿？"于一士一笑，向板床上扯开蒿荐，平躺了，方道："我一个走江湖的，住什么店？有个庙房将就一下，就是天堂了。"

当晚二人打火点灯，在炕上你一言我一语搭讪着，套问对方的经历、家乡的风土人情，直到半夜，各自惕然睡去。一连三日，于一士都是早出晚归，穆子煦白日进香，前庙逛后庙游，也不觉什么异样。但见屋里多了这个人，穆子煦晚上也不敢有所动作。第四晚便是行动日子，穆子煦白日养足了精神，见于一士回来，只推说身子不爽，躺在床上静卧。听着寺僧击鼓鸣钹晚课散了，于一士鼾声如雷，料他已经睡沉，穆子煦便跐了鞋悄悄起身。

"哪去呀？"正打鼾的于一士突然醒了。

① 神库：寺院破败，佛像埋葬处。

"小解。"

"这深山古庙,你一个生意人半夜出去也不害怕!"于一士也坐起了身,"正好我也要小解,咱们一道儿。"

穆子煦只好说:"那敢情好,我正是有些胆怯呢!"于是二人一同出去,在蒿草中方便了。折回来,穆子煦躺下,见于一士黑黝黝的身影站在床前不动,便问:"老于,你怎么不睡?"

"你到底是什么人?"于一士阴沉沉问道,一边说一边逼近了穆子煦。穆子煦心中乍然一惊,却笑道:"你怎么啦?中魔了么?我是做生意的呀!"于一士冷笑着又逼近一步:"做生意的?还干白刀子进去红刀子出来的勾当?我打听过,南京码头扬州府都没有你家字号!说!那个女的是什么人,家住哪里?哼,倒乖猾得很,一出庙门就寻不见了!"

穆子煦听鉴梅没出事,心头一松,坐直了身子,一笑说道:"老于别开玩笑,半夜三更的,怪吓人……"一边说,一边运足了气,忽地一个倒立鹰扑,双足在空中使了一个连环步正踢在于一士胸前。于一士全然不料他手段如此高强,被蹬得连连倒退几步站定了马桩,一个鹞子翻身已打过两枚钢镖,穆子煦一个"曹娥投江"贴床下地,已将匕首擎在手中,扎一个白鹤亮翅门户静观。这一番较量,穆子煦已知对方稍胜自己一筹,不由心下暗暗着急,正没做理会处,见于一士手一扬,一条黑线倏然而来,因不知是什么东西,不敢用手接,只几个贴地翻身,好容易躲过了,身子没站定,那黑线竟长着眼似的又甩了回来!穆子煦只觉右腕一疼,手中的匕首已飞得无影无踪,一怔之下于一士手中黑索早又盘回来,将穆子煦左臂紧紧缠在腰间,右手忙解时,才知是钢丝缠牛皮条,急切中哪里解得开?

于一士见他被缚,一个虎跃抢上来,将索子勒紧,左一裹右一拧,将穆子煦连双腿都绑结实了,打火点灯,这才狞笑着道:"你功夫不坏呀,江湖上走这么多年,能躲我这盘龙索三招的只你一人——你倒说说看,你还是买卖人么?"

"买卖人!"穆子煦梗着脖子道,"这是毗卢院,不是黑店,你不解开我就喊了!"

"喊呗!"于一士嬉皮笑脸说道,"你把嗓子喊破了,也不会有人搭理你!"

"乖乖把你巧的！哪里就没人搭理了？"清风道人突然推门进来，疯疯癫癫走到穆子煦跟前，手捻着那根黑索，啧啧叹道，"这玩意儿真少见，怎么弄的，就把人捆得像棍子一般儿……"言犹未毕，灵醒过来的于一士早又甩过一根，将清风依法炮制，却是双手都缠了进去。

于一士哈哈大笑："想不到你也中了老子的道儿！"清风道士浑似不觉，不知使了什么身法，一缩身子，那黑索一圈圈橐然落地，双手一摊问道："老于，你有什么道儿能捆清风？哎呀呀！你是风婆婆么？"此时穆子煦已看得眼花缭乱。

于一士吓呆了，脸白得纸一样，身子后退着，抖着手指着清风道："你……你……是人是鬼？"他"哇"地大叫一声扭头便窜。

"回来吧！"清风不知什么身法，一步抢上扳着于一士肩头揪回来，拾起地上索子一道一道缠了。那于一士被点了穴道，竟毫无反抗之力。清风口中笑道："这缠人的功夫道士没练，怪麻烦的，朱子云即以其人之道还治其人之身，虽有道理，做起来太麻烦，太麻烦……"说着已将于一士绑定了。

穆子煦痴呆呆地看着这一幕，似在梦寐之中，由着清风解索子，半晌才问道："道长，你究竟是什么人，为什么来救我？"清风替他解了绑，向板床上一坐，无所谓地答道："总之与你有缘就是了。富易妻、贵易友，你不记得我，也在情理之中。"穆子煦下死眼盯了清风好一阵，陡然脑海中一亮，结结巴巴说道："你——你是……四弟，郝老四——我的四弟呀！"穆子煦突然上前抱住清风肩头放声大哭……

原来顺治年间，穆子煦、武丹和郝老四同在关外做马贼，因结识魏东亭，做了康熙的侍卫。郝老四为救被困在白云观山沽居的伍次友、穆子煦等人，给鳌拜通了风。康熙八年鳌拜倒台，查出了这件事，郝老四原被赐死，后却被终南道士胡宫山救了去。

"郝老四早已死了，我是清风。"清风慢慢掰开穆子煦的手，他虽平静，却不能漠不动情，"道人早有志剪除这个贼寺，只它受官府保护，势孤力单，不能如愿，今夜我带你看个仔细！"穆子煦也冷静下来，如果硬要认这个郝老四，那他依然是钦命重犯，不但魏东亭，连狼瞫也不免有纵凶之罪，对谁都没好处，便拭泪道："我也不想提旧事了，事情过后给你好好修一座观！老胡呢？他没来么？"清风道："他有岁数了，已经封山静修——嘘——有动静！"说着顺脚踢了于一士哑穴，二人急闪到门后。只听脚步声渐近，"吱"的一声推开了门，癞头和尚明玄伸头进来，笑着说道："老于，事完了还磨蹭什么！——呀，你怎么叫人绑——"话犹未完，穆子煦匕首一闪，明玄一声不吭嗵哩一声倒进门来。穆子煦跨过血泊，一把提起于一士，回头对清风道："此人舌头有用，留着又怕意外，怎么办？"清风拱手道："善哉无量寿佛！神库后有一枯井，委屈他一下吧！"

二人处置了兰若院的后事，抬头看星星，估约已是亥正。黑暗中二人点头会意，一纵身跃上高墙径入禅山，但见里边一重重一叠叠岗峦起伏，房屋错落，黑沉沉苍茫茫的，竟似无路可寻。穆子煦沉吟一下说道："这样儿不是事，请随我来！"便蹿上墙径至妙香花雨楼，方下到天井院。

院里静极了，间间房屋灯火全无。穆子煦上去推推楼门，竟是虚掩着，一闪身便进去，回头看时，清风早随进来已将门掩好。穆子煦悄悄摸到神案前，揭开了中堂画儿，便用手搬那尊钟三郎像，却似生根一般。清风小声道："你放心，这里没住人，摸一摸，寻着机关自然就移开了。"穆子煦放下了心，只在神龛中乱摸胡揪，出了满头臭汗依旧不中用。正要下来，一手无意摸着了神像背上的笛子，但听沙沙一阵响，钟三郎像向西滑去，后壁的门无声洞开，里头黑魆魆的像是夹墙石道，大约通着禅山，袭过来的风凉飕飕的。

穆子煦在清风道人身后紧紧厮跟着，沿着漆黑的夹墙，高一脚低一脚地摸了足有半顿饭光景，便见前面灯光闪烁，趋近了瞧时，夹墙的尽头有一间石砌小屋，从窗棂往里看，里边几榻椅柜俱全，颇是精致，觉圆和一个脸上长着疤的中年人正品茗说话。

"山长，"那中年人道，"你很不该让那一男一女到你的妙香花雨楼。如今男的虽没了，女的却查不到踪迹，这件事可疑而且可惧呀！"觉圆笑道："那是明玄不懂事不会应付，我又恰恰去看性明，他没法子只好带到这楼上。男的死了，她一个女的会有多大能耐？放心！我自弃东正教皈依我佛，多承你杨先生照应，在此经营十年，还没人能识破此山真面目呢！"

"杨先生！"穆子煦大吃一惊，"这就是杨起隆，假朱三太子？"他在康熙十二年随皇帝夜访牛街清真寺，曾与"三太子"有过一面之交，那是怎样风流倜傥、儒雅俊秀的一个青年书生，十年岁月，怎么就成了这样一个干瘦的半老头儿？正自寻思，却听杨起隆冷笑道："你好大口气，要不是葛制台，这山上的草早就被人踩平了，那还成什么事！"觉圆不以为然地说道："我真不知你在这儿下这么大功夫做什么，你不是还有几十处黑店，还有洪泽湖的刘铁成四五百号人嘛！这真有点守株待兔。再说，寺里一个接一个杀人，外人见圆寂的多了，岂不起疑？"

"老百姓知道什么？他们起不了疑。"杨起隆嘴里嚼着一片茶叶说道，"南京知府，罢官了；张伯年，调走了；你怕什么？那个主儿精明过人，却有一宗儿毛病：好奇，爱作微服出访。我在这上头栽过他手里，还要叫他在这上头栽倒——别处我有别的安排，你只管听我的就是了！"

"我真服你这水滴石穿的拗性子。"觉圆叹道，"难道事情成功，还能轮到阁下坐龙廷？还不是替他人作嫁衣裳。"

"这，我知道。我恨，我只要解恨！"杨起隆站起身来，眼中发出绿幽幽的光，"山林遗老们只会做文章，如今又一个个去拍当今的马屁，我要羞辱他们，叫他们知道大明孤臣孽子的心永不会和满鞑子贴在一起！"说罢，目光一转道，"时候到了，咱们走吧——我记得今晚该轮到十四号馒头馅了？"说罢二人推开石屋西小门一径出去。穆子煦和清风交换了一下神色，翻窗穿过石屋，在后遥遥跟着。

乍从石壁夹墙出来，但见禅山外气寒风急，暗夜中竹树婆娑，枫叶呜咽，伴着山下扬子江的咆哮声，阴森可怖，令人毛骨悚然。杨起隆二人掌着西瓜灯飘忽不定向山下迤逦而去，一路偶尔说笑，并不知身后跟着两个身负武功的人。穆子煦却满腹狐疑，揣度着"馒头馅"是什么意思。

移时，杨起隆和觉圆来到一片黑沉沉的僧舍跟前，这里点着几盏昏暗的羊角风灯，在风中闪动。一个沙弥见他们来，忙迎上来，合掌说道："弟子性空，迎候舵主，堂头大和尚！"

"预备好了？"觉圆问道。

"十四号僧智通已经起驾！"

"在老地方？"

"江水落潮，圆寂蒲团向前移动七尺。"

觉圆听了回头来，将手一让，说道："杨舵主，请！"杨起隆也不答话，一颔首便向江畔走去。

穆子煦突然感到一种极大的恐怖袭上心头，大冷的天，冷汗涔然流下，脖子里又湿又痒，正自心神不定，清风拍着他的肩头，阴沉沉说道："跟着，看看他们怎样杀人。"

圆寂之地很快就到了，长江岸边沙滩上堆着一垛干柴，足有房子来高，上小下大叠得齐整。江岸浅滩压水亭搭着一个木架，岸上不远处放着一块两扇门大的厚木板。板中央刀刃向上插一把磨得风快的锯齿刀，在几盏羊角灯下隐隐闪着寒光，近刀柄处还有茶杯大的一个洞用来放血。杨起隆尽管已看过几次这种惨剧，到此仍不自禁打了个寒噤。

被架上来的智通肥白得面团一样，没有一点血色。大约自入庙当了馒头馅便被强用药水喂了，合掌趺坐在沙地上一动不动，除了眼睛偶尔转一下，全不似活人。清风知道这群恶僧中高手甚多，也不敢太靠近，远远地看不分明，只听觉圆柔声唤道：

"智通……"

智通嚅动了一下嘴唇，一个字也没说出来。

"你本是因牢待死之人，剃度三年即成正果，舍地狱之门，登极乐世界，你好造化。"觉圆轻声说道，"自今而后，尔永无膏油果腹之乐，亦无枯坐禅床之苦，无眼耳鼻舌身意，亦无喜怒哀欲爱恶。万缘俱空，入大罗汉至境。今日师父送你——舍利子塔你坐稳了！"说罢将手一摆，四个膀粗腰圆的沙弥熟练地将刀板架在江上，挽过智通，将刀尖对准下部肛门猛力一按……很简单，穆子煦和清风还没弄清怎么回事，智通已是"圆寂"了——血水从下边木板窍窦处汩汩直泻，淌入川流不息的江中。

"阿弥陀佛！"杨起隆和觉圆一齐合掌低颂佛号，"寂灭世界诸无生相，舍利子，于智通舍身求法，则苦海超脱——设有地狱诸相，舍利子求法不吝吾身。吾辈不下地狱，谁下地狱？"在场的几十个和尚也都口中念念有词。

第四十二回　清风道人仗义救友
　　　　　　奸诈总督惊惶受勘

在树丛中隐藏着的穆子煦全身毛发都倒竖起来，双手一撑就要站起，清风忙小声道："鱼壳在里头！他是我师祖的关山门弟子，又有这么多人……"一语未终，那边江岸早有人厉声喝道："什么人？出来！"随着话音，一支钢镖带着风声飞了过来，"啪"地钉在他们隐身的一株马尾松上。清风没再说话，身子一蹿，早到一丈开外的空场上，拱手说道：

"鱼师叔，清风在此听了多时，师叔一别九年，风采如旧，晚辈不胜欣羡！"

穆子煦正犹豫间，那个叫鱼壳的和尚已飘然而来，正是刚才向杨起隆禀事的沙弥，年纪不过二十八九，突然转身向着穆子煦这边道："何方高人？请出来叙话！"穆子煦知道已无法隐身，便一纵跃了出来，笑嘻嘻打了一躬，近前说道："我已看明白了。性泯这个'馒头馅'就这样，将披上大红袈裟，架上柴山，往下一按……在万目睽睽中就地涅槃圆寂，然后一把火烧干净——明年五月性明也是如法炮制——真乃奇思奇想，丛林古刹之灵秀齐集于金陵毗卢院了！"

鱼壳将手一摆，二十多个僧人"噌"地拔出匕首，围成扇面儿慢慢逼近，杨起隆和觉圆只远远站着看。鱼壳没理会穆子煦的挖苦，转脸向清风格格一笑，说道："这人像是鹰犬爪牙，你一个出家人，和他掺和什么？是古月命你来的？"清风暗自拿足了劲，说道："九年前因师叔采花，被赶出山门，当时我曾在师父跟前怎样说情，您忘了么？想不到您出来做如此行径，真令人可叹。宫山师父很后悔，特命我请您回去，红尘之事不管也罢了。"鱼壳冷冷说道："我已皈依佛门，岂有再回终南之理？胡宫山奉师命出山助吴三桂反清复明，居然倒戈助康熙，还有脸来教训我！"说着一掌向清风劈来，清风身子一摆，用一个"郭巨埋子"手法，将来掌紧紧一夹，二掌相击，发出铮铮金石之音！鱼壳一怔，后跃一步，点头道："果然长进了！"

清风一边从背上抽出拂尘应敌，一边微笑道："不是我有长进，是师叔采花过多，身子淘虚了！""刷"的一拂尘打向一边，一个满脸横肉的和尚着了一下，"妈"地叫一声捂着脸满地打滚儿。其余的和尚见动上了手，将手中匕首一挥便来攻穆子煦。霎时，江岸上，白刃交错，黄沙骤起，一群人已厮打成一团。穆子煦眼见难以应付，清风和鱼壳交手也是攻少守多，心下不禁暗惊：若是自己独自闯山，早就命归黄泉了！情急间灵机一动，穆子煦大喝一声："胡宫山，你这狗肉道士，这时候才来！"

正在酣斗的鱼壳听说胡宫山亲自来了，吓得心里一慌，瞥眼向穆子煦这边看时，大腿上早被清风刷了一拂尘，马尾中掺着的钢丝立时扫破了裤子，从腿上刮下一块皮来。清风近前一步，运力于掌，洞穿牛腹般直搠下去。鱼壳情急，就地一个鱼跃闪过这一击，回身一脚，正蹬在清风肋间，清风咬着牙，运尽力量向鱼壳脸上又扫一拂尘，那鱼壳顿时满头是血，一声不吭歪倒在沙滩上。清风也受了重伤，嗓子一甜，吐出一口血来。倒在地下调息养命。两个功夫最强的都受了重伤，其余的和尚将穆子煦围在核心，连觉圆也过来助打太平拳，把个穆子煦累得汗流气喘，只用那把削铁如泥的匕首左刺右挡护定了身子，忙中偷眼看时，杨起隆早已走得无影无踪。

正危急间，听得莫愁湖对岸拱辰台炮声三响，正是子牌正刻时分，到处亮起了火把。在长江上流有三艘官舰灯火辉煌顺水而下，山上山下不知有多少官军，杀声动地而来。围着穆子煦的二十几个和尚已被打倒了两三个，其余的正自发呆，又被穆子煦匕首削倒了四五个，其余的发一声喊，没头苍蝇般四散逃去。穆子煦恨煞了觉圆，眼见他也要走，几个跨步追上了，劈胸一把提起，狞笑一声道："大和尚，何必要走嘛！智通等你一道儿去灵山极乐世界呢！"觉圆闭着眼，念叨了几句什么，一举手将一颗黑丸药塞进嘴里，嚼了几下，身子一软，已是死了。

此时兵舰已到岸边，魏东亭背着手下来，看了看江边合掌瞑坐的智通。偌大的沙滩上，横七竖八死了七八个和尚，穆子煦浑身是血，提着匕首站着发呆。两个人默默对视片刻，穆子煦说道："大哥，今晚若不是四弟，你就见不着我了。"说着一把拖着魏东亭来到清风身边。

"四弟？是郝老四？"魏东亭诧异地说道。走近了看时，清风道人背插拂尘，盘膝端坐，却是脸色蜡黄。魏东亭忙道："快，叫人送上船，回府养几日就好了。""我不是什么老四，居士不要错认了……"清风的声音微弱，但却很清晰，"居士要结善缘，将官舰上舢舨送我一只，任我漂下去，足感厚爱……"魏东亭眼中满噙着泪水，看了清风，长叹一声，回身命人："解下舢舨，有跌打药品和食物放上去些！"说完，和穆子煦一边一个小心地挽起清风向江岸走去。将清风扶上了船，二人默默稽首，那舢舨顺着江波，缓缓消失在暗夜之中。

"二位军门！"一个二十岁上下的青年军官过来，站在他们身后禀道，"庙内庙外，共捉到一百三十七名和尚，连这里死的，共是一百四十七名，另有二十名禅山上捉的。却都和这个（智通）一样，如何发落，请示下！"

"是年羹尧？"魏东亭头也不回，命道，"这里的死和尚每人补一刀，现成的柴山，点火焚化了他们！"

"喳！"年羹尧毫不迟疑，自拔了剑遵令行事。穆子煦眼见他连智通也不漏，每人剜心一剑，不禁暗道："这人好硬的心肠！"踌躇良久，叹道，"可惜走了杨起隆这逆贼！"

"他走不了。"魏东亭冷笑一声，"刚才在船上我已经接报，在天妃庙闸口捉到他了。"

此时，年羹尧已督着兵士们将柴山燃着了，熊熊的大火将一片江滩照得通红，尸体焦烂的煳臭味扑鼻而来。火光中，魏东亭的脸满是杀气，转脸对穆子煦道："葛礼恐怕已有觉察，毁了证据就不好办，我们连夜走一趟总督府，如何？"

"一切听从虎臣兄调遣！"

"不！"魏东亭说道，"虽说由我主持，明面儿上你是钦差，唱红脸，得由你来才成！"

听门政禀说一等侍卫、新任江宁织造司、布政使穆子煦夤夜来访，葛礼心下惊疑不定。其时已经四更，葛礼心里虽不情愿，也知穆子煦必有重大事件来见，忙命七姨太一品红替他穿衣，匆匆洗漱了来至签押房。因见玄武湖标营游击年羹尧侍立在穆子煦身边，不禁吃了一惊，在门外略定定神，方自挑帘进来，呵呵笑道："这位必是穆大人子煦兄了！昨日兄弟还差人到江宁署上打听来着，说是大人到署不及半日即来金陵访问故友，所以心里虽急，总也不得见面，甚以为憾呐——呃，记得还是康熙十九年，兄弟到北京述职，在西华门与穆兄曾有缘一晤，一晃三年，大人风采如昔，我可是老多了。这人和人比，是从哪里说起哟！"一边说一边坐了，又命人"看茶"。年羹尧因是葛礼下属，忙过来打千儿请安，肃然退后挺身握剑而立。葛礼笑容可掬，赞赏地说道："亮工是我部下最年轻的军官，今年才十七岁，已是崭露头角。去岁剿洪泽湖流贼刘铁成，第一个冲进贼寨的就是你——我没记错吧？听说你不愿从军功出身，要学范承谟，取进士功名？真是后生可畏，其志可嘉！"

穆子煦默默打量着这位国舅，五十岁上下，五绺长须修洁有致，把稍长的脸装饰得道貌岸然。他虽侃侃而言，却绝口不问二人来意。穆子煦不禁掂掇：几个封疆大吏，凡和他作对的都一一倒台，看来这葛礼确有过人之处，也不尽靠着国舅的身份。良久，穆子煦轻咳一声，欠身说道："兄弟深夜来访，造次了。不过事关皇上南巡安全，兄弟身负皇上密谕，不得不如此，尚望制台海涵！""说的哪里话！"葛礼笑道，"我们都是皇上的奴才，那还不是该当的？大人既奉有密旨，有何差遣，兄弟遵命承办……"

"是行宫的事。"穆子煦淡淡说道，"已经查明，白沙渡禅院和毗卢院两处，都有逆贼盘踞，并且山上居然架设了无敌大将军炮对准行宫，如此巨案，兄弟也拿不准，特来与制台会商，据实禀奏皇上。"葛礼没有想到这个行动诡秘的布政使竟是专程前来查访这件事的，脸刷地变得苍白，怔了半晌才期期艾艾地问道："竟有这样的事？太……出人意外了——他，他们从哪弄来的大炮呢？"穆子煦盯着葛礼，哼了一声道："是啊，兄弟也纳闷，这大炮从何而来呢？"

一时间都不说话了，这沉默中潜藏着巨大的压力，葛礼觉得比受酷刑更难熬，一忽儿浑身焦热，五内俱焚；一忽儿如堕冰窖，寒彻透骨。冷汗无声顺颊淌了下来。葛礼紧张地思索着：索额图与自己联系，从来不用书信，只由陈锡嘉来南京口头面授机宜，杨起隆几次来衙商议谋刺康熙，也都是由心腹和他交接，自己一身清白，怕他何来？葛礼想到这儿，定了心，揩了揩头上的汗说道："小人造反如此可憎，想来令人心悸！只是大人怎么知道这件事？行动如此迅速，真令人佩服！"

"吃了皇上的俸禄，自然要实心替皇上效命。"穆子煦见他先是惊惶不可名状，渐渐地又脸色平和，心下暗自诧异，吁了一口气说道，"请制台见一个人，是今晚兄弟'请'来的朋友。"说罢手轻轻一摆，年羹尧大踏步出去。不一时，两个军士架着半死不活的杨起隆进来，正与葛礼四目相对，又都闪了开去。

穆子煦起身踱了两步，用盖碗拨了拨杯中浮茶，呷了一口，说道："葛制台，我来介绍一下。此人名叫杨起隆，自康熙六年，在京师自称朱三太子，啸聚数百万钟三郎会众，图谋乘吴三桂造反之机称王复明，也是做过人王的人！唉……当年在固安我无缘得见，后来在牛街清真寺却有一面之识。你怎么变得这样面目可憎——长得极帅的一个翩翩公子嘛！虽然聪明灵秀，机关算尽，无奈却不知天网恢恢，失道之人总归难逃啊！"

"你用不着假惺惺！大丈夫死则死耳，誓不蒙辱！"杨起隆眼中似要喷出火来，"豫让漆身吞炭，虽然志不得遂，也是烈烈之士！比起你二位，一个异域禽兽，一个汉家败类，我要干净得多！"

杨起隆自康熙十八年离开直隶，以他过去密藏的数百万两雄厚资财，广结绿林好汉，勾连朝廷大臣，在安徽、江浙一带惨淡经营数年，好容易有了个像样的局面，不知康熙何以窥见其中秘密，顷刻之间一切均成浮光泡影！惨哪！要不是对面这个活宝总督既要自己做事，又不肯直接插手帮忙，何至于这么快就暴露？但杨起隆也知道，留得索额图、葛礼这干人在，迟早总有一日治死康熙。杨起隆一边打着主意，一边冷冷睃着对面三个心思不一的人，傲然绷紧了嘴唇。

"你也算是大丈夫，忠烈之士？"穆子煦瞥了一眼葛礼，反唇相讥道，"你本来就不是什么太子，却愣充金枝玉叶，蒙骗二百多人做替死鬼——王八照镜子——瞧你那副鳖形，就想和我主争天下？说！谁人主使，何人谋划这逆弑大计？你怎知皇上五月来宁？红衣大炮——四门红衣大炮从何而来？讲！"

这连珠炮似的发问对葛礼来说句句刺心刺耳，但当此性命交关之时，必须慎言慎行，葛礼压制着内心极大的惊惶，跷起二郎腿静观待变。却见杨起隆揽衣一蹲，竟箕坐在地上，扬目说道："康熙原定今冬来南京，后定明年四月底南巡，是我的坐探从内务府打听来的。"

"谁？"

"杨起隆不是卖友之人！"

"那——大炮呢？"

"是我从大明太祖孝陵卫炮台残垣里拆出来，又请行家重铸的！"

"为什么重铸？谁铸的？"

"年深日久生锈了，怕炸不死康老三。"杨起隆阴笑道，"再说，这个葛礼几次出告示搜拿我，我想叫他也吃点苦头，大炮搜出来，他就难逃干系！"说罢仰天大笑。穆子煦一听便知他有心开脱葛礼，却又抓不到把柄，便又问道："请哪个工匠浇铸？讲！"杨起隆翻眼看了看，说道："我已经说过：死则死耳！无卖友之理！"

葛礼听至此，忽地立起身来，将茶杯向案上重重一蹾，大声道："来人啊！"厅外戈什哈巡捕衙役人等，听说制台贪夜起来审案，廊下早站得齐齐整整，听这声招呼，忙齐应一声："在！"早有两个旗牌官进来叉手听令。葛礼用手指着杨起隆，恶狠狠说道："此獠刁蛮狡诈，不动大刑谅也难招——夹棍侍候！"

"喳！"

"慢着。"穆子煦伸手一拦，命年羹尧，"把杨起隆押狱神庙，你派专人看管！"待将杨起隆架下去，穆子煦方转脸对葛礼微笑道，"葛大人，这，可是御案呐！"

葛礼不禁皱了皱眉头，他已明白，今晚明审杨起隆，其实机带双敲，这个穆子煦项庄舞剑，意在沛公，全是冲自己来的。但谋逆造反御案，不得擅动大刑，律有明载，也是无可奈何。葛礼此时才知这个侍卫不好对付，低头沉思移时，仿佛不知所措地说道："亏得穆兄提醒，差点孟浪了！因这几门红衣大炮，兄弟已经涉嫌在内，敬请大人一体查明，为兄弟去疑。"说罢嗟然长叹一声。穆子煦见他一下子仿佛老了十年，心下也有点怜悯，呆了一下，说道："实不相瞒，兄弟这次越俎来办此案，全是圣躬独断，你是为官多年的人，自能想出其中缘由。方才你说的，兄弟已经在心。这样——兄弟在虎踞关买了一处宅子，权作私宅赠送制台，可带家眷在那里暂住候旨。这里的文书档案，兄弟奉旨要查封——但能担待的，兄弟一定关照，一切请放心——你并未革职。这只是权宜之计，务请海涵……"

"是！"葛礼听着这话，似宣旨又似私谈，不好行礼也不好接话，只好低声答道，"兄弟明白，全仗大人维持。"说罢一躬，默默退出去，这里年羹尧便命手下军士掌起几十盏灯，挨房贴封条。穆子煦虽按魏东亭的主意办了，心下到底不踏实，忙命人打轿至魏府。此时天色已经微明。

魏东亭半躺在安乐椅中静静听完穆子煦的回报，移时才道："兄弟，你知道不知道，你我二人此番种祸不浅！"穆子煦因一夜收获颇大，正自兴奋不已，听魏东亭如此说，吃了一惊，问道："怎么了？兄弟办差不认真么？""不是不认真，是太认真了！"魏东亭推了推身旁的茶几上放的两件东西，说道，"你看看这两件物件。"

穆子煦这才注意到，魏东亭的盖碗旁放着个木匣，紫漆金裹，明黄封面，正是宫中物件，诧异地打开看时，里边一柄镂花碧玉如意，还有一只掐金线卧龙袋，因问道："是皇上赐的？"

"刚才快马送来。"魏东亭显得疲惫憔悴，慢吞吞答道，"如意，是四爷送的，卧龙袋——是太子送的，专指着我，命我一定交你本人！"

穆子煦不禁怔了。

"告诉年羹尧，什么都不可查出来。"魏东亭道，"这案子已经查清，不能再株连一人——连葛礼在内！"他的声音很空飘，仿佛在很远的地方说话，但却十分清晰。

穆子煦终于明白了魏东亭的意思，叹息一声，注目渐渐发白的窗纸，良久没有说话。

第四十三回　　乘龙舟御驾视河工
　　　　　　　受凌辱官女落风尘

　　康熙二十三年，靳辅任河道总督满六年，自高家堰减水坝决堤，不知是因自愧治河乏术，抑或连连擢升，民政事冗，无暇顾及，河工的事于成龙不再插手，靳辅和陈潢顿觉诸事顺手。不但黄、淮、运河沿岸决口渐次堵塞，高家堰以西及运河、清水潭也深挑一遍。清江浦至云梯关到海口的夹堤俱都如期完成。至此，从郑州东到江苏海口，一泻不尽的黄水被紧紧夹困在坚堤之中。两岸历数十年被水的泽园，涸出田土三百余万顷，大多数垦成熟荒，朝廷虽暂不征赋，却也不须再作赈济，捉襟见肘的窘况顿时改观。二十二年冬，户部除了有钱替长城以北驻军全部更新装备，居然拨出大笔款项，整修了紫禁城、畅春园、牛头山等处不急之务。吏部考功司依例将靳辅治绩具本实奏上去，踌躇满志的康熙立即朱批：靳辅食双俸，加尚书衔仍领河督事务。

　　接到魏东亭和穆子煦的联名奏章，眼见江南消除了一大隐患，康熙高兴得几夜没有睡好，一边下旨命将杨起隆就地凌迟处死，一边紧张地召见驻塞北将领飞扬古、狼瞫等布置机宜，命礼部和户部会议安排南巡事宜，如何视察河道，怎样祭奠明孝陵，何时参拜曲阜孔庙及官员迎送、驻跸关防等项，无不备细，也不及一一详述——开国四十年，历君两代，还是头一次皇帝出巡至江南金粉名城。康熙自不必说，朝野上下人等连同茶肆酒楼间也都在纷纷议论，干戈从此消弭，太平盛世气象已经露出端倪了。按照礼部初议，康熙车驾陆路由山东南下，登泰山封禅，拜孔子庙，然后再到南京。但奏折呈上，康熙却没有依议批准，而且改为先西巡五台山，径直南下，由风陵渡登舟东向，顺流查看河工，从南京回程走运河视察漕运，参拜孔庙，去掉了登泰山封禅大礼。历代君王只要小有成就，无不要登泰山封禅，显示圣文神武前无古人后无来者。康熙幼击权奸，戡定内乱，修明政治，轻徭薄赋，二十余年即天下大治，比之前代封禅君主早已有过之而无不及，却如此谦逊，把熊赐履、李光地等一干理学名臣敬佩得五体投地，上本称颂，说了几车好话。康熙也不理会，至四月初二便启动大驾浩浩荡荡出了北京，只留熊赐履陪侍太子坐镇北京。

龙舟过了郑州，河工壮观的景象立刻呈现出来，依河势宽窄流量，沿岸四丈余高的缕堤芳草细缊，将黄水紧紧束起，几乎见不到沙滩，只因河堤夹紧之后，水速加快，将河沙冲走。从河堤水痕上明显可见，河床平均已下降二尺有余。为防洪水决溃，缕堤之外二里之遥，还筑着遥堤。遥堤上柳丝拂风、浅槐密植，宛如两条绿龙，数千里连绵不绝。康熙面上虽没露出来，心里却暗自称许。过了开封，康熙终于来到了靳辅创建的工程减水坝。但见南北两岸各开一大闸，卧石到顶的坚堤外又有两条大渠，将黄水分成三条支流，蛟龙探爪般蜿蜒东伸，十里之外又与主流相汇，与减水坝相通的还有十几条大渠，都建有闸口，涝时封闭，旱时引水灌田。几个上书房大臣都没见过这个，跟着康熙时而用篙测量水深，时而弃舟登岸细看。高士奇见康熙高兴，因叹道："我学生读书多矣，见识如此浅陋！这减水坝实是千古奇创，既有分水之能，有防洪之功；又有驱沙之效，有灌溉之利。妙哉奇思！"

"这还是个小减水坝！"康熙因批阅奏章，知之甚详，听高士奇如此赞扬，高兴得合不拢嘴，说道："再过几日见到萧家渡减水坝，才叫你这奴才吃惊呢！"

看看行至四月底，康熙的御舰已到骆马湖滨。前面一段黄河有一百八十里与运河相汇，靳辅集中了五万民工用驴驮运土石，正开凿中河，完成治黄治漕最后一项艰巨的大工程。因为河道狭窄，听得菜花汛将至，多数商船不敢冒险南下，南运的京货船湾得满码头都是。当日随值侍候的大臣是高士奇。因见龙舟太大，不易通过，高士奇乘便进言道："皇上，这一路视察河工，竟没有歇息半日。方才李德全说，索额图累得要病倒了，明珠也晕船。就是奴才也受不得了。求主子怜恤，这里商船这么多，回避不容易。他们尚且不肯冒这风涛之险，何况主子万乘之尊？依着奴才，主子且驻驾骆马湖驿站，奴才已命人叫靳辅来此接驾，看着菜花汛情势再走不迟。"康熙拈须笑道："就依着你，看看此地风土人情。如水路不能走，朕就要走陆路。官舰不怕汛水，至迟明日得先走。朕原也是想早见靳辅，既然他来，倒不急了。"

正说着，后舱帘子一响。康熙看时，却是韩刘氏出来，因笑道："你这个老给事中，这回可趁愿了，你不是要来骆马湖看儿子么！可可儿今日就不走了。朕这次南巡连皇后都没带，要不是四格格替你说情，朕才不买你的账呢！"韩刘氏忙蹲了万福，笑道："主子这就叫体念下人、怜老惜贫。老奴才在后头听着，高大人说得是！小户人家出门看皇历，还讲究'七不出、八不归'呢，何况老爷子是金尊玉贵的当今皇上！只我儿子日前来信，说这个地方人情杂，又有水贼出没，皇上宁可小心些罢！"康熙笑道："偏你这精明嬷嬷有这么一大套，什么七不出八不归的？"韩刘氏呵呵笑道："今儿可不是四月二十七，不宜出行的！"

"天色尚早，哪里去走走才好？"康熙伸欠了一下身子说道，"叫下头人传话，找几个本地的绅耆。朕见识见识——这清平世界，朗朗乾坤，哪里就遇着水贼了？"高士奇赔笑岔开话题道："这里正开中河，御史们都说是虚糜国币，皇上既出去，不妨瞧瞧。果真不必开挖中河，又能省几百万两银子呢！"

一语提醒，康熙倒真的想在这里停留两日了。当下说道："咱们下船。只高士奇和韩刘氏跟着，其余人一概不用侍候。叫索、明两个人歇息一会儿，朕见绅士，他们不能不陪。"几个太监听了，传旨的传旨，余下的赶过来替康熙换便衣。韩刘氏心细如发，因见康熙腰间挂着的荷包，笑道："老爷子，您打扮得再像个公子，这东西也是幌子——平头百姓谁敢用这颜色？"康熙方笑着摘了丢去。武丹自穆子煦去后，责任重大，也不敢似以前那样粗疏，自出船舷外看了看，黄灿灿的太阳略为西斜，还不到未时，远远骆马镇上人头攒动，料是无事，因叫过素伦，待康熙远去，方带了四五个小侍卫远远跟着护驾。

此时未牌已过，黄鹂、吃杯茶跳枝儿鸣啭，初夏的知了幽幽长鸣。康熙一行三人步行半里之遥便到了骆马镇。这是个六百余年的老镇子了，自北宋熙宁年间黄河南徙，骆马湖被灌，一溃不可收拾。前头近二百里水路一到汛期，湖水倒涌河中，舟楫便不得通行。过往行人一向视为畏途，常在此候汛，免不了就有行商坐贾渐渐聚集，竟成一个大镇。康熙三人一路行来，见街巷两厢肉肆、作坊、珠宝、瓷器、绸缎、鲜鱼、竹木、酒米、汤店、扎作、仵作、酱料、铁器、顾绣……三十六行齐全，琳琅满目，看得饶有兴致，见米店插的标牌是五钱一斗，不禁高兴地笑道："这个价钱最好，再贵了穷人就吃不起，太便宜了做农的也吃不消。"说到粮食，康熙猛地想到早上起来只用了两块云糕，已过去近三个时辰，因笑问韩刘氏，"你儿子的宝号在哪里，咱们不如去扰他一餐，如何？"

韩刘氏刚要答应，高士奇却道："奴才早就饥火中烧了。这会儿主子到她家，一时哪里就预备停当了？不如找个饭店胡乱吃几口，韩刘氏回去预备一下，晚上再去扰她。主子别忘了，还要上船见士绅呢！"康熙听了笑着点点头，见前头一家大饭店，写着"万家春来"的匾，便踱过来。

三个人刚上台阶，不防里头一阵喧嚷，一个伙计双手推着个蓬头小姑娘，连声嚷着："出去出去！讨饭也没个眼色，客人没走，就狗似的趴在桌子底下捡骨头！给你米团还打发不了，非要肉汤不可！小破鞋，都照你这样儿，我们生意还做不做了？"那蓬头小丫头生得很单弱，捧着一只小盆子似的破海碗，跟跟跄跄被搡出来，一个不当心，绊在门槛上，身子一仄，正撞在一个旗装女人怀里。那女人急忙一闪，小姑娘早摔在阶下，大海碗摔得稀碎，汤汁子洒了一身。姑娘嘴一撇，"哇"的一声放声大哭。那女人跺脚儿笑骂："浪蹄子，倒吓了姑奶奶一跳！"围着瞧热闹的人无不开心大笑。韩刘氏不禁双手合十喃喃道："阿弥陀佛，罪过！"

"老高，叫这女娃跟进来，赏她口饭吃。"康熙见众人有笑有骂有啐的，那么点个小姑娘竟如此受人羞辱，在那边默默流泪，不禁大起恻隐之心。一边吩咐高士奇，自跨步进店。那伙计见康熙戴着一顶红绒结顶的六合一统帽，摇着折扇气度从容地进来，虽不是绫罗裹身，一身府绸灰衫质地考究、做工精良，却也不敢怠慢，将手中搭布一甩，唱歌似的喊道："老客来了——里头雅座请！"一边让至后边，抹着桌子赔笑道，"想用点什么？"

高士奇和韩刘氏带着姑娘跟进来，见康熙有点不知所措，知道他不会点菜，高士奇便笑道："我们爷口味高，驼峰熊掌鹿筋这些料你也没有，中下八珍席能办来就成。"伙计笑道："客人试也看扁我们了，备货全着呢！方才送走的两位贵客也这么说，小的就要给他们办上八珍席，谁知他们说说罢了，吃了两条黄河鲤鱼就匆匆去了——你知道他们是谁？是河督靳尚书和陈河伯！"康熙听了一怔，差点问出来："靳辅这么快就来了？陈河伯又是谁？"见高士奇使眼色，方一笑说道，"有意思。不过你也别小瞧了我这不当尚书的——就办上八珍来！"

"是啰！不过老客得稍候一时，猩唇发好了就齐全！"见是阔主顾，伙计喜得眉开眼笑，答应着就往外退。康熙摆手止住了，又转身问小姑娘："你要什么？"

"我？"小姑娘不防康熙突然问到自己，半晌，方红着脸低声道："求赐一碗排骨……足矣……"韩刘氏心细，想到伙计前头呵斥的话，便温声说道："好娃儿，不用怕——敢是你妈坐月子了？"小姑娘撇嘴儿泪眼汪汪看着韩刘氏，默默点了点头。韩刘氏因笑道："我们主子最是积德行善的，既这么着，跑堂的，你弄一砂锅母鸡熬汤给这孩子，一总儿算在我们账上。"说罢，又摸出两个银角子塞给姑娘。

高士奇目不转睛地看着姑娘，突然问道："你今年几岁？"

"十四。"

"叫什么名字？"

"若芷……"

"姓呢？"

"……姓黑。"

高士奇看了看康熙，见康熙正漫不经心地打扇，又问道："你祖上可是仕宦人家？"姑娘听问这话，低头不言声，只不住用脚尖趿着地。见她这样，康熙倒留了心，用目光询问高士奇。高士奇叹道："我观此女有大家风范，不是书香败落人家，必是祖上为宦。您听听她的名字，再说，哪有叫花子说'求赐一碗排骨汤足矣'的？——你实说姓什么？"

正在这时，两个伙计一个端着八珍席条盘，一个捧着一锅热腾腾的熬鸡汤进来，把鸡汤专送到若芷面前，说道："不知哪路神仙显灵，你今儿倒好运气，快拿去喂你那饿不死的娘去吧！"若芷听了没理会，只向康熙三人各叩了个头，端起砂锅不言声去了。康熙笑道："高江村倒细心，我就没听清楚。"韩刘氏叹道："世上事原本难说，我们祖上前明不也做过官来？可我也讨过饭，这里头的苦恼就甭说了……"高士奇道："这就是所谓'君子之泽，五世而斩'了。"

　　三个人说着话，方吃得半饱，便听满街人吵嚷叫喊成一片，却再听不出喊的什么。康熙便叫进伙计问道："这起反了似的，是怎么回事？"伙计躬身赔笑道："刘铁成再大的胆，白日也不敢来借粮——起反是没有的事。那贱丫头没福消受老客的赏赐，出事儿了……"

　　"怎么了？"康熙放下筷子问道。

　　伙计迟疑了一下，说道："我也是听人家一言半语说，河泊所齐管带的小舅子方付清，和几个闲汉在大河沿蔡家棚吃酒。见这叫花子端了一锅鸡汤往五通祠去，几个醉猫要买来下酒，她自然不肯，被抢了去。不想她气性大，一头栽进黄河，人们都在岸上干嚷救人呢——这是她命不济，与客官不相干的——"

　　"竟有这等事！"康熙顿时勃然大怒，"啪"的一声，拍得满桌酒菜跳起老高——立起身便走。刚到店门口，便被那堂倌扯住，变了脸说道："不会账就这么拍拍屁股走了？想混吃不成？"

　　早已悄悄在店门口守望的武丹见康熙被人扯了，一声不吭跃上来将伙计劈胸提起，一个老大耳刮子打去，又顺手一搡，那伙计后退七八步，一屁股蹾在地下发怔，半边脸早紫涨起来。高士奇顾不得说话，将一块二十两的大银扔过去，便跟着康熙直奔黄河沿。

　　菜花汛汛头已经到了。上游浩浩荡荡的黄水打着漩涡，裹挟着泥沙、麦草、树叶向下倾泻，浑浊的排浪散发着腥味，将骆马湖石堤拍击得刷刷作响。康熙赶到时，河岸上站满了人，都张着眼看远处时沉时浮的若芷——离岸已将有半里之遥——有的大声喊"救人"，有的撮着牙花子看热闹，有的惶惶不安地议论。康熙在岸边翘首而望，因附近无船，也只干着急。回头看时，韩刘氏合十念佛，高士奇一脸苦笑，知道他们也无良策。正懊恼间，康熙见一个丝瓜棚下几个人醉醺醺地猜枚儿吃酒，那锅鸡汤兀自放在案上，脸色陡地一变，低声吩咐高士奇："命武丹叫侍卫们把这几个狗才看好了，若芷死了，必拿他们抵命！"高士奇忙低头一躬退下。

　　正没奈何处，忽然上游一只"水上漂"冲浪而下，一个黑瘦汉子站在船上点着竹篙，冲岸上人骂道："原来你骆马镇有见死不救的风俗！可恨！"说着一撑，那水上漂轻盈地一转，已是追向若芷。小船在滔天的浑浪中一隐一现，那人似仙人踏浪似的渐渐远去。康熙猛地想起似乎在什么地方见过此人。韩刘氏却见是陈潢，张了张口，又怕认错了人，没喊出来。康熙松了一口气，回头对韩刘氏道："这儿没你的事了，准你两天假，去看你的儿子吧，没准儿我们还要去扰你呢！"说罢喟然一叹，大声道，"驾船人说得对，骆马镇果然风俗不好，朕——真不相信岸上这么多人，就没有会水的！"

"报应啊！"一个花白胡子的乡绅在旁捻须叹道，"她这一家该遭天灭啊！"康熙气极反笑，说道："我看是人灭，不是天灭。抢了她的鸡汤，这样横行霸道，没有人管，逼得人投河自尽，没有人救——这不是人灭么？"老乡绅见他气色不善，说道："也不尽是人心不古，前人造孽后辈承担，这不是天意？"

"她是什么人，娼妓还是乐户？"

"她是……洪承畴的孙女儿。"

康熙的心一下子坠了下去，脸色变得惨白。洪承畴乃是前明时叱咤风云的一代儒将，入仕本朝曾任九省经略大臣。才死了不到二十年，家道破败，以致媳孙乞讨为生，且在人们心目中连娼妓都不如！康熙嘘了一口气，河风迎面扑来，竟打了个寒噤——他想起康熙四年洪承畴死时，朝臣们给他拟谥号，初拟"文成"。但和鳌拜、苏克萨哈等辅政商议后，还是定了"文襄"。"文"字自不必说，洪是当之无愧，"襄"的意思是"甲胄有劳"，但君臣心里都明白，是取襄字的"帮忙"之义。前不久又下特旨给熊赐履：洪承畴入明史"贰臣传"。传扬下去谁不知！但百姓们顺着"圣意"如此作践洪家，康熙却没想到。岂不是自己作俑在前，骆马湖人追随于后？反思起来，这里边追思前明的意思不言而喻，岂可等闲视之！

第四十四回　问奸邪众大臣失色
　　　　　　　讲忠恕康熙帝指婚

　　高士奇也看见了船上的人是陈潢，站在人群中眼巴巴地遥望。那小划子在激流漩涡中几起几伏，滴溜溜地转圈儿，陈潢俯仰之间，双脚恰似钉在船上一般，不一时便用篙将若芷搭在船头撑近岸来。高士奇不禁舒了一口气，转身对康熙道："龙爷，我晓得陈河伯是谁了。他叫——"因见康熙呆呆的，一脸茫然之色，便没再往下说。

　　"告诉武丹，"康熙没理会高士奇的话，自离了人群，慢吞吞对高士奇道，"河泊所那几个人交地方官严加处置——救起来的若芷若还活着，带到朕船上，有话问她。"说着竟扬长而去。武丹命小侍卫们依旨办理，和高士奇急忙忙地跟了过来。

　　康熙闷闷不乐一路回来，老远便见靳辅跪在船舷旁，只略一点头便掀帘进舱。高士奇忙上前与靳辅拱手厮见，低声道："靳公别来无恙？你好快腿子，接到我的札子了么？"靳辅忙起身还礼，小声道："这里就是河工，我自然来得，你的札子我没见，是接到安徽巡抚的咨文知道圣驾来的……怎么瞧着主子不喜欢？"

　　高士奇点点头，侧耳细听，微闻舱中洗漱之声，因轻咳了一下，款款说道："奴才高士奇谨向主子缴旨！"半晌，才听康熙说道："进来吧，靳辅也进来。"靳辅和高士奇略哈着腰进到舱里来。

　　"靳辅，"康熙的脸色已不那么阴沉，只看上去有些倦怠，待靳辅行了礼，半仰在椅上说道，"你来得正好。朕今日看了黄河，正值菜花汛，于开中河有没有妨碍？你的奏议究竟实效如何？朕心里总有点不踏实啊！"

　　"回皇上的话。"靳辅叩头答道，"几位御史的参本奴才已经拜读，实在不敢苟同。主子这一来什么都明白了。由此地向南，经宿迁、桃园，到清江口，一百八十里半，都是以黄代运。河道险深曲折，激浪涌流，实是漕运危途。引黄河之水入中河，不但漕运船可免数日风涛之险，且分流之后，黄河水位下降，骆马湖也免了倒灌之虞……"这是治河、治漕耗资最大的工程，甚遭朝臣非议，所以靳辅说得很细，手比指画，侃侃而言，备细说了几年治黄工程的效用、耗费钱粮的情形，末了又道，"有人说臣好大喜功，无端生事。主上已亲眼见到，这段河若不治理，下游漕运殊堪忧虑。皇上龙舟尚且拥塞受阻，何况区区漕运小舟？求主子洞鉴！"

康熙一边听，一边印证着一路视察的印象，至此已颜色霁和，点头笑道："着实累你了。言官言官，你总得叫人家发言嘛，朕又没有降罪！这一路看来，朕心甚慰甚喜。却也不免疑惑，你靳辅一人有此才具？朕看你幕中必有博古通今之人辅佐，是么？"高士奇在旁笑道："这回你不可再瞒了，主子今儿在河边已见着你的河伯陈天一了。""陈天一！"康熙恍然大悟，原来竟是自己在铁牛镇见到的那个！当下笑吟吟点了点头。

"陈天一名陈潢，天一是他的字。"靳辅忙道，"其实主子早在弹奏奴才的折子里见过的，奴才是'虎'，他是'为虎作伥'——因怕牵累于他，奴才一直不敢明奏为他请功……奴才焉敢欺主？诸如减水坝、开中河、修遥堤等项创举工程，都是他的谋划……"

康熙哈哈大笑："这是个治河奇才嘛！不枉了叫作'河伯'——在甘陕上游植树保土，想必也是他的建议了？这件事未见功效，谤议可是不少啊！"正说着，明珠和索额图两个人一前一后鱼贯而入，明珠笑道："主子疼我们，今儿着实睡了个好觉，头也不晕了，只是偏劳了士奇——外头驿丞带着四个士绅，还有个女孩子，武丹让我请旨，要不要见他们？"康熙这才想起自己前头有旨，便笑道："叫驿丞回去，朕今晚未必就住他那儿，说不定连这船也不坐，走陆路沿河南下也很有趣儿呢——其余的叫进来吧。"说罢便命靳辅起身侍候。

这驿丞奉旨选来的四个乡绅都在七十岁上下，一个个步态龙钟、老眼昏花，都穿一色儿簇新的黑缎团花褂子，小心翼翼地进来。高士奇差点没笑出来，从哪里搜寻出这么几个活宝来了？但康熙却似不理会，吩咐免礼，亲切地问寒问暖。又垂询了当地风土民情、庄稼收成，竟都赐了座，赏茶食，随便聊天，洪若芷也换了新衣，腼腆地站在一边。旅途劳顿多日，接见这几个乡巴佬，康熙显得十分高兴。几个士绅没话找话着三不着两说得正热闹，康熙突然问道：

"你们晓得不晓得，朕身边有几个大臣？"

"回皇上的话，"一个绅士欠身说道，"小人晓得。皇上爷跟前索大人、明大人、熊大人、高大人，还有汤斌、李光地大人，个个都是极有才学的人物儿！"

康熙回头来，指着索、明等人笑问老者："他们如今都在这里。你倒说说，里头有没有奸臣呢？"

这一问问得众人都吓了一跳，脸上顿时变了颜色。连靳辅也心头突突直跳。眼见那糟老头子戴上老花镜，一个个审视着三个宰相，似乎在观赏庙里的泥塑神胎，众人无不提心吊胆，真怕他一口说出谁是奸臣。虽说是取笑，对景儿时就是民间口碑，如何经受得起？

老绅士扶着眼镜极认真地把众人都看了一遍，摇摇头，说道："承皇上下问。小的看皇上身边这几位，没有一个是奸臣！"众人听了，方各自舒了一口气，却听康熙又问："何以见得呢？"

"小老儿痴长七十四岁了。"老头子郑重地答道，"打从前明神宗爷时，就跟着祖公公看戏，那奸臣一个个都是粉白大脸，蜂目蝎鼻，或者獐头鼠目，不成个模样。这几位都是天庭饱满地颏方圆的福相，红光满面的，哪里会是奸臣？"

一语未终，舱中众人已是哄堂大笑。一个个躬腰曲背扶椅捶胸，连若芷也"噗嗤"一声红着脸别转了偷笑。高士奇这才明白：几个老儿面上邋遢，心里并不糊涂。康熙笑得捧着肚子，说道："说得好，笑死朕了——高士奇写信告诉熊赐履，说朕笑得不得了，好开心……"

良久，康熙方转脸问若芷："你是洪承畴的孙女？"若芷忙低头答道："是……"康熙目光闪烁了一下，叹息一声又问："你家不是在金陵么？怎么会到这里来了？"

"回万岁的话。"若芷眼圈一红，忙忍住了，含泪说道，"家原在南京莫愁湖边，只是十年前就败落了。因……因官家征用宅地，都星散了。我爹病死后，我随娘讨饭离开金陵。不想这儿的人也认出我们是洪家的人。这里头的苦楚也一言难尽……"说着竟自呜咽起来。

其实若芷已将实情讲明了：洪承畴在汉人里头没人缘，树倒猢狲散，无人不来作践，宅地也被强征了修行宫。追起根来，朝廷原也没拿他当人。康熙沉思了一下说道："墙倒众人推，世态炎凉也是人之常情。朕修《贰臣传》是为警戒后世，并不要难为前明做过官的臣子。洪亨九不同吴三桂，并没有报效李自成，于本朝有功无过，这样待一个宦族，有点过分了吧？"说着目光一闪，盯了几个乡绅一眼，又道，"大清江山得自李自成手，洪某引天兵入关替明复仇，也算不上是前明叛臣——你们说是不是？"

"皇上说的极是！"一个乡绅忙躬身答道，"小老儿们不明此理，一向有失照应，求皇上治罪。"

"知道就好，朕的意思待人处世要讲究忠恕之道。这个若芷忍辱侍母，朕看是个孝女。"康熙一边说一边想，转脸问明珠道，"洪氏族中还有谁在做官？"明珠忙道："承畴四公子洪士钦原任太常寺少卿。康熙七年，江南巡抚叶平秋劾他丁忧居丧不哀，夺官闲散在家。""什么居丧不哀！"康熙冷笑道，"欺侮人嘛。你发文吏部，洪士钦着即复职。"高士奇在旁笑道："若芷，你是很有烈性的。也得想破一点——太太死了压断街，老爷死了没人抬——什么时候不是这样子！何必动不动就寻短见？"

康熙沉吟片刻，又问："若芷，你许了人家不曾？"

"没有……"若芷腾地红了脸。

康熙转脸问明珠："记得你有两个孩子，多大岁数了？"明珠一听便知其意，正要回答，高士奇将手一拍，笑道："妙！奴才正要做个媒呢，主子却先说了，纳兰性德和她还不是天造地设的一对儿！"康熙跷起腿来，点头笑道："就是这样。性德这孩子朕瞧着很好，又有才学，叫他补进侍卫里来吧！"

儿子晋位为"侍卫"，又是天子指婚，哪里巴望得这样好事？明珠喜得合不拢嘴，说道："奴才大儿子揆叙前年蒙恩晋为侍卫，奴才自己也是侍卫，如今一家儿都是主子的侍卫了——又蒙赐婚，奴才是双喜临门了！"因解下腰间镶金玉坠儿递给若芷道，"这个权作聘礼，孩子你收着。明日我就派人送你母女进京安置。"

当下又说了移时，康熙方叫众人散了，听说各商船已经回避，命武丹派人带船队从水路至宿迁等候，自要陆路而行。因思晚间还要幸韩刘氏家，吩咐靳辅自去办事。这才躺下休息——他也真有些乏了。

靳辅沿着搭板下船，索额图跟着出了舱，因见天色尚未到申时，紧走几步赶了上来，拍了拍靳辅肩头问道："韩刘氏儿子的家在哪里，你知道吗？"靳辅素知此人对自己没有好感，却也招惹不起，忙笑道："原先也不知道，去年和陈潢来这里勘查地势，遇见了韩春和。他在骆马镇西挨湖边开着个茂生货栈，专一做瓷器、茶叶兑换买卖，和虎臣他们海关也常走动，听说已在内务府注了皇商……"索额图笑道："我又不是盘查你，说这么细做什么？你在这儿等一下，我回船上换件便衣，咱们一块儿到他家走走——皇上晚间要去他家做客呢！"靳辅听了一怔，又想他必定是先去韩家打前站，笑着点点头，自在岸边柳阴下等候。一时索额图返回来，就便儿乘着靳辅的双人官轿逶迤前来。

韩春和的茂生货栈西临骆马湖，东接黄河沿，坐南面北处在骆马镇的东南角，三面临水，出门就是码头，十分便利。沿街一座垂花砖门，一带粉墙向西又有个大车门，里边是存货仓库。远远望去，院里兀立一座石楼，大概是作避盗用的。靳辅远远望去，笑着对索额图指点道："那就是了。这韩春和的精明比他娘也不差什么，生意做得旺炭儿似的，还修了座避盗楼！"索额图似乎有心事，点了点头，笑道："往日八个人抬你一个，今儿皇上在这儿，四个人抬咱们两个。既到了，就早点下来，省得叫这些狗才心里叫撞天屈骂人。"说着脚一顿，那轿立时停了。

韩刘氏在后头正长篇大论地和陈潢说话，儿子韩春和、媳妇韩周氏在一旁凑趣儿取乐。听得靳辅和索额图二人已经进了府门，忙起身迎接，口中呵呵笑道："好我的神天佛祖！靳大人是常客，不必说的了，哪阵风把索三爷也吹到我们家了？啧啧！快，快请呀！"说着便一一介绍。

"给索相请安！"陈潢仿佛有点勉强地行下礼去。听说韩刘氏回来，他匆匆赶来，就为打听阿秀情形。及韩刘氏说了奉天隆化镇的事，眉飞色舞地讲了阿秀如今如何得宠、怎样尊贵，不知怎的，一种淡淡的哀愁和怅惘渐渐袭上来，愈来愈沉重地压在陈潢的心头。数年栉风沐雨在河工上走动，拼命地干，往日的情愫、遭遇几乎都抛到了脑后，但一经提起，死灰复燃般又在灼烧他的心，烧得他神思恍惚，意马心猿，呆呆坐了低头不语。

索额图见他神态傲慢，心中自然不快，但这几年历练过来，他早已学会了韬晦之术，略一顿，笑吟吟说道："与陈先生一向未曾谋面，可是心交已久了！今儿万岁还夸你是博古通今的治河奇才哩，升发只是眼前的事了！你既来了，很好，待会儿万岁驾到，就便儿引见就是——老靳，你说呢？"靳辅忙笑道："当然要依着中堂了——天一，还不快谢过索相！"

"天爷，主子真的要来？"韩刘氏一拍巴掌，"我还以为主子说着玩儿呢！"这个足智多谋的老太婆顿时有点慌神了。忙立起来说道："和儿，你和媳妇甭在这儿站规矩了，着人叫一班戏来，把这里最好的厨子请来侍候！只这关防的事可怎么办好呢？"

韩春和忙起身连连答应着，又道："不妨事的，如今太平天下，怕什么？儿子这院子都是仿着您在黄粱梦的宅子造的。哪里那么晦气，刚好就有盗贼呢？"说着便和周氏一同出去，满宅中百十号人立时开锅般忙碌起来。这里索额图等三个人只坐着吃点心闲聊。直到天将断黑，靳辅才辞出去回船上为康熙引路。其余的人忙到大门耳房中专候。

一时，便听外头马蹄得得，康熙说笑声愈来愈近："靳辅，朕还以为有多远呢，这么一点路，安步当车多好，又弄这几匹马来！"众人忙都出来跪接。康熙一摆手便跨进了院子，笑道："听说陈河伯也在此，好得很嘛！叫过来，朕好好瞧瞧！"陈潢听康熙这样说，脑子"轰"的一声，全身的血一下子都涌动起来，脸立时涨得通红，等康熙坐定了，忙上前扑通一声跪倒：

"布衣书生陈潢叩见天颜，愿吾皇万万岁！"

"好好！"康熙上下打量着陈潢，满面都是笑容，"我们不是初会了，可还记得朕么？"

陈潢一下子愣了，想了半日，叩头说道："万岁恕罪，陈潢实在想不起何时曾睹过圣颜……"跟在康熙身后的高士奇接过韩刘氏奉过的茶杯，一边捧到康熙面前，一边笑道："天一，你见过皇上，怎么也不写信告诉我一声儿？"见陈潢愣着不言语，康熙哈哈一笑，说道："那年朕巡视开封，在铁牛镇黄河沿见过面，还在一个棚子下头吃饭。门口那个武丹，还骂你是'戴个草帽没有顶儿'——记得么？朕好好一桌酒菜你都吃了嘛！"一边说着一边就呷了一口茶。

"哦……"陈潢一下子想起来了，连连叩头道，"臣有眼不识天颜，言语多有冒犯……皇上这一说，真使臣无地自容……"

　　"起来坐着说话吧。"康熙说道。因见高士奇认识陈潢，又道，"高江村，原来你和陈潢、韩刘氏他们早就认识？"高士奇因将自己进京时与陈潢、韩刘氏那段奇遇讲了一遍，却隐了陈潢与阿秀那一段情节，引得众人无不大笑。韩刘氏因凑到明珠跟前小声道："主子只带了你们几个？这地方情形不熟，还该多来几个人才是……"明珠道："主子不想前呼后拥地招惹眼目。他的脾性你还不知道？再说这又不是前几年，哪里会出事呢？"韩刘氏到底不放心，忙又出来命人出去，在宅子周围望风。

　　闲话一会儿，康熙见韩刘氏忙着要摆酒唱戏，便止住了道："来你家是图个清闲，看看小户人家的日子，你要折腾，朕就去了。"又叫过韩春和，细问买卖输赢、本地庄稼收成，末了又捻须说道："朕亲政之初，心中三件大事，一是要撤藩，二是河务，三是漕运。不想撤藩惹出那么大的麻烦，花了那么多的钱，把河务漕运的事也延误了几年。如今这三件事总算都有了个好的归宿，所以朕心里是很欢喜的。朕开了海禁，魏东亭在南京就办这个差。韩春和，你做了皇商这也不坏，但不要想着只挣中国人的钱，瓷器、茶叶、大黄、当归这些东西，多收些，向海关上点税，运出外国一船，能换回半船银子，这么好的事，为什么不干？不要轻看了经商，士农工商，商在四民之列嘛，春秋时巨商范蠡还做过宰相呢！四川巴寡妇聚财有术，祖龙和她平礼相见，郑国弦高也是商人，不一样有功社稷？"

　　康熙娓娓而言，说家常似的十分亲切。韩春和听得心下暗自佩服，连连答应着。韩刘氏原想为儿子求个出身，也自咽了回去。一干人说笑得正热闹，前头管家马贵失急慌忙地闯进来，大声禀道："老太太，刘……刘铁成他……他们冲进镇里借……借粮来了！南街几个店铺都起了火，马队朝……朝咱们家来了！"

第四十五回　能婆子巧语欺大盗
圣明主片言释干戈

武丹听说刘铁成前来打劫，脸色陡地变了，变得狰狞可怖。自魏东亭、穆子煦相继走后，他就是头号护卫，前头几任都没出差错，难道说自己要办砸了差使？他"噌"地拔出剑来，上前扯住康熙道："走！主子尽管放心，刘铁成是个小贼，人也不多，奴才已在外头安置了几十个侍卫暗中护驾！出了错儿您剥我的皮！"

"慢，这是在我家，都得听我的！"韩刘氏大声喝道。接着一扬手"啪"地打了马贵一记耳光，骂道："狗东西，你醒醒心儿——白养活了你，像我韩家使出来的人么？我问你，他们有多少人？你瞧是专冲着咱家来的，还是漫撒网儿？是原先在微山湖的那个刘铁成么？"大变之下，康熙方见这老太婆的真颜色。她的镇定神气使众人都冷静下来。

"回老太太的话。"马贵吃了一掌，清醒了许多，说话也连贯了，"他们嚷得一片山响，说是湖主刘铁成来镇借粮，瞧不清有多少人，只把附近几家店铺都围了。不知道是不是山东的那个刘铁成。"明珠在旁说道："就是原来在东平湖和微山湖扎寨的刘铁成，施琅练兵时逃到这边来的。"

"是他……"韩老太太转过脸来，看了看正发怔的康熙，沉吟片刻，忽然说道，"这么巧，决不像误打误撞。黑灯瞎火地闯出去太危险——请主子和列位大人都到后头避盗楼。这不是前几年，用不了一个时辰府县就会发兵来的！"说罢又对武丹道，"你带的那几十个侍卫叫进来护着主子在后头看我眼色行事——丫头们掌灯，开大门迎他们进来！"此时大门外呼喊哭叫声已越来越近，不等武丹下令，几十个便衣侍卫早已撤进二门，簇拥着康熙待命，明珠、索额图和高士奇及靳辅、陈潢等人，无不面如土色。

"什么，开大门？"武丹大惊，一步横身上前，冷笑道，"死老婆子，此刻头件事要护好主子！你出去，主子怎么办？"

　　韩春和见僵持不下，忙上前跪到康熙面前说道："石楼通前厅小阁楼，是奴才初到此地就修下的，全是石头，水火不进，刀枪不入，又极为秘密。屯田官兵大营离这只二十里地，赶紧派人报信儿去。委屈主子先躲一躲，由着我娘周旋一阵子，保管万无一失。"

　　康熙紧张地思索了一阵子，觉得韩刘氏母子说的不无道理，若真的是谋逆，出去正好中计。

　　韩春和急忙带路，康熙一干人绕出后堂，循楼梯转了几个弯儿，至神龛前按了一下机关，半座楼梯竟像大门一样翻转过来。康熙瞧时，里头是一色儿糯米灌浆石壁夹道，略一迟疑便率先进去。韩春和在后头又掩了楼梯，在暗中指示着方向高低，安慰道："主子爷放心，全是石头，一根草节儿也没有，火也燃不起来……"直到阁楼里，康熙才见到一丝光亮——原来已转到前堂后壁顶上，隔了石窗棂，下面的情形都能看见。武丹此时略觉放心，命侍卫们分节据道把守，自跟着康熙，握着手中的剑柄暗道："这个地方就真的发现了，也只能一个人一个人地往上攻，好对付！"

　　康熙张着眼往厅里看时，已到处都是火把。一个长得黑塔似的大汉，满脸横肉，穿着黑拷绸灯笼裤，打着赤膊坐在中间太师椅上，一条腿蹬在桌子桄儿上，一只手弹着宽边大片刀，眉棱上的刀疤一颤一颤，有点不耐烦地等着主人。几十个喽罗都是短衣裤袜辫子高盘，按着腰刀杂乱无章地立在墙边门口，身上的热汗在火光下油亮亮、光闪闪，大厅里显得杀气腾腾。大约因等得太久，大汉放下了腿，努了努嘴，一个小幺儿便大声叫道："韩家的人怎么还不出来？我们湖主等着呢！"

　　话音刚落，两个丫头搀着白发苍苍的韩刘氏出来了。她拧着小脚，颤巍巍的，步履十分龙钟艰难。楼上众人的心像一下子被捏得紧紧地提在半空，连气也透不过来。

　　韩刘氏走到刘铁成面前，一躬身行下礼去，抬头一瞬间，她的目光陡地一闪，变得异样了，竟歪着头审量起这个骄横的"湖主"来！她嘴唇哆嗦了半晌，也没说出一个字来；把个刘铁成看得莫名其妙，低头看看身上，并无古怪之处，便冷冷问道："你瞧什么？"好久，韩刘氏才口吃着问出话来，不知什么缘故，她的声音抖得厉害："——微山湖主！你姓刘?"

　　"是啊！"刘铁成一偏脑袋，愕然注视着韩刘氏说道，"姓刘又怎么样?"

"铁成？"

"是呀！"

"黑牛儿？"

"啊——啊？这是什么意思？"

韩刘氏这一问，不但刘铁成，连厅下几十号人也无不大惊失色。正没个开交处，韩刘氏推开丫头，呼了一声"天公祖爷观世音娘娘"扑过来，双手拍着刘铁成的肩头竟号啕大哭起来！

"我的苦命兄弟呀……"韩刘氏涕泗纵横，一头哭一头诉说，"你狠心呀！撇得老姐姐苦哇……嘀嘀……"

这突如其来的变故早看得康熙君臣如痴如呆。高士奇愕然转身小声问道："春和，你有这个舅舅么？"韩春和迟疑地看了看下头的母亲和"舅舅"，在暗中摇了摇头，口中却道："兴许有？不过我妈这人……"下头的话却没说出口。

说话间厅中气氛已是大变。刘铁成将信将疑地看着哭天抹泪的"老姐姐"，结结巴巴地问道："你……你是——是我姐……姐姐？"

"嗯！"韩刘氏扑簌簌落着泪珠儿，自从怀中掏出个破荷包儿，泣不成声地说道，"兄弟……你看……"

刘铁成有些惶惑地接了过来，问道："这……"

"咱爹在沂河岸咽气时交给我的……"韩刘氏呜咽着说道，"说有朝一日能见着你兄弟，把这个给他。上头这针线还是娘在西屋布机边忙里偷闲做的。荷包里头包着你的长命锁儿……你的小名儿先叫黑狗憎儿，后来看你长得壮实，又叫黑牛儿，兄弟你还记得不？"

"爹怎么死的？"刘铁成已被"姐姐"弄蒙了。把玩着这种山东家常娇生子儿都有的荷包儿，一边努力回忆着自己的"小名"，问道，"是叫人……害死的？"

"饿死的……"韩刘氏仿佛又被触了伤情，老泪断线珠子般滚落，哽咽着对不知所措的山大王道，"你七岁闯祸，和钱家少爷赌气，点了人家麦秸垛，一走了事儿。钱家老畜生们四五个带着家人，堵着门要人，三天不交人，就要卖了姐姐……娘气得半夜就上了吊，爹拉着我逃出来……可怜当时天下大雪，又正过年，到哪里讨饭去？在临沂城外河神庙他老人家一伸腿就……你这忤逆不孝的种子啊……你这苦命的黑牛儿啊……”说着，诉着，揉搓着又放了声儿。

刘铁成听着他这份山东人人皆知的家史，牙咬得咯吱吱响，他已经有几分信了。

韩刘氏哭了一阵才收声，颤声抽着气，抖着手扳起糊里糊涂如在梦中的刘铁成的前额，说道：“叫姐姐好好看看你！四十年了，你依稀还带着小时候模样——眉棱骨边原有块小疤，是你上树摘柿子摔了的，姐姐为这还挨打来，怎么没了？倒留下这么大块刀疤？”

“……兄弟……走黑道儿，”穷家小子从不照镜子，刘铁成哪晓得原来有疤无疤？这里被人削了一刀却是真的，听韩刘氏问，便苦笑道，“这些事是免不了的。”韩刘氏像看不够似的上下抚摸着刘铁成，絮絮叨叨哭道：“可苦了我兄弟了……姐姐也不容易呀，自嫁了韩新朝那个老死鬼，穷得叮当儿响，哪里有钱寻兄弟？这几年过好了，听说你在东平湖又出了事，叫官军杀了……哪承想在这儿见这一面！”

诸如树上摔下、小荷包儿、长命锁之类的琐事，刘铁成闯荡多年，干了杀人越货的勾当，哪里忆得起来？但这类细碎家常絮语由一个哭哭啼啼的“老姐姐”说出来，世人谁能不信？听到此处，刘铁成嘴一撇一咧，再忍不住，“呜”的一声放声大哭，扑翻身跪倒在韩刘氏脚前，狠命地碰着头叫道：“姐姐呀……天幸有人报信儿，叫来认姐姐！兄弟不是人！这么多年都没打听过您啊……”此刻，即便他真的以为韩刘氏“误认”了他这个兄弟，也不愿捅破这张纸了，多年来窝在心里的苦情，只有在“姐姐”跟前才能尽情地发泄一下。

康熙一干人在阁楼上已看得眼花缭乱。因见他们“姐弟”泪人儿似的哭得凄惶，也觉黯然。四周的强人们早收了兵刃，这些人多是被逼无奈做了血案才入伙的，想起各自昔年苦情，竟有不少抹鼻涕抹眼陪泪的。刘铁成哭了一阵，抬起泪光闪闪的脸，擦了一把，咬着牙道：“送信的那个王八蛋呢？叫他过来！”

“湖主，”一个喽罗忙道，“镇上那个聂掌柜的跟着船来，一上岸就走了，说是怕人认出来往后不好办……”

“奶奶的！”刘铁成骂道，“差点儿伤了我的姐姐！”

这是件要紧事，康熙到此不到一天，就有人专门送信给刘铁成前来打劫，不能不问问明白。韩刘氏沉吟片刻，俨然端起姐姐的身份管教道："阿弥陀佛，不要与人为难！我一向听说你不糟踏人家妇女，心里略觉宽慰——咱姐弟、咱一家都是遭过大难的，得饶人处且饶人，修一条路是一条，不许恃强霸道的！——只这聂家钱庄掌柜的，一向本分，怎么也和你走一条黑道儿！"

"他本分个屁！"刘铁成啐了一口骂道，"他既通官又通匪，放着葛礼的师爷不当，来做买卖，鬼才知道他打的什么主意——今后晌他一身臭汗跑到我那，说茂生货栈和海外做生意，进了一船黄白货，明日就要转手。皇上的龙舟就泊在镇外，不是有这么大的利，兄弟怎么敢来？倒成全了我们姐弟两个……"说着已是破涕为笑。

康熙听着不禁打了个寒战，下意识地向黑暗中左右看看，一霎间他觉得真正的危险不在楼下而在自己的身边，除了武丹和高士奇外，连靳辅和陈潢一概可疑。正寻思如何设法拿这个聂掌柜的，却听韩刘氏在下头说道："难得你这一来，真是老天爷有眼！家人们快摆酒！——兄弟不是缺粮么？姐这里粮是没有的，给你拿些银子自个儿买吧！"

"姐姐真呆！"刘铁成呵呵大笑，"兄弟七岁闯江湖，白手游天下四十年，浪迹四海，哪有借粮借到姐姐家的？天下好汉不笑，兄弟自个也羞死了——有酒兄弟饮一杯，立时就走，这地面儿风声紧，不能久留！"

眼见已化险为夷，韩刘氏显得又悲又累，不住地咳嗽。刘铁成慌得没处放手脚，过来又是捶背，又命人"弄茶来"，楼上的高士奇见他如此殷勤，几乎失声笑出来，明珠在暗中用眼睃索额图，索额图却一声不吭蹙紧了眉头。

"可是只顾着说话了，"韩刘氏仿佛猛地醒悟过来，呵呵笑道，"姐姐先吓蒙了，后来又喜欢糊涂了——你外甥春和，媳妇周氏，还有一大一小两个孙子，都在后头藏着。还有两个南洋客商，只怕他们不敢见你，自家亲人总得见一面再走不迟。"说着叫丫头，"到后头请少爷、少奶奶去！"

韩春和见母亲叫自己，一点没迟疑，拉了周氏的手便下楼，因怕意外，却没带孩子。康熙心里一掂掇，回身扯了高士奇一把，说道："走，下去和他会会！"

"使不得的！"高士奇一缩手，小声说道。

"怎么，你怕么？"康熙的眼睛在暗中闪动着，"你要怕，我自个下去！"说着便跟着春和夫妇往下走，高士奇怔了一下忙跟了过来。武丹不言声解下佩剑，向身边侍卫要了两把匕首插进靴统子里快步跟了出来。楼上众人的心一时都提得老高。

此时家人已搬出一坛酒，为刘铁成和喽罗们各斟了一碗。此时火把早已撤掉，厅中烛光摇曳，温馨宜人。因要见周氏，刘铁成的赤膊套上了袖子，笑吟吟站起身来等候。但见帘子响处，韩春和周氏伉俪在前，康熙和高士奇联袂而出，后头跟着的伴当却是武丹。韩春和周氏两个人一步抢上前，插烛似的拜了下去。

刘铁成笑得两眼眯成了缝儿，扯了韩春和的手，上下打量着说道："好相貌，好气派——孙子呢？姐姐你好福气！"

"啥子福气！"韩刘氏笑道，"孙子们大约睡着了，这么一闹，怕再误了辰光。罢了，下次再见吧。"

韩春和赔笑道："舅舅也不容易呀。我整年跑生意，不定什么时候才能再见着呢！我们小夫妻两个敬你老人家一碗！"周氏忙过来执壶，韩春和捧着满满斟上，两口子双双跪下举酒过顶敬奉上去。

这一串儿又亲热又可人的家常天伦之乐，一生为盗杀人越货的刘铁成几时享受过？没有喝酒，刘铁成已经醉了，乐不可支地说道："罢了，快免了这些礼数！舅舅法外余生的人，不讲这个，甥媳这么孝顺，又这么好人才，舅舅浑身都是舒坦的！"说着，从怀里掏出一大块生金饼子递给周氏，"拿去给孙子打个项圈锁儿什么的吧！"这才转过脸来笑谓康熙和高士奇，"你们是客，受惊了！坐，大家坐！我瞧二位都像读书人的材料儿，不去考举人进士，倒做起生意来——贵姓台甫？说给兄弟，你的货过湖没事儿！"

"不才龙德海，这位是高澹人先生。"康熙说着坐了，心中不由一动，"看来此人并非甘心为匪。绿林中人也知盛世当为官，倒也可喜。"想着，将手一拱说道："唐突了，听说你原在抱犊崮落草的，怎么又做了湖主呢？"

刘铁成意外地见到亲人，几十年艰苦生涯一直在心里翻腾，两碗老酒下肚，心中十分感慨，将碗向桌上一蹾，叹道："抱犊崮康熙十三年就破了，副寨主崩了角儿，我带了七十多弟兄杀出重围，先在微山湖，官兵大舰又开去练兵，只好又移到骆马湖……唉！世道越是太平，黑道儿就越难走啊！"

高士奇察言观色辨貌听音，已知康熙有接纳之意，遂插进来说道："湖主大王，我说句不知好歹的话，您可别发性子，怪怕人的。"

"嗯，说吧！"刘铁成笑道，"你是我姐姐的客人，莫不成和你翻脸？"

"自古英雄出绿林，山东绿林雄天下。"高士奇先捧了一句，又道，"刘邦的季布，光武的马武，瓦岗的程咬金都是绿林人物，朱洪武手下强人出身的更不计其数——本来是成者王侯败者贼，这当中并没有跳不过去的沟。你被迫为盗，又无意与朝廷为敌，论情理有可赦之法——为什么不寻思放下屠刀立地成佛？这样沉沦江湖，能有什么下场？"

"下——场？"刘铁成又喝了一碗酒，已微有醉意，"下场在法场，这谁不知道？我无妻无儿无女，干净利落！'放下屠刀立地成佛'不过是笑话儿。山东于七、陕西王小七、河南确山刘大麻子，都'放下屠刀'来着，结果都是'立地成鬼'——他娘的，说话不算数，是些什么东西！"说至此又饮一碗，酒劲涌上，说话已不连贯，"……我早已不指望什么了，如……如今遇了姐姐，倒想有朝一日能……能收收尸……也就足了。"韩刘氏听着凄楚，忙就过来宽慰。

康熙听着心下不由暗自感慨：看来对这些人也得以信义为本啊！想罢笑道："你能想到这些，就有了保身之道，我在官场很有几个权贵朋友，给你写张条子去报效驻军古北口的飞扬古，边庭上一刀一枪为国效力，敢怕不挣个封妻荫子？何至于就如此没有下梢？"

不知几时外头阴了天，一个明闪照进来，青白的光照得满庭雪亮，接着一个响雷。刘铁成忽然感到吃惊——这一晚奇特的遭遇变化太快，他有点像在梦中。他愣怔着看着从容提笔写字的康熙，迟疑地接了过来，口中喃喃说道："我……得想想，得好好想想……"他低头看了看康熙写的字条，有一半儿不识得，像是上司下公文的语气，下边还有一方血红的朱印，赫然是"体元主人"四字，便抬起头问道："龙先生，哪有叫这样名儿的？怎么会是四个字的名儿？"

"这是龙先生的名号儿。"高士奇笑道，"你读书太少，一时也说不清。就我知道的，龙先生的荐书，先前也介绍过几个和你一样的人，飞扬古军门是从来没驳过面子的。"

刘铁成心头通通直跳，手中纸笺儿抖索着，仿佛有千斤之重，压得透不过气来。半晌方粗重地喘了一口气："我……找个人先去走一趟试试，或许能成？……这还要看我刘家祖德如何……"

言犹未毕，便听门上一阵骚乱，一个喽罗面如土色狂奔进来，急报道："湖……湖主，不好！官军，官军来了！"

第四十六回　巡金陵百官接龙舆
　　　　　　献邪书佞臣遭贬斥

　"慌什么？"韩刘氏顿时精神大振，"刷"地立起身来，厉声说道，"不许乱！——兄弟，你快弹压着，防着有人不肯归附惹是生非——有我在，你吃不了亏！"

　刘铁成目光茫然地扫视厅中众人，嚅动了一下毫无血色的嘴唇，有气无力地吩咐道："弟兄们，都……放下刀枪——全凭姐姐做主了！"几乎与此同时，大厅后门几十名侍卫一拥而出，将康熙团团簇拥在中央。

　"武丹，"康熙矜持地微微一笑，摆手吩咐道，"你出去瞧瞧是谁的兵。"

　"喳……"武丹答应着没有动身，厅内厅外有几十名土匪，他怎么好"出去"？高士奇心下明白，笑道："还是奴才去看看吧。"说罢一撩袍子径自去了，一时间厅中院内死寂得像古墓一般。

　移时，高士奇带着一个满脸惶惑的四品武官进来，那武官，一眼瞧见了武丹，他原是在善扑营当差外转的，忙笑道："犟爷，您老也在这儿！"

　"你小子甭胡喊乱叫，我如今叫武丹！"武丹冷冷说道，"主子万岁爷在这儿，我当然也在！"

　万岁爷！当今天子康熙居然也在这里！犹如五雷轰顶，所有不知情的人都惊骇得张大了嘴，瞪大了眼，如同木雕泥塑一样僵在当地，只康熙一人潇洒地摇着折扇打凉。

　"见圣驾！"

　高士奇扯长了嗓音高声叫道，自己率先跪了下去。

　这一声惊醒了所有的官兵、土匪，已被弄得神不守舍的刘铁成像被电击了一下，一阵眩晕当厅摔倒在地，又一翻身跪了，不分个儿只是叩头。索额图、明珠、靳辅、陈潢、韩刘氏一家和一大片刀客响马，黑鸦鸦地跪了一地。

"刘铁成。"康熙惬意地扫视一眼众人，缓缓踱至厅中，站在伏在地下的刘铁成前头说道，"你本犯可诛之罪，有缘遇朕，也算有福之人。自古君无戏言，朕既许招抚你，断无反口之理。朕发落你至古北口，飞扬古军前效力，待有功之后再行赎罪！"

刘铁成不懂礼仪，瞪着眼不知怎么回话。高士奇在康熙身后打了手势，他才忙不迭地叩了头，不伦不类地说道："谢谢天子万岁爷！从今儿起，咱这几百弟兄都是万岁爷你老的人了，水里火里死力卖命，也好弄个封妻荫子大富大贵……"

待刘铁成众人退出去，康熙招手叫过陈潢来笑道："今夜原准备和你细论河务来着，不想半路杀出个刘铁成。没有空儿细谈了。朕看你貌不惊人才学却很好，先授你四品佥事道员，仍在靳辅幕里，好生做去，将来朕自有区处。"说罢便命，"发驾！"

五月端阳节后，两江总督葛礼接到靳辅发来咨文，说康熙南巡车驾于初七到达南京。作为总督，他一点也不敢怠慢，急忙命人铺路结彩、关防护卫，至期一大早便率领满城文官武将至十里外的接官厅迎候。

已时正牌，司礼太监何柱儿带着二十名太监飞马来报，说圣驾即刻到达，命各官跪接。霎时间，御道两边挂着明黄彩绸的二十四门大炮震天价轰鸣起来，先期训练的锦衣乐队笙箫齐举、钟鼓同奏。在隆隆的炮声中康熙由索额图和明珠虚扶着下了御辇，步登黄土高台，面南而立，含笑接受文武官员扬尘舞拜。

"奴才葛礼叩请万岁圣安！"待演礼一毕，葛礼跪前一步，叩头说道，"请旨，不知主子驾幸哪座行宫？"

康熙没有理会，用目光在翎顶辉煌的官员中搜寻着，因见郭琇也在，便回头问索额图："郭琇怎么也在这儿？"索额图忙躬身答道："他上个月来的，是大理寺派的差事。"康熙点了点头，踱至于成龙面前，一伸手挽起来，笑道："于振甲，朕过清江，那里的老百姓商议着要给你盖生祠，你的官声不坏嘛！"

"这件事奴才已经风闻。"于成龙忙道，"奴才有何德能，这断然不敢当。已经修书给母亲，劝阻这无益之举。"

康熙笑道："也未必就是无益之举。你母亲很贤良，她在清江受不得士民官商每日奉迎，嫌麻烦，已经来南京，朕还叫侍卫送了程仪呢！"说罢，与众官点头致意，这才转身回来，对葛礼笑道："你可是比前瘦多了，有什么大事熬煎得这样？好歹也当心点身子呀！"

话虽然说得很平和，但里头有骨头，葛礼不禁浑身一震，忙道："奴才是有岁数的人了，这几年胃口不好，吃不下饭去，有这点犬马之疾，难得心广体胖——圣上要觉得住行宫不适意，即移驻总督衙门也很方便。"

"朕住魏东亭府。"康熙说道，"你是知道的，行宫尚且在杨起隆的炮口之下，何况你小小的总督府？只怕魏东亭的私宅还少生些事！"听了这话，葛礼头上的汗立刻渗了出来，正要叩头答话，康熙又道："你不必请罪，你的请罪折子朕已经看过了。很快就有诏书给你。——众卿跪安吧！"说完便命发驾进城。

于成龙一路回到南京道衙，想起方才康熙接见时的情景，心里说不清是什么滋味，只觉得五内俱焚，躺着坐着都不安宁。提起笔来要作诗，又觉心绪纷乱，写不出佳句。正发愣间，家人于禄进来禀道："老爷，御史郭琇大人来拜！"

于成龙忙收摄心神说道："快请！"正戴帽子要出迎时，郭琇已大踏步进来，微笑道："振甲，我是来给你道喜来的！"于成龙一边让座，一边说道："你也学会这一套，俗不可耐。做官不贪乃是本分，只因赃官多了，不贪的才受表彰。细想起来，惭愧之余还有点令人寒心呐。"于禄素知主人平日很赏识郭琇为人，便将于成龙珍藏的雨前茶浓浓泡了两杯奉上来。

郭琇品着茶，看了看壁上挂的菜色图，沉吟良久，一笑说道："话虽如此，蒙圣上如此厚爱重恩，还是令人可羡可敬。方才见着魏东亭，听说圣上有意命你出任江南巡抚。无论如何，于此对百姓总是好事呀！"于成龙微笑道："哪里有这个话？这样破格提拔从来没有，我也承当不起。"

"破格！"郭琇呵呵大笑，"比起明珠，由一个三等侍卫起用左都御史；比起高士奇一日七迁；你这算什么破格？我所以欢喜，朝廷又多一良臣，百姓又得一护民清官。"

他这样一说，于成龙也有些信了，啜着茶半晌没吱声，许久，才叹道：

"直道难行啊！要不是主上圣明，像你我这样的傻子，早被人放在砧板上剁了。"

"今日我心里也很不安静，很想和你聊聊。"郭琇也叹息道，"据我读史所见，当今皇上实在是命世之主。说良心话，我原来小看了皇上，就因为心中存了华夷之界。几年来看看主上行事，我倒不甘沉沦，很想竭尽绵薄之力做一点事了。""哦？"于成龙一笑，"你犯颜批鳞，史书上已经少不了你了，还要做什么大事？"想了想，又补了一句道，"再说如今主明臣贤，你有什么事要做呢？"

郭琇冷笑一声说道："足下这话只说对了一半：主明不假，臣贤则未必！我不会吞吞吐吐讲话，没有你那样深沉。实言相告：我以为主上已被群小所围！"

这句话说得太重，于成龙怔了一下，一时竟说不出话来。却听郭琇侃侃言道："索额图恃功造恶，仅在吏部卖官三百余员，得赃银不下几百万两，满朝文武，除了李光地这个伪道学一人不信，一人不靠；明珠、高士奇二人原都是叫花子似的走进北京城，你去他们家看看，都是富可敌国，挥霍金银如粪土，年俸只有一百八十余两，他从哪来的那么多钱？剩下一个熊赐履，只知明哲保身、埋头教读皇子，如今连政务都不问！这样的人能把太子教成什么样儿？所以逢他来都察院讲学，我郭某退避三舍，从来不听！"郭琇越说越慷慨激愤，脸涨得通红，"……主上越是仁德宽厚，臣下越应该严以律己，这几年反倒越来越肆无忌惮！唐明皇先明后暗，先有开元之治，后有天宝之乱，前事不忘后事之师，我这个言官有时想起来，真觉得痛心疾首！"

于成龙默默听着，心中原来又欢喜又激动的思绪被冲得一干二净。但他是有心术的人，不似郭琇那样热血一涌，不管三七二十一就干。他一边沉思，一边说道："你说的这些不无道理，我听着你有点想蛮干的意思。兄弟，你听我说，除了高士奇，余下的几位在主公亲政和平'三藩'时都是有功的。说上书房里没好人，那就连皇上也不好了，这件事你想过没有？"

郭琇倒抽了一口冷气，这件事他还真没想过，将上书房的人都说成是"鼠辈"，康熙还有何"明"之可言？

"为了打老鼠不伤花瓶儿，只能一个一个来，"于成龙深沉的目光望着窗外，"激浊扬清是吾辈之责，当今天下要做这样的事，舍我其谁？"郭琇听于成龙话音，似乎准备放头一炮，想想索、明二人门生故吏遍布天下，庞大的官僚网络，也真令人胆寒。郭琇咬牙想了半晌，说道："我二人联名上折，先将明珠这贼参倒了再说！"于成龙摇头道："纵观史籍，无论明君昏君，像明珠这样经营了十几年的权奸，从来没有一本参倒的。这事得慢一点来，看准了他最易击垮的劣迹。我打头，你也上本，朝臣们一拥而上连章参劾。以主上圣明睿断，总要拿掉他的！"

两个人正说得入港，忽见于禄从外头进来禀道："老爷，魏府里差人来，传旨叫老爷觐见皇上呢！"于成龙忙起身恭谨答道："是。"一手握了郭琇的手道："郭兄，一齐参本，主上反而要起疑。我在南京先干，你回北京做点准备，一本不成上十本，一年不行来年接着干，总不能辜负皇上的知遇之恩。"说罢径自去了。郭琇一直目送于成龙出了二门，方命轿回驿站去。

魏东亭的私邸坐落在清仁巷内，离着于成龙的道台府有八里之遥，于成龙赶到魏府已是酉末时牌，炎炎红日西坠，翩翩倦鸟归巢。到了清仁巷口，于成龙便下了轿，这才发现清仁巷已全部被拆掉，拓宽了一丈有余，迎街口的一道粉墙足有二里长，全系新建，隔墙眺望，里边绿树婆娑，掩映着几处的亭榭楼阁。原来魏东亭借库银五十万两大兴土木，是为皇上南巡做准备的。于成龙正在暗自嗟呀叹息，石坊前守候的侍卫素伦早看见了，忙招手道："于大人，方才里头还传话问你呢，快请进吧！"

于成龙跟着素伦直趋仪门，因见总督葛礼跪在书房门口，便问素伦："主子在书房里？"

"不在，"素伦笑道，"主子传旨叫他在这跪着，足有半个多时辰了。他办砸了主子南巡的差事，今儿又送了一本什么养生修道长生不老的浪书来，惹恼了皇上——那不是明大人和索大人来了？咱们听听有什么旨意？"于成龙看时，果见索额图和明珠一前一后从南花园月洞门出来，只对于成龙略一点头，便径向葛礼走去。

"葛礼，"索额图面色阴郁，不紧不慢地说道，"有旨问你话。"

葛礼局促不安地叩了头，笑道："奴才葛礼恭聆圣谕。"

"逆贼杨起隆在莫愁湖和白沙渡两处行宫架炮，意在叛逆。你奏称总督署下标营火器并未丢落，今查火器营装备清单，内中竟无账可寻。"索额图款款说道，"有旨问你，你如何知道大炮并未丢失？"

葛礼的脸苍白得像纸一样，但很快又镇定下来，轻声答道："江南大营共有炮二十四门，因数目有限，奴才一向亲自管理，因此未造账入册。总是奴才有轻忽之心，办差不力，这就是罪，求主子严责！"索额图透了一口气，又道："奉旨问你，南巡如此大事，你意将行宫造于逆贼炮口之下。事发之后写折谢罪，一味支吾搪塞，并不引咎请辞总督，锁拿问罪。朕来南京，你辄敢以妖邪之书上朕，意在阿谀取悦，蒙蔽朕之天聪！你为何这般寡廉鲜耻？"葛礼听圣谕语气如此严厉，头上的冷汗早淌了下来，俯伏着头也不敢抬，颤声答道："奴才恬不知耻，有丧人伦之道。主上问到这里，奴才还有何词可对，总求皇上降旨严处！"

"葛礼听旨！"明珠脸上毫无表情，徐徐展开黄封诏书，朗声宣道，"葛礼身居总督，开府封疆大吏，本应精细坦诚、忠于职守，以报国家隆恩。受命筹备南巡重典，怠忽轻慢，任用匪类，致使逆贼诈谋险有得逞。朕不即罪，而该员恬不知耻，并无引罪惶恐之情，实属顽钝不化。着葛礼革职，发往延安府军前效力，以观后效。钦此！"

"臣……谢恩！"葛礼深深叩下头去。明珠将葛礼的顶戴命人收了，换过脸笑吟吟挽起葛礼，说道："仕宦之途，荣辱进退都是常事，葛公也不必过于挂怀。延安府处西北粮道冲要之地，主上叫你去，不日还有恩诏，只要好好办差，起复也不是什么难事——不要这么丧魂落魄的，走，到前头叫虎臣弄席酒，我给你饯行！"索额图陪着明珠和葛礼才走了几步，回头见于成龙站着发愣，忙道："振甲，你还不进去？主子在枕霞阁等着见你呢！"

于成龙勉强笑着点了点头，今日大开眼界，他见着了"相臣"的城府。索额图的心思他不晓得，但明珠一向对葛礼百般压制挑剔，明眼人都是心里雪亮。葛礼革职明珠当是最快意的，但他的抚慰话偏说得温馨可人。这份心机，自己斗得过么？一头想着，一头跟着素伦七折八拐地向南花园走去。

第四十七回　筹军饷皇帝讲大义　训孝子老母说春秋

康熙正在魏府南花园枕霞阁挥毫写字。见于成龙进来，李德全忙迎上来笑道："于大人，请在这里稍候，主子写完字就见您。"于成龙点了点头便依李德全指定之处肃然跪下。

魏东亭的母亲孙嬷嬷满头白发，坐在康熙斜对面，目不转睛地看着康熙。孙嬷嬷是康熙皇帝的乳母，对康熙的爱怜胜过对亲生的儿子。这次康熙来南京，她听说将住在自己家，巴望得几夜合不住眼。不料康熙进府，不住地接见南京驻节大员、绅商耆老，满府上下奉承旨意，走马灯般忙成一团。老太太见一时轮不到自己，便穿了奉圣夫人的服色，拄杖踱过来，悄悄儿在厅角寻个座儿，双眼紧紧地盯着康熙。康熙见她这样也觉感动，偶有余暇便过来和她搭讪几句，甚或赏茶给她吃。虽没工夫攀谈，老人家也就心满意足了。此刻竟腾出空儿来专为她写字，孙嬷嬷心里这份熨帖自不必提。

康熙写了"福海寿山"四字，猛地抬起头来问道："阿姆，朕这次来住，恐怕要把你家花得河干海落了吧？"

"这是魏家祖上有德，奴才才挣来这个体面，别人家做梦还梦不到呢——倾了家也心甘情愿！"孙氏满面笑容说道，"只怕委屈了我的主子，倒是我的罪过了。"康熙想了想，说道："这么大的排场，花钱也不是小事，亏空了库银终久得填还。嗯——今年的关税银就免交三成，叫穆子煦织造上也帮一点。目下虽说没人说话，欠久了，御史们就要说话了。"说罢将字吹干了递给孙氏，方转过脸叫于成龙："你总跪着做什么？过来吧！"孙氏眼见天色渐暗，一边叫人掌灯，又唠唠叨叨吩咐了许多才去了。康熙送了两步踅回来，问道："于成龙，你晓得朕叫你做什么事吗？"

于成龙沉吟了一下，答道："奴才不知。"

"朕有意让你来出任江苏巡抚。"康熙适意地坐下，喝了一口茶，从容说道，"这个差使你看如何？"于成龙心里一阵发热，忙躬身说道："主上不次超迁，原是臣所意料不到的。为臣子者，迁升是喜亦是忧，惟恐才薄力短不胜其任，辜负皇上一片苦心。"康熙满意地点了点头，将茶杯轻轻放在案上，说道："你当巡抚，每年要向北京多交七百万石粮。这差使可办得来？"

"万岁！"于成龙扑通一声跪倒在地，"朝廷的岁入，三分之二出自江浙，生民已经苦于赋敛太重。'三藩'荡平，百姓刚刚松了一口气，眼巴巴等着朝廷轻徭薄赋，臣岂敢于此时贪功做聚敛之臣？苛政猛于虎，臣不敢奉诏！"听他语气如此强硬，康熙不禁一笑，说道："谁和你吵架来？朕是和你商议嘛！朕就是想着这件事难，所以交你来办。五年之内西北要用兵，没有几千万石粮，这个仗怎么打？""皇上难道还没有打够仗？"于成龙紧盯着康熙问道，"这又是明珠、索额图的主意，还是圣躬独裁？"

康熙的脸色一下子变得铁青，冷冷扫了于成龙一眼，起身背着手来回踱了几步，在于成龙面前站定了，见于成龙面不改色地看自己，忽然一笑说道："当然是朕自己的主意，朕从来是天马行空独往独来，上书房诸人岂能左右朕？"

"既然是皇上的主意，"于成龙斩钉截铁地说道，"臣期期以为不可！灭'三藩'逆乱已是元气大损，平台湾又雪上加霜，再加赋，百姓怎么活？万一激起民变，朝廷何以善后？"康熙听着这咄咄逼人的问话，仿佛早在预料之中，不经意地微微一笑道："所以这差使非你不可！要是贪官，必定激起民变，但你不会，你是他们的'青天'，即便皇粮重些，顶多叫苦，却造不起反来。待西北平定，朕再下诏减免江南钱粮。你是大臣，应有这点气量。"

于成龙喘了一口粗气，默然良久才道："臣不是不愿担负苛政名声，但请皇上以天下苍生为念，勿以暴敛失去民心，有伤皇上尧舜之德。"

"你这话是说对了。"康熙叹道，"朕正是以天下苍生为念的。西北人民亿兆，地方万里，如今正在噶尔丹铁蹄下苟延残喘。罗刹国雄视西北已经多年，朕若偏安中原坐视不理，有朝一日土地、人民、玉帛丧于敌手，御辇皇图不出嘉峪关，朕问你，后世该怎样看朕这个皇帝，又怎样评说你这

'爱民如子'的'清官'呢？"

于成龙听得浑身一震，愕然看着康熙，一时竟无言可对。

"清江城被水围困，你截粮救民，朕升你的官；你讼平赋均，剿灭境内盗贼，朕再升你的官。"康熙的目光炯炯有神，望着跳跃的烛光说道，"如今西北膏腴之地惨受蹂躏，数十万饥民拥入关中避难，你于成龙看不见，听不着，所以就不管，是么？"于成龙听着，心里不禁一阵灼痛，烧得他面孔通红，半晌才道："臣目光短浅，皇上圣明烛照，披发戴角之地应当皆受恩泽。既如此，臣勉受圣命！""这才是国家大器呢！"康熙回过颜色，笑嘻嘻说道，"忠臣，朝里能选出不少来，食禄事君，只要有点天良，都能做到个'忠'，难得的是'明'臣，识大体，顾全局，吃得起眼前亏这样的大丈夫，就难能可贵了。起来说话罢。"

于成龙有点艰难地站了起来，思量着康熙的话，真是针砭之痛，读书五车，仍不脱小家子气，他有点无地自容。良久才道："恭聆圣谕，真有醍醐灌顶之效，失仪之罪，求皇上重处！"康熙并没理会于成龙的请罪之辞，喟然说道："像你和郭琇这样的臣子，朕从不疑你们的'清'和'忠'，但心地褊狭也是大病。春秋诛心，总是你过分好名，好胜，克己格物，总从这一念之私去想，于'慎独'二字，还远着哩！"说罢不禁一笑，"你跪安吧！"

于成龙回至道台府，早见于禄带着一群幕僚家人候在门口，灯笼火烛将门洞照得雪亮，心中不免诧异，哈着腰下轿问道："这不年不节的，你们这叫做什么？我不是早吩咐过，有个小幺儿在门口等着就行了？"

"中丞老爷，不是奴才大胆，是老太太说了的，老爷回来就去见她老人家！"于禄笑嘻嘻回道。接着一群人都跪了，有叫"中丞"的，有叫"抚军"的，"部院、抚台、抚宪"乱喊，一片贺喜之声，一腔心事的于成龙被弄得哭笑不得，因道："这有什么贺的，都起来吧，你们耳朵倒灵，那边皇上才告诉我，这边你们就都知道了——老太太几时到衙的？"说着便向里走。于禄一边跟着进来，口中说道："老爷前脚走，老太太后脚就回来了，她老人家刚用完晚饭，明相就乘轿来拜，给老太太贺喜送礼……"

听到这里，于成龙站住了脚，头也不回地问道："他送的什么礼？老太太收了么？""老太太从不收礼，辞了。"于禄忙笑道，"说起礼品倒也并不值钱，是个瓷观音。"于成龙脸上闪过一丝笑容：他的母亲与寻常妇道人家不同，素来不念佛，只尊儒重道。明珠若真的把高士奇的字画拿出，保不定却情不过就收了。想到明珠讨好儿不对路，于成龙的心放下了一半，紧走几步进了堂房，见母亲兀自坐在椅上吃茶，便上前跪了，轻声说道："请母亲安，儿子回来了。"跟进来的众人见他跪下，忙都一齐跪下。

"是成龙？"于老太太双目都已盲了，耳朵还好使，挂着拐杖立起身来，抖着手摸了过来，白发在灯烛下丝丝颤抖。于成龙心里一热，两行清泪早滚落出来，叩了头忙起身扶住老太太坐回椅上，回头对众人道："你们今日忙了一天，老太太今晚劳顿，我得侍候，今天的晚课免了吧。既说我升迁是喜，明日从我俸银里拿出十两银子大家乐一乐，后日就随我到南京巡抚衙门接任。"

原来于成龙升署道台后，规定每逢三七之日，要给左右幕僚、亲兵、家人开讲四书。今天是值讲之日，所以众人都不敢散去。听于成龙如此吩咐，忙都叩头要辞出去。不料老太太将手一摆说道："都回来！该做的事不能不做，我能碍着你什么事？我还想听听你如今学问有无长进呢！"于成龙忙连声称诺，叫过丫头给老太太捶背，待众人依序坐下，便开讲了。

"今日讲孟夫子对王霸义利的论述，设道化育天下之人。"于成龙清瘦的面孔绷得紧紧的，抚着案上的书说道，"天下之人，不但有君子，也有小人。我辈君子，圣人以义导之。'義'字可解为'羊我'，羊，古义从'祥'，即是由我本性仁，去追求吉祥。义在何处？原即存于我之心中！古诗有云'利旁有倚刀，贪人还自戕'。所以君子之于利，合于义则行之，背于义则舍之……"因为听他授课的人员很杂，程度不同，所以于成龙在衙中讲学，一边说理，一边要举不少古圣先贤的掌故譬喻，听的人倒也不觉乏味。他足足说了一顿饭时辰方才收住，回身向于老太太作了一揖道："请母亲训诲。"

于母将手中拐杖放在一边，轻咳一声说道："讲的也罢了。只是据我想来，那仁人之心原本是自天生来。忠臣孝子只是保守天良，不受流俗世风沾染。若刻意追求义，反而是本性中带着'恶'了，这于圣人之道却不相合。所以孔子说'仁远乎哉？我欲仁斯仁至矣！'各位都是庙堂中人，为朝廷办事，为自己办事，若能循自身良知去做，自然就合了圣人之道了——

成龙，我讲这一点可对么？"于成龙忙赔笑道："母亲这一讲有点石成金之效，是儿子疏忽了。"于成龙的老幕客听着不觉得什么，自南京新招进来的，有几个都是进士出身，听这布衣荆钗的瞎眼老婆子居然作出如此鞭辟入里的讲解，无不惊讶相顾，却不知于成龙满腹文章都是受之于这个孤苦孀妇。又说了一时，于成龙方命众人散了。

厅中只剩了于成龙母子二人。于成龙又问了旅程寒温，又亲为母亲换了一杯火枣茶，恭恭敬敬捧上去，自退在一旁侍立。

"成龙，"半晌，于老太太方静静说道，"前番你寄信给我，说要动本弹劾明珠，不知道你写了没有？"

"没有。"

"为什么？"于老太太偏过头问道，"是怕了么？"于成龙低着头想了想，说道："儿子有什么可怕的，只是得好生权衡一下——您老是有年纪的人了，这些事儿子心里有数。"

于老太太微微一笑，说道："你不叫我管这事，也是正理——但你既写信告诉了我，我不能不问问你怎么打主意呀！"

"天威难测……"于成龙吁了一口气，阴郁地说道。

有时候一句话便像一道闸，可以关闭将要涌出的千言万语。老太太似乎打了个寒战，抖着手抚着磨得光滑的拐杖。母子沉默了许久许久，于母方道：

"我晓得难办，所以特地赶来瞧瞧。天下事本就如逆水行舟，哪里有容易的？明珠秉政这么多年，又是国戚，皇上器重，臣下捧场，你不准备着破家灭门，就别干这事。"

于成龙听见"破家灭门"，心猛地向下一沉，正要回话，却听母亲缓缓又道："这不是女人管的事，本来我不想问你。不过前几个月不少人来家，闲谈起来我也惊心。清江城东柳家孝廉当日在南京贡院无故贴了卷子自尽了。因没钱填送，逐出考场的就有好几十！你如今是巡抚了，出门八抬大轿，进门一呼百诺，对这些事站在干岸上瞧着他人溺水，你算是'民之役'呢，还是'民之主'？"

"是……"于成龙听了母亲的反诘，一时竟不知如何对答，只好道，"母亲训诲的是。""还有那个靳辅，我瞧着也不是什么好东西！"于氏又道，

"城东蔡家、刘家、黄家，原都是殷实户，田被水淹了改做生意，如今田涸出来，就该归还原主，又霸着屯田，又发卖，这是什么道理？比如黄苦瓜，去年中秋去看我，他还是河工上的人，原本自己也有二十几亩涸田，如今还得出钱来买。大户人家小户人家他河督府一锅烩了！我寿日那天，靳辅打发那个姓陈的送了二百四十两礼，我没好话。我说：'我于家一门清白，不花不干净的钱！靳辅一年只一百多两的俸，哪来这笔银子给我？还不是克扣了河工的血汗？'——靳辅、明珠可不是一样的东西？"

于成龙心里陡地一动：若从靳辅霸占民田一万余顷的事起本弹劾，立时就是一场轰动朝野的大案！明珠一向以起用靳辅为得意，对靳辅、陈潢百般庇佑，这一来，岂不一网打尽了？他目光炯炯地听着母亲的话，频频点着头。良久，忽然眼神黯淡下来，嗫嚅着说道："母亲……这……这，恐怕要累及您老人家的……"

"什么？"于老太太陡地睁开了双目，两个眸子全无视力，在灯下发出又白又亮的光，紧盯着于成龙厉声说道，"你再说一遍叫我老婆子领教领教！"

"……"

"你懂得'夫死从子'之义么？"于母见他吓得不敢言声，放缓了口气道，"你是岳飞，我就是岳飞之母；你是秦桧，我就是秦桧之母！这就是'夫死从子'！你好生想想吧！"说罢，也不理会于成龙，叫过丫头来，径自扶着进内去了。

隔了一日正是五月初九，司礼监推算乃是祭祀孝陵的黄道吉日。圣旨下来，即着江苏巡抚扈从前往。辰时正刻，于成龙奉旨如期到达行在。沿途早已是人山人海，一个个都急不可待地想瞻仰皇帝的风采。夹道两边的香烛一直排出东门，鞭炮声、火药味弥漫了全城。南京城自永乐靖难兵起，便成了明代的陪都。一十二个皇帝登极都要到孝陵参祭祖皇，六十岁以上的老人尚能忆起儿时见崇祯的故事儿。但自大清入关四十余年，却无缘再见这排场。于成龙满腹心事赶到明故宫金水桥边时，仪仗已经快过完，什么龙旗、静鞭、银枪、黄伞恍恍惚惚从面前闪过，他都不在意，心里一直盘算着如何单独见康熙一面。正寻思间，猛听身后一阵兴奋地高呼："万岁!"于成龙抬头看时果见康熙御辇黄灿灿、亮闪闪迤逦近前。

这是一乘高丈五的金銮御轿,三十六个黄门太监抬着,湘帘高高卷起,中间稳稳坐着康熙皇帝,面如冠玉,青髯微垂,着金龙褂戴缎台冠。明珠当前,索额图、高士奇从后,此时到处都是锣鼓鞭炮和山呼海啸般的欢呼声,对面说话也难得听见。

康熙坐在轿中,看着官民如此拥戴欢跃,抬了抬手,忽然想到这是去孝陵致祭,该有庄重肃穆的仪容,便又放下了,只含笑着向叩头礼拜的人们点头致意。

待车驾出城,立时又冷清下来,这里金吾戒严,百姓们不能到此。御道两边扯起不断头的明黄帷帐,直通孝陵神道。康熙放眼回顾,但见一抹叠翠的山峦下,石象、石狮、翁仲屹立在草树丛中,满岗的石榴、山茶闪烁着火焰一样的红光。这刹那间,康熙陡地想起伍次友讲学时说过的"善于始者必慎其终,求其近者必追其远",其乃至理名言!自己十五岁亲政,十九岁力排众议,决策撤藩,不数年间"三藩"次第削平,台湾郑氏卷图来归,可谓"善于始"了,但能否"慎终",荡平大漠南北,尚在不可知间。祖父曾以"七大恨"告天,对明朝本无亲善可言,但今日要收拢汉家民心,求这个"近",就不能不追奉二百多年前朱元璋的亡灵。天地造化设置得如此之巧,真令人不可思议。康熙回过身来,正想问问所请的前明士绅故老是不是已在陵前等候,突然礼炮咚咚咚三声巨响,震得满山雀起雁飞,内务府将八百只瑞鹤放出,腾空翩翩翱翔,司礼太监秦仓爱趋至轿前叩头奏道:"万岁,前头就是孝陵,请驾临侧殿稍事休息!"

第四十八回　祭孝陵康熙哭帝师
　　　　　　宿灵谷诤臣告御状

　　康熙听说轿到孝陵便命停轿。三十六名锦衣太监"噢——"地吆喝一声，御轿已是平稳着地。康熙沿毡阶徐步下来，果见神道旁新修了一座歇山出檐的小殿，内里床榻几座俱全，南边墙全用大玻璃镶嵌，殿虽不大，却十分轩敞明亮。康熙遂徐步入内，临殿门坐了，此刻熏风扑怀，觉得十分适意。忽然听见远处悠悠钟响，便笑道："这里有寺院吗？兀坐幽山之下，静聆禅房功课，不亦乐乎？"

　　"此地有灵谷寺，"魏东亭在阶下躬身答道，"南京有名的古刹。"明珠小声问魏东亭道："这就是伍大哥坐化之地了？"魏东亭瞟了明珠一眼，伍次友在灵谷寺坐化，去年进京已禀明太皇太后，明珠当时也在跟前，太皇太后懿旨严厉，决不许泄露给皇帝和苏麻喇姑，明珠此刻竟当着康熙露了出来，这是什么意思？

　　魏东亭正发怔，康熙已是听见，坐直了身子问道："谁坐化了？"魏东亭忙道："明珠说那片塔林是和尚坐化之地，没说别的……"康熙冷笑一声道："你也学会欺君了？明珠，你方才说的什么？"魏东亭见康熙认起真来，只好跪了泣道："奴才不敢撒谎，是伍次友先生于前年腊月在灵谷寺留偈坐化……遵老佛爷懿旨，怕主子知道了伤心，严命奴才不得奏闻……"

　　康熙听了没有吱声，只两手有些发抖，失神地抱着茶杯望着远处，仿佛目光要穿透那些连绵迤起、郁郁葱葱的岗峦，良久，方长长叹息一声，又问："他留的偈子说了什么？"魏东亭沉吟了一下，轻声吟道：

　　　　勘破铁门槛，犹见镜花灿。
　　　　而今西方去，焚此馒头馅！

康熙听着细细品量，因见高士奇在旁发怔，便道："高士奇，据你看这偈子是什么意思？"

"回皇上话，"高士奇虽滑稽诙谐，近年来阅事渐多，颇有收敛，且知康熙平生敬重伍次友，便不敢调侃，正容答道，"范成大所谓'纵有千年铁门槛，终须一个土馒头'，铁门槛者，即是生死大关；馒头馅者，即伍先生成佛遗蜕；伍先生因见世间繁华灿烂，胸无牵挂，是以含笑撒手而去，真乃道德高深之士！"

"是啊……伍先生不是凡品，毕竟去了。但朕却没有了良师益友……"康熙喃喃说道，"……叫人查一查，伍先生家中还有什么人，家境如何，若侄辈中有可为官的，着有司奏荐进来。"说完竟自起身沿道向孝陵走去。魏东亭忙高声叫道："圣上起驾了，鼓乐侍候！"回头埋怨明珠道："明相，你是怎么弄的，好端端的扯这些！"明珠听了笑而不答。高士奇却道："既是祭陵嘛，总得有点眼泪，明相想得周到！"索额图却心中暗想，若论揣摩帝心，侍奉办差，这明珠确有独到之处。

康熙沿着鹅卵石铺成的神道迤逦向北，愈走愈高，孝陵墓城已近在眼前。灰暗的大拜楼，恰如箭楼矗立山陵下，雉堞环抱的老城墙经数百年风雨，阴沉沉的斑驳陆离，此时路阴苔滑，白杨、青枫悲风飒然，在宫商韶乐声中，数百名供奉低声吟唱：

> 迎神雍平。乘时兮，极隆。造经纶兮，显庸。总古今兮，一揆；贻大宝兮，微躬；仰徽猷兮，有严闷宫。仪群帝兮，后先；予稽首兮，下风……

低沉哀婉的歌声使本来就心境不佳的康熙更生悲凉之情。此时于成龙、靳辅率南京各司衙门堂官和几百绅耆都跪在大拜殿侧侍候，见康熙满面戚容进来，心中都是一沉。

"大清天子康熙皇帝陛下驾到，谨致祭大明洪武皇帝！"司礼官见康熙进来，扯着嗓子高声赞礼道。

"臣皇爱新觉罗玄烨，仅以不觍之仪，聊布微忱，叩祭大明太祖灵前！"康熙似乎平静了一点，趋前一步，从司礼太监手中接过三炷藏香，就红烛燃着了，毕恭毕敬地供上写着朱元璋庙号的牌位前，后退两步，小心地打下马蹄袖，在明黄袱软墩上跪了，轻叩三下头，接连又是两次——竟是行了三跪九叩的罗天大礼！

南京请来瞻仰大礼的都是六七十岁的老人，原在前明都做过官，对满洲人入关"替明复仇"却又鸠占鹊巢颇为耿耿于怀。今见当今皇帝千里来朝，恭谨侍奉大明祖庙，以盛世英主竟对前朝开国祖帝行臣子大礼。想起天命无常，沧桑世变，故主于泉下享此蒸尝亦聊可安慰，无不怆然涕下老泪纵横。

颤声读了祭文，康熙将一樽清酒酹向灵前。仰脸看了看葬着朱元璋的这座孤峰和剥落的墓城，一种孤寂凄冷的寂寞感突然又袭上心头。原先许多想不明白的事，一下子豁然洞开。明太祖以皇觉寺一僧起于草芥，从龙诸臣不数年间被他屠得凋敝殆尽。康熙一直想不透，他没来由为何如此狠毒残忍。此时触景动心，才晓得皇帝在世间没有朋友，称"孤"道"寡"竟不是虚设之词。他有意留下伍次友不做官，特旨许伍次友称自己"龙儿"，原也有心留下这个布衣师友，不料也奄然物化，杳然而去。从此天上人间人琴渺茫，斯世斯人斯情斯景怎不令人伤感？想到悲处，康熙哪里还忍得住？心中一阵酸热，泪水走珠般滚落下来。众耋老从何知他心情，心中也觉凄楚难忍，殿里顿时一片唏嘘之声。

从大拜殿出来，日已午牌过后。阳光刺得人眼睛发花。康熙痛痛快快地洒了一阵泪，心绪安定了不少，一边沿阶徐步往下走，回顾索额图道："可叹哪！到头这一身，难逃那一日！不知后世哪个人也肯到朕灵前洒一掬清泪，朕也就心满意足了！"

"皇上春秋鼎盛，圣寿无疆，何出此不祥之语？"高士奇正色说道，"臣以为皇上失言！"康熙点点头，勉强笑道："你说的是。不过朕说的也是实言。朕的陵墓选在遵化，过些时你们去看看，来龙去脉山向地理都要仔细斟酌，回来奏朕，就好动土了。"

魏东亭听康熙愈说愈不吉利，知道都是因伍次友之死引出来的，忙趋前岔开话题，说道："今儿祭陵之事办得周全，了却了皇上多少年一桩心事，多少遗老都哭得泪人儿似的，心里宾服主子气度识量！只是时辰也不早了，这天色像是要变的模样，主子该起驾回城了。"康熙抬头看了看，果见西半天浓云渐起，骤然东来，云影将半个山陵遮得阴暗，满山荆树在阵风中波澜起伏，不安地摇曳着。沉默移时，说道："朕今夜驻灵谷寺，只留高士奇和魏东亭一干侍卫跟着，车驾依旧回城。朕心里有点乱，想在这儿清静清静。"说罢便命更衣。

灵谷寺原是金陵四大古刹之一，地处城外钟山谷中，平日香火也不逊于毗卢院。不过因康熙祭祀孝陵，前日已将寺中闲杂游人一概赶入城中。此时天近黄昏，又阴上来，自是十分落寞。康熙换了一身素衣坐在凉轿中，遥见灵谷寺灰沉沉的梵塔高矗云间，寺中沙弥正做晚课，钹鼓声隐隐传来，显得格外凄凉。

魏东亭却认识寺中方丈，只说自己来寺小憩，一出手便布施五十两一锭元宝。老和尚空相是个有道高僧，也不出迎也不打扰，只吩咐塔头住持将魏东亭一行安置在寺后塔碑旁一座禅堂内。

用过晚斋天色便已黑定，空山人寂，云色冥漠，四周除了微啸的风声和单调的木鱼敲击声，竟是万籁俱寂。康熙因见书橱中，什么《金刚经》《法华经》《华严经》《内典述要》《灵棋经》《五灯会元》诸佛学典籍汗牛充栋，便从架上抽出一本《传灯录》随便翻着，呆呆地想心事。众人知他心绪不宁，哪里敢来打扰？康熙看了一会书，听得外头沙沙响起了雨声，合书踱出禅堂站在阶下，但见雨幕中模模糊糊的一片石笋似的舍利子塔，都是灵谷寺历代高僧的墓，却不知有没有伍次友的。想起二十多年前在何桂柱旅店师生初会，伍次友纵横议论功名事业，白云观赋诗吟哦，山沽居品茗读书的往事，宛如昨日，不禁潸然泪下。

"主子，"魏东亭见康熙临风伤情，取出一件夹袍从身后轻轻替他披上，小声道，"伍先生遗愿扬骨灰于扬子江，这里并没有他的墓……"康熙淡淡说道："你不奏朕也是好心。但你不知道，没有了伍先生，朕心里是何等寂寞！治国之才死了还可以再遴选。他这一去，还有谁能喊朕'龙儿'呢？"魏东亭忙拭泪道："主子也不必过于难过。先勘东南，再定西北是伍先生为皇上筹划的大计，已是做了一半。伍先生在天之灵，若见主子今日功业，又深怀悼念，必定欢喜不尽的。"

君臣二人正说话，忽听远处守护的武丹恶狠狠喝道："什么人，干什么的?"二人都吃了一惊，回头看时，是穆子煦带着江苏巡抚于成龙蹒跚着踏泥而来。见康熙立在阶前，于成龙忙在雨地里叩头请安。

"进来说话吧，"康熙见于成龙浑身淋得精湿，回身便进堂内，在木榻上坐了道，"有什么要紧事?——倒一杯热茶赐他!"

于成龙叩谢了，从靴页子中抽出一张纸，双手捧给康熙。康熙接过看时，却是昨日递来的邸报，说京师直隶一月未雨干旱致灾的事，不禁一笑："这件事朕早就知道了。你就为这个巴巴儿跑来?"于成龙看了看，高士奇不在跟前，便将身子一躬，朗声说道："京师不雨乃是天象示警，主小人蒙蔽圣聪! 皇上大振天威，诛戮误国权臣明珠，则必降甘霖!"此语一出，魏东亭和穆子煦等人都吃了一惊。自康熙十二年决议撤藩，至今十年，明珠在康熙跟前说一不二，从没有大臣敢作仗马之鸣，这于成龙忒是胆大!

康熙脸上毫无表情，半晌，方冷冰冰问道："何以见得?"

"皇上，天久不雨，以'易'言之乃是乾下兑上之'夬'卦，因小人占据鼎铉，所以'天屯其膏'干旱无雨。"于成龙胸有成竹，不紧不慢地说道，"圣人设道寓天人之理，臣之所言并非妄诞，有事实为证。明珠勾连徐乾学、余国柱之流把持内阁欺上压下，已成尾大不掉之势。各部量刑用官，全由明珠颐指气使，说轻是轻，说重是重，各部大臣敢怒不敢言。皇上时有严旨诘责，也是阳奉阴违，从不知改过……"于成龙侃侃而言，将明珠外表柔媚甘言，内心阴鸷险诈，种种不法情事一兜儿全翻了出来，"皇上可知? 今年各省学道任满报请陛转，全部论价任缺! 三千两转肥缺，两千两转中缺，一千两转苦缺，无银就开缺待选! 竟然是货真价实，童叟无欺——夏器通原是陕西富家翁，承考官百般奉迎，因明珠偶放一屁，误听为夏器通，硬取了他举人，后又捐纳得了高官。御史李承谦、吴震方直言弹劾，立遭贬斥……"

康熙愈听愈惊，于成龙说的夏器通他听说过。于成龙如今抖落的这些，康熙有的以前当笑话儿听，知道个大概，有的压根不知情。听到此处，康熙忍不住说道："你说慢点，什么李承谦、吴震方? 折子里都说些什么? 他们不是调西藏桑结仁错驻节联络了吗?"

"皇上如若见了他们的弹章，明珠何来欺君之罪?"于成龙激动得脸上泛起潮红，"李、吴二人如今死活都难说呢!"

康熙的脸一下子涨得通红，默谋了一阵，回过神来说道："你讲，还有什么？"于成龙身子一挺，拱手说道："皇太子乃是国之储君。明珠因周培公倡议，立皇二子为太子，耿耿于怀，设计将周培公患难之交转许何桂柱，明知周培公身患喘疾，仍力主调周培公至口外驻防——今日邸报周培公已经亡故——国家为此丧一良将，难道不可惜？大学士李光地不阿附明珠，即罗织罪名，明欺暗诈施其奸谋……其才足以惑主，其智又足以掩恶。满朝文武闻明珠之名无不噤若寒蝉。臣忝在大臣，位列封疆，如不据实奏闻，难报皇上知遇之恩！"说罢，粗重地喘了一口气，盯着康熙不言声。听到周培公的事，康熙猛地想起，索额图曾吞吞吐吐说过，当年他求娶苏麻喇姑，也是明珠烧的野火，两下里印证，就知于成龙不是说谎，想不到明珠这奴才这么不是东西！康熙脸上颜色霁和下来，久久没言语。这案子实在太大，他一时委决不下。明珠从政已十六年，于国家大政从来都与自己一致，天下官员半出其门，一兴大狱，革职拿办的不是三两个，而是一大批人，平藩之后刚刚稳定的朝局就要动荡。而且一旦去了明珠，索额图独居中央，熊赐履和高士奇两个汉臣难以制约。他总有点疑心索额图与江南逆案有关，果真如此，那……

正沉吟间，高士奇披着油衣笑嘻嘻进来，一边打千儿行礼，一边说道："奴才往禅堂打了个花呼哨儿，老和尚正念经，不大理人。奴才听他念什么'无眼耳鼻舌身'，插了一句'你老人家头剃得溜光，又没有眼耳鼻舌身，那成了什么？'他才睁开眼和奴才谈了一阵禅……"一句话说得众人掩口而笑，连严肃庄重的于成龙也不禁莞尔。

"朕正要着人叫你呢，"康熙敛了笑容说道，"于成龙奏明珠贪贿坏法，结党营私，嫉功害贤，这些事你知不知道？"

高士奇一怔，倒抽了一口冷气，脸色立时变得苍白。他知道康熙心情不好，装了一肚子笑话打算愉悦圣躬，却被康熙的这一连串问话堵了回去。他没有想到于成龙居然乘此机会告了明珠的恶状。良久方道："不知于成龙实指何事？这事非同小可，容臣思量。"于成龙遂将方才的话大致又说了一遍。其实，高士奇对这些事心里雪亮，只是来得太突兀，他需要时间想想。待于成龙说完，高士奇也想清爽了，便叩头道："都是有的。"

"既然都有，"康熙勃然变色，厉声问道，"因何不据实奏陈？"饶是高士奇能言善辩机敏过人，在康熙怒目的逼视下，也乱了方寸，忙叩头道："明珠之奸举朝皆知，只是人生在世莫不畏死！即如索额图、熊赐履与明珠多年共事，尚且钳口不言，何况奴才区区草诏书吏？"言犹未毕，康熙"呸"地啐了一口，骂道："放屁！事君惟忠。既然怕死，休在朕跟前做事！"

高士奇自随康熙以来从未碰过如此硬头钉子，此时天威震怒，才晓得厉害，脊背上凉飕飕的，竟吓出一身汗，只是叩头不语。魏东亭见康熙迁怒高士奇，忙上前跪了道："明珠阴诈奸险，欺君罔上，心术不正，其权柄又足以坑陷贤良，如无实据，奴才亦不敢轻易奏陈，求主上治罪！"高士奇听了心里不禁一阵惭愧：久闻魏东亭是人中之杰，果然名不虚传，如此得体的话，自己怎就没想到？

康熙环首旁顾，突然纵声大笑："明珠，一个破落户子弟，比鳌拜还难除么？"高士奇好容易找出话缝儿，忙道："鳌拜乃是明火执仗逆天，明珠则是借主上神圣威武擅作威福。除明珠，在主上易如反掌，以奴才等微薄之力，就如蚍蜉撼树！"

这话虽不无奉迎之意，康熙想想，觉得确也是实情，于成龙没想到这件事办得如此顺当，反觉自己当初顾虑重重可笑，他最担心高士奇袒护明珠，眼见连高士奇也当面撇清，倒放了心，便不再发难告高士奇，遂款款奏道："高士奇所奏亦在情理之中。奴才也曾瞻前顾后多年，才敢作此一举。"

"话还要说回来。于成龙，朕眼下还不能准你的奏。"康熙突兀一句，说得众人又是一愣，此刻他想仔细了，愈觉事体重大，起身踱了两步，阴沉沉说道，"宰相换得勤，不是国家之福。南宋祥兴年间一年数相，明崇祯十七年换了五十四相，结果如何？朕以为，大事化小，小事化了，才是兴旺之象。明珠固然不成才，比起来还是功大过小，朕还要再看看，他若再作恶，不用你们说朕就拿掉了他！"说罢，扫一眼目瞪口呆的众人，吩咐道："今日之事你们谁敢说出去，那就是加害于成龙，朕必取他的首级！于成龙所奏事回去拟了密折，黄匣子直交高士奇存档，除朕之外，无论何人不得调阅——跪安吧！"

"喳！"所有的人都被这番话镇住了，不约而同地一齐跪了，徐徐退出禅堂。

第四十九回　敬孔子皇帝行大礼
闻噩耗苏姑谈遗恨

康熙祭过孝陵，在南京玩得十分如意。什么秦淮夜渡、桃叶临流，莫愁湖、玄武湖、鸡鸣寺、半山堂、燕子矶、白鹭洲、石头城、清凉山，一日数处尽情遨游，自登极以来从未有过如此快乐。只苦了魏东亭一家，倾其尽有地孝敬康熙，无昼无夜地忙成一团乱麻。不料第八日头上，接到熊赐履转来飞扬古的六百里加急奏折，噶尔丹在喀尔喀集结兵力约三十万，有向东蒙古蠢动之势，随折子寄来的，还有科尔沁王的折片，奏陈噶尔丹相约，于来春在乌兰布通会兵南下。户部、兵部调兵调粮的奏请送来老厚一叠，都钤了皇太子的四寸宝玺，批着"事体重大，奏请皇上裁夺"的话。

接到这几份急件，康熙心里一阵紧张，一腔游玩心思化作乌有。但同时又有些兴奋：诱敌东来的计划果然实现了！果真能在内蒙一举聚歼噶尔丹主力，往后的事就好办得多！想到此，立即传旨命住在行宫的上书房大臣来魏府议事。

"万岁爷，此次南巡之举，天下真是翕然向化了！"明珠一进门便兴高采烈地说，他胡子修得齐整，显得容光焕发，"西藏的达赖喇嘛，青海的卓木回部、台吉，七八年不修臣道的外藩都用快马递来了贺表！"

"嗯，好，好！"康熙笑容可掬，顺手接过明珠捧上的贺表节略单子，瞥了一眼，说道，"你毕竟办事干练，这笔字也看得过去了！"明珠忙笑道："近朱者赤么！奴才天天临摹主子笔法，自然也有些进益。"康熙笑道："书法讲究神韵气势，意存中正，字才出神。这不是说嘴的事，你事事都能跟朕学么？朕能明天文，知地理，算得出黄道赤道之差，懂音乐，通夷语，精演数学，你都能么？怕你还得很学几年才行呢！"说罢不禁大笑。

这样的严重警告，康熙在谈笑中道来，高士奇听得脊骨发凉，明珠却毫无知觉，赔笑躬身道："那是当然！奴才压根儿也不敢想事事学主子，奴才哪来那么大的能耐？"此时气氛十分活跃欢洽，康熙因道："这些个假奉迎古已有之，朕才不上当呢！朕心里高兴的是，这么多遗老都写了称颂祭孝陵的诗词，这就难得。这些人不是出自真心，断不肯轻易做这类文章。只是怎么没见顾炎武的呢？"明珠忙道："顾炎武和黄宗羲两个人都没有请来，因此没有贺表、诗词。"

"林子大了，什么鸟全有。"索额图这些日子显得很精神，新修的八字髭须墨黑，扬着脸说道，"姓顾的姓黄的这么不识抬举！奴才这就发文浙江巡抚，叫他二人补做上来！"明珠却笑道："索三爷说的虽是，主子方才说要的是真心宾服，如今倒不必牛不喝水强按头的为是。"

康熙点点头，将手中单子轻轻放下，说道："明珠说的很是，化人要靠德行，不能靠权力，不过朕不逼迫他们，还有一层意思。顾炎武、黄宗羲等人即是当今首阳义士，始终如一忠于前明，这风范气节难能可贵，朕其实悯其心敬其节！山野之中有这么几个人，朕看不但没坏处，反而可以维持世风，为士人立表率，何必逼得人家走投无路？"这番话语重心长，显然已经深思熟虑，众人听来好似嚼了橄榄，愈咀嚼愈觉得回味无穷。高士奇心中却似空白一片，他不是不懂康熙的意思，是觉得康熙的心思越来越深沉难测：若说心里厌弃明珠，颜色上半点也看不出，既不查办，又要秘密存档，这是什么意思？素知康熙憎恶钱谦益、洪承畴一干降清明臣，却又待洪若芷如此体恤！这个三十来岁的天子心里到底想的什么？正思量间，却听康熙似笑不笑地说道："明珠，你不可因朕这话薄待了若芷，祸福、生死、荣辱存于朕之一念，朕自有朕的道理，你明白么？"

"明白！"明珠忙答道，"奴才自当好生待她。"

"说军事吧。"康熙抖了抖案上的折子，算是言归正传，"这些谅你们几个都看过了，朕打算即刻回京料理，你们觉得怎么样？"

索额图说道："主子似乎不必急在这一时，噶尔丹至少明春冰化草肥时才敢来，哪里一时就打来了？主子匆匆回京，反显得事体紧急，又要引下头小人们惊恐不安了。"明珠因道："索额图说的不错，但这么大的事搁在心里，恐主子没兴致观赏江南景致了，奴才这几日看来，其实南京并无大意思。房是一样的房，不过瓦檐不用泥封；墙是一样的墙，不过粉白的居多。北方军国大事垒如山积，似不宜在此听歌看舞了……"话说得诙谐，脸色却一本正经，众人听了，想笑又不敢笑。康熙笑道："江南可看的东西毕竟不少，不过朕此时没兴致也是真的。"他敛起了笑容，声音变得有些发颤，"当日朕是怎样受他挤对来着？朕以天朝大君之尊，连一个外藩弱女子都护不住。朕等了他十几年，他果然来了，他真的敢来！上天降朕以大任，安定西疆，灭此丑獠，朕岂敢违命！"他越说越激动，眼中闪着凛冽的目光，咬着牙，像从齿缝中迸出这几句话来。

高士奇看他样子，真怕他拔脚便走，那就立即要招南京士民不安，因缓了口气，笑道："奴才以为索额图说的有理。从从容容谈笑北归最好，仍按原议，在南京再逗留三日，该见的人都见见，照样去山东谒孔庙，拜先师。外松内紧，调度北方军队，粮饷。不知不觉地，大事也办了，百姓也不会因此扰动不安，岂不两全其美？"

康熙听至此，已是恍然大悟：南巡一举，本来是为粉饰太平而来，示天下以隆臻治化，安定江南士民之心，急匆匆地走了，老百姓能不猜疑？他原来恨不得一步跨回北京即刻着手调兵遣将御驾亲征，此时倒定住了神，很爽快地笑道："好，就依你们！久闻孔尚任大名，他写的《桃花扇》朕也看过脚本，这次阙里拜孔庙，倒要见识一下这个人。"高士奇歪着头想了想，说道："皇上祭孔，与谒孝陵一样，都是大事。熊赐履不在，不知仪注如何安排，求皇上示下，奴才即刻草诏命山东巡抚预备着。"康熙沉吟着说道："孔子有素王之称，是百代帝王之师。朕自然执学生之礼——不，执臣礼。依孝陵的例，行三跪九叩大礼！"

高士奇一阵惊讶，说道："据奴才所知，历代帝王朝孔，从没有行臣礼的。至多是二跪六叩，皇上是否……"

"这有什么！"康熙一仰身子，冷然说道，"这是为江山社稷嘛！孟子云社稷为重君为轻，昔日——"他突然打住不往下说。他原想说：昔日元世祖率兵闯入孔庙，是由于孔子讲过"夷狄之有君，不若诸夏之无"的话，就扯弦张弓地射了老夫子一箭，惹得天下文人切齿扼腕。朕为什么要学他呢？此时说出来却觉得甚是不雅，康熙咽住了，只道："这样我们索性慢一点，沿长江陆路向东，至瓜州渡上船罢。"说罢起身去了。这里众人又议定沿途警备关防行路驻节诸项事宜，由高士奇草诏发寄山东、安徽等省巡抚。

自从风闻噶尔丹准备东下，秀贵妃就急得失魂落魄似的，日日想，夜夜盼康熙早早回来。她是蒙古女子，自幼马上营生，自从随了康熙，在深宫中有多少闷杀人的规矩！多说一句话、多走一步路都有嬷嬷、宫人管教，竟如囚禁一般，她都忍了下来。与陈潢往事的回忆渐渐变得遥远，但血海般的深仇却在这无尽的寂寞中默默地增长，烈火般灼烧她的心。她变得越来越孤傲，什么惠妃纳兰氏得了江南的苏绣、荣妃马佳氏的生日、贵妃钮祜禄氏献手录《金刚经》得了太皇太后的赏赐等，众人都赶去贺喜应酬，她却一概懒得走动。只有德妃乌雅氏也是蒙古人，虽性子早磨得没了，倒深知她的心思，相互常常来往。

直到六月初七，听说康熙车驾进城，阿秀的心紧张得怦怦直跳，盘算着见了康熙，怎样才能说服他带自己一起出征，这一路走又该循哪条路，该骑马还是该坐车，一时想着拿住了噶尔丹，一忽儿又想到重会父兄、叔叔，又想万一不带自己去怎么办？把个阿秀折腾得一会儿血脉偾张，一会儿掉进冰窖里似的。偏是康熙回来，接连几天都不照面，阿秀叫人寻来精奇嬷嬷问时，才晓得康熙这几天都在见大臣，又因祭孔亲题"万世师表"四字颁布天下学宫。至于军事上的事，却一点风声也没有。

"那韩刘氏呢？"阿秀问道，"难道她也忙得不能来见我么？"精奇嬷嬷却甚机灵，忙笑道："敢情贵主儿是盼着主子来？您是忘了，您已有几个月的身孕，主子怎么会翻您的牌子呢？听说韩嬷嬷这回跟着主子南巡立了大功，给假在家，说不定还要封诰命，只怕还得几日才得回来呢。您放心，主子爷是怎样疼您，不会不来的。"阿秀一腔心事叫这老婆子一口没遮拦地说出来，腾地红了脸，啐了一口，正要说话，廊下金笼子里的鹦鹉忽然叫道：

"主子爷来了，主子爷来了！贵主儿接驾！"

阿秀抬眼看时，果见康熙穿着米色葛纱袍，外头套了件石青葛纱褂，也不戴帽子，摇着大折扇进来。阿秀心里一酸，眼泪早淌出来，只是皇家规矩错不得，忙拭泪出来低头跪了，小声道："奴婢阿秀给主子请安！"

"起来起来！"康熙热得一头是汗，一把挽起阿秀，"你这身子……往后免了这个礼儿，这屋里也太热，扇扇子也不相宜，该多拿点冰来，用花盆盛了放在屋角，凉津津的不好！"一边说，一边笑，回头见精奇嬷嬷还跪在一边，便道："没听见朕说么？去办吧！"那嬷嬷方垂手退下。

康熙这才坐下细细打量阿秀，因见她凤髻盘云，珠光钗影，香腮微红，低着头只是搓弄衣襟，不禁说道："出落得越发标致了，你这身打扮，这身幽香，真叫人销魂！——想朕了没有？"说着挨近身来，抚着阿秀微微隆起的小腹，望着外头火辣辣的阳光，就阿秀腮上亲了一下，亲昵地说道，"你要再生一个皇子，就是第十三个了！朕已替他想好了名字，叫胤祥，吉祥如意的祥，你中意不，嗯？"

阿秀偎依在康熙温热的怀里，许久才点点头嗯了一声，心中不知是酸是甜，早已垂下泪来。康熙忙安慰道："你别这样。朕知道你在宫里过不惯，慢慢日子久了就好了，如今正在热河修行宫，到时候每逢夏天朕就带你去，又凉快，离着蒙古又近，你想骑马，想打猎什么的，都成！"谁知不安慰还好，这些话说来阿秀听得心里越发不好过，竟抽抽噎噎地哭了。

"你是怎么了？"康熙慢慢扳起阿秀泪光闪闪的脸，"身子不受用么？"

"不是……"阿秀轻轻挣开了，说道，"主子西征，肯带我去么？"

原来为这个！康熙松开了阿秀，长长吁了一口气，叹道："若是去，怎么会不带你？只是如今去不成啊！"看着阿秀诧异的目光，康熙徐徐说道，"这件事你也不用伤心，朕心里自有主张。你也知道噶尔丹十分强悍，不能仓猝行事。老佛爷昨儿看了苏麻喇姑，晚膳也没好生用，太医说是停了食不得克化，朕得去瞧瞧。苏麻喇姑这次犯病来势不轻，你们相好一场，也该去探望探望。唉，回北京这几日过得真不顺当，宫里宫外七事八事，朕心里也烦哪……"说罢，又叮嘱了许多话方起身去了。

苏麻喇姑生病的事阿秀昨天已听说了，因她怀有身孕，太皇太后命人传话过来，说病得不相干，怕病人房里不干净，冲撞了胎气，因命怀孕的阿秀和定妃万琉哈氏都不必过去。如今听康熙口气，竟是病得不轻。阿秀送走康熙，即刻命人备轿去看望苏麻喇姑。刚过储秀宫垂花门，见高士奇迎面走来，便住轿问道："你是给大师瞧病去了？到底病得怎样？"

"是贵主儿啊！"高士奇打了个千儿请了安，皱眉沉吟道，"我原是奉旨进来给老佛爷看脉的，倒不想苏大师一病至此，看来……"话到此处打住，他本想说看来有人将伍次友去世的消息泄露出去；想想并无凭据，便咽住了，只说："我当初说过大师乃是灯干油尽之症，看来时候到了！这不是人力能为的，也只好是这样儿了。"阿秀点点头．又问："瞧过老佛爷了？"

"还没呢，"高士奇答道，"我奉旨去斋戒宫，那里人说老佛爷回了慈宁宫，就又赶回来。"

阿秀看看左右无人，嗫嚅了一下方道："这次随驾南巡，走的水路还是旱路，河工听说修得不错？"高士奇一听便知这是问陈潢，他不敢沿着这个话题多说，因笑道："河工修得很好，都是靳辅用人得当，一个保本上来，不少人要升官呢！——贵主儿是去看苏大师么？惠主儿和宜主儿、良主儿，都在那儿呢！"因见阿秀无话，垂手一礼自去了。

阿秀进了钟粹宫小佛堂，恰逢惠妃纳兰氏和宜妃郭络罗氏、良妃卫氏从里头辞出来，四个人便都窝着花盆底见礼。良妃卫氏是罪奴出身，身份微贱，见人极少说话，向阿秀行了礼便默默退至一边，郭络罗氏却是正黄旗旗主格格，身份高贵，入宫六年连生三子，不大搭理人，只干笑一声，扬着脸风摆杨柳般去了。只惠妃和哥哥明珠一样玲珑剔透，含笑过来妹妹长妹妹短拉着手说了好一阵淡话，才和良妃一路去了。阿秀知道宜妃和纳兰氏过从密切，虽一冷一热，骨子里都瞧不起她这没娘家的格格。但这两个人，一个是满洲铁帽子王的娇女，一个是显赫的辅政大臣的堂妹，明知是招惹不起，心里虽寒，面上却不敢带出来，在日头下怔了好一会儿才自挑帘进了佛堂。

苏麻喇姑半躺在榻上，蓬松的苍发只松松挽了一下，从玄色大迎枕上直垂下来，大热的天，盖着夹被，仍仿佛不胜其寒似的瑟瑟发抖。但精神看上去还好，苍白的面孔虽然毫无血色，脸上仍带着微笑，见阿秀进来，忽闪着明亮的眼睛，气息微弱地说道："坐吧，挨着我近点，好说话。"阿秀听着这声音，仿佛从很远的地方传来，不禁打了个寒战，挨着苏麻喇姑坐了，温声说道："大师到底怎么样？好歹也体恤着点自己……"说着便觉眼眶儿发潮。

"好妹妹，"苏麻喇姑伸出手来，抚着阿秀的背，眼睛望着佛堂顶的藻井说道，"大限到了，怕是挨不了几日，多谢你惦记着还来看我……"

阿秀拭泪替她掖掖被角，说道："别这样说，这只是一时之灾，高士奇说不相干。灾星过后，你还去我那讲佛经，我爱听着呢！"苏麻喇姑叹息一声，说道："我一生造孽太多，薄命是自找的。这十几年反躬自省，才知道我本就不该来这人间，更不合做了满人进宫。如今归真返璞，这个话竟只能对你和四格格讲讲！"

"嗯，我听着哩……"阿秀哽咽着道，"你得把心放宽些，这病不就是咳嗽么？真的是不要紧的。"

苏麻喇姑摇摇头，缓缓说道："有一句话我得告诉你，你初入宫，我曾劝主子放你出去，如今你既然有了……这话只当罢论。只是你得留心，这里头十几个嫔妃，好心的少。有的明面儿上好，心里使劲，有的不哼不哈，独自打主意，都在替自己儿子作打算——你明白么？入宫已是进了牢坑，你若生了儿子，跟着闹起家务，像你这样势单力薄的，只能当馅儿叫人吃了……人之将死其言也善，你好歹记着，安分躲在一边是上策……"说着，突然"吭吭"地咳嗽起来，将一口带着血的痰吐在了漱盂里，阿秀忙替她收拾着，抽泣道："大师……别说了，我已经明白了。平日你虽不说，我知道你心里待我好，我也是苦命人，我知道你的心！""我六岁就进了宫，知道这里是怎么回事，下一辈子不再来了。"苏麻喇姑说着，闭目养了半日神，忽然睁开眼说道，"有一次我到翊坤宫，听你弹箜篌，真好听，就像回了老家。我家不知在满洲什么地方，反正离着草原不远，你弹得真好……可惜我这里没有箜篌……"

阿秀听她这样说，心都要碎了，因见橱上放着古琴，便起身取下来，拂了浮尘，见那君弦中间断了，拳曲着，心里一动，想起自己扯断了弦的箜篌。一边按弦，一边含泪笑道："大师既喜欢听，我就给你奏一曲。"她调了调宫商，轻轻一抹，右手高挑，清泠的琴声叮叮咚咚破空而出，却不是什么《平沙落雁》《夜深沉》，却是数年前在丛家弹过的《奈何桥》。只口中不敢吟诵词句，心领意会而已。

第五十回　老佛爷病卧慈宁宫
　　　　　众大臣贺寿宰相府

　　苏麻喇姑就这样无声无息地死于紫禁城内。康熙按照她的遗嘱，命中宫太监奉骨灰专程赴襄阳，撒于滔滔汉水之中。在以后的几年中，康熙每每想起自己幼时的好友"苏大姐姐"，总是怅然若有所失。不料余悲未了，至康熙二十六年九月，七十五岁高龄的太皇太后也身染沉疴，一病不起。康熙当时正在承德踏看修造避暑山庄，又顺便至古北口看了看飞扬古驻扎的八旗绿营诸军，正盘算赶回北京好好过个消寒节，接到京中几个上书房大臣联名递来的奏折，这一惊非同小可，当即起驾星夜回京，侍卫和随行太监分成两拨，一拨在车上睡觉，一拨在车下扈从趱行，连着三日三夜，总算赶回了北京。

　　车进东华门，天色已是黄昏，秋色冥冥，归鸦翻翻，金风起处枯叶飘零。康熙下车，连更衣也顾不得，只将手一摆，命在东华门接驾的索、明、熊、高等人"回去安心办事"，便径直赶往慈宁宫，此刻，白发银眉的张万强知道皇帝回来，颤巍巍地早就候在慈宁宫的门前了。

　　"张万强，"康熙一边走，一边问道，"老佛爷患的是什么症候？嫔妃们都在这里侍候着么？"张万强脚步有点赶不上，微带气喘地说道："九月初三老佛爷还挺硬朗的，叫了各宫太皇太妃，皇太妃和贵主儿们商议，说等皇帝回来，九九重阳要去玉泉山登高消寒，谁知当夜就身上发热，懒怠动弹，这几日进膳不香，一餐用不了小半碗碧粳粥……因心里发烦，懿旨令各宫嫔妃每日只准辰时觐见一次，一概不在跟前侍候……"康熙听着点点头，见宫女们已将帘子挑起，几步进内，在太皇太后榻前跪了，轻声说道："孙子回来了，这里给老佛爷叩安！"

　　烛光下，太皇太后正仰在大迎枕上闭目养神，她脸色烧得潮红，喉头大约被痰堵住了，呼吸很不匀称，听见康熙来了，瞿然开目，伸出手道：

"皇帝赶回来了。你坐到我跟前,我有话要说,你回来得好,我真怕……"说至此却停住了,只用目光上上下下瞅康熙。那依恋、疼爱、期待的神气使康熙心头一热,眼眶中突然涌满了泪水,只强忍着不让它滚落出来,握着祖母滚烫的手抚慰道:"祖母别说这样的话,听着挺难受的,哪里就到那一步儿了?您老一向身子骨结实,心也宽,上年请罗瞎子算命,您老有一百二十岁的寿……"说着,声音已是哽咽。

"哦,一百二十……"太皇太后含意不明地笑着点点头,松弛地又躺了下去,只紧紧攥住康熙的手不放,"……那都是哄人的,我心里明白着呢!七十三、八十四,阎王不请自己去——这是随太祖爷时听范学士讲的汉家谚语,我原也只想活到八十四的,看来佛祖要叫我走了。"因见康熙用袖子拭眼,太皇太后笑道,"人早晚都有这一天。我西归成佛,你该欢欢喜喜送我才是。但有几句话,趁我明白时说出来,这就再好不过,你可听着了?"

"嗯……"康熙带着哭音答道,"有话老佛爷只管吩咐,孙子件件都依着。"

太皇太后松开手,仿佛在聚集最后的精力,闭上眼粗重地喘了几口,慈爱地抚着康熙道:"我从天命十年入宫,跟了你们爱新觉罗氏,已经是六十年光阴。和你爷爷、父亲闯过多少难关,经了多少事,看来看去他们总不及你,实实是个聪明有福的!你登极这二十六年,我们祖孙差点死在鳌拜手,又差点叫吴三桂葬送了,我们大清能有今日,真不容易,你得珍惜它!"

这明明白白是遗嘱了。康熙追想往事,一时心神摇荡五内俱焚,强自忍悲说道:"是,大清有今日,全是老佛爷的福佑!"

"按理说,我该葬在太宗爷墓。"太皇太后似乎很平静,缓缓说道,"只太宗爷大行几十年了,我不想再打扰他。你的陵修在遵化,就近在那儿给我造一地宫,有一日在地下还能天天见我的皇孙,我心里也就安逸了!"

康熙听至此,再也忍不住,一头扑进祖母怀中,泣不成声地答应道:"依着祖母……孙儿我也……舍不得您老……""别哭,别哭。你一哭我的心就乱了。"太皇太后摩挲着康熙的发辫,良久,抬高了声音命宫中内侍宫人,"你们都出去,一个也不要在这里!"

榻前榻后,殿口房角侍立的宫监们早已都哭得泪光满面,听她吩咐,一齐跪安无声退了下去，自有张万强守在殿门外丹墀下监视。康熙不知她有什么密谕，睁着泪眼怔怔地静听，却听太皇太后问道：

"你觉得索额图这人怎样？"

"索额图是索尼的儿子，先帝手里使过的人。"康熙心里咯噔一下，"康熙十七年前，我看他骄纵些，待人不好，这几年像是改了……"

"明珠呢？"

康熙低头想了想，说道："明珠和索额图一样，都是有功的，这几年他在下头闹得不像话，有几封折子告他，我都压下了。原想拿掉他的，又怕下头臣子们疑惧。您知道，孙子要打西边，朝局不能乱了，给小人们造成可乘之机……"下头的话颇难出口，便咽下了。

"听起来，你似乎心中有数。"太皇太后此刻心思十分灵动，一下子就听出了康熙的弦外之音。她舒了一口气，断然说道，"人活在世，没有一个逃过名缰利锁的。有些人起初好，后来就未必！你尽管伶俐，照我看你的心地还是太宽厚。去年我叫内务府慎刑司用毒酒灌死了慈宁宫的白彩，你知道是为什么！"

这件事康熙是知道的，白彩原是畅音阁的青衣，诨名"白菜帮子"。康熙因见她机灵，送了去慈宁宫给太皇太后解闷儿，不想就处死了。当时也不理会，此刻听太皇太后提起，康熙有点莫名其妙："听李德全说，白彩没规矩，老佛爷斋戒，她唱《小寡妇上坟》被处死的。不是这样么？"太皇太后摇摇头，说道："那是我叫他们那样说的。白彩弄了你的生辰八字，用针别在青面五鬼上，行妖法想害你，你知道么？"康熙的脸一下子变得雪白，这是谋反弑逆的大案，他竟毫无知觉！想了想问道："老佛爷没有查问一下后头是谁指使？"

"浑身都用烙铁烙了，她只抵死不说——从这样人的身上是追查不到什么的。"太皇太后说道，"去年秋在太子房里也查出了桃木人儿，只是没找着事主，我只好把那里的太监全换了——这些东西没效用，可见邪不侵正。据我仔细思量，这些事都和宫外有关，有的要害皇帝，有的要害太子。我怕一告诉你，你那性子上来，就是天翻地覆地大闹一场。所以我按住了。如今宫里没个正主儿，我再一去，怕里头外头的事你不提防，万一有个闪失，我也难见地下列祖列宗了……"说罢，一串老泪无声淌了出来。

康熙听得心头突突乱跳，咬牙沉思半天，已是拿定了主意，起身替太皇太后掖掖被角，安慰道："老佛爷，您身子不宁，别多说了。孙子既然明白，就没有办不了的事。我命系于天，小人们奈何不了我！您好好歇着，等您病愈，孙子叫您看结果！"说罢复又跪下，叫过张万强道，"老佛爷不过受了风寒，略有些不适，得着实静养着，挑几个老成宫女好生侍候。要是有外官诰命进来请安，叫她们在宫外朝上磕头就是了！"

辞了太皇太后回到养心殿，康熙要了一碗参汤，拿一柄玉如意躺在安乐椅上把玩着出神，因见李德全抱着黄匣子小心翼翼地进来，便问："上书房的人都回去了？没有什么事吧？"李德全自在三河县挨打之后，老实得掉树叶也怕砸头，听康熙问，忙将匣子放在案上，垂手答道："回主子话：上书房今晚是熊赐履当值，别人刚退出去。奴才在那儿没听到什么事，只听熊赐履说，太皇太后慈躬不宁，叫明珠的五十大寿从简办事，主忧臣辱，不是高兴的时候……熊中堂还说了许多之乎者也，奴才是笨货，听不懂。"

"五十大寿，哦，朕也想起来了！"康熙不禁一笑，"太皇太后的病不要紧，该过生日依旧过嘛！朕原说他过生日要给他写幅字儿的，大约他们说的就是这个。"说完曲身而起，至书案前提笔濡墨略一思索，写了四个大字，"这个赏明珠。你去传旨，说朕不能亲临了，给他三天假！"

待李德全出去，康熙踱出殿外，见是武丹宿卫，便拍拍他肩头说道："你去上书房叫熊赐履来，就说朕有密谕给他！"

明珠的五十大寿办得煞是热闹。他二十四岁进北京，是讨饭从关外来的，几乎冻死在何桂柱的悦朋店外，三十寿日正逢康熙夺宫除鳌拜的紧张日子，只邀了伍次友、魏东亭一干人吃了几杯水酒，四十岁时朝廷正与吴三桂在湖南打得如火如荼，他陪着康熙熬夜看军报，忙得忘了。此时天下无事，正是该大庆一番的时候。宦海生活二十多年，他做了十二年宰相，上有皇帝宠眷，下有数不清的门生故吏，凡有点瓜葛牵连的，哪个不要凑趣儿？喜帖子就印了上千张，发出去后，送礼的就络绎不绝，偌大福王府前庭院里各种礼物，早就垛得盈庭积廊。

待到正午时分，胡同口到王府门前已塞满了各式车轿，明珠进里头叫夫人、媳妇带着丫头、老婆子好生接待各官员眷属。屁股还没落座，家人就飞跑过来报说："索中堂、熊中堂和高相已经到门口了，请老爷迎一迎！"明珠知道熊赐履从不应酬这些事，高兴得一跃站起，分开院里甬道上闲谈的官员们就迎了出去，见三人布衣简从已进了二门，忙拱手笑道："下值了？难为想着兄弟，快请上房里坐，你们这一来就好开席了！"

"浮生偷得半日闲，"索额图呵呵笑着，一边朝周围的官员们打招呼，一边说道，"倒便宜你三日！"熊赐履也笑道："五十知天命，明珠今日不易！"高士奇用折扇护胸，轻轻摇着，说道："我们可是没礼送你，吃了一抹嘴儿走，后晌主子还要议事呢——主子不是赐字儿了么？在哪里，让咱们瞻仰瞻仰！"

明珠忙将三人向正堂引，口里说道："虽说不收你们礼，将来还席怕是免不了，还怕吃穷了你们？说到赏字，真正是圣恩浩荡，只是我哪里当得起——那不是已悬在正堂中央了，只是来不及制匾。请人暂时先裱了一下。诸位请——"四个人说笑着进来，抬头看时，果见在"寿"字顶上悬着用明黄绢裱的横幅，上面写着：

　　亮辅良弼

一笔隶书，清雅遒劲。高士奇双手一合先赞一声："妙！董香光有其神而无其韵！"索额图和熊赐履也交口啧啧称羡。明珠见客人都到了，将手一拍叫过管家道："开席！"

于是觥筹交错，一百多桌丰馔从中堂排到两厢耳房，上千的大小官员、簪缨贵胄，有的吆五喝六，有的交头接耳，有的说笑打诨，有的串席敬酒，还有提耳罚灌的，确实热闹非凡。明珠此刻心里有说不尽的得意，满面红光地手执酒壶挨桌劝酒，又命人传叫家戏班子来唱，却被索额图扯住了道："都是老掉牙的上寿调子，谁耐烦听！这里现放着高士奇、李光地、查慎行、徐乾学，不是状元就是翰林，索性叫他们助一助乐，岂不大好？"李光地就坐在正厅第二席，早已听见，忙摇手笑道："三爷别难为我，我和熊东园一个路子，弄个诗还凑合，哪里会唱曲子，这破锣嗓子要笑坏大家的！"同桌的几个部院官哪里肯让，便起哄道："榕村唱得最好的，我们都听过！莫不成把索中堂的面子撂了？"

李光地却不过，只好红着脸起身一揖，说道："不好扫了大家的兴，只得献丑了，唱不好不许怪！"说罢，便清嗓子。他一向端庄严肃，不苟言笑，见他这样，正厅的人都放了箸静听，李光地只好唱道：

> 那得个清静堂前不卷帘，看不厌奇花异草景幽然。花前月下独留连，待要见你，又怕你信口来胡言。把一卷书，点一炉烟，心只愿闲来窗下理琴弦，半心慕的是蓬莱神仙……

他虽唱得认真，无奈嗓子不凑趣儿，福建人官话又别扭又古怪，众人听着无不大笑。高士奇因道："李安溪果然手段不凡，倒撩得老高心痒痒，不等你来催，我也敷衍个曲儿！"便接着唱道：

> 一枝绣球花儿水灵儿鲜，惹得蜂也舞，蝶翩跹，扑扇着翅膀搅成一团。名关利阙挂了丝鞭，左一缠，右一缠，恐怕你李光地寻个来闲，休恁地正正经经如坐五鹿宴，心里骂：与你老高尿的相干……

未唱完，已是笑倒了众人。索额图忍不住噗的一口喷了酒，指着高士奇，笑不成声地说道："真是江山易改秉性难移，这二年不听你骂人了，今儿莫非喒醉了黄汤？"明珠极聪明的人，听着二人像是作曲儿互相挖苦揶揄，忙把酒来劝，那边查慎行以箸当节，已是有板有眼地吟唱起来：

> 莫对着鸳鸯宝镜愁华发，休只要春窗夜夜剔灯花。因甚举杯，因甚到天涯，因甚的黄菊开尽，只是不还家？

"何必还家呢？"徐乾学因听查慎行发牢骚，知道他有酒了，他常在明珠门下走动，不能不维持一下，因笑道："你还不得意么？圣上亲赐尊号'烟波钓徒'，又选在词馆当学士，这个清福谁比得了？比起你的同年，他们都还窝在那儿做中书，帮人家抄抄画画，什么意思呢？"

他本来一片好意劝慰，不料旁边坐的工部尚书金献廷却是中书出身，听得不受用，因笑道："老徐，你是状元，咱老弟服你学问。前儿衙里遭了回禄，烧掉了仪门，我带人查看修复，恰翰林院李文汉来，说了个对子，竟没人对出来，你能么？"说着，仰脸看着徐乾学，念道：

> 水部失火，金司空大兴土木

唱曲子引出做对子，而且出题五行俱全，在座的无不是此中高手，不禁兴味益然，连熊赐履、高士奇和李光地也皱起眉头挽首思忖。查慎行此刻酒醒，听金献廷说的这个上联着实难为人，也自锁眉沉吟。高士奇眼波扫处，见厅角坐着个二十岁上下的年轻人微笑不语，晓得他已有了，便踱过去问道："足下看来已是胸有成竹，何不说出来奇文共赏呢？"明珠见高士奇不认识，忙过来介绍道："这位叫张廷玉，是大学士张罗松公的长公子，前年进的翰林院。"

"对是有的，"张廷玉少年儒雅，气质蕴藉，一身灰布袍洗得干干净净，见名重一时的高士奇纡尊请教，忙起身一揖，说道，"只是必得请在座做过中书的诸位大人见谅，我才敢说。"大家早就等得发急，早有几个人笑道："临文不讳，你只管说，我们不怪不怪！"张廷玉腼腆地抿嘴一笑，方道：

> 北人相南，中书君什么东西

众人又复大笑，于是安座吃酒说笑，都夸张廷玉不愧书香子弟，果然才思敏捷。一时，管家进来禀道："明相，都察院御史郭琇大老爷来贺寿！""快请！"明珠越发欢喜，一边说一边离座相迎。郭琇此刻已穿着簇新的神羊褂子摇摆而入，大帽子顶上蓝宝石晶莹闪光，显得十分精神。

这个从不赴宴的人一出现，立刻引起满屋满院官员的注目，连索额图、高士奇也都一怔，站起身来。

"明相，恭喜五十大寿！"郭琇昂然入内，拱手一揖到地，说道，"郭某来迟不敬，望乞恕罪！"

明珠见他不阴不阳，不卑不亢，不知是个什么来头，心下揣摸着，将腰一哈还礼，笑道："哪里敢当？快请入座，大家此刻在会文作乐呢！"

"那更好了，"郭琇睨视一眼众人，从袖中抽出几张纸，展开了，笑道，"我也是会文来的，君子爱人以德，我的文章不拍马屁，明相休怪！"轻咳一声，念道：

> 郭琇奏请拿问明珠贪贿坏法结党营私蛊国病民折
> 臣郭琇跪奏：查我朝上书房大臣、领侍卫内大臣、太子太保明珠，自康熙十四年入阁参赞朝务，屡蒙圣恩，委以不次之任，寄以弥高之望，本应勤慎恭肃，俭德爱民，忠诚事主，以图仰报万一。该员……

原来竟是参劾明珠的弹章！所有的人都惊得呆若木鸡，愣在当地！

第五十一回　　郭琇闹宴参权臣
　　　　　　　明珠被抄访智囊

　　明珠像挨了一闷棍，即刻面色灰败，冷汗淋漓，但他毕竟阅历广，见得多了，居然咬牙挺住，没有一下子跌坐回去，只用一只手扶着桌面，竭力镇定着狂跳的心。渐渐地，他冷静了下来，在郭琇抑扬顿挫的朗诵声中，回头看了看首座上的几个大臣。

　　索额图也被郭琇的突然袭击吓呆了，郭琇初进来寒暄时挂在脸上的笑容还凝固着没有消失。弹劾明珠是他巴不得的事，过去曾几次试探着和郭琇谈，郭琇总是王顾左右而言他，不知为什么突如其来弄了这一手？而且今日在这个场合，又该怎样维持呢？高士奇心里却想，郭琇此举来头不小，如无后援，他怎敢豁出命来连一点后路都不留？想到自己还保藏着于成龙的密折，印证郭琇的奏折，恍然之间已经明白，但不知康熙何以连自己也蒙在鼓里，心中不禁七上八下，摸不清这个拧劲儿的御史会不会连自己也一锅烩了？正想着，郭琇词气一变，念道：

　　……非但明珠一己也，其党羽高士奇、余国柱、王鸿绪之流，一经援引，表里为奸。高士奇出身微贱，其始徒步来京，穷途末路潦倒不堪。皇上因其字学颇工，不拘一格，令入南书房供奉，而士奇遂肆无忌惮，日思结纳，谄附大臣，揽事招权以图分肥。仅受督、抚、藩、臬、道、府、州、县及其内廷大小卿员之贿银，即有成千累万。以一文不名之穷儒，忽为数百万之富翁，试问金从何来？此明珠之罪七也……总之，明珠、高士奇等，豺狼其性、蛇蝎其心、鬼蜮其形。畏势者既观望而不敢言，趋势者复拥戴而不肯言。臣若不言，有负圣恩。故不避嫌怨，请立赐罢斥，明正典刑，则天下幸甚！

高士奇的心猛地一缩，到底还是饶不过我去！他的脸色立时也苍白如纸，心里却明白，得学明珠的宰相器量，当着上千的人倒了架子，立时就会招来一窝蜂的弹劾奏章，那就完了！急切中，他偷眼望了望熊赐履，见熊赐履也是一脸茫然，两只手都紧张地攥着，心下不免狐疑：难道真是郭琇不满明珠于太皇太后病中操办大寿，独自发难唱这出戏么？

这场戏确是熊赐履安排的，他安排的是他的门生御史白明经，没想到白明经临场下了软蛋。倒自动跳出了一个郭琇，不按章法，连高士奇也裹了进来，而且煌煌宣言，请旨"立赐罢斥，明正典刑"！闹到如此地步，皇上会怎么想呢？

众人各怀鬼胎胡乱思量，郭琇朗朗数千言的弹章已经读完，将折子一合，笑道："郭某方才已经说过，君子爱人以德。不知明相此刻怎样想？"

"我佩服你的好胆量，真正大丈夫气概。"明珠已经完全清醒过来，他的脸仍很苍白，手却不颤抖了，回身斟了一杯酒，微笑道，"敬请满饮此杯？"高士奇也自斟了酒，起身一擎说道："妙哉斯文，《汉书》可以下酒，我奉陪一杯！"

"郭琇本来胆量不小！"郭琇眯着眼似笑不笑地举杯闻了闻，和高士奇酒杯"呹"地一碰，随手一摔，早摔得粉碎！哂道，"果然好酒，只是民间膏血，未免带点血腥味！"双手一拱道，"郭琇无礼！"径自从目瞪口呆的人群中扬长而去。

寿酒是吃不成了，上千的客人都被郭琇此举吓得手足无措。郭琇去了好久，大家才从惊怔中醒过来，有的过来宽慰明珠，有的交头接耳窃窃私议，起身纷纷告辞。索额图等几个上书房大臣也如坐针毡。熊赐履勉强笑道："与其坐在这里心神不定地吃苦酒，还不如进里头，听听皇上的圣意。明贤弟，你保重，要拿稳了。回头真有事，我们自然要说话的。"

"保重？"明珠突然失神地狂笑道，"受此奇耻大辱，我生死已置之度外，还保重个什么？走，我和你们一起面圣，领罪！"

四个人至西华门，恰逢素伦站值，递牌子进去，不一时就有旨："明珠事假三日，回去好生歇息着，其余三人进来。"

明珠立在西华门外，眼看着三人迤逦而入，一霎间，他领受到了咫尺之间如隔山河和天威不测这两层含意，平日见康熙有时多达三四次，忙极了时就在大内度宿，递牌子不过是例行手续，一声旨意，说不能见就不能见，也许从此永不能见，这多么可怕！一阵秋风过来，吹得西华门外枯草寒树乱响，金黄的、灿红的杨树叶子纷纷落下。明珠突然一阵寒意，低头看时，自己原来忘了神，连朝衣冠带也没穿戴，真要进去了那才叫荒唐呢！一时间，他的心里空白一片，什么事也想不成，连轿也忘了叫，一脚高一脚低像踩在棉花垛上似的踽踽独行回到府邸。

家里变得像古庙一样荒寂，几十个长随苦着脸默不言声地收拾着残席。夫人带着一大群姬妾守在后堂，一个个心神恍惚，呆着脸想心事，见明珠回来，忙都站起身来，却都无话可说。明珠振作了一下，忽然想到这样无异于坐守待毙，因道："用不着一个个死了老子娘似的，我未必就叫郭琇治倒了！现在不能坐着，夫人进宫去见咱们家娘娘，若能见老佛爷一面更好。揆叙和性德也该去和朋友们见见，像徐乾学他们。只记住一条，无论见谁，不能骂郭琇一个字儿，只说我这些年做事不谨，不免得罪人，如今上了岁数想起来就懊悔不迭，也该到泉林中去享清闲了——懂么？"

"徐乾学那里免了吧？"八姨太太素日是极能干会说的，听明珠吩咐下来，便道，"真不是个玩意儿！上千的客，只他一个跑到账房，说叫把他礼单上的名字勾掉。素日老爷怎样待他，竟是个没良心的王八羔子！"

明珠额上青筋急速暴了两暴，却没发火，颓然向椅上一坐，招手儿叫过若芷，叹道："从前只说洪经略如何如何，不想我明珠也是如此！只可怜了孩子你，窜来窜去跳不出苦命。你放宽了心，如今圣上没旨意，兴许是不知道。真的有事，我必另具折子，不叫你跟着我明家吃挂落……"说至此，心一酸泪已潸然而下。

"老爷说的什么话！"若芷倒似并不怎样难过，"战国时平原君家也出过事，不也是兴之则趋，衰之则去，就是八姨娘也不必计较徐乾学。我虽小，这事经过了，大不了讨饭，还要怎样？老爷说到这儿，我若芷也有一句驳回，我生是明家人，死是明家鬼，明家老坟得有我的地方儿！"

她说得十分平静，明珠夫人撑不住头一个放声大哭，几个妾室跟着放了声，后堂竟如死了人似的一片嚎啕。

"都住声，嫌我死得慢么？"明珠断喝一声，"都滚！照我说的分头去办！"

于是一家子纷纷起身，打起精神，坐了小轿，分别从王府西北小角门出去访亲拜友，打探消息——因怕招惹眼目，一窝蜂儿都出去，立即便又是一条新闻。明珠急得热锅蚂蚁似的在家只兜圈子，待申牌时分，见大公子揆叙急匆匆进来，一脚踏进门便道："老爷，熊中堂从里头退出来了，我是刚从他府里回来的！"

"有什么信儿？"

"儿子遵命没敢问。"揆叙不与性德一样每日在词章上下功夫，外头朋友极多，人情世路趟得开，因知索额图是政敌，高士奇是案中人，便直奔熊府，这也是他的精明处。见明珠相问，脸上带着惶急，忙道："熊大人说皇上已经接到了郭琇的折子，笑了笑就撂了一边，却把高士奇骂了个狗血淋头……"

明珠转着眼听着，心里掂着分量，他太熟悉康熙了。骂，未必就是坏事，想着，问道："熊东园没说高士奇得什么处分？""没有处分。"揆叙道，"倒是后来还说了高相几句好话，说'朕得了士奇，才知道学问门径。初时见高士奇读古人诗文，一到手就知道时代，此刻朕也做得到，高士奇不是无用的人。他虽无战功，朕待他也不薄，就这补益圣学也算功劳，不可一概抹倒……'别的还说了许多，大约都是庇护高相的。"明珠听了略觉放心。高士奇没事，出于洗雪自己，不能不出手拉自己一把，因又问："熊相说到我了么？他有什么话？"

"圣上没有说到父亲，熊大人倒有几句话。"揆叙忙道，"只说这个寿办得不是时候，老佛爷如今水米不进，皇上急得顾不上临朝，日夜在榻前侍候，这时候操办，难免就激恼了郭琇这些人，想来不久就有旨意，劝老爷别急，不要为无益之举。"

明珠听着这些话，深感不得要领。今日被挡，就是极坏的兆头，叫人怎么"别急"，又是什么"无益之举"？但此刻再急也无用，亲自出去等于自讨没脸，只好和衣卧倒，静等后音。掌灯时分，出去的家人陆续回来，自然是五花八门的消息，俱都不疼不痒，只夫人进宫算是见了惠妃纳兰氏。但纳兰氏处不但没消息，连娘家出了事都不知道。明珠听着又好气又好笑，咬着牙想了半日，起身道："备轿，到槐树斜街！"

告辞，自去安排。

但高士奇让明珠散家财的主意是迟了。第二天，明珠缴纳家产的本章还在打着腹稿，便见门上进来回道："老爷，外头有客来拜。"

"是谁？"明珠起身问道。

"熊大人，内务府何桂柱大人。还有两个不认识。"

"快请！"明珠急忙往外走，却见太子居中，四阿哥胤禛和熊赐履相陪，何桂柱在前头导引，已经进了仪门。明珠紧走几步，将马蹄袖向后一甩，就石甬道上跪了，叩头说道："奴才明珠，恭请太子殿下金安，给四爷请安！"

四阿哥还是头一次办差，显得很腼腆，有点不知所措地看了看太子。太子这几年凡康熙不在京，常主持朝务，办事已老练多了。见明珠行礼，微笑着瞥了一眼熊赐履，说道："总归是师傅的事，我和老四只是坐纛儿的，该怎么办，师傅就说吧！"明珠张皇地左右看看，既不"叫起"，也不吩咐，这是做什么？熊赐履与明珠虽说不上什么深交，毕竟共事二十年，一个精明伶俐、极修边幅的人，只二日工夫，仿佛老了十年。熊赐履心中不禁泛起一阵怜悯之情，却上前一步，口内缓缓说道：

"有旨，着太子胤礽、贝勒胤禛、上书房大臣熊赐履前往查看明珠家产！"

明珠像被抽了筋似的，身子一软，几乎瘫倒了，但片刻之间又撑起了身子，叩了头颤身说道："臣……领旨，叩谢……天恩！"

此刻，内务府从善扑营调来的兵丁已将大门封住，刑部笔帖式来了十几个，连同慎刑司的人，都拿眼望着何桂柱，只等一旦发话，立即动手查抄。何桂柱也是感慨万端，自康熙元年到如今，他和这个阴诈奸险的明珠结识已二十六年，要不是自己当初灌明珠一碗老黄酒，眼前这人早就被送左家庄化人场烧成灰了。二十多年，眼见明珠发迹，眼见他入阁，眼见伍次友、周培公、李光地一个个被他整得落花流水，谁料竟有今日！这真是造化报应丝毫不爽，立竿见影！何桂柱呆笑着，上前给明珠打个千儿道："明相，奉旨差遣身不由己，柱儿今儿个先给您请罪！"因起身回头道，"来人！"

"喳！"几个笔帖式齐声答道。

"先封了账房，"何桂柱心虽不忍，也只好按规矩吩咐，"腾出几间空房，请内眷暂避，按房分号清点财物，你们几个好生办差，事后太子自然有赏，要有私带财物的，丑话说到前头，慎刑司的人就在这守着呢——可明白了？"

"喳！"

"慢！"胤禛将手一摆，躬身上前微笑着扶起明珠，说道，"明相起来，奉旨查看家产，并没有别的处分，你不必惊慌。但有一层意思，不知你与揆叙、性德是在一道，还是已经分房另居？"

明珠衰惫不堪地站起身来，呆滞地嚅动了一下嘴唇，说道："回四爷的话，奴才大儿子揆叙，前年已分出去，二儿子性德，去年才行合卺之礼，暂未分居……"

熊赐履和两个阿哥对视一眼，说道："揆叙和性德都是侍卫，有职分的人，皇上旨意只叫查看明珠财物，似乎应当有所区分。这件事我看太子和四爷商量一下就能定，万岁再没有不依的。"四阿哥胤禛素日与性德极要好，却厌揆叙为人刁狯，听熊赐履这一说，眨着黑豆似的眼想了想，微笑对太子说道："臣弟以为师傅的话有理，是否请哥哥划个道儿，性德也免查了罢？"太子却素来对明珠一家全无好感，但弟弟和师傅的面子又不能不买账，因笑道："就以居处划线，能将就的，就将就吧。"

何桂柱见无别的话，将手一摆，上百的人立时动起手来，有的撵人，有的贴封条，有的开箱翻柜，此刻，偌大的明珠府乱得鸡飞狗跳，早已隐隐传出家眷们的哭声。

这劈头一问，语气便不善，靳辅一时竟蒙了，盯了伊桑阿半晌，方咽着气叩头答道："屯田中约有三分之一原属有主之田，暂作屯田养河，待田主赎回。下河夹堤尚有尾工未完，因而潮汐时有倒灌，已不为大害，容臣督修完毕，自可确保无虞……"伊桑阿点点头，说道："既有此奏，本钦差自当代转圣上。圣旨问：靳辅于康熙十九年夏，送明珠冰敬①二万两，可是有的？银两出自何处？尔靳辅据实回奏，若有欺饰，则尔之罪不可恕矣！"这一问更如晴天霹雳，靳辅的脸刷地变得焦黄。当时明珠因门生佛纶亏空库银被参，写了封信，要从河工挪借二万两银子。靳辅和彭学仁二人商议，从归仁堤余银中抽出二万送去，也是计穷无奈的事，不想竟由皇帝问了出来。靳辅像雷惊了似的，木然叩头答道："此事难逃皇上洞鉴，实是奴才从河工余银中抽拨挪借明珠，但并非冰敬，求皇上明察！"

"嗯。"伊桑阿问完了话，因见人从船上搬了椅子，便坐了，换了笑脸说道，"靳公，你在外头，不知朝局有变。明珠于九月初八已初抄家。事涉到你，皇上不能不问。我到衙才知道，河工已经告竣，看看果然不错。过是过，功是功，皇上圣明烛照，不会亏负你的。以上两项，恐怕你得随兄弟一同进京对皇上当面交代。但屯田下河二事实是足下误用匪人，以致扰民，铸成大错。请靳公此刻立即处置，兄弟回京自然替你说话。"

靳辅已经气呆了，愣了半晌，问道："处置谁，谁是匪人？"

"陈潢！"伊桑阿不假思索，立刻答道，"创议屯田的不是他么？实是蠹国病民的小人！小人而有才，不若君子而无才！"

靳辅的脸色惨白，额角上的青筋剧烈地抽搐着，绷紧了嘴，从齿缝里迸出一声干笑："屯田养河、下河围堤，都由我一身承当，请钦差发落！"彭学仁身子一挺，说道："伊中堂，这事与靳大人和陈潢都无干系，是我一手经办的！"封志仁按捺不住，也大声说道："请大人主持公道，陈潢襄赞治河有功无过，如此处置实难服人心！"彭学仁虽是官场老吏，一向亢直敢言，靳辅还不觉怎的，但封志仁素来柔弱怕事，竟也如此仗义执言，靳辅不禁一怔。却见陈潢已慢慢摘下了头上顶戴，捧着递给了戈什哈。他的脸色平静得像刚刚睡醒，淡然一笑道："靳中丞和二位的情我领了，何必大家

---

① 冰敬：夏季外官奉送京官银两，以补俸禄不足，谓之"冰敬"。

都搅进来？河治好了，正好闲散写书，无官一身轻甚合我愿。求仁得仁，我一点也没什么！"

"皇上说小人结党盘根错节，果然不假！"伊桑阿冷笑道，"真个一人有难，众人同当！既如此，靳兄回衙去办交割随后来，这三个人兄弟今日就带走了！"

"交给谁？"靳辅望着远处无边无际的秋水，呆呆地问道，他的目光有些失神，连自己也弄不清此刻是梦是幻，自己又在想什么。

伊桑阿将手一摆，命人将陈潢三人上了黄袱披面儿的大枷，押上靳辅的官舰，回头向靳辅一揖说道："紫桓保重，兄弟在京设酒相待，就借靳公此船，我要告辞了——至于接任河督，大约是振甲公，另有钦差传旨给他，恐怕明后日就到衙视事了！"说完径自踏板上船，又唠唠叨叨叮嘱了许多，靳辅一个字也没听见。

官舰一动，沿新开中河徐徐向北，三个犯官神色怡然兀坐舱边，数万百姓夹岸望着，寂静得一声咳痰不闻，空气中带着沉重的压力，压得人透不过气来。不知是谁在悲声高呼："陈河伯回来……"立时引起一片啜泣之声。

靳辅赶到北京，正赶上头场雪。雪下得不怎么大，却似细白的沙粒，打得大帽檐沙沙作响，风搅着霰雪扑面而来，把冻得通红的脸击得生疼。他是"犯官"，不想给别人招来麻烦，自去吏部报到，然后在鸡爪胡同寻了间干净房子住下，便接到廷谕，命他明日递牌子，康熙在养心殿接见。当晚却有几个同年好友冒雪来访，孤寂凄凉中尚有如此人情，靳辅不禁感激涕下，直谈到三更方才散去。

一夜没好睡，第二日起来时，雪却下大了，将一座北京城装点得冰清玉洁。靳辅却没一点心情赏雪，胡乱吃了两口早点，也不坐官轿，竟租了头毛驴赶往西华门，他需要凉雪冰一冰这因思绪联翩而发热的头脑。

刚到西华门，便见大阿哥胤禔从里头出来。几年不见，已是出落得像个眉清目秀的青年公子。靳辅猛地想到，他母亲是明珠的堂妹，忙上前打千儿叩安道："给贝勒请安！"

"唔。这不是靳辅么？"胤禔含笑说道，"是见皇上？他这会子正在养心再斟酌一下。

靳辅不安地动了一下，这才明白，康熙今日是和上书房大臣商议如何处置明珠的。康熙玲珑剔透的心思使他暗吃一惊，处置如此之轻又叫他摸不着头脑。正自胡思乱想间，康熙转过脸来，问道："靳辅，明珠如此劣迹斑斑，你素来知道么?"靳辅头"嗡"地一响，忙跪了下去，连自己也不知答了句什么。

"不知道?"康熙愤然说道，"朕还以为你是老实人，想不到竟如此辜负朕恩，真叫人心凉!"说着将厚厚一个本子甩过来，"这是他的抄家单子，你看看，这样的人可杀不可杀，你又该得个什么罪名?"

靳辅脸上毫无血色，颤抖着打开看时，密密麻麻写着：

明珠抄家清单

　　钦赐王府一座，亭台二十七座，共三百四十间房。花园一座，田地两千顷，当铺三处，本银二十四万两，金库存金二万一千两，银库元宝二万三千个，京锞一百万个，苏锞七十万个，钱库制钱一百七十万文，玉鼎十座，玉磬十块，玉如意四十柄，镶玉如意四百零五柄，映蓝宝石十块，镂金八宝屏五架，银碗七十二桌，金镶箸一百双，古铜鼎十一座，古剑一口，宋纸一千令，端砚四百五十一方，珊瑚树四枝高三尺六寸，金镶玉嵌钟一座，绸缎罗纱五千二百匹，白狐皮二十六张，元狐皮二百五十张，紫貂皮四百张，大自鸣钟五座，小自鸣钟七十座，珠宝、金银、朝珠、杂珮、簪钏等物共一万零十一件……

下边还有不断头的物品开列着每一物何人所赠，都夹有旁注。靳辅看到自己的名字出现了三四次，不禁热汗淋漓，不知是羞是愧是惊是恐，读完之后，伏在地下半晌也不敢抬头。

"看来你还有惧怕之心。"康熙扫了索额图和高士奇一眼，说道，"这就有可恕余地。须知天作孽犹可活，自作孽不可活!你本是有才的人，河道治成这样，本应叙功，谁料你会钻到明珠麾下?你当日离京，朕是怎样嘱咐你来!"

靳辅想到当初康熙确实一力担保用人不疑的话，又想到自己夹在索、明两党之中窘困处境，不由长叹一声，泪水夺眶而出，叩头哽咽说道："总是奴才有负圣恩，求主上重重治罪，以维朝纲。但奴才纵死，也有一言上禀主子，千错万错，错在奴才一人一身，封志仁等三人有劳绩无劣行……"

"你是说陈潢？"康熙狞然一笑，"你是泥菩萨过河，还要保别人！明珠一案朕只是暂不治罪，并非撒手了。你已革了职，在京听候磨勘，还是多想想你自己的事吧！谁要想着朕是可欺之主，那就等着瞧——你们都下去吧！高士奇，你不是荐了张廷玉进上书房草诏么？明日叫他进来，朕要考考他的学识品行！"说完掀帘便进了内殿。

第五十三回　天子居丧议礼仪
　　　　　　新贵夜谈固宠术

　　白明经弹奏明珠"心怀叵测，动摇国本，谋夺东宫"，起到意想不到的作用。大理寺和六部官员墙倒众人推，雪片也似的弹章飞进养心殿，俱都无声无息地融化掉了。索额图原拟让白明经串连言官借风吹火一举歼灭明珠党羽，刑部连兴狱革拿官员的票拟都弄好了，到头来只革掉一个无足轻重的靳辅，将陈潢关押到狱神庙，主犯明珠也只是革掉了要职，优哉游哉地在两个儿子府中当老爷子供养起来，倒吃得红光满面精神焕发。想起这些，索额图恨极了白明经，想想白明经是熊赐履的门生，能出这样高明计谋的断非熊赐履莫属，一肚皮的不高兴。无奈熊赐履素不揽权，做事极小心，皇太子也对这位师傅颇有好感，索额图几次指使人挑刺儿整治熊赐履，都被太子胤礽顶住了，把个索额图弄得哭笑不得。

　　看看到了腊月，太皇太后病症愈加沉重，康熙停了朝，昼夜守在慈宁宫，又是大赦天下，又亲赴天坛致祭，许愿减自己寿增太皇太后之年，药道神道百计不灵，腊月二十三过小年，申正时牌，这位享尽人间富贵、历尽政争艰险的"老佛爷"终于命归西天。

　　恰这日不轮索额图当值，接到圣旨时，他刚吃过晚饭，连轿也来不及备，自从厩中拉了一匹马飞驰至西华门，便见熊赐履和高士奇已在门口等候，忙滚身下来，问道："二位怎么都在这里？上书房谁照应？"熊赐履说道："皇上旨意从今日起张廷玉独值，我们不再陪了。"

　　"他才来几天，就能独当一面？"索额图一怔，说道，"也好，免得我们三天一进宫了。"高士奇一眼看见索额图头上的红缨，一边抬脚进西华门，一边冷冷说道："中堂，太皇太后已经薨了，你剃得这么光的头，又戴红缨帽，恐怕不相宜吧！"索额图一惊，才见高士奇和熊赐履都没戴红缨，寸许长的头发从帽檐下露出，心里不由懊悔，一头走一头摘了红缨，说道："亏得江村提醒，我实在是粗心了。有这一条，我就是死罪……"熊赐履说道："事出无心，死罪是没有的，革职恐怕难免。"三个人说着已进隆宗门，已见张廷玉臂缠黑纱在永巷口迎候。四人略一会意，联袂赶往慈宁宫。

慈宁宫已用白纸糊了门神，灵幡、白幔、素帐、纸花白汪汪一片。几个王公素服伏跪在宫门口，里头一层层跪着王爷、贝勒、贝子、福晋、公夫人、一二品诰命；惠妃纳兰氏、大阿哥胤禔、荣妃马佳氏、三阿哥胤祉、德妃乌雅氏、四阿哥胤禛、六阿哥胤祚、宜妃郭络罗氏、皇五子胤祺、成妃戴佳氏、皇七子胤祐、良妃卫氏、八阿哥胤禩——凡满六岁以上的皇子各从母亲，还有贵妃钮祜禄氏、改名章佳氏的阿秀、定妃万琉哈氏、密妃王氏、勤妃陈氏、襄嫔高氏、熙嫔陈氏、谨嫔色赫图氏、静嫔石氏、穆嫔陈氏。依次而跪，另有十几名答应、常在、贵妃等人不在嫔御之列，曾受皇帝御幸的跪在末班。看样子刚才都曾痛哭一场，个个脂粉不施泪光满面，哭得脸黄黄的。

四个大臣蹑脚儿鱼贯而入，见康熙和太子麻冠白衣伏在灵床前，兀自哽咽抽泣，四个人对视一眼，摘了帽子便向横卧床簀的太皇太后行下礼去，一齐放声大哭。康熙才经人劝止了哭，哪里禁得他们这一闹，勾起余痛，一放而不可收，捶胸拍地越发嚎啕大哭起来。外头人以为司礼司举哀，有泪无泪的便都呼天抢地嚎成一片。索额图猛地想起当年受命除鳌拜，太皇太后密调勤王军队来京，坐奉先殿督战的往事，那是何等果决刚毅，这位女中英豪竟一赴黄泉遂成渺冥……想着不禁泪如雨落，旁边偷瞧的太监、宫人原见他剃得簇青的头，心里都有不快之意，见他哭得情真意切，也就罢了。倒是熊赐履心中有事，撑得住些，哭了一会子便收泪，起身转向康熙一躬泣道："万岁，太皇太后仙逝乃国之不幸，臣深知主上心里难过。望皇上善自珍摄，节哀顺变，以副……天下之望。况且……老佛爷的后事如何料理，也得皇上拿个主意……"

康熙昏昏沉沉抬起头来，他的脸毫无血色，苍白得可怕，红肿的眼睛愣愣地盯视熊赐履半日方道："坫块居丧，庐墓三年，聊尽子孙之心，都是现成的章法，有什么可议的？"

四个大臣见康熙不肯起身，伏地叩头恳求道："请万岁暂起龙驾，容臣等详奏……"索额图摆了一下手，命武丹、素伦过来，一边一个挽起跪得每日都要做笔记，几个月来已有几万字了。"高士奇忍不住一笑道："何必自苦如此，皇上的事有起居注官，你自己的事自己还不记得？"

"记得只能算人证，笔下成文就有了物证。"张廷玉这才搁下了笔，慢慢踱过来坐了，"高相，这个地方是叫天天不应、呼地地不灵的地方，一个筋斗翻倒，再无东山再起之时！我记笔记倒也不全为谨慎。有朝一日退归林下，略加润色，就可成为著作，不也是人生一大乐趣么！"

才上来几天的人便存了这样的心思！高士奇陡地想到自己，是不是有点知进不知退了？想着，将座儿靠近了张廷玉，叹道："衡臣，宁静以致远，淡泊以明志，你可谓其人了！桐城是你家乡吧？那是个人文荟萃之地啊！你这样年轻，就深沉练达如此，高士奇自叹不如。"张廷玉听高士奇说得诚挚，含蓄地微笑道："虽说是君恩，江村你对我的举荐之恩，廷玉一刻也不敢忘怀。方才说到宁静、淡泊，我不敢当，今夜只你我二人，有一句心里话想讲一讲，又怕触了你的忌讳……""你讲就是，"高士奇诧异地拨弄着火炭儿，审视着张廷玉，"这有什么忌讳不忌讳的？"

"前日熊赐履将部文票拟写错，又把他侄儿的官品擅自提高一级。"张廷玉仰着身子，旺旺的炭火照得周身通红，款款说道，"这件事你晓得不？"

"我知道。"高士奇说道，"我叫吏部按下了，这点子过错，不必提奏了。"

"那你就害了熊东园！"

张廷玉突然加了一句："熊东园是何等样人，怎么会出这种差错？他是理学名臣，又怎么肯自污声名？"

"你是说……"

"他这是趋小祸避大祸！"张廷玉喟然说道，"皇上要大换上书房的臣子，不过先拿明珠掐尖儿，惜乎索额图懵然无知，连你这样精明的人居然也身在庐山！"

高士奇电击一般坐直了身子，良久方觉自己紧张过度，松动一下方道："出语惊人，不过凭据何在？"

"你是上书房大臣，皇上调年羹尧任参将，带兵过古北口准备出兵准噶尔，你知道么？"

"不知道。"

"我却知道。"张廷玉淡淡说来,高士奇竟凛然一个寒战。张廷玉道,"熊赐履也知道,索额图和你却不知道,还有,将派索额图赴尼布楚与罗刹国晤谈东北疆界,你大概是知道的?"

高士奇想了想,说道:"九月间皇上曾透了风给我,后来没再提起过。""那就是你知道了。"张廷玉此刻有点后悔自己的话说得多了,但既开了口,便索性说道,"狼曈和飞扬古照皇上布置已调兵遣将,星夜赴京请示机宜。他们两个,飞扬古随皇上西征,狼曈跟索额图去东北,恐怕这些事你依旧是个不知道——这些不知道和知道,你参详一下,是不是凭据呢?"

高士奇心里乱糟糟的,一阵儿凉,一阵儿热,联想起明珠案起,康熙曾保了自己,但似乎又留着尾巴,再揣不透"圣意"何在,经张廷玉这么一点,真个如梦方醒!原想着张廷玉是个后生之辈,不过因文才颇好,又过目不忘,所以一荐即用。谁知他不声不响,颇有心计,深得皇上恩宠。高士奇已对这个寡言罕语的年轻书生不得不刮目相看,思索片刻,起身整衣,肃然一拜,说道:"衡臣,愿先生教我!"张廷玉见他如此郑重,忙也起身还礼,说道:"后学小子,哪里敢当!""韩昌黎说过'生乎吾后,其闻道也,亦先乎吾,吾从而师之'。"高士奇拉着张廷玉的手复又坐下,"高某何人,敢妄自尊大?请赐教!"

"高相恕某狂妄了!"张廷玉悠然一笑,说道,"不知你看当今是何等样人主?"

"自然是明君!"

"岂止是明君!"张廷玉冷笑道,"乃五百年一出之圣君!前头的文武功业不说,即学问一道,能诗词,会书画,辨八音之律,通七种夷语,算术几何登峰造极,自测黄白二道,精天文,明地理,撰数十篇学术文章,即医理一道恐也不次于你江村!江村学有五车之富,无书不读,敢问:即主子不是皇帝,你比得过他么?"

语虽尖刻,但却都是事实,高士奇不禁摇了摇头。

"惟因主上学问深博,所以有包容之量。"张廷玉缓了口气说道,"明珠、索额图就是瞧不透这个,所以胆敢在主子身边攫权谋私,谋私犯的是人情,主上尚可容忍;攫权犯的是圣忌,那就非拿掉不可!你是汉人,没有敢往他两个圈子里跳,若真的依附了明珠,恐怕这次最倒霉的就是阁

第五十四回　争兵权索相入佟府　议西征学士遭驳斥

　　明珠的案子就这样搁置了下来。索额图于康熙二十八年奉旨赴尼布楚与罗刹国划定界限，其间康熙便命生母佟佳氏的幼弟佟国维入上书房。佟国维按辈分说是康熙的嫡亲舅舅，按皇家规矩，皇帝不称他舅舅，他就只能是"散秩大臣佟国维"。早在顺治年间，佟国维已挂了一等侍卫的虚衔，不合因跟着明珠赞同撤"三藩"，惹翻了索额图，在冷曹官中压了多少年这才上来。他却不似张廷玉那般儿瞻前顾后，上任伊始便连连提奏，将六部侍郎以上官员重加整顿，汰冗拔贤，一时间吏治刷新，颇得人心，几个政绩卓著的廉吏如于成龙、马齐、王掞、范成勋、姚缔虞、郭琇等人都加了宫保衔，赏孔雀花翎，晋为一品大员，却把自己侄子隆科多的品秩按例由从二品调整为从三品。待到索额图从尼布楚谈判归来，朝局已是面目全非了。

　　索额图是二十九年正月初十从东北回来的，皇太子以下出城搭棚设醴郊迎。向康熙面禀了尼布楚缔约经过情形，诸王、贝勒、贝子、各衙门主官便都赶去玉皇庙街，有的邀索额图过府吃酒，有的禀事，有的被汰官员免不了就来撞木钟、诉苦情。索额图却显得从容不迫，迎来送往，浅谈辄止，有说佟国维坏话的，也只一笑置之。

　　正月十五，索额图奉旨代康熙至天穹殿拈香。回来交旨后，又侍从康熙出顺贞门至大高殿、寿皇殿、钦安殿、斗坛拈香礼拜，这才召集六部主官随康熙到太皇太后灵前行礼致祭。忙乱了一日。出大内时天已擦黑，早见天色阴晦上来，零零星星飘下雪花。

　　若在往年，今夜还了得？这个时辰早沸腾了，什么社火、高跷、大戏、故事、耍把戏、打莽式、龙灯、狮子早就出动了。但今年是国丧，民间游乐一概禁止，北京城千家万户一色儿全是白纱灯。门前，只有成群的孩子在灯下嬉戏捉迷藏，游人却是稀少。索额图站在西华门硕大无朋的白纱宫灯下怔怔站了一会儿，长吁了一口气，上轿吩咐道："去佟国维府！"

佟国维新赐府邸坐落西河沿，熟门熟路的，不一时就到了。大轿刚落，索额图哈腰出来，便见靳辅从里头出来。靳辅见是索额图，别转了脸，想装作没看见，自往轿边走去。索额图呵呵一笑叫住了："紫桓，你这叫做什么？不想理我索老三了？"一把扯住，寒暄道，"多时不见，你就瘦得这样，头发也全白了！见过佟相了？"靳辅确实变得瘦骨伶仃，黝黑的脸色也变得泛着青灰色。他是被革职闲居在京的官员，穿一件灰绸羊皮袄，稀疏的头发几乎全白了，显得老态龙钟，只两只眼是在河风烈日下练出来的，仍是炯炯有神。见索额图一脸假仁假义，靳辅干笑一声道："哪里敢当！靳辅是戴罪之身，您是贵人，怎好沾惹呢？"索额图哈哈大笑，握着靳辅的手道："你昔日可不是这个脾性儿，真是愈老火性愈大！士大夫居朝为官，荣辱进退何足挂齿？说不定我将来还不及你呢！人情浅薄何至于就到这个地步儿？我算什么贵人，小佟和廷玉才算新贵呢！"

话说得虽很随和，靳辅却听着弦外有音，遂笑道："什么新贵旧贵我都不理会。蒙圣恩我只得了革职处分，正是无官一身轻！我是为陈潢的事来的，不清不白地把人扣在狱神庙，一扣就是几年，既不定罪，也不放人，算是怎么回事？听说皇上有意起用我去任贵州巡抚，我是请佟相代奏，我老了，请皇上怜惜一下这把老骨头，免了这个差使吧。"

索额图不禁一怔，别人巴不得的事，这老家伙怎么倒推辞？寻思片刻方道："这也用不着辞。我晓得皇上心里对你并没什么。那年几个台臣吵着要杀你，皇上还说：'要杀也等河治好了再杀。'如今河治好了，莫不成真的就杀，可不是昏了？"说着便抿嘴儿笑。说到治河，靳辅眼睛一亮，随即又黯淡下来，叹道："论理我一句也不该说。振甲如今又扒开了萧家渡的缕堤，河道加宽，减水坝置闲无用，两年之内泥沙淤起来，不决口才怪呢！"索额图笑道："前日接到刑部转来陈潢在狱中的上书，也说的是这档子事。你是革职官，他是罪囚，管这些闲账做什么？如今不比昔年，朝廷有的是钱，决口了再堵就是——决了口不恰证明你是对的？"

一个国家首辅说这样的话，靳辅心头不禁猛地一沉，想想又不能公然反驳，喟然一叹正待说话，索额图伸手一握，笑道："佟府里来人接我了，派人分头传叫大臣们，康熙便起驾翊坤宫，精奇嬷嬷韩刘氏见是康熙进来，忙挑灯在前引路，高声道："贵主儿，万岁爷来了！"

阿秀正在灯下逗着儿子胤祥嬉笑。自康熙二十八年十月初一，满五岁的胤祥便被内务府抱走，进毓庆宫跟着皇太子听汤斌讲学，除朔望之日，母子不得会面。今年正月康熙不知怎的发了善心，命各皇子停书半月与母亲团聚，这在宫中已是浩荡皇恩了。自从邯郸与陈潢琴断音绝，对男女情爱，阿秀看得极淡，一心一意只想着能厮守着自己的儿子，有朝一日能回家乡看看。明珠的事出来后，宫里人言纷纷，惠妃纳兰氏自然被扫了脸，待阿秀亲热了许多。她看过阿秀刚出去，康熙后脚就到了。阿秀听韩刘氏报说，忙扯了胤祥出来，跪在殿门口，轻声说道："奴婢章佳氏叩见主子！"

"起来吧！"康熙笑着抚摸胤祥的小辫儿，一边说一边就进了殿内，"几个月没翻你的牌子，一则你身子不好，二则朕也实在太忙——朕今晚还要见大臣，这会儿是空儿，特来瞧瞧。这回不比康熙二十三年，真的要和噶尔丹决战一场，朕不食言，要御驾亲征乌兰布通！可趁了你的心愿了！"

阿秀捧着茶奉上来，听见这话，手一抖，热茶溅了一桌子，目光霍地一跳，颤声问道："真的？"

"当然真的！"康熙笑吟吟坐了，将孩子揽在怀中，"卓索图王有办法，到底把这条大鱼引上了钩，噶尔丹这个贪利小人难逃此劫！"阿秀兴奋得心头乱跳，泪水在眼中打个圈儿还是淌了出来，忙拭泪笑道："乌兰布通离古北口只有几百里，这么大的事，奴婢竟一点儿也不知道！""你当然不知道。"康熙大笑道，"别说是你，除了局中人佟国维，北京没人知道！叫那些京官们晓得，又轰得满天下不安了。"

"奴婢要从驾！"阿秀毫不迟疑地说道，"当初万岁答应过的！"

"那不成。"康熙笑着说道，"军中带个女人，像什么话？又是刀枪又是火炮，还得骑马，你怎么行？"阿秀怔了一下，忙道："万岁大约不知道，我能马上舞刀，去年木兰围猎，您都亲眼见过的。"

康熙见她上了拗性，起身扳着她的肩头，说道："打仗不是围猎，儿戏不得，懂吗？"阿秀把身子一扭，双手掩面哭道："君无戏言，这不是你当初说过的？我的父王、哥哥，我的姐妹，我的一家……好惨呐，要不为了他们能雪耻，我来这中原颠沛流离受尽磨难为的什么？万岁……你……你好歹替我想想……"康熙听她这样说，陡地想起人们传言阿秀和陈潢的事，不由变了颜色，铁青着脸站起身来，踱了几步，几次欲言又止，良久才说道："看来你仍旧是放不下……你的家乡草原！入宫以来朕是何等待你，哪个嫔妃这么快就当了贵妃的？……好，既是这样说，朕就带着你，你好自为之！"说罢一径起身去了。

康熙怀了一腔心事匆匆回到养心殿。阿秀恋家报仇，这是情理中的事，他并不生气。可气的是，郭络罗氏和几个内监都说阿秀入宫后还向外臣打听过陈潢，可见无论域中域外，惟女人与小人难养也，圣人之言半点不假。

"万岁，奴才高士奇接驾！"

康熙一怔之下，才见已到养心殿垂花门外。高士奇接旨刚刚进宫，是在这里碰上的。康熙没好气地说道："进来吧。"便自进院。满院雪亮的灯光下，索额图、佟国维、张廷玉、飞扬古和李光地已挨次跪在丹墀之下，见康熙带着高士奇进来，各自向康熙叩了头，默默起身鱼贯进内。康熙收摄了心神，要过热奶子饮了一杯，偏过头问李光地：

"李光地，如今是你管着户部，到底黄河以北诸省有多少存粮？"

"回主上的话，"李光地忙道，"臣在文渊阁行走，因原来管过户部，只是兼办户部差事。粮食的事并不十分清楚，大约存有一千五百万石，散存直隶、山东、山陕各省。"

李光地是个十分机敏的人，见飞扬古今夜来见，料是康熙要在西部用兵。这件事大半朝臣不赞同，他也不愿国家在承平之日轻动干戈，便有意装糊涂儿。但一千五百万石也不是个小数儿了，放在前十年简直不可思议，康熙心里踏实了许多，笑道："你是理学名臣，也不肯和朕推诚相见？朕心里有个盘算，恐怕你打了埋伏吧？""知之为知之，不知为不知。"李光地腾地红了脸，说道，"臣焉敢欺饰？"

康熙盯着众人，良久，突兀说道："朕看有一千多万石粮也就差不多够用。想当年平吴三桂，京中只有七百万石粮，江南的粮还指望不上，照样把事办了。朕答应过于成龙，军粮筹足，要订下制度永不加赋，看来时机到了。"

"永不加赋！"四个字像一声巨雷，震撼了所有的大臣，自开天辟地，没有哪个朝廷敢于如此宣布！高士奇进前一步，朗声说道："此诚万世罕有之善政！只是要详虑周全，一旦兴兵，粮秣不继，无转圜余地怎么办？"

"正是要亲征噶尔丹，朕才出此决心！"康熙沉静地说道，"前几年赋敛过重，老百姓叫苦，官吏也叫苦。如今一宣布兴军打仗，恐怕有不轨之徒借机煽惑民心，这一道圣旨就是绝大的定心丸，你明白么？"

"主上还要兴军？"李光地扑通一声跪下，"撤'三藩'兴兵是不得已，平台湾兴军已弄得财源竭蹶，如今中原一片太平景象，百姓安居乐业，不知何故又要兴军？"

"为中华天朝一统天下兴军！"康熙冷冷说道，"朕为天下共主，不能以中原大治，就不顾西域百姓处于水深火热！听说你对着国维卜了一卦，说朕这次出师不利，可是有的？"

李光地叩了头答道："臣正是要国维将这话转奏圣上！臣那日卜得'师'卦，是凶兆！明知不利，臣子怎敢不言？"

"李光地之言可谓偏颇！"高士奇插口说道，"'师'卦固然内中有凶，但总纲就说'贞丈人吉，无咎'！我皇上睿智天聪，亲临前敌，正应'丈人'统帅，正是大吉大利吉卦！"

康熙被李光地一番话说得脸色难看，经高士奇一番辟解，讲得精当，脸上又回过颜色来，冷笑道："想不到你李光地只看目不看纲！你还得读几年书才成呢！实话对你们讲，朕为民兴兵，原本就不在乎什么吉凶！这才是'易'经大理所在。如有什么不吉、大凶，天也只会降到噶尔丹身上！你李光地是怎么了，连这也不懂？"

"臣不懂易经。"飞扬古听了半日，缓缓说道，"臣只知道皇上苦心经营多年张网捕鸟，良机不可错过！皇上永不加赋臣也心悦诚服，一千五百万石粮，因还要拿出四百万石京师支用，七百万石赈济甘陕从蒙古逃进来的难民，其实只有四百万石可供军用，原来是差得很远的。但据臣所知洛阳、陕州库中有二百万石粮，井径藩库存粮一百四十万石，还有于成龙今年征粮五百一十万石沿漕运北上，都未计入户部存粮中，这个仗好打，这就是吉利。"

康熙听着心中不由暗笑，这个飞扬古真不含糊，但他却不知自己亲自在延安等处设的四个厅，暗存了四百万石粮，见李光地尴尬，此时也不便说，遂起身打了个呵欠道："无论主战不主战朕都不罪，天不早了，你们跪安。张廷玉和高士奇与索额图商议一下，哪些人留京，哪些人从驾，叫礼部预备，二月二日，朕在五凤楼阅兵，御驾亲征！"

第五十五回　率王师康熙辞帝京
　　　　　　　迎叛军扎贡自喋血

　　五天之后，御驾亲征噶尔丹的出兵仪式在午门外五凤楼前举行。前三天里头，按照礼部制定的程序，康熙祭告了天坛、太庙和太岁神，又至太皇太后灵前洒泪默祷，恳乞佑护，斋戒熏沐如仪，一切预备停当，飞扬古从古北口调回三万铁骑军接受康熙检阅。

　　正月二十日午时，悬在午门的钟鼓悠然而起，与此同时，正阳门东西的钟楼鼓楼也遥相呼应。是时北京大雪纷飞，漫天琼玉纷纷坠落，午门外空旷的广场上东、西、南三面黑压压站着三个大方队，铁铸般一动不动。留守在京的上书房大臣有张廷玉和佟国维带着在京王公、贝勒、贝子和六部九卿、外官来京引见的官员三百余人在右掖门前簇拥着皇太子胤礽专候恭送皇帝。几十万京师黎民前一日便接到大赦天下和永不加赋两道明发恩诏，虽然天冷大雪，也都很有兴致，都簇拥到正阳门外新设的绸帷外瞧热闹儿，家家户户设香案，摆着酒肉，算是壶浆箪食欢送王师。

　　须臾，便听到天崩地裂似的两声大炮自五凤楼响起，正阳门、天安门、地安门和午门的中门卸了大栓，呀呀开启，左掖门前的畅音阁供奉击磬鸣乐，笙、篁、笛、箫、云锣之声大起。飞扬古眼见一队队举着龙旗宝幡的内侍不断头地从午门涌流而出，提足了精神凝神细看，直待二十一队御林军出完，方见索额图、高士奇带着四十余名侍卫戎装佩剑，骑着御马出了午门。飞扬古睨视一眼身后挺立的佟国纲和年羹尧两个将军，微一额首，将康熙赐的宝剑平举在胸。立时，身后数百只角螺仰起向天齐声高鸣。几乎同时，左掖门下的乐队奏变徵之声，数百人齐唱《佑平章》：

　　　　壮军容，威四方。砺戈矛，森甲仗。剖文犀，七属烂如银；带鲛函，璀璨难名状。者的是，金城保障！湛卢紫电，承影含光，又

> 毫曹似水，素质如霜，更有熊虎勇贲，龙城飞将，气盖贯斗牛，
> 刁斗传千帐。九合既成，二弓交帐，清吹三唱，踊跃军心壮！

歌声中，皇太子领衔伏地，率百官三跪九叩扬尘舞拜，山呼万岁，三万军士眼见年羹尧手中杏黄令旗一挥，大呼一声：

"皇帝万岁，万万岁！"

康熙头顶金盔，豹尾饰甲，宽大的披肩下穿一身明黄江绸面肷袍，腰束金镶红蓝宝石线纽带。墨漆般的八字眉下星目闪烁，雪地里显得十分精神。他手按宝剑，脸庞通红，环顾四周，真有点不胜感慨。在这个地方阅兵已是第二次了，前一次是康熙十二年腊月，南方吴三桂"三藩"造反，北方察哈尔王子叛变，京师又有杨起隆和吴应熊内外策应作乱，图海和周培公调集京师全部守军，也不过五千余人，哪里及得今日这样严整的军容、士饱马腾跃跃欲试的气势！在震耳欲聋的高呼声中，康熙庄严地举手向三军致意，立时，午门前又是一片鸦雀无声，只有大雪落地沙沙作响。

"将士们！"康熙大声叫道。

"万岁！"回声好似山呼海啸。

"噶尔丹贼子野心勃勃，十余年来屡与罗刹勾结，东侵中原，兼并蒙古，屠我城池，杀我人民，坏我华夏一统，扰我百姓生业，是可忍、孰不可忍！"康熙亢声说道，字字落地有声，"朕今亲统三军，率满汉铁骑三十万讨此国贼，不灭丑虏，誓不还朝！"说罢，从箭囊中抽出一支雕翎狼牙箭，"啪"的一声撅断了，"有临阵怯敌，不遵号令者，犹如此箭！"

话虽简短，却十分有力，颤颤地带着金石之音，数万军士都是训练有素的，见皇帝如此说，"嗯"地单膝跪地，大声复诵道：

"不灭丑虏，誓不还朝！"

"升旗！"

飞扬古催动战马向前几步，仗剑大喝一声。设在校军场中央的大纛上一面明黄龙旗冉冉而起，在北风中猎猎响着直上杆顶。户部从健锐营调来的一千二百名军士抬着酒坛至各军前一碗碗斟了递到出征军士手中。张廷玉和佟国维见皇太子要给康熙斟酒，忙将一坛酒亲自抬着跟过来，斟满了跪下捧给皇太子。胤礽也跪了，将酒高高擎过头顶，说道："阿玛，儿臣敬

请满饮此杯，愿阿玛此去旗开得胜！儿臣谨守皇命，督催粮饷，静待皇上好音！"

"好，这酒朕用了。"康熙见胤礽眼睛红红的，也不由动情，"你在家不要忘了读书，凡事要多和两个大臣商议，有委决不下的大事，飞马报朕，由朕做主。各皇子都是你的手足，不可轻易责罚，可记着了？"见胤礽一一伏首答应，康熙忽然想起，说道，"明珠今日没来，他是有罪的人，不得参与大典，你传旨给他，叫他随军出征！"

几个大臣都在侧旁，索额图听了便看佟国维，佟国维恰也将目光扫过来，只一对，立时都闪开去。高士奇先是诧异，旋即明白，是怕明珠乘康熙不在，与佟国维勾手危害太子，便知明珠此去凶多吉少，不由提起了心，猛地想到自己，至今也没有想出个安全退身的好办法，竟自打了个寒噤。康熙一大觥茅台下肚，更显得精神焕发，神采照人，将大杯一掷，大喝一声：

"三军出城！"

军士们见康熙如此，齐举碗将酒一饮而尽，一片山响掷碎了碗，列队从驾向天安门进发，鼓乐号角越发响得地动山摇一般。

噶尔丹是康熙二十八年秋统帅十万准噶尔部抵临乌兰布通的。这次东来漠南蒙古，预先和青藏的达赖喇嘛桑结仁错磋商好了，由藏兵维持后路，临行前又会晤了罗刹国的格里高里耶夫大佐，一到乌兰布通，即刻从黑龙江罗刹军中调借火枪三千以资装备，卓索图发来的密函一再保证，只要"伟大的噶尔丹"一到漠南，所有科尔沁草原上的牛羊都是大军的饷源，所有科尔沁的蒙古骠骑都是大汗忠勇的部属……四面八方都是好消息。噶尔丹真有点踌躇满志。他带的二万铁骑都是跟着他平定准噶尔四部、踏平喀尔喀蒙古三部、连战多年锐气方刚的雄师，可以说是万无一失。只要在乌兰布通站稳了根，东西蒙古和漠北蒙古很快就能联成一体。关内的康熙江山，不数年间，都将一块块被宰割过来。想到当初成吉思汗广袤无际的大帝国，噶尔丹浑身血脉偾张，激动得心房卜卜直跳。

但一到乌兰布通，他便发觉事情远不似想象那般如意。随格里高里耶夫去黑龙江取运军械的人，一去三个月杳无音信。这就是不吉之兆。卓索图恰恰在这时得了病，只派了自己王府的管家扎贡来军中照应，随带了二百只羸弱瘦瘠的老羯子前来犒军，还有一千匹绫罗，倒是五光十色，不知在库中存了多少年，手一捻便破。噶尔丹远离本土，粮道遥远，指望的就是卓索图的接济，见此情景如何叫他不光火？军帐扎定，他气得一夜没好睡，第二日天色刚亮，便命升帐议事。蒙古人情性剽悍勇猛，讲究信义，爽直大方，但于礼仪一道，却没有中原人那么多的繁文缛节。各营将官到大营参见了噶尔丹，便纷纷破口大骂科尔沁王：

"老家伙不是东西，自己不能来，连子弟也不派一个，这是蒙古人待客的规矩？"

"这管家就看着不地道，贼眉鼠眼的，我一见就恶心！"

"几万匹马，一万只骆驼，没有吃的，怎么过冬？"

"这老杂种……"

噶尔丹紫涨了脸，静静地听着，半晌方摆手止住了众人，问道："小珍和穆萨尔怎么没来？"话音刚落，小珍的贴身仆从老胡抱着一把马头琴出来，身子一躬答道："公主和金刀驸马说了，大汗这边有事，叫老奴答应着。"噶尔丹听了点点头，他对自己拗性的女儿也没办法。这次出兵漠南，钟小珍原本宁死不肯来的，但小穆萨尔所率的三千军队是他部下最善战的军队，几次出兵放马，九死一生中都是穆萨尔这个女婿出死力相救才得逃生。好说歹说，许了小穆萨尔只管策应本军，救护主帅，不与清军正面交锋，又答应不带福晋同来，小珍才应允同丈夫跟了来，却是"听调不听宣"，噶尔丹也拿他们没办法。噶尔丹沉吟良久，吩咐道："你们不要嚷了，叫那个扎贡进来，我有话问！"

扎贡进来了。这是个四十多岁的蒙古汉子，红得有点发紫的脸上长着一双诡谲的小眼睛，不停地眨动着，向噶尔丹双手摊开一躬到地，问道："尊贵的大汗，我的主人，祝您吉祥！叫我来有什么吩咐，我一定全力去做！"

"你虽然生着一副如簧之舌，说得像草原上云雀的歌声一样动听，"噶尔丹强按一肚子火气，冷冰冰说道，"我噶尔丹也曾经历沧海，不是可欺之人——我不是你的主人，也无吉祥可言，你的主人是卓索图，他此刻围炉拥姬，美酒肥羊，才真的是'吉祥'呢！"

扎贡抬起头来，挤着眼一笑，说道："佛天菩萨，您知道，我的主人有病。他是真心诚意地欢迎大汗哪！我代主人献的哈达只有敬天敬佛时才用，送来的礼品，足能换五百个奴隶，而且以后还要源源不断再来接济，这是蒙古最高的待客之道呀！"

"你知道我送卓索图多少东西吗？"噶尔丹再有耐性也忍不住了，低沉沙哑地吼道，"三次共送——仅黄金就是十四万两！十四万两黄金就买这二百只老得掉牙的羯子羊，还有这点风一吹就变成灰的绸缎？你——"他气得咳嗽一声，下头的话竟没说出来。"这又不是买卖，大汗这样尊贵的人主当然是不做买卖的，是吧？"扎贡十分刁蛮无赖，一点不动气，嘻嘻笑着从容应对，"如果大汗不相信我，我愿带大汗一同到科尔沁去见我们王爷。"

噶尔丹原本是有这个打算的，他也风闻科尔沁和朝廷有密使往来，原想一到就摆鸿门宴，将卓索图软禁起来，号令漠南蒙古，如今看来不但此计不成，自己亲赴科尔沁也是大有凶险。想想此刻还不能翻脸，正思忖间，外头有人进来禀道："大汗，那个格里高里耶夫先生回来了！"噶尔丹精神一振，忙道："快请进来！"一边似笑不笑地对扎贡说："你就在这里，等会儿我还有话要问！"

"小的悉听吩咐！"扎贡一脸的不在乎，笑着答应一声退到帐边垂手而立。

格里高里耶夫一脸沮丧之色，迈着灌了铅似的步履进来，生硬地向噶尔丹鞠了一躬，说道："大汗，很遗憾我没能带好消息给您。鉴于我国国内的形势和刚刚与大清帝国缔结的尼布楚条约，戈罗文全权大臣命我代表至高无上的沙皇致意大汗，火枪和弹药目前均不便向大汗提供——我本人和大汗的心情一样，我谨代表我本人向您，我尊贵的朋友和主人表示深切的同情和歉意……"噶尔丹的脸色一下子苍白得毫无血色。他睁大了眼睛，茫然注视着帐外肃杀的秋色、枯黄而稀落的牧草，良久，突然爆发出一阵狂笑："叛卖，又是叛卖！哈哈哈哈……我在数日之内，受到这样大的两个叛卖，也算人生一大奇遇！哈哈哈哈……"

"我说过，我本人向您致歉。"格里高里耶夫进前一步，不动声色地说道，"我们伟大的沙皇彼得，目前正集中全力解决俄罗斯西部和南部边境的政治问题，抽不出更多的兵力来解决黑龙江流域的边境争端。值得庆幸的是索额图大臣并不了解这一内情，否则连尼布楚的谈判他们也不会让步。以您的睿智当然理解，我国有我国的困难，不能过多地干预贵国的内政——为表示我本人的同情，我仅以我个人的名义赠送大汗鸟铳十支和相应的弹药——完成这一使命之后，我将怀着遗憾和希望奉召回国了……"说罢，将下颏一摆，早有两名罗刹兵抬着个大箱子进来，放在地下。格里高里耶夫轻松地吁了一口气，耸耸肩，举起手杖说声："再会——祝你万事如意"，径自扬长而去。噶尔丹气得浑身发抖，"呸"地朝格里高里耶夫背影啐了一口，骂道："流氓，娼妓！"恰在此刻，一个蒙古兵按着腰刀匆匆进来，双手呈给噶尔丹一封信。噶尔丹见上头封印是科尔沁王的，红着眼撕开了信封，看时，只见上头写道：

> 科尔沁王谨致准噶尔部汗噶尔丹：君万里远道而来，不能亲临奠酒相迎，甚憾。仆虽病，不至无礼至此，惟知殿下昔年弑父杀兄，心胆为之一寒。仆与殿下情同手足，不忍再操干戈，使殿下重增千古骂名，是以规避三舍。殿下罪仆，仆亦难辞，惟不可迁怒于我科尔沁草原臣民牛羊。否则兵戈之事不可免矣。卓索图病中谨识再拜。

噶尔丹此刻真是七魄无主三尸爆炸，三把两把将信撕掉，狞笑一声道："扎贡，你往前来一点，我有话问你。"

"我耳朵很好使，"扎贡仍不改嬉笑颜色，"大汗有话只管说就是。"

"你在科尔沁王府多少年了？"噶尔丹咬着牙关笑问，"我看你办事很干练的。"

"我么？"扎贡搔搔耳根，答道，"我原是草原上卖唱的，母亲病的那年，女儿卖给王府做了奴隶。这次大汗来，王爷放出了我的女儿，送了她一百头羊，又提升我做管家，来您这听招呼，实在没什么好说的……"

原来如此，扎贡竟是临时拉来充管家，专门哄弄自己的！噶尔丹被激得怒火千丈，"噌"地拔出剑来，格格阴笑着走下来，见扎贡一脸破罐子破摔的样子，举起寒森森的剑，又放下了，拍拍他的肩头，说道："怜你是条汉子，为了女儿的自由，敢豁出来到我这虎口里拔牙，我饶你不死——回去吧！告诉卓索图这只恶狼，他得兑现诺言，不然，我的兵没有吃的，当然要打他草原的主意，杀和抢都是免不了的。我既然东来，就不能空手西去！哼，谅你漠北蒙古有多大能为，比得了喀尔喀三部蒙古么？"

扎贡没想到噶尔丹有这样仗义之心，一向嬉笑满不在乎的神情一扫而尽，变得庄重自恃，身子一昂向前一步说道："我已答应了我们王爷死于此处，我们科尔沁人是铁铮铮的汉子，岂能言而无信？我死了！"说着，从腰中拔出雪亮的匕首，对着自己心窝猛地扎进去。血，立时汩汩淌出，身躯一晃，像一株被砍倒的树，流着汁液，颓然倒地。

噶尔丹没想到他如此有血性，怔怔地站着呆了，头嗡嗡作响，也不知想些什么。蒙古人素重勇士，周围的将领看着扎贡的尸体默默致哀，良久，才叫人把他抬了出去。

接二连三的打击，又目睹扎贡的流血，噶尔丹变得冷静了些，他拍了拍有些发晕的头，立时感到一种莫名的恐惧：失去了罗刹国和卓索图这两大后援，这支两万多人的军队就成了孤军，除了一万头骆驼带的粮食勉强可支半年，后继粮源半点指望不上，这真是件可怕的事！帐外的秋风吹得枯草沙沙作响，牛皮帐被鼓进来的凉风掀动着，发出不安的呻吟声，噶尔丹打个寒战，裹了裹披风，打起精神命道：

"全军立刻进拔景峰，依山傍水结寨，在黄岗山、林西一带驻扎，防着卓索图抄我后路，沿西拉木伦河布防，随时探听古北口清军动态，看康熙有什么动静！"

他一边思索着，一边说："赶紧派人与青海的桑结仁错联络，叫他务必筹十万石粮，明春运到，最好能派些藏兵在昭莫多接应一下。只要我军退路不断，总归能拿下这个乌兰布通——站稳脚跟就是成功！"

他的这一措置确是此刻最好的方案。数万准噶尔剽悍的蒙古骑兵，立时缩成了拳头，盘踞在克什克腾旗境内的乌兰布通峰、景峰和黄岗山，东有热水塘作天然屏障，南有西拉木伦河为天险。卓索图从得意中清醒过来时，早已形成对峙势态，漠北蒙古诸王虽有合兵进击噶尔丹之心，奈严冬将至不能派军远行。卓索图以一部之力，和噶尔丹怎能匹敌？小仗打了无数次，没有讨得便宜，反丢失了不少牛羊。

"你羡慕她什么?"康熙忽然想起,怀中这个女人还不能忘情于另一个男人,脸上不禁勃然变色,"是羡慕她自己选了意中人么?"

阿秀吓了一跳,轻轻挣脱康熙,扑通一声跪倒在地,说道:"主子!我们蒙古人从不打诳语,主子疑我,我早就觉出来了!不过一死罢了,有什么怕的?早年逃出北京,举目无亲,蒙陈潢相助,当时我曾想嫁给他,可他……并不爱我。我懂得从一而终的道理,随了主子,又待我百般地好,岂敢萌生非礼之想?"她明亮的眸子满含幽怨,盯着康熙道,"但陈潢久困在狱,我以为主子处置不当,您是天子,有包容四海的心胸,为什么就不能容一个只知道治水的呆书生?"说罢,长长的睫毛倒垂下来,流下两行热泪来。

康熙先是一阵莫名的震惊,一个妃子竟敢这样和自己讲话,这本身就是大逆不道!但阿秀最后一句话也深深打动了他,富有四海,贵为天子,却嫉妒一个书生,传之天下后世,成什么话?他尴尬万分地怔了半晌,叹息一声道:"你的话有对的有不对的。囚禁的不光是陈潢,还有两个嘛。靳辅的案子连着明珠,都在勘谳之中。如今新进来的佟国维,朕看也有替明珠翻案的意思。明珠在位年久,朝中党羽极多,一个不慎,就会有变!所以朕这次亲征,把索额图和明珠都带了出来……阿秀,这不是你们女人该管的事,你就不要再说了吧。"

晓行夜宿整两日,康熙的御营抵达乌兰布通前线。当晚康熙睡了个好觉,第二天一早便骑了御马到乌兰布通河查看敌营。沿河从巴林移驻过来的八旗兵、绿营、汉军旗营将士,见宝扇龙幡遮天蔽日,都知是御驾到了,三十里连营,立时发出山呼海啸般的"万岁"声。

康熙催马到了河沿,一手按着冰冷的剑柄,一手举着望远镜静静地望着对岸,但见对岸依山傍水密密麻麻寨栅林立,鹿砦壕沟满布阵前,果然布置得铜墙铁壁也似。皱眉看了半日,康熙放下望远镜,回顾身后众人笑道:"噶尔丹不愧名将,用兵布阵不含糊。可惜走了邪道不得天助!——飞扬古,我军的红衣大炮都拉上来安置了么?"

"回万岁的话!"飞扬古在马上欠身答道,"共是四十三门红衣大炮,射程都在七里以上,他这些土垒的营寨何足道哉,顷刻之间叫他灰飞烟灭!"

康熙点点头，方欲说话，便听对岸中军大寨三声炮响，撼得大地都微微颤抖，素伦等几十名侍卫"哗"地簇拥过来，将康熙紧紧护在中间。康熙微微一笑，说道："哪里就会打过来了？朕看像是噶尔丹要出来说话！"

出来的果然是噶尔丹，听见对岸清军鼓噪呐喊声，料是康熙亲临阵前，便带了几十名亲兵护卫拨风似的打马来到河的北岸，遥见对岸一群文官武将将一个气度轩昂的中年人护在中央，知道必是康熙，便在马上将胳膊横于胸前，身子一躬，朗声说道：

"臣博硕克图汗噶尔丹觐见博格达汗天颜陛下！"

此时正当枯水季节，二人相距不过七八丈远。清澈的乌兰布通河水最深处也不过四尺有余，河底的鹅卵石都看得清楚。康熙接敌如此之近，众人都把心悬得老高。却听康熙冷冷说道："你也是汗，朕也是汗，谈何'觐见'，何必客气呢？再说准噶尔在西疆，离此万里，你带兵到科尔沁王的地域来做什么？朕倒要领教！"

"您是天子大汗，我是部落小汗。"噶尔丹被康熙不软不硬的话噎得一怔，咽了口唾沫奸笑一声道，"我前年曾请商南多尔济喇嘛转致大汗，噶尔丹从未自外于中华皇帝。我部落臣民向来都尊重大皇帝法统，并不敢妄行！"

"不敢妄行？"康熙突然仰天大笑，"……真乃是天下奇闻！尔既称臣，不经奏请兼并准噶尔四部，吞并喀尔喀三部，称兵数万蹂躏山陕及东蒙古诸部，还说是'不敢妄行'！自古以来奸臣不计其数，哪一个及得上你这样的肆意妄为？"

"大汗！"噶尔丹收起了笑脸，打断康熙的话头说道，"旧事何必重提呢？土谢图汗联络漠北蒙古诸王，屡次侵扰我准噶尔，抢掠我部军火，还杀掉了我的一个侄子，是我准噶尔不共戴天的仇敌！你为什么向着土谢图汗，偏袒一方？君既不君，臣自然也可不臣！"

康熙阴冷地一笑："这就是你称兵犯上的借口了？说朕偏袒土谢图汗，你有何凭据？"噶尔丹用手指着康熙身后的阿秀厉声说道："那个女的，就是土谢图汗公主宝日龙梅！这就是活凭据！"

"贼子！"阿秀听到此处，再也忍不住，正是仇人相见分外眼红，瞪眼骂道，"你这草原上的恶狼，猫头鹰！你还我的父亲，还我的部落……"她着他。跟着他当"护卫"的都是索额图从内务府专门挑选的，见面儿虽谦恭有礼，心里隔着重洋大海似的，连个知心话也没人可说。分到他名下的猪肉，兵士们早煮熟了，散发着浓郁的肉香，明珠却一口也不想吃，吩咐大家："你们只管吃，我随便走走。"便一步一踱出了帐房，向康熙的御营走去。

这里真是戒备森严，方圆四里地都用明黄幔遮挡了，设东、西、南三座御门，二十一所巡警营布在四周，里头三步一岗，五步一哨都是陌生的御林军，不奉圣旨别说进去，略走近些就会被扣押盘查。明珠张着眼看看，御营中灯烛辉煌，一片寂静，极少有人出入。他叹了口气正待往回踅，却见武丹从里头出来。明珠忙别转了脸不疾不徐地往回踅。

"是明大人么？"武丹见他回避，倒叫住了明珠，"有事儿么？"

明珠略含辛酸地点点头，说道："武军门，您吉祥……""什么军门，别扯鸡巴蛋了！"武丹笑道，"你要高兴，依旧叫我犟驴子！我们一个锅里搅马勺好几年呢，不会瞧着你不时兴了，就跟着那些马屁精作践你，有事只管说，能帮忙的我自然是要帮的！"明珠当权时素来没把武丹放在眼里，武丹也不买明珠的账，现在听武丹这话，眼泪差点滚落出来。明珠正要说话，早见年羹尧和一群牙将跟着索额图出来，便闭了口。索额图一眼瞧见，便站住了，似笑不笑地说道："老明，久违了！这早晚时分，到御营有事么？"

"我散步至此，碰见老武，闲聊几句。"明珠机警地说道，"久不见皇上，心里着实惦记着，不知皇上圣体安否？"索额图皱了皱眉，突然一笑，说道："皇上身子骨儿结实着呢！你如今无事身轻，倒令人可羡，用不着操那么多的心。我是奉旨传话的，你如有什么要奏的事，只管找我去说。我们相交多年，不会亏待你的。"说罢径自去了。

这个话听来一字一句比剜心还要难过。明珠受辱已多，倒不甚在乎，武丹已是气得脸色发白，横着眼看着索额图的背影"呸"地啐了一口，说道："老明，我知道你想见皇上。只怕这会儿不行。刚议完事，皇上累了一日，怕正搂着婆娘睡觉哩。你想见圣上，得等机会，我自然替你说话。这会儿触了霉头对你更不好，是不是？"

"我早就不存复职的心了。"明珠轻轻咳了两声，脸上泛起潮红，拉起武丹那满是老茧的手说道，"兄弟你对我这样，我心里又难过又懊悔，当初我没有好好待承你，不然早放出去当总督了。咳……现在说这话做什么？我知道不能见圣上，但有件要紧事：噶尔丹在西北方的逃路须得派兵把守。万一这里不能全歼，放噶尔丹逃过昭莫多，再想擒捉可就费力了。"说罢不禁黯然，又握了一下武丹的手方踽踽而去。

熙，若真的有所疏忽，康熙难容，因道，"有十门炮足够用了。"

飞扬古憋着一肚子气，下令调过十门红衣大炮。直待午时过后，他方与索额图披挂停当，过西拉木伦河，来到阵前。此刻左翼参将年羹尧，右翼佟国纲各率步军一万，骑兵五千，刀出鞘，箭上弦，只等一声令下便要出去。飞扬古叫过二人，狞笑着吩咐道："驼阵先用炮轰，开了缺口，立刻冲进去，将噶尔丹各营分割开。国纲，以你为主，擒住噶尔丹就是首功！若有逃逸，我就顾不了你弟弟是什么上书房大臣了！"说罢，将手中血红的大令旗"哗"地一挥。

三十三门红衣大炮立刻怒吼起来，飞弹挟着浓烟，闪着火光飞向敌阵，一千余名鸟枪手站在阵前向景峰敌阵猛烈射击。几乎与此同时，噶尔丹阵中三百火枪手也向清军发射。他们虽无大炮，但俄罗斯式火枪确比清军精良得多，射程既远，准头又好，且集中火力专打炮手，清兵中炮手早有四十余名饮弹而亡。亏得飞扬古每门炮配备的炮手多，若照编制常例配备，少说也要哑了十门。此刻枪炮之战打得激烈，景峰下，西拉木伦河畔炮声隆隆，震得大地剧烈地撼动着，景峰下几处起火，在北风中噼啪作响，战场上浓烟黄尘直冲云天，杀声鼓声不绝于耳，甚是紧张恐怖。

但噶尔丹的驼阵并没有被攻开。难就难在骆驼是活的，几次正面炸开缺口，骆驼被炸得血肉横飞，立刻就有驭手重行调整补上。直到未时，飞扬古命集中火力猛击西翼，叫鸟枪手集中射击驭手，这才奏效。清军左翼对面终于被撕开三十丈一个大缺口，接着正面也被打开。飞扬古双眼通红，大喝一声："七尺丈夫建功立业即在此刻，弟兄们，杀呀！"年羹尧和佟国纲，一个白盔银袍，一个银红披风，将马刺轻轻一碰，弹丸般疾驰而出。数万清兵马上马下齐声呼喊着冲杀过去。噶尔丹营中立时号角急鸣，一万余名骑兵潮水般涌出阵前，西拉木伦河岸立刻呈现一场白刃肉搏的血战！

噶尔丹的骑兵虽少，但都是从西域游牧部落精选的蒙古勇士，个个精骑术，善劈刺。清兵训练多年，结阵冲杀、进退有制，杀得难分难解。大炮和鸟枪这时已派不上用场，战场上的人个个血葫芦似的，只用有辫子无辫子做标志。战马嘶鸣着冲撞往来，马刀和马刀相拼，火星四射。砍落的人头被人脚、马蹄踢得滚来滚去，汩汩的鲜血汪成一个一个的血潭，渐渐凝固、发紫。这场肉搏战自未时杀到酉末兀自毫不松懈。飞扬古回头看了看索额图，索额图是兵山血海中的过来人，此刻也是双拳紧握，脸色苍白。飞扬古略一沉吟，突然大叫一声：

"皇上圣驾到，万岁来看望我的勇士们哪！万万岁！"

清兵们听得这一声高呼，更发了疯似的，向敌人挥刀拼杀。一边高叫"万岁"，一边狠劈猛剁。噶尔丹的兵本就寡不敌众，三停折了两停，此刻越发气馁，噶尔丹眼见支撑不住，大喊一声"回军"，放马逃往穆萨尔大营。战场上高下立见，清兵一鼓作气，将阵前剩余的三千敌军团团围住，砍瓜切菜般，不到半顿饭光景便杀得一个不剩，接着便冲进了噶尔丹的大本营，敌营中立时燃起了熊熊火光。

"传令，年羹尧向西，堵住他的西逃之路，命佟国纲，立即进击穆萨尔营盘！"飞扬古厉声说道，"有迟误者，立斩！"说罢松了缰绳，马刺一碰，枣骝驹不待扬鞭便向西奔驰。索额图和中军护卫们便知他要亲自指挥夺取穆萨尔大寨，一抖缰绳也跟了上去。

噶尔丹的大营被击溃后，余战未息，蒙古人生性宁死不屈，虽失去建制，昏夜中仍人自为战，黑暗中马踏刀砍，死的人不计其数。噶尔丹的六百名中军亲兵舍生忘死，总算保着他逃进了女婿穆萨尔的营中。噶尔丹原来深恨穆萨尔隔岸观火，此刻倒庆幸有此暂栖之地。眼见父亲腿上中伤，浑身血淋淋地回来，小珍也不觉惨然，忙和丈夫上去搀扶噶尔丹，扶在椅上休息，噶尔丹从惊慌中清醒过来，想到一日之内全军覆没，年过天命却一事无成，往日的惨淡经营付诸东流，不觉悲从中来，"嗯"地站起身来仰天狂笑："哈哈哈哈……想不到我噶尔丹竟有今日！"蓦然间又放声嚎啕、捶案击胸。满帐人见他如此悲伤，各自黯然落泪。

"早听女儿一句话，何至于有今日？"小珍掩面流泪说道，"那些罗刹国人哪一个是讲信义的？大汗偏偏听信他们！若像漠北和东蒙古诸王，安分替博格达汗谨守西藩……"

"现在不是埋怨的时候！"穆萨尔截断了妻子的话，蒙古长统靴踏在椅子上，按着腰刀皱眉说道，"父王，你知道，我是不同意你东征的，博格达汗并没有去伤害我们，攻略东蒙古，是兄弟自相残杀，所以我只答应保护你的生命——现在我实现我的诺言，我带人死守这里，你……和小珍逃生去吧。只是我死，也有一句话要奉劝。回到家园休养生息，慢慢和朝廷讲穆萨尔突然失声痛哭，用蒙语叽里咕噜说了一阵，上马飞骑，眨眼间便消失在暗夜里。

"不能全怨飞扬古，朕也有失算之处。"康熙说道。他的眸子望着远处黑沉沉的草原，舒了一口气，"现在必须尽快判明噶尔丹行踪，一步也不能放松，穷追到底，直至擒拿到手，朕才能安卧北京！"

飞扬古叩头说道："此战未收全功，责任在臣，臣愿带三万轻骑穷追，一年之内捉不到噶尔丹，臣将首级付于从人送回北京，万万不可再劳动圣驾了！"康熙默然看了一眼索额图，飞扬古自动请缨前敌立功，他原欢喜。但此刻功亏一篑，难道他一点责任也没有？良久，康熙方道："朕说了亲征，其实一仗未打。追击噶尔丹朕亲率中军一万四千，从后猛追。飞扬古率军三万五千由北路强行军直逼科布多截他后路！"

"请旨，"索额图觉得自己沉默得太久，忙道，"奴才办什么差使？"

"你嘛……"康熙犹豫了一下，"你和士奇就守着大本营调度军饷。不得朕旨不能擅离。明珠随朕中营打仗！"

索额图明白"不能擅离"的意思，就是不许他回北京。不禁打个寒噤，只得叩头说道："臣谨遵旨，当调甘陕军马，牵制青海藏兵不能援助噶尔丹。只是这里离前线太远了些，请旨是否将御营移往集宁，以便节制？"

"可以。"康熙脸上毫无表情，"只是要快，时时打听朕中军行踪，确保北路军粮秣，这是军机，误了差使朕就不包容你了！"

事情就这样确定下来了。康熙率军正面追击，飞扬古带北路军包抄，直向西北穷追。不数月间，清军连克阿巴哈纳尔、二连浩特重镇，歼灭噶尔丹一万余名留守军队。待至八月中，清军在昭莫多会师，激战一日方攻下这座要塞。盘查俘虏时，方知噶尔丹先是派人与戈罗文联络，罗刹见他已无用处，不但不肯收留，连原已答应的一千支火枪也拒不交付；与回部、青海联络，信使一去杳如黄鹤。城中降将只说噶尔丹由他的女儿护送，十日前就弃城而走，谁也不知他逃往何方。

得悉这一情况，康熙立即在昭莫多的喇嘛庙中召集军事会议。恰这时留守北京的张廷玉和佟国维奉皇太子命递来飞折，说回部、青海、哈萨克等部都已修表朝廷，叛离噶尔丹，称臣进贡，保证噶尔丹一入境，即刻擒拿解送北京。康熙与飞扬古合计：此刻噶尔丹别无路走，只有投靠达赖喇嘛桑结仁错。

"真的如此，那就麻烦了。"飞扬古想到自己十余年的准备，被索额图一语败坏，真有点欲哭无泪，"请圣驾回京，此时臣只能重新组织兵力进击青海之南了！"

康熙随意翻动着北京递来的一叠奏折，足足几十件，都是各部院大臣请驾回銮的。有的说："蛮夷荒服，治以不治，古惟有驱逐之而已，防守之而已。"有的说："劳师远征，未必能奏效也。"康熙看着轻蔑地冷笑一声，将文件一推，对飞扬古道："打起精神来！青海回部既入我手，噶尔丹想去藏北谈何容易！朕看他此刻顶多逃往塔米尔河一带。只要藏兵不能和他会合，一定能捉住他。现在还不能说功亏一篑，若真的放虎归山，数年之后就又要变成西域一大毒瘤！"飞扬古看了看康熙，康熙的脸绷得紧紧的，石头人一样不动声色。飞扬古心下又愧又佩服，遂叩头说道："使圣心劳苦如此，臣万死不能辞咎！既然皇上决心已定，臣何敢畏难？"阿秀一直侍候在康熙身边，见康熙伸手摸杯子，忙斟了茶送上来，说道："万岁爷断定他逃往塔米尔，那他要想和桑结仁错见面，至少还得一年！冬天就要到，马无草是不能行军的，这时候扑上去，一定能捉住他！"

"你说得对！"康熙一击案站起身来，目中放出咄咄逼人的光，略一思忖，至案前提笔疾书写道：

> 大将征袴胆气豪，冰矛青剑霜刃刀。
> 待到天兵凯旋日，亲与将军脱战袍！

看了看，中间有两个"将"字，似有不妥，也不细推敲，将墨汁淋漓的纸递给飞扬古道："这个赐你！你还是率军由北路包抄，朕率中军督战！今日即召三军千总以上官佐，朕亲自训诫，不达目的，誓不罢休！"

飞扬古抖着手接过诗，热泪像泉水般涌流出来。

第五十八回　　西域平天下归一统
　　　　　　　黄河清玉宇呈祥瑞

　　康熙的大军又进发了。这是个寒冷的秋天，大片大片的衰草、枯叶，在草原上起伏如波。白毛风吹得呜咽作响，白天行军倒也不觉什么，到夜晚露寒霜冻，宿在帐篷中的军士们无不冻得牙齿迭迭发抖，但接济的冬衣却还要半个月才能送到。更吃不消的是，粮道越来越远，根本供应不上。士兵们只好杀马充饥。康熙几次派人严令索额图速将粮食运来，索额图都答复勉力供应，但供应的粮食却少得可怜，几乎是一到就光。飞扬古知道，这是在乌兰布通战役中索额图将军粮全部东调的结果，但他是主帅，不敢将真相奏明，只好命北路军节衣缩食，勒着腰带赶路。

　　待到九月初，康熙的中军已只余了三天军粮，离着塔米尔还有十日路程，恰这时接飞扬古军报，北路军已经断粮！从行的武丹、素伦见康熙急得容颜憔悴，都劝暂停行军，以待军饷。

　　"今儿是初九，"康熙仿佛不胜感慨，苦笑一下说道，"京里正是携壶登高、赏菊消寒的日子，他们哪里晓得朕在这里吃苦？送来的折子都是'恭请圣安'，谁知道他们心里都想些什么！"

　　阿秀和素伦对望一眼，他们心下也是酸楚，却不敢回康熙的话。武丹却叹道："这里离着甘陕这么近，却要从科尔沁、隆化调粮，真不知这些大爷们当初是怎么调度的！"

　　一语提醒了康熙，想起自己在延安、榆林秘密安置的几个厅，那里有的是粮，为什么舍近求远？康熙此刻真是感念周培公铭心刻骨，精神一振，说道："飞骑去飞扬古军中传旨：命派干员至榆林、延安、伊克昭，取出粮食全部供应北路军！""那我们这边怎么办？"素伦问道。康熙说道："北路军要切断噶尔丹归富八城之路，又要攻城略地，路途遥远，断不可无粮。我们这边——从今日起，自朕至马夫，一日仅供一餐，等待索额图的援粮！"

这怎么行？武丹愣住了，张了张口，却说不出话来，半晌才叩头，呜咽着说道："奴才遵……旨。只求皇上您……"

"不要劝了。"康熙眼中饱含泪水，看了看这个跟了自己多年的侍卫，"朕和众人一样，士气才保得住，不然，走得更慢……"

皇帝与马夫一样，每日只在午间供应一餐！诏旨传下，将士们无不失声痛哭。康熙却显得毫不在意。当日即召集从驾千总以上的官佐，命全体席地而坐，语重心长地说道："朕虽没尝过饿肚子的滋味，也知道很难过的。好在我们是在草原上行军，野羊獐狍之类的偶尔能见，还能边打猎边行军。从朕的将士，朕已令人记名，朕是忘不了你们的。今日有难同当，异日自然有福共享，这是朕这会子想的头一件。"康熙深邃的目光望着远处，又道，"第二层，如今国家处于大清开国最为兴旺之时。昨日朕看了邸报，山左大熟，山右大熟，江南也是大熟，国库的粮食多得十年吃用不尽！我军乏粮，只是一时运不上来而已。噶尔丹困守塔米尔，也是兵疲粮尽，且是毫无粮源。不数日间我军粮食就会运上来，大家何必为一时之困忧心？朕此役乃为了天下一统，西域中原永不再遭兵乱，师出有名，堂堂正正，漫说有粮在后，即便无粮，朕就是吃雪，也要穷追到底，剪除乱我中华的祸根……看到你们受累挨饿，朕心里很难过……"说至此，康熙低下了头，场中一片唏嘘之声。

"抖擞起精神来！"康熙陡地提高嗓门喊道，"河南巡抚的奏本说黄河清了，这就是天降之祥瑞。黄河清，天下一统，这是朕多年的宿愿！违天不祥，顺天者昌，愿与诸君共勉！"军官们听至此，齐声跪起，腰刀马刺碰得叮当作响，雷鸣般答应一声：

"喳！"

……饿着肚子行军八日，前锋军已和噶尔丹军交上了火。看样子，噶尔丹的军队也是饿得仅能保命，双方一战浅尝辄止，打了个平手便各自回营。巳时时分，康熙后营来报，说粮食运到，虽说只有四百石，但于此时，却不啻久旱逢甘雨，军士们立时埋锅造饭，准备下午全力进击噶尔丹的大营，捣毁这一最后的巢穴。

不料午饭后，敌营在阵前纵起火来。此地因久经战乱，无人放牧，荒草长得齐腰高，秋云风烈，枯草茂密，霎时间，从南到北无边无际一片火海卷将过来，烈焰腾空，黑烟和燃着的草叶冲起老高，乘着西风漫卷而来。清营立时一片慌乱。

康熙刚刚巡营回来，听见外头人喊马叫，想是噶尔丹舍命前来踹营，一步踏出帐外，便被武丹和素伦一边一个挟着扶上了马。武丹扯着缰绳，满头热汗，大叫："皇上快走，奴才带着中营扑火，就是死了，也得叫它一个时辰再烧过来！"素伦一把推过武丹，说道："皇上不能没你，你护着主子走。这是我的差使，你快，快！"说罢反身便命令随从，"有种的就跟我滚出一条火路来！"

"慢！"阿秀忽然掀帘出来，她的脸色镇静异常，"你们不知道草原上的火，只要不下雨，你跑死马，照样追得上你！"

"臭婆娘！"武丹早已忘了礼仪，暴怒地破口大骂道，"要不是你这阴人在军里，怎么会招来这阳火？不走，难道就烧死在这里？"

阿秀冷冷一笑，说道："你粗人说急话，我不计较，但我说的是实情！"说着，取出火煤子，晃着了，向地下一丢，立即将脚下的草燃着了。

康熙立时大悟，在马上拔剑命道："传令各营，立即点火，烧出空场，把大营移过去！"顷刻之间，清营也是一片火海，向东蔓延烧去，待西边烈火到时，康熙早已安全移营。

夜幕悄悄降临在烧焦了的草原上。没了草，也就没了惯常夜夜作响的沙沙声，没了鸟兽，没了时而传来的狼嚎豺叫，真个是万籁俱寂。康熙巡营回来，见武丹在帐边转来转去，遂问道："不是叫你去安置运来的粮食么？你在这里做什么？"武丹红着脸，低着头用脚跐着草根，说道："……奴才今个儿犯粗，错骂了贵主儿，奴才……"康熙爽朗地一笑，骂道："你这犟驴子，谁计较你！办你的差去吧！"说罢径自进帐来，笑谓阿秀："幸亏带了你来，不然，朕就要去见列祖列宗了！武丹方才负荆请罪，朕打发他去了。"

阿秀紧锁眉头，半晌才吁了一气，说道："主子，你想过没有？我们放的这把火要阻了后头的粮道……"康熙听了不禁一怔，良久，舒眉笑道："运粮的都是蒙古人，他们不要紧！不过……恐怕要慢些了。"正说间，外头素伦进来禀道："皇上，北路军的年羹尧来了，求见皇上！"

"年羹尧？"康熙一时想不起，良久才笑道，"是那个穿白衣的骁将！叫他进来！"话音刚落，年羹尧已一步抢进来，伏地叩头道："奴才年羹尧，恭见万岁请罪！"

康熙不禁诧异，问道："你请的什么罪？慢慢说，不要急！"

"北路军已与回部会师，阻住了噶尔丹西逃南窜之路，噶尔丹的侄子阿拉布坦递表归顺朝廷！噶尔丹率一百人突围不成，在阿察阿穆塔台吞金自杀。奴才……"

"且慢！"康熙有些不相信自己的耳朵，止住了年羹尧，"你说什么？！"

"奴才说噶尔丹已经死了。"年羹尧说道，"正面敌军是噶尔丹的女儿指挥，原想挡住我军，让噶尔丹逃走，她不知道我军已经断了归路……"

"死，也要有个尸首？"康熙还是有点不信。

年羹尧抖索着手，从靴页子中抽出一张纸双手捧上，说道："这是噶尔丹的绝命书。飞军门令奴才代转，未能生擒此獠，有负圣上珍重寄托……"

康熙一把抓过来看时，上头歪歪斜斜用汉字写着：

雕弓断，羽翼飞，亲朋叛，士众散，天亡我也，非战之罪也。噶尔丹绝笔

怔了良久，康熙突然哈哈大笑，说道："你就为这请罪？朕说生擒噶尔丹，也不过要明正典刑而已。他既死了，朕欢喜还来不及呢！有酒没有，斟上一碗来！"

"奴才杀了葛礼！"年羹尧突兀加了一句，说罢，用头重重碰地。

帐中众人听了无不大吃一惊，年羹尧一员微末偏将，怎么就敢如此？一个个都吓白了脸。阿秀正喜极而泣，也不禁愕然注目。一时帐中一片死寂。

"为什么呢？"半晌才听康熙问道。

"他扣发甘陕运向北路军的军粮！"年羹尧硬邦邦地回道，"大帅命我督粮。他说粮食全已分发难民，奴才亲往榆林、延安粮库，见库中尚有一百余万石粮。逼他立即发出，他却左推右诿，说无马无车，难以资军。也是奴才急了，骂他两句，他就说奴才以下犯上，怙恶不悛。奴才一怒就斩